诗情画意

唐诗三百首

（清）蘅塘退士 编
胡怡 主编

应急管理出版社
·北 京·

图书在版编目（CIP）数据

唐诗三百首／（清）蘅塘退士编．－－北京：应急管理出版社，2024

（诗情画意/胡怡主编）

ISBN 978－7－5020－9774－5

Ⅰ.①唐…　Ⅱ.①蘅…　Ⅲ.①唐诗—诗歌欣赏　Ⅳ.①I207.227.42

中国版本图书馆 CIP 数据核字(2022)第 230532 号

唐诗三百首（诗情画意）

主　　编　胡　怡
编　　者　（清）蘅塘退士
责任编辑　高红勤
封面设计　言　午

出版发行　应急管理出版社（北京市朝阳区芍药居 35 号　100029）
电　　话　010－84657898（总编室）　010－84657880（读者服务部）
网　　址　www.cciph.com.cn
印　　刷　德富泰（唐山）印务有限公司
经　　销　全国新华书店

开　　本　880mm×1230mm $^{1}/_{32}$　**印张**　23　**字数**　576 千字
版　　次　2024 年 1 月第 1 版　2024 年 1 月第 1 次印刷
社内编号　20221419　**定价**　128.00 元（共三册）

前言

唐朝文学成就以诗歌最为发达。此时，我国的古典诗歌进入全盛时期，也产生了众多的名篇佳作。唐诗不仅是我国独有的文学瑰宝，也是屹立于世界文学之林的一棵参天大树，对世界上许多国家的文化发展都产生了很大影响。

唐朝是中国历史上空前繁荣的大一统王朝，并在当时成为世界上最先进、文明的国家。唐朝鼎盛时期，国家对外开放，经济发达，文化繁荣，国力强盛。在诸多有利因素的推动下，中华诗歌走向了黄金时代。唐朝著名诗人层出不穷且诗歌作品丰富。除了集大成者的“诗仙”李白和“诗圣”杜甫外，还有无数举世闻名的诗人，其中为后世可考的就有两千八百多人。而这些诗人的作品，保存在《全唐诗》中的就达四万八千九百多首，这比西周至南北朝一千六七百年间遗留下来的诗歌总数还要多出两到三倍。由此看来，唐代诗歌的成就灿若满天星斗，数不胜数。

唐诗题材广泛，各有特色。诗人们写作的题材从自然现象、政治动态、劳动生活、社会风习到个人感受。有的隐晦地反映当时社会的阶级状况和阶级矛盾，深刻揭露了封建社会的黑暗；有的歌颂正义战争，抒发了爱国的思想感情；有的描绘祖国大好河山的秀丽风光；还有的抒写个人抱负、表达儿女私情、畅谈人生悲欢，不一而足。

唐诗派别众多，名家辈出。有着重描绘田园生活和山水风光的山水田园诗派；有揭示战争残酷和边塞恶劣环境的边塞诗派；有立意奇巧、自由奔放的浪漫诗派；也有风格沉郁顿挫、表现忧国忧民和悲天悯人情怀的现实诗派。在创作方法上，许多优秀的唐诗作品都是多种创作方法相结合，形成我国古典诗歌的完美典范。

唐诗的形式丰富多彩，推陈出新。唐代的古体诗，主要有五言和七言两种。近体诗也有两种，分别是绝句和律诗；绝句和律诗又各有五言和七言之不同。风格上，唐诗不断推陈出新。唐诗在继承了汉魏民歌和乐府的基础上，又大大发展了歌行体的样式；不仅继承了前代的五言、七言古诗，还发展为叙事言情、情景交融的鸿篇巨制；不仅扩展了五言、七言形式的运用，还创造了风格优美齐整的近体诗。

唐诗代表了中华诗歌的最高成就，是中国和世界文坛上不容忽视的珍宝。虽然唐诗距离现在已有千年之久，但许多遗留下来的名篇依然被人们广为传诵，经久不衰。本书为诗篇辅以注释、赏析及配图，可以让读者更好地了解和欣赏唐诗。

目录

卷一 五言古诗 001

卷二 五言乐府 027

卷三 七言古诗

037

卷四 七言乐府

061

卷五 五言律诗

卷七 乐府

153

卷八 五言绝句

159

卷九 五绝乐府
179

卷十 七言绝句
187

VOLUME I

唐诗三

五言诗是古代汉族诗歌体裁之一，是指每句五个字的诗体。五言的句式是在四言的基础上每句增加一个字，在句子的节奏上增加了一拍，形成了二二一或二一二的节拍群。由于不同节奏在诗中交错运用，就使句式更富于变化，更具有音乐感。

五言诗属于吸收汉族民歌的形式而成。五言诗可以容纳更多的词汇，从而扩展了诗歌的容量，能够更灵活细致地抒情和叙事。在音节上，奇偶相配，也更富有音乐美。因此，它更为适应汉以后的社会生活，从而逐步取代了四言诗的正统地位，成为古典诗歌的主要形式之一。初唐以后，产生了近体诗，其中即有五言律诗、五言绝句。而唐代以前的五言诗，便统称为“五言古诗”或“五古”。

张九龄

感遇（其一）

兰叶春葳蕤①，桂华秋皎洁。
欣欣此生意，自尔为佳节。
谁知林栖者，闻风坐②相悦。
草木有本心③，何求美人折。

注释

①葳蕤（wēi ruí）：形容草木枝叶茂盛。②坐：特别之意，这里表示爱慕之深。③本心：天性。

赏析

这首诗是张九龄遭谗被贬后所作的十二首《感遇》诗之一，风格朴素遒劲，寄慨遥深。此诗借物起兴，自比兰桂，抒发了诗人孤芳自赏、气节清高、不求他人知的情感。

此诗一开始用整齐的偶句，以春兰秋桂对举，点出其无限生机和清雅高洁之特征，是起。三、四句，写兰桂充满活力却荣而不媚，不求人知之品质，是承。上半首写兰桂，不写人。五、六句以“谁知”引出与兰桂同调的山中隐者来，是转。末两句点出无心与物相竞的情怀，是合。全诗结构严谨，而且做到了意尽词尽，无一字落空。

张九龄

感遇（其七）

江南有丹橘，经冬犹绿林。
岂伊[①]地气暖，自有岁寒[②]心。
可以荐[③]嘉客，奈何阻重深。
运命惟所遇，循环不可寻。
徒言树桃李，此木岂无阴？

注释

①岂伊：岂，难道；伊，那里，代江南。②岁寒：这里是耐寒的意思。孔子有“岁寒，然后知松柏之后凋也”语，后人常作砥砺节操的比喻。③荐：赠给的意思。

赏析

本诗以橘喻人，托物言志，赞颂丹橘经冬犹绿，有耐寒的本性，以此比喻诗人自己也有贤人一样的高尚品质，但不被人识，只能抑郁不平。而丹橘由于路途阻隔无法被介绍给嘉宾的遭遇，也映衬了诗人遭到排挤的境遇。无可奈何，诗人只得把这一切归结于命运，以反诘句收束全诗，指责人们只顾种桃李而不重视丹橘的行为，进一步抒发了心中的愤怨。

李白

月下独酌

花间[①]一壶酒，独酌[②]无相亲。
举杯邀明月，对影成三人。[③]
月既不解饮[④]，影徒[⑤]随我身。
暂[⑥]伴[⑦]月将[⑧]影，行乐须及春[⑨]。
我歌月徘徊[⑩]，我舞影零乱。
醒时同交欢，醉后各分散。

永结无情游，相期邈云汉。

注释

①花间："间"，一作"下"，一作"前"。②独酌(zhuó)：指独自饮酒。酌，饮酒。③举杯邀明月，对影成三人：我举起酒杯招引明月共饮，明月和我以及我的影子恰恰合成三人。④不解饮：不懂得喝酒。⑤徒：徒然，白白地。⑥暂：暂时。⑦伴：伴随。⑧将：和。⑨行乐须及春：意谓趁着春天的好时光及时行乐。⑩月徘徊：月亮因我唱歌而徘徊不进。徘徊，来回走动。

赏析

此诗描写月下独酌情景。首四句为第一段，写花、酒、人、月影。月下独酌，本是寂寞的，但诗人却运用丰富的想象，幻出月、影、人三者；然而月不解饮，影徒随身，仍归孤独。因而自第五句至第八句，诗人从月影上发议论，点出"行乐须及春"的题意。最后六句为第三段，写诗人执意与月光和身影永结无情之游，并相约在邈远的天上仙境重见。

邀月对影，千古绝句，乍一看诗人似乎真能自得其乐，细思量，此情景却极度凄凉。

下终南山过斛斯山人宿置酒

李白

暮从碧山下，山月随人归。
却顾所来径，苍苍横翠微[①]。
相携及田家，童稚[②]开荆扉[③]。
绿竹入幽径，青萝[④]拂行衣。
欢言得所憩，美酒聊共挥。
长歌吟松风[⑤]，曲尽河星稀。
我醉君复乐，陶然共忘机[⑥]。

注释

①翠微：山坡上草木翠绿茂盛。②童稚：小孩子。③荆扉：柴门。④青萝：即女萝，又名松萝，地衣类植物，常寄生在松树上，蔓延下垂。⑤松风：指古乐府《风入松》曲；也可作"歌声随风入松林"解。⑥机：世俗的心机。

赏析

这首诗描绘了诗人月夜到唐代有名的士人隐居地——长安之南的终南山造访一位姓斛斯的隐士，与他一起欣赏自然风景，畅饮美酒，放声高歌的情景。描写了暮色苍茫中的山林美景和田家庭院的恬静，流露出诗人的欣羡之情。诗人在这里忘却了人间的名利，心境淡泊，享受到了真正的宁静。

全诗有景有情，情景交融，色彩鲜明，神采飞扬，颇有清俊之味。

佳 人

杜甫

绝代有佳人，幽居在空谷。
自云良家子，零落依草木。
关中昔丧乱，兄弟遭杀戮。
官高何足论，不得收骨肉。
世情恶衰歇，万事随转烛。
夫婿轻薄儿，新人美如玉。
合昏①尚知时，鸳鸯不独宿。
但见新人笑，那闻旧人哭。
在山泉水②清，出山泉水浊。
侍婢卖珠回，牵萝补茅屋。
摘花不插发，采柏动③盈掬④。
天寒翠袖薄，日暮倚修竹⑤。

注释　①合昏：即夜合花，其叶昼开夜合，故云“知时”。②泉水：佳人自喻。③动：指常常。④盈掬：盈，满；掬，两手承取，即一捧。⑤修竹：长竹，与诗中“翠袖”相映，比喻佳人高尚的节操。

赏析　杜甫很少写专咏美人的诗歌，《佳人》却以其格调之高而成为吟咏美人的名篇。诗人以纯客观叙述方法，兼采夹叙夹议和形象比喻等手法，描述了一个在战乱时期被遗弃的上层社会妇女所遭遇的不幸，并在逆境描写中揭示她的高尚情操，从而使这个人物形象更加丰满。

全诗文笔委婉，缠绵悱恻，绘声如泣如诉，绘影楚楚动人。

杜甫

赠卫八处士①

人生不相见，动如②参与商③。
今夕复何夕，共此灯烛光。
少壮能几时，鬓发各已苍。
访旧半为鬼，惊呼热中肠。
焉知二十载，重上君子堂。
昔别君未婚，儿女忽成行④。
怡然敬父执⑤，问我来何方。
问答未及已⑥，儿女⑦罗⑧酒浆。
夜雨剪春韭，新炊间黄粱⑨。
主称⑩会面难，一举累十觞。
十觞亦不醉，感子故意长。
明日隔山岳⑪，世事⑫两茫茫。

注释

①八处士：处士指隐居不仕的人；八是处士的排行。②动如：动不动就像。动，动辄，往往。③参（shēn）与商：即参星和商星。二星一出一没，永不相见，这里比喻杜、卫二人久别不得见面。④行：成行，指儿女众多。⑤父执：父亲的朋友。词出《礼记·曲礼》。⑥未及已：还没等说完。⑦儿女：一作“驱儿”。⑧罗：罗列酒菜。⑨新炊间黄粱：新炊，刚煮的新鲜饭；间，读去声，掺和的意思；黄粱，即黄米。⑩主称：主，主人，即卫八；称，就是说。曹植诗：“主称千金寿。”⑪山岳：指西岳华山。这句是说明天便要分手。⑫世事：世上的一切事，包括社会和个人。

赏析

此诗作于诗人被贬华州司功参军之后，抒写其偶遇少年知交的情景。

前十句主要是抒情，接下去，则转为叙事。历经二十年岁月的流逝，此番重见，诗人眼前出现了好友儿女成行的景象。这里面当然有诗人对倏忽之间迟暮已至的喟叹。“怡然”以下四句，写出卫八的儿女彬彬有礼、亲切可爱的情态。为其所置办的家常饭菜，体现出老朋友间不拘形迹的淳朴友情。“主称”以下四句，叙述主客畅饮的情形。故人重逢话旧，不是细斟慢酌，而是一连饮了十大杯酒，这是主人内心不平静的表现。“感子故意长”，概括地点出了今昔感受。

杜甫

梦李白·二首

其一

死别已吞声，生别常恻恻。
江南瘴疠地[1]，逐客无消息。
故人入我梦，明[2]我长[3]相忆。
恐非平生魂，路远不可测。
魂来枫林[4]青，魂返关塞黑。
君今在罗网，何以有羽翼？
落月满屋梁，犹疑[5]照颜色[6]。
水深波浪阔，无使蛟龙[7]得。

其二

浮云终日行，游子久不至。
三夜频梦君，情亲见君意。
告归常侷促，苦道来不易。

江湖多风波，舟楫恐失坠。
出门搔白首[8]，若负平生志。
冠盖满京华[9]，斯人独憔悴。
孰云网恢恢，将老[10]身反累[11]。
千秋万岁名，寂寞身后事。

注释

①瘴疠地：南方湿热，是疾病易于流行的地方。瘴疠，疾疫。李白于肃宗乾元元年（758）初被定罪流放夜郎（在今贵州省桐梓县），所以诗称“江南”。②明：知道。③长：常。④枫林：李白被放逐的西南之地多枫林。⑤犹疑：隐约。⑥颜色：指容貌。⑦蛟龙：古代传说中能兴风作浪、发洪水的龙，这里比喻恶人。⑧搔白首：搔，挠；白首，指头上白色的头发。⑨冠盖满京华：冠，官帽；盖，车上的篷盖。冠盖，本指冠冕和车盖，这里指京城的达官显贵。此句意谓达官显贵们充斥长安。⑩将老：指李白时年五十九岁。⑪反累：反而遭受苦累。指李白获罪被流放夜郎。

赏析

这两首记梦诗作于乾元二年（759）秋，是杜甫听到李白流放夜郎后，积思成梦而作。此诗以梦前、梦中和梦后的次序叙写。第一首写诗人初次梦到李白时的心理，表现对老友吉凶生死的关切；第二首写梦中所见李白的形象，抒写对老友悲惨遭遇的同情。

这两首诗语言温柔敦厚，句句发自肺腑，字字恻恻动人，读来叫人心碎。

杜甫

望　岳

岱宗[1]夫如何，齐鲁[2]青未了。
造化[3]钟[4]神秀，阴阳[5]割[6]昏晓。

荡胸生层云[7]，决眦[8]入归鸟。
会当[9]凌绝顶，一览众山小。

注释

①岱宗：泰山别名岱山，因居五岳之首，故尊为岱宗。②齐鲁：古代的两个国名，这里泛指山东一带。③造化：指天地、大自然。④钟：聚集。⑤阴阳：阴指山北，阳指山南。⑥割：分割。⑦层云：云气层层叠叠，变化万千。⑧决眦（zì）：形容极力张大眼睛远望，眼眶像要裂开了。⑨会当：一定要。

赏析

这首诗的诗题是“望岳”，全篇紧紧抓住“望”字写景，写景中又处处烘托着一个“高”字，从而把泰山的万千景色、高大气势渲染得纤毫毕现，令人如亲临其境。故此《望岳》一诗，成为描写泰山的佳篇，被人们传诵不绝。

全诗大气磅礴，笔力雄健，抒发了诗人青年时期的豪情和远大抱负。

王维

送　别

下马饮君酒①，问君何所之②。
君言不得意，归卧③南山陲④。
但去莫复问，白云无尽时。

注释

①饮（yìn）君酒：劝君喝酒之意。②何所之：去哪里。③归卧：隐居。④南山陲：终南山的山边。

赏析

这是一首送友人归隐的诗。表面看来语句平淡无奇，然而细细品味，却是词浅情深，含义深刻。此诗的开头两句叙事，写饮酒饯别，以问话引出下面的答话，过渡到写归隐。三、四句“不得意”三字，不仅交代友人归隐的原因，表现他失意不满的情绪，同时也从侧面表达诗人自己对现实愤懑不平的心情，这三字是理解这首诗题旨的一把钥匙。五、六句是写诗人对友人的安慰和对隐居的羡慕，对功名利禄、荣华富贵的否定。这两句表现了诗人复杂的思想感情：既有自己对友人的安慰，又有自己对隐居的欣羡；既有对人世荣华富贵的否定，又似乎带有一种无可奈何的情绪。

王维

送綦毋潜①落第还乡

圣代无隐者②，英灵③尽来归。
遂令东山客，不得顾采薇④。

既至金门[5]远，孰云吾道非？
江淮度寒食[6]，京洛缝春衣。
置酒长安道，同心与我违[7]。
行当[8]浮桂棹[9]，未几拂荆扉。
远树带行客，孤城当落晖。
吾谋适[10]不用，勿谓知音稀。

注释

①綦（qí）毋潜：盛唐诗人。②隐者：隐居不仕的人。③英灵：杰出的人才。④采薇：商末周初，伯夷、叔齐兄弟隐于首阳山，采薇而食，后世遂以采薇指隐居生活。⑤金门：金马门，汉代宫门名，汉代贤士等待皇帝召见的地方。⑥寒食：古人以冬至后一百零五天为寒食节，断火三日。⑦违：分离。⑧行当：将要。⑨桂棹（zhào）：桂木做的船桨。⑩适：偶然。

赏析

这是一首劝慰落第友人的诗。

落第还乡之人，心情自然懊丧。作为挚友，多方给予慰藉，使其觉得知音友人是极为重要的。全诗着意在这个主旨上加以烘染，有叙事，有写景，有抒情，有感慨，有勉励。写景清新，抒情柔蜜，感慨由衷，勉励挚诚，吟来令人振奋。

青溪

王维

言[1]入黄花川，每逐[2]青溪水。
随山将万转，趣[3]途无百里。
声喧乱石中，色静深松里。
漾漾泛[4]菱荇[5]，澄澄映葭苇。
我心素[6]已闲，清川澹[7]如此。

请留磐石上，垂钓[8]将已矣。

注释 ①言：发语助词，无实义。②逐：循，沿。③趣：同“趋”，奔走。④泛：漂浮。⑤菱荇：泛指水草。⑥素：向来。⑦澹：恬静。⑧垂钓：这里指隐居，暗用东汉严光隐居不仕，在富春江钓鱼的故事。

赏析 本诗写了一条无名的溪水，描写了溪水及其周围的景色，有动有静，有声有色。《青溪》是王维初隐蓝田南山时所作，体现了王维山水诗的特色。

王维

西施[1]咏

艳色天下重，西施宁久微。
朝为越溪[2]女，暮作吴宫妃。
贱日岂殊众[3]，贵来方悟稀。
邀人傅[4]脂粉，不自著罗衣。
君宠益娇态，君怜无是非。
当时浣[5]纱伴，莫得同车归。
持谢[6]邻家子，效[7]颦[8]安可希[9]。

注释

①西施：相传为春秋时越国美女，后为越王勾践所得，送与吴王夫差，颇受宠爱，致使夫差迷惑乱政，终为勾践所灭。②越溪：指若耶溪，在今浙江绍兴东南，传说西施曾在此浣纱。③岂殊众：哪里与众不同。④傅：同“敷”，擦。⑤浣：洗涤的意思。⑥持谢：奉劝的意思。⑦效：仿效。⑧颦（pín）：皱眉头。⑨安可希：怎能希望别人的赏识。

赏析

这是一首借咏西施而别有寓意的诗。此诗的首四句写西施有艳丽的姿色，终不能长久贫贱。次六句写西施一旦得到君王宠爱，就身价百倍。末四句写姿色太差者，想效颦西施是不自量力。“朝为越溪女，暮作吴宫妃”写出了人生浮沉全凭际遇的炎凉世态。历来咏西施的诗篇不胜枚举，而王维这首诗可谓独出心裁，别有新意。此诗借写西施而写世态炎凉，语虽浅显，却寓意深刻。

结尾两句，可以解作姿色是天生的，想改变并没有用，有什么必要效颦？

沈德潜在《唐诗别裁集》中说：“写尽炎凉人眼界，不为题缚，乃臻斯诣。”此言颇是。

孟浩然

秋登兰山[1]寄张五

北山白云里，隐者自怡悦。
相望试登高，心随雁飞灭。
愁因薄暮[2]起，兴是清秋发。
时见归村人，沙行渡头歇。
天边树若荠[3]，江畔洲如月。
何当载酒来，共醉重阳节[4]。

注释

①兰山：在今湖北省襄阳市，一作“万山”，山上多兰草，故得名。②薄暮：指的是太阳将落山之时。③荠(jì)：野菜名，这里形容远望中天边树林的细小。④重阳节：民间以农历九月九日为重阳

节，有登高风俗。

赏析

这是一首临秋登高远望，怀念旧友的诗。

全诗情随景生，以景烘情，情景交融，浑然一体。“情飘逸而真挚，景清淡而优美。”诗人怀故友而登高，望飞雁而孤寂，临薄暮而惆怅，处清秋而发兴，自然希望挚友到来一起共度佳节。“愁因薄暮起，兴是清秋发”，“天边树若荠，江畔洲如月”，细细品读，耐人玩味。

夏日南亭怀辛大

孟浩然

山光①忽西落，池月②渐东上。
散发乘夕凉，开轩③卧闲敞。
荷风送香气，竹露滴清响。
欲取鸣琴弹，恨无知音赏。
感此怀故人，终宵劳梦想。

注释

①山光：指山上的日光。②池月：指池边的月色。③轩：窗户。

赏析

这是孟浩然写幽居生活的名篇。该诗对他的幽居生活做了生动的描述，诗里写了夏夜水亭纳凉的清爽闲适和对友人的怀念。

由“山光忽西落，池月渐东上”可以看出，此诗从太阳西落、月亮东升写起，为纳凉设景。接着两句写乘凉，表现闲情适意。而五、六两句，从嗅觉、听觉对南亭风景进行描写。池中荷花飘散着阵阵清香，竹叶上的露水滴落下来时发出清脆的响声。有荷花，有青竹，可见南亭的幽静。最后两联写怀人，诗人很想取琴来弹奏，

遗憾的是没有欣赏的知音。而“感此怀故人，终宵劳梦想”直接点出“怀”字。诗人怀念朋友，一直到夜半的梦寐中还在想念他呢！

宿业师①山房②待丁大不至

孟浩然

夕阳度西岭，群壑③倏已暝④。
松月生夜凉，风泉满清听。
樵人归欲尽，烟鸟⑤栖初定。
之子⑥期宿来，孤琴候萝径。

注释

①业师：法名业的僧人。师是对僧人的尊称。②山房：指僧舍。③壑（hè）：山谷。④暝：昏暗。⑤烟鸟：暮烟中的归鸟。⑥之子：这个人，指丁大。

赏析

本诗写诗人在山间夜宿等待友人而友人不至的情景，诗中所写薄暮中的山中景色极有特色：西下的夕阳，忽然昏暝的群山，清凉的夜月，风声泉响，樵人尽归，飞鸟投林。傍晚山中清幽的景色，写得极为动人。与人相约，久等不至，作者抱琴独自伫立，耐心静候，充分表露了作者闲适的心境和对朋友的信任。

王昌龄

同从弟南斋玩月忆山阴崔少府

高卧南斋时，开帷月初吐。
清辉澹水木，演漾在窗户。
荏苒[1]几盈虚？澄澄变今古。
美人[2]清江畔，是夜越吟[3]苦。
千里共如何？微风吹兰杜。

注释

①荏苒：形容时间慢慢逝去。②美人：这里指崔少府，旧时也指自己思慕的人。③越吟：越人庄舄在楚国时曾唱越歌以寄托乡思。

赏析

此诗写玩月思友，由月忆人，感慨清辉依旧、人生聚散无常。此诗的开头点出“南斋”；二句点“明月”；三、四句触发主题，写玩月；五、六句由玩月而生发，写流光如逝，世事多变；七、八句转写忆故友；最后写故人的文章道德，恰如兰杜，芳香四溢，闻名遐迩。前六句“玩月”，后四句“忆崔少府”。前因玩月而对月的“盈虚”“变今古”倍加感叹，说明月的“清辉”在时间上是无穷的。后则从月照天下，联想到千里之外的故人。

常建

宿王昌龄隐居

清溪深不测，隐处惟[1]孤云。
松际露微月，清光犹为君。
茅亭宿[2]花影，药院滋苔纹。
余[3]亦谢时[4]去，西山鸾鹤[5]群[6]。

注释

①惟：只有。②宿：比喻夜静花影如眠。③余：我。④谢时：辞去世俗之累。⑤鸾鹤：古时常指仙人的禽鸟。⑥群：与……为伍。

赏析

这是一首写山水的隐逸诗。

首联写王昌龄隐居所在。中间两联即写诗人夜宿王昌龄隐居处所见所感。末联写自己的归志。这里用了一个虚晃，故意也是善意地说要学王昌龄隐逸，步王昌龄同道，借以婉转地点出劝王昌龄坚持初衷而归隐的意思。其实，这也就是本诗的主题思想。

岑参

与高适薛据[①]登慈恩寺[②]浮图[③]

塔势如涌出，孤高耸天宫。
登临出世界[④]，蹬道[⑤]盘虚空。
突兀压神州，峥嵘如鬼工。
四角碍白日，七层摩苍穹。
下窥指高鸟，俯听闻惊风。
连山若波涛，奔走似朝东。
青槐夹驰道[⑥]，宫观何玲珑。
秋色从西来，苍然满关中。
五陵[⑦]北原上，万古青濛濛。
净理了可悟，胜因[⑧]夙[⑨]所宗[⑩]。
誓将挂冠[⑪]去，觉道资[⑫]无穷。

注释

①薛据：河中宝鼎人，官至水部郎中。②慈恩寺：在今西安市南郊。③浮图：指佛塔。④出世界：高出于人间世界之上。⑤蹬道：塔内盘旋的梯道。⑥驰道：供皇帝车驾专用的御道。⑦五陵：长安城西北有汉代五位皇帝的陵墓，汉高祖长陵、惠帝安陵、景帝阳陵、武帝茂陵、昭帝平陵。⑧胜因：善缘。⑨夙：素来。⑩宗：信仰。⑪挂冠：辞去官职。⑫觉道资：佛教的道理。梵文中“佛”的原义为“觉者”。资，指以善根功德资助自身。

赏析

这首诗作于天宝十一载（752）秋。当时同登慈恩寺的还有杜甫、储光羲，五人皆作有诗。沈德潜认为：“登慈恩寺塔诗，少陵（杜甫）下应推此作。”此诗在描绘登塔四面眺望时，各有胜景特色，东面群峰连绵，南面宫观玲珑，西面秋色满关，北面五陵青蒙。身临这种苍莽的景色，又登的是佛塔，自然使人领悟到佛理，甚至想辞官皈依佛门。但这不过是诗人突发奇想，借题发挥而已。

韦应物

寄全椒①山中道士

今朝郡斋②冷，忽念山中客。
涧底束荆薪③，归来煮白石④。
欲持一瓢⑤酒，远慰风雨夕⑥。
落叶满空山，何处寻行迹。

注释

①全椒：今安徽全椒县，唐属滁州。②郡斋：滁州刺史衙署的斋舍。③荆薪：柴草。④煮白石：《神仙传》云：“白石先生者，中黄大人弟子也，常煮白石为粮，因就白石山居，时人故号曰白石先生。”⑤瓢：将干的葫芦挖空，分成两半，叫作瓢，用来做盛酒浆的器具。⑥风雨夕：风雨之夜。

赏析

此诗第一句的“冷”字是全诗的关键，全诗所透露的主旨也正是在这个“冷”字上。首句由郡斋的冷而想到山中的道士，再想到送酒去安慰他。然而诗人进一层想，他们都是逢山住山、见水止水的人，因而也不知去何处找对方。诗人自己心中的寂寞之情，也终于无从消解。

此诗虽淡淡写来，却能使读者感到诗人情感上的种种跳荡与反复。

韦应物

送杨氏女

永日方戚戚①，出行复悠悠②。
女子今有行③，大江溯轻舟。
尔辈苦无恃④，抚念益慈柔。

幼为长所育，两别泣不休。
对此结中肠，义往难复留。
自小阙[5]内训[6]，事姑贻我忧。
赖兹托令门[7]，任恤庶无尤[8]。
贫俭诚所尚，资从岂待周。
孝恭遵妇道，容止顺其猷[9]。
别离在今晨，见尔当何秋？
居闲始自遣，临感忽难收。
归来视幼女，零泪缘缨流。

注释

①戚戚：悲伤忧愁的样子。②悠悠：指距离遥远。③行：指女子出嫁。④无恃：幼年没有母亲。⑤阙：通“缺”。⑥内训：母亲的训导。⑦令门：好的人家，这里指女儿的夫家。⑧尤：过失，过错。⑨猷（yóu）：规矩。

赏析

这是一首送女出嫁的好诗。送女出行，万千叮咛；怜其无恃，反复训诫。诗人早年丧妻，留下两女与其相依为命，感情颇为深厚。因为对亡妻的思念，诗人对二女自然更加怜爱，在大女儿出嫁之时，自然临别而生感伤之情。

开头点明女儿将出嫁之事：女儿要嫁往夫家，路途很遥远。念及女儿幼年丧母，自己一身兼父母之慈爱，当此离别之际，心中甚为不忍。然而女大当嫁是天经地义的事。诗人忍痛告诫女儿到了夫家，要遵从礼仪孝道，要勤俭持家，这是对女儿的一片殷殷期望。

全诗情真语挚，至性至诚。慈父爱、骨肉情，跃然纸上。“贫俭诚所尚，资从岂待周”，可做红衣千秋楷模。

VOLUME 1

唐诗三

卷二 五言乐府

乐府诗是指汉魏两晋南北朝时期，中央政府设置的管理音乐和歌曲的专门官署乐府，负责采集和编制各种乐曲，配诗演唱的诗歌，也简称“乐府”。公元前 112 年，汉王朝在汉武帝时正式设立乐府，其任务是收集编纂各地民间音乐、整理改编与创作音乐、进行演唱及演奏等。在体式上，乐府诗以五言为主，兼有七言及杂言。五言乐府即体式为五言的乐府诗。

汉魏六朝以乐府民歌闻名。后来，“乐府”成为一种带有音乐性的诗体名称。今保存的五六十首汉乐府民歌，真实地反映了下层人民的苦难生活。《孔雀东南飞》《木兰辞》是汉魏以来乐府中叙事民歌的优秀代表作，称为“乐府双璧”。

塞上曲

王昌龄

蝉鸣空桑林[1]，八月萧关[2]道。
出塞入塞寒，处处黄芦草。
从来幽并[3]客，皆共尘沙老。
莫学游侠儿[4]，矜[5]夸紫骝[6]好。

注释

①空桑林：指叶子枯落的桑树林。②萧关：古关塞的名称，位于今宁夏回族自治区。③幽并（bīng）：幽州和并州。④游侠儿：指重义气，以勇武驰骋天下的人。⑤矜：自尊自大或狂妄自大。⑥紫骝：泛指骏马。

赏析

这是一首反战诗，描绘出塞外景象的荒凉。诗人描写了征人与尘沙共老的凄凉画面，同时也警诫戍边的人，不要恃武逞强。

此诗由征戍边塞庶几不回，而告诫少年莫夸武力，抒发非战之情。写边塞秋景，无限肃杀悲凉；写戍边征人，寄寓深切同情；劝世上少年，声声实在，句句真情。“从来幽并客，皆共尘沙老”，与王翰的“醉卧沙场君莫笑，古来征战几人回”可谓异曲同工，感人至深。

塞下曲

王昌龄

饮马[1]度秋水，水寒风似刀。
平沙[2]日未没[3]，黯黯见临洮[4]。
昔日长城战[5]，咸[6]言意气高。
黄尘足今古，白骨乱蓬蒿[7]。

注释

①饮马：给马喝水。②平沙：茫茫无际的沙漠。③没：落或下沉，这里指日落。④临洮：古长城的起点，位于今甘肃省。⑤长城战：指开元二年（714），唐将杀敌数万，“洮水为之不流”事。⑥咸：都。⑦乱蓬蒿：散乱在野草之中。

赏析

此诗在构思上的特点，是用侧面描写来表现主题。诗中并没具体描写战争，而是通过对塞外景物和昔日战争遗迹的描绘，来表达诗人对战争的看法。开头四句是从军士饮马渡河的所见所感，描绘了塞外枯旷苦寒的景象。诗人把描写的时间选在深秋的黄昏，这样更有利于表现所写的内容。写苦寒，只选择了水和风这两种最能表现环境特征的景物，笔墨简洁，又能收到很好的艺术效果。首句的“饮马”者就是军士。诗中的“水”指洮水，临洮城就在洮水畔。“饮马”须牵马入水，所以感觉“水寒”，看似不经意，实则工于匠心。中原或中原以南地区，秋风只使人感到凉爽，但塞外的秋风却已然“似刀”。足见其风不但猛烈，而且寒冷，仅用十字，就把地域的特点形象地描绘了出来。三、四两句写远望临洮的景象。暮色苍茫，广袤的沙漠望不到边，天边挂着一轮金黄的落日，临洮城远远地隐现在暮色中。境界阔大，气势恢宏。

五、六两句所说的“长城战”，指的就是唐将大败吐蕃，杀敌数万，获马羊二十万。诗中两句是众人的说法。对此，诗人不是直接从正面进行辩驳，而是以这里的景物和战争遗迹来作回答：“黄尘足今古，白骨乱蓬蒿。”这里没有一个议论字眼，却将战争的残酷极其深刻地揭示出来。这里是议论，是说理，但这种议论、说理，却完全是以生动的形象来表现，因而更具有震撼人心的力量，手法极其高妙。

李白

关山月[①]

明月出天山，苍茫云海间。
长风几万里，吹度玉门关。
汉下白登道，胡[②]窥青海湾。
由来征战地，不见有人还。
戍客望边邑，思归多苦颜。
高楼[③]当此夜，叹息未应闲。

注释　①关山月：古乐府名。本为诉离别之苦，李白用此题写边塞戍士思归及闺中思夫的内容。②胡：这里指吐蕃。③高楼：指住在高楼中的戍客之妻。

赏析　这首诗写远戍玉门关外的征夫月夜对妻子的热切怀念，反映了唐玄宗无休止的征战给人民带来的深重苦难。

此诗的开头四句，大笔勾勒出一幅苍茫辽阔的边塞图景，从而表现出征人怀乡的情绪；中间四句具体写到战争的景象，战场悲惨残酷；后四句写征人望边地而思念家乡，进而推想月夜高楼之上妻子叹息不止。末四句与诗人《春思》中的“当君怀归日，是妾断肠时”有异曲同工之妙。

子夜吴歌

李白

长安一片月，万户捣衣①声。
秋风吹不尽，总是玉关②情。
何日平胡虏③，良人④罢远征。

注释

①捣衣：本意指将洗过的衣服放在砧石上，用木杵捣去碱质；这里指人们准备寒衣。②玉关：古关名，即玉门关。③虏：对敌方的蔑称。④良人：指丈夫。

赏析

全诗写征夫之妻秋夜怀思远征边陲的丈夫，希望战争早日结束，丈夫免于离家去远征。虽未直写爱情，却字字渗透真挚情意；虽无高谈时局，却又不离时局。情调用意，皆不脱边塞诗的风韵。

笼统而言，诗人的手法是先景语后情语，而情景始终交融。“长安一片月”是写景，同时又紧扣题面写出“秋月扬明辉”的季节特点。

长干行

李白

妾发初覆额①，折花门前剧②。

郎骑竹马来，绕床[3]弄青梅。
同居长干里，两小无嫌猜[4]。
十四为君妇，羞颜未尝开。
低头向暗壁，千唤不一回。
十五始展眉[5]，愿同尘与灰。
常存抱柱信[6]，岂上望夫台。
十六君远行，瞿塘[7]滟滪堆[8]。
五月不可触，猿声天上哀。
门前迟行迹，一一生绿苔。
苔深不能扫，落叶秋风早。
八月蝴蝶黄，双飞西园草。
感此[9]伤妾心，坐愁红颜老。
早晚下三巴，预将书报家。
相迎不道远，直至长风沙[10]。

注释

①初覆额：指头发尚短。②剧：游戏。③床：指的是井边的护栏。④无嫌猜：指天真烂漫。⑤始展眉：意谓才懂得些人事，感情也在眉宇间显现出来。⑥抱柱信：相传古代有个叫尾生的人，与一女子约会于桥下，届时女子不来，潮水却至，尾生为表示自己的信实，结果抱着桥柱，被水淹死。事见《庄子·盗跖》。《战国策·燕策》也以此为信行的范例。⑦瞿塘：峡名，长江三峡之一，在重庆市奉节县东。⑧滟滪（yàn yù）堆：瞿塘峡口的一块大礁石。⑨此：指蝴蝶双飞。⑩长风沙：地名，在今安徽省安庆市东的江边上。

赏析

本诗写南方女子温柔细腻的感情，缠绵婉转，步步深入。

开头六句回忆与丈夫孩提时“青梅竹马”“两小无猜”的情景，为读者塑造了一对少年儿童天真无邪、活泼可爱的形象。紧接着的八句，抒写夫妇间婚后甜蜜的爱。“十六君远行”以下十二句，写妻子遥思丈夫远行经商，触景生情，刻骨的相思在煎熬着她的心。最后四句，寄语亲人，望其早归。

全诗形象完整明丽，活泼动人；感情细腻，缠绵婉转；语言坦白，音节和谐；格调清新隽永。

游子吟①

孟郊

慈母手中线，游子身上衣。
临②行密密缝，意恐③迟迟归④。
谁言寸草心⑤，报得三春晖⑥。

注释

①吟：诗体的一种。②临：将要。③意恐：担心。④归：回来，回家。⑤寸草心：指小草生出的嫩芽，又象征儿女的孝心。寸草，小草。⑥三春晖：比喻慈母之恩。形容母爱如春天和煦的阳光。三春，春季的三个月。旧称农历正月为孟春，二月为仲春，三月为季春。晖，阳光。

赏析

这是一首母爱的颂歌。全诗无华丽的辞藻，亦无巧琢雕饰，于清新流畅、淳朴素淡的语言中，饱含着浓郁醇美的诗味，情真意切，千百年来拨动众多读者的心弦，引起万千游子的共鸣。

VOLUME 1

唐诗三

卷三 七言古诗

七言古诗简称“七古”，在古代诗歌中，是形式最活泼、体裁最多样、句法和韵脚的处理最自由，而且抒情叙事最富有表现力的一种诗歌形式，诗体全篇每句七字或以七字句为主。简单地说就是篇幅较长，容量较大，用韵灵活。如杜甫的七言古诗代表作《观公孙大娘弟子舞剑器行·并序》《丹青引赠曹将军霸》等。

七言古诗起源于民谣。先秦时期除《诗经》《楚辞》已有七言句式外，荀子的《成相篇》就是模仿民间歌谣写成的以七言为主的杂言体韵文。西汉时期除《汉书》所载的《楼护歌》《上郡歌》外，还有司马相如的《凡将篇》、史游的《急就篇》等七言通俗韵文。

陈子昂

登幽州台①歌

前不见古人②，后不见来者。
念天地之悠悠③，独怆然④而涕下。

注释

①幽州台：又称蓟北楼，故址在今北京西南。②古人：指像燕昭王那样贤明的君王。③悠悠：遥远，长久。④怆然：悲伤痛苦的样子。

赏析

这首古诗慷慨悲凉，大气磅礴，苍劲有力。

开篇“前不见古人，后不见来者”横空出世，一语惊人，凸显了茕茕孑立于天地间的清高、孤傲和悲凉。两个“不见”包含了万千思绪，有生不逢时、怀才不遇的愤慨，有壮志难酬的孤独寂寞，有对宇宙人生的深沉思索。三、四句借景抒情，直抒物是人非的孤独凄凉与郁郁不得志的伤感之情。诗人登楼眺望，想到人生短暂，古人早逝去，而天地依然邈远，不禁悲从心生，潸然泪下。

孟浩然

夜归鹿门歌

山寺钟鸣昼已昏，渔梁①渡头争渡喧。
人随沙岸向江村，余亦乘舟归鹿门。
鹿门月照开烟树，忽到庞公②栖隐处。
岩扉松径长寂寥，唯有幽人自来去。

注释

①渔梁：地名，指渔梁洲，在襄阳东，离鹿门山很近。②庞公：东汉隐士庞德公。

赏析

这首诗的题材是“夜归鹿门”，它颇像是一则随笔素描的山水小记，但主题是抒写清高隐逸的情怀志趣和归宿。诗中写从日落黄昏到月悬夜空，从汉江舟行到鹿门山途，实质上是写从尘杂世俗到寂寥自然的隐逸道路。诗人以谈心的语调、自然的结构、省净的笔墨、疏豁的点染，真实地表现出他的内心体验和感受，动人地显现出恬然超脱的隐士形象，形成一种独到的意境和风格。

李白

庐山谣寄卢侍御虚舟①

我本楚狂人②，凤歌③笑孔丘。
手持绿玉杖④，朝别黄鹤楼。
五岳寻仙不辞远，一生好入名山游。
庐山秀出⑤南斗⑥傍，屏风九叠⑦云锦张，
影落明湖⑧青黛光。
金阙⑨前开二峰长，银河倒挂三石梁⑩。
香炉瀑布遥相望，迴崖沓嶂凌苍苍。
翠影红霞映朝日，鸟飞不到吴天⑪长。

登高壮观天地间，大江茫茫去不还。
黄云万里动风色，白波⑫九道⑬流雪山⑭。
好为庐山谣，兴因庐山发。
闲窥石镜清我心，谢公行处苍苔没。
早服还丹⑮无世情，琴心三叠⑯道初成。
遥见仙人彩云里，手把芙蓉朝玉京。
先期汗漫九垓上，愿接卢敖游太清。

注释

①卢虚舟：字幼真，范阳人，唐肃宗时曾任宫殿中侍御史。②楚狂人：陆通，字接舆，春秋时楚国人，见楚国政治无常，就佯狂避世，时人称之为“楚狂”。③凤歌：这里李白以接舆自比，表示对朝政失望，决意归隐。④绿玉杖：传说中仙人所用由绿玉制成的手杖。⑤秀出：突出。⑥南斗：星宿名，即二十八宿的斗宿，古人把天上的星宿和地理区域相对应，庐山一带正属于斗宿的分野。⑦屏风九叠：指庐山的九叠云屏，即屏风叠。⑧明湖：即鄱阳湖。⑨阙：古代宫门两边的望楼。⑩石梁：像桥梁一样架于山峰之间的岩石。⑪吴天：庐山一带春秋时属于吴国，故称之为“吴天”。⑫白波：白色的江流。⑬九道：古代谓长江流至浔阳（九江）分为九条支流。⑭雪山：形容波涛汹涌，堆积如山。⑮还丹：古代道家炼丹之术，将丹砂烧成水银，再将水银炼成丹砂，称为“还丹”。⑯琴心三叠：道教术语，指修炼的功夫很深，达到心和气静的境界。

赏析

这是一首记游抒怀诗。诗人通过对自我形象的描绘和庐山景物的生动刻画，表现了他晚年流放归来、政治理想破灭后想要寄情山水的心境。

此诗分四段。首六句为第一段，是序曲。以楚狂自比，对政治淡漠，透露寻仙访道隐逸之心。“庐山”以下九句，为第二段，以仰视角度写庐山“瀑布相望”“银河倒挂”“翠影映日”“鸟飞不到”

的雄奇风光。“登高”以下八句为第三段，以俯视角度，写长江“茫茫东去”“黄云万里”“九道流雪”的雄伟气势，并以谢灵运的故事，抒发浮生若梦，盛事难再，寄寓求仙访道，超脱现实的情怀。“早服”以下六句为第四段，诗人想象自己能早服仙丹，修炼升仙，到达向往的自由仙界，并以卢敖的故事，邀卢侍卿同游。

李白

梦游天姥[1]吟留别

海客谈瀛洲[2]，烟涛微茫信难求。
越人语天姥，云霓明灭[3]或可睹。
天姥连天向天横，势拔五岳掩赤城。
天台[4]四万八千丈，对此欲倒东南倾。
我欲因之[5]梦吴越，一夜飞度镜湖[6]月。
湖月照我影，送我至剡溪[7]。
谢公[8]宿处今尚在，渌水[9]荡漾清猿啼。
脚著谢公屐[10]，身登青云梯[11]。
半壁[12]见海日，空中闻天鸡[13]。
千岩万壑路不定，迷花倚石忽已暝[14]。
熊咆龙吟殷岩泉，栗深林兮惊层巅。
云青青兮欲雨，水澹澹兮生烟。
列缺[15]霹雳，丘峦崩摧。
洞天石扉，訇然[16]中开。
青冥[17]浩荡不见底，日月照耀金银台[18]。
霓为衣兮风为马，云之君兮纷纷而来下。
虎鼓瑟兮鸾回车，仙之人兮列如麻。
忽魂悸以魄动，恍惊起而长嗟。
惟觉时之枕席，失向来之烟霞。

世间行乐亦如此，古来万事东流水。
别君去兮何时还，且放白鹿青崖间，
须行即骑访名山。
安能摧眉折腰事权贵，使我不得开心颜！

注释

①天姥（mǔ）：在今浙江省新昌县东五十里，东接天台山。②瀛（yíng）洲：传说中的东海仙山。③明灭：时明时暗。④天台：山名，在今浙江省天台县北。⑤之：天姥山及其传说。⑥镜湖：又名鉴湖，在今浙江省绍兴市南。⑦剡（shàn）溪：水名，在今浙江省嵊州市南，曹娥江上游。⑧谢公：指谢灵运，东晋末年刘宋初年的文学家、诗人。⑨绿水：清水。⑩谢公屐（jī）：指谢灵运游山时穿的一种特制木鞋，鞋底下安着活动的锯齿，上山时抽去前齿，下山时抽去后齿。⑪青云梯：形容高耸入云的山路。⑫半壁：半山腰。⑬天鸡：《述异记》卷下："东南有桃都山，上有大树，名曰桃都，枝相去三千里，上有天鸡。日初出照此木，天鸡则鸣，天下之鸡皆随之鸣。"⑭暝：昏黑。⑮列缺：闪电。⑯訇（hōng）然：形容声音很大。⑰青冥：青天。⑱金银台：神仙所居之处。《史记·封禅书》载：据到过蓬莱仙境的人说，那里"黄金银为宫阙"。

赏析

这首诗是浪漫主义诗人李白最有代表性的名篇之一，豪放飘逸，卓尔不群，始终洋溢着一股涵盖天地的傲岸之气。

全诗分为三段。第一段"海客"以下八句，诗人因越人介绍天姥山的高大雄奇而对它产生热烈的向往之情。第二段"我欲"以下三十句，诗人因热烈向往而"梦游天姥"，这一段把梦境写

得离奇变幻、五光十色，惊心动魄。第三段“世间”以下七句，写诗人梦醒后的感慨，是此诗的重点，从这里正面点出此诗的创作意图——“安能摧眉折腰事权贵，使我不得开心颜！”

宣州[1]谢朓楼饯别校书叔云

李白

弃我去者昨日之日不可留，
乱我心者今日之日多烦忧。
长风万里送秋雁，对此可以酣高楼[2]。
蓬莱文章[3]建安骨，中间小谢[4]又清发[5]。
俱怀逸兴[6]壮思飞，欲上青天览日月[7]。
抽刀断水水更流，举杯销愁愁更愁。
人生在世不称意，明朝散发[8]弄扁舟。

注释

①宣州：地名，在今安徽省宣城市。②酣高楼：在高楼上畅饮。③蓬莱文章：此处是称赞李云的文章。因李云任秘书省校书郎，专事校订图书，故借蓬莱作比喻。东汉学者称朝廷藏书楼东观为“蓬莱山”，此处借“蓬莱”指李云所在的秘书省。④小谢：指谢朓（tiǎo）。后人将他和谢灵运并称为小谢和大谢。⑤清发：清秀俊爽。此处是李白自比小谢。⑥逸兴：飘逸超脱的兴致，多指游览山水的雅兴。⑦日月：“明月”或是“日月”有争议。⑧散发：不束冠，这里指不做官。

赏析

此诗旨在以蓬莱文章比李云，以谢朓清发自喻。借送别以赞对方，惜其生不称世。

开首二句，直抒郁结，道出心中烦忧。三、四句突作转折，从苦闷中转到爽朗壮阔的境界，展开了一幅秋空送雁图。一“送”一

"酣"，点出了"饯别"的主题。"蓬莱"以下四句，赞美对方文章如蓬莱宫幽藏，刚健遒劲，有建安风骨，又显露自己的才能，以谢朓自比，表达了对高洁理想的追求。同时也表现了诗人的文艺观。末四句抒发感慨。因理想与现实不可调和，诗人不免烦忧苦闷，只好在"弄扁舟"中去寻求寄托。思想感情瞬息万变，艺术结构腾挪跌宕，起落无端，断续无迹，深刻地表现了诗人矛盾的心理。全诗语言豪放自然，音律和谐统一。"抽刀断水水更流，举杯销愁愁更愁"句，是千百年来描摹愁绪的名言，众口称赞。

走马川行①奉送封大夫出师西征

岑参

君不见走马川行雪海边，平沙莽莽黄入天。
轮台②九月风夜吼，一川碎石大如斗，
随风满地石乱走。
匈奴草黄马正肥，金山③西见烟尘飞，
汉家④大将西出师。
将军金甲夜不脱，半夜行军戈相拨⑤，
风头如刀面如割。
马毛带雪汗气蒸，五花连钱⑥旋作冰，
幕中草檄⑦砚水凝。
虏骑闻之应胆慑，料知短兵⑧不敢接，
车师⑨西门伫献捷。

注释

①行：诗歌的一种体裁。②轮台：地名，在今新疆维吾尔自治区米东区。封常清将军府驻在这里。③金山：指天山主峰。④汉家：唐代诗人多以汉代唐。⑤戈相拨：兵器互相撞击的声音。⑥连钱：马斑驳的毛色。⑦草檄：起草讨伐敌军的文告。⑧短兵：指刀

剑一类的武器。⑨车师：古国名。

赏析　这是岑参创作的一首雄奇豪壮的边塞诗。诗人抓住有边地特征的景物来状写环境的艰险，从而衬托将士们大无畏的英雄气概。开篇极力渲染环境恶劣，风沙遮天蔽日。接着写匈奴借草黄马壮之机入侵，而封将军不畏天寒地冻，严阵以待。最后写敌军闻风丧胆，预祝凯旋。为了表现边防将士高昂的爱国精神，诗人用了反衬手法，极力渲染环境的恶劣，来突出人物不畏艰险的精神。

岑参

白雪歌送武判官[1]归京

北风卷地白草[2]折，胡天[3]八月即飞雪。
忽如一夜春风来，千树万树梨花[4]开。
散入珠帘湿罗幕[5]，狐裘[6]不暖锦衾[7]薄。
将军角弓[8]不得控，都护铁衣冷犹着。
瀚海阑干百丈冰，愁云惨淡万里凝。
中军置酒饮归客，胡琴琵琶与羌笛。
纷纷暮雪下辕门，风掣红旗冻不翻。
轮台东门送君去，去时雪满天山路。
山回路转不见君，雪上空留马行处。

注释

①武判官：名不详，是诗人岑参的好友。判官，官职名。唐代节度使等朝廷派出的持节大使，可委任幕僚协助判处公事，称判官，是节度使、观察使一类的僚属。②白草：西北的一种牧草，晒干后变白。③胡天：指西域的气候。④梨花：春天开放，花作白色，这里比喻雪花积在树枝上，像梨花开了一样。⑤散入珠帘湿罗幕：这句是说雪花飞进珠帘，沾湿罗幕。“珠帘”“罗幕”都属于美化的说法。珠帘，以珠子穿缀成的挂帘；罗幕，用丝织品做的幕帐。⑥狐裘：狐皮袍子。⑦锦衾（qīn）：锦缎做的被子。⑧角弓：古代弓由五到七部分拼接黏合而成，弓面由牛背筋黏着增强张开时的拉力，弓背由水牛角做支撑，增强支撑力，使得在很短的弓臂上储存巨大的能量。

赏析

《白雪歌送武判官归京》是岑参边塞诗的代表作，作于他第二次出塞期间。岑参在这首诗中，以诗人的敏锐观察力和浪漫奔放的笔调，描绘了祖国西北边塞的壮丽景色，以及边塞军营送别归京使臣的热烈场面，表现了诗人和边防将士的爱国热情，以及他们对战友的真挚感情。

杜甫

观公孙大娘弟子舞剑器行·并序

大历二年十月十九日，夔府别驾元持宅，见临颍李十二娘舞剑器，壮其蔚跂，问其所师，曰："余公孙大娘弟子也。"开元三载，余尚童稚，记于郾城观公孙氏舞剑器浑脱，浏漓顿挫，独出冠时，自高头宜春、梨园二伎坊内人，洎外供奉，晓是舞者，圣文神武皇帝[1]初，公孙一人而已。玉貌锦衣，况余白首，今兹弟子，亦匪盛颜。既辨其由来，知波澜莫二[2]。抚事慷慨，聊为《剑器行》。往者吴人张旭，善草书书帖，数常于郏县见公孙大娘舞西河剑器，自此草书长进，豪荡感激，即公孙可知矣。

昔有佳人公孙氏，一舞剑器动四方。
观者如山色沮丧，天地为之久低昂。
㸌如羿射九日落，矫如群帝骖龙翔。
来如雷霆收震怒，罢如江海凝清光。
绛唇珠袖两寂寞，晚有弟子传芬芳[3]。
临颍美人在白帝，妙舞此曲神扬扬。
与余问答既有以[4]，感时抚事增惋伤。
先帝侍女八千人，公孙剑器初第一。
五十年间似反掌，风尘澒洞[5]昏王室。
梨园弟子散如烟，女乐余姿映寒日。
金粟堆前木已拱[6]，瞿塘石城草萧瑟。
玳弦[7]急管曲复终，乐极哀来月东出。
老夫不知其所往，足茧荒山转愁疾。

注释　①圣文神武皇帝：指唐玄宗。②波澜莫二：师徒舞技不相上下。③芬芳：喻指精湛的技艺。④有以：弄清了原委。⑤澒（hòng）洞：漫无边际。⑥拱：双手合抱。⑦玳弦：以玳瑁装饰的琴瑟。

赏析　全诗气势雄浑，沉郁悲壮。开头八句，富丽而不浮艳，铺排而不呆板。“绛唇珠袖”以下，则随意境之开合，思潮之起伏，语言音节也随之顿挫变化。全诗既不失雄浑完整的美，用字造句又有浑括锤炼的功力。篇幅虽然不太长，包容却相当广大。从乐舞之今昔对比中见五十年的兴衰治乱，没有沉郁顿挫的笔力是写不出来的。见《剑器》而伤往事，抚事感慨，大有时序不同，人事蹉跎之感。此诗以咏李氏而思公孙，咏公孙而思先帝，寄托诗人念念不忘先帝盛世，慨叹当今衰落之情。语言富丽而不浮艳，音节顿挫而多变。

石鼓歌

韩愈

张生[①]手持石鼓文，劝我试作石鼓歌。
少陵无人谪仙[②]死，才薄将奈石鼓何。
周纲陵迟[③]四海沸，宣王[④]愤起挥天戈。
大开明堂[⑤]受朝贺，诸侯剑佩鸣相磨。
蒐于岐阳[⑥]骋雄俊，万里禽兽皆遮罗[⑦]。
镌功勒[⑧]成告万世，凿石作鼓隳嵯峨[⑨]。
从臣才艺咸第一，拣选撰刻留山阿[⑩]。

雨淋日炙野火燎，鬼物守护烦撝呵[11]。
公从何处得纸本，毫发尽备无差讹。
辞严义密读难晓，字体不类隶与蝌[12]。
年深岂免有缺画，快剑斫断生蛟鼍[13]。
鸾翔凤翥[14]众仙下，珊瑚碧树交枝柯。
金绳铁索锁钮壮，古鼎跃水龙腾梭[15]。
陋儒编诗不收入，二雅褊迫无委蛇[16]。
孔子西行不到秦，掎摭星宿遗羲娥[17]。
嗟余好古生苦晚，对此涕泪双滂沱。
忆昔初蒙博士征，其年始改称元和。
故人从军在右辅，为我度量掘臼科[18]。
濯冠沐浴告祭酒，如此至宝存岂多。
毡包席裹可立致，十鼓只载数骆驼。
荐诸太庙比郜鼎[19]，光价岂止百倍过。
圣恩若许留太学，诸生讲解得切磋。
观经鸿都尚填咽[20]，坐见举国来奔波。
剜苔剔藓露节角，安置妥帖平不颇。
大厦深檐与盖覆，经历久远期无佗。
中朝大官老于事，讵肯感激徒媕婀[21]。
牧童敲火牛砺角，谁复着手为摩挲。
日销月铄就埋没，六年西顾空吟哦。
羲之俗书趁姿媚，数纸尚可博白鹅。
继周八代争战罢，无人收拾理则那。
方今太平日无事，柄任儒术崇丘轲。
安能以此上论列，愿借辩口如悬河。
石鼓之歌止于此，呜呼吾意其蹉跎。

注释

①张生：张彻，字文昌，原籍吴郡（今江苏省苏州市），唐代贞元进士，历任太常寺太祝、水部员外郎、国子司业等职，著名诗人。②谪仙：指李白。③陵迟：衰败。④宣王：指周宣王，曾极力中兴西周，采取了一些改革措施，并不断对邻族用兵。⑤明堂：古帝王宣明政教的场所，国家大典多在此举行。⑥岐阳：岐山南麓。⑦遮罗：被阻拦，网罗。⑧勒：雕刻。⑨嵯峨：山势高峻状。⑩山阿（ē）：山湾，山谷。⑪㧑呵（huī hē）：指挥，呵斥。⑫蝌：指蝌蚪书。古代以漆书于竹木简上，笔画多上粗下细，状如蝌蚪，故名。⑬鼍（tuó）：即扬子鳄。⑭翥（zhù）：飞举。⑮"古鼎"句：形容石鼓文字体古奥，不可捉摸，如古鼎出水复没，神龙变幻莫测一般。⑯委蛇（wēi yí）：庄重而从容状。⑰羲娥：羲和与嫦娥，传说羲和御日，嫦娥居月中，因而用以代指日和月。⑱臼科：即臼窠，指石鼓出土的洞穴。⑲郜鼎：春秋时郜（gào）国的鼎。《左传·桓公二年》："取郜大鼎于宋，戊申，纳于太庙。"⑳填咽：指交通阻塞如填塞咽喉。㉑媕娿（ān'ē）：无主见。

赏析

石鼓文系我国最早的石刻，是秦代所为。内容记叙狩猎情状，文为大篆。韩氏以为周宣王时所为。其物今藏故宫博物院。此诗是韩愈的名篇，以文为诗，以议论为诗，章法整齐，辞严义密，音韵铿锵，气势雄浑。

长恨歌

白居易

汉皇[①]重色思倾国[②]，御宇[③]多年求不得。
杨家有女初长成，养在深闺人未识。
天生丽质难自弃，一朝选在君王侧。
回眸一笑百媚生，六宫粉黛无颜色。

春寒赐浴华清池[4]，温泉水滑洗凝脂[5]。
侍儿扶起娇无力，始是新承恩泽时。
云鬓花颜金步摇[6]，芙蓉帐暖度春宵。
春宵苦短日高起，从此君王不早朝。
承欢侍宴无闲暇，春从春游夜专夜。
后宫佳丽三千人，三千宠爱在一身。
金屋[7]妆成娇侍夜，玉楼宴罢醉和春。
姊妹弟兄皆列土，可怜光彩生门户。
遂令天下父母心，不重生男重生女。
骊宫[8]高处入青云，仙乐风飘处处闻。
缓歌慢舞凝丝竹，尽日君王看不足。
渔阳鼙鼓[9]动地来，惊破《霓裳羽衣曲》。
九重城阙烟尘生，千乘万骑西南行。
翠华[10]摇摇行复止，西出都门百余里。
六军[11]不发无奈何，宛转蛾眉马前死。
花钿委地无人收，翠翘金雀玉搔头。
君王掩面救不得，回看血泪相和流。
黄埃散漫风萧索，云栈萦纡登剑阁[12]。
峨嵋山下少人行，旌旗无光日色薄。
蜀江水碧蜀山青，圣主朝朝暮暮情。
行宫[13]见月伤心色，夜雨闻铃肠断声。
天旋地转[14]回龙驭，到此踌躇不能去。
马嵬坡下泥土中，不见玉颜空死处。

君臣相顾尽沾衣，东望都门信马归。
归来池苑皆依旧，太液[15]芙蓉未央[16]柳。
芙蓉如面柳如眉，对此如何不泪垂？
春风桃李花开日，秋雨梧桐叶落时。
西宫南内多秋草，落叶满阶红不扫。
梨园弟子[17]白发新，椒房阿监[18]青娥老。
夕殿萤飞思悄然，孤灯挑尽未成眠。
迟迟钟鼓初长夜，耿耿星河欲曙天。
鸳鸯瓦冷霜华重，翡翠衾寒谁与共？
悠悠生死别经年，魂魄不曾来入梦。
临邛[19]道士鸿都客，能以精诚致魂魄。
为感君王辗转思，遂教方士殷勤觅。
排空驭气奔如电，升天入地求之遍。
上穷碧落[20]下黄泉，两处茫茫皆不见。
忽闻海上有仙山，山在虚无缥缈间。
楼阁玲珑五云起，其中绰约多仙子。
中有一人字太真[21]，雪肤花貌参差是。
金阙西厢叩玉扃[22]，转教小玉报双成[23]。
闻道汉家天子使，九华帐里梦魂惊。
揽衣推枕起徘徊，珠箔银屏迤逦开。
云髻半偏新睡觉，花冠不整下堂来。
风吹仙袂飘飘举，犹似霓裳羽衣舞。
玉容寂寞泪阑干，梨花一枝春带雨。
含情凝睇谢君王，一别音容两渺茫。
昭阳殿里恩爱绝，蓬莱宫中日月长。
回头下望人寰处，不见长安见尘雾。
惟将旧物表深情，钿合金钗寄将去。
钗留一股合一扇，钗擘黄金合分钿。

但教心似金钿坚，天上人间会相见。
临别殷勤重寄词，词中有誓两心知：
七月七日长生殿，夜半无人私语时。
在天愿作比翼鸟，在地愿为连理枝。
天长地久有时尽，此恨绵绵无绝期！

注释

①汉皇：名曰汉皇，这里借指唐玄宗。②倾国：指绝代美女。汉李延年歌："北方有佳人，绝世而独立。一顾倾人城，再顾倾人国。"③御宇：治理天下，指登帝位。④华清池：华清宫温泉，在今陕西省临潼区。⑤凝脂：指白嫩柔滑的肌肤。⑥金步摇：金制垂珠头钗，行则摇动。⑦金屋：用汉武帝"金屋藏娇"典，指杨贵妃所居之处。⑧骊宫：指骊山华清宫。⑨鼙（pí）鼓：骑马所用的战鼓。⑩翠华：皇帝仪仗用翠鸟羽毛为饰的旗帜。⑪六军：此指皇帝的扈从部队。⑫剑阁：在今四川省剑阁县。⑬行宫：皇帝出行时的住所。⑭天旋地转：形容时局好转。⑮太液：宫池名。⑯未央：宫名，此泛指唐代宫苑。⑰梨园弟子：由玄宗执教的宫内习艺者。⑱椒房阿监：后妃宫中的女官。⑲临邛（qióng）：在今四川省邛崃市。⑳碧落：道家称天界为碧落。㉑太真：杨贵妃。开元二十八年（740）玄宗曾度她为女道士，号太真，住太真宫。㉒扃（jiōng）：门户。㉓双成：董双成，西王母的侍女。

赏析

全诗形象地叙述了唐玄宗和杨贵妃的爱情悲剧。诗人借历史人物的传说，创造了一个回环婉转的动人故事，并通过塑造的艺术形象，再现了现实生活的真实。

全篇中心是歌"长恨"，但诗人却从"重色"说起，并且予以极力铺写和渲染。"日高起""不早朝""夜专夜""看不足"等，看来是乐到了极点，像是一幕喜剧，然而，极度的乐正反衬出后面无穷无尽的恨。大喜之后诗人笔锋一折，别开境界，借助想象的彩翼，构思了一个妩媚动人的仙境，使故事更加回环曲折，有起伏，有波澜。这一转折，既出人意料，又尽在情理之中。由于主观愿望和客观现实不断发生矛盾、碰撞，诗歌把人物千回百转的心理表现得淋漓尽致，故事也因此显得更为婉转动人。

白居易

琵琶行[1]·并序

元和十年，余左迁九江郡司马。明年秋，送客湓浦口。闻舟中夜弹琵琶者，听其音，铮铮然有京都声。问其人，本长安倡女。尝学琵琶于穆、曹二善才。年长色衰，委身为贾人妇。遂命酒使快弹数曲，曲罢悯然。自叙少小时欢乐事，今漂沦憔悴，转徙于江湖间。余出官二年，恬然自安；感斯人言，是夕始觉有迁谪意。因为长歌以赠之，凡六百一十二言，命曰《琵琶行》。

浔阳江[2]头夜送客，枫叶荻花[3]秋瑟瑟。
主人下马客在船，举酒欲饮无管弦。
醉不成欢惨将别，别时茫茫江浸月。
忽闻水上琵琶声，主人忘归客不发。
寻声暗问弹者谁，琵琶声停欲语迟。
移船相近邀相见，添酒回灯重开宴。
千呼万唤始出来，犹抱琵琶半遮面。

转轴拨弦三两声，未成曲调先有情。
弦弦掩抑声声思，似诉平生不得志。
低眉信手续续弹，说尽心中无限事。
轻拢慢捻抹复挑，初为霓裳后六幺[④]。
大弦嘈嘈如急雨，小弦切切如私语。
嘈嘈切切错杂弹，大珠小珠落玉盘。
间关莺语花底滑[⑤]，幽咽流泉水下滩。
冰泉冷涩弦凝绝，凝绝不通声渐歇。
别有幽愁暗恨生，此时无声胜有声。
银瓶乍破水浆迸，铁骑突出刀枪鸣。
曲终收拨当心画，四弦一声如裂帛。
东船西舫悄无言，唯见江心秋月白。
沉吟放拨插弦中，整顿衣裳起敛容。
自言本是京城女，家在虾蟆陵下住。
十三学得琵琶成，名属教坊[⑥]第一部。
曲罢曾教善才服，妆成每被秋娘[⑦]妒。
五陵年少争缠头[⑧]，一曲红绡不知数。
钿头银篦[⑨]击节碎，血色罗裙翻酒污。
今年欢笑复明年，秋月春风等闲度。
弟走从军阿姨死，暮去朝来颜色故。
门前冷落车马稀，老大嫁作商人妇。
商人重利轻别离，前月浮梁买茶去。
去来江口守空船，绕船明月江水寒。
夜深忽梦少年事，梦啼妆泪红阑干。
我闻琵琶已叹息，又闻此语重唧唧[⑩]。
同是天涯沦落人，相逢何必曾相识。
我从去年辞帝京，谪居卧病浔阳城。
浔阳地僻无音乐，终岁不闻丝竹声。

住近湓江地低湿，黄芦苦竹绕宅生。
其间旦暮闻何物？杜鹃啼血猿哀鸣。
春江花朝秋月夜，往往取酒还独倾。
岂无山歌与村笛，呕哑嘲哳[11]难为听。
今夜闻君琵琶语，如听仙乐耳暂明。
莫辞更坐弹一曲，为君翻作琵琶行。
感我此言良久立，却坐促弦弦转急。
凄凄不似向前声，满座重闻皆掩泣。
座中泣下谁最多？江州司马青衫湿。

注释　①行：诗歌的一种，一般称为歌行。②浔阳江：在九江市北，是长江的一段。③荻花：芦苇一类的植物。④六幺：亦称《绿腰》《录要》，是当时有名的乐曲。⑤滑：流利。⑥教坊：唐代管领音乐杂技、教习歌舞的机构。⑦秋娘：本为长安著名歌伎，这里泛指美丽的女子。⑧缠头：送给歌舞妓女的锦帛之类的赠品。⑨钿（diàn）头银篦（bì）：镶嵌金丝的银篦子。⑩唧唧：叹息声。⑪呕哑嘲哳（zhāo zhā）：声音杂乱刺耳。

赏析

唐宪宗元和十一年(816)深秋，被贬到江州(今江西省九江市)做司马的白居易在浔阳江头准备乘船送友人，在客船上畅饮时，被一琵琶女的弹奏深深地打动了，当天晚上就写下了这首千古传唱的长篇叙事诗。诗人对琵琶女高超的技艺给予了生动细致的描绘，对琵琶女的身世寄予同情，同时抒发了他被贬的悲愤。全诗着力塑造了琵琶女的形象，引起诗人自身的身世之感，发出“同是天涯沦落人，相逢何必曾相识”的感慨。

全诗自然流畅，情至曲尽，字字从肺腑流出。虽是叙事诗，但它借事抒情，优美生动，一气呵成，全篇浑然一体。

VOLUME I

唐诗三

卷四 七言乐府 …………… 061

乐府最初始于秦代，到汉时沿用了秦时的名称。根据《汉书·礼乐志》记载，汉武帝时，设有采集各地歌谣和整理、制订乐谱的机构，名叫“乐府”。后来，人们就把这一机构收集并制谱的诗歌称为“乐府诗”，或者简称“乐府”。到了唐代，这些诗歌的乐谱虽然早已失传，但这种形式却相沿下来，成为一种没有严格格律、近于五七言古体诗的诗歌体裁。

汉乐府诗句长短不一，二至八言都有，以五言句式为主，形式自由变化，参差错落，不拘一格。

高适

燕歌行

开元二十六年，客有从元戎出塞而还者。作《燕歌行》以示适，感征戍之事，因而和焉。

汉家烟尘[①]在东北，汉将辞家破残贼。
男儿本自重横行[②]，天子非常赐颜色[③]。
摐金伐[④]鼓下榆关，旌旗[⑤]逶迤碣石间。
校尉[⑥]羽书飞瀚海，单于[⑦]猎火照狼山。
山川萧条极[⑧]边土，胡骑凭陵[⑨]杂风雨。
战士军前半死生，美人帐下犹歌舞。
大漠穷秋塞草衰[⑩]，孤城落日斗兵稀[⑪]。
身当恩遇常轻敌，力尽关山未解围。
铁衣远戍辛勤久，玉箸[⑫]应啼别离后。
少妇城南欲断肠，征人蓟北空回首。
边庭飘飖那可度[⑬]，绝域苍茫更何有？
杀气三时作阵云[⑭]，寒声一夜传刁斗。
相看白刃血纷纷，死节[⑮]从来岂顾勋？
君不见沙场征战苦，至今犹忆李将军。

注释

①烟尘：代指战争。②横行：任意驰走，无所阻挡。③天子非常赐颜色：超过平常的厚赐礼遇。④伐：敲击。⑤旌旗：这里泛指各种旗帜。⑥校尉：次于将军的武官，此处泛指将领。⑦单于：匈奴首领称号，也泛指北方少数民族首领。⑧极：到……的尽头。⑨陵：仗势侵凌。⑩衰：指枯萎。

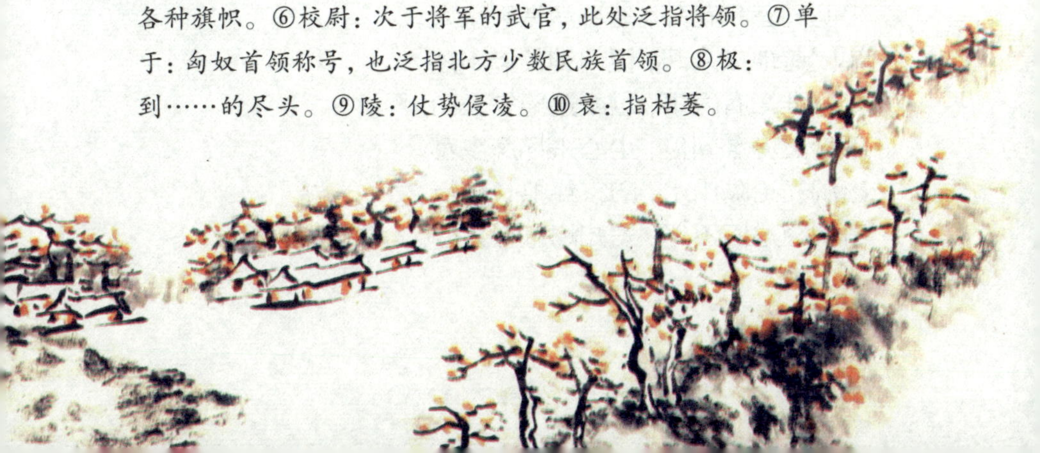

⑪斗兵稀：作战的士兵越来越少了。⑫玉箸：喻思妇的眼泪。⑬度：越过相隔的路程，回归。⑭阵云：战场上象征杀气的云。⑮死节：指为国捐躯。

赏析

《燕歌行》不仅是高适的代表作，而且是整个唐代边塞诗中的杰作，千古传诵。

此诗的主旨是谴责在皇帝的鼓励下，将领骄傲轻敌，荒淫失职，造成战争失败，使广大兵士受到极大的痛苦，甚至牺牲。诗人写的是边塞战争，但重点不在于民族矛盾，而是同情广大兵士，讽刺和愤恨不恤兵士的将军。

桃源行

王维

渔舟逐水爱山春，两岸桃花夹古津①。
坐看红树②不知远，行尽青溪忽值③人。
山口潜行始隈隩④，山开旷望旋⑤平陆。
遥看一处攒⑥云树，近入千家散花竹。
樵客初传汉姓名⑦，居人未改秦衣服⑧。
居人共住武陵源⑨，还从物外⑩起田园。
月明松下房栊静，日出云中鸡犬喧。
惊闻俗客争来集，竞引还家问都邑。
平明闾巷扫花开，薄暮渔樵乘水入。
初因避地去人间，更问神仙遂不还。
峡里谁知有人事，世中遥望空云山。⑪
不疑灵境难闻见，尘心未尽思乡县。
出洞无论隔山水，辞家终拟长游衍。
自谓经过旧不迷，安知峰壑今来变。

当时只记入山深，青溪几度到云林。
春来遍是桃花水，不辨仙源何处寻。

注释

①古津：一作“去津”。津，溪流。②红树：指繁花盛开的桃树。③忽值：一作“不见”。值，遇见。④隈隩（wēi yù）：山崖曲深处。⑤旋：忽然间，紧接着。⑥攒：聚集。⑦“樵客”句：意谓这儿的居民第一次听到樵客告诉他们汉以下朝代的名称。樵客，这里指渔人。古时渔樵并称，可以通用。⑧“居人”句：当地居民还穿着当初来此避乱时秦朝的衣服。⑨武陵源：即桃花源。汉属武陵郡（郡治在今湖南省常德市），故称。⑩物外：世外。⑪“峡里”二句：意谓桃源和外面隔绝，哪里知道人世间事；而人世间也不知有此仙境，遥遥望到的只是云山而已。

赏析

王维的诗以抒写山水著称，此诗尤胜。历来评价王诗有“诗中有画，画中有诗”的说法，细读这首诗才知道这话不假。

这是诗人十九岁时的作品。此诗借咏桃花源一事，寄托了诗人对美好理想的憧憬。此诗以陶潜的《桃花源记》为蓝本，取其大意，变文为诗，进行艺术的再创造，开拓了此诗的意境，具有独特的艺术价值。因此，它能与散文《桃花源记》并传于世。这首诗段落与陶潜的散文相仿，但画面却比陶文生动优美，绚烂多彩。全诗笔力舒健，韵脚多变，从容雅致，意境超脱，寓意深长。

李白

蜀道难

噫吁嚱[①]，危乎高哉！蜀道之难，难于上青天！
蚕丛及鱼凫[②]，开国何茫然。
尔来四万八千岁[③]，不与秦塞[④]通人烟。

西当太白⑤有鸟道，可以横绝峨嵋巅。
地崩山摧壮士死，然后天梯石栈方钩连。
上有六龙⑥回⑦日之高标⑧，下有冲波逆折之回川。
黄鹤之飞尚不得过，猿猱欲度愁攀缘。
青泥⑨何盘盘，百步九折萦岩峦。
扪参历井⑩仰胁息，以手抚膺坐长叹。
问君西游何时还，畏途巉岩⑪不可攀。
但见悲鸟号古木，雄飞雌从绕林间。
又闻子规啼夜月，愁空山。
蜀道之难，难于上青天，使人听此凋朱颜⑫。
连峰去天不盈尺⑬，枯松倒挂倚绝壁。
飞湍瀑流争喧豗⑭，砯⑮崖转石万壑雷。
其险也若此，嗟尔远道之人胡为乎来哉！
剑阁⑯峥嵘⑰而崔嵬，一夫当关，万夫莫开。
所守或匪亲，化为狼与豺。
朝避猛虎，夕避长蛇。磨牙吮血，杀人如麻。
锦城⑱虽云乐，不如早还家。
蜀道之难，难于上青天，侧身西望长咨嗟。

注释

①噫吁嚱（xī）：惊叹声。②蚕丛、鱼凫（fú）：传说中古蜀国的两个国王。③四万八千岁：夸张的说法，极言时间的漫长。④秦塞：指秦地，即今陕西省中部地区，为古代秦国的发源地。⑤太白：指太白山。⑥六龙：传说中太阳神的车子，由羲和驾着六条龙，每天在空中行驶。⑦回：迂回，绕道。⑧高标：指山中最高而为一方标志者，极言蜀山之高，成为羲和回车的标志。⑨青泥：山岭名，位于今甘肃、陕西两省界上，是入蜀的要道，其岭悬崖万仞，上多云雨，行人常常碰上泥淖，故得名。⑩参、井：为星宿名，分别是蜀、秦的分野。⑪巉（chán）岩：险峻的山岩。⑫朱颜：美

好的容颜。⑬不盈尺：不到一尺。⑭喧豗（huī）：咆哮喧腾。⑮砯（pīng）：冲击。⑯剑阁：又名剑门关，今四川省剑阁县以北，在大剑山和小剑山之间有一条三十里长的栈道，群峰如剑，连山耸立，峭壁中断如门，形成天然要塞。⑰峥嵘：形容山的高峻突兀。⑱锦城：即锦官城，成都的别称。成都以盛产锦著名，古代曾经设锦官于此，专理其事，故称之锦官城。

赏析

本诗表达的是诗人对自己不能受到当朝统治者赏识的悲愤，通过写蜀道的艰险，来暗示自己仕途的坎坷。

全诗可以分为三个层次。从此诗的开头到“然后天梯石栈方钩连”是第一个层次，点出了蜀道的两大特点：危、高。然后推出了本诗的主旨：蜀道难。再从“上有六龙回日之高标”到“使人听此凋朱颜”是第二个层次，将山之高耸与神话融为一体，突出蜀道之艰难。最后从“连峰去天不盈尺”到全篇结束为第三个层次，以山川之险来揭示蜀道之难，着力渲染惊险的气氛。

长相思（其一）

李白

长相思，在长安①。
络纬②秋啼金井阑，微霜凄凄簟③色寒。
孤灯不明思欲绝，卷帷望月空长叹。
美人如花隔云端，上有青冥④之长天，
下有渌水之波澜。
天长地远魂飞苦，梦魂不到关山难⑤。
长相思，摧心肝。

注释　①长安：今陕西省西安市。②络纬：昆虫名，俗称纺织娘。③簟（diàn）：凉席。④青冥：高远的青天。⑤关山难：关山难度。

赏析　《长相思》为乐府旧题，多写思妇之怨。李白此篇拟其格而别有寄托。此诗以“美人如花隔云端”为中心，前后自然分为两部分。前半部分写一个孤栖幽独者“在长安”的相思情形，后半部分写其上天入地地追寻以至“摧心肝”的求索之苦。全诗以“长相思”开启，复以“长相思”收束，章法整饬，韵律铿锵。表面上看，诗中抒写的只是男女相思苦情，但“美人”一向有“理想”的喻义，“长安”更具政治内涵，深意自在发泄诗人追求政治理想而难以实现之苦闷心绪。全诗因意旨隐含在形象之中，隐而不露，自有一种含蓄的韵味。

李白

行路难

金樽清酒斗十千，玉盘珍羞[1]直万钱。
停杯投箸不能食，拔剑四顾心茫然。
欲渡黄河冰塞川，将登太行雪满天。
闲来垂钓碧溪上[2]，忽复乘舟梦日边[3]。
行路难，行路难，多歧路，今安在？
长风破浪会有时，直挂云帆济沧海。

注释

①珍羞：名贵的菜肴。羞，通“馐”。②垂钓碧溪上：传说吕尚未遇周文王时，曾在溪边（今陕西省宝鸡市东南）垂钓。③乘舟梦日边：传说伊尹见汤以前，梦乘舟过日月之边。合用这两个典故，是比喻人生遇合无常，多出于偶然。

赏析

本诗的感情激荡起伏，诗人因自己理想遭遇现实的阻隔而愤懑，但从未放弃理想，而是一如既往地去追求。

本诗通过层层叠叠的感情起伏变化，既充分显示了黑暗污浊的政治现实对诗人的宏大理想抱负的阻遏，反映了由此而引起的诗人内心的强烈苦闷、愤郁和不平，同时又突出表现了诗人的倔强、自信，展示了诗人力图从苦闷中挣脱出来的强大精神力量。

李白

将进酒

君不见黄河之水天上来，奔流到海不复回。
君不见高堂明镜悲白发，朝如青丝[1]暮成雪。
人生得意须尽欢，莫使金樽[2]空对月。
天生我材必有用，千金散尽还复来。

烹羊宰牛且为乐，会须[3]一饮三百杯。
岑夫子，丹丘生，[4]将进酒，杯莫停。
与君歌一曲，请君为我倾耳听。
钟鼓[5]馔玉[6]不足贵，但愿长醉不复醒。
古来圣贤皆寂寞，唯有饮者留其名。
陈王昔时宴平乐，斗酒十千恣欢谑。
主人何为言少钱，径须沽取对君酌。
五花马[7]，千金裘，
呼儿将出换美酒，与尔同销万古愁。

注释　①青丝：指黑发。②金樽：金杯。③会须：正当。④岑夫子，丹丘生：岑夫子，岑勋。丹丘生，元丹丘。二人都是李白的朋友。⑤钟鼓：富贵人家宴会中奏乐使用的乐器。⑥馔（zhuàn）玉：形容食物像玉一样精美，这里借指达官贵人的富贵生活。⑦五花马：毛色是五花纹的良马。

赏析　本诗写得气势磅礴，宏伟壮观，成为后世为人所称道的名篇。

诗人在此诗的开篇运用了两个排比长句，如同挟天风海雨迎面扑来。上联写大河，气势磅礴。下联写时间，悲叹人生短促。接下来的五、六句在情感上发生了逆转，由“悲”转而写“欢”“乐”。七、八句诗人用乐观好强的口吻肯定人生，肯定自我。至此诗人的狂放之情趋于高潮，此诗的旋律加快。“岑夫子，丹丘生，将进酒，杯莫停”，这几个短句的忽然加入，不但使诗歌节奏富于变化，而且朗朗上口。接下来的八句可以说是诗中之歌，诗歌到此便由狂放转为激愤。此诗的最后一部分，诗人引用了“陈王”的故事，抒发了自己不受重用的惆怅之情。此诗的最后一句与开篇之“悲”相呼应。

杜甫

兵车行

车辚辚[①]，马萧萧[②]，行人弓箭各在腰。
爷娘妻子[③]走相送，尘埃不见咸阳桥。
牵衣顿足拦道哭，哭声直上干[④]云霄。
道傍过者问行人，行人但云[⑤]点行[⑥]频。
或从十五北防河[⑦]，便至四十西营田[⑧]。
去时里正[⑨]与裹头[⑩]，归来头白还戍边。
边庭流血成海水，武皇开边意未已。
君不闻汉家山东二百州，千村万落生荆杞。
纵有健妇把锄犁，禾生陇亩无东西。[⑪]
况复秦兵耐苦战，被驱不异犬与鸡。
长者虽有问，役夫[⑫]敢申恨？
且如今年冬，未休关西卒，
县官急索租，租税从何出？
信知生男恶，反是生女好。
生女犹得嫁比邻，生男埋没随百草。
君不见青海头，古来白骨无人收。
新鬼烦冤旧鬼哭，天阴雨湿声啾啾！

注释　①辚辚：车行声。②萧萧：马鸣声。③妻子：妻子和子女。④干：犯，冲。⑤但云：只说。⑥点行（háng）：按丁口册上的行次点名征发。⑦防河：唐时吐蕃常犯边境，故征兵，驻防在河西（黄河以西之地）。⑧营田：即屯田，平时种田，战时作战。⑨里正：里长。唐制百户为一里，设里正管户口、赋役等事。⑩裹头：古以皂罗三尺裹头作头巾。⑪“纵有”二句：陇，通“垅”，田埂。两句意谓壮男皆出征，即使有健妇耕作，庄稼也种得不成行列，难辨东西，势必影响收成。⑫役夫：应兵役者自称。

赏析

这首诗是讽世伤时之作，也是杜诗中的名篇，为历代所推崇。它以目击者的身份，纯用客观叙述的表现手法，真实地揭露了唐玄宗统治后期穷兵黩武给人民带来的莫大灾难。此诗的开头写军人家属送别儿子、丈夫出征的悲惨情景，描绘了一幅催人泪下的送别图。接着通过设问，役人直诉从军后妇女代耕，农村萧条零落的境况。最后写征夫久不得息，连年征兵，百姓唯恐生男和青海战场尸骨遍野，令人不寒而栗的情景。全诗把唐王朝穷兵黩武的罪恶，揭露得淋漓尽致。

杜甫

丽人行

三月三日①天气新，长安水边多丽人。
态浓②意远淑且真，肌理细腻骨肉匀。
绣罗衣裳照暮春，蹙金孔雀银麒麟。
头上何所有？翠③微匐叶垂鬓唇。
背后何所见？珠压腰衱稳称身④。
就中云幕椒房亲，赐名大国虢与秦。⑤
紫驼之峰⑥出翠釜，水精之盘行素鳞。
犀箸⑦厌饫久未下，鸾刀缕切空纷纶。
黄门飞鞚不动尘，御厨络绎送八珍⑧。
箫鼓哀吟感鬼神，宾从⑨杂遝实要津。
后来鞍马⑩何逡巡，当轩下马入锦茵。
杨花雪落覆白蘋，青鸟飞去衔红巾。
炙手可热势绝伦，慎莫近前丞相嗔。

注释 ①三月三日：为上巳日，唐代长安士女多于此日到城南曲江游玩踏青。②态浓：梳妆浓艳。③翠：青翠色。④稳称身：十分贴切合身。⑤“就中”二句：椒房，汉代皇后居室，以椒和泥涂壁。后世因称皇后为椒房，皇后家属为椒房亲，时杨贵妃位同皇后。这两句是指天宝七载（748）唐玄宗赐封杨贵妃的大姐为韩国夫人，三姐为虢国夫人，八姐为秦国夫人。⑥紫驼之峰：即驼峰，是一种珍贵的食品。唐贵族食品中有“驼峰炙”。⑦犀箸：犀牛角做的筷子。⑧八珍：形容珍美食品之多。⑨宾从：宾客随从。⑩后来鞍马：指丞相杨国忠。

赏析 《丽人行》是一首“旧瓶装新酒”的七言乐府诗，是杜甫的名篇。它描写的是在一个春暖花开的时节，杨国忠兄妹在长安城南曲江游宴时的情景，讽刺了他们骄奢淫逸的丑行，也从侧面曲折地反映了唐玄宗的昏庸和时政的腐败。

这篇歌行的主题思想和倾向并不隐晦难懂，但不是直点出来，而是从场面和情节中自然而然地流露出来。从头到尾，诗人描写那些简短的场面和情节，都是用正面咏叹的方式，态度严肃认真，笔触精工细腻，着色鲜艳富丽，丝毫不露油腔滑调，也不做漫画式的刻画。但令人惊叹的是，诗人就是在这一本正经的咏叹中，出色地完成了以诗歌揭露腐朽、鞭挞邪恶的神圣使命，获得了比一般轻松的讽刺更为强烈的艺术批判力量。

VOLUME1

唐诗三

卷五　五言律诗

五言律诗是律诗的一种，就是指五言八句而又合乎律诗规范的诗歌，属于近体诗范畴。律诗发源于南朝，从南齐永明时沈约等讲究声律、对偶的新体诗演变而来，至初唐沈佺期、宋之问时基本定型，成熟于盛唐时期。律诗每首有四联（八句），每句五个字的是五言律诗，简称“五律”，每句七个字的是七言律诗，简称“七律”。律诗的一、二句称为“首联”，三、四句称为“颔联”，五、六句为“颈联”，七、八句为“尾联”。“颔联”和“颈联”必须对偶；第二、四、六、八句最后的一个字必须同韵。

对于唐代人来说，五言律诗是从五言古诗中脱胎出来的新诗体，它继承了五古的句有定字和隔句押韵的原则，并且借鉴了骈体文的声律和对偶原则。

五言律诗最高成就在盛唐，中唐以后逐渐衰落，五代几乎鲜有提及。宋代近体诗多是七言，五律成就不高，佳作也少，名篇更是罕见。

张九龄

望月怀远[1]

海上生明月，天涯共此时。
情人[2]怨遥夜，竟夕[3]起相思。
灭烛怜光满，披衣觉露滋[4]。
不堪盈手赠，还寝梦佳期。

注释

①怀远：怀念远方的亲人。②情人：多情的人。③竟夕：终夜，整夜。④滋：滋生。

赏析

此诗开篇直接点题，点明“望月怀远”。首联境界雄浑阔大，气象非凡，是千古传诵的名句。这两句写出诗人与亲人远隔两地，天涯海角，却共此明月，互相怀念。这是一笔写双方，明月是纽带，也是展开想象的空间环境。三、四句以情人怨恨夜长，整夜相思不寐，反衬诗人对亲人的深深怀念。五、六句又转而写诗人月夜怀远的情态。最后两句，诗人赠给对方一把月光，象征着赠给对方一团火热的情思，结得哀婉缠绵，真挚动人。全诗运用比兴手法，以明月起兴，以明月结篇，借月托情，抒写怀抱。

王勃

送杜少府[1]之任蜀州

城阙[2]辅三秦[3]，风烟望五津[4]。
与君别离意，同是宦游人[5]。
海内存知己，天涯若比邻[6]。
无为[7]在歧路[8]，儿女共沾巾[9]。

注释

①少府：官名。唐代称县令为明府，称县尉为少府。②城阙：指长安。③三秦：秦灭亡后项羽三分关中，封秦将章邯为雍王，司马欣为塞王，董翳为翟王，合称“三秦”。后来指今陕西省一带。这里泛指长安附近一带。④五津：长江自灌县至犍为一段五大渡口的合称。五津皆在蜀中，因此用以泛指蜀地。⑤宦游人：指离家在外做官之人。⑥比邻：指邻居。古代五家相连为“比”。⑦无为：“无”通“毋”，“无为”就是“不要”的意思。⑧歧路：岔路，诗中是指分手之处。⑨沾巾：指流泪。

赏析

此诗是送别诗中的名作。诗人在长安送杜少府赴任蜀州，因此写这首诗作为临别赠言，与友人互勉共进，情深意切，真挚感人。通过表达真正的友谊不会因为行迹的疏远而消减这层深意，来赞美人世间友情之可贵，显示出了一种健康真实的艺术美。

在狱咏蝉

骆宾王

西陆[1]蝉声唱，南冠[2]客思深。
不堪玄鬓[3]影，来对《白头[4]吟》。
露重飞难进，风多响易沉。
无人信高洁，谁为表予心[5]？

注释

①西陆：秋天。②南冠：代指囚禁中。③玄鬓（bìn）：蝉翼。④白头：白发人。⑤予心：我的心。

赏析

此诗作于患难之中，情感充沛、取譬明切、用典自然、语意双关，是咏物诗中的名作。

此诗的首联点明托喻之物和作者的对应关系，将自己悲苦、忧虑的心绪，借秋蝉宣泄而出，将秋蝉的生机将尽和诗人朝不保夕的囚狱境遇联系在一起；颔联上句写蝉，下句写己，用描写蝉的“玄鬓”来对比自己的“白头”，写出了自己忧国思民的忧虑之重；颈联物我合一，表面是在写蝉，实则感发自己的处境，暗指自己仕途的不得志；尾联则全然分不清写的是蝉是“我”，好像是赞美蝉的孤高贞洁，又似直抒胸臆，把自己的冤屈和为国忠贞之志，一并宣泄而出。

次[1]北固山下

王湾

客路青山外，行舟绿水前。
潮平两岸阔，风正一帆悬。
海日生残夜[2]，江春入旧年[3]。
乡书何处达，归雁洛阳边[4]。

注释

①次：停留。②残夜：黎明。③“江春”句：新年还没有到，江南就有了春天的气息。④“归雁”句：古时传说大雁能带信，这句的意思是诗人希望北归的大雁能把家信带到故乡洛阳。

赏析

这首诗是诗人由楚入吴，在沿江东行途中泊舟于江苏镇江北固山下时所作。当时正值冬尽春来，旭日初升，诗人面对江南景色，置身水路孤舟，感受时光流逝，油然而生别绪乡思。但是，由于诗人将情感内容完全融入特定时空的生动可感的自然景象之中，因而此诗的情感基调不仅略无哀伤凄婉，反而表现出在昼夜转接、时序交替之际，对于发现独特的江南景致与蓬勃的自然生机的喜悦，并且形成高朗壮阔的审美境界。特别是“海日生残夜，江春入旧年”一联，被后人视为盛唐气象的标志。“潮平两岸阔，风正一帆悬”的阔大境界也不失为“星垂平野阔，月涌大江流”的审美范型。

破山寺后禅院

常建

清晨入古寺，初日①照高林。
曲径②通幽处，禅房③花木深。
山光悦④鸟性，潭影空⑤人心。
万籁⑥此俱寂，惟闻⑦钟磬⑧音。

注释

①初日：早上的太阳。②曲径：曲折的小路。③禅房：僧人的房舍。④悦：使……高兴。⑤空：使……空明。⑥万籁：各种声音。籁，凡是能发出音响的孔都叫“籁”，此指自然界的一切声音。⑦惟闻：只听见。⑧钟磬：寺院里诵经、斋供时打击钟磬作为信号。

赏析

这首诗题咏的是佛寺禅院，抒发的是作者忘却世俗、寄情山水的隐逸胸怀。诗人在清晨登破山，入兴福寺，旭日初升，光照山上树林。然后，他穿过寺中竹丛小路，走到幽深的后院，发现唱经礼佛的禅房就在后院花丛树林深处。这样幽静美妙的环境，使诗人惊叹、陶醉，忘情地欣赏起来。此刻此景此情，诗人仿佛领悟到了空门禅悦的奥妙，摆脱了尘世一切烦恼，像鸟儿那样自由自在，无忧无虑。

李白

赠孟浩然

吾爱孟夫子①，风流②天下闻。
红颜弃轩冕，白首③卧松云。
醉月频中圣④，迷花⑤不事君。
高山⑥安可仰，徒此揖清芬。

注释

①孟夫子：指孟浩然。②风流：古人以风流赞美文人，主要是指有文采、善词章，风度潇洒，不钻营苟且等。③白首：白头，指老年。④中（zhòng）圣："中圣人"的简称，即醉酒。古人称酒清者为圣人，酒浊者为贤人。⑤迷花：迷恋花草，此指隐居。⑥高山：言孟夫子品格高尚，令人敬仰。

赏析

本诗在对咏赞对象进行勾勒的同时，更重要的是也表达了诗人自己美好的人生理想和审美情结。

首联是总写，其中，"爱"字是贯穿全诗的抒情线索。颔联两句是从纵的方面描写孟浩然的生平经历。颈联两句则是从横的方面写孟浩然的现时状态——隐居。尾联"高山"一句暗用《诗经·小雅》中"高山仰止，景行行止"的典故，同时又是形象描写，即使读者不知此句的出处，仍能欣赏孟浩然的形象与诗情之美。

李白 | 渡荆门送别

渡远荆门[①]外，来从楚国游。
山随平野[②]尽，江[③]入大荒流。
月下[④]飞天镜，云生结海楼[⑤]。
仍怜故乡水，万里[⑥]送行舟。

注释

①荆门：荆门山，在今湖北省宜都西北长江南岸，与北岸虎牙山对峙，形势险要。②平野：平坦广阔的原野。③江：长江。④下：移下。⑤海楼：海市蜃楼，这里形容江上云霞的美丽景象。⑥万里：比喻行程之远。

赏析

本诗是李白从蜀乘船向荆门之外的湖北、湖南楚国故地游览之时写下的一篇游览诗。

从首联来看，这两句诗描述的就是这一壮游。颔联形象地描绘了船出三峡、渡过荆门山后长江两岸的特有景色。颈联是诗人从不同角度描绘长江的近景与远景。尾联是诗人思乡之情的倾泻与展现。此诗以浓重的怀念惜别之情结尾，言有尽而情无穷。诗题中的“送别”应是告别故乡而不是送别朋友，诗中并无送别朋友的离情别绪。

李白 | 送友人

青山横北郭[①]，白水绕东城。
此地一为别[②]，孤蓬[③]万里征。
浮云[④]游子意，落日故人[⑤]情。
挥手自兹去，萧萧[⑥]班[⑦]马鸣。

注释　①北郭：北城外。②为别：作别之意。③孤蓬：蓬是蓬草，常常随风飘转，常用来比喻漂泊的人。孤蓬就是孤身漂泊的人。④浮云：飘浮不定的云，用来比喻友人。⑤故人：在本诗中指诗人自己。⑥萧萧：马嘶鸣的声音。⑦班：意为分别。

赏析　本诗表达了诗人送别友人时的依依惜别之情。

首联交代了诗人与友人告别的地点。就颔联的内容而言，主要表述了诗人与友人此地一别，离人就要像蓬草那样随风飞转，到万里之外去了。颈联的遣词造句特别值得考究，很有技巧性。这里既有景，又有情，情景交融，扣人心弦。尾联表达了诗人对友人的真情厚意。

春望

杜甫

国①破山河在，城春草木深。
感时②花溅泪③，恨别鸟惊心④。
烽火⑤连三月，家书抵⑥万金。
白头搔更短⑦，浑⑧欲不胜簪⑨。

注释　①国：指京城长安。②感时：感叹时事。③花溅泪：看见花就泪水飞溅。④鸟惊心：听到鸟的叫声使人心惊。⑤烽火：这里指战争。⑥抵：值。⑦短：短少。⑧浑：简直。⑨簪：古代男子成年后把头发绾在头顶上，用一根簪别住。

赏析　此诗的前四句都统在“望”字中。诗人俯仰瞻视，视线由近而远，又由远而近，视野从都城到山河，再由草木到花鸟。感情则由隐而显，由弱而强，步步推进。在景与情的变化中，仿佛可见诗人

由翘首望景，逐步地转入了低头沉思。最后诗人将伤国忧时思家的情怀用具体的细节体现了出来：头上白发本来稀少，不断搔抓，就更少了，差不多连发簪也戴不住了。本诗以“不胜簪”作结，使人感到诗人把自己的命运和国家的命运紧密地结合在一起，真挚感人。

这首五律，对仗工整，情景交融，水乳难分。景物的形象，蕴含着诗人的情感；诗人的感情，又诉诸对景物形象的描绘中，具有极强烈的感染力。

月夜

杜甫

今夜鄜州月，闺中只独看。①
遥怜②小儿女，未解③忆长安。
香雾云鬟湿，清辉玉臂寒。④
何时倚虚幌⑤，双照⑥泪痕干。

注释

①“今夜”二句：鄜州，今陕西省富县。当时杜甫的家属在鄜州的羌村，杜甫在长安。这两句设想妻子在鄜州独自对月怀人的情景。②怜：爱。③未解：尚不懂得。④“香雾”二句：夜雾本无香，香从妻子的云鬟（huán）中散出；凄清的月光照在妻子的玉臂上，显得寒凉。湿、寒二字，写出夜已深而人未寐的情景。云鬟，古代妇女的环形发饰。⑤虚幌：透明的窗帷。⑥双照：与上面的“独看”对应，表示对未来团聚的期望。

赏析

诗人望月想念家中的妻子，充满了深情也满怀忧虑与辛酸。这无尽的思念与盼望能双照泪干的愿望正揭示了离乱带给人们的痛苦。这首诗描写形象，情深意切。题为“月夜”，诗人看到的是长安月。但他更焦心的不是自己失掉自由、生死未卜的处境，而是妻子对自己的处境如何焦心，所以悄然动容，神驰千里。这首诗借望月而抒离情，但所抒发的不是一般情况下的夫妇离别之情，字里行间，时代的脉搏是清晰可辨的。

杜甫

月夜忆舍弟[1]

戍鼓[2]断人行[3]，秋边[4]一雁声。
露从今夜白[5]，月是故乡明。
有弟皆分散，无家问死生。[6]
寄书长[7]不达，况乃[8]未休兵[9]。

注释

①舍（shè）弟：这里指自己的弟弟。②戍鼓：戍楼上的更鼓。③断人行：指鼓声响起后，就开始宵禁。④秋边：秋天的边地，边塞的秋天。⑤露从今夜白：指在节气“白露”的夜晚。⑥有弟皆分散，无家问死生：弟兄分散，家园无存，相互间都无从得知死生的消息。⑦长：一直，总是。⑧况乃：何况是。⑨未休兵：战争还没有结束。

赏析

此诗作于战乱中，诗人颠沛流离，历尽国难家忧，心中满腔悲愤；望秋月而思念手足兄弟，寄托家国之情。

题目中虽带有“月夜”，作者却不从月夜写起，而是首先描绘了一幅边塞秋天的图景，耳目所及皆是一片凄凉景象。此诗由望月转入抒情，过渡十分自然。“有弟皆分散，无家问死生”，上句说弟兄离散，天各一方；下句说家已不存，生死难卜，写得伤心折肠，令人不忍卒读。这两句诗也概括了“安史之乱”中人民饱经忧患丧乱的普遍遭遇。“寄书长不达，况乃未休兵”，紧承五、六两句进一步抒发内心的忧虑之情。

杜甫

天末怀李白

凉风起天末①，君子②意如何？
鸿雁③几时到，江湖秋水多④。
文章憎命达⑤，魑魅喜人过⑥。
应共冤魂⑦语，投诗赠汨罗⑧。

注释

①天末：天的尽头。当时李白因永王李璘案被流放夜郎，途中遇赦还至湖南。②君子：指诗人李白。③鸿雁：指传送书信的鸿雁。④“江湖”句：这是为李白的行程担忧之语。⑤“文章”句：好文章都是在命运艰难时才写出来的。命，命运，时运。⑥“魑魅”句：指魑魅喜欢幸灾乐祸。魑魅（chī mèi），鬼怪，这里指坏人或邪恶势力。过，过错，过失。⑦冤魂：指屈原。屈原被放逐，投汨罗江而死。⑧汨（mì）罗：汨罗江。

赏析

李白于至德二年（757）因永王之罪受牵连，被流放夜郎，行至巫山遇赦得还。杜甫不知实情，于乾元二年（759）作此诗，眷怀李白，设想他当路经汨罗，因而以屈原喻之。其实，此时李白已遇赦，泛舟洞庭了。因凉风而念友，望秋雁而怀思。文人相重，末路相亲，天涯沦落之感，跃然纸上，至今读之，依然令人潸然泪下。

这首因秋风感兴而怀念友人的抒情诗，感情十分强烈，但不是奔腾浩荡、一泻千里地表达出来，而是千回百转，萦绕心际。吟诵

全诗，如展读友人书信，充满殷切的思念、细微的关注和发自心灵深处的感情，反复咏叹，低回婉转，沉郁深微，实为古代抒情名作。

旅夜书怀

杜甫

细草微风岸，危樯[1]独夜[2]舟。
星垂[3]平野[4]阔，月涌大江流。
名岂文章著[5]，官应老病休[6]。
飘飘[7]何所似[8]，天地一沙鸥。

注释　①危樯：高耸的船上的桅杆。②独夜：孤独的不眠之夜。③星垂：星辰低垂。④平野：平坦空旷的原野。⑤文章著：因文章而著名。⑥老病休：因年老衰病而离职。⑦飘飘：不定的样子。⑧何所似：所像的是什么。

赏析　此诗的头四句写景。首两句从细处着眼，描写的是近景。颔联写远景，是历来传诵的名句；大笔勾勒，写得真切细腻，创造出一种阔大雄浑但又寂寞空旷的境界，从而再反衬诗人的孤独，景中见情，景与情融。此诗的后四句笔势急转，直抒情怀。颈联写出诗人的极度愤慨之情。尾两句触景而情发，

景以自况，运用形象的比喻收结全诗。诗人以天地间一只形单影孤的沙鸥来寄托自己功业未成的慨叹，有一种强烈的感染力量。

杜甫

登岳阳楼

昔闻洞庭水[1]，今上岳阳楼[2]。
吴楚[3]东南坼[4]，乾坤[5]日夜浮。
亲朋无一字[6]，老病[7]有孤舟。
戎马关山北，凭轩[8]涕泗流。

注释

①洞庭水：即洞庭湖。在今湖南省北部，长江南岸，是我国第二大淡水湖。②岳阳楼：在今湖南省岳阳市，下临洞庭湖，为游览胜地。③吴楚：春秋时二国名，其地约在今湖南、湖北、江西、安徽、江苏、浙江一带。④坼（chè）：分裂，这里引申为划分。⑤乾坤：原指天地，此指日月。⑥无一字：音讯全无。字，这里指书信。⑦老病：杜甫时年五十七岁，身患肺病。⑧凭轩：倚着楼窗。

赏析

唐代宗大历三年（768），杜甫由夔州出三峡，暮冬腊月，泊舟岳阳城下，登楼远眺，触景生情，写了这首诗。

首联虚实交错，今昔对照，从而扩大了时空领域。颔联写洞庭湖的浩瀚无边。颈联写诗人政治生活坎坷，漂泊天涯，怀才不遇的心情。尾联写眼望国家动荡不安，自己报国无门的哀伤，上下句之间留有空白，引人联想。

写景虽只两句，却显得技巧精湛；抒情虽暗淡落寞，却吞吐自然，毫不费力。

王维

山居[①]秋暝[②]

空山新雨后，天气晚来秋。
明月松间照，清泉石上流。
竹喧[③]归浣女[④]，莲动下渔舟。
随意[⑤]春芳[⑥]歇[⑦]，王孙[⑧]自可留。

注释

①山居：山中的住所。②暝：黄昏。③喧：在本诗中指洗衣女的欢笑声。④浣女：洗衣的女子。⑤随意：在本诗中是“尽管”之意。⑥春芳：春天的芬芳。⑦歇：逝去。⑧王孙：贵族的后裔，这里指隐居的高士。

赏析

此诗为王维山水诗中的名篇。雨后秋山的明快舒朗、清新鲜洁的环境特点构成了全诗的基调。诗情画意中寄托了诗人高洁的情怀及对理想境界的追求。明月清泉，竹喧莲动，浣女归舟，层次鲜明，因果清晰，且有声有色，有静有动，构成一幅清晰和谐的雨夜秋山图。

王维

汉江[①]临眺[②]

楚塞[③]三湘[④]接，荆门九派通。
江流天地外，山色有无中。
郡邑浮前浦，波澜动远空。
襄阳好风日，留醉与山翁[⑤]。

注释

①汉江：即汉水。②临眺：登高远望。③楚塞：楚国的边界。战国时这一带本为楚地。④三湘：说法不一。古诗文中一般泛指

今洞庭湖南北、湘江流域一带。⑤山翁：指晋代山简，“竹林七贤”之一山涛之子，曾任征南将军，好饮，每饮必醉。

赏析

本诗大约是开元末期王维为殿中侍御史，知南选，至襄阳时偕同襄阳地方官在游览汉江时所写。首写汉江流域的壮阔总貌，继写汉江水势的浩荡景象，末写自己为汉江风光而流连忘返的殷殷情意，从而使这幅雄伟奔放而又浓于韵致的水墨画，又如锦绣般编织得十分精细匀称。它不愧为模山范水、融画入诗、化诗为画、诗画传情、意境感人的典范精品。

王维

终南别业[1]

中岁[2]颇好道[3]，晚家[4]南山陲[5]。
兴来每独往，胜事[6]空自知。
行到水穷处，坐看云起时。
偶然值[7]林叟[8]，谈笑无还期。

注释

①别业：别墅。②中岁：中年。③道：这里是指佛教的禅理。④家：动词，安家。⑤陲：边缘。⑥胜事：快乐的事情。⑦值：遇到，碰见。⑧林叟：居住在山林的老人。

赏析

这首诗描写的是诗人自得其乐的闲适情趣。开头两句叙述诗人中年以后即厌尘俗，而信奉佛教。颔联透露出诗人的闲情逸致。颈联，即言"胜事自知"，表现诗人的心情悠闲到极点。尾联突出了"偶然"二字，"偶然"贯穿上下，成为此次出游的一个特色。而且正因处处"偶然"，所以处处都是"无心的遇合"，更显出他心中的悠闲，如行云自由舒卷，如流水自由流淌，形迹毫无拘束。

孟浩然

临洞庭上张丞相

八月湖水平，涵虚[1]混太清。
气蒸云梦泽[2]，波撼岳阳城。
欲济[3]无舟楫，端居[4]耻圣明。
坐观垂钓者，徒[5]有羡鱼情。

注释

①涵虚：水汽浩渺迷茫。②云梦泽：古大泽名。③济：渡过。④端居：闲居。⑤徒：徒劳，白费工夫。

赏析

这是一首干谒诗，写于开元二十一年（733）前后。当时张九龄正居相位，诗人漫游洞庭，面对烟波浩渺的湖水，触景生情，想到自己年近半百，还没有进入仕途，于是写了这首五言律诗给张九龄，希望得到赏识和录用，但是碍于面子，为了保持一点儿身份，才写得如此委婉含蓄，极力掩饰那干谒的痕迹。

全诗境界雄浑壮阔，情景交融，形象鲜明，可谓状难状之景如在眼前，抒不平之意尽在其中。此诗的前四句写洞庭湖的博大、壮观，构成了一幅奇景；后四句是求仕，但写得委婉含蓄，不落俗套。诗人急于求荐，但不是低三下四地乞求，而是借写景将这一意思蕴含其中。而且，前四句写得绝好，掩饰了后四句陈述原有的枯燥，既委婉地道出了诗人的用心，又显示出他的不卑不亢，艺术上自有特色。有人评论这首诗“以望洞庭托意，不露干乞之痕”，确实道出了此诗的妙处。

与诸子登岘山[1]

孟浩然

人事有代谢，往来成古今。
江山留胜迹，我辈复登临[2]。
水落鱼梁[3]浅，天寒梦泽[4]深。
羊公碑[5]尚在，读罢泪沾襟。

注释 ①岘山：一名岘首山，在今湖北省襄阳南。②复登临：再一次登山观看。③鱼梁：沙洲名，在襄阳鹿门山的沔水中。④梦泽：古泽名。云梦泽，故址在今湖北省安陆一带。⑤羊公碑：晋代羊祜镇守襄阳时，常与友人到岘山饮酒赋诗，有过“江山依旧，人世短暂”的感伤。后人为纪念羊祜功绩而建碑。

赏析 本诗的前半部分具有一定的哲理性，后半部分描写景物，富有形象，充满激情。

首联直接说理，言语简单，道理深刻，包含着诗人几多沧桑的感觉。颔联写登山之事，诗人的万般感慨油然而生。颈联描写诗人登山所见，抓住极为典型的物象即水和鱼，以精练的语言描绘出来，字里行间流露出一缕淡淡的伤感情怀。尾联写的是他登山后的感受。

岁暮归南山

孟浩然

北阙[①]休上书，南山归敝庐。
不才明主弃，多病故人疏。
白发催年老，青阳[②]逼岁除。
永怀愁不寐，松月夜窗虚[③]。

注释 ①北阙：指皇帝的住处，《汉书·高帝纪》注：“尚书奏事，谒见之徒，皆诣北阙。”②青阳：指春天。③虚：空寂。

赏析 本诗是在诗人极其压抑不得志的情况下创作出来的，通过字面上的一系列自责自怪，表达了诗人对于自己的才能不为世人所用的悲愤之情。

全诗看似语言显豁，实则含蕴丰富，层层辗转反复，风格悠远深厚，韵味无穷。

过故人庄

孟浩然

故人[①]具[②]鸡黍[③]，邀我至田家。
绿树村边合[④]，青山郭外斜[⑤]。
开轩面场圃[⑥]，把酒话桑麻[⑦]。
待到重阳日，还来就菊花[⑧]。

注释

①故人：指老朋友。②具：准备。③鸡黍：语出《论语·微子》“杀鸡为黍而食之”，后指农家丰盛的饭菜。④合：环绕。⑤斜：倾斜。⑥场圃：打谷场和菜园。⑦桑麻：桑树和麻，在本诗中泛指农事。⑧就菊花：意为欣赏菊花。就，靠近，在本诗中是欣赏的意思。

赏析

此诗的首联如记事一般，用语极其平淡自然。颔联不但写出了层次分明的近景和远景，而且这围绕着村落的绿树与斜倚在绿树之外的青山，正相映成趣地表现为一种谐和而单纯的美。颈联的“开轩”二字也似乎是很不经意地写入诗的，此处叙述人在屋里饮酒交谈，轩窗一开，就让外景映入了户内，更给人以心旷神怡之感。从尾联来看，孟浩然深深为农庄生活所吸引，于是临走时，向主人率真地表示将在秋高气爽的重阳节再来观赏菊花。淡淡的两句诗让故人相待的热情、做客的愉快、主客之间的亲切融洽跃然纸上。

孟浩然

留别王维

寂寂竟何待，朝朝空自归。
欲寻芳草去，惜与故人违①。
当路②谁相假？知音世所稀。
只应守寂寞，还掩故园扉③。

注释

①违：离别。②当路：掌权者。③扉：门。

赏析

孟浩然因为诗作《岁暮归南山》得罪了皇帝唐玄宗，因此不想在长安多待一天。王维非常生气地对他说：“你是怎么想的？你千里迢迢来应试，皇帝又非常赏识你的才能，你就不能吟诵一首别的诗？偏偏念这首诗，惹得皇帝不高兴，不赐你一死就算万幸了。”晚上，孟浩然想起白天的事情，思绪万千，仕途失意，惆怅与怨恨溢于言表。他决定归隐山林，但又不忍心与朋友分别，就写下了《留别王维》这首诗。诗中抒发出诗人由于没人引荐，缺少知音而失意的哀怨情怀。这首诗表达直率，语言浅显，但意味深长，耐人寻味。

早寒有怀

孟浩然

木落[1]雁南渡[2]，北风江上寒。
我家襄水曲[3]，遥隔楚云端[4]。
乡泪客中尽，归帆天际[5]看。
迷津[6]欲有问，平海夕漫漫[7]。

注释

①木落：树木的叶子落下来。②雁南渡：指大雁南飞。③襄水曲：在汉水的转弯处。襄水，指汉水，流经孟浩然的家乡襄阳。④楚云端：指长江中游一带。云端，地尽头。⑤天际：天边。⑥迷津：指迷失的道路。⑦平海夕漫漫：形容长江水势很大。

赏析

本诗借景抒情，通过对景物的描写来表现诗人的思乡之情。

此诗的开头两句具体地写出了季节气候特点，应该说是写实；但这两句写早寒景象是为下面的抒情做准备的，所以又有起兴的作用。颔联、颈联承接首联，由天气的寒冷、大雁的南渡，引发诗

人游子怀乡思归之情。尾联借问迷津表达寄托之意，既曲折又深刻地表达了作者不甘寂寞、积极上进的心情，同时也流露出得不到引荐、仕途茫然的苦闷惆怅之意。结句极为精妙，于写景中寄托了诗人怀才不遇的感慨，深化了主题，富有感染力，使全诗的风格含蓄曲折，情调悲慨。

饯别王十一[①]南游

刘长卿

望君烟水[②]阔，挥手泪沾巾。
飞鸟没[③]何处？青山空向人[④]。
长江一帆远，落日五湖春。
谁见汀洲[⑤]上，相思愁白蘋[⑥]。

注释

①王十一：名不详，排行十一。②烟水：茫茫的水面。③没（mò）：消失。④空向人：枉向人，意思是徒增相思。⑤汀洲：水边或水中平地。⑥白蘋：近水生长的一种草，花白色，故名。

赏析

这首送别诗写得情深意挚，动人心弦。诗人送别友人，抒发自己对友人的真挚情意。这首诗的写法新颖，情景交融，首尾呼应，曲折婉转，悠悠不尽。诗人描写了自己挥手、远望友人直到陷入思念，愁肠百结。他望着友人的船驶入浩渺的江水中，与友人挥手告别，泪水沾湿了手巾。飞鸟到哪里才是归宿？只有青山空对着他。长江上一叶孤帆远去，诗人在落日的光辉中欣赏五湖的春色。谁看见站在汀洲上面的他，正对着白蘋花心中充满无限愁思？

寻南溪常道士

刘长卿

一路经行处，莓苔见屐痕。
白云依静渚[1]，芳草闭闲门。
过雨看松色，随山到水源。
溪花与禅意，相对亦忘言。[2]

注释 ①渚（zhǔ）：水中的小块陆地。②“溪花”两句：因悟禅意，故也相对忘言。禅意，佛教指清静寂定的心境。

赏析 此诗是写诗人寻隐者不遇，却得到别的情趣，领悟到“禅意”之妙处。结构严密紧凑，层层扣紧主题。

全诗围绕着题目的“寻”字，逐渐展开。开始二句就突出一个“寻”字来，顺着莓苔屐痕，一路寻来。语言浅淡质朴，似乎无须赘言。那人迹罕至的清幽山径，正是常道士出入往来之地，这里没有人间喧嚣，满路莓苔。履痕屐齿给来访者带来希望和猜想：幽人不远，晤面在即；否则就是其人出晤，相会需费些周折。

刘长卿

新年作

乡心新岁切①，天畔独潸然②。
老至居人下③，春归在客先。
岭猿同旦暮④，江柳共风烟⑤。
已似长沙傅，从今又几年。

注释

①切：急切的样子。②潸（shān）然：落泪的样子。③居人下：居于人下。④旦暮：日夜。⑤风烟：风华或风景。

赏析

刘长卿生性刚直，不愿依附权贵。肃宗至德年间，他被大官僚吴仲孺诬害，下苏州狱，后被贬为潘州南巴县尉，这首诗当作于此时。诗人身处异乡，又逢新年，不免思念家乡，正所谓“每逢佳节倍思亲”。诗人在外的生活是凄苦的，仕途的失意更加重了他郁闷悲愤的心情。

首联写情，新岁怀乡；颔联写景寓情，感叹春归我先；颈联即景生情，写身处孤境的悲愁；末联借贾谊自况，抒发被贬的悲愤。

这首诗用典自喻，写景抒情，简练凝重。全诗抒情多于写景，无限离愁，跃然纸上。

钱起

谷口书斋寄杨补阙

泉壑[①]带茅茨，云霞生薜帷。
竹怜[②]新雨后，山爱夕阳时。
闲鹭栖常早，秋花落更迟。
家僮扫萝径[③]，昨[④]与故人期。

注释　①壑：山谷。②怜：疼爱，喜爱。③径：幽静的小路。④昨：以前的时候。

赏析　这是首邀约的诗，约杨补阙前来书斋叙谈。诗人描绘了书斋周围优美、清淡的景色，如此美景，邀友人欣赏，表现出两人之间真挚的友情。

首联起对，颔联晴雨分写，颈联写花鸟情态，末联写邀约。“竹怜新雨后，山爱夕阳时”不愧为写景妙句。

这首诗通篇写景，用词简练，句式工整，有静有动，生动传神。

韦应物

淮上喜会梁州故人

江汉曾为客，相逢每[①]醉还。
浮云[②]一别后，流水十年间。
欢笑情如旧，萧疏[③]鬓已斑。
何因[④]不归去，淮上[⑤]有秋山。

注释　①每：总是。②浮云：比喻聚散无定。③萧疏：零落。④何因：因为什么。⑤淮上：淮河水边，即今江苏省淮阴一带。

赏析

诗的开头，写诗人昔日在江汉作客期间与故人相逢时的乐事，概括了以前的交谊。诗人写这段往事，仿佛是试图从甜蜜的回忆中得到慰藉，结果反而引起感叹岁月蹉跎的悲伤。颔联一跌，直接抒发阔别十年的伤感。颈联的出句又回到本题，写这次相会的“欢笑”之态。末联以反诘作转，以景色作结——为何不归去，原因是“淮上有秋山”，秋光中的满山红树，正是诗人耽玩留恋之处。这个结尾给人留下了回味的余地。

贼平后送人北归

司空曙

世乱同[1]南去，时清独北还。
他乡生白发，旧国[2]见青山。
晓月过残垒[3]，繁星宿故关。
寒禽与衰草，处处伴愁颜。

注释

①同：一起。②旧国：故乡，故里。③残垒：废弃的营垒。

赏析

此诗意在写送故人返乡，伤自己不能与之同返，他想象着友人回归途中的情景，反映出战乱带给人们的痛苦，抒发了自己的感慨。

全诗扣紧乱离主题，由乱起南来写起，到乱平北还，再到诗人所见劫后荒凉，环环相扣。但在结构上看，从第三句至第六句，四句结构相同，却是一大败笔，不足为鉴。

刘禹锡

蜀先主①庙

天地英雄气，千秋尚凛然。
势分三足鼎，业复五铢钱②。
得相能开国，生儿不象贤。
凄凉蜀故伎，来舞魏宫③前。

注释

①蜀先主：蜀汉的开国皇帝刘备。其庙在今重庆市奉节县东的白帝山。②五铢（zhū）钱：汉武帝元狩五年（前118）铸造的一种钱币。王莽代汉时废除了它，东汉光武帝刘秀又恢复了它。③魏宫：曹魏的宫殿。刘禅降魏，举家迁洛阳。司马昭让蜀汉歌伎歌舞，刘禅说：“此间乐，不思蜀。”

赏析

这首诗是刘禹锡五律中传诵较广的一首。诗人凭吊蜀先主庙，想起开国的刘备与他不争气的儿子，心生感慨，慨叹蜀国的兴衰。

此诗的首联写刘备在世时是叱咤风云的英雄，千秋后的庙堂仍然威势逼人。颔联写刘备的业绩，两句用典对仗精辟工整，浑然天成。颈联为刘备建立功业，嗣子不肖而叹惜。尾联感叹后主刘禅之不才。全诗前半首写功德，后半首写衰败，以形象垂戒当世。

全诗一气呵成，寓意深刻，气势雄伟，具有极强的感染力。

没蕃故人

张籍

前年戍月支[①]，城下没[②]全师。
蕃[③]汉断消息，死生长别离。
无人收废帐，归马识残旗。
欲祭疑君在，天涯哭此时。

注释 ①月支：地名，借指吐蕃。②没（mò）：死。③蕃（bō）：吐蕃，古时西部少数民族建立的一个国家。

赏析 这首诗是诗人为怀念一位生死不明的友人作的。在这次战斗中，唐军全师覆没，由于消息断绝，友人是生是死，他无法确定。他深深想念这位朋友，料想其已死，想奠祭，但又存一线希望，希望友人还活着，巨大的悲恸在这无望的希望中体现出来。此诗的前半首从友人戍守写到全军覆没，消息全无，死生不明。后半首写诗人想象战场衰败并希望友人能不死生还。语真情苦，流露出“非战”思想。

草[①]

白居易

离离原上草，一岁一枯荣。
野火烧不尽，春风吹又生。
远芳侵古道，晴翠接荒城。
又送王孙[②]去，萋萋满别情。

注释 ①草：此诗以咏草写离情，并蕴含生命不止的感悟。此题一作《赋得古原草送别》。据说此诗为白居易十六岁时所作。但此说仅为传闻，并不可靠。②王孙：本指贵族子弟，这里指远游的人。

赏析 此诗首联不但写出“原上草”的性格，而且写出一种从烈火中再生的理想的典型，一句写“枯”，一句写“荣”，“烧不尽”与“吹又生”是何等唱叹有味，对仗亦工致天然，卓绝千古。颔联承上启下，通过对眼前景物的描绘，把“春风吹又生”的景象生动地展现在读者面前。颈联开启下文，非常自然地引出了此诗的最后两句。尾联点出送别，写人间的离情别绪。

旅宿

杜牧

旅馆无良伴[1]，凝情自悄然。
寒灯[2]思旧事，断雁警[3]愁眠。
远梦归侵晓[4]，家书到隔年。
沧江好烟月，门[5]系钓鱼船。

注释

①良伴：好友。②寒灯：昏暗冰冷的灯火。③警：惊醒。④侵晓：天快亮的时候。⑤门：门前。

赏析

这是羁旅怀乡之作。诗人客居旅馆，无良朋为伴，孤独中为乡愁所苦。“远梦归侵晓，家书到隔年”极言乡关遥远，幽愁满怀。梦见自己回到家中，因路途遥远，梦醒时分天已大明，家书须隔年才能寄到旅馆，可见离家之远，表达出诗人对家乡深沉的思念。最后两句似乎跳出了乡愁，写他艳羡门外沧江渔船的清闲自在，其实是借他乡之物，更曲折地表达出诗人的思乡之情。全诗层层推进，写景抒情都有独到之处。

蝉

李商隐

本以高难饱，徒劳恨费声[1]。
五更[2]疏欲断[3]，一树碧无情。
薄宦[4]梗犹泛[5]，故园芜[6]已平。
烦君[7]最相警[8]，我亦举家清。

注释

①恨费声：恨，憾；费，伤。恨、费二字并列，修饰“声”。②五更：临近天亮时，古时把一夜分成甲、乙、丙、丁、戊五个更次，要打更报时。③疏欲断：鸣声渐疏，似将断绝。④薄宦：卑微的官职。⑤梗犹泛：指还在四处漂泊。⑥芜：荒芜。⑦君：指蝉。⑧警：警示。

赏析

这首诗借咏蝉来喻自身的高洁。前半首闻蝉而兴，重在咏蝉：写它餐风饮露，居高清雅，然而声嘶力竭地鸣叫却难求一饱。后四句诗人直抒胸臆，表达了思乡之情，进一步表示要保持高洁的情操和品格。

在此诗中，李商隐借蝉的形象自喻，写出了自己寄人篱下的压抑之感，又抒发了空作不平之鸣、无人同情的悲哀，同时表达了自己虽居家清贫，却要像蝉一样保持高洁的情怀和节操。

凉 思

李商隐

客去波平槛[1]，蝉休露满枝。
永怀当此节，倚立自移时。
北斗[2]兼春远，南陵[3]寓使迟。
天涯占梦数，疑误有新知。

注释

①槛(jiàn):栏杆。②北斗:指客所在之地。③南陵:今安徽省南陵县,指诗人怀客之地。

赏析

这是一首诗人因时光流逝,面对凉秋怀旧而作的诗。诗人在凉秋中回忆友人离去的情景,流露出盼望友人来信,却大失所望之心情,最终竟怀疑对方已有新交,唯恐为人所弃。诗句中寄托了诗人无限的思念,也暗喻自己难展抱负的愁怀。

另一种说法是此诗是写女子怀念情人,并疑心他有了新欢,而把自己抛弃。此乃解人自解,不足为训。

温庭筠

送人东游

荒戍[①]落黄叶，浩然[②]离故关。
高风[③]汉阳[④]渡，初日[⑤]郢门山[⑥]。
江上几人在？天涯孤棹[⑦]还。
何当[⑧]重相见？樽[⑨]酒慰离颜。

注释

①荒戍：废弃的戍垒。②浩然：意志坚决的意思。《孟子·公孙丑下》："予然后浩然有归志。"③高风：秋风。④汉阳：今湖北省武汉三镇之汉阳区。⑤初日：晓日，朝阳。⑥郢门山：在今湖北省宜都市西北，长江南岸。⑦孤棹：代指友人所乘之孤舟。棹，指船桨。⑧何当：何时。⑨樽：饮酒的器具。

赏析

这首诗首先点出了诗人送人的地点，也写出送人时正是寒秋时节，落叶萧萧，为送别营造出了凄凉的氛围。颔联转而写景，意境广阔深远，给人以美的享受。此联承上而来，写出了送别的具体地点。颈联承上而转，从送别的地点写到朋友离江而去，进而抒发诗人送别的情感。尾联写当此送行之际，诗人设想他日重逢，与友人开怀畅饮的情景，更见惜别之情。

崔涂

除夜有怀

迢递[①]三巴路，羁危[②]万里身。
乱山残雪夜，孤独异乡人。
渐与骨肉远，转于僮仆亲。
那堪正飘泊，明日岁华[③]新。

注释 ①迢递：遥远。②羁危：在艰难危险的地方长期漂泊。③岁华：年华。

赏析 这首诗是诗人客居他地、除夕怀乡之作。诗人客居他乡，抒发了思念家乡的寂寞心情，同时也寄予新年新的愿望。

此诗的三、四两句写凄清的除夕夜景，渲染诗人的落寞情怀。五、六两句写他远离亲人，连僮仆也感到亲切，更表达出思乡之切。最后两句写他寄希望于新年，漂泊之感更强烈。全诗用语朴实，抒情细腻、自然、真切，离愁乡思，发泄无余。其中“渐与骨肉远，转于僮仆亲”两句，从王维《宿郑州》“他乡绝俦侣，孤客亲僮仆”化出。本诗对“万里身”“异乡人”的描绘，更加悲恻感人。

春宫怨

杜荀鹤

早被婵娟①误，欲妆临镜慵。
承恩不在貌，教妾若为容②。

风暖鸟声碎，日高花影重。
年年越溪女[3]，相忆采芙蓉。

注释

①婵娟：指形体和外貌都很美好。②若为容：怎样饰容打扮？③越溪女：指西施浣纱时的女伴。

赏析

这首诗是为宫女抒怨的代言诗，也含有自叹无人赏识之意。首联写宫女因貌美而入宫，受尽孤寂，不愿梳妆。颔联写宫女以为取宠不在容貌，因而不必装扮了。颈联写景——春风骀荡，风和日丽，鸟语花香，借以烘托她春心受残，寂寞空虚的情感。末联写往日之悲苦，更露其怨情。“风暖鸟声碎，日高花影重”是历来为人所推崇的名句。

这首诗以“风暖”一联饮誉诗坛，就全篇而论，也是一首意境浑成的好诗。

VOLUME1

唐诗三

卷六　七言律诗……………117

七言律诗是中国近体诗的一种，简称“七律”。近体诗又名“今体诗”，为唐代新兴的诗体，因与古体有别而得名。近体诗分为绝句、律诗两种，四句为绝句，八句为律诗，格律严密。发源于南朝齐永明时沈约等讲究声律、对偶的新体诗，至初唐沈佺期、宋之问等进一步发展，成熟于杜甫。

崔颢

黄鹤楼

昔人已乘黄鹤去，此地空余黄鹤楼。
黄鹤一去不复返，白云千载空悠悠。
晴川[1]历历[2]汉阳[3]树，芳草萋萋鹦鹉洲。
日暮乡关[4]何处是？烟波江上使人愁。

注释 ①晴川：指太阳照射下的汉江。②历历：分明的样子。③汉阳：今湖北省武汉市汉阳区，位于长江、汉水夹角地带。④乡关：故乡。

赏析 此诗写得意境开阔，气魄宏大，风景如画，情真意切，且淳朴生动，一如口语，不能不令人叹为观止。这首诗不仅是崔颢的成名之作、传世之作，也为他奠定了一世诗名的基础。《唐诗三百首》是后人对唐诗的选集，把崔颢这首诗列为七律诗中的第一首，可见对此诗的推重。

送魏万之[1]京

李颀

朝闻游子唱离歌，昨夜微霜初度河。
鸿雁不堪愁里听，云山况是客中过。
关城[2]曙色催寒近，御苑[3]砧声向晚多。
莫是长安行乐处，空令岁月易蹉跎[4]。

注释

①之：往，到……去。②关城：指潼关城。③御苑：君王居住的宫室，这里指京城。④蹉跎：《说文解字》："蹉跎，失时也。"

赏析

这是一首送别诗，意在抒发别离的情绪。

首联中，第一句点明了朋友要走的事实，而第二句描写了前一夜的景象，用倒引的笔法，极为得势。颔联中的前句渲染了氛围，而次句紧接正题，照应第一句。颈联中，诗人又对友人的远行做了充满情意的推想。尾联中，诗人以长者的语气对魏万进行了亲切的嘱咐。

登金陵凤凰台[1]

李白

凤凰台上凤凰游，凤去台空江自流。
吴宫[2]花草埋幽径，晋代[3]衣冠[4]成古丘[5]。
三山[6]半落青天外，二水中分白鹭洲。
总为浮云[7]能蔽日[8]，长安不见使人愁。

注释

①凤凰台：故址在今南京市东南。②吴宫：三国吴国君王的宫殿。③晋代：指建都于金陵的东晋王朝。④衣冠：士大夫穿戴的衣帽，代指豪门贵族。⑤古丘：古坟。⑥三山：在金陵城西南长

江边上，三峰排列，南北相连，故名三山。⑦浮云：喻指奸佞小人。⑧日：指皇帝。

赏析

这是一首咏怀古迹的律诗，字里行间隐寓着诗人伤时的感慨。开头两句写凤凰台的传说，点明了凤去台空，六朝繁华一去不返。三、四句就“凤凰台”进一步发挥，写东吴、东晋的一代风流也进入坟墓，灰飞烟灭。五、六句写大自然的壮美，对仗工整，气象万千。最后两句面向唐都长安的现实，暗示皇帝被奸邪包围，感叹自身报国无门，十分沉痛。

岑参

和贾至舍人《早朝大明宫》之作

鸡鸣紫陌[1]曙光寒，莺啭皇州[2]春色阑。
金阙晓钟开万户，玉阶仙仗[3]拥千官。
花迎剑佩星初落，柳拂旌旗露未干。
独有凤凰池[4]上客，《阳春》一曲和皆难。

注释

①紫陌：京城的道路。②皇州：帝都长安。③仙仗：皇帝的仪仗。④凤凰池：即凤池，指中书省。

赏析

这是以咏“早朝”为题的唱和诗。

首联发端总领：既然春深，为什么说“曙光寒”呢？因为太早了，鸡刚刚叫，春寒料峭，晓风袭人。此处含蓄地说出皇帝和大臣们都很勤政。颔联写全城人都将起来做事了，文武百官也都来上朝了，“金阙晓钟开万户，玉阶仙仗拥千官”所用赋法，不难理解。颈联进一步说上朝的“早”：星星刚落，朝露还没干呢。“花迎”“柳拂”拟人，比喻百姓，含蓄地表达出百姓对圣君贤臣的景仰和爱戴。尾联夸奖贾至，说他的作品凤毛麟角，如《阳春》《白雪》，和他的诗太不容易了。

王维

和贾至舍人《早朝大明宫》之作

绛帻[1]鸡人[2]报晓筹[3]，尚衣[4]方进翠云裘[5]。
九天阊阖开宫殿，万国衣冠[6]拜冕旒[7]。
日色才临仙掌[8]动，香烟欲傍衮龙[9]浮。
朝罢须裁五色诏，佩声归到凤池头。

注释 ①绛帻(zé):用红布包头,似鸡冠状。②鸡人:古代宫中天将亮时头戴红巾的卫士,在朱雀门外高声喊叫,以警百官,好像鸡鸣,故名鸡人。③晓筹:夜间计时的竹签,即更筹。④尚衣:官名。隋唐有尚衣局,掌管皇帝的衣服。⑤翠云裘:有绿色云纹的皮衣。⑥衣冠:指文武百官。⑦冕旒(liú):古代帝王、诸侯及卿大夫的礼冠。⑧仙掌:掌为掌扇之掌,也即障扇,宫中的一种仪仗,用以蔽日障风。⑨衮(gǔn)龙:指皇帝的龙袍。

赏析 这首诗与岑参所写同题,也是描写朝拜庄严华贵的唱和诗。全诗分早朝前、早朝中、早朝后三个层次,描绘了大明宫早朝的氛围与皇帝的威仪。这首和诗不和韵,只和其意,用语堂皇,造句伟丽,格调和谐。

积雨[1]辋川庄作

王维

积雨空林烟火迟,蒸藜炊黍饷东菑[2]。
漠漠[3]水田飞白鹭,阴阴夏木啭[4]黄鹂。
山中习静[5]观朝槿[6],松下清斋[7]折露葵[8]。
野老[9]与人争席[10]罢,海鸥何事更相疑?

注释 ①积雨:长时间下雨,天空不放晴。②菑(zī):已经开垦了一年的土地,泛指农田。③漠漠:广袤密布。④啭:鸟鸣。⑤习静:指习养静寂的心性。⑥朝槿(jǐn):即木槿,春秋之交开花,朝开暮落,古人以之为人生无常的象征。⑦清斋:即吃素。⑧葵:一种蔬菜,霜露之时,葵最美好,故称“露葵”。⑨野老:山野老人,此为诗人的自称。⑩争席:争夺宴席上的座次。

赏析

本诗是王维田园诗中比较有代表性的一首。在这首七律中，诗人把自己幽雅清淡的禅寂生活与辋川恬静优美的田园风光结合起来描写，创造了一个物我相惬、情景交融的意境。

王维

赠郭给事

洞门高阁霭[①]余晖，桃李阴阴柳絮飞。
禁里疏钟官舍晚，省中啼鸟吏人稀。
晨摇玉佩趋金殿，夕奉[②]天书拜琐闱。
强欲从君无那[③]老，将因卧病解朝衣。

注释

①霭（ǎi）：形容盛、多。②奉：本字“捧”。③无那：无奈。

赏析

这是诗人写给郭给事的酬答诗。此诗着重描写了这位友人官位的显达、居官的清廉闲静及对皇帝的忠心耿耿，表现了诗人自己辞官归隐的出世思想。

首联写郭给事的显达，第一句写皇恩普照，第二句写他桃李满天下，门生显达。颔联写郭给事奉职贤劳，居官清廉闲静，吏人稀少，讼事无多，时世清平。颈联直接写郭给事本人，早晨盛装朝拜，傍晚捧诏下达，不辞辛劳。尾联感慨自己老病，无法相从，表达了诗人的出世思想。

杜甫

蜀　相[①]

丞相祠堂何处寻？锦官城外柏森森[②]。
映阶碧草自春色，隔叶黄鹂[③]空好音。

三顾④频烦天下计，两朝⑤开济⑥老臣心。
出师未捷⑦身先死，长使英雄泪满襟！

注释　①蜀相：指三国时蜀国丞相诸葛亮。②柏森森：柏树长得高大而茂密。③黄鹂：黄莺。④三顾：指刘备三顾茅庐见诸葛亮之事。⑤两朝：刘备、刘禅父子两朝。⑥开济：指帮助刘备开国和辅佐刘禅继位。⑦出师未捷：诸葛亮曾五次出兵攻魏，建兴十二年（234），与魏司马懿在渭南相拒百余日，病死于五丈原军中。

赏析　这是一首咏史诗。诗人借游览武侯祠，称颂丞相辅佐两朝，惋惜他出师未捷而身死。既有尊蜀正统观念，又有才困时艰的感慨。

首联表现出杜甫对诸葛亮强烈的景仰和缅怀之情，并因人而及物，同时也表明丞相祠堂是诗人渴望已久、很想瞻仰的地方。颔联衬托出祠堂的荒凉冷落，并含有诗人感物思人、追怀先哲的情味。颈联中杜甫用短短的两句诗概括了诸葛亮的一生。最后一联在前面的基础上叙事兼抒情，再加上前面六句的有力铺垫，使读者感到收束得既有精神，又有余味。

客　至

杜甫

舍南舍北皆春水，但①见群鸥日日来。
花径不曾缘②客扫，蓬门③今始为君开。
盘飧④市远无兼味⑤，樽酒家贫只旧醅⑥。
肯与邻翁相⑦对饮，隔篱呼取尽余杯。

注释　①但：只。②缘：因为。③蓬门：蓬草编织的门。④飧（sūn）：熟食。⑤兼味：多种味道。

⑥旧醅（pēi）：隔年陈酒。⑦相：即一起。

赏析

这首诗是诗人在成都草堂落成后写的。

一、二两句先点明客人来访的时间、地点和来访前夕诗人的心境。颔联把笔触转向庭院，引出“客至”。后句的“今始为”又使前句之意显得更为超脱，补足了首联两句。以上虚写客至，下面转入实写待客。诗人舍弃了其他情节，专拈出最能显示宾主情分的生活场景，重笔浓墨，着意描画。颈联使我们仿佛看到诗人延客就餐、频频劝饮的情景。最后诗人巧妙地以“肯与邻翁相对饮，隔篱呼取尽余杯”作结，把席间的气氛推向更热烈的高潮。诗人高声呼喊着，请邻翁共饮作陪，这一细节描写，细腻逼真。

野望

杜甫

西山白雪三城[①]戍[②]，南浦[③]清江[④]万里桥。
海内风尘诸弟隔，天涯涕泪一身遥。
惟将迟暮[⑤]供多病[⑥]，未有涓埃答圣朝。
跨马出郊时极目，不堪人事日萧条。

注释

①三城：指松、维、保三州，今四川省松潘县、理县西、理县新保关西北。②戍：防守。③南浦：南郊外的水边地。④清江：指锦江。⑤迟暮：这时杜甫年届五十。⑥供多病：交给多病之身了。

赏析

此诗的首联写诗人从高、低两处望见的景色。颔联是抒情，他由野望想到兄弟的飘散和自我孤身浪迹天涯的情景。颈联继续抒写诗人迟暮多病不能报效国家之感。尾联以出郊极目，点明主题“野望”，以人事萧条总结中间两联。全诗深广沉郁，意境悲壮，感情真挚，语言淳朴。

杜甫

闻官军收河南河北

剑外忽传收蓟北，初闻涕泪满衣裳。
却看①妻子愁何在②？漫卷③诗书喜欲狂。
白日放歌须纵酒，青春作伴好还乡④。
即从巴峡穿巫峡，便下襄阳向洛阳。⑤

注释

①却看：回头看。②愁何在：不再烦恼。③漫卷：随手卷起。④“青春”句：意谓春光明媚，鸟语花香，还乡时并不孤单寂寞。⑤“即从”两句：想象回乡路线，即出峡东下，由水路抵襄阳，然后由陆路向洛阳。

赏析 这是一首叙事抒情诗，作于唐代宗广德元年（763）春天，诗人五十二岁。宝应元年（762）冬季，唐军在洛阳附近的横水打了一场大胜仗，收复了洛阳和郑（今河南省郑州市）、汴（今河南省开封市）等州，叛军头领薛嵩、张忠志等纷纷投降。第二年，即广德元年正月，史思明的儿子史朝义兵败自缢，其部将田承嗣、李怀仙等相继投降。正流寓梓州（治所在今四川省三台县），过着漂泊生活的杜甫听到这个消息，以饱含激情的笔墨，写下了这篇脍炙人口的名作。

登　高

杜甫

风急天高猿啸哀，渚[①]清沙白鸟飞回[②]。
无边落木[③]萧萧[④]下，不尽长江滚滚来。
万里悲秋常作客，百年[⑤]多病独登台。
艰难苦恨繁霜鬓，潦倒新停浊酒杯。

注释 ①渚（zhǔ）：水中的小洲。②回：回旋。③落木：落叶。④萧萧：风吹树叶飘落的声音。⑤百年：人的一生，此指年老。

赏析 这首诗作于唐代宗大历二年（767）秋，诗人在夔州，逢重阳节，登高远眺，萧瑟的秋景激起了无限感慨。

在这首重阳登高感怀诗中，前半首写诗人登高时的所闻所见，是写景；后半首写他登高时的感触，为抒情。全诗通过登高所见秋江景色，倾诉了诗人长年漂泊、老病孤愁的复杂感情。

杜甫

登　楼

花近高楼伤客心，万方多难[①]此登临。
锦江[②]春色来天地，玉垒[③]浮云变古今。
北极[④]朝廷终不改，西山寇盗[⑤]莫相侵。
可怜后主还祠庙，日暮聊为《梁甫吟》[⑥]。

注释

①万方多难：以吐蕃入侵为最烈，也指宦官专权、藩镇割据、朝廷内外交困、灾患重重的日益衰败景象。②锦江：源出灌县，自郫都区流经成都入岷江。③玉垒：山名，在四川灌县西。④北极：北极星，这里象征大唐政权。⑤西山寇盗：指吐蕃。⑥《梁甫吟》：诸葛亮遇刘备前喜欢诵读的乐府诗篇，用来比喻这首《登楼》，含有对诸葛武侯的仰慕之意。

赏析

这首七律格律严谨。中间两联对仗工稳，颈联为流水对，使人读来有一种飞动流走的快感。在语言上，特别注重各句（末句例外）第五字的锤炼。首句的“伤”字为全诗点染一种悲怆的气氛，而且突如其来，造成强烈的悬念。次句的“此”字兼有此时、此地、此人、此行等多重含义。第三句的“来”字烘托锦江的春色逐人、气势浩大，令人有景色荡胸扑面的感受。第四句写出浮云如白云变苍狗，世事如沧海变桑田，“变”字一字双关，引人做联翩无穷的想象。第五句的“终”字是终于，是始终，也是终久之意，其中蕴含的感情有庆幸，有祝愿，也有信心，从而使第六句的“莫”字充满令盗寇闻而却步的威力。第七句的“还”含“不当如此而居然如此”的语气，表达了诗人对古今误国昏君的极大轻蔑。只有末句，炼字的重点放在第三字上——“聊”，是“不甘如此却只能如此”的意思，抒写诗人无可奈何的伤感，与第二句的“此”字遥相呼应。

杜甫

阁　夜

岁暮阴阳[①]催短景[②]，天涯霜雪霁寒宵。
五更鼓角声悲壮，三峡[③]星河[④]影动摇。
野哭几家闻战伐[⑤]，夷歌数处起渔樵[⑥]。
卧龙跃马终黄土，人事音书漫寂寥。

注释　①阴阳：指日月。②短景：指冬季白昼短暂。景，日光。③三峡：指瞿塘峡、巫峡、西陵峡。④星河：星辰与银河。⑤“野哭”句：意谓从几家野哭中听到战争的声音。几家，一作“千家”。⑥“夷歌”句：意谓渔人樵夫都唱着夷歌，足见夔州之僻远。夷，指当地少数民族。

赏析　这首诗是大历元年（766）冬，杜甫寓居夔州西阁时所作。当时西川军阀混战，连年不息，吐蕃也不断侵袭蜀地。而杜甫的好友李白、严武、高适等都先后死去。感时忆旧，他写了这首诗，表现出异常沉重的心情。诗人从几个侧面抒写了在西阁的所见、所闻、所感，上天下地，俯古仰今，抒发了自己忧国忧民的情怀。

杜甫

咏怀古迹（其一）

支离[1]东北风尘际，飘泊西南天地间。
三峡楼台淹日月，五溪衣服[2]共云山[3]。
羯胡[4]事主终无赖，词客[5]哀时且未还。
庾信平生最萧瑟，暮年诗赋动江关。

注释

①支离：流离。②五溪衣服：指溪人衣服不同。五溪，指雄溪、樠溪、酉溪、沅溪、辰溪，古五溪族所居，在今湖南、贵州两省交界处。③共云山：自己与溪人共处。④羯（jié）胡：指安禄山。⑤词客：指下文庾信，也指自己。

赏析

此诗是诗人咏古迹怀古人进而感怀自己的诗。诗人于代宗大历元年（766），先后游历了宋玉宅、庾信故居、昭君村、永安宫、先主庙、武侯祠等古迹，对于古代的才士、国色、英雄、名相深表崇敬，写下了五首《咏怀古迹》，以抒情怀。

首联写“安史之乱”起，作者漂泊入蜀居无定处。颔联写他流落三峡、五溪，与夷人共处。颈联写安禄山狡猾反复，正如梁朝的侯景；自己漂泊异地，欲归不得，恰似当年的庾信。末联写庾信晚年所作的《哀江南赋》极为凄凉悲壮，暗寓自己的乡国之思。

杜甫

咏怀古迹（其二）

摇落[1]深知宋玉[2]悲，风流儒雅亦吾师。
怅望千秋一洒泪，萧条[3]异代不同时。
江山故宅空文藻[4]，云雨荒台[5]岂梦思。
最是楚宫俱泯灭，舟人指点到今疑。

注释　①摇落：宋玉《九辩》首句曰："悲哉，秋之为气也，萧瑟兮草木摇落而变衰。"②宋玉：战国楚人，屈原弟子，《楚辞》作者之一。名作有《九辩》《高唐赋》《登徒子好色赋》等。③萧条：指生不逢时，遭到冷遇。④文藻：指宋玉的文学才能。⑤云雨荒台：指宋玉《高唐赋》中所写的楚王梦巫山神女的故事。

赏析　此诗的前半部分感慨宋玉生前，后半部分则为其身后不平：这片大好江山里，还保存着宋玉故宅，诗人觉得世人总算没有遗忘他。但人们只欣赏宋玉的文采辞藻，并不了解宋玉的志向抱负和创作精神。这不符宋玉本心，也无补于后世，令人惘然，所以颈联用了"空"字。就像眼前这巫山巫峡，使诗人想起宋玉的两篇赋文。赋文的故事题材虽然荒诞，但作者的用意却在讽谏君主淫惑。然而诗人感叹世人只把它们看作宋玉荒诞的梦想，欣赏其中的风流艳事。这更是人们从对宋玉的误解而变成曲解的表现——使有益作品阉割成荒诞的故事，把有志之士歪曲为无谓的词人。这一切，使宋玉含屈，令杜甫伤心。而最叫人痛心的是，随着历史变迁，岁月消逝，楚国早已荡然无存，人们不再关心它的兴亡，也更不了解宋玉，以至于将曲解当史实，以讹传讹，以讹为是。到如今，江船经过巫山巫峡，船夫们津津有味地指指点点，谈论着哪个山峰荒台是楚王与神女的欢会处。词人宋玉不灭、志士宋玉不存、生前不获际遇、身后为人曲解，宋玉悲在此，杜甫悲为此。

咏怀古迹（其三）

杜甫

群山万壑赴荆门，生长明妃①尚有村②。
一去紫台连朔漠③，独留青冢向黄昏。
画图省识春风面④，环佩空归月夜魂。

千载琵琶作胡语[5]，分明怨恨曲中论[6]。

注释　①明妃：即王昭君王嫱，汉元帝宫人，晋时因避司马昭讳改称明君，后人又称明妃。②尚有村：还留下她生长的村庄，即古迹之意。③朔漠：北方沙漠，指匈奴所居之地。④“画图”句：意谓元帝对着画图岂能看清她的美丽容颜。⑤作胡语：琵琶中的胡音。⑥曲中论：曲中的怨诉。

赏析　这是杜甫经过昭君村时所作的咏史诗。昭君生于名邦，殁于塞外，去国之怨，难以言表。因此，主题落在“怨恨”两字，“一去”两字是怨的开始，“独留”两字是怨的终结。诗人有感于王昭君的遭遇，寄予了自己深切的同情，同时表现了昭君对故国的思念与怨恨，并赞美了昭君虽死，魂魄还要归来的精神，其中暗喻自己的身世，寄托了爱国之情。全诗叙事明确，形象突出，寓意深刻。

咏怀古迹（其四）

杜甫

蜀主[1]窥吴[2]幸[3]三峡，崩年亦在永安宫。
翠华[4]想像空山里，玉殿虚无野寺中。
古庙杉松巢水鹤，岁时伏腊走村翁。
武侯祠堂常[5]邻近，一体君臣祭祀同。

注释　①蜀主：指先主刘备。②窥吴：对吴有企图。③幸：旧称皇帝所到之处曰“幸”。④翠华：皇帝仪仗中用翠鸟羽毛做装饰的旗帜。⑤常：一作“长”。

赏析　这首诗意在推崇诸葛亮与刘备的君臣关系。诗人借村翁野老对他们的祭祀，烘托其遗迹之流泽。但是对于玉殿的虚无缥缈，松杉栖息着水鹤的景象，诗人抒发了无限感慨，寄寓了对自己境遇的苦闷。

杜甫

咏怀古迹（其五）

诸葛大名垂宇宙，宗臣①遗像肃清高②。
三分割据③纡筹策④，万古云霄一羽毛。
伯仲之间⑤见伊吕，指挥若定⑥失萧曹⑦。
运移汉祚⑧终难复，志决身歼军务劳。

注释　①宗臣：世所敬仰的重臣。②肃清高：因其清高而肃然起敬。③三分割据：指魏、蜀、吴三国鼎立。④纡筹策：周密的谋划策略。⑤伯仲之间：伯仲本指兄弟，这里是说不相上下。⑥指挥若定：言诸葛亮治政用兵从容镇定。⑦失萧曹：意谓萧、曹虽也是宗臣，但不及诸葛亮。萧曹，汉初丞相萧何、曹参。⑧祚（zuò）：帝位。

赏析　诗人赞颂了诸葛亮一生的功业和他崇高的人品及鞠躬尽瘁的精神。

全诗以议论为主，称颂诸葛亮的英才，惋惜其志不成。此诗议而不空，句句含情，层层深入，荡人胸襟，动尔情怀。但其中把汉室不能恢复归咎于运气，却是宿命论的观点。

刘长卿

江州重别薛六柳八二员外

生涯[1]岂料承优诏，世事空知学醉歌。
江上月明胡雁过，淮南木落楚山多。
寄身且喜沧洲近，顾[2]影无如[3]白发何。
今日龙钟人共老，愧君犹遣慎风波。

注释

①生涯：指生计。②顾：回头看。③无如：无可奈何。

赏析

刘长卿曾两度被贬，此诗是他第二次被贬往南巴（属广东）经过江州与二友人话别时写的。诗人虽遭贬谪，却说“承优诏”，这是正话反说，抒发胸中不平。明明他是老态龙钟，白发丛生，顾影自怜，无可奈何，却说“寄身且喜沧洲近”，以掩饰凄凉伤心，委婉地抒发了不满情绪。全诗虽感叹身世，抒发悲愤，诗人却不敢面对当权者，其矛盾心绪，溢于言表。

刘长卿

长沙过贾谊[1]宅

三年谪宦[2]此栖迟[3]，万古惟留楚客[4]悲。
秋草独寻人去后，寒林[5]空见日斜时。
汉文[6]有道[7]恩犹薄[8]，湘水[9]无情吊岂知。
寂寂[10]江山摇落处，怜君何事到天涯。

注释

①贾谊：西汉文帝时政治家、文学家。后被贬为长沙王太傅，长沙有其故址。②谪宦：官吏被贬职流放。③栖迟：居留。④楚客：指贾谊。⑤寒林：秋天的树林。⑥汉文：指汉文帝。⑦有道：

英明有才干。⑧恩犹薄：指汉文帝始终不重用贾谊。⑨湘水：湘江，流经湖南。⑩寂寂：寂寞冷清。

赏析

本诗是作者赴潘州贬所，路过长沙时所作。首联明写贾谊，暗喻自身贬谪。颔联写古宅萧条冷落的景色。颈联写贾谊见疏，当年凭吊屈原，隐约联系自己而今凭吊贾谊。尾联抒发自己被放逐天涯的哀婉叹喟。

登柳州①城楼寄漳汀封连四州刺史

柳宗元

城上高楼接大荒②，海天③愁思正茫茫。
惊风乱飐④芙蓉水，密雨斜侵薜荔⑤墙。
岭树重遮千里目，江流曲似九回肠⑥。
共来百越⑦文身地，犹自音书滞一乡⑧。

注释

①柳州：治所在今广西壮族自治区马平县。②大荒：泛指边缘之地。③海天：犹言水天，即天地之间。④飐（zhǎn）：风吹浪动。⑤薜荔：一种蔓生植物，常常附在墙或树上。⑥九回肠：语出司马迁《报任安书》："肠一日而九回。"⑦百越：即百粤，泛指五岭以南少数民族。⑧滞一乡：音讯被阻滞，不能流通。

赏析

柳宗元与韩泰、韩晔、陈谏、刘禹锡都因参加王叔文领导的永贞革新运动而遭贬。后来五人都被召回，大臣中虽有人主张起用他们，终因有人梗阻，再度被贬为边州刺史。

这首诗就是这时写的。他们的际遇相同，休戚相关，因而诗中表现出一种真挚的友谊，写出他们因天各一方，饱受怀思之苦。

刘禹锡

西塞山[1]怀古

王濬[2]楼船下益州[3]，金陵[4]王气[5]黯然收。
千寻铁锁沉江底[6]，一片降幡出石头[7]。
人世几回伤往事，山形依旧枕寒流。
从今四海为家日，故垒萧萧芦荻秋。[8]

注释

①西塞山：位于今湖北省黄石市西塞山区。②王濬：晋益州刺史。③益州：晋时郡治，在今成都市。晋武帝谋伐吴，派王濬造大船，出巴蜀，船上以木为城，起楼，每船可容两千余人。④金陵：今南京市，当时是吴国的都城。⑤王气：帝王之气。⑥“千寻”句：东吴末帝孙皓命人在江中轧铁锥，又用大铁索横于江面，拦截晋船，终失败。⑦石头：指石头城，故址在今江苏省南京清凉山。⑧“从今”两句：如今国家统一，旧时的壁垒早已荒芜。

赏析

刘禹锡于唐穆宗长庆四年(824)，由夔州调任和州刺史，在赴任的途中，经西塞山时，触景生情，抚今追昔，写下了这首感叹历史兴亡的诗。

首联是对当年历史的回顾。颔联承上联具体地写出金陵政权“黯然收”的景况和原因。颈联是诗人触景生情，对历史上的兴亡，发出伤心的慨叹。尾联是全诗的主旨。诗人对往事的“伤”是缘于对当世的忧，伤往事是次，忧当世是主。

元稹

遣悲怀·三首

其一

谢公[1]最小偏怜女，自嫁黔娄百事乖[2]。
顾我无衣搜荩箧[3]，泥他[4]沽酒拔金钗。
野蔬充膳甘长藿[5]，落叶添薪仰古槐。
今日俸钱过十万，与君营奠[6]复营斋。

其二

昔日戏言身后意[7]，今朝都到眼前来。
衣裳已施行看尽[8]，针线[9]犹存未忍开。
尚想旧情怜婢仆，也曾因梦送钱财。
诚知[10]此恨人人有，贫贱夫妻百事哀。

其三

闲坐悲君亦自悲，百年多是几多时。
邓攸无子寻知命[11]，潘岳悼亡[12]犹费词。
同穴窅冥[13]何所望，他生缘会更难期。
惟将终夜长开眼[14]，报答平生未展眉。

注释

①谢公：指东晋宰相谢安。他最看重小女道韫，诗人这里以晋时才女谢道韫代指自己的亡妻韦丛。②百事乖：百事都不顺心。乖，不顺。③荩箧（jìn qiè）：草编箱子。④泥（nì）他：泥，软语央求；他，同“她”，指韦丛。⑤长藿：长长的豆叶。藿，豆类作物的叶子。⑥营奠：置办祭品。⑦身后意：死后的情境。⑧行看尽：眼看将要完了。⑨针线：指韦氏生前做的针线活。⑩诚知：的确知道。⑪知命：《论语·为政》：“五十而知天命。”⑫潘岳悼亡：潘岳，字安仁，晋著名诗人，其妻死，作《悼亡》三首。⑬窅（yǎo）冥：渺茫深远。⑭开眼：传说鳏鱼眼睛终夜不闭，故无妻者称鳏夫。

赏析

第一首写诗人追忆妻子生前的艰苦处境和夫妻情爱。韦氏自从嫁给诗人以后，对其的体贴照顾无微不至，生活贫困却怡然自得无怨尤，此诗形象地表现她的贤惠和美德。

第二首与第一首结尾处的悲凄情调相衔接，顺承上篇“悲之恨”，转入妻去之后的“悲之痛”。在这里，诗人写了日常生活中的几件引起哀思的事。

第三首首句承上启下，以“悲君”总括上两首，以“自悲”引出下文。

人生之大悲痛莫过于失去最亲密的伴侣，而元稹的这三首悼念早逝的爱妻韦丛的七言律诗，则极尽抒写了悲之恨、悲之痛与悲之苦。

自河南经乱关内阻饥兄弟离散各在一处因望月有感聊书所怀寄上浮梁大兄於潜七兄乌江十五兄兼示符离及下邽①弟妹

时难年荒世业②空，弟兄羁旅③各西东。
田园寥落④干戈⑤后，骨肉流离道路中。
吊影分为千里雁，辞根⑥散作九秋蓬。
共看明月应垂泪，一夜乡心五处同。

注释

①下邽：今陕西省渭南之下邽镇，为白居易故乡。②世业：世代传下的产业。③羁旅：犹漂泊。④寥落：冷落。⑤干戈：本是两种武器，这里指战争。⑥根：喻兄弟。

赏析

该诗从大的时代背景起笔，集中反映中唐社会动荡的现实生活。这首感情浓郁的政治抒情诗，读来如听诗人倾诉自己身受的离乱之苦。此诗的前两联就是从“时难年荒”这一时代的灾难起笔，诗人以亲身经历概括出战乱频仍、家园荒残、手足离散这一具有典型意义的苦难的现实生活情景。接着诗人再以“雁”“蓬”作比：兄弟手足离散，天各一方，如同失群的孤雁，只能顾影自怜；辞别故乡流离四方，又多么像深秋中断根的蓬草，随着萧瑟的西风，飞空而去，飘转无定。颔联深刻揭示了百姓饱经战乱的零落之苦。诗人在尾联以绵邈真挚的诗思，构出一幅五地望月共生乡愁的图景，从而收结全诗，创造出浑朴真淳、引人共鸣的艺术境界。

李商隐

锦瑟

锦瑟[1]无端五十弦，一弦一柱思华年[2]。
庄生晓梦迷蝴蝶，望帝春心托杜鹃。
沧海月明珠有泪，蓝田[3]日暖玉生烟[4]。
此情可待[5]成追忆，只是当时已惘然[6]。

注释

①锦瑟：装饰华美的瑟，为琴类拨弦乐器，通常二十五弦，此说五十弦，取断弦之义。②华年：盛年。③蓝田：山名，即玉山，在今陕西省蓝田县，该地出产美玉。④玉生烟：暗喻美好的往事如烟雾般消散无痕。⑤可待：岂待。⑥惘然：惆怅的样子。

赏析

首联由幽怨悲凉的锦瑟起兴，点明“思华年”的主旨。颔、颈二联，围绕诗人一生怀才不遇这个中心，从各个不同侧面反复抒写他对理想破灭、抱负成虚、才华不展的深沉感慨与无穷遗恨。尾联说明诗人内心那种怅惘的苦痛之情。

这首《锦瑟》是李商隐的代表作，爱诗的人无不乐道喜吟，堪称最享盛名；然而它又是最不易讲解的一篇难诗。

李商隐

无题

昨夜星辰昨夜风，画楼[1]西畔桂堂[2]东。
身无彩凤双飞翼，心有灵犀一点通。
隔座送钩春酒暖，分曹射覆蜡灯红[3]。
嗟[4]余听鼓应官去，走马兰台[5]类转蓬[6]。

注释

①画楼：雕梁画栋的楼。②桂堂：香木建筑的厅堂，亦指华美的居所。③“隔座”二句：送钩、射覆，均是古时酒宴上的游戏；分曹，分组。④嗟：感叹，慨叹。⑤兰台：秘书省。⑥转蓬：草名。秋枯根拔，遇风飞旋，又名“飞蓬”。

赏析

首联写宴会的时间、地点，以曲折的笔法描写昨夜的欢聚。颔联写诗人的相思之苦，此处设喻新颖巧妙，措辞圆转流丽。颈联写宴会上的热闹场面。尾联写自己为小官而不停奔走，好似转蓬的命运，表达了人在江湖身不由己的万般无奈。此联解释诗人最终离开意中人的原因的同时，流露出他对所任官职的厌倦。该诗写得精巧富丽，婉转优美，情真意切，成为《无题》诗中的佳作名篇。对于此诗的内容，历来众说纷纭，但从诗中描写的生活内容来看，似是诗人有所爱慕，和这个人惺惺相惜，却不能在一起的情形。

李商隐

无题（其一）

来是空言去绝踪，月斜楼上五更钟。
梦为远别啼难唤，书被催成墨未浓。
蜡照半笼[1]金翡翠[2]，麝[3]熏微度[4]绣芙蓉[5]。
刘郎已恨蓬山[6]远，更隔蓬山一万重。

注释

①半笼：半映。指烛光隐约，不能照全床上被褥。②金翡翠：指饰以金翠的被子。③麝（shè）：这里指香气，本动物名即香獐，其体内的分泌物可做香料。④度：透过。⑤绣芙蓉：指绣花的帐子。⑥蓬山：即蓬莱山，这里指仙境。

赏析

这是一首艳情诗。诗中写女子相思炽烈而与情郎会合无期，唯有寻梦，而梦醒又匆促寄书。情重人远，触景增愁，她通宵沉浸在痛苦的怨恨之中。

李氏的艳情诗，善于把生活的原料，提炼升华为感情的琼浆玉露，使其超脱亵俗味，臻于完美。然而也因此，李诗比较深奥难解。

李商隐

无题（其二）

飒飒[1]东风细雨来，芙蓉塘外有轻雷。
金蟾[2]啮[3]锁[4]烧香入，玉虎[5]牵丝[6]汲井回。
贾氏窥帘[7]韩掾少，宓妃[8]留枕魏王[9]才。
春心[10]莫共花争发，一寸相思一寸灰。

注释

①飒飒（sà）：风声。②金蟾：蛤蟆形状的香炉。③啮：咬，衔。④锁：指香炉的鼻钮，可以开闭，放入香料。⑤玉虎：雕饰有玉虎的辘轳。⑥丝：指井索。⑦贾氏窥帘：晋韩寿为贾充辟为掾（yuàn）属，充女于帘后窥见寿年轻貌美，私相慕悦，遂私通。⑧宓（fú）妃：宓牺氏之女，溺死于洛水为神，即洛神，此指甄氏。⑨魏王：曹植。⑩春心：指男女之间相思爱慕的情怀。

赏析

本诗别具风姿，耐人寻味，抒写了一位在情感道路上屡遭挫败的女子渴望爱情、追求爱情，却怕再次受伤害的复杂内心情感。

筹笔驿

李商隐

鱼鸟犹疑畏简书①，风云常为护储胥②。
徒令上将③挥神笔，终见降王④走传车⑤。
管乐⑥有才真不忝⑦，关张无命欲何如？
他年⑧锦里⑨经祠庙，《梁父吟》成恨有余。

注释

①简书：指军令。古人将文字写在竹简上。②储胥：指军用的篱栅。③上将：犹主帅，指诸葛亮。④降王：指后主刘禅。⑤传车：古代驿站的专用车辆。后主是皇帝，这时却坐的是传车，也隐

含讽喻意。⑥管乐：管，春秋时齐相管仲；乐，战国燕国名将乐毅。⑦真不忝（tiǎn）：真不愧。诸葛亮隐居南阳时，每自比管仲、乐毅。⑧他年：往年。⑨锦里：在成都城南，有武侯祠。

赏析

这是一首凭吊诗。清末张采田以为此诗是大中十年（856）冬，诗人罢去梓州幕府，随柳中郡还京，途经筹笔驿时所作。

全诗运用拟人手法，以精练的笔墨描绘诸葛亮长于治军，军纪严明，余威犹存，用以展示出他作为一个历史上著名军事家的形象特征。接着以刘禅和关、张这两类不同典型人物与其构成鲜明的对比。由于刘禅的昏庸，使诸葛亮一生的谋划付之东流。

春雨

李商隐

帐卧新春白袷衣①，白门②寥落意多违。
红楼隔雨相望冷，珠箔飘灯独自归。
远路应悲春晼晚，残宵犹得梦依稀。
玉珰缄札何由达，万里云罗③一雁飞。

注释

①白袷（jiá）衣：即白夹衣，唐人以白衫为闲居便服。②白门：古地名，指今江苏省南京市。③云罗：如罗纹的云片。

赏析

这首诗是借助飘洒迷离的春雨，抒发诗人怅念远方恋人的情绪。开头先点明时令，再写诗人旧地重寻之凄怆，继而写隔雨望楼，寻访落空之迷茫，终而只有相思相梦，缄札寄情。一步紧逼一步，怅念之情恰似雨丝不绝如缕。此诗的意境、感情、色调、气氛都十分清晰明丽，优美动人。“红楼隔雨”与“珠箔飘灯”二句，简直是一幅色彩明丽的图画。

李商隐

无题

相见时难别亦难，东风[1]无力百花残[2]。
春蚕到死丝方尽，蜡炬成灰泪始干。
晓[3]镜[4]但愁云鬓改，夜吟应觉月光寒。
蓬山[5]此去无多路，青鸟[6]殷勤为探看。

注释

①东风：春风。②百花残：百花凋零。③晓：天亮，早晨。④镜：名词用作动词，照镜。⑤蓬山：蓬莱山，相传为仙人的居所，这里指对方的住处。⑥青鸟：神话传说中西王母有三只青鸟为其使者，后以青鸟作为信使的代称。

赏析

此诗描写暮春时节，诗人与所爱女子离别的伤感，以及别后悠长、执着的思念之情。直言不尽的语言，抒发缠绵悱恻的深情，读来深入人心。

首联写惜别，两个“难”字的回环复沓，不平铺直叙，而是曲折委婉地表达了诗人无限惆怅的深情。颔联两句转为激越之音，表达爱情之深切至死方尽。颈联由己及人设想对方心境，将其相思之苦写得愈深，就更加衬托出诗人的一往情深。尾联，诗人为对方的痛苦所不安，在濒于无望的情况下，利用神话传说，寄希望于青鸟传书，以慰藉相思。

无题·二首

其一

凤尾香罗[①]薄几重，碧文圆顶[②]夜深缝。
扇裁月魄[③]羞难掩，车走雷声语未通。
曾是寂寥金烬[④]暗，断无消息石榴红。
斑骓[⑤]只系垂杨岸，何处西南待好风。

其二

重帏深下莫愁堂[⑥]，卧后清宵细细长。
神女[⑦]生涯原是梦，小姑[⑧]居处本无郎。
风波不信菱枝弱，月露谁教桂叶香。
直道相思了无益，未妨惆怅是清狂。

注释

①凤尾香罗：织有凤尾花纹的薄罗。②碧文圆顶：有青碧花纹的圆顶罗帐。③月魄：本指月初生或始缺时不明亮的部分，也泛指月亮。④金烬：灯芯的余火。⑤斑骓：杂毛色的马，这里指代诗人自己。⑥莫愁堂：莫愁，古乐府中常常提到的一个女子。此处指青年女子的居所。⑦神女：即巫山神女。⑧小姑：指清溪小姑神。

赏析

第一首诗的首联叙写的是深夜时分，女主人公缝制罗帐的场景。颔联回忆了一段往事，当初女主人公含情脉脉，以满月般的团扇半掩面容，却难掩羞怯之情。然而，车声隆隆，匆匆驰过，连言语也未曾相通。颈联与颔联表现的情绪不同，以灯熄花尽作对。诗人在这里把象征暗示的手法运用得自然精妙，不露痕迹。尾联写虽然时光飞逝，但女子仍是怀着深切的期待之情。

第二首诗的首联下笔就渲染出一种幽暗的氛围。颔联写女主人公回忆过往，虽然她有过幻想与追求，但到头来仍旧是终身无托一场空。颈联以客观事物表达主观感情。尾联为直抒胸臆的写法。

这两首无题诗表现含蓄，诗情多意，更增加了诗歌的艺术感染力。情感真挚深厚，表达细腻形象，言辞清雅优美，营造了委婉动人的意境。

温庭筠

利州[1]南渡

澹然[2]空水[3]对斜晖，曲岛苍茫接翠微[4]。
波上马嘶看棹去，柳边人歇待船归。
数丛沙草群鸥散，万顷江田一鹭飞。
谁解乘舟寻范蠡[5]，五湖[6]烟水独忘机[7]。

注释

①利州：今四川省广元市。②澹（dàn）然：水波闪动的样子。③空水：指江面空阔，船只稀少。④翠微：指山光水色之明翠缥缈。⑤范蠡：春秋时期楚国人，曾经帮助越王灭吴，功成后辞官而去，泛舟五湖。⑥五湖：此指太湖。⑦机：指心机。旧说鸥鹭忘机，古有双关之意。诗中指心志淡泊，与人无争。

赏析

“澹然空水对斜晖，曲岛苍茫接翠微”，描绘一种大背景。岛、山、斜晖、江、天，都因天水相接而相连融为有层次而又浑然一体的画境。颔联在首联的大背景下展开，将镜头逐渐缩小，描写人和马急于渡江的情形。颔联与首联相比，更显得动静相宜，形象生动。颈联开始描写渡江的场景。此联利用数量关系的巧妙组合，不仅对仗工整，深化了诗境，更增强了动感与纵深感，成为人们千

古传诵的名句。尾联是全诗的主旨所在，表达了诗人隐遁江湖的美好愿望。

苏武庙

温庭筠

苏武魂销汉使前，古祠高树两茫然。
云边雁断[1]胡天[2]月，陇[3]上羊归塞草烟。
回日楼台非甲帐[4]，去时冠[5]剑是丁年。
茂陵[6]不见封侯印，空[7]向秋波哭逝川[8]！

注释

①雁断：言苏武去国日久，音信皆无。②胡天：指匈奴。③陇：通“垄”，高地。④甲帐：汉武帝时以各种珍宝制作的幕帐，此处借指汉武帝。⑤冠：古时男子二十岁加冠，表示已成年。⑥茂陵：汉武帝的陵墓。⑦空：枉然。⑧逝川：本指逝去的十年，此处指往事。

赏析

这是一首诗人瞻仰苏武庙后的追思凭吊之作。武帝天汉元年（前100），苏武出使匈奴，被扣留。匈奴多次逼降，他坚贞不屈。后被流放到北海牧羊，直至昭帝始元六年（前81），他才返回汉朝，前后长达十九年。这首诗赞颂了苏武“富贵不能淫，贫贱不能移，威武不能屈”的精神和品质，塑造了一位坚持民族气节的英雄形象。

贫　女

秦韬玉

蓬门未识绮罗[①]香，拟托良媒亦[②]自伤。
谁爱风流高格调[③]，共怜时世[④]俭梳妆。
敢将十指夸针巧，不把双眉斗[⑤]画长。
苦恨年年压金线[⑥]，为他人作嫁衣裳。

注释

①绮罗：丝织品，这里指富贵妇女的华丽衣裳。②亦：更加。③高格调：很高的品格和情调。④时世：当世，当今。⑤斗：比。⑥压金线：用金线绣花。

赏析

诗人以贫女的口气自叹，实际上抒发自己对世间趋时庸俗、高尚反受冷落的感叹。

首联是主人公的独白，从姑娘们的家常——衣着谈起，说自己生在蓬门陋户，自幼穿粗衣布裳，从未有绫罗绸缎沾身。颔联和颈联写贫女不迎合流俗。尾联写贫女的亲事茫然无望，却要每天压线刺绣，不停息地为别人做出嫁的衣裳。独白到此戛然而止，女主人公忧郁神伤的形象默然呈现在读者的面前。

VOLUME 1

唐诗三

卷七 乐府……………………153

《古意呈乔补阙知之》是沈佺期的诗作，又名《独不见》。《独不见》为乐府歌名，所以此诗归为乐府，但是就实质来讲，此诗实为一首七律。

沈佺期

古意呈乔补阙[①]知之[②]

卢家少妇[③]郁金堂[④]，海燕[⑤]双栖玳瑁[⑥]梁。
九月寒砧[⑦]催木叶[⑧]，十年征戍忆辽阳[⑨]。
白狼河[⑩]北音[⑪]书断，丹凤城[⑫]南秋夜长。
谁为[⑬]含愁独不见，更教[⑭]明月照[⑮]流黄[⑯]。

注释

①补阙：古代官名。唐武则天垂拱元年（685）始置，分左右各二员。②知之：乔知之，唐代同州冯翊（今陕西省大荔县）人，当时知名的文人。③卢家少妇：梁武帝萧衍诗《河中之水歌》中的人物，后来成为少妇的代称。④郁金堂：以郁金香料涂抹的堂屋。郁金是一种香料，和泥涂在墙壁上能使室内芳香。堂，一作“香”。⑤海燕：燕的一种。因产于南方滨海地区（古时候的百越之地），故又名越燕。⑥玳瑁（dài mào，旧读 dài mèi）：属爬行纲，海龟科的海洋动物。龟甲呈黄褐色相间花纹，非常美观，古人将其用为一种精美的装饰品。⑦寒砧（zhēn）：指捣衣声。砧，捣衣用的垫石。古代妇女为赶制寒衣，每于秋夜捣衣，故古诗常以此寄寓思妇念远之情。⑧木叶：这里指树叶。⑨辽阳：辽河以北，泛指辽东地区。⑩白狼河：今辽宁省境内之大凌河。⑪音：一作“军”。⑫丹凤城：此指当时的京城长安。相传秦穆公女儿弄玉吹箫，引来凤凰，故称咸阳为丹凤城。后以凤城代指京城。⑬谁为：即“为谁”。为，一作“谓”。⑭更教（jiào）：一作“使妾”。教，使。⑮照：一作“对”。⑯流黄：黄紫色相间的丝织品，此指帷帐，一说指衣裳。

赏析

这首诗，人物心情与环境气氛密切结合。“海燕双栖玳瑁梁”烘托“卢家少妇郁金堂”的孤独寂寞，寒砧木叶、城南秋夜，烘托“十年征戍忆辽阳”“白狼河北音书断”的思念忧愁，尾联“含愁独不见”的情语借助“明月照流黄”的景物渲染，便显得余韵无穷。在手法上，此诗多方面、多角度地抒写了女主人公“思而不得见”的愁肠。本诗虽取材于闺阁生活，语言也未脱尽浮艳习气，却显得境界广远，气势飞动。

唐诗三

VOLUME Ⅰ

卷八 五言绝句

五言绝句是中国传统诗歌体裁之一，属于绝句的一种，就是指五言四句而又合乎律诗规范的小诗，属于近体诗范畴。有仄起、平起二格。此体源于汉代乐府小诗，深受六朝民歌影响。到了唐代与近体律诗如孪生姐妹、并蒂双花，以其崭新的异彩出现在诗坛上。

五言绝句仅二十字，便能展现出一幅幅清新的图画，传达一种种真切的意境。因小见大，以少总多，在短章中包含着丰富的内容，是其最大特色。代表作品有李白的《静夜思》、柳宗元的《江雪》、王维的《鸟鸣涧》、杜甫的《八阵图》等。

由于受字数的限制，较之其他诗歌体裁，五言绝句对语言和表现手法就要求得更加简练、概括，创作难度就更大。因此，五言绝句自然而然地成为盛唐诗歌中最为璀璨的明珠，是唐诗中的精华。

王维

鹿　柴[1]

空山不见人，但[2]闻人语响。
返景[3]入深林，复照青苔上。

注释　①鹿柴：王维居住的辋川别业附近的地名。②但：只。③返景：景，通“影”。指夕阳返照。

赏析　这首诗正体现出诗、画、乐的结合：无声的静寂、无光的幽暗，一般都易于被人觉察；但有声的静寂，有光的幽暗，则较少为人所注意。诗人正是以他特有的画家、音乐家对色彩、声音的敏感，才把握住了空山人语响和深林返照的一刹那间所显示的特有的幽静境界。而这种敏感，又和他对大自然的细致观察、潜心默会分不开。诗里描绘的就是鹿柴附近的空山深林傍晚时分的幽静景色。前两句写静，静中有动；后两句写动，动中有静。

王维

竹里馆[1]

独坐幽篁[2]里，弹琴复长啸[3]。
深林[4]人不知，明月来相照。

注释　①竹里馆：辋川附近的地名。②幽篁（huáng）：篁，指竹林。幽篁，即幽邃的竹林。③啸：吹口哨。④深林：与“幽篁”同义。

赏析

这是王维晚年在辋川闲居时的作品。

表面看来，四句诗的用字都是平平无奇的。但四句诗合起来，却妙谛自成，境界自出，蕴含着一种特殊的艺术魅力。它的妙处在于其所显示的是那样一个令人自然而然为之吸引的意境，它不以字句取胜，而从整体见美。它的美在神不在貌，领略和欣赏它的美的人，也应当遗貌取神，而其神是包孕在意境之中的。就意境而言，此诗给人以“清幽绝俗”的感受。而在语言上则从自然中见至味、从平淡中见高韵。它的以自然、平淡为特征的风格美又与它的意境美相辅相成。

送　别

王维

山中相送罢，日暮掩柴扉①。
春草年年绿，王孙②归不归？

注释

①扉：门。②王孙：此处指送别的友人。

赏析

本诗写得极富层次感，前两句叙事，后两句抒情。

此诗在一开头就告诉读者相送已罢，把送行时的话别场面、惜别情怀，用一个看似毫无感情色彩的“罢”字一笔带过。末两句抒情，实际上是诗人“掩柴扉”时的心理活动。

一首二十个字的“五绝”，既有送别的地点、时间，又有客走后主人的行动和心理活动，把这一切组合在一起，浑然一体，可以说天衣无缝。

王维

相　思

红豆①生南国，春来发几枝？
愿君多采撷②，此物最相思。

注释

①红豆：又名相思子。藤本，于秋季结荚果，种子如豌豆，上部色鲜红，下部为黑色。②撷(xié)：采摘。

赏析

此诗的开篇诗人开门见山地介绍“红豆”的产地是“南国”，即南方。这首诗题为“相思”，用的是红豆的寓意和传说，所以起始一句也是起兴，引起相思之情的抒发，也起了破题的作用。

次句承得自然，寄语设问的口吻显得分外亲切。然而单问红豆春来发几枝，是意味深长的，这是因为诗人选择了富于情味的事物来寄托情思。末两句是说希望你多采摘一些，这东西最能表达相思的情意，似乎是在告诫人们切莫淡忘了情思。

全诗洋溢着少年的热情，青春的气息，句句不离红豆，而又“超以象外，得其环中”，把相思之情表达得入木三分。

裴迪

送崔九

归山深浅去，须尽丘壑美。
莫学武陵人①，暂游桃源里。

注释

①武陵人：指陶潜《桃花源记》的武陵渔人。

赏析

这是一首劝勉诗，劝勉崔九(崔兴宗)既然要隐居，就必须坚定不移，不要三心二意，入山复出，不甘久隐。语言虽浅白，含意却颇为深远。一方面表达了诗人对隐居生活的肯定，另一方面也表达了他对现实的不满。

终南①望余雪

祖咏

终南阴岭②秀，积雪浮云端。
林表③明霁色④，城中增暮寒。

注释

①终南：指终南山。②阴岭：指背向太阳的山岭。③林表：林木树梢。④霁（jì）色：雪停后的日光。

赏析

本诗极富画意，表现为：

一是此诗在辽阔的肃穆中创造出新鲜活泼、亘古不会减色的动感，诗中的每句都有一个选择得十分精到的动词："秀（形作动）""浮""明（辉耀）""增"。

二是诗中规定了形象关系的指向性，此亦图画颇难做到之处。如"积雪浮云端"——积雪自然不会"浮"于云端，诗人这么写是为了表明终南山之高，无形之中也显露了诗人的凌云之志。

孟浩然

宿建德江[1]

移舟泊[2]烟渚[3]，日暮客愁新。
野旷天低树，江清月近人。

注释

①建德江：指新安江流经浙江省建德市的一段。②泊：指停船靠岸。③渚（zhǔ）：指水中的小洲。

赏析

本诗通过自然地摄取适于表达旅途孤寂、漂泊之感的眼前景物，着墨轻淡地写来，却传达出了真切的情意。

一、二句通过细致传神的景物描写，揭示出客观事物的特殊联系，同时表达了诗人的独特感受。诗人先描绘暮霭迷茫的江边洲渚，指出夜宿建德江的时间、地点。三、四句是非常精彩的景句，把由于野旷和江清而引起的天与树、月与人的"距离"变化，描绘得相当准确、生动。诗人由远及近地描写景色，却把自己的羁旅愁情由淡而浓、由浅入深地传达出来。

孟浩然

春　晓[1]

春眠不觉晓[2]，处处闻啼鸟。
夜来风雨声，花落知多少[3]。

注释

①春晓：春天的早晨。②不觉晓：不知不觉天已经亮了。③知多少：犹云不知多少，极言其多，是唐人常用句法。

赏析

暮春季节，风雨之夜，诗人酣然入睡，一觉醒来，鸟声一片，因鸟啼而知天已放晴。转而他念及昨夜一场风雨，不知又有多少花儿被吹打掉了。短短二十个字，既勾勒出春天早晨的美丽，刻画了大自然的瞬息变化，又表达了诗人爱春而又惜春的感情。

李白

静夜思

床前明月光，疑[1]是地上霜。
举头[2]望明月，低头思故乡。

注释

①疑：疑心。②举头：抬头。

赏析

这首绝句的语言清新朴素，一气呵成，又由于它表现的是人类最普遍、最宝贵的情感，因此成为万古流传的绝唱。

怨情

李白

美人卷珠帘，深坐颦蛾眉①。
但见泪痕湿，不知心恨谁？

注释

①颦（pín）蛾眉：皱眉头。

赏析

这是首写闺怨的诗，语言简易，情态缠绵凄凉，含蓄蕴藉，言短意长。古代的“美人”就不是一个普通的词，与现代口头的“美女”很不一样。“含蓄有古意”“直接国风之遗”，在理解李白诗歌的时候应该注意这些。此诗的前三句用赋，末尾用问句归结“怨情”。这里的赋是个动态的过程，首先是美人“卷珠帘”，然后“深坐”，再“颦蛾眉”，最后“泪痕湿”，行动可见，情态逼人。李白的这首诗写的就是一个意境，一个孤独的女子的思念之情。这样一个很平凡的情景，诗人捕捉到了几个点，由这几个点勾勒出一幅简单的画面，同时又留给读者无限的遐想空间。

八阵图

杜甫

功盖三分国①，名成八阵图②。
江流石不转③，遗恨失吞吴④。

注释

①三分国：指三国时魏、蜀、吴三国鼎立。②八阵图：由八种阵势组成的图形，用来作战或操练军队。③石不转：指涨水时，八

阵图的石块仍然不动。④失吞吴：吞吴失策的意思。

赏析

此诗写于代宗大历元年（766）诗人初到夔州时。

这是一首咏怀诗。此诗的前半首赞颂了诸葛亮的丰功伟绩和卓越的军事才能。三、四句对刘备吞吴失师，葬送了诸葛亮联吴抗曹统一中国的宏图大业，表示惋惜。末句照应开头，三句照应二句。在内容上，它既是怀古，又是抒怀，言中有情，言外有意，在绝句中别树一帜。

登鹳雀楼①

王之涣

白日依②山尽，黄河入海流。
欲穷③千里目，更上一层楼。

注释

①鹳雀楼：在今山西省蒲州古城西南，传说鹳雀经常栖息于此。②依：喻为皈依。③穷：尽，使达到极点。

赏析

这四句诗两两对仗，相得益彰，整齐工致而又自然流畅，明白如话又美妙如画，字词调度与运用看似寻常而又十分精巧。

开头两句，诗人用写意手法，仅仅几笔，便勾勒出他登鹳雀楼所见到的苍山落日、大河奔流的壮观景象。后两句不仅描写出人们登高观景时所共有的那种不肯示弱、不甘后进的真实体会和情趣，而且与前面两句浑融无间，洋溢着豪情伟魄，寓含着只有站得高才能望得远的生活哲理，表达了奋发向上，不断发现新境界的进取精神。

刘长卿

送灵澈

苍苍竹林寺，杳杳①钟声晚。
荷②笠带斜阳，青山独归远。

注释　①杳杳：深远的样子。②荷：负。

赏析　这首小诗描写的是诗人送诗僧灵澈返回竹林寺的情景。

此诗的前两句写送别的地点与时间，后两句写送别的人物和去向。因为送别的对象是一位著名的诗僧，所以诗人用了“竹林”“寺”“钟声”“荷笠”“斜阳”“青山”这一连串的字眼，勾勒出一幅静穆幽深的图画，它跟诗中人物的身份和精神状态都是十分吻合的。

刘长卿

听弹琴

泠泠①七弦②上，静听松风寒③。
古调虽自爱，今人多不弹。

注释

①泠泠（líng）：形容水声，这里指琴音。②七弦：指有七根弦的琴。③寒：凄清的意思。

赏析

这是一首诗人借咏古调的冷落，不为人所重视，来感叹自己怀才不遇、世少知音的小诗。此诗的前两句描摹音乐境界，后两句抒发情怀。全诗从对琴声的赞美，转到对时尚的慨叹，流露出诗人孤高自赏、不同凡俗、稀有知音的情操。

刘长卿

送上人①

孤云将野鹤②，岂向人间住。
莫买沃洲山③，时人已知处。

注释

①上人：佛教指具备德智善行的人，后人用以尊称僧人。这里指灵澈。②孤云、野鹤：比喻闲逸逍遥之人。③沃洲山：山名。在唐京兆府大兴县（万年县）东南五十里。一说，在今浙江省新昌县东。

赏析

这是一首送行诗。诗人把出家人比作闲云野鹤，去来无踪，不为人间俗事所累，并劝友人要隐居学道，就莫到那种名山去，因为这会让人们知道自己的居处。诗人此诗既是送别僧人，又是对自己不逐时俗的心绪的宣泄。

诗中的上人，即灵澈。诗意在说明沃洲是世人熟悉的名山，既要归隐，就别去往这样的俗地，隐含揶揄灵澈入山不深之意。

秋夜寄丘员外[1]

韦应物

怀君属[2]秋夜，散步咏凉天。
空山松子落，幽人[3]应未眠。

注释

①丘员外：名丹，嘉兴人，曾任仓部员外郎，后隐居临平山上。②属（zhǔ）：正值。③幽人：幽居的人，这里指丘员外。

赏析

这是一首怀人诗。韦应物任苏州刺史时，诗友丘丹已弃官入浙江临平山学道，诗人秋夜怀人，因寄此诗。

此诗的首两句写诗人因秋夜怀人而徘徊沉吟的情景，后两句写他想象所怀的人，这时也在怀念自己而难以成眠。隐士常以松子为食，因而诗人想到松子脱落的季节即想起对方——一样的秋色，异地相思。此诗着墨虽淡，韵味无穷；语浅情深，言简意长。全诗以其古雅闲淡的风格美，给人玩绎不尽的艺术享受。

听　筝

李端

鸣筝金粟柱[1]，素手玉房前。
欲得周郎顾，时时误拂弦。

注释

①金粟柱：这里当是指弦轴之细而精美，古也称桂为金粟。

赏析　此诗写一女子邀宠取怜的曲折心事，描摹了一位弹筝美女，为博取青睐而故出差错的情态。此诗透视人物的心理状态，洞察入微，描写细腻婉曲，十分传神。它的一、二句写弹筝的女子纤手拨筝，正处于弹奏状态。按此写法，接下去似乎应该描写女子的弹奏技艺，或者表现筝曲极富感染力的音乐形象，但出人意料的是，三、四句并不沿袭通常的写法，而是描写女子为了引起知音的注意，故意错拨筝弦。

周郎，即三国时的周瑜，"授建威中郎将……瑜时年二十四，吴中皆呼为周郎……瑜少精意于音乐，虽三爵之后，其有阙误，瑜必知之，知之必顾，故时人谣曰：'曲有误，周郎顾。'"（《三国志·吴书·周瑜传》）

江　雪

柳宗元

千山鸟飞绝①，万径②人踪灭③。
孤舟蓑笠翁④，独钓寒江雪。

注释　①绝：绝迹的意思。②径：小路。③人踪灭：行人断绝。④蓑（suō）笠翁：身穿蓑衣、头戴斗笠的渔翁。

赏析

这首诗是柳宗元谪居永州时期所作的一首五言古绝。柳宗元被贬到永州之后，精神上受到很大刺激，于是，他就借描写山水景物，歌咏隐居在山水之间的渔翁，来寄托自己清高而孤傲的情感，抒发自己在政治上失意的郁闷苦恼。

全诗仅用寥寥二十字，即将一幅雪江垂钓图逼真地画了出来，借景抒情，意境深远。

问刘十九

白居易

绿蚁[1]新醅酒，红泥小火炉。
晚来天欲雪，能饮一杯无？

注释

①绿蚁：指浮在新酿的没有过滤的米酒上的绿色泡沫。

赏析

这首小诗虽清浅平易，所写的也是日常生活之寻常事，但诗人能发他人所未发，写得极富有情趣，蕴含了浓厚的诗意和情感。此外，这首诗在某种程度上还表现了诗人孤寂之时对友谊和温暖的渴求。

登乐游原

李商隐

向晚意不适[1]，驱车登古原[2]。
夕阳无限好，只是近黄昏。

注释

①意不适：心情不愉快。②古原：即乐游原，又名乐游苑，是长安城南的风景区。

赏析　此诗首两句虽是简单而浅白的语句，却能诱发读者的无限遐想，写诗人登原所见，其情之所钟，只在“夕阳”一景。三、四句转折得非常快，写他刚刚还在欢呼雀跃，转瞬间又变得黯然神伤。如果说“夕阳”是从感性上表达了诗人对希望之火的无限向往，那么“黄昏”则从理性上说明意识到希望终归落空时的无可奈何。

寻隐者不遇

贾岛

松下问童子，言师采药去。
只在此山中，云深①不知处。

注释　①云深：指山上云雾浓厚。

赏析　这首诗情节非常简单，诗人通过以答赅问、省略问句的方式，将丰富的内容浓缩到二十个字中，且写得意味深长，令人神往。诗人一问，童子告之“采药去”，他不免失望，但接着得知要寻访之人“只在此山中”，不禁燃起了新的希望。最后童子又说“云深不知处”，诗人再次失望，这样层层深入，把“不遇”二字写得透彻，也引出一个超凡脱俗、行踪飘然的隐士形象。此外，诗中“松”“云”又暗寓着隐士的高风亮节，揭示出诗人对隐者的仰慕。仰而“不遇”，更加突出诗人的惆怅之情。

渡汉江①

宋之问

岭外音书②绝，经冬复③立春。
近乡情④更怯，不敢问来人。

注释 ①汉江：指襄阳附近的一段汉水。②音书：书信，消息。③复：又，再。④情：心情。

赏析 这首诗是作者获罪被贬到岭南泷州（今广东省罗定市），逃归途中经过汉江时写的。

这首诗所表现的长期客居异乡、久无家中音讯的游子，在行近家乡时所产生的那种忐忑不安、复杂微妙的特殊的心理感情，具有典型性与普遍性。这种具有典型性的精微表现，是这首诗脍炙人口、流传千古的魅力所在。

哥舒歌

西鄙人

北斗七星高，哥舒夜带刀。
至今窥[1]牧马，不敢过临洮[2]。

注释 ①窥：偷窥，窥伺。②临洮（táo）：地名，秦筑长城西起于此，为今甘肃省岷县。

赏析 这是西域边境人民歌颂哥舒翰战功的诗。此诗以北斗起兴，喻哥舒翰的功高；以胡人至今不敢南下牧马，喻哥舒翰的影响深远。全诗内容平淡素雅，音节铿锵和顺，热情奔放，明快爽朗，质朴豪迈，既有民歌的自然流畅，又不失五言诗的典雅逸秀。

VOLUME I

唐诗三

卷九 五绝乐府

五绝乐府，宽泛地讲，即用类似五言绝句的句式写就的乐府诗，多拟用江南民歌的乐府旧题抒发男女之间的心绪，但并不缠绵哀怨。也有一些以唐代新乐府写边塞生活，文辞朴素。

崔颢

长干行[1]（其一）

君家何处住？妾住在横塘[2]。
停船暂借问，或恐[3]是同乡。

注释

①长干行：属乐府《杂曲歌辞》调名。其内容多抒发船家女子的思想感情。②横塘：在今江苏省南京市江宁区。③或恐：恐怕，或许。

赏析

这首情诗抓住了女主人公人生片段中富有戏剧性的一刹那，用白描手法，寥寥几笔，就使人物、场景跃然纸上，栩栩如生。它不以任何色彩映衬，似墨笔画；它不用任何装饰烘托，是幅素描；它不凭任何布景借力，犹如一曲男女声对唱；它截头去尾，突出主干，又很像独幕剧。它的题材是那样平凡，而表现手法却是那样不平凡。

崔颢

长干[1]行（其二）

家临九江[2]水，来去九江侧。
同是长干人，生小不相识。

注释

①长干：南京古里，旧址在今南京城雨花台到长干桥一带。②九江：指南京一带的长江。

赏析

该诗的语言朴素自然，有如民歌。民歌中本有男女对唱的传统，在《乐府诗集》中就称为“相和歌辞”。所以第一首女声起唱之后，这首就是男主角的答唱了。“生小不相识”五字，表面惋惜当日

之未能青梅竹马、两小无猜，实质更突出了今日之相逢恨晚。越是对过去无穷惋惜，越是显出此时此地萍水相逢的可珍可贵。这一笔的翻腾有何等撼人的艺术感染力！

李白

玉阶怨①

玉阶生白露，夜久侵罗袜②。
却下③水精帘，玲珑望秋月。

注释

①玉阶怨：属乐府《相和歌辞·楚调曲》，从所存歌词看，主要是写“宫怨”的。②罗袜：丝织的袜子。③却下：放下。

赏析

本诗虽然全篇不着一字说怨，然而作者的语言之中却处处透露着幽怨之意。

这首诗设色淡雅，造境高妙，从玉阶、白露、罗袜，到水晶帘幕、玲珑秋月，一色的冰清玉洁，超凡脱俗。在这样的场景中，女主人公始而伫立玉阶，继而露侵罗袜，然后又入室下帘，隔帘望月，这一切究竟是为了什么？女主人公不便明言，作者也秘而不宣，全让读者去想象。言有尽而意无穷的妙处，从这类诗中可以领悟。

卢纶

塞下曲（其一）

鹫[①]翎[②]金仆姑[③]，燕尾[④]绣蝥弧[⑤]。
独立扬新令，千营共一呼。

注释

①鹫（jiù）：大鹰。②翎：羽毛。③金仆姑：箭名。④燕尾：旗上的飘带。⑤蝥弧（máo hú）：旗名。

赏析

这是诗人卢纶歌咏边塞景物的组诗中的第一首，原共六首，蘅塘退士选其四首。第一首写将军动员出发时的声势。描写了威武的将军传达新命令时的誓师场面，千营军士的一同回应，正表现出威武的军容、严明的军纪及大家必胜的信心，让人读起来不免被这种雄壮的气势所征服。

卢纶

塞下曲（其二）

林暗草惊风，将军夜引弓[①]。

平明[2]寻白羽[3]，没[4]在石棱[5]中。

注释

①引弓：拉弓。②平明：天刚亮的时候。③白羽：因箭杆上有白色羽毛，故用白羽指代箭。④没：此处指箭插入。⑤石棱：石块的缝隙边角。

赏析

此诗的前两句写事件的发生，后两句写事件的结果。诗歌以富于戏剧性的语言刻画了将军的勇武。

卢纶

塞下曲（其三）

月黑雁飞高，单于[①]夜遁逃[②]。
欲将轻骑[③]逐[④]，大雪满弓刀。

注释　①单（chán）于：这里指侵扰唐朝的契丹等贵族的首领。②遁逃：逃亡。③轻骑：轻捷的骑兵。④逐：追逐。

赏析　本诗是《塞下曲》组诗的第三首。卢纶虽为中唐诗人，其边塞诗却依旧是写盛唐的气象，雄壮豪放，字里行间充溢着英雄气概，读后令人振奋。这首诗写将军雪夜准备率兵追敌的壮举，气概豪迈。

卢纶

塞下曲（其四）

野幕敞琼筵，羌戎贺劳旋。
醉和金甲舞，雷鼓[①]动山川。

注释　①雷鼓：旧时也以祀天神之八面鼓解。实即擂鼓。

赏析　本诗写战士凯旋，劳军祝捷的欢乐场面。军营之生活，守边之艰苦，胜利之欢腾，无不历历在目，令人感奋。此诗语言精练含蓄，人物情态活跃鲜明。

唐诗三

VOLUME I

七言绝句是绝句的一种，属于近体诗范畴，也是由四句组成，有严格的格律要求。常见的绝句有五言绝句、七言绝句，还有很少见的六言绝句。每句七个字的绝句即七言绝句。

一般而言，七言绝句第一、二、四句平声同韵，第三句仄声不同韵，第二、四句倒数第三字通常为仄音。整首诗的意境高，文辞雅，寓意深。

回乡偶书·二首

其一

少小离家老大回，乡音无改鬓毛衰[①]。
儿童相见不相识，笑问客从何处来。

其二

离别家乡岁月多，近来[②]人事[③]半消磨。
惟有门前镜湖[④]水，春风不改旧时波。

注释

①衰（cuī）：稀疏的意思。②近来：在本诗中应该理解为近些年来。③人事：指“访旧半为鬼”的人和“亲朋多沉沦”之事。④镜湖：在今浙江省绍兴会稽山的北麓，周围阔三百里。

赏析　本诗是诗人年老（八十六岁）还乡后所作，感慨人生易老，世事沧桑。

第一首诗给人以妙手天成之感。其生动逼真的生活场景，朴实无华的文字，自然流淌的感情，浑然一体。

第二首诗是第一首诗的续篇，两首诗意境和背景相同。诗人回家后，通过与亲朋的交谈得知家乡人和事的种种变化，在叹息久客伤老之余，又不免发出“人事无常”的感叹。

桃花溪[①]

张旭

隐隐飞桥[②]隔野烟，石矶[③]西畔问渔船。
桃花尽日随流水，洞[④]在清溪何处边？

注释　①桃花溪：水名，在今湖南省桃源县西南桃源山下。②飞桥：指高桥。③石矶（jī）：指河流中露出的石堆。④洞：指《桃花源记》中武陵渔人找到的洞口。

赏析　七言绝句篇幅短小，要做到情韵悠长，意境深邃，除了讲究炼字琢句外，更要求构思的巧妙。张旭作为盛唐的一位七绝名家，是很善于构思的。这首诗从远到近，正面写来，然后用问询的方式运实入虚，构思布局相当新颖巧妙。

九月九日[①]忆[②]山东兄弟

王维

独在异乡[③]为异客，每逢佳节倍思亲。
遥知兄弟登高[④]处，遍插茱萸[⑤]少一人。

注释

①九月九日：指农历九月初九重阳节。民间很看重这个节日，在这一天有登高、插茱萸、饮菊花酒等习俗，传说能以此避灾。②忆：想念。③异乡：他乡。④登高：指民间在重阳节登高避邪的习俗。⑤茱萸（zhū yú）：又名越椒，一种香气浓烈的植物，重阳节时有佩戴茱萸的习俗。

赏析

这首诗是王维十七岁时所作。

本诗注重感受和细节的典型性，“每逢佳节倍思亲”的感受，既是诗人日常感受的升华，又是长期客居异乡的游子节日感受的概括和总结，有相当的普遍性和代表性。

王昌龄

芙蓉楼[1]送辛渐[2]

寒雨[3]连江[4]夜入吴[5]，平明[6]送客楚山[7]孤[8]。
洛阳亲友如相问，一片冰心[9]在玉壶。

注释

①芙蓉楼：原名西北楼，故址在今江苏省镇江市西北角，登临可俯瞰长江。②辛渐：王昌龄任江宁县丞时的诗友。③寒雨：寒冷的雨。④连江：满江。⑤吴：三国时的吴国在长江下游一带，所以称这一带为吴。⑥平明：天刚亮。⑦楚山：古时吴、楚两地相接，镇江一带也称楚地，故其附近的山也可叫楚山。⑧孤：独自，孤单一人。⑨冰心：比喻心的纯洁。

赏析

本诗中苍茫的江雨和孤峙的楚山，不仅烘托出诗人送别时的凄寒孤寂之情，更展现了诗人开阔的胸怀和坚强的性格。屹立在江天之中的孤山与置于玉壶的冰心的比象之间又形成一种有意的照应，令人自然联想到诗人孤介傲岸、冰清玉洁的形象，使精巧的构思和深婉的用意融化在一片清空明澈的意境之中，含蓄蕴藉，余韵无穷。

王昌龄

闺　怨

闺中少妇不知愁，春日凝妆[1]上翠楼。
忽见陌头杨柳色，悔教夫婿觅封侯。

注释

①凝妆：盛妆。

赏析 此诗写少妇闺怨，但全篇无一字提“怨”，起句反说她“不知愁”，更盛装登楼观赏春景。第三句豁然开朗，以“忽见”二字传出正意，以袅袅春柳触动情怀。结句不说丈夫忘情久别不返，却反责自己。这种写法是欲抑先扬，欲擒故纵，耐人寻味。

春宫曲

王昌龄

昨夜风开露井桃，
未央①前殿月轮高。
平阳歌舞②新承宠，
帘外春寒赐锦袍。

注释 ①未央：汉宫殿名，也指唐宫。②平阳歌舞：这里用汉代卫子夫受宠立后，比喻皇帝有了新宠。

赏析 全诗通篇都是失宠者对“昨夜”的追述之词。“昨夜风开露井桃”，露井（没有井亭覆盖的井）旁边的桃树，在春风的吹拂下，绽开了花朵，点明时令，切题中“春”字。“未央前殿月轮高”，未央宫的前殿之前，月轮高照，银光铺洒，点明地点，切题中“宫”字。从字面上看来，两句诗只是淡淡地描绘了一幅春意融融、安详和穆的自然景象，实际上触物起兴，暗喻歌女承宠，有如桃花沾沐雨露之恩而开放，是兴而兼比的写法。月亮，对于人们来说，本无远近、高低之分，这里偏说“未央前殿月轮高”，因为那里是新人受宠的地方，是这个失宠者心向往之而不得近的所在，所以她只觉得月是彼处高，尽管无理却有情。

王翰

凉州曲

葡萄美酒夜光杯[1]，欲饮琵琶马上催[2]。
醉卧沙场[3]君莫笑，古来征战几人回。

注释

①夜光杯：白玉制成的酒杯，光可照夜。它和葡萄酒都是西北地区的特产。②催：出征。③沙场：战场。

赏析

本诗格调豪壮，人物形象鲜明，全诗没有直接去描述人物形象，然而在全诗所渲染的景物和氛围中，一个有动作、有性格、内心世界十分丰富的边塞健儿的形象已跃然纸上。塞外景色单调，作者在平常的痛饮中蕴藉了壮美的豪情、悲凉的情调，随着催发的琵琶声一起激发出来，使天地光色都显得十分壮阔。正是这种粗线条的画面，一经作者点染便产生了震撼人心的力量。

李白

送孟浩然之广陵[1]

故人西辞[2]黄鹤楼，
烟花[3]三月下[4]扬州。
孤帆远影碧空尽，
惟见长江天际流。

注释

①广陵：今江苏省扬州市。②西辞：黄鹤楼在扬州的西面，所以称之为“西辞”。③烟花：形容春天花柳明媚、云气氤氲的景象。④下：从黄鹤楼去扬州是顺流而下，故称“下”。

赏析

本诗是诗人在很浓郁的畅想曲和抒情诗的气氛里写就的。

此诗的首句点出送别之地和送往方向。次句点出送往之地和送别时令。三、四句转入抒写离情，不是正面表露，而是通过送别之地景色的动态和静态变化侧面反映出来。

本诗首句居高临下，统摄全篇；结句言近旨远，弦外留音。

李白

下江陵

朝辞白帝①彩云间②，千里江陵③一日还。
两岸猿声啼不住④，轻舟已过万重山。

注释

①白帝：白帝城，在今重庆奉节县东瞿塘峡口白帝山上。②彩云间：白帝城地势高峻，远望如在云中，再加上清晨云雾变化多彩，故称“彩云间”。③江陵：今湖北省江陵县，古时相传距白帝城一千二百里。④啼不住：指猿猴的啼叫声此落彼起，连绵不绝。

赏析

这首诗写的是诗人李白从白帝城到江陵一天之内的行程情况，主要突出轻快，这也反映了诗人心情的轻快。李白以五十八岁的年龄，被流放夜郎，抛妻别子，走向长途，忽然遇赦，得以回家，心里自然十分高兴。在诗中，诗人没有直接抒情，但是读了他对行程的描写，我们自然能感受到他的高兴、兴奋的

情绪。

本诗不无夸张和奇想，写得流丽飘逸，惊世骇俗，但又不假雕琢，随心所欲，自然天成。

逢入京使[①]

岑参

故园[②]东望路漫漫[③]，双袖龙钟[④]泪不干。
马上相逢无纸笔，凭[⑤]君传语[⑥]报平安。

注释

①入京使：回京的使者。②故园：指长安。③漫漫：形容路途遥远。④龙钟：形容流泪的样子，这里是沾湿的意思。⑤凭：凭借，依靠。⑥传语：捎口信。

赏析

此诗写游客邂逅京使，托他捎带口信回家的情景。此诗来自生活，反映生活，信手写去，不事雕琢，真挚感人。“马上相逢无纸笔，凭君传语报平安”是生活中常见之事，经艺术提炼概括，典雅感人，富有生气。

江南逢李龟年[①]

杜甫

岐王[②]宅里寻常见，崔九[③]堂前几度闻。
正是江南好风景，落花时节又逢君[④]。

注释

①李龟年：唐代著名的音乐家，受唐玄宗赏识，后流落江南。②岐王：唐玄宗的弟弟李范，他被封为岐王。③崔九：就是崔涤，当时担任殿中监。④君：指李龟年。

赏析

本诗是感伤世态炎凉之作。此诗的开首两句是追忆昔日与李龟年的接触，寄寓诗人对开元初年鼎盛的眷怀。后两句是诗人对国事凋零、艺人颠沛流离的感慨。仅仅四句却概括了整个开元时期的时代沧桑，人生巨变。这首诗跨越了几十年的时代沧桑、社会变迁，景物的描写寄寓了诗人对世道衰落的感慨。全诗情韵深厚，内涵丰富，举重若轻，具有很高的艺术成就。

韦应物

滁州①西涧②

独怜③幽草涧边生，上有黄鹂深树鸣。
春潮④带雨晚来急，野渡⑤无人舟自横⑥。

注释

①滁州：今安徽省滁州市。②西涧：滁州城西郊的一条小溪，有人称上马河。即今天的西涧湖（原城西水库）。③独怜：独爱。④春潮：春雨。⑤野渡：荒郊野外无人管理的渡口。⑥横：指随意漂浮。

赏析

这是一首著名的山水诗，是韦应物最负盛名的写景佳作。这首诗写的虽然是平常的景物，但经诗人的点染，却成了一幅意境幽深的有韵之画。此诗的前两句，清丽的色彩与动听的音乐交织成幽雅景致。对幽草的偏爱，流露出诗人恬淡的胸怀。后两句是雨中渡口扁舟闲横的画面，蕴含着诗人对自己无所作为的忧伤，引人思索。诗中流露出的情绪若隐若现。开篇幽草、黄莺并提时，诗人用

“独怜”的字眼，寓意显然，表露出诗人安贫守节，不高居媚时的胸襟；后两句在水急舟横的悠闲景象中，蕴含着一种诗人不在其位、不得其用的无奈、忧虑、悲伤的情怀。

枫桥①夜泊

张继

月落乌啼②霜满天，江枫③渔火④对愁眠。
姑苏⑤城外寒山寺⑥，夜半钟声⑦到客船。

注释

①枫桥：桥名，在今江苏省苏州市西部。②乌啼：乌鸦啼叫。乌，指乌鸦，亦指夜晚树上的栖鸟。③江枫：江边的枫树。④渔火：渔船上的灯火。⑤姑苏：苏州市的别称，因城西南有姑苏山而名。⑥寒山寺：寺庙名，在枫桥西边一里。据传唐初有名的寒山、拾得两个和尚住于此，因而得名。⑦夜半钟声：唐代寺庙有半夜敲钟的习惯。

赏析　这首诗描写的是诗人夜泊枫桥的见闻和感受。此诗的首句写出了诗人的所见、所闻、所感，层次分明地体现出一个先后承接的时间过程。二句描绘枫桥附近的景色和诗人愁寂的心情。三、四句写诗人卧听古刹钟声。寒山寺在枫桥西一里，初建于梁代，唐初诗僧寒山曾住于此，因而得名。枫桥的诗意美，有了这座古刹，便带上了历史文化色彩，而显得更加丰富，引人遐思。

寒　食[①]

韩翃

春城无处不飞花，寒食东风御柳[②]斜。
日暮汉宫传蜡烛[③]，轻烟散入五侯[④]家。

注释　①寒食：清明前一日谓之寒食，即禁烟火，汉制此日宫中钻新火燃烛以散与贵戚之臣。②御柳：御苑之柳，旧俗每年于寒食折柳插门。③蜡烛：《唐辇下岁时记》："清明日取榆柳之火以赐近臣。"④五侯：汉成帝时，封舅王谭、王商、王立、王根、王逢时皆为侯，人称"五侯"。

赏析　这是一首讽刺诗，但诗人的笔法巧妙含蓄。

此诗的前两句写的是白昼，后两句则是写夜晚。"汉宫"是借古讽今，实指唐朝的皇宫。"五侯"借汉喻唐，暗指中唐以来受皇帝宠幸、专权跋扈的宦官。这两句是说寒食节这天家家都不能生火点灯，但皇宫里却例外。读到这里读者就会联想到"只许州官放火，不许百姓点灯"这句俗语，从而更好地领会诗歌的主题。

刘方平

月　夜

更深月色半人家，北斗阑干[1]南斗[2]斜。
今夜偏知[3]春气暖，虫声新[4]透绿窗纱。

注释

①阑干：这里指横斜的样子。②南斗：星宿名，在北斗七星南。③偏知：才知。④新：初。

赏析

此诗的前两句写景物，不着一丝春的色彩，却暗中关合春意，颇具蕴藉之致。第三句的“春气暖”，结句的“虫声”“绿窗纱”互为映发，于是春意俱足，但这声与色，仍从“意”（感觉）中来。诗人并非唯从“虫声”才知道春气已暖，“春气暖”是诗人对“今夜”的细微感觉，而“虫声”只是与其感觉冥合的一个物候。

该诗意蕴深厚，构思新颖别致。

刘方平

春　怨

纱窗日落渐黄昏，金屋[1]无人见泪痕。
寂寞空庭春欲晚，梨花满地不开门。

注释

①金屋：汉武帝陈皇后（阿娇）所居之处。这里泛指宫人所居。

赏析

这是一首宫怨诗。点破主题的是此诗的第二句“金屋无人见泪痕”。句中的“金屋”，用汉武帝幼小时愿以金屋藏阿娇（陈皇后小名）的典故，表明所写之地是与人世隔绝的深宫，所写之人是幽闭在深宫内的宫人。下面“无人见泪痕”五字，可能有两重含义：

一是其人因孤处一室、无人做伴而不禁落泪；二是其人身在极端孤寂的环境之中，纵然落泪也无人得见，无人同情。这正是宫人命运之最可悲处。句中的“泪痕”两字，也大可玩味。流泪而留痕，可见其垂泪已有多时。这里只用了七个字，就把诗中人的身份、处境和怨情写出来了。这一句是全诗的中心句，其他三句都是环绕这一句、烘托这一句的。为了增强画面效果，深化诗篇意境，诗人还采取了重叠渲染、反复勾勒的手法。

征人怨

柳中庸

岁岁金河复玉关，朝朝马策与刀环。
三春①白雪归青冢②，万里黄河绕黑山。

注释

①三春：指三月阳春。②青冢：汉代王昭君的坟墓，在内蒙古自治区。

赏析

这是一首传诵极广的边塞诗。诗中写到的金河、青冢、黑山，都在今内蒙古自治区境内，唐时属单于都护府。由此可以推断，这首诗写的是一个隶属于单于都护府的征人的怨情。全诗四句，一句一景，表面上似乎不相连属，实际上却统一于征人的形象，都紧紧围绕着一个“怨”字铺开。通篇不着一个“怨”字，却又处处弥漫着怨情。

刘禹锡

乌衣巷[1]

朱雀桥[2]边野草花[3]，乌衣巷口夕阳斜。
旧时王谢[4]堂前燕，飞入寻常百姓家。

注释

①乌衣巷：在南京秦淮河南岸，三国时是吴国戍守石头城的部队营房所在地。当时军士都穿着黑色制服，故以“乌衣”为巷名。②朱雀桥：位于朱雀门外秦淮河上，在今南京城外。③花：此为开花之意，作动词用。④王谢：指东晋时王、谢两大家族。

赏析

这是一首怀古诗。诗人凭吊秦淮河上的朱雀桥和南岸的乌衣巷，这里曾经繁华鼎盛，而今只见野草丛生，荒凉残照。他感慨沧海桑田，人生多变。此诗以燕栖旧巢唤起人们的想象，含而不露；以“野草花”“夕阳斜”涂抹背景，美而不俗。本诗语虽极浅，味却无限。

刘禹锡

春　词

新妆宜面下朱楼，深锁春光一院愁。
行到中庭数花朵，蜻蜓飞上玉搔头[1]。

注释

①玉搔头：玉簪。

赏析

这首宫怨诗是写宫女新妆虽好，却无人见赏。诗的开篇先描摹出一个精心梳妆、脂粉脸色相宜的年轻宫女形象，写她一系列的动作流露出期待，最后变成失望的情态。二句中的“愁”字透露了全诗的主题。三句写烦恼无端凝聚心头，她只好数花解闷。四句写她凝神伫立，人花相映，蜻蜓做伴，倍显冷落。此诗写宫女形象，丰韵多姿，妩媚动人；写孤凄幽怨，委婉含情，得之于神。

宫　词

白居易

泪尽①罗巾梦不成，夜深前殿按歌声。
红颜未老恩②先断，斜倚熏笼③坐到明。

注释

①泪尽：湿透。②恩：指皇帝的宠爱。③熏笼：熏香炉子上罩着的竹笼子。

赏析

这首诗又名《后宫词》，是一首宫怨词，以他人的歌舞欢笑反衬宫女的孤寂哀怨，色未衰而爱已弛，指斥统治者的薄幸寡恩。诗人描写了一个红颜未老就失去宠幸的宫女的不幸遭遇，表现了她复杂的内心世界。

集灵台（其一）

张祜

日光斜照集灵台，红树花迎晓露开。
昨晚上皇新授箓①，太真含笑入帘来。

注释

①箓：道教的秘密文书。

赏析

《集灵台》共两首，为讽刺杨玉环姐妹专宠而作。第一首讽刺杨玉环的轻薄。杨玉环原系玄宗十八子寿王瑁的妃子，后被玄宗召入禁中为女官，号太真，后来大加宠幸，进而册封为贵妃。集灵台是清静祀神所在，诗人指出玄宗不该在这里行道教授给秘文仪式。并指出贵妃在这时“含笑”入内，自愿为女道士，配合默契，掩人耳目，足见其轻薄风骚。

本诗语言颇为含蓄，看似是褒，实则是贬，讽刺深刻，入木三分。

集灵台（其二）

张祜

虢国夫人[1]承主恩，平明骑马入宫门。
却嫌脂粉污颜色，淡扫[2]蛾眉[3]朝至尊[4]。

注释

①虢（guó）国夫人：杨贵妃的三姐。②淡扫：轻描。③蛾眉：美眉。④至尊：皇帝，此指唐玄宗。

赏析

《集灵台》诗共两首，这是第二首。集灵台在骊山之上，为祀神之所。杨贵妃得宠，杨氏一门皆受封爵。据《旧唐书·杨贵妃传》记载，其大姐封韩国夫人，三姐封虢国夫人，八姐封秦国夫人，“并承恩泽，出入宫掖，势倾天下”。这首诗描写了玄宗与虢国夫人间不正常的关系及虢国夫人恃宠而骄的气焰。她并非“后妃”，却“承主恩”，而且“骑马入宫”“朝至尊”。这里也体现了玄宗的昏庸。

全诗明扬暗抑，似褒实贬，含蓄深刻，讽刺意味明显。

宫中词

朱庆馀

寂寂花时闭院门，美人相并立琼轩①。
含情欲说宫中事，鹦鹉前头不敢言。

注释

①琼轩：对廊台的美称。

赏析

在一般宫怨诗，特别是以绝句形式写就的宫怨诗里，诗人大多只让一位女主角在极端孤独之中出场。在这首诗里，我们却看见两位女主角同时出场，相依相并，立在轩前。而就在这样一幅动人的双美图中，诗人以别出心裁的构思，巧妙而曲折地托出了怨情，点出了题旨。

诗人最后说，两位美人之“不敢言”是因为在“鹦鹉前头”。而谁都知道，鹦鹉虽会学舌，却并不会告密，其实没有什么可怕的。这显然是一个托词。从这一托词，读者自会看到：在这幅以“花时”“琼轩”“美人”“鹦鹉”组成的风光旖旎的图画背后，却是一个罗网密布的恐怖世界，生活在其中的宫人不但被夺去了青春和幸福，就连说话的自由也没有。这首别开生面的宫怨诗，表达的正是这样一个重大主题，揭露的正是这样一幕人间悲剧。

赤　壁

杜牧

折戟①沉沙铁未销，自将磨洗认前朝②。
东风不与周郎③便，铜雀春深锁二乔④。

注释　①折戟：折断的戟。戟，古代兵器。②认前朝：认出戟是东吴破曹时的遗物。③周郎：指周瑜。④二乔：东吴乔公的两个女儿，一嫁前国主孙策（孙权兄），称大乔；一嫁军事统帅周瑜，称小乔，合称“二乔”。

赏析　此诗开篇以一件古战场遗物来兴起对前朝英雄人物和战事结果的慨叹。后两句是诗人的议论，对周瑜的嘲讽，也是借以抒发个人才能得不到施展的感慨。

杜牧

泊秦淮①

烟笼寒水②月笼沙，夜泊秦淮近酒家③。
商女④不知亡国恨，隔江犹唱后庭花。

注释 ①泊秦淮：行船停泊在秦淮河上。泊，停船。②寒水：此时正是深秋，河水已较凉，所以称寒水。③酒家：酒店。④商女：指以卖唱为职业的歌女。

赏析 这首诗表现了诗人对晚唐统治者的辛辣讽刺，以及对国家命运的深切忧虑。这样丰富的内涵、深刻的主题却容纳在短短的二十八个字之内，其中的每一个字都凝练至极。这首诗于情景交融的意境中，形象而典型地表现了晚唐的时代气氛，使人从陈后主的荒淫亡国联想到江河日下的晚唐的命运，委婉含蓄地表达了诗人对历史的深刻思考，对现实的深切忧思，内容深厚，感情深沉，意味无穷，引人深思。

杜牧

寄扬州韩绰判官①

青山隐隐水迢迢②，秋尽江南草木凋③。
二十四桥④明月夜，玉人⑤何处教吹箫？

注释 ①判官：观察使、节度使的僚属。时韩绰任淮南节度使判官。②迢迢：遥远的样子。③凋（diāo）：枯萎，凋落。④二十四桥：唐时扬州繁盛，城内共有二十四座桥，但因州城几经改建，二十四桥即或存或废。一说二十四桥即吴家砖桥，又名红药桥，因古时有二十四位美人吹箫于桥上而得名。⑤玉人：美人。

赏析 此诗的首联是写江南秋景，说明诗人怀念故人的背景。末联是他借扬州二十四桥的典故，与友人韩绰调侃，意思是问韩绰处在东南形胜的扬州，当此深秋之际，在何处教玉人吹箫取乐呢？

杜牧

遣 怀

落魄[1]江湖载酒[2]行，楚腰[3]纤细掌中轻[4]。
十年一觉[5]扬州梦，赢得青楼[6]薄幸[7]名。

注释

①落魄：漂泊之意。②载酒：携酒。③楚腰：楚灵王好细腰的典故。这里指扬州妓女。④掌中轻：相传汉赵飞燕体轻，能为掌上舞。诗中指扬州妓女。⑤一觉：一旦醒悟。⑥青楼：指妓女居处。⑦薄幸：薄情。

赏析

此诗的首句追叙诗人的扬州生活：寄人篱下，飘荡江湖，与酒为伍。第二句写他放浪形骸，沉湎于酒色。第三句是诗人发自肺腑的感叹。第四句诗人说自己曾经迷恋青楼，责怪自己薄情寡义。此诗是杜牧追悔十年扬州生活的抒情之作。诗人因政治上落魄失意，在扬州十年载酒行乐，倚红偎翠，过着毫无拘检的生活。现在回想起来，恍如梦幻，一事无成，他反倒落了个轻薄负心郎的名声。

杜牧

秋 夕

银烛[1]秋光冷画屏[2]，轻罗小扇[3]扑流萤[4]。
天阶[5]夜色凉如水，坐看[6]牵牛织女星[7]。

注释

①银烛：白蜡烛。②画屏：画有图案的屏风。③轻罗小扇：轻巧的丝质团扇。④流萤：飞动的萤火虫。⑤天阶：露天的石阶。⑥坐看：有的版本选作“卧看”。⑦牵牛织女星：两个星宿的名字。

赏析

此诗的首句写秋景，用一“冷”字，暗示寒秋气氛，又衬出主人公内心的孤寂。次句描述一个孤单的宫女正用小扇扑打着飞来飞去的萤火虫。第三句又转而写景，用“凉如水”来写夜色之深，写深宫内寒气袭人，这也就进一步烘托出“冷”的气氛，而且自然地将宫女的目光从地上引到天上。宫女触景生情，深叹自己的命运比不上神话中的男女主人公，因为他们还可以每年七夕相会，而自己一进深宫便永隔人世了。这是多么悲惨的现实！

赠别（其一）

杜牧

娉娉袅袅①十三余②，豆蔻③梢头二月初。
春风十里④扬州路，卷上珠帘总不如。

注释 ①娉娉（pīng）袅袅（niǎo）：身姿轻盈柔美的样子。②十三余：十三四岁。③豆蔻（kòu）：豆蔻花。二月初五含苞待放，这里用来比喻处女。④春风十里：指长长的繁华街道。唐宋诗词中多用于形容扬州。

赏析 本诗首句形容了女子的美丽。次句不再直接描写女子，转写春花，这里人如花靓，花因人美，此乃诗人创新之处。“春风十里扬州路”，极力渲染豪华大都市的堂皇气派。唐代的扬州经济文化繁荣，时有“扬一益（成都）二”之称。“春风”句意兴酣畅，使人如睹车水马龙的十里长街。第四句描写扬州城里歌台舞榭密集，美女如云，有多少珠帘卷起，帘内又有多少红衫绿袖的佳人，如此之多的人中却“卷上珠帘总不如”，具体是谁不如、不如谁，诗中都未指明，诗意含蓄，然而读者却能心领神会。

赠别（其二）

杜牧

多情却似总无情，唯觉尊[①]前笑不成。
蜡烛有心还惜别，替人垂泪到天明。

注释 ①尊：酒杯。

赏析 此诗题为“赠别”，所以重点是要表现人的惜别之情。但是诗人却撇开自己，写告别筵席上燃烧着的蜡烛，以物来寄意。诗人带着极度感伤的心情去看周围的世界，于是眼中的一切也就都带上了感伤色彩，个人的离愁尽显其中。全诗不言“愁”字，此所谓“不着一字”，却独具风格。

李商隐

夜雨寄北①

君②问归期未有期，巴山③夜雨涨秋池。
何当④共剪西窗烛，却话⑤巴山夜雨时。

注释

①夜雨寄北：诗题一作《夜雨寄内》。②君：对人的尊称，相当于“您”，这里指诗人的妻子。③巴山：泛指东川山峦。④何当：何时能够。⑤却话：忆说。

赏析

此诗的首句一问一答，先停顿，后转折，跌宕有致，极富表现力。次句描写诗人自己置身之地的自然环境。第三句写出诗人的期待，盼望着能早日与妻子相聚的心情。最后表明此时诗人独听巴山夜雨而无人共语，其心境之郁闷、孤寂，显而易见。

李商隐

为　有

为有云屏①无限娇，凤城②寒尽怕春宵。
无端嫁得金龟婿③，辜负香衾④事早朝。

注释

①云屏：云母石装饰的屏风。②凤城：指京师。③金龟婿：佩有金龟袋的夫婿。④衾(qīn)：被子。

赏析

全诗以赋体写官宦之家少妇的闺怨。先从闺中之豪华富丽、温柔缠绵写起，然后以一个“怕”字转入闺怨的缘由，引出闺怨的主题。此诗的后半部分以少妇直抒胸臆来抒情，因此在表达“怨”情上更强烈。虽是嫁得了位高权强的金龟婿，而丈夫却要追名逐利，自然有意无意间会冷落妻子。荣华富贵，夫妻莞尔缠绵，岂能兼顾周全？透过诗人细腻的刻画，联系诗人当时穷困潦倒的处境，我们可以看出这首诗实则语含讥诮，暗含诗人对当时自己仕途坎坷的无奈、不满之情。

隋　宫[1]

李商隐

乘兴南游不戒严，九重[2]谁省[3]谏书函[4]。
春风举国裁宫锦[5]，半作障泥[6]半作帆。

注释

①隋宫：隋炀帝杨广建造的行宫。②九重：指皇帝居住的深宫。③省（xǐng）：明白，懂得，觉察。④谏书函：呈给皇帝的谏书。⑤宫锦：皇家使用的高级锦缎。⑥障泥：马鞯，垫在马鞍的下面，两边下垂至马镫，用来挡泥土。

赏析

这首七绝诗讽刺了隋炀帝的奢侈昏淫。此诗选取典型题材，揭露炀帝纵欲拒谏，不顾国家安危和人民死活的丑恶本质，暗示隋朝灭亡的难免。开头两句点出炀帝南游的一意孤行，绘出他独夫

民贼的嘴脸。三、四句借制锦帆点明耗尽民力之罪。全诗语简意赅，贬刺颇深。

李商隐

瑶　池[①]

瑶池阿母[②]绮窗开，黄竹[③]歌声动地哀。
八骏[④]日行三万里，穆王何事不重来？

注释　①瑶池：昆仑山仙池名，西王母所居之地。②阿母：即西王母。③黄竹：即《黄竹诗》，周穆王所作歌的歌名。④八骏：传说周穆王有八匹骏马。

赏析　晚唐迷信神仙之风极盛，最高统治者尤最，好几个皇帝因服丹药妄求长生而丧命。这首诗是诗人借周穆王西游遇仙人西王母的神话，加以生发，讥刺皇帝求仙的虚妄。全诗虚构了西王母盼不到周穆王重来，暗示穆王已故的故事情节，显示了求仙妄想与死亡不可避免的对立。诗人不做正面议论，而以西王母心中的疑问作结，构思巧妙，用心良苦，讽刺辛辣，韵味无穷。

李商隐

嫦　娥[①]

云母屏风烛影深，长河[②]渐落晓星[③]沉。
嫦娥应悔偷灵药，碧海青天[④]夜夜心。

注释　①嫦娥：神话中的月中女神。②长河：指银河。③晓星：即启明星，金星。④碧海青天：古人认为明月历经白天之后则入碧海，次日复出，夜夜如此。

赏析　本诗借写嫦娥的孤寂哀怨，抒发作者内心的寂寞悲苦之情。作者在文字的安排上也很有特色，“烛影深”，强调夜深而人不寐；“晓星沉”，则是写嫦娥一夜未眠，难以摆脱孤寂；“夜夜心”点出这不仅是一夜的孤寂，而是“夜夜”的心灵寂寞，叠字表情达意十分浑厚深沉。

贾　生[①]

李商隐

宣室[②]求贤访逐臣[③]，贾生才调更无伦[④]。
可怜夜半虚前席，不问苍生问鬼神。

注释　①贾生：贾谊，西汉初年著名的政论家。②宣室：西汉未央宫前殿的正室。③逐臣：即贾谊。④无伦：无比，无可比及。

赏析　这是一首托古讽时诗，意在借贾谊的遭遇，抒写诗人怀才不遇的感慨。此诗选取汉文帝宣室召见贾谊，夜半倾谈的情节，写文帝不能识贤、任贤。“不问苍生问鬼神”揭露了晚唐皇帝服药求仙，荒于政事，不能任贤，不顾民生的昏庸特性。此诗寓慨于讽，讽刺效果颇佳。

瑶瑟怨

温庭筠

冰簟[①]银床梦不成，碧天如水夜云轻。
雁声远过潇湘[②]去，十二楼中月自明。

注释

①冰簟（diàn）：比喻竹席很冰凉。②潇湘：水名，在今湖南省内。

赏析

瑶瑟是玉镶的华美的瑟。瑟声悲怨，在古代诗歌中，它常和别离之悲联结在一起。题名《瑶瑟怨》，正暗示本诗所写的是女子别离的悲怨。

诗中所写的是女子梦不成之后之所感、所见、所闻。全诗像是几组衔接紧密的写景镜头，表现了女主人公的心理活动和思想感情。冰簟、银床、碧空、明月、轻云、南雁、潇湘，以至于月光笼罩下的玉楼，组成了一组离人幽怨的秋夜图，渲染出一种和女主人公离怨情绪统一和谐的情调和氛围。诗中虽无“怨”字，然而怨意自生。

韦庄

金陵图

江雨霏霏[①]江草齐，六朝如梦鸟空啼[②]。
无情最是台城[③]柳，依旧[④]烟笼十里堤。

注释

①霏霏：雨雪很多的样子。②啼：啼叫。③台城：三国时代吴国的后苑城，东晋成帝时改建，旧址在今南京市鸡鸣山南。④依旧：照旧。

赏析

这是一首凭吊古迹的七绝，寥寥二十八字，既描绘了台城的风光，又哀叹了六朝的兴亡，因景生情，融情于景。全诗表面上哀叹六朝的繁华，写这一切如同春梦，已成了历史，实际上是借古喻今，告诫统治者如不改弦易辙，那么六朝就是晚唐的前车之鉴。

VOLUME I

唐诗三

七绝乐府，宽泛地讲，即用类似七言绝句的句式写就的乐府诗。有的用乐府古题，有的自创曲调，还有的用唐教坊曲调。内容上也比较丰富，闺怨、边塞生活、当时的社会风情，都有涉及。

王维

渭城曲

渭城[1]朝雨浥[2]轻尘，客舍青青柳色新。
劝君更尽一杯酒，西出阳关[3]无故人[4]。

注释

①渭城：秦朝都城咸阳，汉代时称渭城，其址在长安附近。这里用来指长安。②浥：沾湿，浸润。③阳关：古关塞名，在今甘肃省敦煌市西南，是通往西域的要道，因位于玉门关以南，故称之为“阳关”。④故人：老朋友。

赏析

本诗是诗人送别友人去安西的离赠诗。

它的前两句写送别的时间、地点、环境气氛。后两句是一个整体。朋友“西出阳关”，虽是壮举，却又不免经历万里长途的跋涉，备尝独行穷荒的艰辛寂寞。因此，这临行之际的“一杯酒”，就像是浸透了诗人深挚情谊的一杯浓郁的感情琼浆。

王维

秋夜曲

桂魄[1]初生秋露微，轻罗[2]已薄未更衣。
银筝夜久殷勤[3]弄，心怯空房不忍归。

注释

①桂魄：月晕。这里代指月亮。②轻罗：轻柔的丝绸。③殷勤：频繁。

赏析

此诗属乐府杂曲歌辞，是一首婉转含蓄的闺怨诗，写初秋月夜少妇的怨情。起句写秋月从东方升起，露水虽生，却是淡薄微少，给人一种清凉之感，烘托出女主人公清冷孤寂的心情。第二句写女主人公在气候转凉的季节还穿着轻软细薄的罗衣，没有更换秋衣，暗示了她因秋凉需要更衣而思念远方的丈夫。第三句写女主人公的弹筝行动，实际是以乐曲寄情。结句以巧妙的构思和奇特的表现方法，通过女主人公的心理活动，展示了她独守空房的哀怨。

长信怨

王昌龄

奉帚①平明金殿开，暂将团扇共徘徊。
玉颜不及寒鸦色，犹带昭阳日影②来。

注释　①奉帚：拿着扫帚在打扫。②日影：这里指皇帝的恩惠。

赏析　本诗是诗人《长信秋词》五首之一，借描写班婕妤失宠被贬长信宫的故事，以汉喻唐，表现了唐代被遗弃失宠宫女的幽怨之情。汉成帝时，班婕妤美而善文，初时很受汉成帝宠幸，后来成帝偏幸赵飞燕、赵合德姐妹。班婕妤为避赵氏姐妹妒害，随即求供养太后于长信宫，在那里度过了寂寞的一生。

王昌龄

出　塞[1]

秦时明月汉时关，万里长征人未还。
但使[2]龙城飞将[3]在，不教胡马度阴山[4]。

注释

①出塞：唐代诗人写边塞生活的诗常用的题目。②但使：只要。③龙城飞将：指汉朝名将李广。南侵的匈奴惧怕他，称他为“飞将军”。这里泛指英勇善战的将领。④阴山：在今内蒙古自治区，古代中原王朝常凭借它来抵御匈奴的南侵。

赏析

王昌龄这首边塞诗通过高度概括的手法，对当时的边塞战争生活做了描述。他通过对于时间和空间的匠意经营，以及把写景、叙事、抒情与议论紧密结合，在四句诗里熔铸了丰富复杂的思想感情，使此诗的意境雄浑深远，既激动人心，又耐人寻味。

李白

清平调[1]·三首

其一

云想衣裳花想容，春风拂槛[2]露华[3]浓。
若非群玉山[4]头见，会向瑶台[5]月下逢。

其二

一枝红艳露凝香，云雨巫山枉断肠。
借问汉宫谁得似？可怜飞燕倚新妆。

其三

名花倾国两相欢，常得君王带笑看。

解释春风无限恨，沉香亭北倚阑干。

注释　①清平调：为乐府曲牌名，为李白所创。②槛：有格子的门窗。③露华：带露的花。华，通“花”。④群玉山：神话中的仙山，传说是西王母住的地方。⑤瑶台：传说中西王母住的宫殿。

赏析　这三首诗是李白在长安供奉翰林时所作。一日，玄宗和杨妃在宫中观牡丹花，命李白写新乐章，李白奉诏而作。

读者读这三首诗，如觉春风满纸，花光满眼，人面迷离，不待诗人做什么刻画，而自然觉得这是牡丹，这是美人玉色，而不是别的。无怪这三首诗当时就深为唐玄宗所赞赏。从篇章结构上说，第一首从空间上来写，把读者引入蟾宫阆苑；第二首从时间上来写，把读者引入楚襄王的阳台，汉成帝的宫廷；第三首回到目前的现实，点明唐宫中的沉香亭北。诗笔不仅挥洒自如，而且相互钩带。“其一”中的春风和“其三”中的春风，前后遥相呼应。

出　塞①

王之涣

黄河远上白云间，一片孤城万仞②山。
羌笛何须怨杨柳③，春风不度玉门关。

注释　①出塞：此诗又作《凉州词》，即凉州地区流行歌曲的歌词。凉州，今甘肃省武威市。②仞：古代的长度单位，一仞相当于七尺或八尺。③杨柳：《折杨柳》曲。古诗文中常以折柳喻送别情事。

赏析　这首诗旨在写凉州险僻，守边艰苦。此诗的首句写汹涌澎湃的黄河，发源于云端，突出其源远流长，展示边地广漠壮阔的风

光。次句写凉州城的戍边堡垒，地处险要，境界孤危。“一片”是唐诗常用词，通常与“孤”相连用（如“一片孤云”“孤帆一片”等等），这里即“一座”的意思。三句递转，写所闻。羌笛奏着《折杨柳》的曲调，勾起征夫离愁。唐时有折柳赠别的风俗，因而征夫见杨柳而生愁，甚至听《折杨柳》歌而生怨。关外春风不度，杨柳不青，无法折柳寄情，征夫听曲更生怨恨：“天寒地冻”“征战无期”“归家无望”。然而，“怨”也罢，愁也罢，都是枉然，因而作“何须怨”。这种宽解语，着实委婉，深沉含蓄，耐人寻味，不愧为边塞诗的绝唱。

金缕衣[1]

杜秋娘

劝君莫惜金缕衣，劝君惜取少年时。
花开堪[2]折直须[3]折，莫待无花空折枝。

注释

①金缕衣：以金线制成的华丽衣裳。②堪：可以。③直须：不用犹豫。

赏析

此诗的含义可以用“莫负好时光”以蔽之。

这首诗含义比较单纯，反复咏叹强调人要爱惜时光，莫要辜负青春年华。从字面看，是对青春和爱情的大胆歌唱，是热情奔放的坦诚流露。然而字面背后，仍然是“爱惜时光”的主旨。因此，此诗若作“行乐及时”的宗旨看似乎低了，作“珍惜时光”看，便摇曳多姿，耐人寻味。

诗情画意

宋词三百首

（清）朱孝臧 编
胡怡 主编

应急管理出版社
·北 京·

图书在版编目（CIP）数据

宋词三百首 /（清）朱孝臧编. --北京：应急管理出版社，2024

（诗情画意/胡怡主编）

ISBN 978-7-5020-9774-5

Ⅰ. ①宋… Ⅱ. ①朱… Ⅲ. ①宋词—诗歌欣赏 Ⅳ. ①I207.23

中国版本图书馆 CIP 数据核字(2022)第 230531 号

宋词三百首（诗情画意）

主　　编　胡　怡
编　　者　（清）朱孝臧
责任编辑　高红勤
封面设计　言　午

出版发行　应急管理出版社（北京市朝阳区芍药居 35 号　100029）
电　　话　010-84657898（总编室）　010-84657880（读者服务部）
网　　址　www.cciph.com.cn
印　　刷　德富泰（唐山）印务有限公司
经　　销　全国新华书店

开　　本　880mm×1230mm 1/32　**印张**　23　**字数**　576 千字
版　　次　2024 年 1 月第 1 版　2024 年 1 月第 1 次印刷
社内编号　20221419　**定价**　128.00 元（共三册）

前言

宋词是我国古代诗歌百花园中的一朵奇葩，是堪与唐诗媲美的又一座丰碑，代表着一代文学之盛。

词源自民间，又称“诗余”“长短句”，有固定的词牌，是一种可以配乐歌唱的新体抒情诗，具有合音律和含蓄的独特风格。作为一种配乐演奏的文学，词与音乐有着密切的关系。北周和隋代以来形成了一种新型音乐，即燕乐，它由西域胡乐与民间里巷之曲融合而成，主要用于娱乐和宴会的助兴演奏。配合燕乐，词慢慢形成。词最初主要流行于民间，《敦煌曲子词集》收录的一百多首作品，大多是从盛唐到五代的民间歌曲。大约中唐时期即有诗人写词，比如韦应物、白居易、刘禹锡等，他们把词这一文体带入文坛，推动了文学的发展。到晚唐五代，文人词获得了更大的发展，以温庭筠为代表的“花间派”词人和以李煜、冯延巳为代表的南唐词人，他们的创作奠定了词体的基本抒情风格，词终于成为一种新的文学体

裁。进入宋代，词的创作规模空前扩大，并成为宋代主要的文学形式，优秀词人、词作层出不穷。在风格上，也进行了不断的开拓，并形成了各种风格、流派。

总的来说，宋词基本上可以分为婉约派和豪放派两大类。婉约派与花间派一脉相承，被视为词之正宗。内容侧重于儿女风情、离情别绪，结构缜密，重视音律的和谐委婉，语言的饱满润泽，风格的清新绮丽，具有一种柔婉之美。婉约派不乏优秀词作，但总而言之，创作的内容范围相对比较窄狭。豪放派对于词的开拓具有重要意义，与婉约派风格截然不同。从特点上看，总体上是视野较广阔，气象雄放，气度恢宏，喜以诗为词、以文为词，不拘泥于音律。豪放派不但光耀宋代词坛，而且对后世也产生了很大影响，直到清代，历来都有标举豪放旗帜的词人。

宋代是一个文化发达、文学昌盛的时代，国家的繁盛为宋代词人的创作提供了广阔的空间。宋词涉及了各个文化层面和生活领域，既有表现离别婚恋、冶游歌舞、都市风情等带有香艳绮丽色彩的题材，又有描绘四季山川、风花雪月、鸟兽古迹、风土人情、社交羁旅的题材……从乡村风物到宫廷幽秘，从历史时空到梦幻天地，从艺术世界到边塞军旅，无所不包。

宋词如同一颗璀璨夺目的明珠，发出耀眼的光彩，它给人们带来了很高的艺术享受，也吸引了无数的爱好者来欣赏研究。本书收录近三百首词作，辅以注释、赏析，将词作之美尽数呈现。愿这部精心编写的书能帮助您更好地欣赏宋词名篇佳作，领略宋词的独特情韵。

目录

燕山亭·北行见杏花

宋徽宗

裁剪冰绡①，轻叠数重，淡著燕脂匀注②。新样靓妆，艳溢香融，羞杀蕊珠宫③女。易得凋零，更多少、无情风雨。愁苦，闲院落凄凉，几番春暮。

凭寄离恨重重，这双燕，何曾会④人言语。天遥地远，万水千山，知他故宫何处。怎不思量，除梦里、有时曾去。无据。和⑤梦也、新来不做。

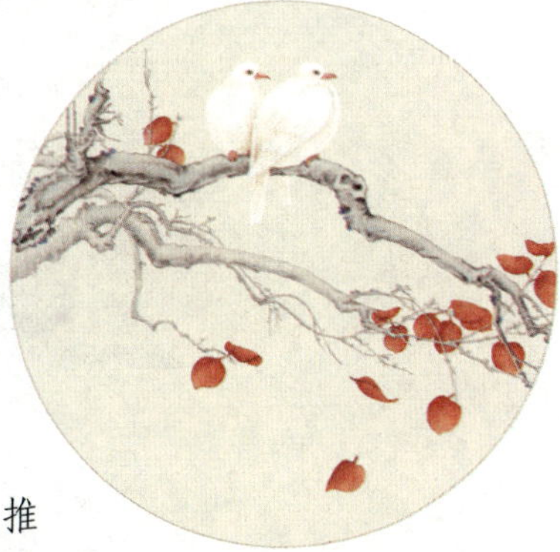

注释

①冰绡：轻薄洁白的绢。②匀注：均匀地涂抹。③蕊珠宫：道教经典中所说的仙宫。④会：理解。⑤和：连。

赏析

这首词通过写杏花的凋零，借以自悼。词人在上阕以细工描出杏花的绚烂，然在下阕急转抒发离恨，见物兴感，层层推进，逼近绝境，先以美丽绝世的杏花容易被无情风雨摧折而凋零，来比喻自己归为臣虏、横遭蹂躏的不幸命运，然后用委婉曲折的笔法倾诉了对故国山河的无限眷念，以及希冀成灰的绝望心情，词情真挚动人，令人感慨万千。

木兰花①

钱惟演

城上风光莺语乱。城下烟波春拍岸。绿杨芳草几时休，泪眼愁肠先已断。

情怀渐觉成衰晚。鸾镜②朱颜惊暗换。昔年多病厌芳尊③，今日芳尊惟恐浅。

注释 ①木兰花：唐教坊曲名。②鸾镜：镜子的美称。③芳尊：指代美酒。“尊”，通“樽”。

赏析 这首词是词人临终前的一首伤春之作。上阕以写景为主。“莺语乱”“烟波春拍岸”“绿杨芳草”，从城上到城下，春光一片、生机盎然，令人无比陶醉。然而词人却一反常态，以“几时休”的问辞来抒发情感。面对如此美好的风光，词人毫无赏春的心情，原因是“泪眼愁肠”，第四句很好地过渡到下阕。

下阕直抒愁怀。“情怀渐觉”“衰晚”，“渐”字表现出时光催人老的过程；接着词人又惊异地发现镜中“朱颜”已“暗换”，进一步表达“衰晚”之感。后两句写以前和现在对酒的态度，以前不喜喝酒，现在是害怕酒不够喝，这种借酒浇愁的心态，把全词所写的愁绪推向高潮。

御街行①·秋日怀旧

范仲淹

纷纷坠叶飘香砌②。夜寂静、寒声碎。真珠帘卷玉楼空，天淡银河垂地。年年今夜，月华③如练④，长是人千里。

愁肠已断无由醉。酒未到、先成泪。残灯明灭枕头攲⑤，谙⑥尽孤眠滋味。都来此事，眉间心上，无计相回避。

注释

①御街行：双调七十八字，又名《孤雁儿》。②砌：台阶。③月华：月光。④练：白绢。⑤攲（qī）：通“欹”，倾斜。⑥谙：熟知，熟悉。

赏析

这首词主要表达了词人的离愁别恨，是一首念旧怀人之作。词的上阕写景，景中有情。词人对于景的描写细致，工于词句。“飘”字写出了秋的生动，“碎”字巧妙地烘托出了夜的静谧，“空”字鲜明地体现出词人的孤寂。“天淡银河垂地”勾勒出秋夜天宇的苍茫，勾起相思之情。词人不由发出“年年今夜，月华如练，长是人千里”的感叹。

词的下阕直接抒情。开始写出了词人想借酒灌愁肠，才发现“酒未到、先成泪”。接着写出词人独自倚枕，尝尽愁滋味。这种描写形象又生动，更添一种悲凉寂寞而又凄然的气氛。最后“无计相回避”，写出词人忧愁不可避免的无奈。

张先

千秋岁[1]

数声鶗鴂[2]。又报芳菲歇。惜春更把残红折。雨轻风色暴，梅子青时节。永丰柳[3]，无人尽日飞花雪。

莫把幺弦[4]拨。怨极弦能说。天不老，情难绝。心似双丝网，中有千千结。夜过也，东窗未白凝残月。

注释

①千秋岁：又名《千秋节》。②鶗鴂（tí jué）：亦作"鹈鴂"，通常指杜鹃。传说杜鹃春天长啼，昼夜不停，直至口吐鲜血乃止，为中国古典诗词中的悲哀之神。③永丰柳：永丰指洛阳的坊名。永丰柳泛指园柳，比喻孤寂无靠的女子。④幺弦：琵琶的第四弦。借指琵琶。

赏析

这是一首有关爱情幽怨、伤春怀人之词。上阕写暮春之景。词人通过伤春来寄托自己失去美好爱情的心情。词人描写杜鹃啼血，报道春天的完结，渲染浓重的感伤气氛。又写惜春的词人，在花丛中寻找并采摘着残花。在这梅子青的时节里芳华落尽，暗含多少无奈。接着写飘零的杨花，一个"尽"字写透春之落寞及心之寒冷。

下阕直接抒情。幺弦怨极，情绪浓烈。然而天不会老，爱情也永无断绝的时候。"双丝网""千千结"写出爱情的难分难解，表达出词人坚定不移的信念。最后以夜将尽的孤灯景象作结，极具抒情效果。

张先

醉垂鞭

双蝶绣罗裙[1]。东池宴。初相见。朱[2]粉不深匀。闲花淡淡春。

细看诸处[3]好。人人道。柳腰身。昨日乱山昏。来时衣上云。

注释

①罗裙：丝罗制的裙子。②朱：胭脂。③诸处：处处。

赏析

这首词是词人酒宴上赠妓之作。上阕描写女子的外貌。“双蝶绣罗裙”，写词人刚看到女子的衣着，上面绣着一对蝴蝶，非常漂亮。“东池”交代了见面的地点，而“宴”是二人能够相见的原因。“朱粉不深匀。闲花淡淡春”，描写了女子当时的妆容。

词的下阕描写女子的形象美。“细看诸处好。人人道。柳腰身”三句，词人利用倒装手法，以“柳”作喻，形容女子的细腰，强调“细看”得出的评价，也呼应了上文的初次相见。词作进而转到着装：“昨日乱山昏。来时衣上云。”词人由女子衣服上的图案联想到了山上的云。经过渲染和加工，女子的形象得到升华，像是仙子下凡到人间。在结尾处，词人运用亦真亦幻的手法，使女子显得更加独特。

青门引·春思

张先

乍[①]暖还轻冷。风雨晚来方定。庭轩寂寞近清明，残花中酒，又是去年病。

楼头画角[②]风吹醒。入夜重门静。那堪更被明月，隔墙送过秋千影。

注释

①乍：突然。②画角：角，古代乐器名，相传创自黄帝，或曰传自羌族。由于它形如竹筒，以竹木或皮革制成，外加彩绘，故称“画角”。

赏析

这首词是一首春日感怀之作，抒发了词人寂寞的情感。词的上阕描写词人对春日天气变化的感触。“乍暖”，见的是由春寒忽然变暖。“还”字一转，引出又一次变化。虽说春天之冷较冬日“轻”，但这“冷”是紧接“暖”而来的。连同“方”字，体现了词人感触之敏锐。“庭轩寂寞”直言词人寂寞，“残花中酒”进一步点明了寂寞的缘由。“又是去年病”，点出全篇主旨，去年如此，今年也是，忧愁无尽。

下阕写的是词人酒后的寂寞和感伤。“楼头画角风吹醒。入夜重门静”，写两种感觉。角声和晚风，使酣醉的人清醒过来。深夜，重重的院门显得十分宁静，但词人却变得更加孤寂。“那堪更被明月，隔墙送过秋千影”深刻地表现出词人的抑郁。“那堪”二字，揭示了结笔着重在为秋千影所触动之怀。

晏殊

浣溪沙

一曲新词酒一杯，去年天气旧亭台，夕阳西下几时回？

无可奈何花落去，似曾相识燕归来。小园香径[1]独徘徊[2]。

注释

①香径：落花满径，留有芬芳，故云“香径”。②徘徊：来回往复。

赏析

这首词是暮春伤怀之作，是晏殊词中最为著名的一首。首句写对酒听歌的境况，勾起词人对“去年”的回忆——同样的氛围下有些东西却悄然变化。“夕阳西下几时回”，岁月流逝，世事变迁，词人进而将思考扩展到整个人生，既包含对过去的留恋，也包含对美好事物难以再现的失望之情，这理性的沉思，奠定了本词哀伤的情调。

词的下阕重在抒情。“无可奈何花落去，似曾相识燕归来”，虚字对仗工整，音调委婉，抒写了缠绵的情致和深婉的哲思，浑然天成、含蓄蕴藉。尽管时光不可逆，然而，在此季节，还有令人欣慰的景象：“似曾相识燕归来”，呼应上文的“几时回”，扩大了这些景物的内涵。末一句，以词人的动作结尾，不直写词人所想之事，真是韵味隽永。

晏殊

清平乐

红笺[①]小字，说尽平生意。鸿雁在云鱼在水，惆怅[②]此情难寄。

斜阳独倚西楼，遥山恰对帘钩[③]。人面不知何处，绿波依旧东流。

注释 ①红笺：红色笺纸。②惆怅：伤感。③帘钩：此处指窗户。

赏析 这首《清平乐》是念远怀人之词，笔法细腻雅致，韵味悠长。词的上阕抒写了词人对情人的一片深情。开头两句“红笺小字，说尽平生意”，为倾诉相思情意，希望修一封红笺。“小”“说尽”等使人联想到“红笺”之上密密地写满了倾诉的话语，可见情笃意浓。“鸿雁在云鱼在水”，写好的情书却无法传递，令人无比惆怅。

词的下阕着重渲染主人公的孤独和寂寞，点明相思之意。开始便一反常态，直接转至写景——红日偏西，斜晖照在登楼远望的孤影上——景象凄清。词人在此处用景营造出一种充满离愁别恨的意境。词的结尾两句“人面不知何处，绿波依旧东流”，说的是如今流水如故，但是人此时不知道在何处，只剩下这幽幽的情思，随着流水东去，浓浓的相思此时化开。

晏殊

清平乐

金风[1]细细，叶叶梧桐坠。绿酒[2]初尝人易醉，一枕小窗浓睡。

紫薇[3]朱槿花残，斜阳却照阑干。双燕欲归时节，银屏[4]昨夜微寒。

注释

①金风：秋风。②绿酒：美酒。③紫薇：花名，夏秋开花。④银屏：镶银的屏风。

赏析

晏殊的这首词用精细、细腻的笔触描写身为富贵闲适之人的纤细、浅淡的思致，娴雅、雍容的气象。词的上阕主要写景，描写了词人恬淡安逸下点点的惆怅。开头两句“金风细细，叶叶梧桐坠”，以静谧和恬淡的景色描写委婉地展现出一种苍凉的氛围。“绿酒初尝人易醉，一枕小窗浓睡”，词人用轻灵的笔墨抒写内心浅淡的闲愁，这种悠然的身姿背后展现的却是他内心无法平静的忧愁，刻画细致入微，不露声色。

词的下阕描写晚秋景色，进而抒发词人孤独难耐、凄凉惋叹的生活感受。“紫薇朱槿花残，斜阳却照阑干”，暗含了淡淡的忧愁。这样时序的变化，词人的心境没有大起大落，反而平静地看待这一切，而他内心那点点的幽思却没有消逝，反而更加浓烈。结尾两句双燕归巢，略感一点微寒袭上昨夜的银屏，极具深婉流美韵致，双燕归巢对比之下是词人一个人的孤单孑然，愁意频出。但词人不说自己却说银屏“微寒”，可谓“情味于言外求之”。

晏殊

木兰花

燕鸿过后莺归去。细算浮生①千万绪。长于春梦几多时，散似秋云无觅处。②

闻琴解佩神仙侣。挽断罗衣留不住。劝君莫作独醒人③，烂醉花间应有数。

注释

①浮生：短促虚浮的人生。②“长于”两句：仿用白居易《花非花》中“来如春梦几多时，去似朝云无觅处”。③独醒人：语出屈原《楚辞·渔父》中的“举世皆浊我独清，众人皆醉我独醒”。

赏析

这首词仍为暮春抒怀之作，表现了词人对浮生短暂的感叹、美好易逝的伤感和及时行乐的悲愤。这首词不同于之前晏殊词含蓄委婉的风格，而是直抒胸臆，将感情抒发得极为强烈。

词的上阕起句描写了春天燕南归，莺燕相遇春天而高鸣的情景。这句表面上是写鸟遵循时令的更替，其实是暗示时光的流逝，让人感慨万千。“细算浮生千万绪”，时令的变迁引起词人对于浮生的感触，掐指细算，却总也算不清楚那千万思绪。三、四句把人生中美好事物的长度和短暂的“春梦”、飘忽的“秋云”进行比较，便显得那般的稍纵即逝与难以寻觅，感慨极为深沉。

下阕前两句列举了两个爱情典故，申述上阕的感慨，也说明了上阕的来由。词人借用典故，说明人世间爱情的美好，但紧接着词人便用“挽断罗衣留不住”，给这美好之事安排一个悲剧的结局，喻示美好的爱情无法挽留。词人在结尾疾呼：人应当趁好花尚开之时，痛饮消愁花间。从表面看很消极，但这是词人在痛失美好事物之后心灵的最大反应，感情深沉而直白。

全词主旨都在表达词人对整个人生的思索，含蕴深广，是晏殊词中极具特色的作品。

晏殊

踏莎行

小径红稀[1]，芳郊绿遍。高台树色阴阴见[2]。春风不解禁杨花[3]，濛濛[4]乱扑行人面。

翠叶藏莺，朱帘隔燕。炉香静逐游丝转。一场愁梦酒醒时，斜阳却照深深院。

注释

①红稀：花儿稀少了。②见：通“现”。③杨花：柳絮。④濛濛：纷杂的样子。

赏析

这首词描写的是晚春的景致，表达了词人面对时光匆匆流逝的无奈和忧伤。

词的上阕写的是郊外的春景。“小径红稀，芳郊绿遍。高台树色阴阴见”，对景物色彩的描写显示了春色将暮。“春风不解禁杨花，濛濛乱扑行人面”，词人责怪春风之无情无义，将情感注入这没有生命之物，想告诉人们，美好的年华已经逝去，景致本无情，只是人太多情了。这种似怨似嘲的嗔怪，将词人内心的情感曲折地流露出来，空空幽怨，悠长意久。

词的下阕是写身边的春景。“翠叶藏莺，朱帘隔燕”，这两句对

仗极为工整的景物描写承上启下，照应上阕的“树色阴阴”，也引出了下文对室内之景的描绘。“炉香静逐游丝转”，“逐”“转”传神地将炉香缓缓上升的一系列变化描绘了出来，以此来反衬屋里的寂静，同时也是在写自己的愁闷心情。“一场愁梦酒醒时，斜阳却照深深院”，词人描写之景都是梦境，而这梦境皆是由春愁引起，因此更显词人内心的凄凉和孤寂。

这首词清幽婉转，意蕴深厚，抒写情怀含蓄深婉，对景致的描写传神细腻，不失为一首好词。

晏殊

蝶恋花[1]·清明

六曲阑干偎碧树。杨柳风轻，展尽黄金缕[2]。谁把钿筝[3]移玉柱。穿帘海燕[4]双飞去。

满眼游丝兼落絮。红杏开时，一霎[5]清明雨。浓睡觉来莺乱语。惊残好梦无寻处。

注释

①蝶恋花：唐教坊曲名。本名《鹊踏枝》，又名《桃源行》《望长安》《转调蝶恋花》等。②黄金缕：比喻新生长出来的柳条。③钿（diàn）筝：用金银等宝物装饰的古筝。④海燕：燕子的别称。⑤一霎：瞬间。

赏析

这是一首写春景的词，但也在景中融入部分的感情，全词洋溢着面对春景时饱含的喜悦。

上阕前三句写柳树映春景，“碧树”依偎在六曲阑干上，微风一吹，千条万条黄金般的垂柳枝随风摇曳摆动，这样的景色实在动人。接着写古筝的声音，惊动了梁上的燕子使其穿帘而过，“谁把钿筝移玉柱”这个问句设置得巧妙，这样的小埋怨，反而体现出了一种沐浴春景之中产生的惬意。

下阕前三句仍是写景。眼前游丝和柳絮飞扬，杏花开得正红艳，正值清明，下了片刻的小雨。这样的画面描写实在是怡人，如果人要睡觉那想必也是十分安宁的，要是做美梦也是合情合理的。四、五句就写到人，“浓睡”说明这觉睡得很舒服，睡到自然醒之后，发现黄莺在周遭乱叫，才不禁感叹，在这美好的时光里要多睡一会儿，只是醒后那原来的好梦就再也找不到了！显然，在遗憾的同时，词人的好心情并没有受到很大的影响。

宋祁

木兰花·春景

东城渐觉风光好。縠皱[1]波纹迎客棹。绿杨烟外晓寒轻，红杏枝头春意闹。

浮生长恨欢娱少。肯爱千金轻一笑。为君持酒劝斜阳，且向花间留晚照。

注释

①縠（hú）皱：绉纱。

赏析

这是一首惜春词，借春景劝世人及时行乐。

上阕主要写景。从一开始就描绘大好的春光，“东城”句说明风光渐渐变好；然后用“縠皱”形容春水的轻柔；波纹“迎客棹”说明此时此刻正是游人赏玩的好时节。接着，词人写“绿杨”和“红杏”，这两句对仗极为工整，“绿杨烟”与“红杏枝”相互映衬，“晓寒轻”与“春意闹”互为渲染，表现出春天一片生机勃勃的景象。

下阕直抒胸怀。“浮生”句，点出人生变化无常，欢乐的时间很少。“肯爱千金轻一笑”一个设问，让人不难明白词人暗示要尽情追求快乐的意思。“为君”两句，更是将及时行乐的劝勉迫切地表达出来，看看那夕阳，是何等的短暂，但是词人还是努力地“持酒”，劝那斜阳，希望可以在“花间”留下“晚照”，“为君”是其中的目的，是为“千金”，或是为相会的朋友，去追求欢乐，享受人生。

采桑子

群芳过后①西湖②好，狼藉残红③。飞絮濛濛④。垂柳阑干尽日风。

笙歌⑤散尽游人去，始觉春空。垂下帘栊⑥。双燕归来细雨中。

注释

①群芳过后：百花凋零之后。群芳，百花。②西湖：指颍州西湖，在今安徽省阜阳西北部，颍水和诸水汇流处。③狼藉残红：落花纵横散乱的样子。残红，落花。④濛濛：烟雨蒙蒙的样子，此处比喻飞絮飘荡的样子。⑤笙歌：指笙管伴奏的宴席。⑥帘栊（lóng）：窗帘和窗棂，泛指门窗的帘子。

赏析

这是组词《采桑子》十首中的第四首，为欧阳修晚年退居颍州时所写。这首词描绘了颍州西湖的暮春景象，并表现了词人幽微难言的心灵隐曲。

暮春时节，西湖繁花渐落，残红狼藉，令人无限怅惘。欧阳修眼光不同寻常，面对凋零之景，反而称“好”。首句是全词的纲领，由此引出“群芳过后”湖上的风景，落红满地零落，杨絮随风飘荡，顿有春尽之感。“垂柳阑干尽日风”与上句相接，写栏边垂柳随风拂动，又以“尽日”二字加以形容，点出只有柳枝整日在风中飘动，衬托出环境之冷寂萧索。

“笙歌散尽游人去，始觉春空。”游人尽兴散去，笙箫歌声也渐渐静息，词人才开始觉得一片空寂，又仿佛正需要这份安谧。“笙歌散尽”，虚写出过去湖上游乐的盛况；“游人去，始觉春空”，点明从上面三句景象所产生的感觉，道出了词人复杂微妙的心境。“始觉”是顿悟之词，这两句是从繁华喧闹消失后清醒过来的感觉，繁华喧闹消失，既觉有所失的空虚，又觉得获得宁静的畅适。暮春西湖之好，正在其空幽之美。

“垂下帘栊。双燕归来细雨中”是说，回到居室，拉起窗帘，等待着燕子的来临，直到双燕从蒙蒙的细雨中归来，才放下了帘子。这两句使全词多了一分灵动之气。

踏莎行

欧阳修

候馆[①]梅残，溪桥柳细。草薰[②]风暖摇征辔[③]。离愁渐远渐无穷，迢迢不断如春水。

寸寸柔肠，盈盈粉泪。楼高莫近危[④]阑倚。平芜[⑤]尽处是春山，行人更在春山外。

注释

①候馆：原指可以登高观望的楼。此指旅舍。②草薰：青草发出香气。③辔（pèi）：缰绳，这里代指马。④危：高。⑤平芜：草木丛生的平旷原野。

赏析

这首词围绕离别来写相思，但打破了先景后情的寻常格局，上、下两阕分别从两个角度写离别的相思之情，将情景交融的手法运用到整个词作当中。这首词婉曲地表达了一种浓重的离愁，是欧阳修“深婉”风格的代表作。

词的上阕主要写离人如水般的离愁。词人在开头描写了一幅动人的早春图，将早春的景色细腻地刻画了出来。但在这么美妙的春光中，离人却要摇着“征辔”离家远行，这“乐景”便更反衬离人的“哀情”。此时此刻，离愁却紧紧围绕离人的心坎，马走的路

越长，越感到它无边无垠。这离愁“迢迢不断”，以水喻愁，自然贴切、形象生动。

下阕词人转换角度，主要写闺中佳人对离人无尽的思念。“寸寸柔肠，盈盈粉泪”，完美地刻画出闺中佳人的深情厚意，将无尽的愁苦从内到外淋漓尽致地展现出来，令人动容。“楼高”句，词人将对佳人的牵挂以这种口吻和方式展现出来，显得真实、贴切，同时也将佳人的心理描写得很传神。末两句，写佳人的一往情深、一片痴情，虽然平淡，却充满无限的情意。

蝶恋花

欧阳修

庭院深深深几许。杨柳堆烟，帘幕无重数。玉勒雕鞍①游冶处②。楼高不见章台路。

雨横风狂三月暮。门掩黄昏，无计留春住。泪眼问花花不语。乱红③飞过秋千去。

注释

①玉勒雕鞍：这里代指豪华的马车。②游冶处：指歌楼妓馆。③乱红：落花。

赏析

这是一首暮春闺怨词，描写的是暮春时节深闺女子怀人伤春的苦闷愁怨，语言清丽自然、风格含蓄蕴藉、情绪深挚感人，给人留下深刻的印象。

词的上阕写的主要是深闺女子的生活状态和伤春思人的忧苦情感。首句连用三个“深”字，写出女子独守深闺的生活，道尽了庭院的深邃，也道尽了女子的凄婉。二、三句进一步渲染庭院之深深。词人在四、五句将视线转到了其丈夫那里，此时此刻的丈夫一定在那花柳之地寻欢作乐，极尽风流。闺中之人的愁怨、痛苦在这种对比中展现得淋漓尽致。

词的下阕借写风狂雨暴的黄昏，抒写了女子无限的伤春情感。前三句，写暴雨狂风无情地摧残着美好的春天，暮春之际本已令人产生伤春之感，此时又为愁苦的黄昏，叫人情何以堪。而这时候的女子只能独处深闺，暗自叹息无计留春，以及对时光默默逝去的无奈。“泪眼问花花不语，乱红飞过秋千去”，这是脍炙人口的名句，其语言愈加浅显但意境却愈加深入。

全词优美动人，浅显易懂，然而意境深远幽邃，深沉细腻，远胜花间词之清韵。

木兰花

欧阳修

别后不知君远近。触目凄凉多少闷。渐行渐远渐无书，水阔鱼沉[1]何处问。

夜深风竹敲秋韵。万叶千声皆是恨。故攲单枕梦中寻，梦又不成灯又烬。

注释

①鱼沉：传说鱼可像鸽子一样传书。鱼沉，意思是鱼沉到水底就不能传书了，意谓没有信使来。

赏析

这是一首写相思之苦的词。

上阕写别后女子的孤凄苦闷和对丈夫的深切思念。首句直接点明女子十分想念远去的丈夫，想知道“远近”，可想而知这种思念之情的急切。从下一句的“触目”可以看出，没有了丈夫，看什么东西都觉得凄凉苦闷，那样的心情该是多苦啊。“渐行渐远渐无书”，既写出丈夫离家远去，暗示随着距离越来越远、时间越来越长，也写出渐渐将家中亲人淡忘的心态变化。但是这有什么办法呢？“何处问”只是自问自答，只能独自感受孤身的辛苦。

下阕写夜里的思念，从某种程度来看，上阕必是写白日里的思念。“夜深风竹敲秋韵。万叶千声皆是恨”，前一句写景写得妙，后一句抒情抒得好，一个人心里有恨的时候听到的声音也都是恨，这也巧妙地对应了上阕的前两句，但下阕的感情有变化了，女子此时的心情是恨而不是闷了。“故攲单枕梦中寻，梦又不成灯又烬”，女子的感情又一次变化，先前是恨，现在却变作无奈，因为不管怎么样，自己还是不禁思念远行的丈夫，所以要“故攲单枕梦中寻”，只是，更无奈的是，思念之苦使得连“梦”都无法进行，将悲剧效果推向高潮。

浪淘沙

欧阳修

把酒祝东风。且共从容[1]。垂杨紫陌[2]洛城[3]东。总是当时携手处，游遍芳丛。

聚散苦匆匆。此恨无穷。今年花胜去年红。可惜明年花更好，知与谁同。

注释

①从容：流连，盘桓。②紫陌：指京城郊外的道路。③洛城：指洛阳。

赏析

本词为欧阳修感叹人生聚散无常之作。

上阕回忆昔日欢聚洛阳，同游郊野之乐趣。下阕写惜别之情，感伤气息浓重。结尾两句“可惜明年花更好，知与谁同”，更以“今年花胜去年红”，预期“明年花更好”，映衬明年朋友聚散之难卜，不知与谁一道重来洛城游芳，更进一层地深化了这种人生聚散无常之感。然而，在人生聚散无常的伤感之外，所幸尚有“明年花更好”的希望在，良辰美景总能多少慰藉词人怅惘失落的情怀，减轻其心头的伤痛。

青玉案

一年春事都来几。早过了、三之二。绿暗红嫣浑可事[①]。绿杨庭院，暖风帘幕，有个人憔悴。

买花载酒长安市。又争似[②]、家山见桃李。不枉[③]东风吹客泪。相思难表，梦魂无据，惟有归来是。

注释

①浑可事：宋人方言，意谓算不得什么事。②争似：怎似，怎能比得上。③不枉：不怪。

赏析

这是一首游子思念家乡的词作，表述了词人暮春伤逝怀人的思念之情。

词的上阕侧重写春愁。“一年春事都来几。早过了、三之二”，以设问的形式开篇，颇具跌宕之姿，也引人思索。这里词人表达的意思不是惜春、思春而是伤春。接下来的几句是描述春景的。“绿暗红嫣”描写的是春去夏来、暮春时节的一些乐事。“绿杨庭院，暖风帘幕”，这几句好似一组组慢镜头，先是经过庭院，再掀开帘幕，但见一个憔悴之人——“有个人憔悴”。但此人为何憔悴，词人未点明，引出下阕的描写。

词的下阕侧重写相思之情。前两句将在长安买花与家山桃李进行对照，表达了对家乡的深深思念，强化了思乡之情。至此，便知思归便是上阕之中的憔悴之由。最后几句写不要错怪春风吹落了游人的眼泪，思乡之情难以表达，只希望通过做梦还乡，却又不得。正是这些引发了“客泪”。此句是全篇的总结之句，反映了词人对漂泊生活的厌倦及对家乡的思念和对仕途的倦怠。

这首词用词浅显，但是言简意深，是宋词中的名作。词中写暮春的景色却没有灌注凄凉之感，通过对部分景物的特写而引出词人感情的抒发和感慨，一波三折，表现了词人期望归隐的情怀。

曲玉管

柳永

陇首①云飞，江边日晚，烟波满目凭阑久。立望关河萧索，千里清秋。忍凝眸②。杳杳神京③，盈盈仙子，别来锦字终难偶。断雁④无凭，冉冉飞下汀洲。思悠悠。

暗想当初，有多少、幽欢佳会。岂知聚散难期，翻成

雨恨云愁。阻追游。每登山临水，惹起平生心事，一场消黯⑤，永日无言，却下层楼。

注释　①陇首：泛指山头。②凝眸：凝视，注目。③神京：汴京，今河南省开封市。④断雁：失群的孤雁。⑤消黯：黯然销魂，语出江淹《别赋》。

赏析　这首词是柳永离京后的怀人之作，词人登高怀远，触景伤情。上阕第一部分主要写的是眼前之所见。前三句不仅点明了时间、地点，还通过“陇首”“云飞”“江边”“日晚”和“烟波”等意象创造出了一个开阔、萧瑟、低沉的环境。后三句写词人凭栏观望，看到的是一幅苍茫高渺的清秋图景。这幅图中，千里关河一片萧索，使人平添孤独寂寞之感。上阕第二部分讲述了词人久久凭栏、凝目而视，抒发了无法传书、相见而造成的相思之苦。“杳杳神京”三句写词人极目远眺，想着京城里那令他魂牵梦绕的意中人。后三句，因为苦苦相思而“锦字”难寄，甚至怨愤“断雁无凭”，离群的雁儿无足凭信。

下阕则写词人因思往昔而更增愁恨。前两句，过往的“幽欢”“佳会”越美好，此刻的离愁便越难以忍受。词人以一句“暗想当初”转入与意中人相爱的欢愉的回忆。三、四、五句，“阻追游”三字悲恸欲绝，也道出了这场不完满爱情带来的辛酸。六、七句，“每登山临水”，都会想起昔日之美好，惹起今日之苦闷，令人情何以堪。后三句，词人在登临山水之际，想起了平生无数失意的事，黯然神伤。只能“永日无言，却下层楼”。这又与开篇的“凭阑久”相互照应，使得全词结构紧密，词文流畅。

柳永

雨霖铃[1]

寒蝉凄切。对长亭晚，骤雨初歇。都门[2]帐饮[3]无绪，留恋处、兰舟催发。执手相看泪眼，竟无语凝噎。念去去、千里烟波，暮霭沉沉楚天[4]阔。

多情自古伤离别。更那堪、冷落清秋节。今宵酒醒何处？杨柳岸、晓风残月。此去经年[5]，应是良辰好景虚设。便纵有、千种风情，更与何人说。

注释

①雨霖铃：唐教坊曲名。又作《雨淋铃》。②都门：京都城门。此处指京城的门外。③帐饮：于郊外搭起帐篷，摆宴送行。④楚天：江南的天空。⑤经年：年复一年。

赏析

这是一首感伤离别词，词人在倾吐恋情和离恨之时，还明显夹杂着思念之情。

开篇前三句描绘了一幅送别时的图景，不仅点明了告别的时间、地点、背景，同时渲染了一种凄凉的离别氛围。接着词人写京城门外，帐幕里设有送别的酒宴，却哪里还有昔日狂欢的情绪？正在这依依不舍之际，船家催促要扬帆而去。于是离别之人的手紧紧攥在一起，双眼充满了泪水，喉咙也哽咽了，相对无言，只有默默啜泣。写到此时，词人的情感已经达到高潮，离别之痛无以复加。词人在后两句由抒情转入写景，由实景送别情节到虚拟别后情景，借景抒情，不仅形象地表现出他那深广如寒波的离愁，同时也通过壮阔的景物描写使得词境顿开。

下阕中，首句从自古皆然的离情写起，接下来的“更那堪、冷落清秋节”把自古皆然的离情推向极致：自古以来，谁人不伤痛离别？偏偏在那寂寥的清秋，怎不叫人更加伤愁？三、四句成功运用了点染之法，描绘了一幅晓风拂岸柳、残月挂枝头的清丽画面。后两句，以假设、反问的语气表达出情之专、意之浓、别之苦，言虽尽而意无穷。

这首词在柳永的全部作品中是最具代表性的，作为“婉约派”的代表人物，这首词是柳永最为后人所传唱的名作。

蝶恋花

伫倚危楼①风细细。望极春愁，黯黯②生天际。草色烟光残照里，无言谁会凭阑意。

拟把疏狂③图一醉。对酒当歌，强乐还无味。衣带渐宽终不悔，为伊消得④人憔悴。

注释

①危楼：高楼。②黯黯：黯然地。③疏狂：豪放而不受拘束。④消得：值得。

赏析

这是一首伤别念远词。

上阕写危楼凭栏，以景为主，寓情于景。用“风细细”点化，独立高楼，境界超然。“春愁”而可“望极”，并觉“黯黯生天际”，暗含词人因思念成痴的心迹，显然是没有明说春愁的由来。“无言”之悲愤，最凄绝而沉痛。在上阕里，词人将景色和情感拿捏得极为出色，合理地处理了情与景的关系，情景交融，合理自然。

下阕写欲解愁而不能，到最后也说明忧愁的原因。“拟把疏狂图一醉”，词人无可奈何以至疯狂地压抑愤懑之态可掬。“对酒当歌，强乐还无味”，想借酒解愁，却不能达到效果，写尽人生忧患体验；“衣带渐宽”两句将全部不幸表明，始终没有悔意，那是因为思念“伊人”。这是全词所有忧愁的原因。“衣带渐宽终不悔，为伊消得人憔悴”所表达的锲而不舍、执着如一的精神境界，被王国维评为“古今之成大事业大学问”的第二重境界，遂成千古绝唱。

采莲令[1]

月华收，云淡霜天曙。西征客、此时情苦。翠娥[2]执手送临歧[3]，轧轧开朱户。千娇面、盈盈伫立，无言有泪，断肠争忍回顾。

一叶兰舟，便凭急桨凌波去。贪行色、岂知离绪。万般方寸[4]，但饮恨，脉脉同谁语。更回首、重城[5]不见，寒江天外，隐隐两三烟树。

注释

①采莲令：双调九十一字，仄韵。②翠娥：这里指美人。③临歧：行至岔路口。④方寸：心思。⑤重城：高城，指的是美人所在之城。

赏析

这首词仍然抒写的是离愁别恨，采用了寓情于景的写作手法。

上阕以写景发端，首句点明离别时的时间与环境，“月华”“云淡”“霜天”营造了凄清的意境，即刻的离别更添苦涩，渲染了离别的气氛。“西征客、此时情苦”，这一句点题之作，直接抒情，感情真挚，点明了主人公面临着离别的痛苦。“翠娥执手送临歧，轧轧开朱户”，以颠倒的词序进行一系列的动作描写。“千娇面、盈盈伫立，无言有泪，断肠争忍回顾”，这些都是对痛苦情景的描述。

下阕写到别后的情景。“一叶兰舟，便凭急桨凌波去”，“兰舟”急速行驶，将行人带至遥远的他乡，他便开始怨恨“急桨凌波去”，这怨恨看似无理却又真切感人。后面几句写小船急着向前，贪着赶路，内心的“离绪”“饮恨”又能同谁诉说？待回头，已经看不见“重城”，只看见“隐隐两三烟树”，表明了西行之人的无限惆怅，让人遗憾，引人遐想。词人以景作结，意境空幽蕴藉。

柳永

定风波

自春来、惨绿愁红①，芳心是事可可。日上花梢，莺穿柳带，犹压香衾卧。暖酥消②，腻云亸，终日厌厌③倦梳裹。无那④。恨薄情一去，音书无个。

早知恁么⑤。悔当初、不把雕鞍锁。向鸡窗、只与蛮笺象管⑥，拘束教吟课。镇相随，莫抛躲。针线闲拈伴伊坐。和我。免使年少，光阴虚过。

注释

①惨绿愁红：因看见红花绿叶而伤感。②暖酥消：女子肌肤消瘦。③厌厌：精神萎靡。④无那：无可奈何的意思。⑤恁么：这样，如此。⑥象管：象牙制的笔管，亦指珍贵的毛笔。

赏析

这首是词人写闺怨的名作，词人以代言体的形式写出了歌伎的痛苦，处处隐含怜香惜玉之情。

上阕描写的是一个愁怨女子心绪阑珊的内心世界。前两句写出这女子从万物欣荣的春天以来的百无聊赖、空空落落的心绪。自然界中生机勃勃的景象在女子眼里都是“惨绿愁红”，开篇不禁给读者留下些许疑问：女子为何愁苦？接着两句描写的是女子因为心里惆怅而生乱的生活状态。这仍然没有给出女子颓废惆怅的答案。而到“无那。恨薄情一去，音书无个”中，读者豁然开朗，原来是心上人离去后，一直没有书信来往。此处隐含着女子片片的幽怨和哀叹，也写出了词人对于这位痴情女子的点点怜惜。

下阕主要描写女子的想象、悔意。“早知恁么”由上阕的愁恨之感而来，又直接引起下文后悔的抒写。“早知恁么。悔当初、不把雕鞍锁”，女子的幽怨导致了她对自己行为的后悔。虽然后悔，但是女子并没有生恨，隐隐约约中是对男子的牵挂和思念。后几句写女子自己的心理假设，是对男子的不舍，也是对他们美好生活的向往和追求。全词语言通俗，未加雕琢，词人以民间词常用的代言体写法细致地刻画出人物的心理动态。

少年游

柳永

长安古道马迟迟[①]。高柳乱蝉嘶。夕阳岛外，秋风原[②]上，目断[③]四天垂[④]。

归云[⑤]一去无踪迹。何处是前期[⑥]？狎兴[⑦]生疏，酒徒[⑧]萧索[⑨]，不似去年时[⑩]。

注释

①马迟迟：指马走得很慢，引申为人心消散失意之至。②原：乐游原，位于长安西南。③目断：极目望到尽头。④四天垂：夜幕降临，四面的天空好像垂了下来。⑤归云：远去的云彩。这里比喻逝去的往事。⑥前期：往日的期约。⑦狎（xiá）兴：狎游的兴致。狎，亲昵而不庄重。⑧酒徒：一同喝酒的朋友。⑨萧索：稀少，冷落。⑩去年时：又作“少年时”。

赏析

这首词大概作于柳永晚年，虽然词名为“少年游”，却没有一点少年的风发意气，反而充满了追忆往事的悲哀。柳永早年落第，还可以借着“浅斟低唱”来加以排遣，而当他年华老去，则对于冶游之事失去了意兴，增加了一种感情也即失去了寄托之所的悲慨。

“长安古道马迟迟。高柳乱蝉嘶。”这首词开头两句是说，在长安古道上骑着瘦马缓缓行走，高高的柳树上秋蝉乱嘶鸣。“长安”

原为中国历史上著名的古都，前代诗人往往以“长安”借指首都所在之地，而长安古道上来往的车马，也往往被借指为对于功名利禄的争逐。不过柳永这首词在“马”字之下，所承接的却是“迟迟”两字，这便与前面“长安古道”所可能引起的争逐的联想，形成一种强烈的反衬。而在长安古道上词人之“马”“迟迟”行走，则既表现了词人对争逐之事灰心淡薄，也表现了一种对今古沧桑的若有深慨的思致。秋蝉的嘶鸣独具一种凄凉之致。“蝉嘶”之上，还加了一个“乱”字，如此便不仅表现了秋蝉声的缭乱众多，也表现了被秋蝉嘶鸣引起哀感的词人心情之缭乱纷纭。至于“高柳”二字，一则表示了蝉嘶所在之地，再则以“高”字表现了“柳”之零落萧疏，是其低垂的浓枝密叶已经凋零，所以才显得树的高。

“夕阳岛外，秋风原上，目断四天垂。”上阕后三句是说，夕阳照射下，秋风在原野上劲吹，我举目远望，看见天幕从四方垂下。写词人在秋日郊野所见之萧瑟凄凉的景象，飞鸟隐没在长空之外，夕阳隐没在飞鸟之外，值此日暮之时，郊原上寒风四起，天苍苍，野茫茫，词人双目望断而终无一可供投止之所。

词的上阕是词人自写其今日之飘零落拓，望断念绝，全从外界的景象着笔，而感慨极深。

“归云一去无踪迹。何处是前期？”下阕前两句是说，归去的云一去杳无踪迹，往日的期待在哪里？写对于过去的追思，则一切希望和欢乐不可再得。对于柳永而言，他过去的愿望和期待都已经落空了。

“狎兴生疏，酒徒萧索，不似去年时。”末三句是说，冶游饮宴的兴致已经衰减，过去的酒友也已经寥落无几，现在的自己已经不像以前年轻的时候了。写的是自己今日的寂寥落寞，志向和意愿一无所成，岁月流逝，只剩下“不似少年时”的悲哀和叹息。

柳永这首《少年游》词，上阕全从景象写起，而悲慨尽在言外；下阕则以“归云”为喻象，写一切期望之落空，最后三句以悲叹自己之落拓无成作结。全词情景相生，虚实互应，是一首极能表现柳永一生之悲剧而艺术造诣又极高的好词。

戚　氏

晚秋天。一霎[1]微雨洒庭轩。槛菊萧疏，井梧零乱惹残烟。凄然。望江关。飞云黯淡夕阳间。当时宋玉[2]悲感，向此临水与登山。远道迢递，行人凄楚，倦听陇水潺湲。正蝉吟败叶，蛩[3]响衰草，相应喧喧。

孤馆度日如年。风露渐变，悄悄至更阑。长天净、绛河[4]清浅，皓月婵娟。思绵绵。夜永对景，那堪屈指，暗想从前。未名未禄，绮陌红楼，往往经岁迁延。

帝里[5]风光好，当年少日，暮宴朝欢。况有狂朋怪侣，遇当歌、对酒竞留连。别来迅景如梭，旧游似梦，烟水程何限。念利名、憔悴长萦绊。追往事、空惨愁颜。漏箭[6]移，稍觉轻寒。渐呜咽、画角数声残。对闲窗畔，停灯向晓，抱影无眠。

注释 ①一霎：言时之短促。②宋玉：屈原的弟子，辞赋家。③蛩(qióng)：蟋蟀。④绛河：银河。⑤帝里：指都城汴京。⑥漏箭：漏壶的部件，上刻时辰度数，随水浮沉以计时。借指光阴。

赏析 《戚氏》是最长的词调之一，仅次于南宋吴文英的《莺啼序》。柳永善为歌词、精通音律，创作了大量的篇幅较长、句子错综不齐、善于铺叙的“慢词”，蔚为一代风气。

上阕描绘了词人所看到的一幅萧瑟悲凉的秋景。“槛菊萧疏”“井梧零乱”“惹残烟”“飞云暗淡”“蝉吟败叶”“蛩响衰草”，词人从视觉、听觉上进行细致描写，为下文的抒情渲染了气氛。

中阕主要是词人描述自己生平的事情，联想到自己迟暮之年仍然一事无成，寸功未建，心中感慨怅然而不得已。屈指“暗想从前。未名未禄，绮陌红楼，往往经岁迁延”，就是其中的真实写照。

下阕主要写词人追忆往事和抚昔伤今。经过详细的“追往事”，回到现如今，“对闲窗畔，停灯向晓，抱影无眠”，是说自己不禁面对小窗，熄灭灯焰，沐浴着晨曦，拥抱着孤独的身影，整整一夜不得安眠。

八声甘州[①]

柳永

对潇潇、暮雨洒江天，一番洗清秋。渐霜风凄紧，关河冷落，残照当楼。是处[②]红衰翠减[③]，苒苒[④]物华[⑤]休。惟有长江水，无语东流。

不忍登高临远，望故乡渺邈[⑥]，归思难收。叹年来踪迹，何事苦淹留。想佳人、妆楼颙望[⑦]，误几回、天际识归舟。争知我、倚阑干处，正恁[⑧]凝愁。

注释 ①八声甘州：唐教坊大曲。又作《甘州》。②是处：到处。③红衰翠减：红花凋谢，树叶稀疏。④苒苒：渐渐。⑤物华：美好的景物。⑥渺邈：遥远。⑦颙（yóng）望：抬首凝望。⑧恁：如此。

赏析 这是一首写羁旅失意、客中思归的词作，也是柳永的代表作。

上阕全部写景，写的是深秋的景象。潇潇暮雨、“霜风凄紧”，“关河冷落”“残照当楼”“红衰翠减”，这样的景象怎能不令人触目惊心？尤其是像羁旅失意的词人，唯有感叹“苒苒物华休”。由“苒苒”可想而知，这是写动的景色，即会变化。最后词人转入静景“惟有长江水，无语东流”，“长江水”是不变的，词人因内心的凄苦想要问问这不变的长江水：为什么美好的事物总是如此短暂？但是长江水却只会“无语东流”。词人通过这些对景物的特殊描写，极为巧妙地反映了自己的心态。

下阕直抒乡愁。首句以续景做了很好的过渡，接着两句既写心情又点明了思归的主题。“叹年”两句着重强调了主题，也引出“想佳人”这几句，叹己之漂泊，悬想对方思己之急切，感情缠绵悱恻。思妇几次把别人的船只误认为是丈夫的，几至神魂错乱。此种盼望丈夫归来的如痴如迷的执着，具有特殊的感染力和表现力。“争知我、倚阑干处，正恁凝愁”也是从佳人的心态中反映自己的思归愁苦的心境，这种虚实的转换，使得全词极富感染力。

柳永

迷神引[①]

一叶扁舟轻帆卷。暂泊楚江[②]南岸。孤城暮角，引胡笳[③]怨。水茫茫，平沙雁，旋惊散。烟敛寒林簇，画屏展。天际遥山小，黛眉浅[④]。

旧赏轻抛，到此成游宦。觉客程劳，年光晚。异乡风

物，忍萧索，当愁眼。帝城赊[5]，秦楼[6]阻，旅魂乱。芳草连空阔，残照满。佳人无消息，断云远。

注释

①迷神引："引"常常是一首乐曲的序曲。此调首见柳永《乐章集》。②楚江：楚地一带的江河。③胡笳(jiā)：古代北方民族使用的管乐器。④黛眉浅：形容远山秀美似美人之眉。⑤赊(shē)：遥远。⑥秦楼：歌楼。代指青楼。

赏析

这首词是柳永晚年游宦之作。

上阕写景，即"暂泊楚江南岸"所看到的风景。前两句点明了地点，也暗示词人的路程未尽，由"暂"字可以知道，"楚江"是江南之地，下阕写的帝城，由此可见，词人的路途还很遥远。在这样的路途上，词人所见到的、所听到的、所描写的，都会是他那时最真实的心情写照。从"孤城""胡笳怨"和"黛眉浅"这样的字眼里可以感知，词人似在写景，实是在为自己下阕抒情埋下哀伤的伏笔。

下阕抒情。"旧赏轻抛，到此成游宦"为点睛之笔。以下围绕"游宦"抒发愁苦以至"魂乱"的凄迷哀怨。"游""劳""忍""愁""阻"和"乱"，每一个字都在写词人愁苦的心声。下阕虽是直接抒情，但是词人并不是单纯地去写情，而是将这些情写在景中，用景来烘托情，自然而不单调。词人感叹自己不顺的仕途，但愁中更为主要的原因是“帝城赊，秦楼阻”，在“芳草”与“残阳”形成的青春与衰亡的对比中，词人再一次感叹“佳人无消息，断云远”，将愁感抒发到了绝地。

柳永

竹马子①

登孤垒荒凉，危亭旷望，静临烟渚。对雌霓②挂雨，雄风③拂槛，微收残暑。渐觉一叶惊秋，残蝉噪晚，素商④时序。览景想前欢，指神京，非雾非烟深处。

向此成追感，新愁易积，故人难聚。凭高尽日凝伫。赢得消魂无语。极目霁霭霏微⑤，暝鸦零乱，萧索江城暮。南楼画角，又送残阳去。

注释

①竹马子：柳永创制的调，见《乐章集》。又名《竹马儿》。竹马，儿童游戏，折竹子当马来骑。②雌霓：虹双出，色鲜艳者为雄，色暗淡者为雌，雄曰虹，雌曰霓。③雄风：清凉健劲的风。④素商：秋天。⑤霁霭（ǎi）霏微：晴烟微茫。

赏析

这首词是柳永晚年羁旅行役之作。词人通过登临感怀，抒发孤独忧伤的愁绪，寄托一种美人迟暮、前途无望的感慨。

上阕写初秋雨后凄凉，残蝉噪晚，词人登高望远，触景生情，不由得追忆以前在京城的欢乐。前三句先交代登临“荒垒”，接着中间六句写望见的景色，最后写临景兴怀。“览景想前欢，指神京，非雾非烟深处”，词人还是忘不了以前在京城时的欢乐日子，触景生情，不禁感伤。

下阕直抒胸臆。“向此”说明词人此等的感伤已不是一两次了，遇到这样的情况多半是如此，就是“凭高尽日凝伫”的样子，而

“赢得消魂无语”体现的是词人愁怀难遣的状态。在游宦的日子里“新愁易积”，但也有排解不尽的旧愁：朋友难聚，又正值秋晚，暮鸦飞鸣、残阳西落、江城萧索更令人感伤。词人以景结语，悲凉之声不言自明。

此作写景抒情，措辞雅丽，善用典故，表现出词人高雅的文化修养和善于借景言情的深厚功力。

桂枝香

王安石

登临送目，正故国①晚秋，天气初肃。千里澄江似练②，翠峰如簇。归帆去棹③残阳里，背西风、酒旗斜矗④。彩舟云淡，星河⑤鹭起，画图难足。

念往昔、繁华竞逐。叹门外楼头，悲恨相续⑥。千古凭高，对此谩嗟⑦荣辱。六朝旧事随流水，但寒烟、衰草凝绿。至今商女⑧，时时犹唱，《后庭》遗曲。

注释

①故国：指金陵（今江苏省南京市），为六朝古都。②练：白绸带。③棹：船桨，代指船。④斜矗：斜斜竖着。⑤星河：本指银河，这里比喻长江。⑥悲恨相续：指南朝各个王朝的相继覆亡。⑦谩嗟：空叹。⑧商女：歌女。

赏析

《桂枝香》是一首登高怀古的词作，感叹历史兴亡，抒写了词人对国家的担忧。

上阕写景，写词人登高之所见。开篇三句写词人登高放眼远望，正是晚秋的金陵，天气变得清凉。接着继续写景，浩浩荡荡的千里长江宛如一条银练，绵延起伏的翠色山峦好似簇拥在一块儿。接着词人集中笔力描写江、岸之景，帆船在夕阳下穿梭，西风吹起，斜插的旗帜也随之飘扬。远远望去，江天一色，画船恰似在淡云中飘浮，白鹭好像在银河里飞舞，即使是丹青妙笔也无法来描绘这壮丽的风景。“画图难足”道尽了词人内心对美景的赞叹。

下阕怀古。以“念往昔”三字领起，开始抒发六朝兴亡的感慨。遥想当年，金陵是那么繁荣，可叹的是在朱雀门外，六朝君主相继败亡，不禁令人悲恨交加。“千古凭高，对此谩嗟荣辱”，这里从后人感怀的角度，将感叹的深度与力度推向了极致。接着感叹六朝往事，“至今商女，时时犹唱，《后庭》遗曲”，词人寓情于景，笔法极其巧妙。

这首词境界开阔，词笔劲拔，深刻地表达了词人忧国忧民的情怀。

王安石

千秋岁引[1] · 秋景

别馆寒砧[2]，孤城画角。一派秋声入寥廓。东归燕从海上去，南来雁向沙头落。楚台风，庾楼月，宛如昨。

无奈被些名利缚。无奈被他情担阁[3]。可惜风流总闲却。当初谩留华表语，而今误我秦楼约。梦阑时，酒醒后，思量着。

注释 ①千秋岁引：《词谱》以王安石这首词为正调。②砧（zhēn）：捣衣石。③担阁：即耽搁。

赏析 这是一首伤怀之作。词人通过对秋景的赋写，抒发自己的归

隐之志。

上阕写一派悲秋景象。前三句“别馆寒砧，孤城画角。一派秋声入寥廓”，由近景到远景，再到全景，描绘出一幅悲凉秋天的景色，“寒”“孤”为全词气氛定下基调。接着两句“东归燕从海上去，南来雁向沙头落”，以候鸟之一往一来，象征人生的无奈。后三句“楚台风，庾楼月，宛如昨”以楚王和庾亮两位古人的得意和嬉游，衬托自己的羁旅悲凉。

下阕直抒胸臆，表现词人的失落与惆怅。“无奈被些名利缚。无奈被他情担阁。可惜风流总闲却”，表达为名利所束缚，为情爱所困扰，感叹世事的无奈，但是不管怎么样还是会有“可惜风流总闲却”的时候，这不是更加无奈吗？接着“当初谩留华表语，而今误我秦楼约”两句表达一种悔恨。结尾三句“梦阑时，酒醒后，思量着”是词人对此种人生的思考。

临江仙

晏几道

梦后楼台高锁，酒醒帘幕低垂。去年春恨却来①时。落花人独立，微雨燕双飞。②

记得小蘋③初见，两重心字罗衣④。琵琶弦上说相思。当时明月在，曾照彩云⑤归。

注释

①却来：又来，再来。②“落花”两句：“独立”与“双飞”对照，已有怀人意。此二句引五代翁宏《春残》诗“落花人独立，微雨燕双飞”。③小蘋：歌女名。④心字罗衣：用一种心字香熏过的罗衣。此句语义双关，含有深情蜜意的意思。⑤彩云：比喻美人。

赏析

这首词抒发词人对歌女小蘋的怀念之情，通过对比，不免有人生无常、欢愉难再的哀愁。全词共四层：

第一层，“梦后楼台高锁，酒醒帘幕低垂。”这两句首先给人一种梦幻般的感觉。如果按常规写法，就会大力渲染梦境，使读者了解词人与其意中人过去的生活情状及深情蜜意。而词人却别开生面，不写出梦境，让读者去联想。这样就大大地增加了词句的内涵和感染力。至于“梦”和“楼”有什么必然联系，只要细心体味词中的每一句话，就会找到答案。

第二层，“去年春恨却来时。落花人独立，微雨燕双飞。”这三句是说，去年的春恨涌上心头时，人在落花纷扬中幽幽独立，燕子在微风细雨中双双翱翔。“落花”“微雨”本是极清美的景色，在本词中，却象征着芳春过尽，美好的事物即将消逝，有着至情至性的词人，怎能不黯然神伤？燕子双飞，反衬愁人独立，因而引起了绵长的春恨，以至在梦后酒醒回忆起来，仍令人惆怅不已。

第三层，“记得小蘋初见，两重心字罗衣。琵琶弦上说相思。”词人有意借用小蘋穿的“心字罗衣”来渲染他和小蘋之间倾心相爱的情谊，已够使人心醉了。他又信手拈来，写出“琵琶弦上说相思”，使人很自然地联想起白居易《琵琶行》“低眉信手续续弹，说尽心中无限事”的诗句来，给词的意境增添了不少光彩。

第四层，“当时明月在，曾照彩云归。”末两句是说，当时明月如今又在，曾照着她彩云般的身影回归。一切见诸形象的描述都是多余的了。不再写两人的相会、幽欢，不再写别后的思忆，词人只选择了这一特写的镜头：在皎洁的月光映照之下，小蘋像一朵彩云飘然归去。

这首《临江仙》含蓄真挚，字字关情。整篇结构严谨，情景交融，不失为我国古典诗词中的珍品。

蝶恋花

晏几道

梦入江南烟水路。行尽江南，不与离人遇。睡里消魂无说处。觉来惆怅消魂误。

欲尽此情书尺素①。浮雁沉鱼②，终了③无凭据④。却倚缓弦歌别绪。断肠移破⑤秦筝柱。

注释

①尺素：指书信。素，白绢。古代用绢等织物写字，通常长一尺。②浮雁沉鱼：古人认为鸿雁和鱼可以传递书信，雁浮鱼沉，使无从传信。③终了：纵使写完，即使写成。④无凭据：没有依靠。⑤移破：移尽或移遍。破，唐宋大曲术语，即尽、遍、结束。

赏析

本词抒写词人的离愁别绪。起首三句说，梦中走进了烟水弥漫的江南路，走遍了江南大地，也未能与离别的心上人相遇。由

“行尽”可见其求索之艰难；由求索之苦可见其思念之深切。上阕后两句是说，梦中事黯然销魂无处诉说，醒后感到惆怅不已。

下阕笔锋一转，想到写信。“欲尽此情书尺素。浮雁沉鱼，终了无凭据”：想诉说我的相思提笔给你写信，但是雁去鱼沉，到头来这封信也没寄出。末两句“却倚缓弦歌别绪。断肠移破秦筝柱”是说，无可奈何缓缓弹筝抒发离情别绪，移破了筝柱也难把怨情抒。用的乐器是秦筝。古筝弦、柱十三，每根弦由柱支撑，柱左右移动以调节音高，弦急则高，弦缓则低。他借低音缓弦抒发伤别的情怀，移遍筝柱不免是“断肠”之声。只用“缓弦”“移柱”来表达难写的幽怀，行动的描写比言辞的表白更为鲜明有力。

这首词语言清疏明畅，写情从做梦到寄信，到弹筝，节节递进，节节顿挫，又显得沉挚有力，更有一股郁积、盘旋的力量。

鹧鸪天[①]

晏几道

彩袖[②]殷勤捧玉钟。当年拚却[③]醉颜红。舞低杨柳楼心月，歌尽桃花扇底风。

从别后，忆[④]相逢。几回魂梦与君同。今宵剩[⑤]把银釭[⑥]照，犹恐相逢是梦中。

注释

①鹧鸪天：双调五十五字，平韵。②彩袖：代指歌女。③拚却：豁出去，不惜代价。④忆：想到。⑤剩：尽。⑥银釭（gāng）：银质灯盏。

赏析

这首词描写的是词人与一个歌女别后重逢的场景。以相逢的喜悦来反衬别后的相思，语言清新婉丽，情感丰富深厚，词作有一种摄人心魂的吸引力与较强的艺术感染力，令人久久回味。

上阕主要描绘了词人与女子当年美好生活之情景。开头两句以“彩袖”代指佳人，更见歌女之美艳，而以“玉钟”盛美酒，则更显华贵，这种描写将词人与歌女的情意淋漓尽致地展现出来。后两句，流传甚广，内涵极其丰富，堪称千古名句。其对歌女的描写令人仿佛看到了她那优美的舞姿，听见了她那动人的歌声，将女子的豪情与欢畅尽显无遗，意蕴丰富，下笔独到。

下阕词人以淡白的语言来抒写与歌女久别重逢之后的悲喜交加之情。前三句写别后思念：自从离别之后，久久地回味曾经相逢时的美好，期盼着下次的相逢，却不知何时再相逢。“几回魂梦与君同”，这里

足见离别后思念之深、感情之深。“今宵剩把银釭照，犹恐相逢是梦中”，描写的是这次与歌女相逢之后的惊喜之情，词人举起银灯仔细观看，唯恐这次的相逢是在梦中。这样的刻画将词人的微妙感情刻画得细腻感人，故易引起读者的共鸣。

生查子

关山魂梦长，塞雁音书少。两鬓可怜[1]青，只为相思老。

归傍碧纱窗，说与人人道。真个[2]别离难[3]，不似相逢好。

注释

①可怜：可爱。②真个：真正。③难：忧愁。

赏析

这首词抒发的是游子对家人的深切思念，以及渴盼与家人团聚的心情。

词的上阕抒发游子对家人的思念之情。开头“关山魂梦长”，这里词人用关山的“长”来比喻自己对亲人的思念之深、感情之深，尽管远隔千万里却不能割断词人思乡之情。“塞雁音书少”，用鱼雁传书之典，说的是词人苦苦盼望着亲人的书信，可见思乡之情实在无以排解，这是词人内心的真实写照，感人至深。后两句为自然的流水对，前为果，后为因，这种夸张的写法突出了词人的愁思之苦。

词的下阕是写由于词人远离家乡而无法归去，在这种情况下，他只能寄托于梦境来抒发游子渴望回家的心情。这里将词人的思乡之切尽显无遗。前两句写词人靠在碧纱窗下入梦，梦中自己回到了远隔重山的家中居室，看见了自己朝思暮想的爱人。后两句是词人的真情流露，也十分恰当地写出词人梦中与爱人相见时的

欢喜与兴奋。虽然词人没有使用大量抒情的语句，语言如此简单纯白，却道出了自己的心声，情感真挚感人，别有风致。

全词语言质朴，但是感情真切，感人至深，仅仅通过简单的语言就将游子在外对家人的思念之愁情表现得淋漓尽致。

晏几道

木兰花

东风又作无情计。艳粉娇红[1]吹满地。碧楼帘影不遮愁，还似去年今日意。

谁知错管春残事。到处登临曾费泪。此时金盏[2]直须[3]

深，看尽落花能几醉。

注释

①艳粉娇红：指娇艳的花。②金盏：酒杯的美称。③直须：只管，尽管。

赏析

这首词有怨春惜春之意，又包含着自我解脱的旷达，其多层意绪颇耐解读。

开头写春风无情，用一“又”字，写有情之人的愁怨之深，将怨春之情贯穿全篇。紧接着是“艳粉娇红吹满地”，描写落花之景，以“艳”写“粉”，以“娇”写“红”，不仅描绘了花的色彩，而且写出了花如美人般妖冶的情态。花之美艳可反衬出“吹满地”的景象之惨，繁花转瞬即逝，使人不忍见其飘零。“吹”字暗接“东风”，进一步写东风的无情。上阕结拍两句，上句词意深厚，楼台高远，帘影层深，是怕见春残花落触动愁肠，虽然较之近观增加了几分朦胧，但花飞花谢仍然依稀可见，“不遮愁”三字十分生动、传神。

景既不能遮断，愁自然油然而生。下句语浅而情深，红稀绿暗的春残景色“还似”去年一样，“还似”二字，回应首句“又”字，诉说花飞花谢的景象、春残春去的愁情，不是今年才有，而是年年如此，情意倍加深厚，语气愈益沉痛。

下阕表面上自责“错管”，实际上写有情，花落春去，人力无法挽回，惜春怜花，只能是徒然多事而已。当初不能通晓此理，每逢登临游春都为花落泪，现在看来都属浪费感情。表面上看似怨悔，实是感伤。结拍两句，化用崔敏童的“能向花前几回醉，十千沽酒莫辞贫”（《宴城东庄》），转写今日此时，表面上自解自慰，说伤春惜花费泪无益，不如痛饮美酒，恣赏落花，语极旷达，实际上却极为沉痛，较之惋惜更深一层。群花飞谢，还没有委埋泥土、坠随流水之前，“吹满地”的“艳粉娇红”还可供人怜惜，然而这种景象转瞬间就会消逝无踪，又能够看到几次？更能看得几时？“直须深”

的呼唤中，蕴藏着无计留春、悲情难抑的痛苦，但这种感情却故以问语相诘，就显得十分婉转。此二句明朗显豁，摇曳顿挫，有一唱三叹之妙。

清平乐

晏几道

留人不住。醉解兰舟去。一棹[1]碧涛春水路。过尽晓莺啼处。

渡头杨柳青青。枝枝叶叶离情。此后锦书休寄，画楼云雨无凭[2]。

注释

①棹：代指船。②无凭：指行踪不定。

赏析

这首词描写了一个青楼女子送别情人时依依不舍、极力挽留他的情景，抒发了女子的怨恨之情。

词的上阕主要写景，借景抒情。开篇词人便描绘了一幅两人分别的场景，从“醉解兰舟去”中可以知道，在男子登船离去之前，女子为情人设酒宴饯行，寥寥数语便把两人的心思描写得淋漓尽致，二人的心态形成了鲜明的对比。后两句描绘的则是一幅美丽的画面。这是女子对情人一路上所遇美好风光的想象，而这美好的设想中溢满的却是女子的哀怨与酸楚，女子的愁苦与行者的快乐形成鲜明的对比，形象地刻画出女子哀愁的情境。

词的下阕前两句写女子想象行客远离之后渡头上的情景，此时情人已然远去，渡头的女子望尽江面也找不到他的身影，叫她怎么能不伤心难过。此时一股浓重的离愁便涌上了女子的心头。这两句采用了借景抒情的手法。后两句描写的是女子面对情人的离去，伤心不已，悲恸欲绝，因此故作决绝之语，此后也不要远寄锦书，要和他从此断绝关系。决绝之中蕴含的仍是对男子的深情厚意，暗含幽怨。这两句以怨写爱，将女子因深爱而感到绝望、悲痛却又无比依恋情人的情感表现得淋漓尽致。

阮郎归

晏几道

天边金掌露成霜。云随雁字长。绿杯红袖[1]趁重阳。人情似故乡。

兰佩紫，菊簪黄。殷勤理旧狂[2]。欲将沉醉换悲凉。清歌莫断肠。

注释

①红袖：歌女。②旧狂：昔日的疏狂。

赏析

这首词是词人晚年在汴京所作，描绘的是重阳佳节宴饮之时的情景，浸透了词人尝尽世间的世态炎凉、悲欢离合后的凄凉之感。

词的上阕写景，借景抒情。开头两句写景，点明了时间与地点，向读者展现出一幅凄冷的秋景图，意境十分悲凉，给人营造了一种悲凉的气氛。“绿杯红袖趁重阳。人情似故乡”，这里表达了词人对家乡的深深思念以及对友情的赞美，笔法细腻，感人至深，堪称佳句。

词的下阕抒情。“兰佩紫，菊簪黄。殷勤理旧狂”，这里一个“旧”字，隐含了一种彻骨深沉的感慨和痛彻肌肤的剧痛。最后两句“欲将沉醉换悲凉。清歌莫断肠”，他重理疏狂是为了得一沉醉，以沉醉来麻木内心的悲凉，获得暂时的解脱，这是词人的自我安慰。“悲凉”二字便是此篇的情感底蕴。但是这悲凉已深入骨髓，这种换法谈何容易？词人自己也有些心虚，便叮嘱歌女不要唱那忧伤凄凉的歌曲，以免又一次引起自己内心的悲凉、沉痛与凄冷。

全词笔法细腻，情感真挚，风格厚重，凄凉而又哀婉，耐人寻味。

六幺令

绿阴春尽，飞絮绕香阁。晚来翠眉宫样，巧把远山[1]学。一寸狂心未说，已向横波[2]觉。画帘遮匝[3]。新翻曲妙，暗许闲人带偷掐[4]。

前度书多隐语，意浅愁难答。昨夜诗有回文，韵险还慵押。都待笙歌散了，记取来时霎。不消红蜡。闲云归后，月在庭花旧阑[5]角。

注释　①远山：古代妇女化妆的一种眉形。②横波：形容眼神流动。③遮匝（zā）：周围都被遮盖。④偷掐：暗地里学习弹奏乐曲。⑤阑：通“栏”，栏杆。

赏析　这首词以细腻的笔触、生动的语言描写了一个歌女与情人的约会，感情细腻，语言优美，寄寓了对歌女向往美好爱情而不可得的同情。

上阕开头两句以景物描写点明时间和地点。柳絮飞舞环绕是女子内心的反映，暗喻歌女由于要去约会兴奋、激动而又慌乱、紧张的心绪。“晚来”二句紧接上句而来，“巧学”二字则显出了女子的精心，其目的就是给自己的情人看，这样的描述足见她的兴奋与激动。后两句则道出了女子的心事。再后三句可以看出歌女处于密闭的画帘之内，渴望拥有爱情的幸福，所以她一展嘹亮的歌喉，把自己的情感寄托在新翻的曲调中，甚至不惜曲调被人暗中偷记去。

词的下阕进一步写女子的心理活动。前四句写女子所爱之人来信写得十分含蓄，而她未能领悟其中的含义，故难以给他回信，昨夜传来的回文诗，韵险而难以步韵，便因慵懒只好作罢。后几句写的是女子对意中人的交代，她嘱咐他等到笙歌停了、筵席散了，一定要留下片刻，不用点燃红蜡以免他人知晓，等到闲云归去、月照庭花之时，依旧在阑角相会。

留春令

画屏天畔[1]，梦回依约，十洲[2]云水[3]。手捻[4]红笺[5]寄人书，写无限、伤春事。

别浦[6]高楼曾漫倚。对江南千里。楼下分流[7]水声中，有当日、凭高泪。

注释

①天畔：天边，这里指画屏上部。②十洲：传说大海中有十个仙岛，为仙人所居，渺远飘忽。《十洲记》载，在八方巨海之中，有祖洲、瀛洲、玄洲、炎洲、长洲、元洲、流洲、生洲、凤麟洲、聚窟洲十洲。连同云水，均为画屏所画内容，词中比喻成所思念的人的居处。③云水：代指风景。④捻：轻轻卷折。⑤红笺：红色的信纸。⑥别浦：离别的浦口。浦，河流入海处。⑦分流：以水的分流喻人的离别。化用卓文君《白头吟》"躞蹀御沟上，沟水东西流"。

赏析

这首词写一个女子伤春怀人的情思。

上阕写女子梦中追寻到天边，到了人迹罕至的海上十洲，醒来把无限的情思都写到了信中。起首三句想象奇特而瑰丽，落笔颇为不俗：近在咫尺的屏风，迷离中居然看成像天边般遥远。一实一虚，一近一远，通过强烈的对比，表达了对情人远别的怀思。梦醒后，看到屏风上画着的山山水水，犹疑是梦中所历，更写出梦境的虚幻和醒后的怅惘，真是妙有远神，令人掩抑低回不已。接下来两句，仍写梦醒后的情景。一个"捻"字，十分生动地展示了词人因刻骨相思而怅然若失的心理，把寄人的红笺与十洲的残梦联系起来，创造出情景交融的境界，表现了词人苦恋的情怀，具有很强的艺术感染力。

下阕是对往事的回忆，写抒情主人公曾无聊地独倚高楼——在两人分别的水边，面对着辽阔的千里江南之地。这里所写的不是昔时相聚的欢愉，而是别后的思念，感情便越觉深厚。“江南”，泛指所思念的人的去处。结拍两句，进一步写倚楼时的怀思。着意“分流”二字，以水东西分流，喻人们一别之后不再相见。人倚高楼，念远之泪却滴向楼下分流的水中，将离愁别绪与怀人之情抒写得深婉曲折而又缠绵悱恻，具有感人至深的艺术力量。

晏几道

思远人

红叶[①]黄花秋意晚，千里念行客[②]。飞云过尽，归鸿无信，何处寄书得。

泪弹不尽临窗滴。就砚旋研墨。[③]渐写到别来，此情深处，红笺为无色。

注释

①红叶：枫叶，古代以“红叶”为男女传情的信物，唐代有“红叶题诗”的典故。②千里念行客：念行客千里，或念千里行客的倒置。行客，离家远行的人。③“泪弹”两句：化用孟郊《归信吟》“泪墨洒为书”句意，写怀思的伤感。

赏析

这是一首秋思怀人之作。这首词就“寄书”二字发挥，写以泪研墨，泪滴红笺，情愈悲而泪愈多，竟至笺上的红色褪尽。

起首两句写女主人公因悲秋而怀远，既点明时令、环境，又点染烘托主题。一个“晚”字，暗示别离之久；“千里”，点明相隔之远。两句交代了时间和空间，给下文留下了铺展的余地。“飞云过尽，归鸿无信”两句是客，“何处寄书得”一句是主。鸿雁随着天际的浮云，自北向南飞去，闺中人遥望渺渺长空，盼望归鸿带来游子的音信。“过尽”，已极写其失望之意了，由于“无信”，便不知游子而今所在，自己纵欲寄书也无处寄。“何处”二字，写出了她内心的一种失望、无奈与茫然。

下阕词意陡转，弹洒不尽的那两行珠泪，还当窗滴下来，并滴进了砚台中，就用它来研磨香墨。出人意表，另开思路。正因无处寄书，更增悲感而弹泪，泪弹不尽，而临窗滴下，有砚承泪，遂以研墨作书。故而虽为转折，却也顺理成章了。明知书不得寄，仍是要写，一片痴情，惘惘不甘，用意尤其深厚。后三句是神来之笔，信的红格因伤心而黯然失色，象征暗示的手法，将和泪研墨的深情表现得淋漓尽致。无论是泪、墨、红笺，都融进闺人的深情之中，物与情已浑然一体。

苏轼

水调歌头

丙辰[①]中秋，欢饮达旦，大醉。作此篇，兼怀子由。[②]

明月几时有，把酒问青天。不知天上宫阙，今夕是何年。[3]我欲乘风归去，惟恐琼楼玉宇[4]，高处不胜寒。起舞弄清影，何似在人间。

转朱阁，低绮户[5]，照无眠。不应有恨，何事长向别时圆。人有悲欢离合，月有阴晴圆缺，此事古难全。但愿人长久，千里共婵娟[6]。

注释

①丙辰：宋神宗熙宁九年（1076）。②子由：苏轼之弟苏辙，字子由，时在齐州。③“不知”二句：唐人小说《周秦行纪》有诗，“香风引到大罗天，月地云阶拜洞仙。共道人间惆怅事，不知今夕是何年”。④琼楼玉宇：想象中的月宫中晶莹瑰丽的楼台殿阁。⑤低绮（qǐ）户：月光平照着雕刻花纹的门窗。⑥婵娟：明月。

赏析

这首脍炙人口的中秋词，为词人醉后抒情，怀念弟弟苏辙之作，当时苏轼与其弟子由已经六七年未见了。

词的上阕叙述了他的身世之感和思想矛盾，下阕抒发对兄弟的怀念之情，带有人生哲学的意味，如上阕的“起舞弄清影，何似在人间”，下阕的“此事古难全”。词里虽有出世与入世的矛盾，情与理的矛盾，但最后还是以理遣情，不脱离现实，没有悲观失望的消极思想，情绪是健康的。

全词运用形象的描绘和浪漫主义的想象，紧紧围绕中秋之月展开描写、抒情和议论，从天上与人间、月与人、空间与时间这些相联系的范畴进行思考，把自己对兄弟的感情升华到探索人生乐观与不幸的哲理高度，表达了词人乐观旷达的人生态度和对生活的美好祝愿。

苏轼

水龙吟·次韵章质夫《杨花词》[1]

似花还似非花，也无人惜从教[2]坠。抛家傍路，思量却是，无情有思[3]。萦损柔肠，困酣[4]娇眼[5]，欲开还闭。梦随风万里，寻郎去处，又还被、莺呼起。[6]

不恨此花飞尽，恨西园[7]、落红[8]难缀[9]。晓来雨过，遗踪何在，一池萍碎[10]。春色三分，二分尘土，一分流水。[11]细看来，不是杨花，点点是、离人泪。

注释

①次韵章质夫《杨花词》：次韵，依照原韵唱和新词。章质夫，福建浦城人。章质夫写了一首咏杨花的《水龙吟》词，苏轼和了这一首。②从教：任凭，不管。③无情有思：看似无情，却有意思。“思”与柳丝之“丝”同音双关。化用杜甫《白丝行》“落絮游丝亦有情”句意。④困酣：困意极足。⑤娇眼：比喻可爱美丽的眼睛。⑥“梦随风”三句：化用唐金昌绪的《春怨》“打起黄莺儿，莫教枝上啼。啼时惊妾梦，不得到辽西”，把杨花随风飘转比喻成美人梦中寻郎。⑦西园：原指朋侣宴游之所。曹丕《芙蓉池作》中有“乘辇夜行游，逍遥步西园”。⑧落红：落花。⑨缀：连接，收拾。⑩萍碎：词人自注“杨花落水为浮萍，验之信然”，无科学根据，是词人的误解。⑪“春色”三句：化用宋初叶清臣《贺圣朝》“三分春色二分愁，更一分风雨”。

赏析

这首词把杨花化作了人的形象，将审美主体与客体融而为一，于其中甚至寄寓了自身的感慨。

首句便出手不凡，“似花还似非花”，似模棱两可，耐人寻味。次句承以“也无人惜从教坠”，一个“坠”字，赋杨花之飘落；一个“惜”字，有浓郁的感情色彩。“无人惜”，是说天下惜花者虽多，惜杨花者却少，用反衬法暗寓缕缕怜惜杨花的情意，并为下阕雨后觅踪伏笔。“无情有思”的“思”字，显然与此双关。“萦损”三句由杨花写到柳树，是描绘思妇的形象，又以柳树喻指思妇、离人，可谓咏物而不滞于物，匠心独具，想象奇特。以下“梦随”句借杨花之飘舞写思妇由怀人不至引发的恼人春梦，刻画出思妇惆怅、迷离的悲苦心情：“梦随风万里，寻郎去处，又还被、莺呼起。”

下阕又转回头写杨花。于换头处，词人写一种群芳凋零之后的伤感。“晓来雨过，遗踪何在，一池萍碎”，词人凭吊前踪，但见一池细碎的浮萍而已，进一步烘托出离人的春恨。词人借杨花代指春色，计其零落成泥者占多半，而随水流逝者占少半，遂概而言之曰“春色三分，二分尘土，一分流水”，至此，杨花的最终归宿和词人的满腔惜春之情水乳交融，将咏物抒情的题旨推向高潮。篇末三句，总收上文，既干净利落，又余味无穷。它由眼前的流水，联想到思妇的泪水；又由思妇的点点泪珠，映带出空中的纷纷杨花，可谓虚中有实，实中见虚，虚实相间，妙趣横生。这一情景交融的神来之笔，与上阕首句“似花还似非花”相呼应，画龙点睛地概括、烘托出全词的主旨，给人以余音袅袅的回味。

苏轼

永遇乐

彭城夜宿燕子楼，梦盼盼，因此作词。

明月如霜，好风如水，清景无限。曲港跳鱼，圆荷泻露，寂寞无人见。紞如[1]三鼓，铿然一叶，黯黯[2]梦云[3]惊断。夜茫茫，重寻无处，觉来小园行遍。

天涯倦客，山中归路，望断故园心眼[4]。燕子楼[5]空，佳人何在，空锁楼中燕。古今如梦，何曾梦觉，但有旧欢新怨。异时对，黄楼[6]夜景，为余浩叹。

注释

①紞(dǎn)如：形容击鼓之声。②黯黯：心绪黯然的样子。③梦云：用楚王梦朝云之典。宋玉《高唐赋》中“巫山神女自荐席于楚王，去而辞曰‘妾在巫山之阳，高丘之阻，旦为朝云，暮为行雨’”。④故园心眼：杜甫《秋兴八首》“孤舟一系故园心”。⑤燕子楼：在今江苏省徐州市，相传贞元时尚书张建封为爱妾关盼盼而建，张死后，盼盼因念旧爱不嫁，在此居住十余年。⑥黄楼：苏轼主政徐州时，为治理黄河水患在彭城东门堆黄土建成黄楼。

赏析

这首词状燕子楼小园清幽夜景，抒燕子楼惊梦后萦绕于怀的惆怅之情，言词人由人去楼空而悟得的“古今如梦，何曾梦觉”之理。

上阕写夜宿燕子楼的四周景物和梦。“明月如霜，好风如水，清景无限”，描绘出一幅夜色清凉的景象，把人引入了一个无限清幽的境地。接着景由大入小，由静变动，“曲港跳鱼，圆荷泻露，寂寞无人见”，以动衬静，鱼跳暗点人静，露泻可见夜已深。以下转从听觉写夜之幽深、梦之惊断：三更鼓响，秋夜深沉；一片叶落，铿然作声。以声点静，更加重加浓了夜之清绝和幽绝，使人倍觉黯然心伤。阕末写梦断后之茫然心情。

下阕写醒来的现实，直抒感慨，深感人生如梦，劝人们赶快从梦中醒来。前三句带有深沉的身世之感，道出了词人无限的怅惘和感喟。中间六句由古昔联想到现今，发出了人生如梦的慨叹，表达了词人无法解脱而又要求解脱的对整个人生的厌倦和感伤。结尾从燕子楼想到黄楼，从今日又思及未来。词人设想后人见黄楼凭吊自己，会不会也同今日自己见燕子楼思盼盼一样发出浩然长叹，把对历史的咏叹，对现实以至对未来的思考，巧妙地结合在一起，终于挣脱了由政治波折而带来的巨大烦恼，精神获得了解放。

苏轼

洞仙歌

仆七岁时，见眉州[①]老尼，姓朱，忘其名，年九十余。自言尝随其师入蜀主孟昶[②]宫中。一日大热，蜀主与花蕊夫人[③]夜起避暑摩诃池[④]上，作一词。朱具[⑤]能记之。今四十年，朱已死久矣，人无知此词者。但记其首两句，暇日寻味，岂《洞仙歌令》乎？乃为足[⑥]之。

冰肌玉骨，自清凉无汗。水殿[7]风来暗香满。绣帘开、一点明月窥人，人未寝、攲[8]枕钗横鬓乱。

起来携素手，庭户无声，时见疏星渡河汉[9]。试问夜如何？夜已三更，金波[10]淡、玉绳[11]低转。但屈指、西风几时来，又不道、流年暗中偷换。

注释

①眉州：苏轼的故乡，今四川眉山境内。②孟昶（chǎng）：五代时后蜀末代皇帝，生活奢靡，国亡降宋，通晓音律，善填词。③花蕊夫人：孟昶的宠妃，花蕊夫人是其别号。④摩诃池：原址在今四川成都，始建于隋代，前后蜀时曾被纳入宫苑。⑤具：通“俱”，全、都。⑥足：补充完整，补足。⑦水殿：建在摩诃池上的宫殿。⑧攲（qī）：斜靠着。⑨河汉：银河。⑩金波：指月光。⑪玉绳：星名，在北斗星附近。

赏析

这首词写古代帝王、后妃的生活，在艳羡、赞美中附着词人深沉的人生感慨。全词清空灵隽，语意高妙，想象奇特，波澜起伏。

这首词上阕写花蕊夫人帘内攲枕的情景，展现其绰约风姿。开头两句写她天生丽质、冰肌玉骨，自然清凉无汗。紧接着，词人以清澈静谧的环境烘托女主人公的冰清玉洁，夜风拂过，香气盈人，创造出人境皆佳的意境。其后，词人借明月之眼以窥美人攲枕的情景，花蕊夫人闲倚玉枕头，钗鬓自然散乱，借此反衬她姿质的美好。

下阕直接描写人物自身，通过女主人公与爱侣夏夜偕行的活动，展示她美好、高洁的内心世界。“起来携素手”，写女主人公已由室内独自倚枕起而与爱侣户外携手纳凉闲行。“庭户无声”，制造出一个夜深人静的氛围，暗寓时光在不知不觉中流逝。“时见疏星渡河汉”，写二人静夜望星。以下三句写月下徘徊的情意，为纳凉人的细语温存进行气氛上的渲染。以上，词人通过写环境之静谧和斗转星移之运动，表现了时光的推移变化，为写女主人公纳凉时的思想活动做好铺垫。结尾两句是全词点睛之笔，传神地揭示出时光变换之速，表现了女主人公对时光流逝的深深惋惜。

苏轼

卜算子[①] · 黄州定惠院寓居作

缺月挂疏桐，漏断人初静。谁见幽人[②]独往来，飘渺孤鸿影。

惊起却回头，有恨无人省。拣尽寒枝不肯栖，寂寞沙洲冷。

注释 ①卜算子：词牌名。②幽人：隐居之人。苏轼《定惠院寓居月夜偶出》“幽人无事不出门，偶逐东风转良夜”。

赏析 这首词咏孤雁，寄托自己的情思。特点是将人和鸿两个形象融为一体。

上阕将静夜鸿影、人影两个意象融合在同一时空，暗示词人以雁咏人的匠心。“缺月挂疏桐，漏断人初静”，写月缺影疏、夜深人静的环境，以此引出下文的“幽人”，即词人自己。接着“谁见幽人独往来，飘渺孤鸿影”，由自己的形单影只联想到缥缈天际的孤雁，这里虽写孤雁，其实还是在写自己。

下阕写孤鸿飘零失所，惊魂未定，却仍择地而栖，不肯同流合污。“惊起却回头，有恨无人省”，主要写孤雁心有余悸的凄惨景况，“有恨无人省”是其中真实的写照。接着继续写“孤雁”坚持操守的崇高气节。“拣尽寒枝不肯栖，寂寞沙洲冷”，透过“孤鸿”的形象，表现词人诚惶诚恐的心境，以及他充满自信、刚直不阿的个性。

临江仙

苏轼

夜饮东坡[①]醒复醉，归来仿佛三更。家童鼻息已雷鸣。敲门都不应，倚杖听江声。

长恨此身非我有，何时忘却营营[②]。夜阑[③]风静縠纹[④]平。小舟从此逝，江海寄余生。

注释

①东坡：在湖北黄冈市东。苏轼谪贬黄州时，在此开荒种地，并建有雪堂。②营营：周旋，忙碌，内心躁急之状，形容奔走钻营、追逐名利。③夜阑：夜尽。阑，残、尽、晚。④縠纹：比喻水波细纹。縠，绉纱类丝织品。

赏析

这首词作于苏轼被贬黄州的第三年。本词飘逸豪放，写词人深秋之夜在雪堂开怀畅饮，醉后返归临皋住所，兼有出尘之念和去留难定的困惑。

开篇“夜饮东坡醒复醉”，言明其醉酒之深，词人秋夜酣饮，醉而复醒，醒而复醉。“归来仿佛三更”，传达出词人醉眼蒙眬的情态。仅此两句，就把他纵饮的豪兴淋漓尽致地表现了出来。

紧接着，词人写自己回到寓所、在家门口停留时的情景。此处

以动衬静，以有声衬无声，通过写家童鼻息如雷和自己谛听江声，衬托出夜静人寂的境界，从而烘托出历尽宦海浮沉的词人心事之浩茫和心情之孤寂，使人遐思联翩，为下阕中词人的人生反思做好了铺垫。

下阕一开始，词人便慨然长叹道："长恨此身非我有，何时忘却营营。"这奇峰突起的深沉喟叹，既直抒胸臆又充满哲理意味，是全词的枢纽。这两句颇富哲理的议论，饱含着词人切身的感受，带有深沉的感情，一任情性，发自衷心，因而自有一种感人的力量。以议论为词，化用哲学语言入词，冲破了传统词的清规戒律，扩大了词的表现力。这种语言上的特色正表现出词人的独特个性。正如前人所说，东坡"横放杰出，自是曲子中缚不住者"。

词人静夜沉思，豁然有悟，既然自己无法掌握命运，就当全身免祸。顾盼眼前江上景致，是"夜阑风静縠纹平"，心与景会，神与物游，为如此静谧美好的大自然深深陶醉了。于是，他情不自禁地产生脱离现实社会的浪漫主义遐想，吟道："小舟从此逝，江海寄余生。"他要趁此良辰美景，驾一叶扁舟，随波逐流，任意东西，他要将自己的有限生命融合在无限的大自然之中。

"夜阑风静縠纹平"，表面上看来只是一般写景的句子，其实不是纯粹写景，而是词人主观世界和客观世界相契合的产物。它引发出词人对心灵痛苦的解脱和心灵矛盾的超越，象征着词人追求的宁静安谧的理想境界，接以“小舟”两句，自是顺理成章。苏轼政治上受到沉重打击之后，思想几度变化，由入世转向出世，追求一种精神自由、合乎自然的人生理想。在他复杂的人生观中，由于杂有某些老庄思想，因而在痛苦的逆境中形成了旷达不羁的性格。“小舟从此逝，江海寄余生”，这余韵深长的结拍，表达出词人潇洒如仙的旷达襟怀，是他不满世俗、向往自由的心声。

这首词写出了谪居中的苏轼的真性情，反映了他的独特风格。历史上的成功之作，无不体现出作者的鲜明个性，因此，文学作品写出真性情是最难能可贵的。

苏轼

定风波

三月七日，沙湖道中遇雨。雨具先去，同行皆狼狈，余独不觉，已而遂晴，故作此词。

莫听穿林打叶声，何妨吟啸[①]且徐行。竹杖芒鞋[②]轻胜马，谁怕？一蓑烟雨任平生。

料峭春风吹酒醒，微冷。山头斜照却相迎。回首向来萧瑟处，归去。也无风雨也无晴。

注释

①吟啸：边歌咏边长啸。②芒鞋：草鞋。

赏析

这是一首即兴感怀之作。

上阕写雨。首两句“莫听穿林打叶声，何妨吟啸且徐行”，意思是不要听雨打树叶的声音，尽管吟咏长啸慢慢前行，体现出一种超然状态。“穿林打叶”指雨急风骤；“何妨”“吟啸”“徐行”，体现了词人我行我素、态度从容。接着两句“竹杖芒鞋轻胜马，谁怕”，

“竹杖芒鞋”指平民生涯，骑“马”指官宦气派。最后一句“一蓑烟雨任平生”，在风雨中行走，乃平生常事，任其自然，有何可怕？表露出词人“我心坦然”的态度。

下阕写雨后转晴。“料峭春风吹酒醒，微冷”写略带寒冷的春风把词人吹醒。而就在这时，“山头斜照却相迎”，词人不禁“回首向来萧瑟处”，发现“归去。也无风雨也无晴”。自然环境就是如此造化，完全不可控制，词人在此将全词意境和情绪作总收束，通过冒风雨前行的经历，悟出人生哲理，表明处世态度。

苏轼

江城子·乙卯[1]正月二十日夜记梦

十年[2]生死两茫茫。不思量，自难忘。千里孤坟[3]，无处话凄凉。纵使相逢应不识，尘满面、鬓如霜。

夜来幽梦忽还乡。小轩窗，正梳妆。相顾无言，惟有泪千行。料得年年肠断处，明月夜、短松冈[4]。

注释

①乙卯：宋神宗熙宁八年（1075）。②十年：苏轼妻子王弗卒于治平二年（1065），至此整十年。③千里孤坟：苏轼此时在密州（今山东诸城），而妻子王弗之坟在四川眉州，故云。④短松冈：长着短小松树的冈垄，指王氏之坟茔。

赏析

这是一首悼亡之词。

首句是感慨悲痛的直述语：人虽已亡，而过去美好的情景“自难忘”，词人将“不思量”与“自难忘”并举，用这两组看似矛盾的心态之间的张力，真实而深刻地揭示了自己内心的情感。“千里孤坟，无处话凄凉”，这是抹杀了生死界限的痴语、情语，格外感人。

后几句把现实与梦境结合了起来，体现出死别后的个人忧愤：苍老衰败之中，四十岁的他已经“鬓如霜”了，“纵使相逢”恐怕也认不出“我”了。这个不可能的假设，感情深沉悲痛，表现了对爱侣的深切怀念，也寄寓了自己的身世凄凉之感。

下阕首句写相逢的不可能和无益，已写到了顶点，没法再写了，词人又从虚处设想，写梦中相逢，看到妻子正梳妆。“相顾无言，惟有泪千行”，想得太殷切太久长了，一见到她，千言万语，不知从何说起；她见到我“尘满面，鬓如霜”，惊痛莫名，也不知说什么好，所以相顾无言。不是无言，而是千言万语，不知从何说起。后三句，从梦中回乡，到梦中相见，再到梦后感想，可谓用心良苦。这番痴情苦心实可感天动地。

望海潮

秦观

梅英[①]疏淡，冰澌[②]溶泄[③]，东风暗换年华。金谷[④]俊游，铜驼[⑤]巷陌，新晴细履平沙。长记误随车。正絮翻蝶舞，芳思[⑥]交加。柳下桃蹊，乱分春色到人家。

西园[⑦]夜饮鸣笳。有华灯碍月，飞盖[⑧]妨花。兰苑[⑨]未空，行人渐老，重来是事[⑩]堪嗟[⑪]。烟暝[⑫]酒旗斜。但倚楼极目，时见栖鸦。无奈归心，暗随流水到天涯。

注释

①梅英：梅花。②冰澌（sī）：指冰块。③溶泄：溶化流动的样子。④金谷：金谷园，西晋时石崇所建，在今河南洛阳，此处代指汴京的金明池。⑤铜驼：铜驼路，西晋时洛阳皇宫前的一条繁华街道，此处代指汴京的琼林苑。⑥芳思：此处有春思、春感之意。⑦西园：曹魏时曹氏兄弟的游乐之所，位于邺城（今河北临漳），此处代指汴京的金明池。⑧飞盖：指飞快行驶的车辆。盖，车篷。

⑨兰苑：园林的美称，指西园子。⑩是事：事事，每件事。⑪嗟：嗟叹。⑫暝：暝暗。

赏析

早春时节，词人重游洛阳，人事有了很大的变迁，于是以“惜往日”的心情，写下了这首词。

上阕起头“梅英疏淡”三句，写初春景物。“暗换年华”，是全篇主旨，它指的是眼前自然界的变化，暗示了多少年来人事的变化，以及词人的伤今怀旧之感，直贯结句。继而写旧时游踪，适值新晴，游赏名园，漫步繁华街道，快意犹记。“正絮”两句写柳絮飘飞、彩蝶飞舞之时，春意甚浓，春思甚多。后两句进一步渲染春色之浓，即春色无处不在，桃柳之下的人家也春意盎然。

下阕写宴饮结束后的慨叹。“西园夜饮鸣笳。有华灯碍月，飞盖妨花”写宴饮，“碍”“妨”二字十分巧妙，把当时的繁华盛况描绘得淋漓尽致。从“兰苑”三句开始词人又由回忆转到了现实，慨叹兰苑依然而自己却渐渐垂暮，凡事都令人嗟叹，大有一种物是人非之感。“烟暝”三句写一片黯然悲凉的景象，与回忆中的盛况形成了鲜明的对比，“两两相形”，情何以堪！结尾两句写词人的绝叹，此时政局大变，自己惨遭贬谪，可谓身世飘零、天涯沦落，倍感无奈与凄楚。

秦观

八六子

倚危亭。恨如芳草，萋萋刬①尽还生。念柳外青骢②别后，水边红袂③分时，怆然暗惊。

无端④天与娉婷。夜月一帘幽梦，春风十里柔情。怎奈向⑤、欢娱渐随流水，素弦声断，翠绡香减，那堪片片飞花弄晚，濛濛残雨笼晴。正销凝⑥，黄鹂又啼数声。

注释

①刬（chǎn）：铲除。②青骢（cōng）：毛色青白相间的良马。③红袂：红色衣袖，代指佳人。④无端：无缘由。⑤怎奈向：宋代方言，表示无可奈何之意。向，语气助词。⑥销凝：因伤感而凝思出神。

赏析

这是一首写离别相思之情的词。

上阕以“倚危亭”三字领起，点明主人公所在的地点，接着描写了他登高远眺时的所见所感。“恨如”两句，借“芳草”来比喻自己的“恨”。“念柳外”三句，一个“念”字领起，这以下皆属念念不忘之事，“柳外”“水边”，记地兼写景；“青骢”“红袂”，指人兼着色。分别场面，如见画图。每一念及“柳外青骢”“水边红袂”，就不觉猛地一惊，怆然伤神了。“怆然暗惊”一句虽然很短，但句短情长，其中包含了多少别前的恩爱、别时的悲伤、别后的思念和悔恨在内。

下阕首句由分别的时候追溯到分别以前，仍从上阕的“念”字贯串下来。词人异想天开，怪起“无端天与娉婷”来。“夜月”两句，从正面写欢愉之情，曾经两相爱悦，但忽然分散了。用“怎奈向”三字作转折，是疑问，也是惊叹。欢愉易逝，有如流水。这一切，都只能付之于“怎奈向”。而现在所接触到的，则是晚风之中，落花片片，乍晴之后，残雨蒙蒙。这样的景色，也就使人觉得不堪了。“弄”字和“笼”字，极富想象力，生动新颖。词写到末两句，戛然而止，其潜台词是：久倚危亭，伤今念昔，已是难堪，何况所见所闻，又无一不使人烦恼呢？它以景语作结，而情自在景内。

秦观

满庭芳

晓色云开，春随人意，骤雨才过还晴。古台芳榭，飞燕蹴红英①。舞困榆钱②自落，秋千外、绿水桥平。东风里，朱门映柳，低按小秦筝③。

多情。行乐处，珠钿翠盖④，玉辔红缨⑤。渐酒空金榼⑥，花困蓬瀛⑦。豆蔻梢头旧恨，十年梦、屈指堪惊。⑧凭阑久，疏烟淡日，寂寞下芜城⑨。

注释

①飞燕蹴（cù）红英：出自杜甫《城西陂泛舟》“鱼吹细浪摇歌扇，燕蹴飞花落舞筵”。蹴，踏。②榆钱：即榆荚。榆树春末长叶之时，在枝条间先长出榆荚，颜色为白色，形状圆且小，呈串状。③小秦筝：一种乐器。④珠钿（diàn）翠盖：用珠宝装饰车身、翠羽装饰车篷的车子。⑤玉辔红缨：指配备着饰玉的缰绳和彩带的马匹。⑥金榼（kē）：华贵的酒杯。⑦蓬瀛：蓬莱、瀛洲，传说中的海

上仙山，此处借指歌伎住所。⑧“豆蔻”二句：化用杜牧《赠别》中的“娉娉袅袅三十余，豆蔻梢头二月初”，以及《遣怀》中的“十年一觉扬州梦，赢得青楼薄幸名”。⑨芜城：扬州的别名。

赏析

这首词当写于绍圣四年（1097）词人初被谪时。词人运用今昔对比的手法展开描写，从“晓色云开”至“花困蓬瀛”是对往昔的回忆，从“豆蔻梢头旧恨”至结尾抒写现实的感叹和情景。

上阕写春末的风光。起首“晓色云开”三句写破晓前一阵急雨，不久雨霁云散，朝霞满天，词人满怀欣悦，在这旖旎的春光里旧地重游，但见尘封楼台，草满庭阶，已非昔年繁华景象；只有燕燕差池，欲飞还驻，足尖频频踢下瓣瓣落花。“舞困”句形容风来榆枝摇曳，风停树静，串串榆钱犹如酣舞已久、慵自举袂的少女；“自落”是说风吹过后榆钱轻轻坠地，悄无声息。这里摄取了两个镜头，即“燕蹴红英”和“榆钱自落”，用以突出四周环境的冷落凄寂。词人乘兴而来，不能再见到“今日良宴会，欢乐难具陈”的场面，不禁怳有所思，若有所失，其心情与他在《望海潮》词中所说“重来是事堪嗟”相似，只是此处并不言明，而是以客观环境作为衬托，间接地反映出词人内心的怅惘和感喟。“秋千外”四句，转静为动，那出墙秋千吸引了词人的视线，小桥涨水，朱门映柳，这是墙外所见。然而使词人悄然凝思的，则是飘然而至的弹筝之声。从秋千出墙到风送筝声，由墙外古台到墙内佳人，引出种种联想，使词人心潮起伏，陷入沉思。

下阕通过回忆、对照，在深化词意的过程中透露词人心情的变化。“多情”两句，承上接下，

引出下阕的行乐生活。“多情”两字一顿，指当年在此行乐之人和事，如今人事已非，而行乐之处宛然在目。“珠钿”两句形容车马装饰的华美，想见那时“冠盖纵横至，车骑四方来”的情景。“渐洒空”两句追忆离别。金盏酒尽，仙境花萎，乐事难久，盛宴易散，真是“而今乐事他年泪”了，蓬瀛，即仙山蓬莱和瀛洲，借指歌伎居处。“豆蔻”两句，隐栝杜牧《赠别》诗意，记的是以往一段恋情，豆蔻梢头，点明伊人歌伎身份；“旧恨”照应行乐处及行乐之人，又引出身世之感。屈指十年，叹息岁月如流。如今人去楼空，不胜沧桑之感，所以说是“堪惊”。从人事的堪嗟到“堪惊”，点破感伤往事的主题，意味着伊人不知何处，往事不堪回首，词人的心情也愈趋沉重。“凭阑久”三句，以景作结，“疏烟淡日”与起首“晓色云开”形成明显对照：一灰暗，一明快，也反映了词人内心由怡悦转向忧伤的感情变化。全词章法上对比鲜明，反衬有力，大起大落，构织绵密。

秦观

减字木兰花

天涯旧恨。独自凄凉人不问。欲见回肠[①]。断尽金炉[②]小篆香[③]。

黛蛾[④]长敛。任是春风吹不展。困倚危楼。过尽飞鸿[⑤]字字[⑥]愁。

注释

①回肠：与柔肠寸断之义同，形容极度悲痛。②金炉：形容华美的香炉。③篆（zhuàn）香：一种具有记录时辰功能的盘香，形状如篆般回环，故名。④黛蛾：古代女子常以青黛画蛾眉。⑤飞鸿：大雁。⑥字字：大雁飞时排成“一”字或“人”字，故云。

赏析

这首词写一位女子独处怀人的苦闷情怀。

上阕首句“天涯”就距离写游子之远，彼此分离、天各一方；“旧恨”就时间写分手之后，别愁离恨之长。次句，“人不问”，写无人对语，独居高楼，本够凄凉，有谁关心慰问，即连同情的人都没有，故“独自凄凉”，分外感觉到凄凉难堪了。“欲见”两句，写女子愁苦至极，只好用燃香数刻来耗费时间。“欲见”写怀情人之切，“回肠”写内心之痛，用形状回环如篆的盘香，形容恰如人的回肠百转。“断尽”，指香炷一根根断尽。这里用以突出女子柔肠寸断，香断烟消，时间流逝，愁闷未散，女子的愿望终如烟雾一样虚幻，写尽相思怀人的愁苦。

下阕从一年四季写愁。“黛蛾”两句写别恨难消，存于心头而现于眉梢，以致常是愁眉紧锁；尽管春天来临，“春风”劲吹，吹绿了大地江岸，吹得百花吐艳，却吹不展她的一双愁眉。结拍两句，写她从夏到秋守傍高楼，默默无语地目视一群群大雁消失在遥远的天边，渴望着有远人锦书的到来，但她凭着自己有多少次失望的经验，心知那毕竟是缥缈无凭的幻想，即使倚遍危楼，也依然是天涯离恨。在她眼里，那远去飞鸿组成的“人”字，实际上都可说是一个个巨大的“愁”字。

浣溪沙

秦观

漠漠[①]轻寒上小楼。晓阴无赖[②]似穷秋[③]。淡烟流水画屏幽[④]。

自在飞花轻似梦，无边丝雨细如愁。宝帘[⑤]闲挂小银钩。

注释

①漠漠：弥漫的样子。②无赖：憎恶之语，有无可奈何、令人讨嫌之意。③穷秋：晚秋。④“淡烟”句：淡烟流水，是屏风上所画的景致。⑤宝帘：珠帘，珍珠缀成的帘子。

赏析

这是一首抒写淡淡春愁的词。

词的起调很轻、很淡，而于轻淡中带着词人一种极为纤细锐敏的心灵上的感受。首句以“漠漠”二字状漫弥而上小楼的轻寒，给春寒萧索的清晨带来寥廓冷落的气氛。“上”字，似那淡淡愁思正随这薄薄春寒无声无息地在人的心头轻轻漾起，烘托出色调凄清的景象。“晓阴”句，春阴寒薄，不能不使人感到沉闷无聊，词人不说心情之无聊，却咒晓阴之无赖，进一步渲染了气氛之寂寞凄寒。主人公也许刚刚从梦中醒来，睡眼惺忪，室内画屏闲展：淡淡的烟霭，轻轻的流水，在周围气氛的笼罩下，幽迷淡远。

下阕是对春愁的正面描写。“自在”两句，见飞花之缥缈，不禁忆起残梦之无凭，心中顿时涌起的是细雨蒙蒙般茫无边际的愁绪。“飞花”之“轻”似“梦”，“丝雨”之“细”如“愁”，比喻之奇特，不仅在其喻体和喻指的恰当和新奇上，更在其一反常式，而以抽象的情感喻具体的物象，是飞花似梦，是细雨如愁。最后，词以“宝帘闲挂小银钩”作结，使人尤觉摇曳多姿，帘外愁景与帘内愁人交相呼应。

秦观

阮郎归

湘天[1]风雨破寒初[2]。深沉庭院虚。丽谯[3]吹罢小单于[4]。迢迢[5]清夜徂[6]。

乡梦断，旅魂孤。峥嵘[7]岁又除[8]。衡阳[9]犹有雁传书。郴阳[10]和雁无。

注释

①湘天：郴州在今湖南省，湖南古称湘，故云。②破寒初：开始冲破冬寒，即春天将至。③丽谯（qiáo）：城门楼，后指谯楼，即城门上的更鼓楼。④小单于：当时的乐曲，如李益《听晓角》“无数塞鸿飞不度，秋风卷入《小单于》”。⑤迢迢：迢远的样子。⑥徂（cú）：消逝。⑦峥嵘：不同寻常，此为艰难之意。⑧除：除夕。⑨衡阳：今湖南省衡阳市。相传，北雁南飞，至衡阳而止。⑩郴（chēn）阳：在今湖南省郴州市，衡阳以南。

赏析

全词于浅语、淡语中蕴有深远意味，抒写了无比哀伤的情感，寄托了沉重的身世感慨。

起首两句，词人以简练的笔触勾勒了一个寂静幽深的环境，点明了时间、地点。“丽谯”两句是写词人数尽更筹，等待着天明。有人在城门楼上吹奏唐代大角曲名《小单于》，除夕之夜，是阖家守岁的日子，而此时此地的词人却独居与世隔绝的“深沉庭院”之中，只听到风声、雨声，以及从城门楼上传过来的凄楚的画角声。这些声音敲打着词人的心灵。“一夜长如岁”的除夕夜漫长难熬。“迢迢”二字，极言夜之长；加一“清”字，则突出了夜之静谧，心之凄凉。而一个“徂”字，则把时间的流逝写得很慢很慢。

下阕“乡梦”句表明对故土的思念，“乡梦断，旅魂孤”六字凝聚着无比深沉的感情。至“峥嵘岁又除”，词人始正面点除夕，岁月之艰难，着一“又”字，表明了其中蕴有多少次点燃了复又熄灭的希望之火。言外之意是：一个又一个除夕到来了，接着又消逝了，词人依旧流徙在外。词的结尾两句，写离乡日远，音信久疏，贴切而又自然。

蝶恋花

赵令畤

卷絮风头寒欲尽。坠粉飘香，日日红成阵。新酒又添残酒困。今春不减前春恨。

蝶去莺飞无处问。隔水高楼，望断双鱼信[①]。恼乱横波秋一寸[②]。斜阳只与黄昏近。

注释

①双鱼信：指书信。②秋一寸：指目光。

赏析

这首词为伤春怀人之作。

上阕从春气已暖、寒气将尽写到春深季节，风吹花落。首句“卷絮风头寒欲尽”点明时令与天气。接着两句“坠粉飘香，日日红成阵”继续写景，花红飘香，“红成阵”写出一幅暮春图。“新酒又添残酒困。今春不减前春恨”两句点出闺中人的心情不在于欣赏那些美丽的景色，而是借酒浇愁，试图摆脱别情的缠绕，只是“今春不减前春恨”。

下阕点明离别之情。“蝶去莺飞无处问”，蝴蝶已经飞走，黄莺也不在了，没有地方打听它们的下落，这其实是为了引出下文自己牵肠挂肚的丈夫。“隔水高楼，望断双鱼信”，写丈夫在外，闺中人只能独上高楼，但还是“望断双鱼信”。结尾以写景结束，“恼乱横波秋一寸。斜阳只与黄昏近”，却是为了突出想念丈夫而出现的“恼乱”。

清平乐

赵令畤

春风依旧。着意隋堤[①]柳。搓得鹅儿黄[②]欲就。天气清明时候。

去年紫陌[3]青门[4]。今宵雨魄云魂[5]。断送一生憔悴，只消几个黄昏。

注释 ①隋堤：指隋炀帝开通的通惠渠的岸堤。②鹅儿黄：小鹅色泽黄，这里指新生的柳叶。③紫陌：繁华的街道。④青门：代指妓院。⑤雨魄云魂：指人去如雨收云散。

赏析 这是一首触景伤情之作。

上阕写景，主要是写柳。开始两句“春风依旧。着意隋堤柳”，以拟人手法写出春风还是依旧特别关注隋堤柳。接着两句“搓得鹅儿黄欲就。天气清明时候”，借助杨柳长条的描写，点明时令，并说明这春景一片大好。如此快意地写景，而且是写隋堤柳，是为了引出下阕的抒情。

下阕抒情，首句“去年紫陌青门”写回忆去年风流之事，只是现在这些风流韵事只能付于想象之中了，也就是“今宵雨魄云魂”。最后两句“断送一生憔悴，只消几个黄昏”，意思是几个黄昏的时间就可以断送一个人的一生，落得一身憔悴，这是一种悲哀，或是一种悔恨。

水龙吟·次韵林圣予惜春

问春何苦匆匆，带风伴雨如驰骤。幽葩细萼，小园低槛，壅培[1]未就。吹尽繁红，占春长久，不如垂柳。算春常不老，人愁春老，愁只是、人间有。

春恨十常八九。忍轻孤、芳醪[2]经口。那知自是，桃花结子，不因春瘦。世上功名，老来风味，春归时候。最多情犹有。尊前青眼，相逢依旧。

注释

①壅（yōng）培：培土。②芳醪（láo）：美酒。

赏析

这首词是伤春之作。

上阕首句“问春何苦匆匆”以问发端，峭拔突兀。接着“带风伴雨如驰骤”一句，“带风”“伴雨”丰富了春色内容。“幽葩细萼，小园低槛，壅培未就”三句，更加渲染惜春之真情。“吹尽繁红，占春长久，不如垂柳”三句以惜花而写惜春。接下来“算春常不老，人愁春老，愁只是、人间有”三句又陡然一转，说春本不老，春不知愁，只是人担心春老而发愁。

下阕是说“春恨”。首句“春恨十常八九”点明主题。人多春恨，那只有“忍轻孤、芳醪经口”。接着说桃花落，“那知自是，桃花结子，不因春瘦”。后几句“世上功名，老来风味，春归时候。最多情犹有。尊前青眼，相逢依旧”将“功名”和“老来”与“春恨”比照，点明春恨总是与功名的失落及青春的逝去相关联。全篇在惜春中注入身世愁绪，融情于理，婉转曲折，富有哲理。

洞仙歌·泗州中秋作

青烟幂[1]处，碧海飞金镜。永夜闲阶卧桂影。露凉时，零乱多少寒螿[2]。神京远，惟有蓝桥路近。

水晶帘不下，云母屏开，冷浸佳人淡脂粉。待都将许多明，付与金尊，投晓共、流霞[3]倾尽。更携取、胡床[4]上南楼，看玉作人间，素秋千顷。

注释

①幂：遮盖。②寒螿（jiāng）：寒蝉。③流霞：仙酒名。④胡床：古代一种轻便坐具，可以折叠，也称交椅。

赏析

这是一篇即景抒情的佳作。

上阕开头“青烟幂处，碧海飞金镜”写中秋夜开始时因为云合，未见月轮。一会儿，万顷碧波上飞起一轮明镜。接着“永夜闲阶卧桂影”，写月华明朗，桂树之月影洒满阶庭。此是先抑后扬，给人一种期待后的喜悦。词人“床卧”赏月，由“露凉”想到寒蝉，进而想到自己的失意与飘零，“惟有蓝桥路近”，只有那些青楼歌伎能体谅我的苦衷，无限凄凉在心中！

下阕写室内与佳人共赏。“水晶帘不下，云母屏开，冷浸佳人淡脂粉”，写佳人的出场极为华丽。接着“待都将许多明，付与金尊，投晓共、流霞倾尽”三句写与佳人宴会共赏，境界仍极凄冷。结尾三句写登楼赏月，“看玉作人间，素秋千顷”作豪放之语，表现出词人超越尘世，愿欣赏千里清景的疏放情怀。此作首尾呼应，中间虽然凄清，整体上仍属疏放达观之作。

临江仙

忆昔西池①池上饮，年年多少欢娱。别来不寄一行书。寻常相见了，犹道不如初。

安稳锦衾今夜梦，月明好渡江湖。相思休问定何如。情知春去后，管得落花②无。

注释

①西池：汴京城西的金明池，为京师游观胜地。②落花：指与词人一起受风雨摧残的同道。

赏析

这是一首怀念思旧之词。

上阕首句“忆昔西池池上饮”，直接叙述当年和友人们在汴京西池畅饮的欢愉情景。“年年多少欢娱”，至今回忆，无限留恋。如今种种乐事都浓缩在“多少”二字中了，语气中隐隐透露了物是人非的极为沉重的怅惘情绪。“别来不寄一行书”，笔锋一转，此处的“不寄”应理解为“不能寄”，当时的现实情况、政治处境不允许他们书信往来，互诉衷肠。“寻常相见了，犹道不如初”，以现在的政

治处境来说，即使能寻常相见，但都已饱经风雨，如惊弓之鸟，不可能像当初在西池那样纵情豪饮，开怀畅谈，无所顾忌了。

趁今夜月明，下阕讲目前的处境和心情。“安稳锦衾今夜梦，月明好渡江湖”，政治环境既然如此险恶，把人逼到息交绝游的境地，他如今只能在锦屏围障着的七尺卧榻上得到一点儿安全感，在那上面做着自己的梦了。趁今夜月明，词人希望在梦中与故人“好渡江湖”，飞来相会。这里把词人隐藏的抑郁、无可奈何的心情表现了出来。“相思休问定何如。情知春去后，管得落花无”写设想月夜梦中重逢的话。以问句结尾，更添心酸。

菩萨蛮

陈克

赤阑[①]桥尽香街直。笼[②]街细柳娇无力。金碧[③]上青空。花晴帘影红。

黄衫[④]飞白马。日日青楼下。醉眼不逢人。午香吹暗尘。

注释

①赤阑：红色的栏杆。②笼：笼罩。③金碧：传说中的神名。④黄衫：隋唐时的富家子弟所穿的黄色华贵服装。代指贵人。

赏析

这首词是写都市繁华及冶游狎妓之人品行的恶劣。

上阕“赤阑桥尽香街直。笼街细柳娇无力”，前一句通过写桥和香味，写出长街的繁华。后句中着一“细”字写杨柳的姿态，又用“笼街”写它的繁密，还添上“娇”字，补上“无力”二字，于是花街柳巷的特殊环境就形象地表现出来了。“金碧上青空。花晴帘影红”，着一“红”字，生动巧妙，写花是红的，帘是红的，连晴天的气氛也是红的，甚至花影、帘影都是红的。因为花在晴光底下的红，增强了帘的红，花红和帘红映照的影子也红，这一片红又使得晴天也带上红的色彩，绚丽多彩，耐人寻味。

下阕写冶游狎妓之人品行的恶劣。开头两句“黄衫飞白马。日日青楼下”，身着黄衫的贵公子，骑着白马，不是去游春，却是“日日青楼下”去寻找自己的快乐。“日日”二字又见人的奔驰之频，可见他的目中无人，毫不在乎。“醉眼不逢人。午香吹暗尘”，此时的他已经喝醉了，骑着他的白马横冲直撞，嚣张跋扈，完全不把路人放在眼里了。“午香吹暗尘”，马蹄声沙沙踏过去后，“黄衫飞白马”的影子远去了，马蹄掀起的尘土仍腾起空中，描写出了富家子弟人物跋扈蛮横的性格，意蕴深远。

谢池春

李之仪

残寒销尽，疏雨过、清明后。花径敛①余红，风沼萦新皱②。乳燕穿庭户，飞絮沾襟袖。正佳时，仍晚昼。着人③滋味，真个浓如酒。

频移带眼④，空只恁、厌厌瘦。不见又思量，见了还依旧。为问频相见，何似长相守。天不老，人未偶。且将此恨，分付⑤庭前柳。

注释

①敛：收拢，聚集。②风沼萦新皱：风吹过池塘荡漾起新的波纹。③着人：迷人。④移带眼：移动皮带之眼孔，谓腰细而消瘦。⑤分付：托付。

赏析

这是一首抒写离别相思之情的佳作。

上阕写景。前两句“残寒销尽，疏雨过、清明后”交代节令和时间。“花径敛余红，风沼萦新皱。乳燕穿庭户，飞絮沾襟袖”两组对句极有层次地描绘春的色彩与活力，展现出具有芳春傍晚特征的种种景物，为下阕抒情做了充分铺垫。最后四句“正佳时，仍晚昼。着人滋味，真个浓如酒”以感叹写春日给自己的感觉，只是“真个浓如酒”，不知是喜是愁，为下阕抒情做好过渡。

下阕写别情。开头“频移带眼”，其实是柳永“衣带渐宽终不悔，为伊消得人憔悴”之浓缩，形象真切传神。以下数句“不见又思量，见了还依旧。为问频相见，何似长相守”道出人之常情。最后四句“天不老，人未偶。且将此恨，分付庭前柳”，言上天无情，因此“人未偶”的孤独，也必然永远存在，只好将无限情恨托付给庭前的杨柳。全词一气贯下，艺术性地表达了主题。

卜算子

李之仪

我住长江头[①]，君住长江尾[②]。日日思君不见君，共饮长江水。

此水几时休，此恨何时已。[③]只愿君心似我心，定[④]不负相思意。

注释

①长江头：长江上游。②长江尾：长江下游。③“此水”二句：汉乐府《上邪》中有“山无陵，江水为竭，冬雷震震，夏雨雪，

天地合，乃敢与君绝”。此拟其意。④定：此处为衬词。

赏析

这首《卜算子》深得民歌的神情风味，明白如话，复叠回环，同时又具有文人词的构思新巧。

词以长江起兴，借用女性的“我”来直叙，极写两地相隔之远，暗寓相思之情的悠长。可以感触到女子的思念与叹息，隔江翘首思念的女子形象凸现出来。由此，引出了“日日思君不见君”这一全词的主干；而同住长江之滨，则引出了“共饮长江水”。两句之间含而未宣、任人体味的那层转折，深味之下，似可知尽管思而不见，毕竟还能共饮长江之水，多少能稍慰相思离隔之恨。

下阕“此水几时休”一句，承上而紧扣住“长江水”，进一步抒写别恨。用“几时休”“何时已”，既主观上祈望恨之能已，又暗示客观上恨之无已，变民歌、民间词之直率热烈为深挚婉曲，变重言错举为简约含蓄。写到这里，词人翻出一层新的意蕴“只愿君心似我心，定不负相思意”，恨之无已，正缘爱之深挚。阻隔的双方心灵便借江头、江尾得到了永久的滋润与慰藉，感情得到深化与升华，写出了隔绝中的永恒之爱，给人以江水长流情意长的感受。

周邦彦

瑞龙吟

章台路。还见褪粉梅梢[①]，试花[②]桃树。愔愔[③]坊陌人家，定巢[④]燕子，归来旧处。

黯凝伫。因念个人痴小[⑤]，乍窥门户。侵晨[⑥]浅约宫黄[⑦]，障风映袖[⑧]，盈盈笑语。

前度刘郎重到，访邻寻里，同时歌舞。惟有旧家秋娘[⑨]，声价如故。吟笺赋笔，犹记燕台句[⑩]。知谁伴，名园露饮，东城闲步。事与孤鸿去。探春尽是，伤离意绪。官柳低金缕。归骑晚、纤纤池塘飞雨。断肠院落，一帘风絮。

注释

①褪粉梅梢：枝头梅花已褪色，开始凋谢。②试花：花初放。③愔愔（yīn）：安静的样子。④定巢：燕子习性是认屋不认人，即使人换了，也仍来旧处安巢。此喻旧地重游。⑤痴小：年轻而又天真娇小。⑥侵晨：破晓，指早晨。⑦浅约宫黄：浅施粉黛。⑧障风映袖：以歌扇挡风，以衣袖遮面。⑨秋娘：唐代金陵歌伎。这里泛指歌伎。⑩燕台句：典出唐李商隐《赠柳枝》诗。诗写洛阳有女名柳枝，喜诗歌、解音律，闻人吟李商隐《燕台》诗，惊为绝世才华。翌日遇李于巷，与语约期欢会，后因事不果。这里暗示词人所思歌

伎回归他人之意。

赏析

这首词主要是写旧地重游、抚今追昔之情。

前六句词人通过对平常景物的描写，特别是“褪粉”“试花”两词表明季节时令交替，巧妙生动。虽然是大好春光，但词人此时是故地重游，心情沉郁。接下来以“黯凝伫”之人的痴立沉思写起，“因念个人痴小，乍窥门户”，描绘昔日情态相貌，既写出了坊陌人当时的天真活泼，又浸透着词人对她的亲昵爱怜之情。“侵晨”三句写少女站在门口招揽客人的情形，此处的人物描写，笔墨生动，准确传神。

下阕铺开来写，加深描绘“前度刘郎”“旧家秋娘”，一则“事与孤鸿去”，一则“声价如故”，对照写来，顿挫生姿。接着写词人寻访邻里，方知自己怀念的心上人已经踪迹渺然。而“同时歌舞。惟有旧家秋娘，声价如故”，则是昔日有者，今日有存有亡。“吟笺”五句写追怀往事的具体内容。其中“知谁伴”三句，写如今不可再遇理想伴侣，当年名园露饮、东城闲步寻花那样的赏心乐事也就无从重现，只能深深地铭刻在自己的记忆之中了。结尾写景，以美景衬托出感伤，更增添了离愁别恨。

风流子

周邦彦

新绿小池塘。风帘动、碎影舞斜阳。羡金屋[①]去来，旧时巢燕；土花缭绕，前度莓墙[②]。绣阁里、凤帏[③]深几许，听得理丝簧[④]。欲说又休，虑乖芳信，未歌先噎，愁近清觞[⑤]。

遥知新妆了，开朱户、应自待月西厢。最苦梦魂，今宵不到伊行[⑥]。问甚时说与，佳音密耗，寄将秦镜[⑦]，偷换韩

香[8]。天便教人，霎时厮见何妨。

注释　①金屋：华美的楼房。②莓墙：长满青苔的墙。③凤帏：绣有凤鸟的帷幕。④丝簧：指管弦乐器。⑤清觞（shāng）：洁净的酒杯。⑥伊行：她那里。⑦秦镜：东汉秦嘉出为吏，其妻徐淑因病不能随行，嘉乃寄赠明镜、宝钗等物以慰之。⑧韩香：晋贾充之女贾午暗恋韩寿，窃香赠之。

赏析　这首词写于元祐八年（1093），主要抒发的是怀人情思。全词由景及情，情景交融，层层深入，把对心上人的思念抒发得淋漓尽致。

上阕先从写景入手，“新绿小池塘。风帘动、碎影舞斜阳”，主人公正在池塘边上徘徊，池塘里的水刚刚涨了起来，清清绿绿的。此时有风儿吹过来吹动了帘幕，也吹动了池水，吹动了池水里的夕阳影。“羡金屋去来，旧时巢燕；土花缭绕，前度莓墙”，由“羡”字总领，燕子又到曾经筑过巢的屋梁上来筑巢了，土花又在以前生过的墙上生出来了。主人公羡慕此二物，是因为它们能重回故地，重续以前的事，而自己却不能重续旧欢，想到人不如物，几多感慨。“绣阁里、凤帏深几许，听得理丝簧”，主人公在这池塘边听到了丝簧之声。那声音像满怀幽怨，“欲说又休，虑乖芳信，未歌先噎，愁近清觞”，主人公本来想从这歌声中听出些情意来的，但又担心违背了这约会，只能暗自神伤了，所以借酒来浇愁。

下阕“遥知新妆了，开朱户、应自待月西厢”，开始怀人。主人公知道此时心上人已经化好了妆，打开窗户看着天上的月儿正思念自己。此处用“知”而不用“想”，加强了肯定意味，体现出恋人间的心有灵犀。“最苦梦魂，今宵不到伊行”，既然在现实中相见不了，那就到梦中去追寻吧，但今晚的梦中没有出现她，心中苦楚向谁言呢？“问甚时说与，佳音密耗，寄将秦镜，偷换韩香”，其中后二句化用刘禹锡“秦嘉镜有前时结，韩寿香销故箧衣”的诗意，表达二人的相爱之意。“天便教人，霎时厮见何妨”，主人公心里是如此渴望与心上人相见，“求求老天让我们见面吧！”可说是撕心裂肺的呼唤了。

琐窗寒

周邦彦

暗柳啼鸦，单衣伫立，小帘朱户。桐花半亩。静锁一庭愁雨。洒空阶、夜阑未休，故人剪烛西窗语。似楚江暝宿，风灯[1]零乱，少年羁旅。

迟暮。嬉游处。正店舍无烟，禁城百五。旗亭唤酒，付与高阳俦侣[2]。想东园、桃李自春，小唇秀靥今在否。到归时、定有残英，待客携尊俎。

注释

①风灯：形容人生短暂，老年人如风中之烛。②俦（chóu）侣：伴侣。

赏析

这是一首抒发羁旅情怀的词作。

上阕开始三句点明了时间与词人所处的环境。薄暮时分，天气渐暗，群鸦乱啼，孤身置于其间，渲染出词人的愁思、惆怅的心情。“桐花半亩。静锁一庭愁雨”，这两句抒写词人的羁旅之愁。“洒空阶、夜阑未休，故人剪烛西窗语”，滴答的雨声洒落在空寂的台阶上，使得词人心中的愁绪更加浓烈了。接着叙述过去漂泊的情形，在变幻境界中感叹风灯零乱。

下阕开始四句写词人此时有一种自伤迟暮之感，从少年起开始漂泊，岁月匆匆，如

今依然居无定所，可是已到暮年，功业未竟，不觉黯然神伤。“旗亭唤酒，付与高阳俦侣”，词人心中堆积了无限的愁绪，没有兴致再去玩了。“想东园、桃李自春，小唇秀靥今在否”，词人一心惦记自己的家园，设想到“东园”此时肯定又是春风桃李。“到归时、定有残英，待客携尊俎”，词人归心似箭，未踏归途，心里早已设想好归家时的情景。

周邦彦

六丑·蔷薇谢后作

正单衣试酒，怅客里、光阴虚掷。愿春暂留，春归如过翼。一去无迹。为问家何在，夜来风雨，葬楚宫倾国。钗钿[①]坠处遗香泽。乱点桃蹊，轻翻柳陌。多情为谁追惜。但蜂媒蝶使，时叩窗槅。

东园岑寂，渐蒙笼[②]暗碧。静绕珍丛[③]底，成叹息。长条故惹行客。似牵衣待话，别情无极。残英小、强簪巾帻。终不似、一朵钗头颤袅[④]，向人欹侧。漂流处、莫趁潮汐。恐断红[⑤]、尚有相思字，何由见得。

注释

①钗钿（diàn）：女子佩戴的首饰，这里比喻繁花落尽。②蒙笼：草树茂盛的样子。③珍丛：指蔷薇花丛。④颤袅：轻轻地摆动。⑤断红：飘零的花瓣。

赏析

这是一首借花抒情之词。

上阕抒写春归花谢之景象。首两句点明时令、主人公身份，抒发惜春心情。“正”字、“怅”字直贯全篇。“愿春”两句反映出词人对将去之春的痛惜留恋之情。接着描写落花的形象，“为问”三句写风雨摧花落，令人伤感。“钗钿坠处遗香泽。乱点桃蹊，轻翻柳陌”，他虽没有出外行走，但想象中，无数蔷薇花片，已在桃蹊柳陌上乱点轻翻，可怜玉碎香消。“多情为谁追惜。但蜂媒蝶使，时叩窗槅”，有谁怜惜这些落花？只有蜂媒蝶使一起忙乱了一番，屡叩窗，算是给倾国佳人哭泣送葬罢了。

下阕着意刻画人惜花、花恋人的生动情景。“东园”四句，一个“岑寂”，一个“静”字，用复笔写出了周围环境的凄冷和词人心头凄冷的交织。“长条”三句写自己对蔷薇如此有情，蔷薇伸出长长的枝条，用它的尖刺拉着词人的衣服，宛似依恋，要诉说一番情致缠绵的话。“残英”三句，写插花的反复心理矛盾，词人惜花，也只能“强簪”了。“漂流”三句写词人因终不愿落花“一去无迹”，所以又对花之“漂流”劝以“莫趁潮汐”，冀望“断红”上尚有“相思”字。如若落花随潮水流去，那上面题的相思词句，就永远不会让人看见了。

夜飞鹊

河桥送人处，凉夜何其。斜月远、坠余辉。铜盘烛泪已流尽，霏霏凉露沾衣。相将散离会，探风前津鼓，树杪参旗[①]。花骢会意，纵扬鞭、亦自行迟。

迢递路回清野，人语渐无闻，空带愁归。何意重经前地，遗钿不见，斜径都迷。兔葵燕麦，向斜阳、欲与人齐。但徘徊班草[②]，欷歔酹酒，极望天西。

注释

①参旗：星宿名，初秋时在黎明前出现于天东。②班草：指朋友相遇，共坐谈心。班，铺开。

赏析

这首词是写离情别景。

上阕追叙昨夜送客情景。"河桥送人处，凉夜何其"写送别的地点、时间。"斜月远、坠余辉。铜盘烛泪已流尽，霏霏凉露沾衣"，写凉夜景色，美而凄切。"相将散离会，探风前津鼓，树杪参旗"，从行动的细腻描写中，可以看出主人公临别时留恋的情态。"花骢会意，纵扬鞭、亦自行迟"，不言人之惜别，而写马识人意，故意被鞭策而迟迟其行，真是神来之笔。

下阕铺叙送客归来。"迢递路回清野，人语渐无闻，空带愁归"，接写送别后归途。"何意重经前地，遗钿不见，斜径都迷"，此处写当前的事情，旧时路径，已迷离难认。"何意"也寓重经前地的意义，而又发挥想象，直贯下来。"兔葵燕麦，向残阳、欲与人齐"，写送别回来之所见。"但徘徊班草，欷歔酹酒，极望天西"，过去列坐的草地上，徘徊酹酒，向着情人远去的西边方向，望极天边，而唏嘘叹息，不能自已。

周邦彦

解语花·上元

风销焰蜡，露浥红莲，花市光相射。桂华流瓦[①]。纤云散，耿耿素娥欲下。衣裳淡雅，看楚女、纤腰一把。箫鼓喧，人影参差，满路飘香麝。

因念都城放夜，望千门如昼，嬉笑游冶。钿车罗帕。相逢处，自有暗尘随马。年光[②]是也。惟只见、旧情衰谢。清漏移，飞盖归来，从舞休歌罢。

注释

①桂华流瓦：代指月光。

②年光：岁月。

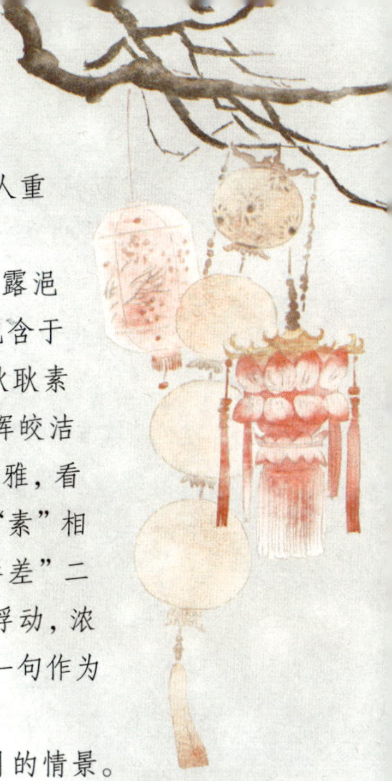

赏析

这首词是借景抒情之作，写临安失陷后词人重游故都，与同年徐云屋相逢和送别的情景。

上阕开篇写元宵佳节的盛况，“风销焰蜡，露浥红莲，花市光相射”，人面灯辉，无限风光，尽包含于“花市光相射”五个字。“桂华流瓦。纤云散，耿耿素娥欲下”，此处转而写月，除了写出月色的光辉皎洁外，还写出它的姿容绝代，色香兼备。“衣裳淡雅，看楚女、纤腰一把”，正写游女淡雅之致与上句“素”相呼应。“箫鼓喧，人影参差，满路飘香麝”，“参差”二字，巧妙地表现出灯月辉映下，无数人影交互浮动，浓淡相融，令人眼花缭乱的景致。“满路飘香麝”一句作为上阕小结，其用笔钩互回连之妙，无与伦比。

下阕回忆和联想到当年在汴京元宵节赏月的情景。“因念都城放夜，望千门如昼，嬉笑游冶”，想到当时，千门万户，尽情游乐，欢声鼎沸。“钿车罗帕。相逢处，自有暗尘随马”，然汴京元夜，既有钿车宝马、香巾罗帕，还有青年男女们在趁机表达倾慕之情，用词委婉含蓄，比较收敛。“年光是也。惟只见、旧情衰谢”，由上阕的眼前风物回顾当年，情绪上是由波动而克制，终于流露出年华老去，“旧情衰谢”的无可奈何之感。“清漏移，飞盖归来，从舞休歌罢”，道有余不尽之音，蕴怅惘低回之致而已。

蝶恋花

周邦彦

月皎惊乌栖不定。更漏将残，轳辘[1]牵金井。唤起两眸清炯炯[2]。泪花落枕红绵冷。

执手霜风吹鬓影。去意徊徨，别语愁难听。楼上阑干[3]横斗柄。露寒人远鸡相应。

注释 ①轳辘（lì lù）：象声词。指辘轳车所发出的声音。②清炯炯（jiǒng）：清明发光。③阑干：横斜的样子。

赏析 这首词写破晓时分与爱人的离别。

上阕以行人枕边视角叙写。首先“月皎惊乌栖不定。更漏将残，轳辘牵金井”三句写别前环境，描写得极为细致。再两句“唤起两眸清炯炯。泪花落枕红绵冷”写情侣离别。情侣在黎明霜风中双手紧握，行者看到风吹起爱人的鬓发，如影颤抖，更增无限凄迷。

下阕承写离别情景“执手霜风吹鬓影。去意徊徨，别语愁难听”，其中“去意徊徨”，写行者复杂的矛盾心情：欲行不忍行，不忍行非得行，“别语愁难听”写留者的凄悲，欲语先噎。结句一笔两句“楼上阑干横斗柄。露寒人远鸡相应”写寒露沾湿路上行人的衣裳，亦沾湿楼头痴立人之罗衣；两人同时听到同样的鸡鸣，写出了声相应、心相通而扯不断的离愁别情。

周邦彦

拜星月慢

夜色催更，清尘收露，小曲幽坊月暗。竹槛灯窗，识秋娘庭院。笑相遇，似觉琼枝玉树[①]，暖日明霞[②]光烂。水眄[③]兰情，总平生稀见。

画图中、旧识春风面。谁知道、自到瑶台畔。眷恋雨润云温，苦惊风吹散。念荒寒、寄宿无人馆。重门闭、败壁秋虫叹。怎奈向、一缕相思，隔溪山不断。

注释 ①琼枝玉树：形容女子的高贵洁白。②暖日明霞：形容女子的光彩夺目。③水眄（miǎn）：指眼神明媚如流水。

赏析

这是一首旅途孤馆追怀情人的词作。

上阕先点明时间和地点。“夜色催更，清尘收露，小曲幽坊月暗”，景色描写使得小曲幽坊笼罩着一层幽暗的颜色。“竹槛灯窗，识秋娘庭院”，阑槛外种着竹子，窗户里闪着灯光，正是在这样一个极幽雅的地方，他与恋人相遇。“笑相遇，似觉琼枝玉树，暖日明霞光烂”，这次来访，仿佛遇仙，刹那间，真觉眼前一亮。从环境到人，都不同寻常。“水眄兰情，总平生稀见”，这两句虽也是写其人之美，但已由乍见其容光而转到细赏其神态了。

下阕从正面写到离情。“画图中、旧识春风面”，“旧识”点明上阕是回忆。过去已看到她的画像，早已倾慕她的美丽。“谁知道、自到瑶台畔。眷恋雨润云温，苦惊风吹散”，更庆幸的是，她竟会爱上我这个不为流俗所喜的人，两情如此融洽，意谓层层递进，几经转折，有加倍跌宕之妙。“谁知道”和“苦”，就是用来表达思想感情上的突起突落，从惊喜幸遇到担心被拆散再到竟然被拆散，形成鲜明对比。“怎奈向、一缕相思，隔溪山不断”，说这等凄凉之下，奈何尚添两地相思之苦。

周邦彦

西河[1]·金陵怀古

佳丽地[2]。南朝盛事[3]谁记？山围故国绕清江，髻鬟对起[4]。怒涛寂寞打孤城，风樯遥度天际。

断崖树，犹倒倚。莫愁艇子曾系。空余旧迹郁苍苍，雾沉半垒。夜深月过女墙来，伤心东望淮水。

酒旗戏鼓甚处市。想依稀、王谢邻里。燕子不知何世。向寻常、巷陌人家，相对如说兴亡，斜阳里。

注释

①西河：唐教坊曲名。②佳丽地：指江南。③南朝盛事：南朝宋、齐、梁、陈四朝建都于金陵。④髻鬟（jì huán）对起：以女子髻鬟喻在长江边相对而屹立的山。

赏析

这首词系咏史之作，意境苍凉悲壮，平易爽畅，笔力遒劲。

上阕写金陵胜境。开始“佳丽地。南朝盛事谁记”以问起调，谁还记得江南这个美丽的地方，南唐时的种种盛况？接着由此铺开，对金陵盛况进行描写，“山围故国绕清江，髻鬟对起”，从山到水来描写，最后写江水推帆驶向天际，展现出一幅金陵图景。中阕写金陵古迹并发出凭吊。“断崖树，犹倒倚。莫愁艇子曾系”，由物到人。接着“空余旧迹郁苍苍，雾沉半垒。夜深月过女墙来，伤心东望淮水”，在一系列的景物里，对古迹进行凭吊，展露出无奈的感慨。下阕写目前景物及千古兴亡之思。开头又是问句起调，词人感慨现如今看到的一切，还在不禁回望从前的景象，“想依稀、王谢邻里。燕子不知何世。向寻常、巷陌人家，相对如说兴亡，斜阳里”，这种兴亡交替给词人带来的感慨是十分深的。

周邦彦

瑞鹤仙

悄郊原带郭。行路永、客去车尘漠漠。斜阳映山落。敛余红犹恋，孤城栏角。凌波步弱，过短亭、何用素约①。有流莺劝我，重解绣鞍，缓引春酌。

不记归时早暮，上马谁扶，醒眠朱阁。惊飙动幕。扶残醉，绕红药。叹西园已是，花深无地，东风何事又恶。任流光过却。犹喜洞天②自乐。

注释

①何用素约：不约而意外相逢。②洞天：道家指仙人居住的地方。

赏析

这首词表达了词人晚年的忧患之感。

上阕前两句描写郊外的原野映带着城郭，漫长的道路通向远方，客人乘车离去，既描摹景象，也传达心情。客人离去，若有所失，词人感到“悄然”，觉得心里空荡荡的。“斜阳”三句写夕阳映山，余光斜照城角，有大自然景色，也有建筑姿容。接着笔锋转向人物，描写陪同送行的歌伎。“凌波步弱，过短亭、何用素约。有流莺劝我，重解绣鞍，缓引春酌”，插入邂逅相逢之趣，非约而遇，喜出望外，再加以“流莺劝我”，解鞍引酌。

下阕写次日酒醒以后的情况。“不记归时早暮，上马谁扶，醒眠朱阁”，由于醒来才知道昨宵是身眠朱阁，而如何到此来的，何时、何人把自己送到这里的则不记得了。待到“惊飙动幕”，一阵狂风吹动窗帏，也吹走了几分醉意，似乎清醒多了，但“残醉”仍未消尽，对春光还是依依不舍。“叹西园已是，花深无地，东风何事又恶”，感叹花落之多，同

时痛恨那把花吹落的东风。“任流光过却。犹喜洞天自乐”，先是惊叹春将归去，继而又对年华虚度感到惋惜，最后觉察到感慨悲伤之无济于事，才说“任流光过却”，来一番自我安慰。

周邦彦

应天长[1]

条风[2]布暖，霏雾弄晴，池台遍满春色。正是夜堂无月，沉沉暗寒食。梁间燕，前社客。似笑我、闭门愁寂。乱花过、隔院芸香，满地狼藉。

长记那回时，邂逅相逢，郊外驻油壁[3]。又见汉宫传烛，飞烟五侯宅。[4]青青草，迷路陌。强载酒、细寻前迹。市桥远，柳下人家，犹自相识。

注释

①应天长：此调有令词、慢词两种。②条风：指东风。③油壁：油壁车，车壁以油饰之。多指女子所乘之车。④“又见”两句：典出唐韩翃《寒食》“春城无处不飞花，寒食东风御柳斜。日暮汉宫传蜡烛，轻烟散入五侯家”。当时的寒食节宫中有赏赐近臣蜡烛的传统。

赏析

这是一首写寒食节的伤春之作。主要写词人从前偶遇的恋情，而今重回故地，只留下无限惆怅。

上阕由“春色”写起，“条风布暖，霏雾弄晴，池台遍满春色”，这三句将春色写得极为生动。而接下来“正是夜堂无月，沉沉暗寒食”，词人转而写与春色不相协调的景致，黑暗与冷峻又将词人包围。原因在于“梁间燕，前社客。似笑我、闭门愁寂”。可见这一切源于愁苦，极言自己乃是世间最不幸者。接着“乱花过、隔院芸香，满地狼藉”以艳景反衬“我”之零落，使自己的悲哀更显强烈。

下阕以追忆当年艳遇开始，“邂逅相逢，郊外驻油壁”。接着“又见汉宫传烛，飞烟五侯宅”，用“汉宫传烛”之故事，暗示当年邂逅的时间与对象。“青青草，迷路陌。强载酒、细寻前迹。市桥远，柳下人家，犹自相识”，从回忆重新转入今日。“前迹”不可寻，离人不可见；“柳下人家”尚还认识“我”，昭示出“我”常回故地寻觅伊人，正说明其情绵绵无尽期。

周邦彦

解连环

怨怀无托。嗟情人断绝，信音辽邈。纵妙手、能解连环，似风散雨收，雾轻云薄。燕子楼空，暗尘锁、一床①弦索②。想移根换叶，尽是旧时，手种红药③。

汀洲渐生杜若④。料舟依岸曲，人在天角。谩记得、当日音书，把闲语闲言，待总烧却。水驿春回，望寄我、江南梅萼。拚今生、对花对酒，为伊泪落。

注释

①床：古代的一种较矮的坐具。②弦索：指乐器。③红药：芍药。芍药一名“将离”，即行将别离之意。《诗经·溱洧》中有“伊其相谑，赠之以勺药”。④杜若：一种香草，用以象征情人之间感情的寄赠之物。

赏析

这首词抒写相思之情。

上阕由今及昔，再由昔而今。开头三句写怨恨产生的根由，把心中郁结已久的幽怨和盘托出。“纵妙手”三句用连环比喻相思之情，谓相思恰如连环，本不可解，纵然“妙手能解”，也不免藕断丝连，就像“风散雨收”之后，仍然会残留下轻雾薄云一样。“燕子”二句写人去楼空，也还剩得“一床弦索”。乐器生尘，种种旧事旧情不由自主地又涌上心头。接着写芍药花，又寓含着往日的欢乐与离别后的凄楚。“想移根换叶，尽是当时，手种红药”，“燕子楼空”两句是怀念旧时恩爱，“想移根换叶”三句虽忆旧事，却因而又生怨恨。

下阕写断绝之悲。“汀洲渐生杜若”，表达一种怀念之情。“料舟移岸曲，人在天角”，伊已别去经年，行舟沿着曲折不尽的水岸渐行渐远，料想如今已在海角天涯，心中牵挂。“谩记得”三句写因为人去日远，所以更加盼望去者寄来只言片语的消息以慰望眼。“水驿春回，望寄我、江南梅萼”，行人的踪迹不定，欲寄而势有不能。现在已是春暖冰消时节，希望你能寄一枝江南的春梅，给我慰藉。“拼今生、对花对酒，为伊泪落。”词人用这句极凄凉、极清醒又极真实的话语作为全词的结尾，把感情推向高潮。

关河令

周邦彦

秋阴时晴渐向暝。变一庭①凄冷。伫听寒声，云深无雁影。

更深人去寂静。但照壁、孤灯相映。酒已都醒，如何消夜永。

注释

①一庭：满庭。

赏析

这首词抒发了词人因人去屋空而生的凄切孤独感。

上阕以简叙之笔开篇，“秋阴时晴渐向暝”，以白描手法勾出秋天时阴时晴、阴冷、黯淡的特点。“变一庭凄冷”，着一“变”字，将“凄冷”与上句联系起来，揭示了“凄冷”之因。在这满庭凄冷的环境中，词人不免也感受到此种悲凉，景中含情。“伫听寒声”，写得含蓄生动。词人在此地久久伫立，凝神静听寒声，原来是云外旅雁的悲鸣，加浓了羁旅“凄冷”的况味，表现出人之心寒、孤寂。“云深无雁影”，词人在这寒声中追寻那捎书的鸿雁，然而望尽云霄，四望苍穹，暮云壁合，雁影却被浓密的阴云遮去了。

下阕写深夜的羁愁。“更深人去寂静。但照壁、孤灯相映”，此句把上、下阕很自然地衔接起来，而且将词境更推进了一步。“人去”二字，写出旅途的旅伴聚散无常，也就愈能衬托出远离亲人的凄苦。同时也呼应了孤灯，只有一盏孤灯摇曳的微光把自己的影子投射在粉壁上，描绘出一幅孤灯熠熠、形影相吊的画面。“酒已都醒，如何消夜永”，清醒的人怎样才能度过这难熬的漫漫长夜？旅思乡愁上心头，此情此景，人何以堪！一抹凄冷之色跃然纸上。

周邦彦

绮寮怨[1]

上马人扶残醉，晓风吹未醒。映水曲、翠瓦朱檐，垂杨里、乍见津亭。当时曾题败壁，蛛丝罩，淡墨苔晕青。念去来、岁月如流，徘徊久、叹息愁思盈。

去去倦寻路程。江陵旧事，何曾再问杨琼。旧曲凄清，敛愁黛[2]、与谁听。尊前故人如在，想念我、最关情。何须《渭城》。歌声未尽处，先泪零。

注释

①绮寮（liáo）怨：周邦彦创制的调。②愁黛：愁眉。

赏析

这是一首写羁旅伤感的词作。

上阕写羁旅的坎坷经历。开头两句“上马人扶残醉，晓风吹未醒”，表现词人的潦倒和狼狈。接下来“映水曲、翠瓦失檐，垂杨里、乍见津亭。当时曾题败壁，蛛丝罩，淡墨苔晕青”几句，不说原委，而写途中所见。津亭败壁、蛛丝网罩——乃是岁月的足迹。后两句“念去来、岁月如流，徘徊久、叹息愁思盈”，感叹时光飞逝，也引起很多的愁绪。下阕开头“去去倦寻路程”才对首二句做了正面回答。旧地重经，席上奏起“旧曲”，此时只是想到曾为“我”樽前演唱的“故人”。下阕是词人意识流动的真实记录，表现如烟往事在重经故地时涌上心头，故而才有了起首“上马人扶残醉，晓风吹未醒”的麻木，以逃避忆旧给自己带来的深沉痛苦。

周邦彦

尉迟杯[1]

隋堤路。渐日晚、密霭[2]生深树。阴阴淡月笼沙，还宿河桥深处。无情画舸，都不管、烟波隔南浦。等行人、醉拥重衾，载将离恨归去。

因思旧客京华，长偎傍疏林，小槛欢聚。冶叶倡条[3]俱相识，仍惯见、珠歌翠舞。如今向、渔村水驿，夜如岁、焚香独自语。有何人、念我无聊，梦魂凝想鸳侣。

注释

①尉迟杯：词牌名。②密霭（ǎi）：浓重的暮霭。③冶叶倡条：指歌伎。

赏析

这是一篇抒写离愁之作。

上阕写回忆离开时的情景。前两句“隋堤路。渐日晚、密霭生深树”写景，“密霭生深树”，景中已透露前途迷茫之预感。接着“阴阴淡月笼沙，还宿河桥深处。无情画舸，都

不管、烟波隔南浦”，在流动中表现出离京渐远的过程和凄凉、孤独。最后两句“等行人、醉拥重衾，载将离恨归去”，极为伤感。

下阕前半忆旧。“因思旧客京华，长偎傍疏林，小槛欢聚”，本有许多情事可以回顾，但词人却只回忆与妓女们的“欢聚”，“冶叶倡条俱相识，仍惯见、珠歌翠舞”就是写照。接着又回到现实“渔村水驿”，这与京都的“珠歌翠舞”形成鲜明对比，强化了落魄的凄楚。所以“夜如岁”句便显得甚有分量。“梦魂凝想鸳侣”又表现出愁极无聊时，仍痴迷于旧情。这首词营造出的忧愁胜境，独具一格。

周邦彦

浪淘沙慢

昼阴重，霜凋岸草，雾隐城堞。南陌[1]脂车待发。东门帐饮乍阕[2]。正拂面、垂杨堪揽结。掩红泪、玉手亲折。念汉浦离鸿[3]去何许，经时信音绝。

情切。望中地远天阔。向露冷风清无人处，耿耿寒漏咽。嗟万事难忘，惟是轻别。翠尊未竭。凭断云、留取西楼残月。

罗带光消纹衾叠。连环解、旧香顿歇。怨歌永、琼壶敲尽缺。恨春去、不与人期，弄夜色，空余满地梨花雪。

注释

①南陌：南面的道路。②乍阕：刚刚结束。③汉浦离鸿：指以前离去的行人。

赏析

这首词表达了词人对久别恋人的怀念之情。

上阕描写当时的离别场景。通过“昼阴”“霜凋”“雾隐”等景物描写，点明时间和地点。“昼阴重，霜凋岸草，雾隐城堞”，渲染了浓浓的离别抑郁的氛围，烘托出行者和送者低沉怅惘的心情。“南陌脂车待发。东门帐饮乍阕”，写行人即将上路，马上就要分手的时刻。“正拂面、垂杨堪揽结。掩红泪、玉手亲折”写到折柳送行人，表现出依依不舍，希望远行人能留下来的心情。

中阕主要写离别时，两人依依遥望和内心的悲伤。“情切”四句词人把思念之情集中于一个夜晚，表现了对行人思念的深切与专注。“嗟万事难忘，惟是轻别。”由于深谙离别以后的痛苦，从而导引出了一种悔恨的念头。“翠尊”两句写杯中酒未空，断云仍在空中飘荡，让它缠住西天的残月不要落下，寄托相思。

下阕写离别以后的相思与怀念。“罗带”两句中“罗带光消”，丝织的衣带失去了光泽；“纹衾叠”，花色美丽的被子弄得有褶皱了；“连环解”，本来连为一体的玉连环被分解开了；“旧香顿歇”，说明情人所赠的香已经失去了芬芳，这里所要表达的其实是那份思念之苦对离别之人的折磨之深。“恨春去、不与人期”，表现了一种无可奈何的心情。“弄夜色，空余满地梨花雪”，用具体的梨花落满地以象征“春去”。

周邦彦

满庭芳·夏日溧水无想山作

风老莺雏，雨肥梅子，午阴嘉树清圆。地卑山近，衣润费炉烟。人静乌鸢[1]自乐，小桥外、新绿溅溅。凭阑久，黄芦苦竹，疑泛九江船。

年年。如社燕[2]，飘流瀚海，来寄修椽[3]。且莫思身外，长近尊前。憔悴江南倦客，不堪听、急管繁弦。歌筵畔，先安簟枕，容我醉时眠。

注释　①乌鸢（yuān）：乌鸦和鹰。②社燕：燕子春社时来，秋社时去，故称社燕。③修椽（chuán）：屋檐下的长椽。形容屋檐高大修长。

赏析　这首词反映了词人对官场的厌倦。

上阕写江南初夏景色。“风老莺雏，雨肥梅子，午阴嘉树清圆”，那莺雏已经长大了，梅子也在雨的滋润下结了硕大的果实。时值中午，阳光直射，树荫郁郁葱葱。“地卑山近，衣润费炉烟”，承接上文，写溧水地低而近山的特殊环境。“人静乌鸢自乐，小桥外、新绿溅溅”描写静境，水色澄清，水声溅溅，说明雨多，这又与上文“地卑”“衣润”等相互关联。“凭阑久，黄芦苦竹，疑泛九江船”，点明此时主人公是在凭栏远眺，油然生出一种沦落天涯的感慨。

下阕开头以社燕自比，“年年。如社燕，飘流瀚海，来寄修椽”，是在感叹自己的身世。社燕每年春社时来，秋社时去，从漠北瀚海漂泊来此，于人家屋椽之间暂时栖身，这里暗示出他宦情如逆旅的心情。“且莫思身外，长近尊前”，姑且不去考虑身外的事，包括个人的荣辱得失，还是长期亲近酒樽，借酒来消愁吧。“憔悴江南倦客，不堪听、急管繁弦”，盛宴当前，丝竹纷陈，又令人难以为情而徒增伤感。“歌筵畔，先安簟枕，容我醉时眠”，结语写出了词人无可奈何、以醉遣愁的苦闷。

花　犯

周邦彦

粉墙低，梅花照眼，依然旧风味。露痕轻缀，疑净洗铅华，无限佳丽。去年胜赏曾孤倚，冰盘[1]同燕喜。更可惜、雪中高树，香篝[2]熏素被。

今年对花最匆匆，相逢似有恨，依依愁悴。吟望久，青苔上、旋看飞坠。相将[3]见、翠丸荐酒，人正在、空江烟浪里。但梦想、一枝潇洒，黄昏斜照水。

注释 ①冰盘：白瓷盘。②香篝（gōu）：指里面放香用来熏烘衣物的熏笼。③相将：行将，快要。

赏析 这首词借咏梅感慨身世。

上阕先从眼前的梅花着手。“粉墙低，梅花照眼，依然旧风味”，词人先透一个“旧”字，为下文对昔日的回忆、对来日的想象埋下伏笔。“露痕轻缀，疑净洗铅华，无限佳丽”，进一步写出了梅花所独具的高出于凡花俗艳的格调。照应前句之“照眼”。即它并不靠抹粉施朱和姹紫嫣红来炫人眼目，而是丽质天成，自然光艳。“去年胜赏曾孤倚，冰盘同燕喜”，叙写自己客中寂寞，独自一人持酒赏花。梅花盛开，又恰逢“燕喜”，更映衬词人的孤寂。“更可惜、雪中高树，香篝熏素被”，是对去年之花的追念——更爱去年梅花雪中开放的景象。

下阕词人的思绪又回到今年眼前的对花。“今年对花最匆匆，相逢似有恨，依依愁悴”，写梅花之凋落，以我观物，移情于景，化愁恨为梅花的愁恨，把本来无知无情的寒梅写得似若有知有情。接着转笔写词人对花的惜别之情。“吟望久，青苔上、旋看飞坠”，描写梅花凋落，词人的无可奈何之情都含蓄在此时的无言之中。“相将见、翠丸荐酒，人正在、空江烟浪里”，这里表面写与梅天各一方，实则暗伤羁旅漂泊之苦。“但梦想、一枝潇洒，黄昏斜照水”，词人继续追想梅花，心境更加悲凉。

兰陵王

柳阴直。烟里丝丝弄碧。隋堤上、曾见几番，拂水飘绵送行色[①]。登临望故国。谁识、京华倦客？长亭路，年去岁来，应折柔条过千尺。

闲寻旧踪迹。又酒趁[②]哀弦，灯照离席。梨花榆火[③]催寒食。愁一箭风快，半篙波暖，回头迢递[④]便数驿。望人在天北。

凄恻。恨堆积。渐别浦萦回，津堠[⑤]岑寂。斜阳冉冉春无极。念月榭携手，露桥闻笛。沉思前事，似梦里，泪暗滴。

注释

①行色：指行旅出发前后的情状、气氛。②趁：伴着。③榆火：本谓春天钻榆、柳以取火种，后因以“榆火”为典，表示春景。④迢递：遥远。⑤津堠（hòu）：码头上供瞭望和歇宿的土堡。

赏析

这是一首送客的词。

上阕写送客离京时之所见所想。首句描写隋堤上柳色及其依依之态。“隋堤”两句写词人离开汴京时看到的柳色，柳枝轻拂水面，飘着飞絮，似乎在与人告别，生动地刻画出柳树依依惜别的情态。“登临望故国。谁识、京华倦客”，写词人登高临眺故乡时的惆怅，一个厌倦了京华生活的客子的忧愁有谁能知道呢？“长亭路，年去岁来，应折柔条过千尺。”词人感叹人间长亭离别之频多，间出“久客淹留”之感，情深意挚，耐人寻味。

中阕写离筵前后的别情。“闲寻旧踪迹。又酒趁哀弦，灯照离席。梨花榆火催寒食”，追思旧迹，补叙难忘的别宴观感，同时又点明那次饯别的时间是寒食节，岁月匆匆，别期已至，更添伤感。“愁一箭风快，半篙波暖，回头迢递便数驿。望人在天北。”词人想象离人在船上回望京华之愁绪，船的速度是如此之快，回望已不见

牵挂的人，暗示离人之悲，包含无限的惆怅与悲苦。

下阕写别后沉思前事之凄清与伤情。“凄恻。恨堆积。”船行愈久，遗憾愈多，难以排遣。“渐别”三句以远望江流汉口流波回旋和“津堠岑寂”之现实，映衬出送者的孤独与彷徨。由预想离人去后之旷远迷茫，引发对难忘往事的回顾和感伤：“念月榭携手，露桥闻笛。沉思前事，似梦里，泪暗滴。”想起月榭之中、露桥之上度过的那些美好的夜晚令人难忘，每思于此，就会感觉如梦一般，独自流泪。全词曲折迂回，似有吐不尽的愁绪在里面，景象依依，离情脉脉，词笔起伏，意境萧瑟，耐人寻味。

贺铸

青玉案

凌波[1]不过横塘[2]路。但目送、芳尘去。锦瑟华年谁与度？月桥花院，琐窗[3]朱户。只有春知处。

飞云冉冉蘅皋暮。彩笔新题断肠句。试问闲愁都几许？一川烟草，满城风絮。梅子黄时雨。

注释

①凌波：在水面上行走。②横塘：地名。③琐窗：窗雕作连琐形花纹，为富者家象征。

赏析

这是一首相思之词。

上阕开头三句，借洛神故事，回忆在横塘的一次艳遇，“凌波”将女子的美好姿态写了出来，只是她没有从词人的面前过来，因此只能“但目送、芳尘去”，即远远目送。词人神魂颠倒，要随佳人而去，并且想知道她的居所，“锦瑟年华谁与度”，但只有春风能入。

下阕开始“飞云冉冉蘅皋暮”，写词人期待再遇佳人，但佳人不至的忧伤。无奈只有“彩笔新题断肠句”。要问此时愁有多少，真好像一马平川的衰草；像漫天飞扬的柳絮；也像江南梅雨，无有止期。结句以一串比喻写“闲愁”，使得“闲愁”更加具体可感，将无形的情化为有形的物，形象具体。

感皇恩①

贺铸

兰芷满汀洲，游丝横路。罗袜尘生步。迎顾。整鬟颦黛，脉脉两情难语。细风吹柳絮。人南渡。

回首旧游，山无重数。花底深朱户。何处。半黄梅子，向晚一帘疏雨。断魂分付与。春将去②。

注释

①感皇恩：唐教坊曲名。②春将去：把春带去。

赏析

这是一首咏别情的词作。

上阕先写回忆离别。首两句“兰芷满汀洲，游丝横路”，先是写景，点明时间和地点。接着“罗袜尘生步。迎顾。整鬟颦黛，脉脉两情难语”，前三句写佳人出来送别时的装扮极为美丽，后一句写佳人送别时的神态，脉脉含情，难以开口，极为感人。最后两句写行人在柳絮飘飞中，乘船南去。

下阕写别后相思。首两句“回首旧游，山无重数”，点明上阕乃旧游之举，但

是十分怀念永存花丛深处中的伊人，即使有无数青山阻隔。“黄梅”“疏雨”，乃是内心思情别绪的外在表征。后两句“断魂分付与。春将去”，是说愁得“魂断”，只得吩咐春携带这颗蕴满相思情离别恨的心回到伊人身边！苦苦恋情，使人为之感动。

浣溪沙

贺铸

不信芳春厌老人，老人几度送余春。惜春行乐莫辞频[1]。

巧笑[2]艳歌[3]皆我意[4]，恼[5]花颠[6]酒拚君瞋[7]。物情[8]惟有醉中真[9]。

注释

①莫辞频：莫要因为次数太多而推辞。②巧笑：美好的笑容。③艳歌：美妙的歌曲，或指有关爱情的歌辞。④皆我意：都合我的心意。⑤恼：引逗撩拨。⑥颠：癫狂。⑦瞋（chēn）：通“嗔”，怒目而视。⑧物情：物理人情。⑨真：真情，纯真。

赏析

这首词写词人惜春行乐的豪情，但在狂态之中寓有沉痛的思绪。

上阕写惜春之情，寓有衰老之叹。开篇写“不信芳春厌老人”，“厌”字将春天拟人化，似乎是老人为春天所弃。“老人几度送余春”，写老人几度不舍地送走春天，深入地表达了老人对春天的热爱与惋惜。“惜春行乐莫辞频”，写老人要珍惜春光，在春日里及时行乐，只有这样，才能让他们的晚年生活更快乐。与此同时，也表现出词人在现实生活中无所作为的愤懑之情。

下阕写惜春行乐之态。“巧笑艳歌皆我意，恼花颠酒拼君瞋”，写词人回忆起了自己年轻时的风流快活，听歌观舞，赏花饮酒，不亦乐乎。“恼”“颠”“拼”三个字则表现出词人在行乐中癫狂的状态，以至于忘乎所以。这种忘我的状态暗喻着词人对现实的失意，借行乐饮酒麻醉自己，更添了几许无奈与悲凉。末句“物情惟有醉中真”，点明自己醉酒癫狂的原因：只有这样，才能使自己获得超脱于尘俗的乐趣。这是呼吁人们去从酒中寻找感情释放的乐趣。但透过词人表面上沉溺于醉乡的佯狂姿态，不难体会其内心升腾起的一股愤懑不平之气，不难看出他对人生不得志的无奈和挣扎。

这首词没有委婉曲折的隐晦之语，句句都是直抒胸臆，豪放而洒脱，给人一种疏旷之感。

贺铸

石州慢

薄雨初寒，斜照弄晴，春意空阔。长亭柳色才黄，远客一枝先折。烟横水际，映带几点归鸦，东风消尽龙沙[①]雪。还记出关来，恰而今时节。

将发。画楼[②]芳酒，红泪[③]清歌，顿成轻别。回首经年，杳杳音尘多绝。欲知方寸[④]，共有几许清愁，芭蕉不展丁香结[⑤]。枉望断天涯，两厌厌风月。

注释

①龙沙：指白龙堆沙漠，在今新疆罗布泊以东，这里泛指塞外和北国荒漠之地。②画楼：华丽的楼阁，有彩绘为装饰。③红泪：含着胭脂粉的女子眼泪。④方寸：指心灵，心所在为一寸。⑤“芭蕉”句：语出李商隐《代赠》的诗句“芭蕉不展丁香结，同向春风各自愁”。

赏析

这首词写男女相思之情。

上阕起首两句写由雨而晴。“弄晴”二字写出了雨后斜阳照射下万物焕然一新的景象，“春意空阔”一句，便是这种景象的概括。中间五句由近而远地渲染，近景写得具体、细致；远景则阔大、苍茫。层次井然，笔势酣畅多姿。“烟横”几句，境界开阔，画面丰富，景中含情，这样“春意空阔”也就有了更形象的依托，也暗写了雁归人不归、春归人未归的感慨。上阕结拍两句，收束前文写景之句，使景语化为情语，使上面所写景物与词人的生活经历相联系，使之具有特定的内涵。这两句实为全词意脉的枢纽。接下来沿着“还记”追思当年的分别。

“将发”二字，写自己即将辞别登程，极其干净利落。“画楼”三句写酒楼宴别。“回首”两句，语浅情深，年年盼相见、盼音信，然而却是“音尘多绝”，由“轻别”而思，而悔，而愁，思与悔已融合于上面的写景叙事之中。词人先以一问句引出“愁”字，“共有”二字又透出了两地同愁。结句写得空灵蕴藉，总括了回首经年，天各一方，两心相念，音信杳然，只有“玉楼明月长相忆”；关山渺邈，天涯之思，对景难排，心底总隐藏着不灭的思念和期望。

整首词镕写景、抒情、叙事于一炉，写得委婉曲折，意味深长，令人回味无穷。

贺铸

蝶恋花

几许伤春春复暮。杨柳清阴，偏碍游丝度。天际小山桃叶步[①]。白蘋花满湔裙[②]处。

竟日微吟长短句。帘影灯昏，心寄胡琴语。数点雨声风约住。朦胧淡月云来去。

注释

①桃叶步：即桃叶渡，在今南京。②湔（jiān）裙：洗除旧恶的一种祭祀活动。

赏析

这是一首即景抒情的词，抒发晚春时的故人之思，以模糊的情调写朦胧的恋情，使得全词颇有朦胧之美。

开头“几许伤春春复暮”三句感叹伤春之情有多少，但是春天还是进入迟暮，杨柳成荫，阻止游丝的飞扬，其中多含有无可奈何的伤感。接着两句“天际小山桃叶步。白蘋花满湔裙处”写人，“桃叶步”在“天际”，极写故人遥远；“湔裙处”长满“白蘋花”，昭示离别之久。

下阕以沉闷的氛围烘托心境的灰暗。开始三句“竟日微吟长短句。帘影灯昏，心寄胡琴语”接着写佳人，她依旧心情凝重、无语，只在灯昏帘影里将内心所想倾诉于胡琴里。结尾回到写景“数点雨声风约住。朦胧淡月云来去”，是说天空朦胧，月色很淡，有几朵云来回移动，蕴藉隽永，耐人寻味。

贺铸

天门谣

牛渚天门险。限南北、七雄豪占。清雾敛。与闲人登览。

待月上潮平波滟滟。塞管[①]轻吹新阿滥[②]。风满槛。历历数、西州[③]更点。

注释

①塞管：即羌笛。笛为管乐，塞上多用之，故名。②阿滥：笛曲名。③西州：东晋、刘宋间扬州刺史治所，因处金陵台城之西，故名。

赏析

这首词是一首怀古之作，通过对牛渚天门这一特殊风景的描绘，抒发怀古幽情。

上阕开门见山，写牛渚、天门的地理形势之险，历史地位之重要。词言“七雄”，当是兼括了南唐。“清雾”两句写雾气消散，似乎在有意让人们登临游览。“与”字十分精当，足见词人炼字之妙，也说明炼字不必求奇求丽，寻常字汇，只要调度得当，照样神采飞扬，恰到好处。上阕语意层次分明，前两句追惜怀古，剑拔弩张，气势苍莽；后两句抚今，轻裘缓带，趣味萧闲。这里词作体制虽小，却能大起大落，笔力豪健，足见词人构思运笔之妙。

下阕并未浓墨重彩地去写登楼所见的风光，而是把目光转移到了报时的钟鼓上。“待月”两句章法新奇，构思巧妙。词人登矶本在上午雾散后，竟日览胜仍兴犹未已，更欲继之以夜，那么，这奇山异水的旖旎风光，尽在不言中了，让人流连忘返。从“待月上潮平波滟滟”一句之后，全是词人想象之词，并非实写，但词人却能虚景实写，毫不露虚构之迹，将江上明月笛风、遐钟远鼓写得生动逼真，伸手可掬，倾耳可闻，有很好的艺术效果。

贺铸

天　香

烟络[①]横林，山沈[②]远照，逦迤[③]黄昏钟鼓。烛映帘栊[④]，蛩[⑤]催[⑥]机杼[⑦]。共苦清秋风露。不眠思妇。齐应和、几声砧杵[⑧]。惊动天涯倦宦[⑨]，骎骎[⑩]岁华行暮。

当年酒狂自负。谓东君[⑪]、以春相付。流浪征骖[⑫]北道，客樯南浦，幽恨无人晤语。赖明月、曾知旧游处。好伴云来，还将梦去。

注释 ①络：萦绕，覆盖。②沈：通“沉”，陷入、沉埋。③逦迤（lǐ yǐ）：曲折绵延的样子。④帘栊：窗帘和窗牖。也泛指门窗的帘子。⑤蛩（qióng）：蟋蟀的别名。⑥傕：悲伤，常以“悲傕”连用。⑦机杼：此处指纺织机的声音。⑧砧（zhēn）杵：指捣衣石和棒槌，此处指捣衣这种行为。⑨宦：多指太监，此处指官员。⑩骎骎（qīn）：疾速的样子。⑪东君：掌管春天的神。⑫骖（cān）：古代指驾在车前两旁的马。

赏析 这首词境界开阔，融情入景，笔锋主要围绕情思盘旋，以健笔写柔情，抒写了游宦羁旅、悲秋怀人的落寞情怀。

上阕起三句写旅途中黄昏时目之所接、耳之所闻。接下来“烛映”三句仍叙眼前景、耳边声，不过已由旷野之外进入客舍之内，时间也已是夜静更深。再下两句，词人由前烛影摇曳，蛩声颤抖，愁人已不能堪了，接续写到偏又传来断断续续的砧杵声，原来是思念征人而夜不成寐的闺妇们正挥杵捣衣，准备捎给远方的夫婿。最后词人忽地一笔跳开，转从砧杵之为秋声这一侧面来写自己所受的震动：岁月如骏马奔驰，又是一年行将结束了。这是时序之感，更是人生之慨。

下阕词人痛楚地写出了人生的秋天。结尾“赖明月”三句，词人放笔直书那千山万水所阻隔不了的相思：幸有天边明月曾经窥见过我们欢会的秘密，那么，就请它陪伴着化作彩云的伊人飞到我的梦里来，而后，再负责把她送回去吧！词人视“明月”为具备感情和主观行为能力的良媒，艺术魅力倍增。

全词笔力遒劲，挥洒自如，读来令人感慨万千，洒脱与怀人情感依然清晰。

贺铸

望湘人

厌莺声到枕，花气动帘，醉魂愁梦相半。被惜余熏[①]，带惊剩眼[②]。几许伤春春晚。泪竹[③]痕鲜，佩兰香老，湘天[④]浓暖。记小江、风月佳时，屡约非烟[⑤]游伴。

须信鸾弦[⑥]易断。奈云和[⑦]再鼓，曲中人远。认罗袜[⑧]无踪，旧处弄波清浅。青翰[⑨]棹舣[⑩]，白蘋[⑪]洲畔。尽目临皋飞观。不解寄、一字相思，幸有归来双燕。

注释

①余熏：这里指昔日欢会之余香。②剩眼：指腰中革带空出的孔眼，此用沈郎（沈约）腰瘦事。③泪竹：尧有二女，为舜妃。舜死，二女洒泪竹上，泪皆成斑，是为斑竹，又称湘妃竹。④湘天：指湘江流域一带。⑤非烟：有二说，一说即彩云，一说即步飞烟。唐人皇甫枚有《飞烟传》，谓武公业之爱妾步飞烟，与比邻赵象私通情意。事发，为公业笞毙。⑥鸾弦：以鸾胶续弦，后谓男子再娶为续弦。此处指词人情侣。⑦云和：琴、瑟等乐器的代称。⑧罗袜：用《洛神赋》语意，代指情侣。⑨青翰：船名。⑩舣（yǐ）：船靠岸。⑪白蘋：指生在浅水中的一种草。

赏析

这首词是一首怀人之作。上阕由景到情，下阕由情到景，一波三折，颇具有一咏三叹之妙。

上阕先从室外之景写起。“厌莺”三句写莺在歌唱，花香袭人，多美好的春光啊。但是，在这美好的春光里，词人所感受到的却是“厌莺”，着一“厌”字顿时化欢乐之景为悲哀之情。况且还有愁梦相伴，看来词人的心绪已坏至极点。“被惜”三句转写室内景物来诉说“醉魂愁梦”的原因。“泪竹”三句又转而写景，斑竹上的泪痕似乎还很新鲜，屈原所佩戴的兰香却已散去，这些都让人触目伤怀。“记小江”两句追忆昔日欢会的场面，曾经多少次在这小江之畔与恋人相聚。有了前面的层层铺垫，使人读到这看似平常的追忆竟也觉得十分心痛。

下阕抒情。“须信”三句，承上启下，直抒胸臆。其中“曲中人远”句用钱起“曲终人不见，江山数峰青”句意，言人散无踪，使这一微茫的希望顿时破灭。“认罗袜”两句紧承“曲中人远”一句而来，言人虽无踪，地犹可认，语尤沉痛。“青翰棹舣”三句，写登高遥望，骋想无极。词人登“临皋飞观”，则洲畔白蘋萋萋，江边画舫停泊，即目皆为旧日景物。然而昔时双双携手水边弄波之旧处，却再也见不到心上人轻盈的姿态。“不解寄”两句，转入景收，借燕以自宽。其中“幸有”末句逆转，韵味无穷。

兰陵王

张元幹

卷珠箔。朝雨轻阴乍阁[①]。阑干外、烟柳弄晴，芳草侵阶映红药。东风妒花恶。吹落梢头嫩萼。屏山掩、沉水[②]倦熏，中酒[③]心情怕杯勺。

寻思旧京洛。正年少疏狂，歌笑迷着。障泥油壁催梳掠。曾驰道同载，上林[④]携手，灯夜初过早共约。又争信飘泊？

寂寞。念行乐。甚粉淡衣襟，音断弦索。琼枝璧月[⑤]春如昨。怅别后华表，那回双鹤。相思除是，向醉里，暂忘却。

注释

①乍阁：初停。②沉水：即沉香。③中酒：饮酒半酣时。④上林：指汴京的园林。⑤琼枝璧月：比喻幸福美好的生活。

赏析

这是一首抒发爱国情感的词作。

上阕首两句点出环境和天气。“卷珠箔。朝雨轻阴乍阁”，写春日清晨，词人登楼卷起珠帘，窗外春雨初停，阳光和煦。“阑干外，烟柳弄晴，芳草侵阶映红药”，这里写的就是从楼上看到的各种景象，呈现出一派春日的生机勃勃。“东风妒花恶。吹落梢头嫩萼”，这里词人笔锋一转，如此温馨的景致，惹来东风的嫉妒，把刚长出来的花吹落了。“屏山掩、沉水倦熏，中酒心情怕杯勺”，写用屏风掩住，室内香炉已经熄灭，但又懒得去重新点沉香，饮酒也害怕喝醉，这里是由前面的景物描写引发了词人的伤春情怀。

中阕追忆往昔。以“寻思旧京洛”引出，点出词人回忆以前在汴京时游乐的情景。“正年少疏狂，歌笑迷着。障泥油壁催梳掠”，写当时年少轻狂，放荡不羁，歌笑若狂，外出的车马已准备好，只是催促着梳妆。“曾驰道同载，上林携手，灯夜初过早共约。又争信飘泊？”通过强烈的前后对比与落差，写出物是人非，饱含了多少感慨在里面啊！

下阕“寂寞。念行乐”两句，可以看出词人此时百无聊赖，孤寂之余又陷入对以往欢乐时光的回忆。“甚粉淡衣襟，音断弦索。琼枝璧月春如昨”，这三句的意思是她已经换下艳丽的服装，不再弹琴歌唱，摆脱了歌女的身份，美貌仍旧。“怅别后华表，那回双鹤”两句，写别后的故国之思，这里运用典故，抒发了沧桑之变、好景不长之感慨，以及词人悲凉、凄楚的心境。“相思除是，向醉里，暂忘却”，这种相思之情实在是刻骨铭心，难以忘怀，希望可以一醉方休，暂时可以忘记，暗含眷恋故国的痛楚。

贺新郎

叶梦得

睡起啼莺语。掩苍苔、房栊向晚，乱红无数。吹尽残花无人见，惟有垂杨自舞。渐暖霭①、初回轻暑。宝扇重寻明月影，暗尘侵、尚有乘鸾女[2]。惊旧恨，遽如许。

江南梦断横江渚。浪粘天、葡萄涨绿。半空烟雨。无限楼前沧波意，谁采蘋[3]花寄取。但怅望、兰舟容与[4]。万里云帆何时到，送孤鸿、目断千山阻。谁为我，唱金缕。

注释

①暖霭(ǎi)：春天的云气。②乘鸾女：此处代指仙女。③采蘋：寓意着寄相思给心上人。④容与：徘徊不前的样子。

赏析

这是一首写悲凉孤寂情怀的词。

上阕写景。起首三句描绘自己午睡乍醒，已到了傍晚，耳边传来了黄莺婉转动听的叫声，这里“啼莺语”是指通过词人的细聆莺啭来烘托环境的幽静。“吹尽”两句继续描写庭院景象，通过对暮春景物的描写，传达出一股悲凉的意味。“渐暖霭、初回轻暑”，春去夏来，暖风带来初夏的暑热，于是便“宝扇重寻明月影，暗尘侵、尚有乘鸾女”。这是一把布满尘灰的扇子，上面隐约可见的“乘鸾女”使词人陷入了自己的思绪。“惊旧恨，遽如许”，词人那隐匿内心深处的“旧恨”被那扇面上模糊的画像勾了出来，如此猛烈地涌上词人的心头。

下阕承接上文，追忆往事，抒发情怀。前三句回忆昔日与心上人江南相会的情景，如今都已成“旧恨”，再也无法重现。“无限”两句转笔写人，设想伊人倚楼凝思，面对着眼前的苍茫烟波，是否会采蘋花以寄相思之情给我呢？“但怅望、兰舟容与”，惆怅地望着这渺渺烟波，纵然相思，也传达不到心上人那里。“万里”两句写两人相隔之遥远。“谁为我，唱金缕”，结尾两句感叹此时无人为自己唱起《金缕曲》，道出了词人心头的无奈与孤寂，以及对美好往日的怀念。

陈与义

临江仙·夜登小阁忆洛中旧游

忆昔午桥[1]桥上饮，坐中多是豪英。长沟流月去无声。杏花疏影里，吹笛到天明。

二十余年如一梦，此身虽在堪惊。闲登小阁看新晴。古今多少事，渔唱起三更。

注释

①午桥：在洛阳南，唐代宰相裴度曾建别墅于此。

赏析

这是一首抚今追昔、感时伤世之作。

上阕回忆二十年前的洛中旧游。开头两句“忆昔午桥桥上饮，坐中多是豪英”是回忆在洛阳午桥庄痛饮的事情，那时候坐在那儿饮酒的多是豪英。接着“长沟流月去无声。杏花疏影里，吹笛到天明”三句，词人工于精妙意境，表达出自己对故乡的真切怀念。

下阕开头两句“二十余年如一梦，此身虽在堪惊”强调想起前朝北宋统治者竟如此无能，而今南宋新皇帝欲重蹈覆辙，根本不愿收复失地的复杂心情。“闲登小阁看新晴”三句用萧散逸兴表示对南宋统治者的失望，其中结尾两句“古今多少事，渔唱起三更”将古今兴亡都付之半夜里渔翁的歌唱，表面上超脱、放达，内心却十分伤感。

临江仙

高咏《楚辞》酬午日①，天涯节序匆匆。榴花不似舞裙红。无人知此意，歌罢满帘风。

万事一身伤老矣，戎葵②凝笑墙东。酒杯深浅去年同。试浇桥下水，今夕到湘中。

注释

①午日：端午节。②戎葵：蜀葵。

赏析

词人端午节怀念屈原，忧叹时局、自伤流落，故作这首词。

上阕在怀念中担忧时局。开头两句“高咏《楚辞》酬午日，天涯节序匆匆”说端午节匆匆来到，只是身在天涯只有靠朗读《楚辞》以消磨节日。接着“榴花不似舞裙红。无人知此意，歌罢满帘风”三句，写南渡后歌伎舞女仍不知词人咏《楚辞》之意。这显然是嘲讽苟且偷安的朝廷。

下阕自伤身世。“万事一身伤老矣，戎葵凝笑墙东”，本想承担北伐中原、匡扶宋室的大事，但无法实现。这正是最堪伤心处。接着“酒杯深浅去年同”写词人无奈，只能天天借酒浇愁，年复一年。最后两句“试浇桥下水，今夕到湘中”写且将酒浇到江中，与屈原

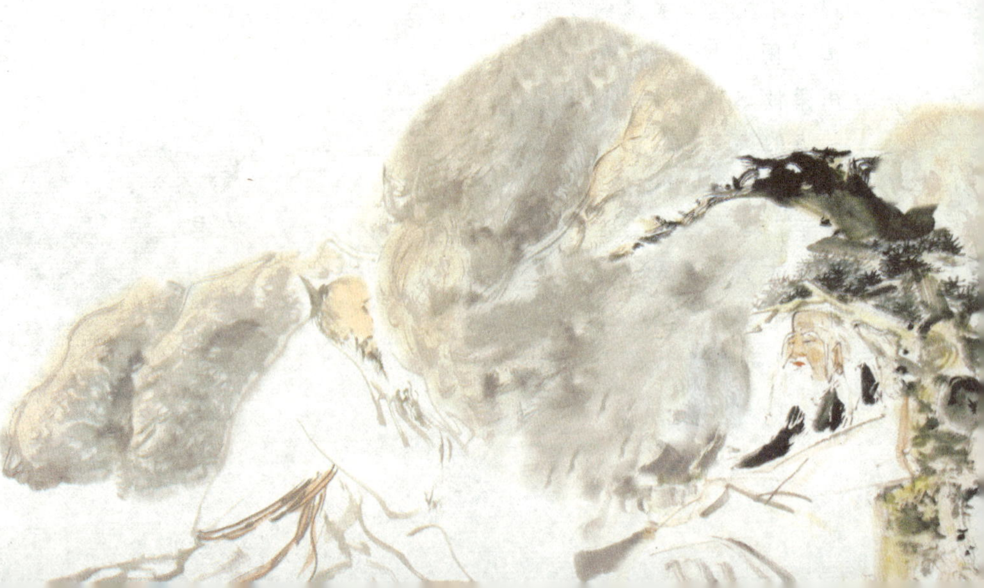

亡灵借酒沟通。全词怀古伤今，感念北宋灭亡，回天无力，苍凉低回。

蔡伸

苏武慢①

雁落平沙，烟笼寒水，古垒鸣笳声断。青山隐隐，败叶萧萧，天际暝鸦零乱。楼上黄昏，片帆千里归程，年华将晚。望碧云空暮，佳人何处，梦魂俱远。

忆旧游、邃馆朱扉，小园香径，尚想桃花人面。书盈锦轴，恨满金徽②，难写寸心幽怨。两地离愁，一尊芳酒凄凉，危阑倚遍。尽迟留，凭仗西风，吹干泪眼。

注释

①苏武慢：此调系咏苏武古调演化。②金徽：系琴弦的金丝绳，指代琴。

赏析

这首词是词人入燕途中的思家之作。

上阕前几句写景，“雁落平沙，烟笼寒水，古垒鸣笳声断。青山隐隐，败叶萧萧，天际暝鸦零乱”，这一幅萧索的景象源自词人惆怅寂然的心情。接着“楼上黄昏，片帆千里归程，年华将晚”点明眺望的时间和地点。“望碧云空暮，佳人何处，梦魂俱远”，“佳人何处”，感叹美人迟暮，为全篇主旨。

下阕写相思。首三句“忆旧游、邃馆朱扉，小园香径，尚想桃花人面”写回忆，就是由于相思，也因此引起忧愁，纵然“书盈锦轴，恨满金徽”，也是“难写寸心幽怨”。接着“两地离愁，一尊芳酒凄凉，危阑倚遍”，“两地”“一尊”又一对句，写出借酒浇愁的幽恨。最后“尽迟留，凭仗西风，吹干泪眼”，是说只得借风吹干眼泪，痛苦达到极点。

李重元

忆王孙

萋萋芳草忆王孙[1]。柳外楼高空断魂。杜宇声声不忍闻。欲黄昏。雨打梨花深闭门。

注释

①王孙：这里指的是主人公的心上人。

赏析

这是一首表达春愁闺怨的词作。

词作首句“萋萋芳草忆王孙”，连天芳草，千里萋萋，而思念的人更在天涯芳草外，给人一种凄凉的感觉。“柳外楼高空断魂”，这里词人选取杨柳依依这一意象，表现出那种萦绕在词人心头的幽怨。“杜宇声声不忍闻”，营造出一种冷清凄凉的氛围。这里表现出少女怀人思夫及此时孤寂难耐的心境，真切动人。结尾写闭门人游荡在千里外的芳心也将最后回到常日紧闭的心扉内。“欲黄昏。雨打梨花深闭门”，渲染出黄昏时分凄恻的气氛。此时已近黄昏，天空中又飘起了雨，凄风苦雨，一滴一滴地打落在这新开的梨花上，最后以一道深锁的院门结束了全篇，微妙而含蓄地描绘出少妇寂寞愁苦的伤情离绪。

徐伸

二郎神[1]

闷来弹鹊，又搅碎、一帘花影。谩试着春衫，还思纤手，熏彻金猊[2]烬冷。动是愁端如何向，但怪得、新来多病。嗟旧日沈腰[3]，如今潘鬓，怎堪临境。

重省。别来泪滴，罗衣犹凝。料为我厌厌，日高慵起，长托春酲[4]未醒。雁足不来，马蹄难驻，门掩一庭芳景。空伫立，尽日阑干倚遍，昼长人静。

注释　①二郎神：唐教坊曲名。②猊：香炉。③沈腰：指消瘦而腰围变小。④酲（chéng）：醉酒。喝醉酒神志不清。

赏析　这是叙写客中恋旧的一首词。

上阕起头构思很巧，“闷来弹鹊，又搅碎、一帘花影”写闲来无事，拿弹弓打喜鹊，却把帘子上的花影给打破了，显出青春少年的活泼。“弹鹊”为排闷，但“搅碎”“花影”却更增其烦恼。接着“谩试着春衫，还思纤手，熏彻金猊烬冷”写词人想起佳人为“我”熏衣的事情来，由此发愁，“动是愁端如何向”，不知如何是好。“但怪得”又转出人瘦发白的痛楚。

下阕“重省”转写异地爱人对“我”的思念。以下“别来泪滴，罗衣犹凝。料为我厌厌，日高慵起，长托春酲未醒”都是联想爱人思念“我”的情形。“雁足不来，马蹄难驻，门掩一庭芳景”三句推测爱人心理活动，其中“门掩”“芳景”想象伊人的处境。“空伫立，尽日阑干倚遍，昼长日静”三句想象爱人思“我”之情形。全词上、下阕虚实互现，将两地思念的深情厚意表现得具体、生动。

江神子慢[1]

田为

玉台挂秋月。铅素浅，梅花傅香雪。冰姿洁。金莲[2]衬、小小凌波罗袜。雨初歇。楼外孤鸿声渐远，远山外、行人音信绝。此恨对语犹难，那堪更寄书说。

教人红销翠减，觉衣宽金缕，都为轻别。太情切。销魂处、画角黄昏时节。声呜咽。落尽庭花春去也，银蟾[3]迥、无情圆又缺。恨伊不似余香，惹鸳鸯结。

注释

①江神子慢：由令曲《江神子》衍化而成的长调，初始祭祀江神之曲。又名《江城子》。②金莲：谓女子纤足。③银蟾（chán）：明月。

赏析

这首词写一对情人分隔两地的思念之情。

上阕开头五句描绘“玉人”风姿。她像梅花一样天然标致。“雨初歇”三句写“玉人”所处环境，“孤鸿”“声远”“行人”“信绝”是由景而情，写“玉人”心理变化。语言直白，情意深厚。

下阕开头三句“教人红销翠减，觉衣宽金缕，都为轻别”仍写“玉人”心中哀怨。“太情切”以下转写远方“行人”的思念。“银蟾”与第一句“秋月”呼应，象征两人的互相思念，结尾“落尽庭花春去也，银蟾迥、无情圆又缺。恨伊不似余香，惹鸳鸯结”，以行人眼前落花、池塘中鸳鸯的画面展开联想，表现出一种超乎寻常的真情。

贺新郎·春情

李玉

篆[1]缕销金鼎。醉沉沉、庭阴转午，画堂[2]人静。芳草王孙知何处，惟有杨花糁径。渐玉枕、腾腾春醒。帘外残红春已透，镇[3]无聊、殢酒厌厌[4]病。云鬟乱，未忺整。

江南旧事休重省。遍天涯、寻消问息，断鸿难倩[5]。月满西楼凭阑久，依旧归期未定。又只恐、瓶沉金井。嘶骑不来银烛暗，枉教人、立尽梧桐影。谁伴我，对鸾镜。

注释

①篆（zhuàn）：形容香烟飘飞的形状。②画堂：华丽的厅堂。③镇：

全。④厌厌：形容病态、精神萎靡的样子。⑤倩(qìng)：请，恳求。

赏析

这是一首闺怨词。

上阕从首三句可以猜测，昨夜女子独居喝酒浇愁了。“篆缕销金鼎”，写出了这屡屡香烟往上飘升的过程中所呈现的形状及其消散。“芳草”两句写女子思念起远方的心上人，不知道他现在身在何处。“渐玉枕、腾腾春醒”，女子酒醉初醒，神情懒散，迷迷糊糊，觉察到已是正午，于是清醒了过来。“帘外”两句，是说已是暮春时节，女子这惜春之情油然而生，愁绪萦绕，便借酒来消愁，沉于醉酒中，以致落得病恹恹的。“云鬟乱，未忺整”，写女子愁苦无绪，百无聊赖，也懒得去打理自己。

下阕叙写回忆，抒发相思之情。首句“江南旧事”是女子难以忘怀的温馨岁月，但这样的回忆对比当前孤独的处境，提了只会徒增悲伤。“遍天涯”两句写自己四处打听心上人的音信，但没有结果。“月满西楼”两句形象地表现出一个痴情女子的形象，真切感人。“又只恐”一句写出女子的矛盾心理。“嘶骑”两句，“梧桐影”尽了，仍不见人归。“枉教”一词可见词人内心悲痛到极点。“谁伴我，对鸾镜”，结尾这两句写如今谁能伴我照鸾镜呢？这一声悲凉的感叹道出了女主人公的幽怨哀戚、愁苦凄凉。

南浦·旅怀

鲁逸仲

风悲画角①，听单于、三弄落谯门。投宿骎骎②征骑，飞雪满孤村。酒市渐阑灯火，正敲窗、乱叶舞纷纷。送数声惊雁，乍离烟水，嘹唳③度寒云。

好在半胧溪月，到如今、无处不销魂。故国梅花归梦，愁损绿罗裙④。为问暗香闲艳，也相思、万点付啼痕⑤。算翠屏应是，两眉余恨倚黄昏。

注释

①画角：涂有彩绘的军中乐器。②骎骎（qīn）：疾速的样子。③嘹唳（liáo lì）：雁鸣声高亢凄清。④绿罗裙：裙名。此指穿裙之人。⑤啼痕：泪痕。

赏析

这首词主要是写相思的愁绪。

上阕开篇两句写旅途景色，“悲”字传神生动，点出全文的基调。“投宿骎骎征骑，飞雪满孤村”，着一“孤”字，不仅写出村子所处之地人烟稀少，也写出旅人此时内心的孤独和悲凉。“酒市”两句写入村以后的景象。“舞纷纷”写出落叶之多和风力强劲。这两句把旅途环境的悲凉感又向前推了一个层次。“送数声”三句写寒夜惊雁的景象。这里描写“惊雁”这一意象是为了说明词人的相思之情，听到雁声而思家，也为下阕的抒情做了铺垫。

下阕抒相思之情。前两句写月色依旧，如今却物是人非，让人看了不禁黯然神伤。“故国梅花归梦，愁损绿罗裙”，写在梦中仿佛回到故乡，看到那盛开的梅花，还有那穿着绿罗裙的人的愁苦神态。“为问暗香闲艳，也相思、万点付啼痕”，这里运用拟人的修辞手法，把花蕾上的露珠比喻成眼泪，构思巧妙，生动形象。末两句词人梦中看到伊人黄昏时独自在故园赏梅，两眉紧锁，愁绪无限，余恨绵绵。

岳飞

满江红

怒发冲冠①，凭阑处、潇潇②雨歇。抬望眼、仰天长啸，壮怀激烈。三十功名尘与土，八千里③路云和月。莫等闲、白了少年头，空悲切。

靖康耻④，犹未雪。臣子恨，何时灭。驾长车踏破、贺兰山缺。壮志饥餐胡虏肉，笑谈渴饮匈奴⑤血。待从头、收拾旧山河，朝天阙⑥。

注释

①冠：帽子。②潇潇：形容雨势急骤的样子。③八千里：转战好几千里。④靖康耻：靖康二年（1127）四月金军攻破东京（今河南开封），在城内搜刮数日，掳徽宗、钦宗二帝，北宋灭亡。又称靖康之难、靖康之祸或靖康之变。⑤匈奴：此处指金兵，泛指敌人。⑥天阙：天子宫殿前的楼观，即朝见天子。

赏析

这是一首气壮山河、传诵千古的爱国主义词作。

上阕写词人想要建功立业的志愿、为国杀敌的豪情。首两句，写词人怒发冲冠，独自上楼凭眺，疾风骤雨初歇。“抬望眼、仰天长啸，壮怀激烈。”词人抬头看远处高阔的天空，嘶声长啸，胸中的豪情壮志澎湃激烈。“三十功名尘与土，八千里路云和月”，采用了互文的手法，使得句中的韵味悠长，这样的写法与“秦时明月汉时关”是如出一辙的。紧接着词人用直白的语言铭刻深邃的道理：有志之士要抓紧时间报效祖国，不要等到青春消磨后，独自感叹时光易逝。

下阕表达词人报仇雪耻、收复国土的雄心壮志。开头“靖康耻，犹未雪。臣子恨，何时灭”，写靖康二年的国耻还没有洗雪，臣子的恨什么时候才能够消除呢？接下来写词人将要付诸行动，“驾长车踏破、贺兰山缺”，要驾乘着战车踏破敌人的巢穴，表现出一种英勇无敌的豪迈气势。接着写“餐胡虏肉”“饮匈奴血”，表现了词人对金人的无比痛恨之情。最后词人说等到收复山河的时候，再向朝廷报告胜利的消息，表达了对朝廷和皇帝的忠诚。

烛影摇红·上元有怀

张抡

双阙[①]中天，凤楼十二春寒浅。去年元夜奉宸游[②]，曾侍瑶池宴。玉殿珠帘尽卷。拥群仙、蓬壶阆苑[③]。五云[④]深处，万烛光中，揭天丝管。

驰隙[⑤]流年，恍如一瞬星霜换。今宵谁念泣孤臣，回首长安远。可是尘缘未断。谩惆怅、华胥梦短。满怀幽恨，数点寒灯，几声归雁。

注释 ①双阙：天子宫门有双阙。②宸（chén）游：帝王的游乐。③阆（làng）苑：此处代指宫中。④五云：五色祥云，古代皇帝所在地。⑤驰隙：比喻光阴迅疾。

赏析 这首词是上元节日感怀之作，通过今昔对比，在感伤个人身世遭际中抒发了故国之思。

上阕描绘往日宫中元宵节的热闹繁盛。首两句“双阙中天，凤楼十二春寒浅”点明地点和时令，“浅”字意味着寒冷也不影响盛会的进程。接下来的几句“去年元夜奉宸游，曾侍瑶池宴。玉殿珠帘尽卷。拥群仙、蓬壶阆苑。五云深处，万烛光中，揭天丝管”，尽是回忆去年的盛况，“瑶池”“群仙”“五云”皆是描写仙境之词，这热闹可见一斑。辞采华赡，境与情谐。

下阕抚今追昔，有隔世之感，表现了深深的故国之思。首两句“驰隙流年，恍如一瞬星霜换”，写出斗转星移之感，由上文的乐极转到下文的悲情。“满怀幽恨，数点寒灯，几声归雁。”梦碎后只落得一片凄凉孤寂，焉能不“幽恨”满怀呢？隐然流露出词人国破家亡，梦破青云，跌落尘埃的深愁剧痛，语含悲酸，情致凄婉。

程垓

水龙吟

夜来风雨匆匆，故园定是花无几。愁多怨极，等闲孤负，一年芳意。柳困桃慵①，杏青梅小，对人容易。算好春长在，好花长见，原只是、人憔悴。

回首池南旧事。恨星星②、不堪重记。如今但有，看花老眼，伤时清泪。不怕逢花瘦，只愁怕、老来风味③。待繁红乱处，留云借月④，也须拼醉。

注释　①慵：懒。②星星：鬓发花白。③风味：生活。④留云借月：强留云彩，借取月光。指努力珍惜时光。

赏析　这首词抒写了游子对故园的哀思。

上阕写好春好花不常在以说愁。首两句“夜来风雨匆匆，故园定是花无几”写风雨花落。接着“愁多怨极，等闲孤负，一年芳意”写词人因愁而错过花期。“柳困桃慵，杏青梅小，对人容易”，通过埋怨春色的不眷顾来抒发自己的愁。因“夜来风雨”而对“故园”落花无数产生哀思与怀念，极其自然。春归而“柳困桃慵”，夏初见“杏青梅小”，景色如往年而人已非昨日之人。

下阕追忆昔日故园旧事，以“回首”便知又有三层含义：一是时间将记忆冲淡；二是伤感记忆也变得模糊；三是痛苦伤感，唯愿往事模糊。“如今但有，看花老眼，伤时清泪”三句无限哀痛，“不怕逢花瘦，只愁怕、老来风味”两句更其颓伤。“待繁红乱处，留云借月，也须拚醉”三句痛说自己直面现实的信念，老大而不束手坐待死神，这是透彻的人生感悟。这首词选择全新视角，用旧形式表现新内容，独具一格。

六州歌头

张孝祥

长淮望断，关塞莽然平。征尘暗，霜风劲，悄边声。黯消凝。追想当年事，殆天数，非人力，洙泗上，弦歌地，亦膻腥①。隔水毡乡②，落日牛羊下，区脱③纵横。看名王宵猎，骑火④一川明。笳鼓悲鸣，遣人惊。

念腰间箭，匣中剑，空埃蠹⑤，竟何成。时易失，心徒壮，岁将零。渺神京。干羽方怀远，静烽燧，且休兵。冠盖使，纷驰骛，若为情。闻道中原遗老，常南望、翠葆霓旌⑥。使行人到此，忠愤气填膺。有泪如倾。

注释 ①膻（shān）腥：指被金兵占领玷污的地方。②毡（zhān）乡：我国古代北方游牧民族所居的地区。③区脱：金兵的哨所。④骑火：夜骑时照明的灯火。⑤埃蠹（dù）：灰尘和虫蛀。⑥翠葆霓旌：指皇帝的车驾。

赏析 这是一首忧国悲愤词。

上阕主要写故土被占据和异族的飞扬跋扈。“长淮望断”两句写词人面对淮河，极目远望，关塞草木“莽然”。“征尘”三句写萧条冷落，死气沉沉，霜风凄紧，感受不到一丁点儿的生命力。但是战事依然存在，边境依然危机四伏，所谓“黯消凝”，道出了词人的无限忧虑。“追想”三句，词人想起以前中原的大好河山，道出了无限的追思，从侧面写出了南宋统治者的昏庸无能。“洙泗上”以下六句写江山不再的情景。敌军“宵猎”的时候火光冲天，可见兵马强盛。笳鼓声音悲凉，让人惊悸。这些描写，突出了南宋兵力的弱小、中原人的悲惨生活和敌人的骄横跋扈。

下阕主要抒发自己的忧国情怀和报国无门的悲愤。“腰

间箭，匣中剑”，长久不用，却“空埃蠹”，被蠹虫蛀蚀。自己徒有雄心壮志，却“时易失”“岁将零”，年华将要落尽。遥望京城，茫然不知所措，京都还在敌人的占领之下。“干羽方怀远，静烽燧”，情势危急，但是统治者却不管情势，依旧歌舞升平，不准备迎战。中原的遗民，渴盼着宋朝北伐军的到来，恢复自己的家园。看到人民期盼北伐军到来的热切，词人深受感动，同时感到极度的悲愤，情到深处便流下了热泪。

袁去华

安公子

弱柳千丝缕。嫩黄匀遍鸦啼处。寒入罗衣春尚浅，过一番风雨。问燕子来时，绿水桥边路。曾画楼、见个人人否。料静掩云窗①，尘满哀弦危柱②。

庾信③愁如许。为谁④都着眉端聚。独立东风弹泪眼，寄烟波东去。念永昼春闲，人倦如何度。闲傍枕，百啭黄鹂语。唤觉来厌厌⑤，残照依然花坞⑥。

注释

①云窗：云彩装饰的窗子。②哀弦危柱：指代弹出哀怨曲调的乐器。③庾信：南北朝时期文学家，作有《愁赋》。④为谁：为什么。⑤厌厌：通“恹恹”，精神不振的样子。⑥花坞：花木丛生的山坳。

赏析

这首词是怀人相思之作。

上阕着眼于一个“柳”字，展开一幅春天万物复苏的景象。看见新柳，词人想到当日离别时爱人折柳赠别的情景，不禁睹物伤怀。“寒入罗衣春尚浅，过一番风雨”，春浅衣寒，又加上风雨，又有谁不想象心上人怀中的温暖呢？“燕子来时”是由春天的到来而

自然引出来的；而燕子来自南方，又自然把词人的思绪牵向在南方的家乡并产生人归落“燕”后的感情，问燕子在来时的路上是否看见了他的爱人。这一问安排得轻灵新巧，极有韵味，也极情深。“料静掩云窗，尘满哀弦危柱”则直写对方情绪。

下阕开头引据“庾信愁如许”比喻自己此时的愁绪。词人因为想着自己的心上人，于是眉头紧锁。“独立东风弹泪眼”，词人是在水边，而他的意中人也在“绿水桥边路”，所以他顿生寄泪的念头，让一江春水带走自己的愁情。“念永昼春闲，人倦如何度”，“永昼”自是有一番情绪在其中，一是写忧愁时间长，二是暗含一种情绪的宣泄。“闲傍枕，百啭黄鹂语”，寂寥无语时闲听黄鹂鸣啭，依旧难以平复心情。“残照依然花坞”，用景语结尾，感情自然流露。

陆游

卜算子·咏梅

驿[1]外断桥边，寂寞开无主[2]。已是黄昏独自愁，更着风和雨。

无意苦争春，一任群芳[3]妒。零落成泥碾作尘，只有香如故。

注释

①驿：驿站。②无主：无人问津。③群芳：百花。

赏析

这是一首咏梅词。词人采用了拟人的手法来表明自己在人生境遇不顺时的清高品格和不乱求功名的情操。

上阕写梅花在驿道外断桥边的处境。断桥残破不堪，在这样偏僻的地方，梅花独自绽放，所有的美好都被隐藏了，梅花心中自是有些孤单落寞。“已是黄昏”，这里含有淡淡遗憾之情。已经是黄昏时分，因无人过问陷入无名的愁闷之中，又来风和雨，更是雪上加霜啊。词人带着同情心体念到这时梅花的苦境更深了一重，“已是”“更着”两词用意甚深。

下阕道出梅花在这样孤寂又遭风雨的境遇下的应对心态，体现了其坚毅脱俗的形象。“无意苦争春，一任群芳妒”，梅花开放没有刻意地去迎合百花盛开的春天，可是梅花的天然纯净的美丽还是招致了百花的猜疑和嫉妒。“零落成泥碾作尘，只有香如故。”在时光的辗转中，无法表达心志的梅花日趋凋零，悲凉的遭遇没有引得世人的同情，可是即使如此，梅花也没有自怨自艾，仍是不顾一切地让自己发出香味，“只有香如故”一句就是明志之言。

陈亮

水龙吟·春恨

闹花深处层楼，画帘半卷东风软。春归翠陌，平莎茸嫩，垂杨金浅。迟日催花，淡云阁雨，轻寒轻暖。恨芳菲世界，游人未赏，都付与、莺和燕。

寂寞凭高念远。向南楼、一声归雁。金钗斗草[①]，青丝勒马，风流云散。罗绶[②]分香[③]，翠绡封泪，几多幽怨。正销魂、又是疏烟淡月，子规声断。

注释 ①金钗斗草：斗草时以金钗为赌资。②罗绶（shòu）：罗带。③分香：分别。

赏析 这是一首伤春念远之词。

上阕写春光烂漫，又作转折，说春色如此美妙，却无人欣赏。首两句“闹花深处层楼，画帘半卷东风软”，营造清新意境，“软”字极为精妙。在此基础上，接下来六句“春归翠陌，平莎茸嫩，垂杨金浅。迟日催花，淡云阁雨，轻寒轻暖”的铺开全是为了突出春光的美好。最后“恨芳菲世界，游人未赏，都付与、莺和燕”，笔锋一转，以“恨”字感叹人们没有珍惜这美好的春光，蕴含淡淡的哀愁。

下阕开头“寂寞凭高念远。向南楼、一声归雁”，既已点明全词的“念远”主旨，接下来“金钗斗草，青丝勒马，风流云散。罗绶分香，翠绡封泪，几多幽怨”，通过回忆，写昔日邂逅的情境与别后的“幽怨”，后又回到眼前，烟月迷离，子规声咽，一片凄清景致，更增几多离愁。最后两句“正销魂、又是疏烟淡月，子规声断”，将愁绪写到极致，即已经到了“销魂”的地步。

忆秦娥

范成大

楼阴缺[1]。阑干影卧东厢月。东厢月。一天[2]风露，杏花如雪。

隔烟[3]催漏金虬[4]咽。罗帏[5]黯淡灯花结。灯花结。片时春梦，江南天阔。

注释 ①楼阴缺：房子没有被树木遮住的一面。②一天：满天。③烟：雾气。④金虬（qiú）：装置在漏上的饰物，形状如虬，可吐水计时。虬，有角的龙。⑤罗帏（wéi）：指闺房。

赏析

这是一首春夜闺思词。

上阕主要是写室外景物，通过对景物的描写，表达主人公的相思之情。开头“楼阴缺”，写小楼在绿树掩映之下只露出一角。这种含而不露的美感，带着些许含蓄的气息，散逸一种诗意，一种禅宗的韵味，而且有些落寞的氛围。紧接着词人写东厢月照，使栏杆影卧于楼板，月已经偏斜了，带有一丝清冷的感觉。“一天风露，杏花如雪”，满天都是风寒露重，但是杏花如雪，茂密的树丛，有着红色的小楼，月亮爬上树梢，雪白的杏花盛开，缀满了枝头。这是一幅多么静谧、美丽却又空灵的画面啊，给人一种疑似梦境的感觉。人沉浸在这样的环境中，一切就变得美好，可还是带有淡淡的愁绪。

下阕开始描写室内之景，并由此抒发相思之情。开头“隔烟催漏金虬咽”描写了这样一幅画面：室内香烟袅袅，时间随着滴漏匆匆而过，龙头滴水，断断续续，像是闺中人的呜咽之声，如泣如诉。紧接着“罗帏黯淡灯花结”写红烛忽然结花，灯光暗淡下来，预示着喜讯将临。喜从何来？原来闺中之人已经在梦中与所爱之人相见。这是日有所思，夜有所梦，可见闺中之人感情的深沉。“灯花结。片时春梦，江南天阔”写原来的喜讯其实是一个梦，“江南天阔”的境界使得全词哀而不伤。

眼儿媚

范成大

萍乡道中，乍晴。卧舆中，困甚，小憩柳塘。

酣酣[①]日脚[②]紫烟浮，妍暖破轻裘[③]。困人天气，醉人花色，午梦扶头。

春慵恰似春塘水，一片縠纹[④]愁。溶溶泄泄[⑤]，东风无力，欲皱还休。

注释

①酣酣：盛大充沛的样子。②日脚：日光穿过云层射到平地，其光束显出厚重的色泽。③轻裘：色暖的皮大衣。④縠（hú）纹：比喻水的波纹。縠，绉纱。⑤溶溶泄泄：晃动荡漾的样子。

赏析

这是一首即景之作，写词人春日旅途的慵懒状态。

上阕首先写春景。景物描写极其美好恬静，人仿佛要融化在娴雅美好的春天中，所以人有些慵懒。上阕开头“酣酣日脚紫烟浮”，给人一种如临仙境的感觉。春日里日光暖照，紫烟飘浮，仿佛是梦幻般的仙境。日光穿过云层照到地面，日光灿烂，雨后初晴，春暖花开，花香氤氲，在这种幽雅的环境中，人的心灵就此沉静下来，沉醉其中。“紫烟”“轻裘”“午梦”等词语将春日的温柔轻盈烘托出来，带有梦幻般的色彩，就此看来还有些浪漫气息。

下阕抒情，自然过渡到由眼前春色引发的“春慵”之感。开头“春慵恰似春塘水，一片縠纹愁”，是说眼前之景，正如春暖塘水，细纹微皱。这里运用了比喻的手法，看似平淡之语，但是其中透露一种淡淡的心绪。眼前春景，自然入情。所以此语应该是说词人伤感与莫名的惆怅让人内心产生涟漪与波动，有种伤春恼春的难言情怀。“溶溶泄泄，东风无力，欲皱还休”，“无力”

和“还休”进一步将春天的慵懒写出来，也应和了开头的“春慵恰似春塘水”。

贺新郎·赋琵琶

辛弃疾

凤尾龙香拨。自开元、《霓裳曲》罢，几番风月。最苦浔阳江头客，画舸亭亭待发。记出塞、黄云①堆雪。马上离愁三万里，望昭阳②、宫殿孤鸿没。弦解语，恨难说。

辽阳③驿使音尘绝。琐窗寒、轻拢慢捻，泪珠盈睫。推手含情还却手，一抹《梁州》哀彻。千古事、云飞烟灭。贺老定场无消息，想沉香亭北繁华歇。弹到此，为呜咽。

注释

①黄云：即黄沙。②昭阳：汉未央宫里的宫殿名。③辽阳：在今东北境内。为边塞之代称。

赏析

这首词借琵琶以写怀。

“自开元、《霓裳曲》罢”，杜牧曾有诗云：“霓裳一曲千峰上，舞破中原始下来。”词人在此，正是用开元盛世暗指北宋初期的歌舞升平，而“《霓裳曲》罢”，安禄山谋反，玄宗出奔传位，则又与宋室遭外族入侵何其相似！说唐实是说宋，我辈尽皆了了，又何必明言！接着一转，述自己一班人无故被贬，遭废弃不用，致使二帝与诸后妃久在边荒。臆想帝后北去，时时回望故国，昔年欢乐今朝恨，心中又当作何解！且南朝偏安，音空信渺，自己坐井观天，连回国之望也不见一丝，其苦楚可想而知。

“辽阳驿使音尘绝”，此句语意忽明，词锋直指兴兵北伐无期，那么也就是说，沦亡的北方故土欲待收复不知何年何月。想罢多时，又回到琵琶音曲中来，“拢”“捻”“推”“却”“抹”都是弹琵

琶的动作，而所奏之曲又恰为《梁州》。梁州地处北边，此际已然沦陷，重申其怨恨无已。然而，思来想去，凌云壮志不过空赋毫端，今生若想收复失地、重回当年盛世料是无望，千古世事无非水月镜花，这在沉伤无着之中，自难免流于悲情。

辛弃疾

贺新郎·别茂嘉十二弟

绿树听鹈鴂。更那堪、鹧鸪声住，杜鹃声切。啼到春归无啼处，苦恨芳菲都歇。算未抵、人间离别。马上琵琶[①]关塞黑，更长门、翠辇辞金阙。看燕燕，送归妾。

将军[②]百战身名裂。向河梁、回头万里，故人长绝。易水萧萧西风冷，满座衣冠似雪。正壮士、悲歌未彻。啼鸟还知如许恨[③]，料不啼清泪长啼血。谁共我，醉明月。

注释

①马上琵琶：指王昭君出塞远嫁匈奴之事。②将军：指汉武帝时名将李陵。③如许恨：许多遗憾的事。

赏析

这首词是词人送别其族弟茂嘉之作，词中用了历史上五个生死离别的典故以突出自己与茂嘉别离的沉痛，章法奇特，风格沉郁。

上阕开头便用“鹈鴂”“鹧鸪”“杜鹃”三种禽鸟悲啼，营造出一种悲剧氛围；后用“算未抵、人间离别”引入主题；接着列举王昭君出塞和亲、陈皇后被打入长门宫、庄姜送妾于归、李陵送苏武归汉、荆轲临易水悲歌五个历史典故，用铺叙的手法构成了词的主体。

下阕又用“啼鸟还知如许恨”“料不啼清泪长啼血”做照应，并且让三种鸟啼进行对比，增浓了悲剧色彩。最后以“谁共我，醉明月”作结，将鸟与古人之悲，尽集于一身，从而使得别弟之痛，无以复加。

辛弃疾

水龙吟·登建康①赏心亭②

楚天千里清秋，水随天去秋无际。遥岑③远目，献愁供恨，玉簪螺髻④。落日楼头，断鸿⑤声里，江南游子。把吴钩⑥看了，阑干拍遍，无人会、登临意。

休说鲈鱼堪脍。尽西风、季鹰归未。⑦求田问舍，怕应羞见，刘郎才气。⑧可惜流年⑨，忧愁风雨⑩，树犹如此⑪。倩⑫何人，唤取红巾翠袖⑬，揾⑭英雄泪。

注释

①建康：今江苏南京。②赏心亭：位于南京城西，临近秦淮河。③遥岑（cén）：远山。岑，山。④玉簪（zān）螺髻（jì）：玉做的簪子，螺形的发髻，这里比喻大小形状各异的山岭。⑤断鸿：失群的孤雁。⑥吴钩：古代吴地制造的一种宝刀。⑦“休说鲈鱼堪脍”两句：出自《晋书·张翰传》及《世说新语·识鉴》，张翰见秋风思念家乡莼羹鲈鱼风味之典故，后人将思念家乡称为“莼鲈之思”。季鹰，张翰，字季鹰。⑧“求田问舍”三句：典出《三国志·魏书·陈登传》，许汜与刘备共议天下名士时，曾对陈登表示不满，遭到刘备反对。刘备讥讽许汜只知道求田问舍，胸无大志。求田问舍，置地买房。刘郎，刘备。才气，胸怀，气魄。⑨流年：流逝的时光。⑩风雨：比喻飘摇的国势。⑪树犹如此：典出《世说新语·言语》，桓温北伐路过自己过去种的柳树，发现树木已长到几围粗，便以“木犹如此，人何以堪！”抒发自己不能抗击敌人、收复失地的抑郁之情。⑫倩（qìng）：请。⑬红巾翠袖：本指女子装饰，此处代指女子。⑭揾（wèn）：擦拭。

赏析

全词上阕写景。金陵古城，秋高气爽，词人登高远望，看见大江向无穷无尽的天边流去。放眼望去，远山千姿百态，如同美人头上的“玉簪螺髻”，但这些都只能引起词人对故土沦丧的忧愤之感。“遥岑”，即远山，因落入敌手，故有“献愁供恨”之叹。

“落日楼头，断鸿声里，江南游子”三句，寓情于景。“把吴钩看了，阑干拍遍，无人会、登临意”三句，直抒胸臆。“吴钩”，本是战场上杀敌的锐利武器，但现在却闲置身旁，这就把词人空有沙场杀敌的雄心壮志，却是英雄无用武之地的苦闷也烘托了出来。以物比人，这怎能不引起词人的无限感慨！

上阕写景抒情，下阕则是直接言志。下阕分四层意思：“休说鲈鱼堪脍。尽西风、季鹰归未”，是说现在深秋又到了，连大雁都知道寻踪飞回旧地，何况我这个漂泊江南的游子呢？然而自己的家乡如今还在金人统治之下，南宋朝廷却偏安一隅，自己想回到故乡，又谈何容易！“求田问舍，怕应羞见，刘郎才气”，是第二层意思。词人登临远望

故土而生情，谁无思乡之情？词人自知身为游子，但国势如此，如自己一般的又何止自己一人呢？词人于此是说：我很怀念家乡但却绝不是像张翰、许汜一样，我回故乡当是收复河山之时。词人有此志向，但语中含蓄，这由“归未”一词可知，于是自然引出下一层。

“可惜流年，忧愁风雨，树犹如此”，是第三层意思。这三句词包含的意思是：于此时，我心中确实想念故乡，但我不会像张翰、许汜一样贪图安逸。我所忧惧的，只是国事飘摇，时光流逝，北伐无期，恢复中原的夙愿不能实现。由于年岁渐增，恐再闲置便再无力为国效命疆场了。这三句，是全首词的核心。到这里，词人的感情经过层层推进已经发展到高潮。

下面就自然地收束，也就是第四层意思：“倩何人，唤取红巾翠袖，揾英雄泪。”这三句写词人自伤抱负不能实现，世无知己，得不到同情与慰藉。这与上阕“无人会、登临意”义近而相呼应。

全词通过写景和联想抒写了词人恢复中原国土、统一祖国的抱负和愿望无法实现的失意，深刻揭示了英雄志士有志难酬、报国无门、抑郁悲愤的苦闷心情，极大地表现了词人诚挚无私的爱国情怀。

摸鱼儿

淳熙己亥，自湖北漕移湖南，同官王正之置酒小山亭，为赋。

更能消[①]、几番风雨。匆匆春又归去。惜春长怕花开早，何况落红无数。春且住。见说道、天涯芳草迷归路。怨春不语。算只有殷勤，画檐蛛网，尽日惹飞絮。

长门②事，准拟佳期又误。蛾眉曾有人妒。千金纵买相如赋。脉脉此情谁诉。君莫舞。君不见、玉环飞燕皆尘土。闲愁③最苦。休去倚危阑，斜阳正在，烟柳④断肠处。

注释

①消：消受，禁得起。②长门：陈皇后贬居长门宫，司马相如作《长门赋》，汉武帝看到此赋，遂有所感悟，又恢复了对陈皇后的宠爱。③闲愁：这里为自嘲，实则是忧国之愁。④烟柳：云烟袅绕的漫天柳枝。

赏析

这首词表面看来词人是在伤春悼古，实际上是在写自己的忧国之心。

上阕主要抒发词人惜春伤春之情。词人开篇便叹息这花红柳绿的春天即将在风雨之中离开。“惜春”两句揭示惜春的心理活动。“见说”两句写听说芳草已经长满到天涯海角而遮断了归路，可是春不答话，还是悄悄溜走了。“算只”三句写到处寻觅春天的痕迹，也只有那在檐下勤勤恳恳忙碌的蜘蛛身上还沾惹些春天的柳絮了。这些蜘蛛都比自己的收获丰富，两相对比，词人心中的落寞由此可见。

下阕则是写古代的历史事实，表现了词人对现实的失落之情。一开始就用汉武帝陈皇后失宠的典故，来喻指自己的失意，自己的满腔报国情怀被人无情地践踏，所有的痛苦无处表达。“君莫舞”中的“舞”字，表现了因高兴而得意忘形的样子。“闲愁最苦”四句是结句。“闲愁”，指词人自己精神上的不可倾诉的郁闷，这当然是忧国忧民的情怀。“危阑”，是高处的栏杆。后三句是说不要用凭高望远的方法来排消郁闷，因为那快要落山的斜阳，正照着被暮霭笼罩着的杨柳，远远望去，一片迷蒙。这样的暮景，会使人见景伤情，更加悲伤。

永遇乐·京口北固亭怀古

辛弃疾

千古江山，英雄无觅、孙仲谋①处。舞榭歌台，风流总被，雨打风吹去。斜阳草树，寻常巷陌，人道寄奴②曾住。想当年，金戈铁马，气吞万里如虎。

元嘉草草，封狼居胥，赢得仓皇北顾。四十三年，望中犹记，烽火扬州路。可堪回首，佛狸祠③下，一片神鸦④社鼓。凭谁问，廉颇老矣，尚能饭否？

注释

①孙仲谋：三国时的吴王孙权，字仲谋，曾建都京口。②寄奴：南朝宋武帝刘裕小名。③佛狸祠：魏太武帝拓跋焘小名佛狸。他曾在长江北岸瓜步山建立行宫，即后来的佛狸祠。④神鸦：指在庙里吃祭品的乌鸦。

赏析

宋宁宗开禧元年(1205),辛弃疾在京口任镇江知府时年六十五岁,登临北固亭,感叹自己报国无门,凭高望远,抚今追昔,于是写下了这篇传唱千古之作。这首词用典精当,有怀古、忧世、抒志的多重主题,实为宋代豪放派词作中的经典。

上阕写江山千古,欲觅当年英雄而不得,起调不凡。开篇即景抒情,由眼前所见而联想到两位著名历史人物——孙权和刘裕,对他们的英雄业绩表示向往。

下阕讽刺今日用事者(韩胄),又像刘义隆一样草率,欲挥师北伐,令人忧虑。老之将至而朝廷不会再用自己,不禁仰天叹息。其中“佛狸祠下,一片神鸦社鼓”写北方已非我有的感慨,最为沉痛。

木兰花慢·滁州送范倅

辛弃疾

老来情味减,对别酒、怯流年。况屈指中秋,十分好月,不照人圆。无情水、都不管,共西风、只管送归船。秋晚莼鲈[①]江上,夜深儿女灯前。

征衫。便好去朝天。玉殿正思贤。想夜半承明[②],留教视草[③],却遣筹边。长安故人问我,道愁肠、殢酒只依然。目断秋霄落雁,醉来时响空弦。

注释

①莼(chún)鲈:莼羹和鲈鱼。比喻思乡之情。②承明:为汉代朝臣值宿之所,在石渠阁外。③视草:审定翰林院代皇上起草的诏书。

赏析

这是一首送别词。

上阕开篇便开始抒情,前两句“老来”两字神貌可鉴。词人作这首词时正值壮年，何以老迈自居，心情萧索至此呢？“况屈指”三句，词人身处政治逆境中，对于寒暑易节，素魄盈亏，特别敏感，双眼看友人高蹈离去，惜别而外，另有衷曲。“无情水”句故意把伤感之绪归罪于无情的水和西风，它们不谙人间离恨而带走了友人。同时喻恶势力，它们阻挠着自己和友人共同为国家去尽自己的一分力。“秋晚”两句笔锋陡转，变刚为柔，一种浑厚超脱的意境悠然展现出来，使人读之翕然而有“归欤”之念。

下阕则又马上从家庭的温馨转到离别的劝勉上来。“征衫”三句写朝廷求贤若渴，劝友人不要在家中过多停留，应该赶紧去为朝廷效力。“想夜半”三句寄托了词人的理想，表明愿为光复中原竭股肱之力、效忠贞之节。“长安”两句相对比之下道出了自己心中的无限凄凉之感。最后两句颇出人意料，以虽身老而志不减的激情来作结，希望还能为朝廷效力，其中也寄寓着报国无门的悲愤。

辛弃疾

青玉案·元夕

东风夜放花千树。更吹落、星如雨。宝马雕车香满路。凤箫声动，玉壶光转，一夜鱼龙舞。

蛾儿[①]雪柳黄金缕。笑语盈盈暗香去。众里寻他千百度。蓦然回首，那人却在，灯火阑珊[②]处。

注释

①蛾儿：女子在元宵佳节时头上戴的一种饰品。②阑珊：零落灯火将尽未尽的情景。

赏析

这首词描写的是元宵佳节的情景。

上阕描写的是元宵佳节的热闹景象。首句以想象着笔。“东风”两句把火树写成固定的灯彩，把“星雨”写成流动的烟火。这春风还没吹来春花，倒先吹来了夜晚挂在树梢的盏盏灯火。还有那“星雨”，指的是流动的烟火如天上下的星雨，它们先冲上云霄，然后又从空中落下。“宝马”两句人物开始出场了。

下阕着笔进行人物特写。“蛾儿”两句写无数的佳人戴着元宵节特有的蛾儿、雪柳，行走之间说笑不停，但都不是词人要找的人。“众里”四句写在千百人群中只寻找一个，却总是踪影难觅，已经是没有什么希望了。在那一角残灯旁边，分明看见了，是她！是她！没错，她原来在这冷落的地方，还未归去，似有所待！发现那人的一瞬间，是人生精神的凝结和升华，那上阕的灯、月、烟火、笙笛、社舞交织成的欢腾场面，那下阕的惹人眼花缭乱的一队队丽人，原来都只是为了那个意中人而设，而且，倘若无此人，那一切又有什么意义与趣味呢！

菩萨蛮·书江西造口①壁

辛弃疾

郁孤台②下清江水。中间多少行人泪。西北望长安。可怜无数山。

青山遮不住。毕竟东流去。江晚正愁予③。山深闻鹧鸪。

注释

①造口：江西皂口镇，在万安县西南六十里。②郁孤台：在赣州西南田螺岭上，为风景名胜。③愁予：使我发愁。

赏析

宋孝宗淳熙三年(1176)，辛弃疾任江西提点刑狱，登郁孤台而写下这首词。全词概括了人民抗敌决心不可阻挡，但统治者却大违人心的历史事实。

上阕开篇“郁孤台下清江水。中间多少行人泪”，词人先从眺望和联想中，引起对往事的回想和对故土的思念。接着“可怜无数山”进一步表达了词人对故土强烈的感情，“可怜”二字表现了他内心的沉痛。

下阕以“青山”两句，借山水为说，国事日渐衰微，虽志士英雄亦难挽其颓败，“毕竟”二字表达了其无奈之情。“山深”一句写到最后还是乐不思蜀的鹧鸪占了上风，此鹧鸪是影射最高统治者。因此，最后词人还是陷在哀愁中。

点绛唇·丁未冬过吴松作

燕雁无心，太湖西畔随云去。数峰清苦。商略[1]黄昏雨。

第四桥[2]边，拟共天随[3]住。今何许。凭阑怀古。残柳参差舞。

注释

①商略：商量。②第四桥：吴江城外甘泉桥旧名。③天随：唐陆龟蒙自号天随子，词人常以之自比。

赏析

这是一首吊古怀人之作。

上阕之境，乃词人俯仰天地之境。“燕雁无心”，暗喻漂泊之人生，又喻示自己性情之纯任天然。下句无心写出：“太湖西畔随云去。”燕雁之远去，暗喻自己漂泊江湖之感。随云而无心，则喻示自己纯任天然之意。故下文写出忧国伤时之念。“数峰清苦。商略黄昏雨。”“商略”一词又有酝酿义。湖上数峰清寂愁苦，黄昏时分，正酝酿着一番雨意。此句的数峰之清苦无可奈何反衬人之万千愁苦。

下阕之境，乃词人俯仰古今之境。“第四桥边，拟共天随住。”怀古正是伤今。“残柳参差舞”，柳本纤弱，其舞也参差不齐，然而仍舞之不已。“残柳参差舞”这一自然意象，实际上是南宋衰世的象征。结笔之意境，实为南宋国运之写照。反观“数峰清苦”两句，其意蕴正为结尾之伏笔。本词用“舞”字结穴，蕴含无限苍凉悲壮。尤其“今何许”之一大反诘，乃是词人面对自然、人生、历史、时代所提出之一哲学反思。

姜夔

鹧鸪天·元夕有所梦①

肥水东流无尽期。当初不合种相思。梦中未比丹青②见，暗里忽惊山鸟啼。

春未绿，鬓先丝。人间别久不成悲。谁教岁岁红莲夜，两处沉吟各自知。

注释

①本词作于宋宁宗庆元三年（1197）元宵节，题为《元夕有所梦》。②丹青：颜料。代指画作。

赏析

词人因思成梦，梦中又见到了旧日的情人，梦醒后写了这首缠绵悱恻的词。

上阕开篇点明“肥水”，肥水在这里既像是岁月的象征，又像是在漫长岁月中相思的象征。“种相思”的“种”字用得精妙无比。它不但赋予抽象的相思以形象感，而且暗示出它的与时俱增、无法消除。“梦中未比丹青见，暗里忽惊山鸟啼”两句切题内“有所梦”，分写梦中与梦醒。刻骨相思，遂致入梦，但由于长期暌隔，梦中所见伊人的形象还不如丹青图画所显现的真切。

下阕开头写“春未绿”，又过一年，而春郊尚未绿遍，“鬓先丝”说自己蹉跎岁月，双鬓已斑斑如霜，纵有芳春可赏，其奈老何！接下来“人间”一句，是全词感情的凝聚点，饱含着词人深刻的人生体验和深沉的悲慨。“谁教”两句不仅由于元宵佳节容易触动团圆的联想，恐怕也和往日的情缘有关。“两处”一句是词人的相思悲缅之情，可见他和情人分离后，两人都是在相思无望中度过的。这样深沉的感情让人感慨！

踏莎行

自沔东[1]来，丁未元日[2]，至金陵江上，感梦而作。

燕燕轻盈，莺莺娇软。分明又向华胥[3]见。夜长争得薄情知，春初早被相思染。

别后书辞，别时针线。离魂[4]暗逐郎行远。淮南皓月冷千山，冥冥归去无人管。

注释

①沔东：唐、宋州名，今湖北汉阳（属武汉市），姜夔早岁流寓此地。②丁未元日：宋孝宗淳熙十四年（1187）元旦。③华胥：梦里。④离魂：梦中。

赏析

这首词用记梦方式诉述内心深情，无论在艺术构思还是描写手法方面都有独到之处，十分引人注目。

词的上阕写梦境，但不先说破，却着力刻画伊人形象。“夜长争得薄情知，春初早被相思染。”长夜漫漫，心中的孤寂似乎只有现实的已经淡薄的感情可以知道，其实词人的感情并没有因为时光的流逝变得淡漠，相反还在岁月中沉淀。

词的下阕是写别后睹物思人。情人寄来的书信犹新；情人为自己所做衣服，仍有遗香。读来皆情至之语，这是托物言情的妙处。“离魂暗逐郎行远”，“郎行”即“郎边”，魂魄也脱离躯体，追逐“我”来到远方，这是梦中的生死相随。“淮南”两句将真实的感情物化，融入冷清寂寥的景色之中。合肥的皓月明净透彻，在月华中独自离去，无人知晓，正如词人此时的落寞与思念无人觉知一般。

姜夔

齐天乐

丙辰岁，与张功甫会饮张达可之堂，闻屋壁间蟋蟀有声，功甫约余同赋，以授歌者。功甫先成，词甚美。余徘徊茉莉花间，仰见秋月，顿起幽思，寻亦得此。蟋蟀，中都[①]呼为促织，善斗，好事者或以三二十万钱致一枚，镂象齿为楼观以贮之。

庾郎先自吟愁赋。凄凄更闻私语。露湿铜铺，苔侵石井，都是曾听伊[②]处。哀音似诉。正思妇无眠，起寻机杼。曲曲屏山[③]，夜凉独自甚情绪。

西窗又吹暗雨。为谁频断续。相和砧杵[④]。候馆迎秋，离宫吊月，别有伤心无数。《豳》诗漫与。笑篱落呼灯，世间儿女。写入琴丝[⑤]，一声声更苦。

注释

①中都：南宋都城临安，今杭州。②伊：这里指代蟋蟀。③屏山：绘有山水的屏风。④砧杵：捣衣用的器具。⑤琴丝：琴弦。

赏析

本词是词人咏物名篇。

上阕写听蟋蟀哀鸣时所生之感受。开头两句“庾郎先自吟愁赋。凄凄更闻私语”，以“愁”字为全篇定下基调，然后以“私语”的“凄凄”来映衬这一“愁”的基调。接着三句“露湿铜铺，苔侵石井，都是曾听伊处”在具体的环境里描写蟋蟀及其声音，然后就是“哀音似诉。正思妇无眠，起寻机杼”。以蟋蟀的“哀音”引出思妇，正由于思念思妇才会无眠，但也是由于蟋蟀声音的提醒。最后两句“曲曲屏山，夜凉独自甚情绪”，有屏山，就意味着是写思妇的闺房，“夜凉独自”写出思妇的思念之苦。

下阕写听后之感想。前三句“西窗又吹暗雨。为谁频断续。

相和砧杵”，发问蟋蟀的声音为什么老是持续地应和，到底为谁呢？这一发问引出下面三句“候馆迎秋，离宫吊月，别有伤心无数”，那都是因为“候馆迎秋”“离宫吊月”而有的“伤心无数”，空间和人世更换，由室内而转室外，由织妇而变为捣衣女。接着写“《豳》诗漫与。笑篱落呼灯，世间儿女”，以小孩子捕捉蟋蟀时的无忧无虑反衬成年人的极度忧患，再以自己孩提时天真活泼生活情趣的美好回忆，来反衬现在的孤独愁苦，反衬作用甚妙。最后两句“写入琴丝，一声声更苦”又将蟋蟀声音延伸，“一声声更苦”耐人寻味。

琵琶仙[①]

姜夔

《吴都赋》云：“户藏烟浦，家具画船。”惟吴兴[②]为然。春游之盛，西湖未能过也。己酉岁，余与萧时父[③]载酒南郭，感遇成歌。

双桨来时，有人似、旧曲桃根桃叶。歌扇轻约飞花，蛾眉[④]正奇绝。春渐远，汀洲自绿，更添了几声啼鴂。十里扬州[⑤]，三生[⑥]杜牧，前事休说。

又还是、宫烛分烟[⑦]，奈愁里、匆匆换时节。都把一襟芳思，与空阶榆荚。千万缕、藏鸦细柳，为玉尊、起舞回雪。想见西出阳关，故人初别。

注释

①琵琶仙：词牌名。姜夔自创曲。②吴兴：今浙江湖州。③萧时父：萧德藻之侄，词人内弟。④蛾眉：眉细如蛾须，乃谓蛾眉。代指美人。⑤十里扬州：指杜牧游扬州、狎妓赋诗事。⑥三生：黄庭坚《广陵早春》有“春风十里珠帘卷，仿佛三生杜牧之”。⑦宫烛分烟：韩翃《寒食》有“日暮汉宫传蜡烛，轻烟散入五侯家”。

赏析

这首《琵琶仙》写的是词人与友人邂逅，游于湖州，激发起往日恋情。下笔精美，韵致妖媚多姿。

起首四句，触发对昔日恋人的绵绵相思。“春渐远”，转笔写眼前现境，同时暗喻美好往事缥缈如烟。春日迟暮，啼声悲，忆昔伤今，情何以堪。道出以“十年一觉扬州梦，赢得青楼薄幸名”的杜牧自喻，大有前尘往事不堪回首之感。

下阕词人展开“三生”情愫。推进一层，由悲现时复回到伤往事，芳思只可付与空阶榆荚，美缘难再，只有空留遗恨。“千万缕、藏鸦细柳”，丝丝柳枝都在牵动“三生”情愫，所以下阕檃栝唐人咏柳之诗，并非泛泛之词。“三生杜牧，前事休说”，但词人偏要细说，此正是词人表现词之“要眇宜修”处。“宫烛分烟”此柳乃皇家之物，与词人心中之柳不大相同，故一笔带过，“奈愁里、匆匆换时节”。而“空阶榆荚”真正道出了词人心中之柳。最后又用王维诗道出虽是青青新柳，却已渐淡渐远。

姜夔

念奴娇

余客武陵①，湖北宪治在焉。古城野水，乔木参天。余与二三友，日荡舟其间，薄②荷花而饮，意象幽闲，不类人境。秋水且涸，荷叶出地寻丈，因列坐其下，上不见日，清风徐来，绿云自动。间于疏处，窥见游人画船，亦一乐也。朅③来吴兴，数得相羊荷花中，又夜泛西湖，光景奇绝，故以此句写之。

闹红一舸，记来时，尝与鸳鸯为侣。三十六陂人未到，水佩风裳无数。翠叶吹凉，玉容④销酒，更洒菰蒲⑤雨。嫣然摇动，冷香飞上诗句。

日暮。青盖亭亭，情人不见，争忍凌波⑥去。只恐舞衣寒易落，愁入西风南浦。高柳垂阴，老鱼吹浪，留我花间住。田田多少，几回沙际归路。

注释

①武陵：今湖南省常德市。②薄：通“迫”，迫近。③朅（qiè）：发语词。④玉容：本指少女的容貌，此处指荷花。⑤菰（gū）蒲：水草。⑥凌波：形容女子步态轻盈。

赏析

本词咏荷花。词人用清丽细致的笔墨描绘了泛舟荷池的景象，表现出对荷花喜爱和赞美，暗示词人自己“出淤泥而不染”的高洁品格。

本词上阕描绘的荷塘景色清绝幽绝，将人引入一个美妙的梦幻般的境界。以“水佩风裳”喻荷叶，以略带醉意、含情微笑的美女喻荷花，神韵绝佳。

下阕把荷花形容成顾影自怜等待情人而不愿离去的少女，表现出词人对荷花的极度喜爱之情。“只恐”两句化用李璟词意，以荷花将谢比喻美人迟暮，也暗寓自伤身世之意。咏荷而不留滞于物，舍貌取神，重点表现其非凡的韵致。

姜夔

扬州慢

淳熙丙申至日[①]，余过维扬。夜雪初霁[②]，荠麦弥望[③]。入其城，则四顾萧条，寒水自碧，暮色渐起，戍角悲吟；余怀怆然，感慨今昔，因自度此曲。千岩老人以为有黍离之悲也。

淮左名都，竹西佳处[④]，解鞍少驻初程。过春风十里[⑤]，尽荠麦青青。自胡马窥江去后，废池乔木，犹厌言兵。渐黄昏，清角吹寒，都在空城。

杜郎俊赏，算而今、重到须惊。纵豆蔻词工，青楼梦好，难赋深情。二十四桥仍在，波心荡、冷月无声。念桥边红药[⑥]，年年知为谁生。

注释

①淳熙丙申至日：淳熙三年（1176）的冬至。②初霁：刚晴。③弥望：满眼。④竹西佳处：指扬州。杜牧《题扬州禅智寺》有“谁知竹西路，歌吹是扬州”。宋人于此筑竹西亭。⑤春风十里：此泛指扬州风景。杜牧《赠别》有“春风十里扬州路，卷上珠帘总不如”。⑥红药：芍药。

赏析

姜夔经过扬州时看见兵乱后的残破景象，触景生情，写下这首词。

白石词前小序，是精美的短文，历来为人所称道。但序文往往将词意表尽，故人有“苦与词复”之议。尽管如此，亦可借之以窥散、韵不同之美。

上阕写扬州遭兵乱后的萧条景象。开首三句，即序中“余过维扬”一语。“名都”“佳处”暗喻往昔城市繁华的风貌。“过春风”两句是说当年垂柳夹道的十里街，如今却是一片野麦。“尽”字透露出强烈的哀伤之情。虚实并用，沧桑之慨深含其中。紧接着“自胡马”三句，指出扬州因战乱受到严重破坏。“废池乔木，犹厌言兵”说明劫掠之残酷。“渐黄昏”两句，强化氛围，表现词人对国事忧心忡忡的心情。

下阕写词人的丧亡之感，表示忆昔伤今的感触。前五句衬托出扬州所遭受的破坏远远超出其预料。接着两句从虚到实，以一“仍”字勾连往昔，构成强烈对比。结尾又由实转虚，表现了他身逢乱离之世的“黍离之悲”，悲痛之情达到高潮。

全词感情深挚动人，表现手法形象含蓄，布局严谨，言有尽而意无穷。

姜夔

长亭怨慢

余颇喜自制曲。初率意为长短句，然后协以律，故前后阕多不同。桓大司马云：“昔年种柳，依依汉南。今看摇落，凄怆江潭。树犹如此，人何以堪。”①此语余深爱之。

渐吹尽，枝头香絮。是处人家，绿深门户。远浦萦回，暮帆零乱，向何许。阅人多

矣，谁得似、长亭树。树若有情时，不会得、青青如此。

日暮。望高城不见，只见乱山无数。韦郎[2]去也，怎忘得、玉环分付。第一是、早早归来，怕红萼[3]无人为主。算空有并刀[4]，难剪离愁千缕。

注释

①桓大司马云：“……人何以堪”：指桓温。《世说新语·言语》载桓温北征，经金城，见前所种柳皆已十围，发出“木犹如此，人何以堪”之叹。而题序所引“昔年种柳”以下六句均出庾信《枯树赋》，并非桓温之言，此或是姜夔偶然误记。②韦郎：即韦皋。据《云溪友议》载，韦皋与玉箫女分别之际，赠其玉指环，约七年再会。八年，不至，女绝食而殁。③红萼(è)：红梅。喻恋人。④并刀：古代并州出产的刀，以锋利著称，故云。

赏析

这首词借咏柳回忆往日恋情。

题序中只言柳树，一来合肥的街巷都种柳树，因此词人写的有关合肥的情词，多借柳树发感。二来词人故意为之，以掩饰其孤寂之怀。

上阕是咏柳。开头说，春已深，柳絮吹尽。这正是合肥巷陌情况。“远浦”三句点出行人乘船离去。“阅人”数句又回到说柳。长亭边，离人黯然销魂，而柳则依然“青青如此”，反衬自己惜别的深情。这半阕词用笔不即不离，写合肥，写离去，写惜别，而表面上却都是以柳贯串，借作衬托。

下阕写自己与情人离别后的恋慕之情。“日暮”三句写离开合肥后的依依不舍之情。“望高城不见”以表临行怀念情人之意。临别时，向情人表示，不忘玉环吩咐，自己必将重来，足见白石于此用情之深。后两句是情人叮嘱之词。虽有玉郎承意，但女子还是不放心，要爱侣早早归来。“怕红萼无人为主”，这正是“第一”加重所为。因为歌女地位低下，到时恐怕身不由己。这半阕词写惜别之情，凄恻缠绵。

姜夔

淡黄柳

客居合肥南城赤栏桥之西，巷陌凄凉，与江左异，惟柳色夹道，依依可怜。因度此曲，以纾[①]客怀。

空城晓角。吹入垂杨陌。马上单衣寒恻恻。看尽鹅黄嫩绿[②]。都是江南旧相识。

正岑寂。明朝又寒食[③]。强携酒、小桥宅。怕梨花、落尽成秋色。燕燕飞来，问春何在，惟有池塘自碧。

注释

①纾(shū):抒发。②鹅黄嫩绿:指初生柳蕊或柳枝。③寒食:节令名,清明节前一天(或说清明前两天、三天者尽有之)。相传起于晋文公悼介之推事,以介之推抱木焚死,就定于是日禁火寒食。节后另取榆柳之火,以为饮食,谓"新火"。

赏析

这首词写词人客居合肥的心里感受。

上阕写清晓在垂杨巷陌的凄凉感受,主要是写景。首两句写所闻,"空城"先给人荒凉寂静之感,"晓角"的声音像在诉说此地的悲凉。"鹅黄嫩绿"四字再现出柳色之可爱。"看尽"二字从神情上表现了游子的内心活动——"都是江南旧相识"。"旧相识"唯杨柳,这是抒写客怀。而"柳色依依"与江左同,又反衬着"巷陌凄凉,与江左异",语意十分深沉。从听觉、感觉、视觉写出了"岑寂"之感。

下阕写"正岑寂",紧承上文"空城晓角",再点明时令,转入寒食节。清明是我国一大鬼节,寒食临近,且是悼亡之节,不兴火烛,亦有哀氛。哀情、哀景、哀时,再添多思肠一副,此中之哀不问可知,写景述事倒显得淡了。

暗　香

姜夔

辛亥之冬,余载雪诣石湖[1]。止既月,授简索句[2],且征新声[3],作此两曲。石湖把玩不已,使工妓肄习之,音节谐婉,乃命之曰《暗香》《疏影》。

旧时月色。算几番照我,梅边吹笛。唤起玉人,不管清寒与攀摘。何逊[4]而今渐老,都忘却、春风词笔。但怪得、竹外疏花,香冷入瑶席[5]。

江国。正寂寂，叹寄与路遥⑥，夜雪初积。翠尊易泣，红萼⑦无言耿相忆。长记曾携手处，千树⑧压、西湖寒碧。又片片吹尽也，几时见得。

注释

①石湖：在苏州西南。范成大居此，自号石湖居士。②授简索句：给纸索取诗词。③征新声：谱新的词调。④何逊：南朝梁诗人，有《咏早梅》诗。⑤瑶席：华美丰盛的宴席。⑥叹寄与路遥：感叹路程太远。⑦红萼（è）：指梅花。⑧千树：杭州西湖孤山的梅花成林。

赏析

这是一首咏梅词，以梅花为线索，通过回忆对比，抒写今昔之变和盛衰之感。

上阕开头“旧时月色”三句，指出词人旧梦重温的沉重心情。“唤起”两句，更表现了和美人一起攀摘梅花的浪漫之情。月色、梅花、吹笛、玉人、清寒，这一切组成了一个高雅的意境。“何逊”两句，词人说自己年已渐老，虽爱梅，但已无当年才情。“但怪得”二句，以拟人手法，说梅花把“冷香”送入瑶席，引人旧情复萌。

下阕由爱梅转向忆旧。“江国”四句，反映了词人的寂寞和怀念远人的感情。以下两句由此发挥：远友难见，只能黯然对酒；面对红梅，耿耿无言。“易泣”“无言”，相忆深，情爱浓。紧接着又回到过去，转向“盛时”。忆千树梅花盛开时携手赏花，是何等欢乐！以下“又”字又一转，梅花凋落，和情人也分离了。

疏　影

姜夔

苔枝缀玉。有翠禽小小，枝上同宿。客里相逢，篱角黄昏，无言自倚修竹①。昭君不惯胡沙远，但暗忆、江南江北。

想佩环②月夜归来，化作此花幽独。

犹记深宫旧事③，那人正睡里，飞近蛾绿④。莫似春风，不管盈盈，早与安排金屋⑤。还教一片随波去，又却怨、玉龙⑥哀曲。等恁时、重觅幽香，已入小窗横幅⑦。

注释

①无言自倚修竹：杜甫《佳人》有“天寒翠袖薄，日暮倚修竹”。②佩环：即环佩，玉饰。此处指王昭君。③深宫旧事：用寿阳公主梅花妆事。④蛾绿：指女子的眉毛。⑤金屋：《汉武故事》载，武帝幼年为胶东王时对姑母道，如能得到阿娇，“当作金屋贮之”。⑥玉龙：笛名。韩偓《梅花》有“龙笛远吹胡地月，燕钗初试汉宫妆”，正合本词上下用事。⑦横幅：即画幅。晚唐崔橹《岸梅》有“初开偏称雕梁画，未落先愁玉笛吹”。

赏析

这首词和《暗香》是互相配合的，赞赏梅花幽静、孤独的气质。

开首三句，勾画出一幅幽雅清丽的“双栖图”。“苔枝”与“翠禽”映衬，烘托出朵朵玉梅，更显得光彩照人。同时互相依偎的翠羽鸟引出词人对情人的怀念。接着“客里相逢”三句，完全用写人的手法来写梅。相逢在“客里”，又是“黄昏”，更突出了寂寞的氛围。“无言”“自倚”突出了孤傲的佳人形象；梅花、美人、仙灵融为一体，引人遐思。以下进一步升华，谓梅花为深沉幽怨的昭君魂所化。词句将魂魄与梅花相结合，从形态至神髓，可谓已臻至境。

下阕“犹记”三句，说明梅是美的标志；“莫似春风”三句，从反面说明应珍惜怜爱梅花。“还教”一转，终至“一片随波去”。回头又怨起那吹奏《梅花落》曲子的玉笛，流露出词人的痛惜之情。今日梅尚在，如果到了随波而去时，那将空余惆怅了。不过梅花非凡物，它的花朵虽“随波去”，但精魄已入小窗的画幅之中。这与上阕相呼应，表现了词人对梅的慰念。

姜夔

杏花天

丙午之冬，发沔口。丁未正月二日，道金陵，北望淮、楚，风日清淑，小舟挂席，容与波上。

绿丝低拂鸳鸯浦。想桃叶，当时唤渡。又将愁眼与春风，待去。倚兰桡、更少驻。

金陵路。莺吟燕舞。算潮水①、知人最苦。满汀芳草不成归，日暮。更移舟、向甚处。

注释

①“潮水”句：引李益诗中“早知潮有信，嫁与弄潮儿”。这里指相思之苦。

赏析

这首词为思念远方恋人之作。

上阕首句“绿丝低拂鸳鸯浦”是想象当年桃叶唤渡时的景象，由“桃叶”而触动思念远人的愁思。“鸳鸯”二字借金陵的江湾别

浦，以暗示男女的情爱和离别，而“待去”则写出欲去未去的踌躇。

下阕的“莺吟燕舞”非指自然景物，而是借指六朝古都繁华。以他者盛况反衬自己内心“最苦”，向恋人表白身不由己的隐痛，文笔细腻，深情动人。末三句转出江头日暮，有此行将向何方，前路茫茫之感，“北望”怅怅之慨自不待多言。

姜夔

一萼红

丙午人日，余客长沙别驾之观政堂，堂下曲沼，沼西负古垣，有卢橘幽篁，一径深曲。穿径而南，官梅数十株，如椒如菽，或红破白露，枝影扶疏。着屐苍苔细石间，野兴横生，亟命驾登定王台，乱湘流入麓山，湘云低昂，湘波容与，兴尽悲来，醉吟成调。

古城阴[1]。有官梅几许，红萼
未宜簪。池面冰胶，墙腰雪老，云
意还又沉沉。翠藤共、闲穿
径竹，渐笑语、惊起卧沙

禽。野老林泉，故王台榭，呼唤登临。

南去北来何事，荡湘云楚水，目极伤心。朱户粘鸡[2]，金盘簇燕，空叹时序侵寻。记曾共、西楼雅集，想垂柳、还袅万丝金。待得归鞍到时，只怕春深。

注释

①城阴：城北。②朱户粘鸡：指古时富贵人家正月初七贴画鸡于门以避邪的习俗。

赏析

这首词写词人客居长沙时登高所见。

上阕主要写游赏景物。首三句写梅花，“古城阴”说明天气还很寒冷。接着的两句果然写到水面还在结冰。又两句“翠藤共、闲穿径竹，渐笑语、惊起卧沙禽”，写藤蔓、竹林，还有轻灵的动物。最后三句点明这些景物是值得去玩赏的，于是便“野老林泉，故王台榭，呼唤登临”。依次写来，色彩纷呈。

下阕主要是抒情。开头紧承上阕游览，而引发出以下“伤心”。“朱户”“金盘”又接“空叹”，流露备受压抑的愤懑。接着“记曾共、西楼雅集，想垂柳、还袅万丝金”，写依旧想念以前的景色与时光。最后两句以伤春作结，使人嗟叹伤感。

刘过

唐多令

安远楼小集，侑觞[1]歌板之姬，黄其姓者，乞词于龙洲道人[2]，为赋此。同柳阜之、刘去非、石民瞻、周嘉仲、陈孟参、孟容，时八月五日也。

芦叶满汀洲。寒沙带浅流。二十年、重过南楼[3]。柳下系船犹未稳，能几日、又中秋。

黄鹤断矶[4]头。故人今在否。旧江山、浑是新愁。欲买桂花同载酒，终不似、少年游。

注释

①侑觞：劝酒。②龙洲道人：刘过自号。③南楼：指安远楼。④黄鹤断矶：黄鹤矶，在武昌城西，相传仙人乘黄鹤曾到此处，后有人建楼以记之。

赏析

这是一首登临名作。词人借重过武昌南楼之机，感慨时事，抒写昔是今非和怀才不遇的感慨。

上阕淡淡着墨，描写在安远楼上所见的景物。“芦叶满汀洲。寒沙带浅流”，面对大江东去黄鹤断矶怎能无一丝豪情，也是统摄全篇的传神之笔。“柳下”两句，一波三折。“未稳”上承“过”字，说明行色匆匆，钩锁紧密。“能几日、又中秋”，烈士暮年和无可奈何的叹喟都从这一个“又”字里泄露出来。人生的无奈大抵是如此的，壮志未酬，人已迟暮。

词的下阕暗寓家国之愁。“黄鹤断矶头”正好凭吊旧事，正所谓“旧江山、浑是新愁”，这是深化题旨之重笔。他此刻所感受的巨大愁苦，就是对江河日下的南宋政局的悲痛。“欲买”两句现实的沉痛使得词人无法平静，因此词人渴望回到少年时代，泛舟而游，饮桂花酒，可是这样的时光终究是一去不复返了。

绮罗香[1]·咏春雨

史达祖

做冷欺花，将烟困柳，千里偷催春暮。尽日冥迷[2]，愁里欲飞还住。惊粉重、蝶宿西园，喜泥润、燕归南浦。最妨他、佳约风流，钿车不到杜陵路。

沉沉江上望极，还被春潮晚急，难寻官渡[3]。隐约遥峰，和泪谢娘④眉妩。临断岸、新绿生时，是落红、带愁流处。记当日、门掩梨花，剪灯深夜语。

注释 ①绮罗香：史达祖创调。②冥迷：昏暗迷离。③官渡：官府设置的渡口，与“野渡”相对。④谢娘：即谢秋娘。唐李德裕歌伎，后泛指一般歌女。

赏析 这是一首咏春雨之作，全篇虽未提及“雨”字，但春雨意象贯串全篇。

上阕开始三句先用拟人手法，写春雨带来寒冷，花柳也畏惧。接着数句从正面描写春雨的阴暗朦胧，然后“最妨他、佳约风流，钿车不到杜陵路”写物与人对迷蒙春雨的感受。

下阕集中写春雨中的别怨。开始三句先写词人傍晚眺望雨中江上景色，远山如美人之眉。“记当日”句用李重元《忆王孙》“雨打梨花深闭门”境界；“剪灯”句用《夜雨寄北》诗意，余韵袅袅，富有情致。

东风第一枝·春雪

史达祖

巧沁兰心，偷粘草甲①，东风欲障新暖。谩疑碧瓦难留，信知暮寒犹浅。行天入镜，做弄出、轻松纤软。料故园、不卷重帘，误了乍来双燕。

青未了、柳回白眼。红欲断、杏开素面。旧游忆着山阴，后盟遂妨上苑。寒炉重熨，便放慢、春衫针线。怕凤靴、挑菜归来，万一灞桥相见。

注释

①草甲：萌芽时所带的种皮，如甲衣，因此得名。

赏析

这首词为咏雪的上乘之作。

上阕开头三句将春暖后突降春雪的奇趣和给人带来的喜悦写出：万物都在准备迎春，雪却如不速之客突然造访。中间四句描写雪带来的景象。最后两句转入联想，写故乡的燕子应该是被这雪给耽误进屋筑巢了。

下阕开始仍写雪带来的影响。柳才泛绿又被染白；杏花又呈“素面”。中间四句写词人的担心。但是，最担心的是“怕凤靴、挑菜归来，万一灞桥相见”，这里写词人担心佳人踏青归来，在外遭遇大雪。词中极具生活情趣，使人仿佛置身春雪的世界。

史达祖

喜迁莺

月波凝滴。望玉壶天①近，了无尘隔。翠眼②圈花，冰丝③织练，黄道宝光相值。自怜诗酒瘦，难应接、许多春色。最无赖，是随香趁烛。曾伴狂客。

踪迹。谩记忆。老了杜郎，忍听东风笛。柳院灯疏，梅厅雪在，谁与细倾春碧④。旧情拘未定，犹自学、当年游历。怕万一，误玉人、夜寒帘隙。

注释

①玉壶天：冰清玉洁的天空。②翠眼：元宵灯节花灯彩饰。③冰丝：花灯彩饰。④春碧：美酒名。

赏析

在咏元宵节的词中，此篇颇具特色。

上阕前三句突出正月十五月夜的清明，与词人情绪和谐一致。接着转向描写人的活动“翠眼圈花，冰丝织练，黄道宝光相值”，说是写人，其实还是在突出月的美丽。“最无赖，是随香趁烛。曾伴狂客”转为忆旧，追想往事，但用笔极为概括。

下阕开头紧承上阕后两句。“忍听”又回到眼前。于是就写眼前的景色：“柳院灯疏，梅厅雪在，谁与细倾春碧。”“旧情”句翻出一意，“犹自学、当年游历”，词人又焕发出青春朝气。词中极细致地表述了人对青春少年的浪漫行径回忆时产生的心理动荡，将人的心理活动描写得委婉而真实。

史达祖

三姝媚①

烟光摇缥瓦②。望晴檐多风，柳花如洒。锦瑟横床，想泪痕尘影，凤弦常下。倦出犀帷③，频梦见、王孙骄马。讳道相思，偷理绡裙[4]，自惊腰衩。

惆怅南楼遥夜。记翠箔张灯，枕肩歌罢。又入铜驼，遍旧家门巷，首询声价。可惜东风，将恨与闲花俱谢。记取崔徽模样，归来暗写。

注释

①三姝媚：史达祖创调。②缥（piǎo）瓦：淡青色琉璃瓦。③犀帷：装有犀牛角饰的帐幔。④绡（xiāo）裙：生丝绢裙。

赏析

这是一首悼念旧情之词。

上阕先写女方的思恋。开头三句从闺中人视角写景，先写外景，继写内景。“倦出”始将抒情主体正式引出。“频梦见”写思念的热切。而“讳道相思，偷理绡裙，自惊腰衩”三句又深入一层，写长期为相思瘦损。

下阕转向写男方的思恋。前三句写当日“遥夜”欢情。“可惜东风，将恨与闲花俱谢”，就是说今日人面不知何处去，令人悲痛万分。最后“记取崔徽模样，归来暗写”，说自己还记得伊人模样，试图作画，以寄相思之情。

史达祖

夜合花[1]

柳锁莺魂，花翻蝶梦，自知愁染潘郎[2]。轻衫未揽，犹将泪点偷藏。念前事，怯流光。早春窥、酥[3]雨池塘。向消凝里，梅开半面，情满徐妆。

风丝一寸柔肠。曾在歌边惹恨，烛底萦香。芳机瑞锦，如何未织鸳鸯。人扶醉，月依墙，是当初、谁敢疏狂！把闲言语，花房夜久，各自思量。

注释　①夜合花：晁补之创调。②潘郎：用潘岳悲白发事。③酥：这里指雨细密润泽状。

赏析　这首词通过春愁写相思。

上阕写景。前三句写柳、花，使“莺魂”“锁”而“蝶梦”“翻”，都为“愁”字作铺垫。接着“轻衫未揽，犹将泪点偷藏”写为愁滴泪。“念前事，怯流光。早春窥、酥雨池塘”，点明愁的来由，一是追忆前事，二是感叹时光流逝。“向消凝里，梅开半面，情满徐妆”，这一切愁都是因为思人的多情。

下阕写相思之苦。“风丝一寸柔肠。曾在歌边惹恨，烛底萦香”，写柔肠寸寸，全因昔日芳情。“芳机瑞锦，如何未织鸳鸯”，写有情人未成眷属，“把闲言语，花房夜久，各自思量”，思情只能暗藏心中。全词缠绵、高雅，能使人忆起初恋的清香与苦涩。

玉蝴蝶

史达祖

晚雨未摧宫树，可怜闲叶，犹抱凉蝉。短景归秋，吟思又接愁边。漏初长、梦魂难禁，人渐老、风月俱寒。想幽欢、土花庭甃①，虫网阑干。

无端啼蛄②搅夜，恨随团扇，苦近秋莲。一笛当楼，谢娘悬泪立风前。故园晚、强留诗酒，新雁远、不致寒暄。隔苍烟、楚香罗袖，谁伴婵娟。

注释

①甃（zhòu）：砖砌的井壁。②啼蛄（gū）：蝼蛄。农作物害虫。

赏析

这首词借悲秋抒怀。

上阕开始三句先写初秋。“短景归秋，吟思又接愁边”，初秋的到来，必然引起愁绪。“漏初长”两句，写老大迟暮之悲。后两句“想幽欢、土花庭甃，虫网阑干”词人还是在写他的愁绪，那就是对过往的追忆。

下阕就“秋愁”渲染铺排。首句“无端”说词人的愁绪不知何来，却来得很明确。“啼蛄”“团扇”“秋莲”三个词表示悲怨、愁苦的意象叠合。接着“一笛当楼，谢娘悬泪立风前”将谢娘之悲哀生动地写了出来。“故园晚”句点明无尽的思念之情。结尾在音信断绝处更摧人心肝。全篇极写孤独凄咽之情，催人泪下。

刘克庄

生查子·元夕戏陈敬叟

繁灯夺霁华[①]，戏鼓侵明发[②]。物色旧时同，情味中年别。

浅画镜中眉[③]，深拜楼西月。人散市声收，渐入愁时节。

注释

①霁（jì）华：明朗的样子。②明发：黎明。③浅画镜中眉：表现夫妻恩爱。

赏析

本词是元宵观灯戏友之作，抒写自己中年气衰、叹世事沧桑和对友人和美夫妻生活的羡慕及自己生活的愁苦。

上阕写元宵夜灯火通明的繁盛景象。景象不改，而自己则已步入中年，情味自别，虽旷达如陈敬叟者亦不可免，衬托了词人的孤独。“繁灯”两句概括了元夕的繁盛，第一句写灯光之多与明亮，

第二句写人们彻夜狂欢，形声兼备。

下阕换头转写闺情，悬想陈敬叟之妻在家盼夫早归，而陈敬叟却留滞临安，夜阑人静之时，亦不免愁肠渐生。题中云“戏”，便是通过调侃友人夫妻恩爱来反衬自己的寂寞。结尾两句点出主旨：欢乐过后，孤寂之感便会重新萦绕心头。

贺新郎·端午

刘克庄

深院榴花吐。画帘开，练衣①纨扇，午风清暑。儿女纷纷夸结束②，新样钗符③艾虎。早已有、游人观渡④。老大逢场慵⑤作戏，任陌头⑥、年少争旗鼓⑦，溪雨急，浪花舞。

灵均标致⑧高如许。忆平生、既纫兰佩⑨，更怀椒糈⑩。谁信骚魂千载后，波底垂涎角黍⑪。又说是、蛟馋龙怒。把似⑫而今醒到了，料当年、醉死差无苦⑬。聊一笑，吊千古。

注释

①练(shū)衣：粗麻衣。平民所穿的衣服。②结束：装束，打扮。③钗符：端午节时的一种头饰，用艾草结为虎形，古人以之辟邪。④渡：龙舟比赛。⑤慵：懒得，不想。⑥陌头：束发的头巾。⑦争旗鼓：摇旗击鼓，为龙舟助威。⑧灵均标致：屈原的风度气节。屈原，字灵均。⑨纫兰佩：连缀秋兰而佩于身，意谓品德高雅。纫，引线穿过针鼻儿。⑩怀椒糈(xǔ)：出自屈原《离骚》“怀椒糈而要之”。椒，香料。糈，祭神用的精米。⑪角黍(shǔ)：粽子。⑫把似：假如。⑬差无苦：几乎没有什么痛苦。

赏析

本词为端午怀古之作，借端午习俗与屈原事迹，抒写自我感慨。

上阕写端午节时，少年们盛装出游，争看龙舟竞渡，而词人却懒于逢场作戏。下阕赞颂屈原的品格，对端午节民众投粽的民俗予以批评，认为这是对屈原的羞弄。此处议论新奇。“把似”两句忧愤尤深，设想屈原今日觉醒，真不知作何感想。与其清醒而苦恼，还不如“醉死差无苦”。词人是个热血男儿，但在当时统治者苟且偷安的世风中，只能长歌当哭。

卢祖皋

江城子

画楼帘幕卷新晴。掩银屏[1]。晓寒轻。坠粉飘香，日日唤愁生。暗数十年湖上路，能几度、着娉婷[2]？

年华空自感飘零。拥春酲[3]。对谁醒。天阔云闲，无处觅箫声[4]。载酒买花年少事，浑不似、旧心情。

注释

①银屏：镶银的屏风。②娉婷：姿态美好。此处借指美人。③酲（chéng）：指酒醉。④箫声：传说扬州二十四桥有玉人教吹箫之事。

赏析

这是一首惆怅述情之作。

上阕起句描画出一派春日景象，但早春清晨，还有一丝微寒。“坠粉飘香”句中，“粉”“香”皆借指花朵。“坠粉飘香”即指落花。日日看着花开花落，忧愁暗生，感叹人生在世，不过数十年，这一生中，又能有多少志得意满的时候呢？

下阕“年华空自感飘零”一句，是本词中心思想之所在，紧扣上阕末句，似承似转，转承兼备。接下来又提出新的疑问，“拥春酲。对谁醒。”“酲”，醉酒状。词人自问自答。“天阔云闲，无处觅箫声”，用典说出知音难觅。全词至此达到高潮。“载酒买花年少事”，词人终于悟出这一道理。此句又与上阕结句遥相呼应。

霜叶飞[①]·重九

吴文英

断烟离绪关心事。斜阳红隐霜树。半壶秋水荐黄花，香噀[②]西风雨。纵玉勒、轻飞迅羽。凄凉谁吊荒台古。记醉蹋南屏[③]，彩扇咽、寒蝉倦梦，不知蛮素[④]。

聊对旧节传杯，尘笺蠹管[⑤]，断阕经岁慵赋。小蟾斜影转东篱，夜冷残蛩语。早白发、缘愁万缕。惊飙纵卷乌纱去。漫细将、茱萸看，但约明年，翠微高处。

注释

①霜叶飞：周邦彦创调。②噀（xùn）：含在口中而喷出。③南屏：南屏山，在杭州西南三里，峰峦耸秀，环立若屏。④蛮素：指歌舞姬。⑤尘笺蠹（dù）管：信纸蒙尘，笔管生虫。

赏析

这是一首借景抒怀之作，写重阳节感时伤今的无限愁绪。

上阕开头写离别之苦，接着“半壶秋水荐黄花，香噀西风雨”是情境描写，烘托离别之苦。“记醉蹋南屏，彩扇咽、寒蝉倦梦，不知蚕素”，往事在眼前浮现，佳人未曾入梦与己相会，更增无限哀伤。

下阕第一句再忆当年与佳人共欢。如今自己白发早生，孤苦伶仃。最后三句“漫细将、茱萸看，但约明年，翠微高处”，写仍希望明年重九登高能与佳人重逢。全词以游踪为主线，穿插典故，昭示本人的一段艳情，颇有一种凄迷之美。

吴文英

宴清都·连理海棠

绣幄鸳鸯柱[①]。红情密、腻云低护秦树。芳根兼倚，花梢钿合，锦屏人妒。东风睡足交枝[②]，正梦枕、瑶钗燕股[③]。障滟蜡、满照欢丛，嫠蟾[④]冷落羞度。

人间万感幽单，华清[⑤]惯浴，春盎风露。连鬟[⑥]并暖，同心共结，向承恩处。凭谁为歌《长恨》，暗殿锁、秋灯夜语。叙旧期、不负春盟，红朝翠暮。

注释

①绣幄鸳鸯柱：海棠全株花盛开时如绣幄，连理枝则如鸳鸯柱。②交枝：枝柯相交。③燕股：玉钗两股如燕尾。④嫠蟾：孤独的月亮。⑤华清：指杨贵妃曾浴于华清池。⑥连鬟（huán）：女子出嫁后，将双鬟合为一髻，示有所归属，夫妻恩爱。

赏析

这是一首咏物词。词人借咏连理海棠来歌咏人间情爱。

上阕从整体上描写连理海棠之情态。“芳根兼倚，花梢钿合，锦屏人妒”三句，进行局部观照。再由其“连理”引出孤独“锦屏人”的嫉妒，自然地过渡到抒写闺怨。最后“障滟蜡、满照欢丛，嫠蟾冷落羞度”将海棠之美及“连理”的幸福刻画得惟妙惟肖。

下阕专咏人事。“华清惯浴”，将海棠与杨贵妃相比，将李、杨爱情喻为连理海棠。接着“连鬟并暖，同心共结，向承恩处”将花与人合写，既咏物，又不局限于物，无处不咏人事是这首词一大特色。“凭谁为歌《长恨》”问谁为之唱《长恨歌》，答案是“暗殿锁、秋灯夜语”，当西宫门锁上时，在秋夜的孤灯下，伤心人还在低语。词的最后两句点出，原来是在追叙这旧时的盟约，希望赏花之人永远相随。

吴文英

齐天乐

烟波桃叶西陵路，十年断魂潮尾。古柳重攀，轻鸥聚别，陈迹危亭独倚。凉飔[①]乍起，渺烟碛[②]飞帆，暮山横翠。但有江花，共临秋镜[③]照憔悴。

华堂烛暗送客，眼波回盼处，芳艳流水。素骨凝冰，柔葱[④]蘸雪，犹忆分瓜深意。清尊未洗，梦不湿行云[⑤]，漫沾残泪。可惜秋宵，乱蛩疏雨里。

注释

①飔（sī）：冷风。②碛（qì）：沙洲。③秋镜：秋水如镜。④柔葱：喻手指。⑤行云：美人。

赏析

这首词的内容是忆恋小妾。

上阕前两句“烟波桃叶西陵路，十年断魂潮尾”点明故地重游。中间六句写景。后两句“但有江花，共临秋镜照憔悴”写愁绪，昔日“江花”依旧，而佳人不在，极尽哀愁。下阕首句追忆离别情景。接着“素骨凝冰，柔葱蘸雪，犹忆分瓜深意”回忆佳人模样。“素骨”“柔葱”，状写佳人的妩媚；“分瓜深意”写二人的亲密无间。“清

尊未洗，梦不湿行云，漫沾残泪”写出对佳人的思念。最后以“乱蛩疏雨里”结束，更增无限凄凉。

吴文英

花犯·郭希道送水仙索赋

小娉婷，清铅素靥[①]，蜂黄[②]暗偷晕。翠翘[③]欹鬓。昨夜冷中庭，月下相认。睡浓更苦凄风紧。惊回心未稳。送晓色、一壶葱茜[④]，才知花梦准。

湘娥化作此幽芳，凌波路，古岸云沙遗恨。临砌影，寒香乱、冻梅藏韵。熏炉畔、旋移傍枕，还又见、玉人垂绀鬓[⑤]。料唤赏、清华池馆，台杯[⑥]须满引。

注释

①清铅素靥（yè）：喻水仙花白瓣。②蜂黄：喻水仙花蕊。③翠翘：翠玉头饰。喻水仙绿叶。④一壶葱茜（qiàn）：即一盆青翠水仙。⑤绀鬓：青发。⑥台杯：大小杯重叠成套，称台杯。

赏析

这是首咏水仙的咏物词。

上阕前四句用比喻描写花瓣、花蕊、花叶。之后几句“昨夜冷中庭，月下相认。睡浓更苦凄风紧。惊回心未稳。送晓色、一壶葱茜。才知花梦准”，把惜花之情描绘得极尽细腻委婉。下阕以典故形式给水仙以更幽美的形象。开头又将水仙花喻为湘娥，使之有了更为丰富的文化内涵。“临砌影”又将水仙比为“冻梅”。“熏炉畔”两句写词人爱水仙的痴迷之态。“料唤赏”说出感谢送水仙的真情。全词虚虚实实，将水仙刻画得形神毕肖。

吴文英

浣溪沙

门隔花深梦旧游。夕阳无语燕归愁。玉纤[1]香动小帘钩。

落絮无声春堕泪[2]，行云有影月含羞。东风临夜冷于秋。

注释

①玉纤：代指美人手指。

②春堕泪：指春雨。

赏析

这是首怀念情侣的梦游之作。

上阕写词人终于回到期盼已久的地方，但庭院已经被大门阻隔，晚风中飘来佳人的馨香。其中“门隔花深”写无由相见，所以只得托于梦境，但梦境中却没有见到佳人。下阕写柳絮从空中飘落，好似无声堕泪，这是写春天落泪，而月亮躲在乌云里像是含羞，这东风怎么吹得让人觉得现在比秋天还冷呢？全词在写景，也都在写情。“春堕泪”，真可谓无限伤心。“行云”系所思佳人。全篇营造出一种真与幻交汇而又悲愁迷蒙的氛围，令人读之难以解脱。

吴文英

点绛唇·试灯[1]夜初晴

卷尽愁云，素娥临夜新梳洗。暗尘不起。酥润凌波地。

辇路[2]重来，仿佛灯前事。情如水。小楼熏被。春梦笙歌里。

注释　①试灯：上元节前，有“试灯”习俗。宋俗，农历十二月下旬即开始试灯，直至正月十四日。②辇（niǎn）路：帝王之车经行之路。

赏析　这是一首抒发睹物思人的恋情词。

上阕写景。首两句以拟人手法描写景色的变换，写云散天开，雨后月白风清，大地如酥，月光如水。“暗尘不起。酥润凌波地”，赏灯妇女走在路上鞋底不沾一点尘灰，此为元宵节前试灯夜的外在景物。

下阕忆旧。“辇路重来，仿佛灯前事”，当年元宵节，词人在此曾发生一段恋情，柔情似水，难以忘怀；然而这种难以忘怀的爱毕竟无情逝去，就是“情如水”。末尾两句写主人公在小楼中听着歌睡去，但当年小楼之事却在梦中涌现。

吴文英

祝英台近·除夕立春

剪红情，裁绿意，花信上钗股。残日[1]东风，不放岁华去。有人添烛西窗，不眠侵晓，笑声转、新年莺语。

旧尊俎。玉纤曾擘[2]黄柑，柔香系幽素[3]。归梦湖边，还迷镜中路[4]。可怜千点吴霜，寒消不尽，又相对、落梅如雨。

注释　①残日：指除岁。②擘：剖分。③幽素：谓幽情素心。④镜中路：湖上路，以湖喻镜。

赏析　除夕恰遇立春，真非常有之事。本应颇感无限喜悦，可是对于客中的游子来说，所引发的却是无限感伤。

上阕开头写立春日，姑娘们戴上花钗，显示出百花将开的消息。接着“残日东风，不放岁华去”两句对于除夕夜又是立春日也发出喜悦的一笑。后三句“有人添烛西窗，不眠侵晓，笑声转、新年莺语”写人们在欢笑中迎来新年。

下阕第一句“旧尊俎”为追忆。主人公缅怀佳人除夕夜与己分享黄柑的细节，以下又是写景。“千点吴霜”是词人“两鬓清霜”的夸张写照，它将景物描写与肖像描写结合在一起。“落梅如雨”也是写景抒情，给人留下怅惘而又迷蒙的审美感受。

吴文英

澡兰香[①]·淮安重午

盘丝系腕，巧篆垂簪，玉隐绀纱睡觉[②]。银瓶露井，彩箑[③]云窗，往事少年依约。为当时、曾写榴裙，伤心红绡褪萼[④]。黍梦光阴，渐老汀洲烟蒻[⑤]。

莫唱江南古调，怨抑难招，楚江沉魄[⑥]。熏风燕乳，暗雨梅黄，午镜[⑦]澡兰帘幕。念秦楼、也拟人归，应剪菖蒲[⑧]自酌。但怅望、一缕新蟾，随人天角。

注释

①澡兰香：吴文英创调。②玉隐绀（gàn）纱睡觉：玉人隐在青色纱帐中睡觉。③彩箑（shà）：彩扇。④红绡褪萼：石榴花瓣落后留下花萼。⑤烟蒻（ruò）：柔嫩的蒲草。⑥楚江沉魄：指屈原。⑦午镜：盆水如镜。⑧菖蒲：端午时以一寸九节菖蒲浸酒，以辟瘟气。

赏析

这是首咏端午节的节序词。

开头三句描写一位在青罗帐中的女子，臂上系有五色丝。接着三句写此情已令词人想起少年时代的一段恋情。“为当时、曾写榴裙，伤心红绡褪萼”点明来由，当年曾在恋人石榴裙上题诗，现在却早已花残红褪，令人无限悲伤。

下阕开头三句缅怀屈原，包含着词人对时势的愤懑。接着三句写“澡兰”具体场景。“念秦楼”两句写“每逢佳节倍思亲”之情。最后两句写面对目前处境只能一片惆怅。全词条理分明，情与事、情与物、情与节令风俗，处处融会胶着，诉尽佳节怀人的衷肠。

吴文英

惜黄花慢

次吴江，小泊，夜饮僧窗惜别。邦人赵簿携小妓侑尊。连歌数阕，皆清真词。酒尽已四鼓，赋此词饯尹梅津。

送客吴皋，正试霜夜冷，枫落长桥。望天不尽，背城渐杳。离亭黯黯，恨水迢迢。翠香零落红衣老，暮愁锁，残柳眉梢。念瘦腰。沈郎[①]旧日，曾系兰桡。

仙人凤咽琼箫。怅断魂送远，《九辩》难招。醉鬟留盼，小窗剪烛，歌云载恨，飞上银霄。素秋不解随船去，败红趁、一叶寒涛。梦翠翘[②]。怨鸿料过南谯[③]。

注释

①沈郎：指南朝诗人沈约。此处借指尹梅津。②翠翘：女子首饰，指代所思女子。③南谯（qiáo）：在今安徽滁州市西南。

赏析

这是一首吟咏友人与其所恋者分别的词。

上阕主要写送别之意。前三句直点送客，也点明当时的环境。接着继续写景，“望天不尽，背城渐杳”，极为苍茫。“离亭黯黯，恨水迢迢”也是写景，但主要写情，“恨水迢迢”说明两人的离别。“暮愁锁，残柳眉梢”两句中“暮愁锁”的“残柳”指梅津所眷恋之人。后三句，想当年，记离别。

下阕“仙人”指伴酒小妓，“醉囊”指梅津恋人，以下几句都是咏二人别情。词人巧妙地将离别之情寄托在景色的描写上。全词由于是咏他人别情，真情实感不多。但这首词用字却很精妙。

高阳台·落梅

吴文英

宫粉雕痕，仙云堕影，无人野水荒湾。古石埋香，金沙锁骨连环。南楼不恨吹横笛，恨晓风、千里关山。半飘零、庭上黄昏，月冷阑干。

寿阳空理愁鸾。问谁调玉髓，暗补香瘢①。细雨归鸿，孤山无限春寒。离魂难倩招清些，梦缟衣②、解佩溪边。最愁人、啼鸟清明，叶底青圆。

注释

① 玉髓、香瘢（bān）：此指梅花落在寿阳公主眉心上方，印上梅花妆而无瘢痕。玉髓，香料名。②缟（gǎo）衣：白衣。

赏析

这首词咏落梅。

上阕前三句写野外水边，一株梅花开败。“古石”两句写梅虽落但精神永存。接下来“南楼不恨吹横笛，恨晓风、千里关山”用听笛曲引出别愁。后两句点明飘零的羁旅生活的苦楚。

下阕开头接前仍写花落但形象永存。“归鸿”映带别愁，又用王昭君离魂难招表示对落梅的最后哀悼。

最后一句写叶底梅子泛青，最令人愁。这首词多侧面对落梅进行表现，描绘出“落梅”之灵魂。

吴文英

三姝媚·过都城旧居有感

湖山经醉惯。渍春衫，啼痕酒痕无限。又客长安，叹断襟零袂，涴①尘谁浣。紫曲门②荒，沿败井、风摇青蔓。对语东邻，犹是曾巢，谢堂双燕。

春梦人间须断。但怪得当年，梦缘能短③。绣屋秦筝，傍海棠偏爱，夜深开宴。舞歇歌沉，花未减、红颜先变。伫久河桥欲去，斜阳泪满。

注释

①涴（wǎn）：弄脏。②紫曲门：词人故居门名。③能短：这么短。

赏析

这首词是词人重过“都城旧居”的悼亡之作。

上阕描写今日故地重游之所见。首句“湖山经醉惯”写“啼痕

酒痕无限”，道出全篇主题。接着感叹身世的飘零，身上衣物脏了也没人给洗。“紫曲门荒，沿败井、风摇青蔓”，之前熟悉的门坊已经变得荒芜，真是时过境迁。后三句“对语东邻，犹是曾巢，谢堂双燕”，东邻的双燕还在，以此衬托世事变幻的迅速与无常。

下阕追忆以前欢乐幸福的生活。“春梦人间须断”承上阕，感悟到人生如梦。“绣屋”下五句，写具体“梦缘”情事，其中“红颜先变”暗示佳人早夭。最后境界肃穆：离别故居之际，悼念爱妾和逝去的岁月。词情凄迷哀婉。

八声甘州·灵岩陪庾幕诸公游

吴文英

渺空烟四远，是何年、青天坠长星。幻苍崖云树，名娃金屋，残霸[1]宫城。箭径酸风射眼，腻水染花腥。时靸双鸳响，廊叶秋声。

宫里吴王沉醉，倩五湖倦客[2]，独钓醒醒。问苍波无语，华发奈山青。水涵空、阑干高处，送乱鸦、斜日落渔汀。连呼酒、上琴台[3]去，秋与云平。

注释

①残霸：指吴王夫差，他曾先后破越败齐，争霸中原，后为越王勾践所败，身死国灭，霸业有始无终。②五湖倦客：指范蠡。③琴台：在今灵岩山上。

赏析

这首词是词人游苏州灵岩山时所作。

上阕开头说此山是天上星星坠落而成的，联想浪漫。接着“幻苍崖云树，名娃金屋，残霸宫城”三句中“幻”字续写灵岩云树贴天，吴王建宫馆于此的史实。“酸风射眼”转写怀古之情，昭示出吴王败亡的根源。

下阕第一句承上将吴王失败的原因点明，认为范蠡是明智的

“倦客”。“问苍波无语”呼应开头，唤起今世之忧。接着感叹自己壮志未酬的哀愁。全词将景物、历史和词人自身的感情融为一体，意境苍茫，感情沉郁，读之催人泪下。

吴文英

瑞鹤仙

晴丝牵绪乱。对沧江斜日，花飞人远。垂杨暗吴苑。正旗亭[①]烟冷，河桥风暖。兰情蕙盼[②]。惹相思、春根酒畔。又争[③]知、吟骨萦消，渐把旧衫重剪。

凄断。流红千浪，缺月孤楼，总难留燕。歌尘凝扇。待凭信，拌分钿[④]。试挑灯欲写，还依不忍，笺幅偷和泪卷。寄残云、剩雨蓬莱，也应梦见。

注释

①旗亭：集市中供观察指挥的亭楼，因上插旗，故称。②兰情蕙盼：兰、蕙为芳草，喻芬芳的情感和多情的眼神。③争：怎。④分钿（diàn）：将金钗钿盒分为两半，以为凭信。

赏析

这是一首怀人词。

上阕写怀念对方的情景。前三句写花飞人去，搅起思绪。接着三句以“垂杨”“吴苑”“旗亭”“烟冷”“河桥”点明送别的时间与地点。“兰情蕙盼。惹相思、春根酒畔”两句写惜别时对方流露的深挚恋情。后两句“又争知、吟骨萦消，渐把旧衫重剪”，写伊人使得词人为思念而消瘦。

下阕设想对方念已。“凄断”为伊人活动罩上一层总体氛围。“流红”二句刻画春光消逝，形单影只。“歌尘凝扇”，写伊人久已无心歌舞。“拌分钿”以下，显示情人内心的痛苦、矛盾。最后以梦中相见作结。

鹧鸪天·化度寺作

池上红衣①伴倚栏，栖鸦常带夕阳还。殷②云度雨疏桐落，明月生凉宝扇闲。

乡梦窄，水天宽。小窗愁黛③淡秋山。吴鸿好为传归信，杨柳阊门屋数间。

注释

①红衣：莲花。②殷：雷声。③愁黛：愁眉。

赏析

这是吴文英又一首思念离人之作。

上阕首两句写词人只身倚着栏杆，眼前不时有乌鸦带着夕阳的余晖掠过，尽是一片伤感。“红衣”写眼前景物，兼指离人之衣，引起无限思念。后两句“殷云度雨疏桐落，明月生凉宝扇闲”，写云带来雨水，梧桐落叶萧萧，雨过之后扇子用不上了，点明时间的变化。“殷云”“明月”对仗句写景清新明快，更蕴秋愁别意。

下阕开始三句联想到家乡的景色和思念的佳人，这里写佳人的愁容，也是在写自己的愁绪。结尾两句“吴鸿好为传归信，杨柳阊门屋数间”，词人希望大雁可以将自己的书信交给思念的佳人，

那佳人就住“杨柳阊门屋数间”，托梦吴鸿捎去消息，“吴鸿好为传归信”，其实是说消息再也不能送达。

吴文英

贺新郎·陪履斋先生沧浪看梅

乔木[①]生云气。访中兴、英雄[②]陈迹，暗追前事。战舰东风悭借便，梦断神州故里[③]。旋小筑、吴宫闲地。华表月明归夜鹤，叹当时、花竹今如此。枝上露，溅清泪。

遨头[④]小簇行春队。步苍苔、寻幽别墅，问梅开未。重唱梅边新度曲，催发寒梢冻蕊。此心与东君同意。后不如今今非昔，两无言、相对沧浪水。怀此恨，寄残醉。

注释

①乔木：指梅树。②英雄：指韩世忠。③神州故里：指北宋沦陷领土。④遨头：太守。

赏析

这首词写词人陪吴潜到沧浪亭观梅的事情，抒发了词人缅怀英雄、感时忧国的情怀。

上阕追忆韩世忠。首句“乔木生云气”描写遗迹的环境。接着写访遗迹，追忆韩世忠大败金兀术的英雄壮举，感叹神州依旧沦落的悲怆。“旋小筑、吴宫闲地”回忆韩世忠为避奸人辞官安养。“华表月明归夜鹤，叹当时、花竹今如此”，词人联想韩世忠英雄无用武之地的心情，结尾两句更是道出为之伤怀的感受。

下阕写沧浪别墅观梅。首句“遨头小簇行春队”点明吴潜先生结队来游馆。接着写游赏的过程。“重唱梅边新度曲，催发寒梢冻蕊”，将情趣与境界写得活灵活现，突出了词人高洁的情操。接着抒发今不如昔的愤慨，“后不如今今非昔，两无言、相对沧浪水”，对南宋小朝廷进行婉讽。结尾“怀此恨，寄残醉”直言怀恨借酒。

吴文英

唐多令

何处合成愁？离人心上秋。纵芭蕉、不雨也飕飕。都道晚凉天气好，有明月、怕登楼。

年事梦中休。花空烟水流。燕[1]辞归、客尚淹留。垂柳不萦裙带[2]住，漫长是、系行舟。

注释

①燕：喻指离去的恋人。②裙带：指恋人。

赏析

这是吴文英词中的一首明快之作。

上阕“何处合成愁”，开篇以问句点愁，含义有两层：心上着秋字曰愁；离思加伤秋为愁。“纵芭蕉、不雨也飕飕”言外之意是，即使没有芭蕉雨，人也有相思泪。最后两句写即使是天气美好的月夜，词人也因愁绪不敢登楼观赏。

下阕前两句异常颓伤。接着“燕辞归、客尚淹留”写燕子都要辞归了，作客他乡的“我”又何以独留？最后两句又翻出全新境界。小词明快轻捷，颇富民歌韵味。

宝鼎现

红妆春骑。踏月影、竿旗穿市。望不尽、楼台歌舞，习习香尘莲步底。箫声断、约彩鸾归去，未怕金吾[1]呵醉。甚辇路、喧阗且止。听得念奴[2]歌起。

父老犹记宣和事。抱铜仙、清泪如水。还转盼、沙河多丽。滉漾明光连邸第。帘影冻、散红光成绮。月浸葡萄十里。看往来、神仙才子，肯把菱花扑碎。

肠断竹马儿童，空见说、三千乐指[3]。等多时、春不归来，到春时欲睡。又说向、灯前拥髻。暗滴鲛珠坠。便当日、亲见《霓裳》[4]，天上人间梦里。

注释

①金吾：汉代官名。②念奴：唐天宝时著名歌女。③三千乐指：三百人之乐队。④《霓裳》：乐曲名。

赏析

这首词属于感慨今昔、寄托亡国哀思之作，词意凄婉，韵味深长。

上阕写丁酉元夕灯市的热闹场景，暗示怀旧主旨。“踏月影、竿旗穿市”，这是闹市的景象，接着是歌楼的氛围。“未怕金吾呵醉。甚辇路、喧阗且止。听得念奴歌起”，写喝酒听歌，十分自由热闹。

中阕开头直抒怀恋前朝之意。以“犹记”起句，写旧事，通过对旧事的描写来对比现在。不管是“抱铜仙”，还是“沙河”，或是“连邸第”，又或是“月浸葡萄十里”，这些都是前朝的热闹场景，而现在只能怀念。

下阕写前朝遗民，缅怀往事，徒有天上人间之感，更使人无限伤悲。“肠断竹马儿童，空见说、三千乐指”直抒胸臆，点明伤悲。“等多时、春不归来，到春时欲睡”，说是等春来，实是怨现实。“又说向、灯前拥髻。暗滴鲛珠坠”都是愁绪所致。

刘辰翁

摸鱼儿·酒边留同年徐云屋

怎知他、春归何处，相逢且尽尊酒。少年袅袅天涯恨，长结西湖烟柳。休回首，但细雨断桥，憔悴人归后。东风似旧，向前度桃花，刘郎①能记，花复认郎否？

君且住，草草留君剪韭②，前宵正恁时候。深杯欲共歌声滑③，翻湿春衫半袖。空眉皱。看白发尊前，已似人人有。临分把手。叹一笑论文，清狂顾曲，此会几时又？

注释

①刘郎：词人自指。②剪韭：指留客。③歌声滑：指歌声婉转流畅。

赏析

这是首即事抒情之作。写于临安失陷后词人重游故都，与同年徐云屋相逢和送别的情景。

上阕开头写“怎知他、春归何处，相逢且尽尊酒”的牢骚，是对南宋败亡以后的伤感。接着追忆词人与徐云屋早年结友，为家国大事共同忧虑奔波。“休回首”即不堪回首，江山易主，连花都在伤感赵宋的灭亡。

下阕开头“君且住，草草留君剪韭”点明“留”旧友“酒边”共饮意，强调二人纯真的友谊。接着三句叙说怀念故国之情。最后几句“空眉皱。看白发尊前，已似人人有。临分把手。叹一笑论文，清狂顾曲，此会几时又”，既感叹时光易逝，也表达出亡国遗民的无奈。

周密

高阳台·送陈君衡被召

照野旌旗，朝天车马，平沙万里天低。宝带金章[①]，尊前茸帽[②]风欹。秦关汴水经行地，想登临、都付新诗。纵英游，叠鼓清笳，骏马名姬。

酒酣应对燕山雪，正冰河月冻，晓陇云飞。投老残年，江南谁念方回[③]？东风渐绿西湖岸，雁已还、人未南归。最关情，折尽梅花，难寄相思。

注释

①宝带金章：宝带，官服有宝玉饰带。金章，即金印。②茸帽：毛皮帽。③方回：贺铸字。

赏析

这是一首送别词，抒发词人对朋友被朝廷征召北去的感慨。

上阕开头三句写陈君衡被召，临行时车马旌旗繁多。接着两句则隐含对陈氏屈仕元朝的不满。“秦关汴水经行地，想登临、都付新诗”写路途迢迢。末三句推想陈氏此去定豪纵狎妓。

下阕开头三句仍就送别意，表现出关切之情。“投老残年”以下转写自己暮年的寂寞。结尾三句写对君衡的怀念。这首词对君衡“被召”的态度暧昧隐晦，表现了前朝文人的复杂心态。

周密

玉京秋[①]

长安独客，又见西风，素月丹枫，凄然其为秋也，因调夹钟羽一解。

烟水阔。高林弄残照，晚蜩[②]凄切。碧砧度韵，银床[③]飘叶。衣湿桐阴露冷，采凉花、时赋秋雪[④]。叹轻别。一襟幽事，砌虫⑤能说。

客思吟商⑥还怯。怨歌长、琼壶暗缺。翠扇恩疏，红衣香褪，翻成消歇。玉骨西风，恨最恨、闲却新凉时节。楚箫咽，谁倚西楼淡月。

注释

①玉京秋：周密自度曲。②蜩：蝉。③银床：井架。④秋雪：指芦花。⑤砌虫：指蟋蟀。⑥吟商：吟咏商调曲。

赏析

这首词即景抒怀，寓哀悼南宋灭亡之旨。

上阕咏秋景。起调“烟水阔”，写烟水空阔，景象悲壮。以下几句均为秋景描写，清凉肃杀。最后三句写自己的心事只有台阶下的蟋蟀才能理解，“叹轻别”叹自己的劳苦亦暗示宋亡微旨。

下阕起句“客思吟商还怯”，由说宋人入元，使人至今惊魂未定。接着几句提出悲秋主旨，倾诉无国无家的无限哀痛。“闲却新凉时节”再写遗民之恨。结尾将家国败亡的幽咽之情推向高潮。

周密

曲游春

禁烟湖上薄游，施中山赋词甚佳，余因次其韵。盖平时游舫，至午后则尽入里湖，抵暮始出断桥，小驻而归，非习于游者不知也。故中山极击节余“闲却半湖春色”之句，谓能道人之所未云。

禁苑东风外，飏暖丝晴絮，春思如织。燕约莺期。恼芳情偏在，翠深红隙。漠漠香尘隔，沸十里、乱丝丛笛。看画船、尽入西泠①，闲却半湖春色。

柳陌。新烟凝碧。映帘底宫眉②，堤上游勒。轻暝笼寒，怕梨云梦冷，杏香愁幂。歌管酬寒食。奈蝶怨、良宵岑寂。正满湖、碎月摇花，怎生去得。

注释

①西泠：西湖桥名，在孤山西侧。②帘底宫眉：楼中丽人。

赏析

这首词描写寒食节前后西湖游春的盛况。

上阕起笔由宫苑春光引出“春思”。接下来“燕约莺期。恼芳情偏在，翠深红隙。漠漠香尘隔，沸十里、乱丝丛笛”写湖波花丛撩拨人的赏春之情。最后“看画船、尽入西泠，闲却半湖春色”又以纪实之笔，描写出西湖春游的热闹景象。

下阕开始写堤上游人，更将西湖夜景和盘托出。但春色是观赏不尽的，月影入湖，桨动水溅，游兴不衰，引出末句“怎生去得”，呼应开头“春思”。词人心中无限惆怅，对西湖春色的钟情表露无遗。全词意象清丽，用语凝练，为游记词中精品。

周密

花犯·水仙花

楚江湄，湘娥[①]再见。无言洒清泪，淡然春意。空独倚东风，芳思谁寄。凌波路、冷秋无际。香云随步起。漫记得、汉宫仙掌，亭亭明月底。

冰弦写怨更多情，骚人[②]恨，枉赋芳兰幽芷。春思远，谁叹赏、国香[③]风味。相将共、岁寒伴侣，小窗静，沉烟熏翠被。幽梦觉、涓涓清露，一枝灯影里。

注释

①湘娥：湘水女神湘妃，喻水仙花。②骚人：指屈原。③国香：此指水仙。

赏析

这是一首咏物词。

上阕写水仙的风姿情态。前四句以湘妃化作水仙来写，湘妃无语唯有流泪，淡淡露出春意。接着询问湘妃何以如此多。最后几句引出凌波仙子，这就是水仙花，“凌波”“香云”“仙掌”，极力状写水仙飘逸高洁的品格。

下阕借水仙抒情。“冰弦写怨更多情，骚人恨，枉赋芳兰幽芷”，以屈原写《离骚》相比，突出怨情。接着感叹水仙的品格，只有“岁寒伴侣”。最后两句，即使是刚醒来，最关注的还是那水仙的倩影，可见其情无限缠绵，回味无穷。

蒋捷

贺新郎

梦冷黄金屋。叹秦筝、斜鸿阵里①，素弦尘扑。化作娇莺飞归去，犹识纱窗旧绿。正过雨、荆桃②如菽。此恨难平君知否。似琼台涌起弹棋局③。消瘦影，嫌明烛。

鸳楼碎泻东西玉。问芳踪、何时再展，翠钗难卜。待把宫眉横云样，描上生绡画幅。怕不是、新来装束。彩扇红牙④今都在，恨无人、解听开元曲⑤。空掩袖，倚寒竹。

注释

①斜鸿阵里：筝柱斜列如雁阵。②荆桃：樱桃。③弹棋局：弹棋，古博戏。此喻世事变幻如棋局。④红牙：牙板。古乐器。⑤开元曲：盛唐时歌曲。

赏析

这首词词人以美人自拟，抒写亡国遗恨。

上阕“梦冷黄金屋”交代人物的身份、地位及处境。往日繁华如今只“冷梦”能到，暗示家国的败亡。接着几句皆是写物与人的变迁。“弹棋局”实则追怀南宋灭亡前的国势。睹物恋人，实是对故国的悠悠情思。

下阕“鸳楼碎泻东西玉”，以玉杯破碎喻国破人亡，极具悲剧色彩。接着几句皆是写追思人，从“解听开元曲”可知实是追故国之思。结尾表现出失落、思往日的无限复杂之情绪，耐人寻味。

蒋捷

女冠子·元夕

蕙花香也。雪晴池馆如画。春风飞到，宝钗楼①上，一片笙箫，琉璃②光射。而今灯漫挂。不是暗尘明月③，那时元夜。况年来、心懒意怯，羞与蛾儿④争耍。

江城人悄初更打。问繁华谁解，再向天公借。剔残红灺⑤。但梦里隐隐，钿车罗帕。吴笺银粉砑。待把旧家风景，写成闲话。笑绿鬟邻女，倚窗犹唱，夕阳西下。

注释

①宝钗楼：宋时著名酒楼，此处泛指精美的楼阁。②琉璃：指灯。③暗尘明月：指元宵节灯光暗淡。④蛾儿：元宵节前后女子头戴的饰物。⑤灺：指灯烛。

赏析

本篇就是为悼念宋亡而作的词。本词用今昔对比手法抒元夕感怀，表现故国之思和亡国之痛。

上阕前半写往日元夕之盛况，后半写今日之清冷及自己心情之郁闷。下阕写往昔之繁华不再重来的无奈，饱含着复国无望的深深眷恋之情。开头六句用浓墨重彩描绘出一个乐声鼎沸的闹元宵的生活图景。“而今”二字陡转，点明前面所写乃昔日故国的节日风光。以下几句直抒世事是非，词人早已心灰意冷的情态。

张炎

渡江云

山阴久客，一再逢春，回忆西杭，渺然愁思。

山空天入海，倚楼望极，风急暮潮初。一帘鸠外雨，几处闲田，隔水动春锄。新烟禁柳，想如今、绿到西湖。犹记得、当年深隐，门掩两三株。

愁余。荒洲古溆[1]，断梗疏萍，更漂流何处。空自觉、围羞带减，影怯灯孤。常疑即见桃花面[2]，甚近来、翻笑无书。书纵远，如何梦也都无。

注释

①溆（xù）：水边。②桃花面：指佳人。

赏析

这是一首感叹身世之词。

上阕主要是写景。开头三句写极目远望之景。接着三句是近景，描写了一幅春雨催种田园图。在从远到近的实景描写之后，词人转入虚景的描写，“新烟禁柳，想如今、绿到西湖”，遥想杭州临近清明时的景象。接着三句还是写虚景，却是以前曾经有过的景，勾出书远梦无的沉痛怅惘。

下阕主要是抒情。首句“愁余”直抒胸臆。接着写的“荒洲”三句词人感慨自己的身世，一生飘零，极为悲凉。“空自觉、围羞带减，影怯灯孤”，词人描写自己的艰难处境，顾影自怜。词人的愁

还在于对心上人的思念，接着两句写没有心上人的音信，“甚”字写得极妙。最后两句写到绝境。

张炎

八声甘州

辛卯岁，沈尧道同余北归，各处杭、越。逾岁，尧道来问寂寞，语笑数日，又复别去，赋此曲，并寄赵学舟。

记玉关①、踏雪事清游。寒气脆貂裘。傍枯林古道，长河饮马，此意悠悠。短梦依然江表②，老泪洒西州③。一字无题处，落叶都愁。

载取白云归去，问谁留楚佩，弄影中洲。折芦花赠远，零落一身秋。向寻常、野桥流水，待招来、不是旧沙鸥。空怀感，有斜阳处，却怕登楼。

注释

①玉关：玉门关，在今甘肃省境内。此泛指北方。②江表：江南。③西州：古城名，在今南京市西。

赏析

这是首词人北游归来后，向友人诉说心中失意的词作。

上阕前半追忆北国之游，开头“记”字，直领以下五句，显得词气劲拔。从“清游”“悠悠”这样的字眼来看，词人对北国之旅是有好感的。然到后四句，情节突然转变，尽是愁滋味，一切源于“短梦”，词人由于在北国一行不如意，所以只能重回江南。然而看到沦陷的都城杭州，不由得悲泪如雨。

下阕写隐遁之志。“载取白云归去”说出友人去处。“问谁”两句，以屈原自励，含诸多难言之隐。“折芦花”赠远方朋友，含无尽哀思。“不是旧沙鸥”意即宋时“我”隐遁，但今日之隐却不比从前。最后三句写怕登楼又见斜阳，倍添无限惆怅。全词情调低沉，但境界雄浑，一气旋折，哀绪纷来，堪称佳作。

张炎

月下笛

孤游万竹山中，闲门落叶，愁思黯然，因动黍离之感。时寓甬东积翠山舍。

万里孤云，清游渐远，故人何处。寒窗梦里，犹记经行旧时路。连昌[1]约略无多柳，第一是、难听夜雨。谩惊回凄悄，相看烛影，拥衾谁语。

张绪[2]。归何暮。半零落，依依断桥鸥鹭。天涯倦旅。此时心事良苦。只愁重洒西州泪，问杜曲[3]、人家在否。恐翠袖，正天寒，犹倚梅花那树。

注释

①连昌：唐宫名，高宗所置，在今河南宜阳县西，多植柳，元稹有《连昌宫词》。②张绪：南齐吴郡人，字思曼，官至国子祭酒，风姿清雅，武帝置蜀柳于灵和殿前，尝有“此柳风流可爱，似张绪当年”之叹。③杜曲：在今西安市东南，唐时杜氏世居于此，故名。

赏析

这是首感怀之作。即景抒怀，宣泄亡国之哀思，为自己的孤独而感伤。

上阕写客居愁绪中回忆往事和怀念故人。开头三句先写“孤云”渲染自己飘零的处境。接着一句“故人何处”说出自己怀念故人的心声。

下阕词人以张绪自比，意谓漂泊已久，似无家可归。昔日之友已所剩无多。“问杜曲”代指故国，此句写出了词人的亡国之痛，孤独、怅怨之情更加浓重。最后三句还是在追忆，追忆过去富贵人家的女子，词人在担忧那女子是不是已经变成一个贫穷人家的女子了，在很冷的天里还只穿着单衣忧郁地站在梅花树旁。

天香·龙涎香

王沂孙

孤峤[1]蟠烟，层涛蜕月[2]，骊宫[3]夜采铅水。汛远槎[4]风，梦深薇露，化作断魂心字[5]。红瓷候火，还乍识、冰环玉指[6]。一缕萦帘翠影，依稀海天云气。

几回殢娇半醉。剪春灯、夜寒花碎。更好故溪飞雪，小窗深闭。荀令如今顿老，总忘却、樽前旧风味。漫惜余熏，空篝[7]素被。

注释

①峤（qiáo）：山尖而高。②蜕（tuì）月：水面月光变幻。③骊（lí）宫：传说中的骊龙所居之宫。④槎（chá）：水中浮木。⑤心字：心字香。⑥冰环玉指：香烟的形状色泽。⑦篝（gōu）：熏笼。

赏析

这是一首咏物词，借咏龙涎香以寄托遗民亡国之痛。

上阕前三句写香的产地及采香的环境，没有说龙却让人感到龙的存在。“骊宫夜采铅水”点明采香这件事，也点明龙。接着“汛远槎风，梦深薇露，化作断魂心字”三句写制作香的过程。“红瓷候火，还乍识、冰环玉指”写香的焙制和贮存，“冰环玉指”指香最后成型。从采香、制香到焚香，层层推进，逐层展开。后两句“一缕萦帘翠影，依稀海天云气”将焚香的境界推向高潮，以回应开始的如梦如幻。

下阕回忆当年春夜焚香饮酒，如今却不再有如此雅兴，昭示出对故国的思念。“几回殢娇半醉。剪春灯、夜寒花碎”，回忆当初和美人在飘满天香的阁楼里喝美酒时的快乐。接着“更好故溪飞雪，小窗深闭”更是说明词人对过往的追思，而如今境况则不一样了，“荀令如今顿老，总忘却、樽前旧风味”。末两句“漫惜余熏，空篝素被”更是将悲切推向极致，蕴含着国家已亡、旧梦难圆的悲哀、感慨。

齐天乐·蝉

王沂孙

一襟余恨宫魂断[1]，年年翠阴庭树。乍咽凉柯[2]，还移暗叶，重把离愁深诉。西窗过雨。怪瑶佩[3]流空，玉筝[4]调柱。镜暗妆残，为谁娇鬓尚如许？

铜仙铅泪似洗，叹携盘去远，难贮零露。病翼惊秋，枯形[5]阅世，消得斜阳几度。余音更苦。甚独抱清商，顿成凄楚。谩想熏风，柳丝千万缕。

注释

①宫魂断：典出《古今注》，齐王后怨齐王而死，死后尸体化为蝉。②凉柯：秋天的树枝。③瑶珮：以玉声喻蝉鸣声美妙。④玉筝：与“瑶佩”同义。⑤枯形：指蝉蜕。

赏析

这首词借咏秋蝉托物寄意，表达国破家亡、末路穷途的无限哀思。

上阕开始由蝉的形象联想到宫女形象，由宫妇尸体化为蝉长

年攀树悲鸣的传说，为全篇笼罩悲剧气氛。“乍咽”三句通过描写蝉为说“离愁”。接着“西窗过雨。怪瑶佩流空，玉筝调柱”写阵雨之后，蝉的声音极为美妙，有如“瑶佩流空”“玉筝调柱”，写物极为细致。后两句“镜暗妆残，为谁娇鬓尚如许？”写镜子已经昏黄，彩妆也残化了，为什么还要把双鬓打扮得像蝉翼一样呢？其中深含讽刺之意。

下阕“铜仙”前三句暗喻南宋王朝的覆灭。“病翼”三句转出一片哀情，以“病翼”“枯形”，形容饱尝苦难的遗民形象。最后以寒蝉“谩想”二字，一笔将希望抹去，酸楚之至，有含蓄不尽之势。全词以寒蝉的哀吟写亡国之恨，词人哀吟宛如寒蝉悲鸣，既贴物写形、写声，又超物写意，不失为一首咏物佳作。

彭元逊

疏影 · 寻梅不见

江空不渡。恨蘼芜杜若[①]，零落无数。远道荒寒，婉娩[②]流年，望望美人迟暮。风烟雨雪阴晴晚，更何须，春风千树。尽孤城、落木萧萧，日夜江声流去。

日晏山深闻笛，恐他年流落，与子同赋。事阔心违，交淡媒劳[③]，蔓草沾衣多露。汀洲窈窕余醒寐，遗佩浮沉澧浦[④]。有白鸥淡月，微波寄语，逍遥容与[⑤]。

注释

①蘼（mí）芜杜若：都是香草名。②婉娩：形容性情柔和温存，这里指不知不觉。③媒劳：招致劳碌困顿。④澧（lǐ）浦：澧水滨，澧水在湖南西北。⑤逍遥容与：从容闲舒的样子。

赏析

这首词似咏梅，其实是以象征手法道出自己的敬梅之心。

开篇三句谓芳草零落而徒生恨心，已是无悔无怨。接着写环

境的艰苦，万木凋零，江流东去，更催人老。后几句自陈心志，“更何须”体现一种超然境界，不必强求，“尽孤城、落木萧萧，日夜江声流去”。

下阕开头写夜闻笛中落梅哀曲，触动游子的“流落”之悲，并表明自己欲隐遁的情怀。“日晏山深闻笛”，似乎跟梅花有点儿关联，词人就此说明自己的前途。“事阔心违，交淡媒劳”是全篇用意之所在。末了湘君遗佩，自信美人终得眷属，尽管一时寂寞，但不妨“寄语”“逍遥容与”。全词格调沉郁苍凉，多用典故，意味隽永。

紫萸香慢

姚云文

近重阳、偏多风雨，绝怜此日暄明。问秋香浓未，待携客、出西城。正自羁怀多感，怕荒台[1]高处，更不胜情。向尊前、又忆漉酒[2]插花人。只座上、已无老兵[3]。

凄清。浅醉还醒。愁不肯、与诗平。记长楸走马，雕弓搾柳[4]，前事休评。紫萸一枝传赐，梦谁到、汉家陵。尽乌纱、便随风去，要天知道，华发如此星星。歌罢涕零。

注释

①荒台：指彭城戏马台。②漉(lù)酒：葛巾漉成的酒。漉，过滤。③老兵：谢奕尝逼桓温饮的事情。④搾柳：同“射柳”。

赏析

这首词借重阳佳节发羁愁、念远之慨，同时又含蓄而深沉地表达了词人的亡国之哀。

上阕抒羁怀忆人之情。“近重阳”四句写偏偏是临近重阳风雨越多，今日如此温暖明丽，特别叫人爱惜，秋花香浓，正是一个绝好的登高佳节。“正自”五句又突作顿折，以羁怀、忆人转出两层“绝怜”之余的感伤。一是怕登临荒台高处，目睹故国江山已物是人非，倍感羁旅漂泊之愁怀难抑，无法承受纷乱的悲感愁情集于方寸矣。二是赏花饮酒，尊前座上，自然思念昔日滤酒插花，畅饮狂欢的旧侣。

下阕以“凄清”二字总上缩下，感慨今昔盛衰剧变。“浅醉”二句承“尊前”写借酒浇愁，然而虽暂得浅醉，又为愁情扰醒。“记长楸”几句写词人愁醒难堪之原因。最后“尽乌纱”四句隐喻自己不以任官为重，风吹乌纱官帽便任随它去。

僧挥

金明池[1]

天阔云高，溪横水远，晚日寒生轻晕。闲阶静，杨花渐少；朱门掩，莺声犹嫩。悔匆匆、过却清明，旋[2]占得、余芳已成幽恨。却几日阴沉，连宵慵困。起来韶华都尽。

怨入双眉闲斗损。乍品得情怀，看承全近[3]。深深态，无非自许；厌厌意，终羞人问。争知道、梦里蓬莱，待忘了余香，时时音信。纵留得莺花，东风不住，也则[4]眼前愁闷。

注释

①金明池：秦观创作的调。词是咏汴京金明池，故取以为名。②旋：赶紧。③看承全近：特别对待，十分亲近。④也则：照旧，依然。

赏析

这是一首伤春之作，吟咏春愁闺怨。

上阕抒写春愁。春去花落，人难免会有伤春的情怀。前三句点滴之间形成全景，后四句转入近景，转换之间，“朱门掩”突出人们不关注春，但是春已过。

下阕描写对伤春情怀的思考。开始几句先是对上阕进行过渡。接着就是对伤春情怀思考进行分析。“深深态”一联展现人物内心世界。对“忘了余香”者是爱多于恨。即便春被留住，愁闷仍在。春愁到这里，也都化为“眼前愁闷”。可见，对那种伤春而存在的怨恨，人人都有，但是如果可以不那么去留恋，那种怨恨就会减少，“待忘了余香，时时音信”，反之亦然。全篇婉转含蓄，耐人寻味。

凤凰台上忆吹箫

香冷金猊[①]，被翻红浪，起来慵自梳头。任宝奁[②]尘满，日上帘钩。生怕离怀别苦，多少事、欲说还休。新来瘦，非干病酒，不是悲秋。

休休。者回去也，千万遍《阳关》[③]，也则难留。念武陵人[④]远，烟锁秦楼。惟有楼前流水，应念我、终日凝眸。凝眸处，从今又添，一段新愁。

注释

①金猊（ní）：指狻猊形铜香炉。②宝奁：梳妆镜匣。③《阳关》：《阳关曲》，离别时所唱的歌曲。④武陵人：言所思之人。

赏析

这首词是李清照早期的作品。词人以曲折含蓄的口吻表现了对丈夫的思念和深情。

上阕写离别前的情景。前三句写出室内环境的凄清意境和词人晨起的慵懒神态。“任宝奁”两句，形象生动地展现了词人与丈夫临别时怅然凄然的心情。“生怕”两句，写词人的心理活动。这种“欲说还休”的抑制表现了词人内心的愁苦。“新来瘦”三句写近来自己消瘦并非因“日日花前常病酒”，词人消瘦的原因可想而知。此处写得吞吐往复，文势波澜，感情真挚，婉转曲折。

下阕接写去者难离之苦，然后用一“念”字领起，设想别后情形。用叠字以加重语气，“休休”四句写纵使歌唱千万遍《阳关曲》，也无法挽回离者，那只好算了。接着写别后的设想。“念武陵人”两句运用了两个典故，写想象中人去楼空的情景，传达出丰富的感情信息。“惟有”五句写唯有楼前流水，映出她终日倚楼的身影，印下她钟情凝望的眼神。流水无知无情，怎会记住她终日凝眸的情态？写词人对丈夫痴痴等待的神态。丈夫走后，佳人独坐，枉自凝眸，又增添了一层新愁。

醉花阴

薄雾浓云愁永昼。瑞脑①消金兽②。佳节又重阳，玉枕纱厨，半夜凉初透③。

东篱把酒黄昏后。有暗香盈袖。莫道不消魂，帘卷西风，人比黄花瘦。

注释

①瑞脑：龙脑香料。②金兽：兽形铜制的香炉。③初透：刚刚开始感觉到。

赏析

这首词抒写了秋时闺中的寂寞和斯人内心之惆怅，暗寄悲秋和离愁之感。

上阕开头写女主人公于室内的情形。一个“愁”字点出该词的词眼。外面天气不佳，只好待在屋里。

下阕写佳节前把酒独酌的感受和内心的清苦，用佳节良辰暗托。重阳佳节，词人在屋里闷坐了一天，直到傍晚，才强打精神对酒赏菊。最后三句是全词最精彩之处。人似黄花，只言自己面容憔悴，生动形象，深婉含蓄，把闺愁苦情写得淋漓尽致。

李清照

声声慢

寻寻觅觅，冷冷清清，凄凄惨惨戚戚。乍[①]暖还寒时候，最难将息。三杯两盏淡酒，怎敌[②]他、晚来风急。雁过也，正伤心，却是旧时相识。

满地黄花堆积。憔悴损、如今有谁堪摘[③]？守着窗儿，独自怎生得[④]黑。梧桐更兼细雨，到黄昏、点点滴滴。这次第[⑤]，怎一个愁字了得？

注释

①乍：突然。②敌：抵。③堪摘：可以摘下来玩赏。④得：待到。⑤次第：情况，景况。这里实指痛苦的情况。

赏析

这是一首赋体慢词，表现悲秋主题。

上阕写词人晨起茫然若失的心绪。首起连用七组叠字把词人心神不宁的神态生动地刻画出来，一种愁惨凄厉的氛围已笼罩全篇。

下阕由仰望鸿雁转向俯望秋菊，转写傍晚独守寒窗的所见所闻和所感所思。“满地黄花”两句透露了惜花将谢的情怀。“守着”两句写词人孤独地守着窗儿，难熬过这一时刻。“梧桐”两句以景象之惨淡，烘托和渲染词人凄绝绵长的哀思愁绪。最后两句词人感慨自己思绪纷茫复杂，仅用一个“愁”字如何包括得尽。

李清照

念奴娇

萧条庭院，又斜风细雨，重门须闭。宠柳娇花寒食近，种种恼人天气。险韵诗[①]成，扶头酒[②]醒，别是闲滋味。征鸿[③]过尽，万千心事难寄。

楼上几日春寒，帘垂四面，玉阑干慵倚。被冷香消新梦觉，不许愁人不起。清露晨流，新桐初引，多少游春意。日高烟敛，更看今日晴未。

注释

①险韵诗：指用生僻难押的字押韵作诗。②扶头酒：饮后易醉的一种酒。③征鸿：飞翔的鸿雁。

赏析

这首词描写春雨。词人从细处着眼，运用烘托的手法，透过人物的行为和心理变化，来抒发春日离情。

上阕首三句把环境和气氛烘托出来。“宠柳娇花寒食近，种种恼人天气”两句用词很妙，透露出惆怅自怜的感慨。“险韵诗成，扶头酒醒，别是闲滋味”，词人独居闺中，遂写诗饮酒来消磨时光。只是诗成酒醒之后，又“别是闲滋味”，点出这首词的基调——伤春念远。“征鸿过尽，万千心事难寄”，点出上阕主旨，暗寓丈夫走后，词人欲寄相思，愁绪无法排遣，只好独自默默承受。

下阕首三句写词人倚栏盼望丈夫回来的情景。“被冷香消新梦觉，不许愁人不起”，勾勒出词人为离情所折磨夜里辗转难眠的情形，真切感人。“清露晨流，新桐初引，多少游春意”以清新的景象引起了春游的兴致。“日高烟敛，更看今日晴未”，词人还是放不下心，想看一下天是否会晴。词人以问句作结，余味悠远。

李清照

永遇乐

落日镕金，暮云合璧，人在何处？染柳烟浓，吹梅笛怨①，春意知几许。元宵佳节，融和天气，次第②岂无风雨？来相召、香车宝马，

谢他酒朋诗侣。

中州[3]盛日，闺门多暇，记得偏重三五[4]。铺翠冠儿，捻金雪柳，簇带争济楚。如今憔悴，风鬟霜鬓[5]，怕见夜间出去。不如向、帘儿底下，听人笑语。

注释

①吹梅笛怨：指笛子吹出《梅花落》这首曲子幽怨的声音。②次第：接着，转眼。③中州：指北宋汴京。④三五：正月十五元宵佳节。⑤风鬟霜鬓：头发斑白凌乱。

赏析

这首词是李清照晚年避难江南时的作品，描写她在一次元宵节时的感受。

上阕写元宵佳节寓居异乡的悲凉心情，着重对比客观现实和她的主观心情。“人在何处”四字，点出自己漂泊异乡的处境，同吉日良辰形成鲜明对照。

下阕着重用词人南渡前在汴京过元宵佳节时的欢乐心情，来同当前的凄凉景象作对比。“铺翠冠儿，捻金雪柳，簇带争济楚”，写的正是词人当年同“闺门”女伴盛装出游的情景。全是写实。可是，好景不长，金兵入侵，自己只落得漂泊异地的凄凉处境。如今人老了，憔悴了，虽又值佳节，哪里还有心思出外游赏呢？

诗情画意

元曲三百首

罗吟 编

胡怡 主编

应急管理出版社

·北 京·

图书在版编目（CIP）数据

元曲三百首／罗吟编．－－北京：应急管理出版社，2024

（诗情画意/胡怡主编）

ISBN 978－7－5020－9774－5

Ⅰ．①元…　Ⅱ．①罗…　Ⅲ．①元曲—文学欣赏　Ⅳ．①I207.24

中国版本图书馆 CIP 数据核字(2022)第 230530 号

元曲三百首（诗情画意）

主　　编　胡　怡
编　　者　罗　吟
责任编辑　高红勤
封面设计　言　午

出版发行　应急管理出版社（北京市朝阳区芍药居 35 号　100029）
电　　话　010－84657898（总编室）　010－84657880（读者服务部）
网　　址　www.cciph.com.cn
印　　刷　德富泰（唐山）印务有限公司
经　　销　全国新华书店

开　　本　880mm×1230mm 1/32　印张　23　字数　576 千字
版　　次　2024 年 1 月第 1 版　2024 年 1 月第 1 次印刷
社内编号　20221419　定价　128.00 元（共三册）

前言

元曲是盛行于元代的一种文学形式，因其首先兴盛于北方地区，所以又有“北曲”之称。元曲大致分为两种，一为元杂剧，一为元散曲。杂剧是一种把歌曲、说白和舞蹈结合在一起的形式；散曲则是诗歌，包括套数和小令两种——套数由若干曲子组成，小令则只含一支曲子。元曲有严密的格律定式，而每一曲牌的句式、字数、平仄等也都有固定的格式要求，只是并不死板，定格中允许加衬字，部分曲牌还可增句，押韵上允许平仄通押。与律诗、绝句和宋词相比，元曲具有较大的灵活性。虽然其流传并不如唐诗、宋词那么广泛，但元曲在思想内容和艺术成就上有着其独具的特色，使之堪与唐诗、宋词鼎足并举，成为我国文学史上的第三座里程碑。

元曲的兴起，还促进了元杂剧的定型。原来的宋杂剧受大曲的影响，念一段、舞一段、唱一段，缺乏作为戏剧的整体性，不利于表现人物的多种情态。诸宫调的出现在很大程度上弥补了这一缺陷，开元杂剧之先声，然而，每一宫调却只有两三支曲牌，仍显得单调。散曲进入杂剧后，杂剧面貌为之一新，一折即一个套曲，可以包括十几支乃至二十几支曲牌，与宾白、科介相间，可以比较充分地表演一段情节。四折的结构，也大致符合戏剧冲突形成—发展—高潮—解决的规律。这种同宫调中各曲牌的多种形式的组合，惟妙惟肖地反映了人物形神的变化，跌宕起伏，不仅为反映元代社会生活提供了生动活泼的艺术形式，而且形成了以唱、念、做、打的综合体为特征的中华民族的戏剧表演形式，这个功绩，在中国文艺史上是不可磨灭的。

有人曾指出：元曲是愤怒的艺术！这话并不过分。这种新兴的文体，闪现出新的思想光辉，它的主要思想倾向，是和元代社会相对立的。许多作品，表现了元代封建专制统治下的严酷现实，切切实实地反映了元代社会底层人民的心声！如无名氏的小令《醉太平》，痛快淋漓地直斥当时腐败至极的“大元”政府，及其开河、变钞、法滥、刑重等苛政，一针见血地指出“贼做官，官做贼”的社会现实。

这些散曲作品，有的借古讽今，直接揭露最高统治者皇帝的昏庸残暴、荒淫无耻；有的怀古咏史，总结历史兴亡的教训，向封建统治者发出了严重的警告；有的则直接鞭挞元代社会的各种邪恶丑习；有的描写人民身处黑暗社会的痛苦生活和悲惨遭遇，表现了对人民的深切同情，喊出了人民反抗的呼声。其题材之丰富，思想之深挚，艺术之精湛，都达到了非常高超的境界。

《元曲三百首》以近人隋树森编《全元散曲》为底本，参校以《阳春白雪》《太平乐府》《乐府新声》《乐府群珠》等元、明刊本，择善而从，不另出校记。从总体来看，元曲小令文体的规范性不及宋人词，但若从表情达意看，元曲因其形式体制的不拘一格，其题材及风格表现方面也可能容纳多样性和丰富性。本书在考虑入选曲家及曲作时，力求兼顾元曲创作的历史实际，在选目方面有重大调整，基本上是另起炉灶。

由于编者水平有限，遗漏和错误之处在所难免，我们诚恳地希望专家学者和广大读者不吝赐教、批评指正。

目录

元好问

〔黄钟〕人月圆

卜居①外家东园

重冈②已隔红尘③断，村落更年丰。移居要就、窗中远岫，舍后长松。

十年种木，一年种谷，都付儿童。老夫惟有、醒来明月，醉后清风。

注释

①卜（bǔ）居：选择居住的地方。②重冈：重重叠叠的山冈。③红尘：指纷扰繁华的人世间。

鉴赏

元好问，金末元初的文学家、历史学家，北魏皇室的后裔，在文坛享有很高的声誉。

这首曲子写于蒙古太宗十一年，此时的元好问年已五十，在历尽磨难后终于又回到了故乡忻州（今属山西）秀容。回乡后首先遇到的就是选择住处的问题，这首曲子即缘此所作。他幼年由任县令的叔父抚养，少年时期生活富足，中年虽然出仕却历尽离乱之苦，尝遍人间冷暖辛酸。金朝为蒙古所灭之后，元好问曾被蒙古兵俘虏，过了近五年阶下囚的生活。

这首曲子由作者选择居住于外家的原因写起：之所以选择居住在这里，是因为这里有世外桃源般的美景——窗外有远山如黛，屋后有巍峨长松。面对这样的家居美景，作者在曲的下阕表达了清闲自在的喜悦之情：关于未来，还是留给年轻人去开拓吧！“老夫”醒来有明月相陪，醉后有清风相伴就够了。作者历经世事百态和离乱之苦，心中有很多不平要诉说，但千言万语又不知道该如何表达，只能寄情于山水、清风、明月和美酒。这首曲子从表面上看似乎是平静的，深处却蕴藏着令诗人愤愤难平的家国之痛。

杨　果

〔越调〕小桃红

八首之三

采莲人和采莲歌，柳外兰舟过，不管鸳鸯梦惊破。夜如何[1]，有人独上江楼卧。伤心莫唱，南朝旧曲[2]，司马泪痕[3]多。

注释　①夜如何：指夜已深。②南朝旧曲：指的是陈后主所制的《玉树后庭花》。③司马泪痕：由白居易《琵琶行》中“座中泣下谁最多，江州司马青衫湿”的句意浓缩而来。

鉴赏　这首曲子的主题是悼念亡金，作者将采莲的场景放置在深夜的湖面上，以动衬静，营造了一种凄清哀凉的氛围。作者通篇哀的并不是采莲女，而是被采莲歌惊动的江楼独卧人。

曲的前三句运用了白描的手法，描写了采

莲女的生活情调，表现了其生活的轻松愉快，这种愉悦之情感染了身在异乡的作者，使作者也产生了欢愉之情。之后，作者笔锋一转，开始写哀情。“夜如何”三个字饱含了作者无尽的怅惘：此番热闹的夜是属于采莲人的，自己又将怎么度过这漫漫长夜呢？最后，作者由采莲歌联想到南朝梁武帝萧衍所作的《采莲曲》。由于作者内心深处对金朝的故国情思依然深重，因而闻歌伤怀，伤心流泪。

这首曲子以乐景而写哀情，用采莲女的欢歌笑语反衬作者内心的孤独悲凉，将采莲歌与南朝旧曲做对比，表达亡国之痛，具有很强的艺术感染力。

〔越调〕小桃红

八首之四

碧湖湖上柳阴阴，人影澄波浸，常记年时对花饮。到如今，西风吹断回文锦①。羡他一对，鸳鸯飞去，残梦蓼②花深。

注释　①回文锦：原指织有回文诗的锦。代指思妇寄给远方夫君的述情之物。②蓼（liǎo）：草名，多长于水边。

鉴赏　这首曲子首句写景，描写了清澈如玉的湖水，郁郁葱葱的柳树。“人影澄波浸”一句巧妙地完成了由写景到写人的过渡。人影幢幢，欢声笑语，使主人公产生了对往事的回忆。但回忆也只是寥寥一笔带过，“到如今”随即转入对现实的描写，并与“年时”形成强烈的对比。“西风吹断回文锦”，以典故暗喻离别之痛，更加渲染出一种惆怅的气氛。“羡他……花深”，写出了当主人公看着鸳鸯双飞，想到自己当年与情人比翼双飞的愿望早已被雨打风吹去了时的惆怅之情。

这首曲子文风婉转低回，在写法上由景及人，又由人及景。作者借湖上美景衬托人物的悲剧命运和凄凉心情，这种表现手法近于婉约词，然而曲中的语言却大多是平直的，反映了词曲过渡时期的特点。

〔越调〕采莲女

三首之一

采莲湖上采莲娇，新月凌波[1]小，记得相逢对花酌[2]。那妖娆，殢[3]人一笑千金少。羞花闭月，沉鱼落雁，不恁也魂消。

注释

①新月凌波：新月，形容女子眉毛之弯。凌波，形容女子的脚。②酌：喝酒。③殢：围绕，纠缠。

鉴赏

这首曲子主要塑造了一个容貌俊美的采莲女的形象。曲子开头，作者运用白描的手法，通过细致的观察，动静结合，整体勾勒出采莲女的形象，写出了采莲女的绰约风姿。接着，作者回想当年与美人初次相逢时对花酌饮的美好情景，不禁发出了“那妖娆，殢人一笑千金少”的赞叹。作者用具体的“千金”来衡量女子的倾国倾城，将女子的美貌表现得更加形象生动。“羞花……魂消”进一步表现了女子令人销魂的美貌。作者用“花”“月”“鱼”“雁”这四种大自然中的美丽景物作比，对女子的容貌进行了刻画，进一步表现出采莲女的美丽、娇艳。

作者将采莲女置于湖上采莲的大背景之中，采用动静结合的手法，使人物与自然融为一体，给我们呈现了一个清丽脱

俗、秀美灵动的采莲女形象。

〔仙吕〕翠裙腰

莺穿细柳翻金翅，迁上最高枝。海棠零乱飘阶址，堕胭脂。共谁同唱送春词？

〔金盏儿〕减容姿，瘦腰肢，绣床尘满慵针指。眉懒画，粉羞施，憔悴死。无尽闲愁将甚比？恰如梅子雨丝丝[①]。

〔绿窗愁〕有客持书至，还喜却嗟咨，未委归期约几时，先拆破鸳鸯字[②]。原来则是卖弄他风流浪子。夸翰墨，显文词，枉用了身心空费了纸。

〔赚尾〕总虚脾，无实事，乔[③]问候的言辞怎使？复别了花笺重作念，偏自家少负你相思？唱道再展放重读，读罢也无言暗切齿。沉吟了数次，骂你个负心贼堪恨，把一封寄来书都扯做纸条儿。

注释

①恰如梅子雨丝丝：这里比喻女子那难以捉摸的情绪。②鸳鸯字：指情书。③乔：假惺惺。

鉴赏

这首套曲描写了一个痴情女子对心上人的思念、盼望以及收到信件之后的愤恨与愁怨之情。第一首曲子给我们描绘了一幅莺歌燕舞的画卷：黄莺在细柳间翩翩起舞，海棠花在寒风中洒落一地，布满台阶。落红满地，可是有谁来同情怜惜呢？作者以落红营造了一种凄凉的意境，奠定了全曲凄婉哀怨的感情基调。第二首曲子用细腻的笔法描绘了女子的闲愁：女子因饱受相思之苦而形容憔悴，无心梳妆。第三首曲子深刻地刻画出了女子由收到信时的欢喜雀跃到看完信后愤恨怨怒的心理变化。女子一心痴情地等待着心上人的归来，但当她苦苦等来心上人的书信时，结果却使她

大失所望。自己苦苦守望的心上人只是在信中卖弄文采，夸夸其谈，一点也没有提到有关归期的信息。尾曲描绘了女子虽然怨恨却又思念的复杂心情：虽然心中怨恨，但终究还是重新打开信件，反复思量，终于看明白了那人的薄情寡义。

刘秉忠

〔南吕〕干荷叶

八首之一

干荷叶[①]，色苍苍[②]，老柄[③]风摇荡。减了清香，越添黄。都因昨夜一场霜，寂寞在秋江上。

注释

①干荷叶：指荷叶干后只剩光杆。②苍苍：指衰老。③老柄（bǐng）：枯柄。

鉴赏

整首曲子通过描述秋天干枯的荷叶，渲染了一种凄凉萧索的氛围。起首三句描述干枯、褪色的荷叶和憔悴易折的枝干，开门见山地描绘出一幅凄凉的画面。中间两句通过描述气味减轻，枯黄加重，“减”与“添”强烈对比，进一步渲染了萧瑟的氛围。“都因”一句解释了原因，原来这一切都是因为昨晚下了一场霜，直接明了地说明秋天到了。“寂寞在秋江上”将背景一下子扩大到整片江面上，通过描绘辽阔的背景，加深了萧索之感。

整首曲子语言简单淳朴，句式长短相间，寓情于景，表达了一种对于美好事物消失的惋惜之情。

〔双调〕蟾宫曲（四首）

盼和风春雨如膏①。花发南枝，北岸冰销。夭桃②似火，杨柳如烟，穰穰③桑条；初出谷黄莺弄巧，乍衔泥燕子寻巢。宴赏东郊，杜甫游春，散诞逍遥。

炎天地热如烧。散发披襟④，纨扇轻摇。积雪敲冰，沉李浮瓜⑤，不用百尺楼高；避暑凉亭静扫，树阴稠绿波池沼。流水溪桥，右军⑥观鹅，散诞逍遥。

梧桐一叶初凋。菊绽东篱，佳节登高⑦。金风⑧飒飒，寒雁呀呀，促织⑨叨叨；满目黄花衰草，一川红叶飘飘。秋景萧萧，赏菊陶潜，散诞逍遥。

朔风瑞雪飘飘。暖阁红炉⑩，酒泛羊羔⑪。如飞柳絮，似舞胡蝶，乱剪鹅毛。银砌就楼台殿阁，粉妆成野外荒郊。冬景寂寥，浩然踏雪，散诞逍遥。

注释

①春雨如膏：膏，油。早在《诗经》中，人们就把春雨称作“膏雨”，加以赞美。②夭桃：指茂盛而艳丽的桃花。③穰穰（ráng）：兴盛的样子。④散发披襟：披着头发，敞开衣服。⑤沉李浮瓜：吃在冷水里浸过的李子和瓜。⑥右军：指王羲之。⑦佳节登高：指每年重阳节（农历九月初九）登高望远的习俗。⑧金风：秋风。⑨促织：蟋蟀的别名。⑩暖阁红炉：指有炉火取暖的小阁。⑪酒泛羊羔：山西汾县所产的一种酒叫羊羔酒，呈白色晶莹状。

鉴赏

这首组曲，表现了作者在一年四季之中自由闲适的生活以及淡泊文雅的情趣。第一首咏春。“盼和风春雨如膏”，一个“盼”字，表明了作者对于春天的盼望和喜爱之情。接着，作者描绘了一幅色彩斑斓的春光图：百花开放，百鸟齐鸣，生机勃勃，热闹非凡。最后三句表现出了想要逍遥快活的愿望。第二首咏夏。开头一句“炎天地热如烧”，一个“烧”字便点出了夏日的酷暑难耐。接下来“散发……池沼”，写绿荫下池塘边的凉亭是乘凉最好的地方，营造出了一种“阴”“绿”“静”的环境，传达出丝丝凉意。作者在清净的凉亭里，悠然自得，率性而为。接着，作者以王羲之自比，将自己也提升到文人雅士一列。人与自然的和谐表现了作者的高雅情趣。第三首咏秋。首句“梧桐一叶初凋”点明秋意。“菊绽东篱”表现了作者淡雅的心境。“佳节登高”引出下文登高的所闻所见：“金风”“寒雁”“促织”“黄花”“衰草”“红叶”，色彩斑斓，意境开阔。最后“秋景……逍遥”，呼应了上文的“菊绽东篱”，表达了虽然眼前秋景萧瑟，但作者仍然开阔洒脱的心境。最后一首咏冬。“朔风瑞雪飘飘”点明季节。屋外寒风凛冽，雪花纷飞，银装素裹，已如冰雕玉砌，而作者却悠然地坐在炉火通明的暖室内饮酒。然而面对这样的景致，作者又不禁走出暖室，“浩然踏雪”，表现了其高雅的生活情调。

杜仁杰

〔般涉调〕耍孩儿

庄家不识构阑[①]

风调雨顺民安乐，都不似俺庄家快活。桑蚕五谷十分收，官司无甚差科[②]。当村许下还心愿，来到城中买些纸火[③]。正打街头过，见吊个花碌碌纸榜，不似那答儿闹穰穰人多。

〔六煞〕见一个人手撑着椽做的门，高声的叫"请请"，道"迟来的满了无处停坐"。说道"前截儿院本《调风月》[④]，背后幺末[⑤]敷演《刘耍和》"。高声叫："赶散易得，难得的妆哈[⑥]。"

〔五煞〕要了二百钱放过咱，入得门上个木坡，见层层叠叠团圞坐。抬头觑是个钟楼模样，往下觑却是人旋窝。见几个妇女向台儿上坐，又不是迎神赛社[⑦]，不住的擂鼓筛锣。

〔四煞〕一个女孩儿转了几遭，不多时引出一夥。中间里一个央人货[⑧]，裹着枚皂头巾，顶门上插一管笔，满脸石灰更着些黑道儿抹。知他待是如何过？浑身上下，则穿领花布直裰[⑨]。

〔三煞〕念了会诗共词，说了会赋与歌，无差错。唇天口地无高下，巧语花言记许多。临绝末[⑩]，道了低头撮脚，爨罢将幺拨[⑪]。

〔二煞〕一个妆做张太公，他改做小二哥，行行行说向城中过。见个年少的妇女向帘儿下立，那老子用意铺谋待取做老婆。教小二哥相说合，但要的豆谷米麦，问甚布绢纱罗。

〔一煞〕教太公往前挪不敢往后那，抬左脚不敢抬右脚，翻来复去由他一个。太公心下实焦燥，把一个皮棒槌[12]则一下打做两半个。我则道脑袋天灵破，则道兴词告状，刬地大笑呵呵[13]。

〔尾〕则被一胞尿，爆的我没奈何，刚捱刚忍更待看些儿个，枉被这驴颓[14]笑杀我。

注释

①构阑：勾栏。②差科：指差役和赋税。③纸火：纸钱。④《调风月》：元代经常上演的一个剧本。⑤幺末：元杂剧的别称。⑥妆哈：捧场，喝彩。⑦迎神赛社：迎神是旧时一种祈福免灾的活动，赛社则是我国古代的遗俗之一，源于周代十二月的蜡祭。⑧央人货：害人精。⑨直裰（duō）：宋朝时古人的服饰款式之一。⑩临绝末：到末了。⑪爨（cuàn）罢将幺拨：爨，也叫爨弄，是宋、金杂剧里一种简短的表演，这里指开场的小演唱，也叫“艳段”。幺，即幺末，指正杂剧。⑫皮棒槌：又叫磕瓜，是副末打诨时用的，槌头用软皮包棉絮做成，打时不会痛。⑬刬（chàn）地大笑呵呵：平白地大笑了一场。刬地，反而。⑭驴颓：公驴生殖器。

鉴赏

这套套曲由七支曲子和一个尾声组成，带有戏谑意味地描写了一个庄户人家第一次在城里勾栏看戏的情景。

第一首曲子讲述了庄稼汉进城的原因：风调雨顺，官府也征税不多，有了好收成就觉得是神灵庇佑，于是便进城买香火还愿。经过街市时，看见了榜文。这些都为庄稼汉入勾栏看戏埋下引子。〔六煞〕写庄稼汉听到把门的大声吆喝“迟来的满了无处停坐”，又预报了当天的剧目是“院本《调风月》”和“杂剧《刘

耍和》”，并对剧情做了绘声绘色的描述，这些使他好奇了。〔五煞〕写庄稼汉咬牙花了二百钱进勾栏看戏，只见几个女艺人坐在台上，观众层层围坐在台下。“抬头觑是个钟楼模样”指出了当时剧场的形状酷似钟楼，“往下觑却是人旋窝”表现了剧场的生意兴旺。〔四煞〕〔三煞〕描绘了演出开始前的场景及演员的表演。用庄稼汉的口吻来讲述台上的人物及表演。〔二煞〕〔一煞〕讲的是《调风月》的剧情，描绘了具体的演出情形：张太公和小二哥进城，看见了一个漂亮的少妇站在帘下，张太公想娶她，于是叫小二哥去说媒，要什么他都答应。结果小二哥趁此戏弄他，让他看得见，摸不着，只能干着急。张太公恼怒，用皮棒槌打小二哥，结果棒槌裂成两半达到了全剧的高潮。庄稼汉吓坏了，以为张太公将小二哥的天灵盖敲碎，要惹上官司，没想到看戏的人却因为有趣而哈哈大笑，突出了“庄家不识构阑”这一主题。〔尾〕写庄稼汉内急，本来准备憋着多看一会儿，结果跟着台上人一笑却不得已离场，临走还骂了句粗话，将庄户人泼辣的性格特点活脱脱地表现了出来。

王和卿

〔仙吕〕醉中天

咏大蝴蝶

弹破庄周梦，两翅驾东风。三百座名园一采一个空。难道①风流种？唬杀②寻芳的蜜蜂。轻轻的飞动，把卖花人扇过桥东。

注释

①难道：很难用言语表达。②唬杀：吓死。

鉴赏

这是一首咏物的曲子。首句化用庄周梦蝶的典故。“弹”字表现出蝴蝶的力气之大，为下文埋下伏笔。“两翅驾东风”表现了蝴蝶之大，采花速度之快。“一采一个空”，两个“一”字相比照，描写了大蝴蝶的迅速敏捷。“难道风流种？唬杀寻芳的蜜蜂”两句，用拟人的手法道出了蜜蜂的心态。大蝴蝶采花的速度如此之快，吓唬住了常年辛勤采蜜的蜜蜂。这样还不够，蝴蝶还恋着卖花人的担子，把他扇过了桥东。如此大的力气，读者难以想象蝴蝶之大。

这首曲子想象奇特，气魄雄伟，综合运用了想象、夸张、比喻、象征的表现手法，语言诙谐风趣、生动幽默。全曲不论是写大蝴蝶的来历、采花的本领，还是描述它的神力，都极尽夸张之能事，形象生动。

〔仙吕〕一半儿

题情（四首）

鸦翎[1]般水鬓似刀裁，水颗颗[2]芙蓉花额儿[3]窄。待不梳妆怕娘左猜[4]，不免插金钗。一半儿鬅松[5]一半儿歪。

书来和泪怕开缄，又不归来空再三。这样病儿谁惯耽？越恁瘦岩岩[6]。一半儿增添一半儿减。

将来书信手拈着，灯下姿姿[7]观觑了。两三行字真带草。提起来越心焦，一半儿丝挦[8]一半儿烧。

别来宽褪缕金衣[9]，粉悴烟憔[10]减玉肌。泪点儿只除衫袖知。盼佳期，一半儿才干一半儿湿。

注释　①鸦翎(líng):乌鸦尾巴上的羽毛。②水颗颗:水灵灵。③花额儿:像花一样的额头。④待不梳妆怕娘左猜:待,准备。左猜,怀疑。⑤鬅(péng)松:形容头发松散。⑥岩岩:消瘦貌。⑦姿姿:仔细地看。⑧丝挦(xián):扯成丝,撕成片。⑨别来宽褪缕金衣:宽褪,因身体消瘦,衣服变得宽大不合体。缕金衣,指用金色丝线缝制的衣服。⑩粉悴烟憔:指容颜憔悴。

鉴赏　这四首曲子描写了一个闺中女子从早上到晚上的心情,通过四个生活片段,将她收到远方情人书信后的心理刻画得细腻逼真,淋漓尽致。第一首写女子相思的情态:因思念远方的心上人,女子心神不安,起床后都不想梳洗打扮了,因为怕母亲追问才勉强插上金钗,可发髻还是一半儿松散一半儿歪。通过这个小小的动作,揭示了在封建礼教束缚下的女子对于爱情的矛盾心理。第二首刻画了少女接到心上人书信时的心态:她激动地含着泪水,急切地想知道信中的内容,但是又害怕拆开,心里非常矛盾。由于相思成疾,终日无精打采,她心中的愁苦越来越深,身子也越来越消瘦。第三首描写了女子在灯下看信的急切心情。她在灯下仔细地看着，信很短，还因字迹太潦草有些看不清，女子越看心里越着急，等看完之后她才发现原来心上人是随便写几个字来敷衍她的，于是她气愤地将来信撕碎烧毁了。这寥寥几句，就将女子焦灼、失望和气愤的种种情态活灵活现地刻画了出来。第四首描绘了入夜后女子的痛心。女子因思念而日渐消瘦，内心的酸楚无人诉说，只能在夜深人静时偷偷流泪。

这四首曲子的最后一句都用了曲牌名“一半儿”，将感情推向高潮，取得了很好的艺术效果。

〔双调〕拨不断

大鱼

胜神鳌[①]，夯风涛，脊梁上轻负着蓬莱岛。万里夕阳锦背[②]高，翻身犹恨东洋小。太公怎钓[③]？

注释

①神鳌（áo）：传说中一种有神力的大乌龟。②锦背：指美丽的脊背。③太公怎钓：这里抒发了元代知识分子壮志难酬的悲痛之情。

鉴赏

这首曲子想象独特，夸张大胆，描写了一条硕大神奇、力大无比的鱼。神话里能背负起蓬莱仙岛的力大无穷的神鳌就令人惊叹了，然而作者说这条大鱼要胜于神鳌，力大无穷的神鳌尚需要轮番背负蓬莱岛，而大鱼背负起来却如此轻松，这令我们难以想象。这种震撼感紧紧抓住了读者的眼球。接下来的描写更加神奇，大鱼像巨龙一样，在夕阳的照耀下露出美丽的脊背。这从侧面表现出大鱼的美，这种美是一种雄壮之美。它在广袤的海洋里尚不能自由地翻身，可见其大。结尾一句“太公怎钓”说就连善钓的姜太公对这条大鱼也没办法。统观全曲，作者对这条大鱼是极尽夸张之能事的。作者极力夸大这条大鱼有着深层的寓意，这条大鱼象征了当时身在社会底层、遭受歧视的知识分子，他们满腹经纶，但生不逢时，无用武之地，于是便对现实充满不满。作者写这条大鱼的胸怀与抱负，表现了当时元朝底层知识分子壮志难酬的无奈与苦闷。

商　挺

〔双调〕潘妃曲（十九首选三）

断肠关山①传情字，无限伤春事，因他憔悴死。只怕傍人问着时。口儿里强推辞，怎瞒得唐裙襊②。

闷酒将来刚刚③咽，欲饮先浇奠，频祝愿：普天下心厮爱④早团圆。谢神天，教俺也频频的勤相见。

一点青灯⑤人千里，锦字⑥凭谁寄？雁来稀。花落东君也憔悴⑦。投至望君回，滴尽多少关山泪。

注释

①关山：这里是指恋人远游之地。②唐裙襊：裙幅较多的长裙上的折纹。③刚刚：形容勉强。④心厮爱：厮，互相。心厮爱，指真心相爱。⑤一点青灯：极言孤单。⑥锦字：在这里指妻寄夫的书信。⑦花落东君也憔悴：暗指自身在相思中衰老。

鉴赏

商挺有〔双调·潘妃曲〕十九首，都写的是闺阁中的情事，表现相思之情。此处所选第一首描写了女子的相思。曲子的前三句感情饱满丰富，意蕴深沉。“断肠关山传情字”句中，以“断肠”为中心，点明女子思念的心上人远在天边，令人柔肠寸断。“断

肠”“伤春”“憔悴死”表现了女子的情深意切。“傍人问着”，嘴上只能“强推辞”，暗示女子的愁肠无人诉说。“怎瞒得唐裙衽”，写虽然自己在人前强颜欢笑，但是为伊消得人憔悴，衣带渐宽，自己的形销骨立还是瞒不住身上的衣裳。这就使全曲显得婉转深邃。第二首写的是一名女子借酒解闷，祷祝自己与情人能时常相见。这首曲子的开头直抒胸臆，说自己与相爱的人不能相见，想要借酒消愁。但又因为相思情重，面对美酒却难以下咽。于是在独饮之前，先将一杯酒洒在地上，祈祷上苍，希望老天保佑有情人能终成眷属，自己能不再受相思之苦。这首曲子内容简单，语言通俗，平白如话。第三首写的是游子不归，女子相思难耐，终于鼓起勇气提笔写信催促心上人早些回来。开头写了这样一幅场景：暗沉的夜里微光下，女子满怀希望，给远在千里之外的心上人写信。灯光微弱昏暗，显示出女子内心的凄凉。“锦字凭谁寄？”这句自问道出了女子心中的郁结所在：相隔太远，传书的雁儿也没有踪影，相思无处寄托。“花落东君也憔悴”是愁闷无边的女子眼中残春的写照，虽然表面上看，表达的是女子想象中春神的憔悴，实际却是女子自怜在相思中衰老。虽然伤心忧愁，但是又不放弃对心上人归来的希望，依然“投至望君回”。一个“望”字，将女子既企盼又疑虑、既希望又失望的复杂心情表现了出来。

胡祗遹

〔中吕〕阳春曲

春景（三首）

几枝红雪墙头杏[①]，数点青山屋上屏[②]。一春能得几晴明？三月景，宜醉不宜醒。

残花酝酿蜂儿蜜，细雨调和燕子泥。绿窗春睡觉来迟。谁唤起？窗外晓莺啼。

一帘红雨[③]桃花谢，十里清阴柳影斜。洛阳花酒[④]一时别。春去也，闲煞旧蜂蝶。

注释 ①几枝红雪墙头杏：指杏花。②屏：指青山之美，如挡风或做蔽障的屏风。③红雨：比喻花凋落。④洛阳花酒：代指春天。

鉴赏 这三首曲子都借景抒情。第一首曲子开头两句，写墙头上点缀着轻盈晶莹的红色雪花一样的杏花，屋后的远山星星点点，宛如大自然创造的屏风。“几枝”“数点”点明时节是春天。“一春能得几晴明”，春天中能有几个这样的好时令？作者不禁感慨：“三月景，宜醉不宜醒。”人生得意须尽欢，还是把握大好春光，把酒言欢吧。第二首由写景转向写人。“残花……泥”，用简洁的笔墨，自然生动地描绘了蜂酿蜜、燕衔泥的场景。“残花”表明时节是暮春。“绿窗……莺啼”，写人沉醉在春景中迟迟未醒，突然听到窗外莺歌燕语，惊醒了春梦。第三首写春归时的景色。“一帘……斜”，借景抒情。“一帘”与“十里”相对，“红雨”与“清阴”相衬，色彩鲜明。虽然暮春时节景致如画，可惜美景难长。一句“春去也，闲煞旧蜂蝶”将惜春之情表现得淋漓尽致。此处作者借蜂蝶的依依不舍，衬托出人对春天的无限留恋。物犹如此，人何以堪？

伯　颜

〔中吕〕喜春来

金鱼玉带罗襕扣[1]，皂盖朱幡[2]列五侯。山河判断[3]在俺笔尖头。得意秋[4]，分破[5]帝王忧。

注释　①金鱼玉带罗襕（lán）扣：金鱼，标志官阶的一种佩饰。罗襕，绮罗袍，元朝以丝罗制的官服。②皂盖朱幡（fān）：黑色车盖红色旗帜，是官员出行时的仪仗。③判断：分析裁定。④得意秋：指称心如意的时光。⑤分破：分减、减少。

鉴赏　伯颜，元代著名的政治家、军事家，文武双全。这首曲子虽然篇幅短小，但气势恢宏。开头两句显示出一种华贵和踌躇满志之气。“金鱼玉带罗襕扣，皂盖朱幡列五侯”，表明作者已身居高位，势大权重。“山河判断在俺笔尖头”一句背景寥廓，大有站在山河之巅，俯瞰苍茫大地，指点江山、激扬文字之感，倾泻出一派豪迈之情。一个“俺”字，粗犷朴实，突显了人物的真实感。结尾“得意秋，分破帝王忧”抒发了作者的豪情壮志：建功立业并非为了荣华富贵，而是要为帝王分忧。作为一个武将，不仅有为帝王分忧的铁血丹心，还有如此文采，文才武略兼备，实在令人赞叹！

王　恽

〔正宫〕双鸳鸯

柳圈辞[①]

暖烟飘，绿杨桥，旋结柔圈折细条。都把发春闲懊恼，碧波深处一时抛。

野溪边，丽人天，金缕歌声碧玉圈。解祓不祥随水去，尽回春色到樽前。

问春工，二分空，流水桃花飏[②]晓风。欲送春愁何处去，一环清影到湘东。

步春溪，喜追陪，相与临流酹[③]一杯。说似碧茵罗袜客[④]，远将愁去莫徘徊。

秉兰芳，俯银塘，迎致新祥祓旧殃。不似汉皋空解佩[⑤]，归时襟袖有余香。

醉留连，赏春妍，一曲清歌酒十千。说与琵琶红袖客，好将新事曲中传。

注释

①柳圈辞：这首套曲有六支曲子，采用同一曲调，歌咏同一内容，描写的是“柳圈”的事，也就是描绘了一次在水边嬉戏游春的活动。②飏：同“扬”，飞扬，飘扬。③酹（lèi）：这里是洒酒于江，表示一种祈祷。④罗袜客：指曹植《洛神赋》中所歌咏的那位“凌波微步，罗袜生尘”的洛水女神。⑤不似汉皋（gāo）空解佩：这里引用了郑交甫于汉皋台下遇二仙女的故事。

鉴赏　这首套曲描写完整细致。第一支曲子中“暖烟……细条”，写春风和煦，桥边的杨柳发出了嫩芽，人们心情也很好，所以出门折下细细的柳条，编成柳圈戴在头上。“都把……一时抛”，表现了春意盎然，冰雪消融，每个人都喜上眉梢的情景。第二支曲子中“野溪……玉圈”，写野外的小溪边，丽人清脆的歌声在上空形成了好似碧玉的光圈，婉转动听。“解祓……樽前”，写人们在吉祥的春日里许下了美好的愿望，希望幸福和美妙常伴。第三支曲子“问春……晓风”，将暮春赋予了诗意，引起了读者的注意。“欲送……湘东”，或许春愁是要和流水一起漂到湘东去吧。“一环清影”将柳圈在水上漂流的景象描绘得栩栩如生。第四支曲子写的是人们在江边祭奠的情景。“步春……一杯”，描写人们沿着溪边，欢喜地追逐着水上漂浮的柳圈和落红。面对着失去的一江春水，洒一杯清酒，许一份祝愿。“说似……徘徊”，写人们向洛水女神祈祷，希望她带走忧愁。第五支曲子写的是人们春禊归来，袖子上还沾有余香的情景。“秉……殃”，描写人们手中拿着鲜花，俯视着波光粼粼的水面，满怀憧憬地送走烦恼和忧愁，迎来吉祥和幸福。第六支曲子写在赏春的宴会上人们其乐融融的情景。“醉……千”，写人们满心欢喜，把酒言欢，流连忘返。“说与……中传”，写作者因为心情很好，所以文思泉涌，在宴会上即兴挥笔作曲，记录春禊的情景。

〔仙吕〕后庭花

晚眺临武堂

绿树连远洲①，青山压树头。落日高城望，烟霏②翠满楼。木兰舟③，彼汾一曲④，春风佳⑤可游。

注释　①洲：水中高出的小块陆地。②烟霏：形容云烟弥漫之貌。③木兰舟：这里泛指装饰精美的船。④彼汾（fén）一曲：指汾河湾。⑤佳：好。

鉴赏

这首曲子是登高赏景抒怀之作，写于作者出任平阳路总管府判官之时。因为是登高远眺，所以曲中出现的多是远景。前两句“绿树连远洲，青山压树头”，写放眼望去，郁郁葱葱的树木一直延伸到河中的小洲，远处的青山正巧压在绿树的枝头。“青山压树头”，用视觉改变了远山的位置，仿佛它恰好长在树木之上。下面两句“落日高城望，烟霏翠满楼”，写夕阳下临武堂的景象。当落日的余晖映照在高城之上时，登城远望，只有远处的临武堂隐隐约约地出现在云烟弥漫的绿野之中，作者在这里将自然景观和人文景观结合，令人心旷神怡。最后三句抒发了感慨。“木兰舟，彼汾一曲，春风佳可游”，赞叹汾河湾春景的美好。临武堂周围的景致如此美妙，使作者不禁动情，想划着小船，沿着这汾河流水，一览沿岸美妙迷人的春色。

〔越调〕平湖乐

十首之一

平湖云锦碧莲秋，香浥兰舟透[①]，一曲菱歌满樽酒。暂消忧，人生安得长如旧。醉时记得，花枝仍好，却羞上老人头。

注释

①香浥（yì）兰舟透：带着花香的露水沾湿了水面的船。

鉴赏

这支曲开头两句“平湖……舟透”，景中含情，同时还点明时间、地点和环境。在一个秋高气爽的日子里，作者泛舟于平湖之上，看波光粼粼的湖面，一片碧绿，荷花的清香，沁人心脾。“一曲菱歌满樽酒”，写听着那随风飘荡的悠扬的采菱歌，作者酒兴大发，

满斟而饮，仿佛飘飘欲仙了。“暂……旧”两句，笔锋一转，写作者泛舟平湖，饮酒助兴，只是为了暂时忘掉忧愁，然而，借酒消愁愁更愁。人生一世，怎么能够永远年轻，永不衰老呢？于是作者只好以“花枝仍好，却羞上老人头”自嘲作罢。

〔越调〕平湖乐

十首之二

鉴湖①秋水碧于蓝，心赏②随年淡，柳外兰舟莫空揽。典春衫③，觥船④一棹汾西岸。人间万事，暂时放下，一笑付醺酣。

注释

①鉴湖：镜湖，在今浙江省绍兴南。②心赏：指心情愉悦。③典春衫：这里是指倾其所有，尽兴一游。④觥（gōng）船：大船。

鉴赏

本曲作于作者任平阳路总管府判官之时。曲子通过描绘平湖美景，表达了作者随遇而安、及时行乐的人生态度。前三句“鉴湖……空揽”，写面对眼前景物的心境。鉴湖景致虽美，却不能亲眼去看，只能在心中欣赏，然而随着岁月的增长，欢畅的心情也就渐渐淡化了。但是，汾西、平湖的景色如此之美，令人赏心悦目，使作者禁不住要乘着柳堤外的兰舟，好好去饱览一番。接下来两句“典春衫，觥船一棹汾西岸”，写欣赏汾西之景的迫不及待的心情。“觥船一棹汾西岸”，用夸张的手法，表现了船的速度之快，从侧面烘托出作者赏景心情之急切。最后三句“人间……醺酣”，直抒陶醉的心境。美好的景致使主人公将万般烦恼都抛到了九霄云外，作者及时行乐的情怀也得到了充分体现。

这首曲子借景抒情，情景交融，文字简洁雅致。

卢　挚

〔中吕〕普天乐

湘阳道中

岳阳来，湘阳路，望炊烟田舍，掩映沟渠。山远近，云来去。溪上招提①烟中树，看时见三两樵渔，凭谁画出。行人得句，不用前驱。

注释

①招提：寺院的别称。

鉴赏

这首曲子是作者到湖南赴任沿湘水进发途中所作。作者从视觉入手，通过两个层次描写了自己陶醉于山水的情况。先从大视野中远望：袅袅的炊烟、一座座农舍茅屋遮掩着高高低低的山坳沟渠，颇有陶渊明“暧暧远人村，依依墟里烟”的意境。接着，通过视角的移动，写“山远近，云来去”，十分贴切地描绘了沿途所见的青翠层叠的山峰和飘浮在天边的云朵，动静结合，为整个画面增添了几分活力。然后，视线收回，着眼于近景，写寺院周围的景色。溪水潺潺，树木茂盛，鳞次栉比的寺院掩映其中。在这样如画的环境中，偶尔见到两三位樵夫、渔父，他们在其中逍遥自在，是何等惬意啊。“三两樵渔”表现了作者对这种自在生活的渴望。画面突出了恬静之意，包含着作者内心深处由衷的迷恋与羡慕。最后，“行人得句，不用前驱”，则直接表达了作者忘情山水的情感。

整首曲子由时空、景物进而写到感受，简洁有序。作者用疏淡之笔，将情与景结合，同时又注重整体画面的把握，具有强烈的艺术感染力。

〔双调〕沉醉东风

秋景

挂绝壁松枯倒倚①，落残霞孤鹜齐飞②。四围不尽山，一望无穷水。散西风满天秋意③。夜静云帆月影低④，载我在潇湘画里⑤。

注释

①挂绝壁松枯倒倚：此句出于李白的《蜀道难》："连峰去天不盈尺，枯松倒挂倚绝壁。"极言景物之奇绝险怪。②落残霞孤鹜（wù）齐飞：化用王勃"落霞与孤鹜齐飞"的名句。鹜，野鸭。③散西风满天秋意：言"西风"无形，"秋意"无迹，然而又确实有"意"可感。④夜静云帆月影低：云帆，白色的船帆，代指船。月影低，是说帆影在初升的月亮的照映下，显得低而长。⑤载我在潇湘画里：潇湘，湖南境内两条水名。湘水流至零陵县和潇水合流，世称潇湘。

鉴赏

这首曲子大致作于卢挚在元成宗大德初年为湖南宪使时，通过对如梦如画的湘江秋景的描写，表现了作者幽静闲适又略带萧瑟的心情。曲中前四句对仗工整，前面特写，后面淡描秋景。"挂绝……齐飞"，写作者独坐船中，沿江而

行，首先映入眼帘的是两岸的悬崖峭壁和倒挂的枯枝，这种苍凉的景致为全曲奠定了凄清孤冷的基调。这两句也将江边的景致尽收眼底。“四围不尽山，一望无穷水”表现了江景的壮阔。周围没有山影遮蔽视野，映入眼帘的只有一望无际的流水。流水飞逝，凄凉之感随着萧瑟的秋风袭上心头。“散西风满天秋意”，秋风无影，秋意无形，偏偏秋风裹着秋意四处吹散，这就给画面增添了几分悲凉的色彩。结尾两句“夜静……画里”，将笔锋一转，减轻了先前的沉重感，描绘出一幅安详宁静的潇湘夜景图。“载我在潇湘画里”让人怦然心动，将人与自然的和谐表达得恰如其分，此时再无苍凉萧瑟之感，取而代之的是一片澄澈明净的心境。这里作者将散曲与绘画的意境融为一体，意境悠远绵长，令人回味无穷。

〔双调〕蟾宫曲

想人生七十犹稀，百岁光阴，先过了三十。七十年间，十岁顽童，十载尪羸①。五十岁除分②昼黑，刚③分得一半儿白日，风雨相催。兔走乌飞④。仔细沉吟，都不如快活了便宜。

注释 ①尪羸（wāng léi）：这里指孱弱老人。②除分：平分。③刚：有“正”“恰”之意。④兔走乌飞：形容光阴迅速流逝。

鉴赏

这首曲子以“百岁光阴”的俗语开篇，表达了作者对人生的感慨。“百岁光阴”是平常人们对于人生的概说，然而，人实际上能活到七十岁的很少，所以说，一百岁先已去掉了三十岁。剩余的七十年，其中前十年是顽皮无知的幼童时期，后十年是老态龙钟的风烛残年，这二十年都不能很好地享受人生，所以也就不能算是真正的人生。去掉头尾二十年，只剩下了从十一岁到六十岁的五十年光景。而占据其中一半的是黑夜，在睡眠中就消磨掉了，这样算下来，七折八扣，真正的人生就只剩下二十五年，才及“百岁光阴”的四分之一，少得可怜。可是这还不算，还有“风雨相催，兔走乌飞”呢！这里的“风雨”，指的是人生中遇到的波折、磨难、变故等。光阴易逝，岁月如梭，谁都阻止不了时光的飞逝，于是作者便有了“都不如快活了便宜”的感慨。

〔双调〕蟾宫曲

杨妃[①]

玉环乍出兰汤[②]，舞按盘中[③]，一曲霓裳[④]。羯鼓声催，闹垓垓士马渔阳。[⑤]梧桐雨凋零了海棠，荔枝尘埋没了香囊，[⑥]痛杀明皇。蜀道艰辛，唐室荒凉[⑦]。

注释

①杨妃：杨贵妃。②兰汤：略带香味的热水。③舞按盘中：根据“盘舞”的优美姿态跳舞。④霓裳：指《霓裳羽衣曲》舞。⑤“羯（jié）鼓声催”两句：羯鼓，这里代指安禄山。羯鼓声催，指安禄山作乱。闹垓垓，喧闹，纷乱。这两句是说，正当玄宗沉溺声色时，安禄山兵变的危机已迫在眉睫。⑥“梧桐”两句：这两句化用典故，“海棠”和“香囊”均代指杨贵妃。⑦唐室荒凉：指唐朝从此衰落。

鉴赏　关于唐明皇与杨贵妃的故事，已经有不少文人将其写入文学作品中了。较有影响的有白居易的《长恨歌》，陈鸿的《长恨歌传》，白朴的杂剧《梧桐雨》，洪升的戏曲《长生殿》。甚至日本也将其相关内容搬上了戏剧舞台。卢挚这首曲子主要是根据白居易《长恨歌》写成来吟咏历史的。“玉环……霓裳”，写杨贵妃受宠的情况。清丽脱俗的杨贵妃从华清池中沐浴而出，踏着节奏旋律，翩翩起舞。紧接着，作者将笔墨转向了“安史之乱”，“羯鼓声催，闹垓垓士马渔阳”。作者将两个事件紧密地联系在一起，寓意深刻，从侧面说明是唐明皇的骄奢淫逸导致了这场祸乱。接下来三句是说，因祸乱爆发导致杨贵妃自缢身亡，唐明皇虽然悲痛万分，但也无能为力。“梧桐雨凋零了海棠，荔枝尘埋没了香囊”，借海棠凋零、香囊埋没写杨贵妃之死，用“荔枝尘”比喻唐明皇与杨贵妃生

活中的穷奢极欲。最后两句更进一步说明李杨骄奢淫逸的后果，李唐的江山从此一蹶不振了。

作者在曲中最大的感慨就是，即使身为帝王，也不能为所欲为，否则不要说失去挚爱，就连祖宗的千秋基业也会毁于一旦。虽然自古就有“红颜祸水”一说，但是江山社稷岂是一位女子就能撼动的？作者这样的疑问对自古以来的成见发出了挑战，应该引起我们多方面的反思。

〔双调〕蟾宫曲

金陵怀古[1]

记当年六代豪夸[2]，甚江令归来，玉树无花？[3]商女[4]歌声，台城[5]畅望，淮水[6]烟沙。问江左[7]风流故家，但夕阳衰草寒鸦。隐映残霞，寥落归帆，呜咽鸣笳[8]。

注释

①金陵怀古：金陵，即今江苏省南京市，曾为吴、东晋、宋、齐、梁、陈六朝都城。②六代豪夸：指在金陵建过都的六个朝代都竞相夸耀自己的奢侈豪华。③甚江令归来，玉树无花：江令，即陈代文学家江总，字总持，济阳考城（今河南省商丘民权县）人，仕梁、陈、隋三朝。陈后主时官至尚书令，世称“江令”，然而他却不理朝政，整日与孔范等陪侍陈后主游宴后宫，制作艳词，荒嬉无度，时称“狎（xiá）客”。玉树无花，指由陈后主亲自创作的《玉树后庭花》曲，被后人视为亡国之音。④商女：指卖唱的歌女。⑤台城：在今南京市玄武湖畔，三国时，是东吴后苑所在之处。⑥淮水：指秦淮河。⑦江左：江南、江东，这里仍指金陵。⑧笳：胡笳，我国古代北方民族的一种类似笛子的乐器。

鉴赏

这首曲子借景抒情，以古感今，寓意深刻，别具一格。曲子开头“记当年六代豪夸”是说金陵城昔日的繁华如今早已不见踪影。“甚江令归来，玉树无花？”是说，当年陈朝的江总，回来后为什么再也听不到《玉树后庭花》了呢？“商女……烟沙”，是说当年宫苑里的轻歌曼舞已无从寻觅，只传来“不知亡国恨”的“商女”的歌声，登上台城远望，眼前只剩下一片荒凉的淮水烟沙。这种荒凉衰败的景象，不禁引发了作者怀古伤今的心绪。接着，作者笔锋一转，发出了国破家亡的悲叹，“问江……鸣笳”，写金陵这座昔日的繁华古城，已被元朝铁骑践踏得荒凉破败，世代相传的大世家都消失得无影无踪了，只剩下衰草连天，寒鸦哀鸣。在晚霞的映照下，归帆寥寥，胡笳呜咽。在这萧索的景象与凄凉的悲音中，故国之思、亡国之痛不言而喻。

〔双调〕蟾宫曲

长沙怀古

朝瀛洲暮舣湖滨[①]，向衡麓[②]寻诗，湘水寻春。泽国纫兰[③]，汀洲搴若[④]，谁与招魂？空目断苍梧暮云，黯黄陵宝瑟凝尘。世态纷纷，千古长沙，几度词臣！

注释

①朝瀛洲暮舣（yǐ）湖滨：瀛洲，传说中的海上仙岛。舣，靠船、停船。湖滨，这里指洞庭湖之滨。②衡麓（lù）：指岳麓山。③泽国纫（rèn）兰：泽国，指湖南。纫，编织。④汀洲搴（qiān）若：汀洲，水中高出的小块陆地。这里用“泽国纫兰，汀洲搴若”，指超凡脱俗的屈原。

鉴赏

此曲为一首怀古名篇，沉郁悲怆，真挚感人。作者托古伤今，抒发自己被流放，怀才不遇的失意之情。“朝瀛……寻春”，点明创作的原因：上任要职不久就被外放到湖南当一名小小的地方官。于是作者向岳麓山觅诗、向湘江寻春，以吐心中不快。“泽国……凝尘”，写作者面对岳麓山与湘江水，不禁产生了怀古之思：孤高脱俗的屈原，曾为招楚怀王之魂，而写下了诗篇《招魂》，而如今山河依旧，物是人非，我今天作曲，是为谁招魂呢？因为作者与屈原同样有着怀才不遇的遭遇，所以在此也流露出了对元朝最高统治者的不满。夜幕降临，天边的云遮断了作者远望的视线，高大雄伟的苍梧山也看不到了，只见那黄陵庙里的湘妃宝瑟上落满了灰尘，让人不禁黯然神伤。此番凄凉冷清的氛围烘托出了作者心中的惆怅，联想到自己的际遇，作者发出了慨叹：“世态……词臣！”千百年来，有多少清高文人被流放到长沙这偏远的地方而怀才不遇啊！表达了作者对元朝社会现实的强烈不满和内心的无限凄凉。

〔双调〕蟾宫曲

寒食新野道中[①]

柳濛烟梨雪参差，犬吠柴荆[②]，燕语茅茨[③]。老瓦盆[④]边，田家翁媪，鬓发如丝。桑柘[⑤]外秋千女儿，髻双鸦[⑥]斜插花枝。转眄移时[⑦]，应叹行人，马上哦诗。

注释

①寒食新野道中：寒食，我国古代的传统节日，在清明节的前一天（一说前两天）。新野，县名，今属河南省。②柴荆：柴门。③茅茨（cí）：这里指屋檐。④老瓦盆：指民间粗陋的食具。⑤柘：一种叶可喂蚕的树。⑥髻（jì）双鸦：双髻，髻色黑如鸦羽，所以称鸦髻。⑦转眄（miǎn）移时：眄，斜视。转眼斜视多时。

鉴赏

这首曲子叙述的是作者在清明寒食日经过新野农村时的所见所闻和所感。“柳濛……茅茨”描写农村的自然风光。春回大地，万物复苏，柳树发芽，梨花盛开，鸡鸣狗吠，莺歌燕舞，在这一片美好的春光里，作者“偷得浮生半日闲”，于是便到郊外游玩，欣赏春天的景色。“老瓦……花枝”，这几句描绘了一幅亲切和谐的图画，表现了农村老人和儿童悠然自得的生活状态。鬓发如丝的老翁老妇们怡然自得，隔着桑林望去，几个梳丫角的小姑娘乌黑的发髻上斜插着鲜艳的花枝，在桑树下荡着秋千，愉快地玩耍。最后“转眄移时，应叹行人，马上哦诗”三句是全曲的点睛之笔，面对如此闲适安乐的生活景象，作者不禁灵感突现，文思泉涌，吟出诗句，夸赞农村生活的淳朴和谐、安静宁谧。

全曲篇幅短小，语言清新自然，描写了老人的安详、儿童的天真，通过对如此美妙景致的描写，表现了作者对乡村安逸生活的向往，从侧面反映出了作者对在元朝社会现实中怀才不遇的忧郁和不满。

〔双调〕蟾宫曲

冬夜宿丞天善利轩[①]

听星簪[②]送响云林，是江上学仙，方外知音[③]。饮瀣餐松[④]，含宫嚼羽[⑤]，戛玉钟金[⑥]。向方丈蓬莱夜深，莫吹笙不用鸣琴，思满冲襟。一曲将终，万籁俱沉。

注释

①丞天善利轩：道观。②星簪：此处代指道士。③方外知音：方外，指世俗之外。知音，指精通音律。④饮瀣（xiè）餐松：意思是饮露水，餐松果。这里指道士们诵唱时的歌词超尘、清雅。⑤含宫嚼羽："宫"和"羽"是五音中的两音。⑥戛玉钟金：戛玉，敲击玉石。钟金，敲击金器。此句言敲击金玉作乐。

鉴赏

中国古代的知识分子一般都具有积极入世和消极出世这两种矛盾的心态，前者的表现是表面的、显性的，为儒家思想的集中体现；后者的表现为深层的、隐性的，是道家思想的荟萃。这支曲子鲜明地揭示了卢挚内心世界中"道"的一面。曲子开头"听星……知音"写在一个冷清的寒夜里，作者在江边的一座道观里露宿，道士们美妙的乐声在云际和林中飘荡，让人不觉产生了"羽化而登仙"的遐想。接下来三句"饮瀣……钟金"集中生动地概括了道教音乐自然、和谐、清雅的特点。最后"向……沉"写作者听完音乐的感受：虽然夜已经很深了，但是道教那"戛玉钟金"的"仙乐"还是能把人们带进"游乎四海之外"的"仙境"，令人飘飘欲仙。

关汉卿

〔中吕〕普天乐

崔张十六事（之十二）

张生赴选

碧云天，黄花地，西风①紧，北雁南飞。恨相见难，又早别离易。久已后虽然成佳配，奈时间怎不悲啼。我则厮守得一时半刻，早松了金钏，减了香肌。②

注释

①西风：秋风。②早松了金钏（chuàn），减了香肌：形容由于相思的折磨，莺莺变得形容憔悴，消瘦了许多。

鉴赏

在《西厢记》中，“拷红”一幕，老夫人虽然勉强答应了崔、张婚事，但她又以“三辈儿不招白衣女婿”为理由，逼迫张生上京应试，使这一对刚刚从相思之苦中解脱出来的情侣，又面临一场离别的痛苦。《张生赴选》一曲就描述了张生应老夫人之命进京赶考，崔莺莺于十里长亭设筵送行的情景。曲子开头“碧云……南飞”四句，描绘了一幅色彩斑斓的秋景图：碧空万里，白云朵朵，金菊遍野，秋风萧瑟，北雁哀鸣。短短四句，寓情于景，情景交融，形象地传达出一对离人哀怨、悲伤的心境，自然贴切，富有新意。“恨相见难，

又早别离易”两句，写莺莺对此番别离的怨愤之情，表达了莺莺对老夫人逼迫张生上京赶考的埋怨。“久已……悲啼”，既表现了这对夫妻对美好未来的憧憬，又表现出离愁别恨。对莺莺来说，张生能否金榜题名并不重要，重要的是能够早日归来，夫妻团聚。而且她心里还有对张生金榜题名后会不会“停妻再娶”的顾虑，这就加重了离别时的悲凉气氛。而在离别的短短一瞬，女主人公也被折磨得形容憔悴，“早松了金钏，减了香肌”。这一曲主要表现了莺莺的轻功名重感情，表现了她的反叛精神。

〔双调〕沉醉东风

咫尺[①]的天南地北，霎时间月缺花飞[②]。手执着饯行杯，眼阁[③]着别离泪。刚道得声保重将息[④]，痛煞煞教人舍不得。好去者[⑤]前程万里！

注释

①咫尺：指非常近的距离。②月缺花飞：比喻离别的凄苦。③阁：同“搁”，这里有含着之意。④将息：调养，休息。⑤好去者：犹言走好啊，一路顺风。

鉴赏

这首曲子描写女子在为情人饯别时的离愁别绪，感情真挚，凄婉动人。“咫尺的天南地北，霎时间月缺花飞”夸张地描写了情人就要离去时女子内心的苦楚，奠定了全曲愁苦怨恨的感情基调。接着描写饯行的场面：女主人公手里举着为情人饯别的酒杯，眼角含着别离的泪水，口里说一声“保重将息”，心里头好比是万箭穿刺，极度悲伤。“执”“阁”“道”三个字以动作、表情和语言，生动地表现了女子送别情人时的悲痛。“刚道得声保重将息，痛煞煞教人舍不得”，突出了分离时的矛盾心理，也使主人公的形象更加鲜明生动。“好去者前程万里”一句，显示了女子对离去的情人的

美好祝愿："好好地去吧，祝愿你一路平安，鹏程万里！"在含情脉脉的祝愿声中，进一步揭示了女主人公留恋、痛苦的复杂心理，真挚感人，将女子的感情推向了高潮。此曲写送别，语言明白如话，刻画细致入微，感情真挚动人。

〔双调〕碧玉箫

怕见春归，枝上柳绵①飞。静掩香闺，帘外晓莺啼。恨天涯锦字稀②，梦才郎翠被知。宽尽衣③，一搦④腰肢细。痴，暗暗的添憔悴。

注释

①柳绵：柳絮。②锦字稀：指书信极少。锦字，用锦织成的字。这里指夫妻间的书信。③宽尽衣：指因憔悴消瘦而使衣裳变得宽松。④一搦（nuò）：一握，一把。这里指女子腰身纤细，只此一搦。

鉴赏

这首曲子写闺中少妇思念远在外地的丈夫，因为书信稀少而变得憔悴消瘦。“怕见春归”，特写女子在暮春时节一种别样的心理状态。“枝上柳绵飞”，点明春将归去。女子“怕见春归”，但是自然规律是不以人的意志为转移的，春天还是很快就要过去了。“枝上柳绵飞”是借春归的景象对“怕见春归”可还是要“春归”的隐讳之言，表达了少妇对春天的惋惜和眷恋，也是对爱情的惋惜和眷恋。人们历来把春天视为爱情的象征，在春天，女子可能有许多美好的愿望，希望能与心上人共享这美好的春天，可惜事与愿违。“静掩香闺”，写女子看到枝上柳絮飘飞所采取的行动，从侧面表现了女子心中的落寞与无奈。“帘外晓莺啼”，再次点明春将归去。尽管黄莺婉转鸣啼，可是女子哪还有心思来看即将消逝的春光？对远人的思念无法排遣，于是便不如掩上房门，眼不见为净。“恨天涯锦字稀，梦才郎翠被知”交代了女子心烦意乱的原因：因为思念着远方的情人，由思念而生幽怨，埋怨他书信寄得太少，薄情寡义。“宽尽衣，一搦腰肢细”，写女子备受相思的煎熬而形削体瘦，极言相思之苦。最后一句“痴，暗暗的添憔悴”，写主人公被相思之情折磨得容颜憔悴。一个“痴”字，写出了女子的痴心与赤诚以及爱情的忠贞与期待，撼动人心。

〔双调〕大德歌

春

子规啼[1]，不如归，道是春归人未归。几日添憔悴，虚飘飘柳絮飞。一春鱼雁[2]无消息，则见双燕斗衔泥。

注释

①子规啼：子规，即杜鹃鸟，其鸣声若“不如归去”，容易引起思乡之情。②鱼雁：“鱼书”“雁足”的合称。代称传送书信。

鉴赏

这首曲子以“春”为题，表现了一位闺中少妇对远方游子的思念。

曲子开头采用起兴手法，“子规啼，不如归”，既描写景物，又点明时令，同时也交代了少妇怀念远人的原因：春天的杜鹃鸟啼叫了，啼声好像是在说“不如归去”。子规的啼叫声，声声都响在闺中少妇的耳旁，回旋在闺中少妇的心上，这种情景深深地触动了她，使她产生了怀念远人的情怀。所以第三句便落笔在“道是春归人未归”。意思是说：你走的时候就跟我说春天就回来，而今春天已经到来，却不见你的踪影。话语之间已微露少妇对远人的不满。“几日添憔悴”，是说她近日的面色憔悴多了。这是从外形上描绘少妇的愁苦。接着又进一步从内部揭示少妇心灵上的创伤。“虚飘飘柳絮飞”，表面写的是景，实际是指少妇的心理状态。经过这样的描写，一个感人至深的少妇形象便展现在我们面前了。柳絮杨花，又正是暮春的景象，作者从中又巧妙地暗示出少妇在等待中度过了一个漫长的春天，同时也使下句的“一春”二字有了依据。少妇一等再等，结果不仅人未归，连消息也没等到，最后不得不伤感地明确说出“一春鱼雁无消息”了。在这七个字中，虽未着一“思”字，少妇对远人的思念却已经溢于言表。这样的离别之苦由表及里，层层递进。最后一句以双燕衔春泥反衬一春未得信息的少妇的孤独之苦。

〔双调〕大德歌

夏

俏冤家[①]，在天涯，偏那里绿杨堪系马[②]！困坐南窗下，数对清风想念他[③]。蛾眉淡了教谁画？瘦岩岩羞带石榴花。[④]

注释　①俏冤家：对爱人的昵称。②偏那里绿杨堪系马：偏，与愿望相反，出乎意料的意思。那里，指爱人所在的地方。堪，能。系马，拴马。③数对清风想念他：频频地对着和美的清风想念爱人的情形。清风，指清微之风。④“蛾眉”两句：蛾眉，像蚕蛾的触须一样的眉毛，形容女子弯弯的长眉毛。瘦岩岩，形容瘦削或瘦弱的样子。

鉴赏　曲子一开始就写远方的爱人是个“俏冤家”，该词一出，将妇女的妩媚、嗔怒、相思等一系列心理状态都表现了出来。如

今他远走天涯，一去不复返，怎能让人不骂他？第三句，"偏那里绿杨堪系马"，就更加明显地表现出女主人公由怀疑转向了抱怨。这几句连起来就是，你流连天涯长期不归也就罢了，让人最不放心的就是怕你在外贪恋新欢。"绿杨堪系马"，一语双关，既点明夏日的时令，又比喻滞留异地、拈花惹草的负心郎。女主人公虽然抱怨，却并未决绝。因此，下文"困坐""数对"两句，又表现为万般慵懒、无所事事，只有一次次面对清风一吐自己对远方爱人的情思。这两句，看似平淡无奇，实则进一步刻画了女主人公对远方爱人的思之深、爱之切。我们不禁要问，女主人公如此扯不断放不下，到底是思念远方爱人什么呢？下文就给了我们答案："蛾眉淡了教谁画？"这是女主人公借汉代张敞为妻画眉的故事来表示她对夫妻恩爱生活的回忆和渴望，然而，好事难成，希望最终无法实现，以致愁得"瘦岩岩羞带石榴花"，憔悴不堪，寂寞难耐。

〔双调〕大德歌

秋

风飘飘，雨潇潇，[①]便做陈抟睡不着[②]。懊恼伤怀抱，扑簌簌[③]泪点抛。秋蝉儿噪罢寒蛩儿叫，淅零零细雨打芭蕉。[④]

注释

①风飘飘，雨潇潇：飘飘，形容风的回旋不息。潇潇，摹写秋雨淅沥不已。这里指风雨不止。②便做陈抟（tuán）睡不着：便做，即使是、就算是。陈抟，五代末北宋初的著名道士，号希夷先生。据说他在华山修道，清心寡欲，一睡就是上百天，因此便有"陈抟高卧"之说。③扑簌簌：形容泪珠纷纷落下之貌。④"秋蝉儿"两句：蝉，即知了。蛩，即蟋蟀。淅零零，指雨声，多指连续不断的小雨。

鉴赏

这首《秋》曲抒写了一位女子在一个风雨交加之夜，久盼归人而人未归的不尽愁绪。开头三句写风、写雨、写长夜无眠，由景入情。“风飘飘，雨潇潇”是说风雨交加，突然而至，声势逼人。这开头的两句，立刻就给脆弱的女主人公带来了更大的心理压力，增加了其苦闷的情绪，使其难以入睡。所以第三句就说“便做陈抟睡不着”，借用典故表达主人公在愁绪下的极度煎熬，忧思如此之深，由烦恼到悔恨到伤心以致落泪，“懊恼伤怀抱，扑簌簌泪点抛”。在这首曲子中，女主人公的愁思势如潮涌，最终坚持不住，泪水扑簌簌落下来了。最后两句，“秋蝉儿噪罢寒蛩儿叫，淅零零细雨打芭蕉”，借外界的景物，强烈地衬托出女主人公的孤独、寂寞和难以名状的相思之苦。此时此刻，自己形单影只；窗外，秋蝉聒噪，雨打芭蕉；窗内，泪如泉涌，揩不干，擦不净。这一切交汇在一起，充分表现了女主人公的相思之苦。

本曲以秋景切入，又以秋景作结，首尾呼应，结构完整，人物形象真实感人，艺术感染力强。

〔双调〕大德歌

冬

雪纷纷，掩重门，不由人不断魂①。瘦损江梅韵②，那里是清江江上村？香闺里冷落谁瞅问③，好一个憔悴的凭阑人④！

注释

①断魂：极言人的悲伤。②瘦损江梅韵：瘦损了如梅妃那样的风韵。江梅，唐玄宗的妃子梅妃，她本姓江，因爱梅，玄宗赐号梅妃。③香闺里冷落谁瞅问：此句是写离妇遥望远处的景象。④好一个憔悴的凭阑人：此句是写离妇在大雪纷飞中倚着楼栏，面容憔悴地翘望远人的归来。

鉴赏

这首曲子以“冬”作题，描写闺中少妇在大雪纷飞的寒冬里思念远方的丈夫，相思到几乎绝望。开头两句，“雪纷纷，掩重门”，是说大雪封路，在这样的情况下，远方的人就更不可能这么快回来了。所以第三句就直抒胸臆地写道“不由人不断魂”，“断魂”极力描写少妇的悲观失望，痛苦欲绝。第四句“瘦损江梅韵”，是说江边的梅花已经瘦得不成样子了，失掉了往日的风采。这里写梅花，实际却是作者以梅花来比喻女主人公因为相思之苦而日渐消瘦的样子，进一步形象地表达了“凭阑人”清冷孤寂的悲痛心情。至此，女主人公便脱口发出了“香闺里冷落谁瞅问”的慨叹。女主人公如此绝望，似乎一切都已经破灭，但实际上她并未被这一切所压倒，内心的希望之火仍然在燃烧着。尽管风雪交加，大雪封路，自己的身体瘦弱不堪，但女主人公仍然凭栏远眺，硬要“望断天涯路”。在漫天风雪中，唯有她依栏远望、凝思，表达思念之情。所以最后一句“好一个憔悴的凭阑人”，立刻一扫上文所散发出的绝望情绪，显示出女主人公对爱情的执着追求和坚强的性格。

本曲采用的是前后矛盾对立的结构方式，前面几句写的是女主人公无可奈何近乎绝望的心情，最后一句却一反前意，表现出了女子的希望。全首先抑后扬，更富艺术魅力。

〔南吕〕一枝花

不伏老

攀出墙朵朵花，折临路枝枝柳[①]。花攀红蕊嫩，柳折翠条柔。浪子风流。凭着我折柳攀花手，直煞得花残柳败休。半生来折柳攀花，一世里眠花卧柳。

〔梁州〕我是个普天下郎君领袖，盖世界浪子班头。愿朱颜不改常依旧。花中消遣，酒内忘忧。分茶攧竹，打马藏阄。[②]通五音六律滑熟，甚闲愁到我心头？伴的是银筝女[③]银台前理银筝笑倚银屏，伴的是玉天仙携玉手并玉肩同登玉楼，伴的是金钗客歌金缕捧金樽满泛金瓯[4]。你道我老也，暂休。占排场风月功名首，更玲珑又剔透。我是个锦阵花营都帅头[5]，曾玩府游州。

〔隔尾〕子弟每[6]是个茅草冈、沙土窝初生的兔羔儿乍向围场上走，我是个经笼罩、受索网、苍翎毛老野鸡蹅踏[7]的阵马儿熟。经了些窝弓冷箭蜡枪头[8]，不曾落人后。恰不道“人到中年万事休”，我怎肯虚度了春秋。

〔尾〕我是个蒸不烂、煮不熟、捶不扁、炒不爆、响珰珰一粒铜豌豆，恁子弟每谁教你钻入他锄不断、斫不下、解不开、顿不脱、慢腾腾千层锦套头[9]？我玩的是梁园[10]月，饮的是东京酒，赏的是洛阳花，攀的是章台柳。我也会围棋、会蹴踘[11]、会打围[12]、会插科、会歌舞、会吹弹、会咽作、会吟诗、会双陆[13]。你便是落了我牙、歪了我口、瘸了我腿、折了我手，天赐与我这几般儿歹症候。尚兀自不肯休。则除是阎王亲自唤，神鬼自来勾。三魂归地府，七魄丧冥幽。天哪，那其间才不向烟花路儿上走。

注释

①朵朵花、枝枝柳：泛指古代娼妓。②分茶攧（diān）竹，打马藏阄（jiū）：均指一种牌技。③银筝女：以及以下的“玉天仙”“金钗客”，均指妓女。④金瓯（ōu）：一种精美的酒器。⑤都帅头：总头目。⑥每：人称代词的复数，相当于“们”。⑦蹅踏：践踏、糟蹋，此指踏阵冲突。⑧蜡枪头：比喻中看不中用。⑨锦套头：用锦丝织成的套头，借喻一种拉拢嫖客的美丽的陷阱。⑩梁园：又名“梁苑”，汉代梁孝王的园子，此处指名胜游玩之所。⑪蹴踘：中国古代的一种足球运动。⑫打围：古代的一种游戏，即玩骨牌。⑬双陆：又名“双六”，古代一种博戏。

鉴赏

这套曲子是关汉卿散曲的代表作。当时，战乱频发，科举废置，出仕无望，元朝有很多怀才不遇的知识分子，这些文人快速分化。关汉卿没有求仕，也没有归隐，而是选择在勾栏体验生活，在时间的磨砺下，他的个性越来越成熟，敢于反抗整个封建社会。全套由四首曲子组成。第一首是总括，直接介绍主人公的特点——风流，这种风流是对封建礼教的蔑视和对生活的玩世不恭，是对传统文人道德的逆反，是不屈不挠的抗争。接下来三首曲子，从各个方面、各个角度，表现这个“浪子”的“风流”。

〔一枝花〕为人物性格奠定基调。采摘露出墙头的红花，折下路边的柳条，红花稚嫩，柳条青翠柔软。我是一个处处拈花惹草的浪荡公子。随意摆弄手中的花柳，将它们玩成残花败柳。我这一辈子就要这样过了。“出墙花”与“临路柳”均指妓女，“攀花折柳”，则是指追欢狎妓，这种行为为世人所不齿，然而，作者却直白地将它写出来，体现了对封建礼教的蔑视和玩世不恭的生活态度。“浪子”，本是指放荡不羁，作者自我评价是“风流浪子”，体现出一种不甘屈辱和对元朝黑暗统治的反抗。

〔梁州〕一曲，纵情自夸。我是全天下最有名气的花花公子。但愿红颜青春常驻。我在美女群中消遣时光，借酒消愁。我品茶、画竹，打马、藏阄，自在快活。我精通五音六律，实在没有什么能够激发起我的兴趣。我整天和妓女为伴，看着她们在银台前弹琴，靠着银屏轻笑，与她们携手登上玉楼，唱《金缕衣》，捧金樽，喝美酒。你可不要说我已经老了。我可是风月场上最有名的老手，比所有的风流浪子更风流。我算得上姑娘群中的总头领，曾游玩过许多州府。作者用循环往复的叙述形式，展示了一种自由自在、无拘无束的生活情趣，以“郎君领袖”“浪子班头”自居，流露出对黑暗社会的嘲讽和自我价值的赞扬。

〔隔尾〕一曲，以“子弟每”衬托自己。那些嫖客第一次来妓院，个个都仿佛是刚刚从茅草岗、沙土窝里蹦出来的小兔子，而我已经是个饱受磨难的老野鸡，经常到妓院，狎妓经验丰富。虽然经受了不少的暗算和中看不中用的妓女，但是也不甘落人后。所以不要说“人到中年万事休”，我绝不甘心这样虚度年华。“子弟每”的未经世面和“我”的饱经磨难相对比，体现了我的身世艰辛。

〔尾〕曲最为精彩，是全套曲子的高潮。我是蒸不烂、煮不熟、捶不扁、炒不爆、响珰珰的一粒铜豌豆，那些风流浪子，谁让你们钻进他那锄不断、砍不下、解不开、摆不脱、慢腾腾、好看又心狠的千层圈套中呢？我赏梁园的月亮，畅饮东京的美酒，观赏洛阳的牡丹，攀折章台的翠柳。我也会围棋、会蹴鞠、会狩猎、会插科打诨，还会唱歌跳舞、会吹拉弹奏、会唱曲、会赌博。即便你打落了我的牙、扭歪了我的口、打瘸了我的腿、折断了我的手，老天赐给我的这些恶习，我还是不肯改。除非是阎王爷亲自传唤，神鬼自己来勾，我的三魂七魄都丧入了黄泉。苍天哪，到那个时候，我才有可能不往那妓女出没的场所去。“铜豌豆”是元代妓院对老狎客的切口，作者巧妙地利用双关语，用五个形容豌豆的词来形容“铜豌豆”，体现自己坚韧不屈、与世抗争的特性，展现出一种对传统规范的愤怒与不满！围棋、蹴鞠、打围、歌舞、吹弹、吟诗等各种技艺展示的是作者的自信与放荡不羁。最后一句铿锵有声，展现了作者坚定的人生信念。

这几首曲子用词通俗、诙谐、酣畅，富于韵律的美感。作者从自我介绍、自我赞赏，到自我调侃、自我表态，刻画了一个坚韧、顽强的人物形象。

《窦娥冤》第三折

〔正宫·端正好〕没来由[1]犯王法，不提防遭刑宪，叫声屈动地惊天！顷刻间游魂先赴森罗殿[2]，怎不将天地也生埋怨。

〔滚绣球〕有日月朝暮悬，有鬼神掌着生死权。天地也，只合把清浊分辨，可怎生糊突了盗跖颜渊[3]：为善的受贫穷更命短，造恶的享富贵又寿延。天地也，做得个怕硬欺软，却原来也这般顺水推船。天地也，你不分好歹何为地？天也，你错勘贤愚枉做天！哎，只落得两泪涟涟。

注释

①没来由：无缘无故的。②森罗殿：迷信的说法，谓阴间阎王审案的厅堂。③盗跖（zhí）颜渊：盗跖，传说春秋时的“大盗”。颜渊，孔子的学生，所谓“贤者”的典型。

鉴赏

〔正宫·端正好〕窦娥没有违法犯罪，从被冤枉到被拷打，窦娥一直心存幻想，相信自己能够沉冤昭雪，可是当自己被押上法场，窦娥才意识到一切希望都破灭了。窦娥哭天抢地地痛诉天地。

〔滚绣球〕这首曲子，窦娥由埋怨转为愤怒。官府不辨黑白，鬼神不知显灵，天地不分善恶，种种原因造成自己的冤枉苦难。作者运用对比、呼告、对偶、反问的修辞手法，强烈地表达了窦娥对天地鬼神的指斥、控诉，抒发了窦娥的满腔怨愤，表现了对不公正的封建法制和封建秩序的抗议和否定，体现了窦娥的反抗精神；感情强烈，句式整齐，节奏鲜明。窦娥对日月、天地、鬼神的怀疑和控诉，实际上是对整个封建制度的彻底反抗，是作者对元代统治者的反抗，是对整个黑暗社会的痛斥。

《救风尘》第二折

〔后庭花〕我将这情书亲自修，教他把天机休泄漏。传示与休莽戆收心的女[①]，拜上你浑身疼的歹事头[②]。你好没来由，遭他毒手，无情的棍棒抽，赤津津鲜血流，逐朝家如暴囚，怕不将性命丢！况家乡隔郑州，有谁人相睬瞅，空这般出尽丑。

注释

①传示与休莽戆（gàng）收心的女：意即传信给宋引章，叫她收起天真的心性，再也不要鲁莽行事。②歹事头：倒霉鬼。

鉴赏

《救风尘》，是以妓女的生活和斗争为题材的优秀剧作。剧作家以不可抑制的快意和胜利的喜悦，轻松幽默地描写了赵盼儿利用风月场上的手段，从风月场上的老手——豪绅子弟周舍手里赚得了休书，把自己受害的姐妹宋引章救出火坑的故事，表现了元朝被压在社会底层的妇女们，对欺骗、蹂躏她们的封建贵族阶级的斗争智慧；同时对玩弄被压迫女性反而受到被压迫女性玩弄的纨绔子弟，进行了无情的嘲笑和有力的鞭挞。妓女的智慧、信心和力量，为《救风尘》成为喜剧定下了基调。关汉卿这一成功的喜剧，同样表现了严肃而重大的社会主题——元朝被压在社会底层的妇女，迫切地要求解放。

《救风尘》的曲词是非常本色的。从表面上看好像很粗俗，其实这些曲词完全是性格化的语言，取譬设喻，都符合赵盼儿的身份。赵盼儿作为一个妓女，她的唱词不能离开她的生活。不堆砌辞藻，不卖弄才华，用生活化、个性化的口语写曲词，为表现人物性格服务，是关汉卿的优点和特色。因此，他写的曲词自然流畅，通俗易懂。

《单刀会》第四折

〔双调·新水令〕大江东去浪千叠，引着这数十人驾着这小舟一叶。又不比九重龙凤阙[1]，可正是千丈虎狼穴。大丈夫心烈[2]，我觑这单刀会似赛村社[3]。好一派江景也阿！

〔驻马听〕水涌山叠，年少周郎何处也？不觉的灰飞烟灭，可怜黄盖转伤嗟。破曹的樯橹一时绝，鏖兵的江水犹然热，好教我情惨切！这也不是江水，二十年流不尽的英雄血！

注释 ①九重龙凤阙：封建帝王居住的地方。②烈：刚烈。③赛村社：古代农村在社日举行的迎神的赛会。

鉴赏 〔双调·新水令〕一曲，堪称“笔机飞舞，墨势淋漓”（李渔《闲情偶记》）。“大江东去浪千叠”，是何等气魄！大江滚滚，日夜奔流，巨浪腾涌，层层叠叠。江如此大，浪如此猛，而关羽所带的是“数十人”，驾的是“小舟一叶”！两相映衬、对比，则人的胆气豪情，尽寓其中，而从字面看只是叙事写景。如果说这两句是暗喻，下两句便是明比了。九重，指天，古指帝王所居之处。“九重龙凤阙”，言殿之高，这是用以比照下句“可正是千丈虎狼穴”。鲁肃具柬礼请“那里有凤凰杯满捧琼花酿”，但关羽十分清楚：并“不是待客筵席，则是个杀人、杀人的战场”（见第三折）。然而，“大丈夫心烈”，关羽偏要单刀赴会，且把“单刀会”看作农村社日的迎神赛会，更显其英雄气概。

〔驻马听〕一曲，前用宋、明人词意，虽也叹长江之流逝，但缅怀往昔峥嵘岁月，壮怀豪情，洋溢纸面。“破曹的樯橹一时绝，鏖兵的江水犹然热。”一个“热”字，当日舳舻千里，旌旗蔽空，万箭齐发，曹兵破灭的景象，宛在眼前！热血奔涌，百感交集，不禁仰天长啸：“二十年流不尽的英雄血！”一语概括尽创业的艰辛、守域的不易，感慨万千！

《望江亭》第三折

〔越调·斗鹌鹑〕则这今晚开筵，正是中秋令节，只合低唱浅斟[1]，莫待他花残月缺。见了的珍奇，不消的咱说，则这鱼鳞甲鲜，滋味别。这鱼不宜那水煮油煎，则是那薄批细切[2]。

〔紫花儿序〕俺则待稍关打节[3]，怕有那惯施舍的经商，不请言赊。[4]则俺这篮中鱼尾，又不比案上罗列[5]，活计全别[6]。俺则是一撒网一蓑衣一箬笠，先图些打捏[7]。只问那肯买的哥哥，照顾俺也些些。

注释

①低唱浅斟：低声唱曲，慢慢喝酒。②薄批细切：宋元时人爱吃生鱼片，薄批细切指的是片生鱼片的技巧。片鱼片即下文所说的“切”。③稍关打节：打通关节。④“怕有那”两句：意为我们卖鱼是不赊欠的。暗喻名为献鱼，实有目的——自己是不会空手而返的。⑤罗列：摆设。⑥活计全别：这种活儿（打鱼）与别的全不一样。⑦打捏：生活费用。

鉴赏

《望江亭》又名《切脍旦》，全名《望江亭中秋切脍旦》，元代关汉卿所作喜剧。这首曲子写的是谭记儿在望江亭设计对付权贵杨衙内的故事。才貌双全的寡妇谭记儿暂住在女道观中，在观主的撮合下，与观主侄儿白士中结为夫妻。早就对谭记儿图谋不轨的权贵杨衙内知道以后，对白士中怀恨在心，暗中请奏当时的皇上，请得势剑金牌，前往潭州处死白士中。白士中因此抑郁担忧。谭记儿为解决危机，设计对付杨衙内。中秋晚上，谭记儿打扮成渔妇上船卖鱼，趁机灌醉杨衙内及其随从，骗取势剑金牌。第二天，杨衙内想要处理白士中，却没有凭据，只拿出了他与谭记儿调笑时唱念的小词，白士中趁机拿出势剑金牌，说有渔妇告杨衙内中秋欲对她无礼。湖南都御史李秉忠判处杨衙内“夺人妻妾”之罪，白士中依旧治理潭州，夫妻和美。全曲共四折，这里选的是第三折。喜剧气氛特别浓烈。

这首曲子以辛辣的语调用词，讽刺了一个蛮横无理、作恶多端的权势人物，同时，塑造了一个聪慧、果敢、有才情的女性形象，具有强烈的现实性，弥漫着昂扬的战斗精神，反映了当时的民众对元朝黑暗统治的愤怒和反抗。

白　朴

〔中吕〕阳春曲

知几[1]（四首）

知荣知辱牢缄口[2]，谁是谁非暗点头。诗书丛里且淹留。闲袖手，贫煞也风流。[3]

今朝有酒今朝醉，且尽樽前有限杯[4]。回头沧海又尘飞。日月疾，白发故人稀。[5]

不因酒困因诗困，常被吟魂恼醉魂。[6]四时风月[7]一闲身。无用人，诗酒乐天真。

张良[8]辞汉全身计，范蠡[9]归湖远害机。乐山乐水[10]总相宜。君细推，今古几人知？

注释

①知几：了解事物发生变化的关键和先兆。②缄口：默不作声，免惹祸端。③“闲袖手”两句：贫煞，贫困到极点。风流，形容英俊杰出。④今朝有酒今朝醉，且尽樽前有限杯：指及时行乐。且尽，姑且饮尽，喝完。有限杯，谓能饮酒的日子不多。⑤“回头沧海”三句：比喻世事变迁，光阴荏苒。⑥“不因酒困因诗困”两句：酒困，谓饮酒过多，为酒所困。诗困，谓欲抒写心中郁积，为诗情所困。吟魂，作诗的情怀目的。醉魂，借酒浇愁。⑦风月：指美丽的景色。⑧张良：汉初大臣，在汉朝建立封留侯之后，为了保全自己，功成身退，修道学仙。⑨范蠡：春秋末政治家，字少伯，越大夫，帮助越王勾践奋发图强，灭吴国，功成辞官，免遭杀身之祸。⑩乐山乐水：出自《论语》：“仁者乐山，智者乐水。”

鉴赏

这组以“知几”为题的散曲共四首，前三首是作者对处在外族统治下处世观念和生活态度的自白，第四首主要是抒发感慨。第一首写作者对现实的态度。“知荣知辱牢缄口，谁是谁非暗点头”，知道是非荣辱是怎么回事，但是现实黑暗，所以作者不能也不愿明白表达出来。这几句揭露了元朝统治的黑暗。第三句说明在如此黑暗的现实中，作者只能把时光消磨在“诗书丛里”，以诗书自娱，独善其身。“闲袖手，贫煞也风流”，化用了苏轼和元好问的诗句，明确表明作者不愿为官、安贫乐道的心态，表现了作者清高孤傲的性格。第二首感慨人生短暂，世事多变，作者因此以酒自娱。“今朝有酒今朝醉，且尽樽前有限杯”，因元朝社会黑暗，思想言论受到钳制，所以只好纵情美酒，以此来逃避现实，这反映了作者悲观失望的情绪及内心的痛苦。“回头沧海又尘飞。日月疾，白发故人稀”，就是针对现实而发的感慨，时光易逝，人生易老，作者心中无限凄凉。这三句与前两句相呼应，也表明了作者看穿世事、逃避现实的想法及纵情诗酒的原因。第三首承第二首，抒发作者借诗酒消愁，乐以忘忧的情怀。“不因酒困因诗困，常被吟魂恼醉魂”，写作者生活的全部内容不是纵情于美酒，就是寄情于诗文。“四时风月一闲身。无用人，诗酒乐天真”，反映了作者归隐生活的乐趣。他甘愿过贫寒的生活，也要无拘无束、自由自在，突出了作者孤傲清高的性格和安贫乐道的生活态度。第四首紧承第三首，将历史经验与现实感受结合，说明了自己纵情诗酒、逃避现实的原因。“张良辞汉全身计，范蠡归湖远害机”，引出张良、范蠡，赞扬他们功成身退，洞察时务，不仅是总结历史经验，也暗中揭露了当时官场的险恶。“乐山乐水总相宜”，说明自己不去

为官、寄情山水是明智的，肯定了自己的处世态度。“君细推，今古几人知”，语气沉痛，通过对历史的反思，表达了对世人不知全身远害，热衷于功名利禄的感叹，也进一步肯定了自己的处世态度。

这四首曲子集中表现了作者内心的愤懑和不满，从侧面反映了当时元朝的黑暗和统治者对知识分子的戕害。语言清新明快，朴素自然。

［越调］天净沙

春

春山暖日和风，阑干楼阁帘栊，杨柳秋千院中。啼莺舞燕[1]，小桥流水飞红[2]。

注释

①啼莺舞燕：啼，即黄莺在春天里唱着悦耳动听的歌。舞，说明燕子飞来飞去，衔泥作巢。②小桥流水飞红：流，指春水潺潺，正在流淌。飞，落红片片之状。红，指红花。

鉴赏

这首是写春景的曲子。整首曲子运用白描的手法，从不同角度描写春天的自然风光。整个画面的背景是远景；第二句是人物的立足点，是近景；第三句写庭院中喧闹的景象，展示了一幅生机勃勃、春意盎然的画面，是中景。其中最能体现庭院中生机的景物是舞燕和飞红。“春山暖日和风”，作品开篇先从远处着笔为我们呈现了一个宏大的背景。在这一句里，作者着意以春景突出春天的到来。“阑干楼阁帘栊”和“杨柳秋千院中”两句是近景，作者从远处的“春山”转为写近处的“楼阁”与“院中”的景物。在这明媚的春光里的“阑干楼阁帘栊”也别有一番滋味！再细细品味“杨柳秋千院中”一句：幽静雅致的小院儿里，有挺拔的白杨，有婀娜的垂柳，特别是那树下的秋千悠然地荡来荡去，仿佛还有妙龄少女们的欢声笑语传将出来，充满了诗情画意。“啼莺舞燕，小桥流水飞红”，这结尾两句，作者的目光又从庭院转移到晴空中，转移到旷野上，渲染了一种令人陶醉的氛围：黄莺在春树枝头悠扬地歌唱，燕子在碧空下飞舞，潺潺流淌的小溪在小桥下淙淙作响，落英在微风吹拂中静悄悄地飘落。作品的意境和谐，意趣盎然。

此曲风格清婉，语言简练，观察细致，造境新颖，颇具特色。

〔越调〕天净沙

夏

云收雨过波添，楼高水冷瓜甜①，绿树阴垂画檐。纱厨藤簟②，玉人罗扇轻缣③。

注释

①水冷瓜甜：形容高楼上玉人的感受。②纱厨藤簟（diàn）：纱厨，指古代一种像橱一样的纱帐。藤簟，指用藤或竹制成的凉席。③玉人罗扇轻缣（jiān）：玉人，佳人。轻缣，轻而薄的丝绢衣衫。

鉴赏

这是白朴在〔越调·天净沙〕曲调中，以四季为题，描写夏天景物的曲子。在这首曲子中，作者根据自己的观察和体验，勾勒出了一幅情趣盎然，充满生活气息的盛夏图景。“云收雨过波添”，写雨过天晴，碧空如洗，河水荡漾，一派清新美好的气息。“楼高水冷瓜甜”，写雨后，楼屋里的人呼吸着清新的空气，吃着多汁而甘甜的西瓜，感到分外舒畅。“绿树阴垂画檐”，写屋前的景物，绿树成荫，枝蔓一直垂到了画檐前面，遮住了炎炎烈日。“纱厨藤簟，玉人罗扇轻缣”，写纱帐中的藤席上，一位穿着丝绢做成的轻薄衣衫的美人儿坐在那儿，轻摇着罗扇，享受着夏日宜人的时光。作者不管是写室外的景物，还是写室内的陈设和人物，都紧紧抓住了夏天的特色。

这首曲子，由远及近，由外到内，层次清晰，结构合理，意象选取鲜明，营造了一种幽静、凉爽的氛围。文笔朴实清新，格调高雅。

〔越调〕天净沙

秋

孤村落日残霞，轻烟老树寒鸦，一点飞鸿[1]影下。青山绿水，白草红叶黄花。

注释

①飞鸿：鸿雁，往往会使人引发思念之情，这是古典诗、词、曲中常见的写法。

鉴赏

这是白朴四季风景曲中最著名的一首。开头两句“孤村落日残霞，轻烟老树寒鸦”，作者用并列的六组名词描绘了一幅和谐的画面：夕阳西下，落霞满天，斜晖映照着小村；炊烟袅袅，寒鸦立于枝头。渲染出一种凄清冷寂的氛围。“一点飞鸿影下”，写在这一片宁静的秋景当中，突然掠过一只大雁，影子投在水面上。这一动态描写，打破了静景的观感，顿添生机，动静相融，浑然一体。“一点”说明“飞鸿”的距离之远，“影下”更显速度之快。而孤鸿的形象也正是作者流浪天

涯、思念故乡的写照，抒情含蓄委婉。

最后两句在视角上远近结合。远处是秋山和秋水：秋山青，秋水绿。近处是秋天的植物：草、叶和花。白、红、黄更是和谐烘托，冷暖相间的色彩，为萧瑟冷清的秋天增添了几分生气，打破了人的惆怅孤寂之感。

综观全曲，其结构新颖别致，章法上动静结合，构思精巧。

〔越调〕天净沙

冬

一声画角谯门[①]，半亭新月黄昏[②]，雪里山前水滨。竹篱茅舍，淡烟衰草孤村[③]。

注释

①一声画角谯（qiáo）门：这如人呜咽般的画角声，一下子打破了冬日的沉寂，给冬日的景色增添了活力。②半亭新月黄昏：黄昏时分细弯的月牙照亮半边庭院。③淡烟衰草孤村：指淡淡的炊烟，衰败的野草，孤寂的村落，一派荒凉落寞之景。

鉴赏

这是白朴四季风景曲中的第四首曲子，描写冬天的景致。全曲句句写景，景中含情，情景交融。

“一声画角谯门，半亭新月黄昏，雪里山前水滨”，写黄昏时分，城楼上的亭子笼罩在初升的新月之下，悠长哀怨的画角声从轮廓模糊的谯门里传出。皑皑的白雪覆盖了山坡，山前的溪水在静静地蜿蜒流淌。“竹篱茅舍，淡烟衰草孤村”，写暮色里升起了几缕淡淡的炊烟，水边一座简陋的竹篱茅舍若隐若现，远远望去，孤村里枯草遍野，勾起人的哀思。

全曲五句，通晓流畅，清新自然。一连描绘出画角、谯门、半亭、新月、黄昏、雪、山、水、竹篱、茅舍、淡烟、衰草、孤村十三种

景物，组成了一幅冬景图。选取的这些意象典型准确，美感十足。开头的“一声画角”，是全曲的点睛之笔，将所描写的景物笼罩在一种寂静凄清的氛围之中，给人一种悲凉之感，同时也给读者留下了广阔的想象空间。

〔双调〕驻马听

吹

裂石穿云[①]，玉管宜横清更洁[②]。霜天沙漠[③]，鹧鸪[④]风里欲偏斜。凤凰台上暮云遮[⑤]，梅花惊作黄昏雪。人静也，一声吹落江楼月。

注释

①裂石穿云：形容高亢嘹亮的笛声。②玉管宜横清更洁：玉管，指吹奏乐器箫笛之类。宜横，指笛子宜于横吹。清更洁，形容笛声清亮雅正。③霜天沙漠：指笛音所描绘的艺术境界。④鹧鸪：形似斑鸠的一种鸟。⑤凤凰台上暮云遮：凤凰台，故址在今南京市城内西南方，六朝时宋所建，相传在建台之前曾有凤凰飞集于此，所以得名。暮云遮，极言凤凰集结之多。

鉴赏

开头“裂石穿云，玉管宜横清更洁”两句，概括描写高亢的笛音似乎可以裂石透云，不同凡响。三、四两句“霜天沙漠，鹧鸪风里欲偏斜”，写美妙动听的笛声在听众的眼前展开了一片广袤的意境。在秋天广袤的沙漠里，鹧鸪也被这美妙的笛声深深吸引住了，进一步写出笛音的艺术魅力。五、六两句“凤凰台上暮云遮，梅花惊作黄昏雪”，描写成群的凤凰听到笛音都为之倾倒，就连梅花也为之纷纷飘落。这里化用李白《黄鹤楼闻笛》中“黄鹤楼中吹玉笛，江城五月落梅花”的句意，极言笛声之美。最后两句“人静也，一声吹落江楼月”，再进一步写笛声，夜深人静，江上明月为笛音所动，隐藏起了光辉，运用夸张的手法极言笛音之美。

杨显之

《潇湘夜雨》第二折

〔醉太平〕只为你人材是整齐，将经史温习，联诗猜字尽都知，因此上将女孩儿配你。这幞头呵除下来与你戴只，这罗襴[①]呵脱下来与你穿只。弄的来身儿上精赤条条的，张千，跟着我来。我去那堂子里把个澡洗。

〔南吕·一枝花〕不甫能[②]蟾宫折桂枝，金阙蒙宣赐。则道是洞房花烛夜，金榜可兀的挂名时。[③]我为你撇吊[④]了家私，远远的寻途次[⑤]，恨不能五六里安个堠子[⑥]，我看了些洒红尘秋雨的这丝丝，更和我透罗衣金风飔飔。

〔梁州〕我则见舞旋旋飘空的这败叶，恰便似红溜溜血染胭脂，冷飕飕西风了却黄花事。看了些林梢掩映，山势参差。走的我口干舌苦，眼晕头疵。我可也把不住抹泪揉眵，行不上软弱腰肢。我我我，款款的兜定这鞋儿，是是是，慢

慢的按下这笠儿，呀呀呀，我可便轻轻的拽起这裙儿。我想起亏心的那厮，你为官消不得人伏侍，你忙杀呵写不得那半张纸[7]？我也须有个日头儿见你时，好着我仔细寻思。

〔牧羊关〕兀的是闲言语，甚意思，他怎肯道节外生枝。我和他离别了三年，我怎肯半星儿失志。我则道他不肯弃糟糠妇，他原来别寻了个女娇姿。只待要打灭[8]了这穷妻子。呀、呀、呀！你畅好是负心的崔甸士！

〔哭皇天〕则我这脊梁上如刀刺，打得来青间紫。飕飕的雨点下，烘烘的疼半时。怎当他无情无情的棍子，打得来连皮彻骨，夹脑通心，肉飞筋断，血溅魂消，直着我一疼来一疼来一个死。我只问你个亏心甸士，怎揣与[9]我这无名的罪儿？

〔乌夜啼〕你这短命贼，怎将我来胡雕刺[10]？迭配[11]去别处官司，世不曾见这等蹺蹊事。哭的我气噎声丝，诉不出一肚嗟咨[12]，想天公难道不悲慈？只愿得你嫡亲伯父登时至，两下里质对个如何是？看你那能牙利齿，说我甚过犯公私[13]？

〔黄钟煞〕休休休，劝君莫把机谋使，现现现，东岳新添一个速报司。你你你，负心人信有之；咱咱咱，薄命妾自不是。快快快，就今日逐离此，行行行，可怜见，只独自。细细细，心儿里，暗忖思，苦苦苦，业身躯[14]怎动止？管管管，少不的在路上停尸。哎哟，天那！但不知那塌儿里把我来磨勒死！

注释

①罗襕（lán）：绫罗襕衫，古代儒生常穿的一种服装。②不甫能：甫能。刚刚，好不容易。“不”，以反语见义，起加强语气的作用。③“则道是”两句：只说新婚之夜、榜上题名的时刻是人生最高兴的时候。则道，只说。可兀的，句中衬字，无义。④撇吊：抛开，丢掉。⑤途次：行途中停歇的地方。⑥堠（hòu）子：堠，古代在路旁堆土以为界碑或记里程，每五里筑单堠，十里单双堠。如今指界碑或里程碑。⑦半张纸：这里指书信。⑧打灭：消除，抛弃。⑨揣与：强加，捏造。⑩雕刺：古代向罪犯面部、臂部或他处刺刻标记的刑罚。⑪迭配：递配，即把罪犯押送往指定的地点充军。⑫嗟咨：冤屈，怨恨。⑬过犯公私：犯下公罪私罪。过犯，过失，罪过。⑭业身躯：意为受过拷打的身躯怎么经得住长途跋涉的折磨。业，即孽，此指受罪。

鉴赏

《潇湘夜雨》，又名《潇湘雨》，简名一作《临江驿》，全名为《临江驿潇湘秋夜雨》，这里选的是第二折。写谏议大夫张天觉因触犯权贵被贬官，携女儿翠鸾乘船去江州，路上遇风翻船，父女二人失散。翠鸾被渔夫崔文远救起，收她为义女。崔文远之侄崔通（崔甸士）正要进京赴考，前来辞别伯父，崔文远便将翠鸾许配给他。崔通临行之际约好成名后就来迎接翠鸾。然而崔通中举做官后，情愿被试官赵钱招为女婿，携赵女赴任秦川县令。翠鸾听说崔甸士得了官，却总不见他回来迎接自己，便只身到秦川寻夫。翠鸾寻至，这时崔甸士已经变心，赵女又很凶悍善妒，崔通便诬陷翠鸾为逃婢，把她发配沙门岛，受尽苦楚。当年翠鸾之父张天觉水中也得救，此时已升提任刑廉访使，携御赐尚方宝剑。翠鸾发配途中受尽千辛万苦，风雨之中艰难戴枷赶路，与父亲在赴任途中相遇，翠鸾得到解救。张天觉听女儿诉说冤情，怒不可遏，将崔甸士和赵女绑缚治罪。崔文远及时赶到，向他求情，张翠鸾也认为自己没有再嫁之理，张天觉于是放了他们，将官还给崔甸士，让他与张翠鸾同赴任所，赵女则沦为婢妾。

整出戏以风雨贯穿始终，衬托了翠鸾的悲惨命运。丈夫走后杳无音信，传说丈夫做了官也不来接妻子，不禁使妻子对丈夫产生怀疑。翠鸾的这种凄凉心情，和她在寻夫路上的丝丝秋雨、瑟瑟秋风，交织在一片迷迷茫茫的网里，渲染了翠鸾的凄惨命运。杨显之以简洁的笔墨，描写了一个遭遇不幸、命运悲惨、具有一定反抗精神的妇女形象。路上翻船，父女失散，生死不知；婚后三年“寡居”，后被丈夫遗弃，并被丈夫打发成死犯，流放海岛，受尽了拷打和折磨。翠鸾在丈夫的一系列打击之下，并没有逆来顺受，而是表现出一定的反抗精神。她骂崔甸士负心，揭发了他以前的山盟海誓，并且控诉崔甸士加罪无名，勇敢地要待崔甸士的亲伯父来时对质；当被立即押解时，她说崔甸士必然得到恶报，表现出一位封建社会的妇女对自身悲惨命运的抗争。与之形成鲜明对比的是崔甸士的贪图富贵，喜新厌旧，负心毁约，在对主试官赵钱及其女儿的形象刻画中，淋漓尽致地烘托出崔甸士的丑恶灵魂、卑劣行径和狠毒手段。

姚　燧

〔中吕〕满庭芳

天风海涛[①]，昔人曾此[②]，酒圣诗豪[③]。我到此闲登眺，日远天高。山接水茫茫渺渺，水连天隐隐迢迢[④]。供吟啸。功名事了，不待老僧招。

注释 ①天风海涛：形容风急浪高。②昔人曾此：指昔人曾在这里。③酒圣诗豪：这里指纵情豪饮后诗气凌人。诗豪，杰出的诗人。④隐隐迢迢：形容天高水远，隐约迷茫。

鉴赏 这首曲子境界开阔，景象壮观，胸怀豪迈超脱。“天风海涛，昔人曾此，酒圣诗豪”，写登高远眺时眼前的景观和因此而产生的思古情怀。“天风海涛”，写眼前之景壮阔无比，震荡人心，令作者顿生思古之情。“昔人曾此，酒圣诗豪”，面对浩瀚无垠的天地自然，古人都是纵情豪饮，赋诗无数，无所羁绊。作者此时的心情无疑是激动而复杂的，他也想效仿古人，以酒、诗来抒发他面对此情此景时的壮志豪情。下面两句“我到此闲登眺，日远天高”说明作者是闲暇时来此登高望远的，悠然自得的心情使所见景物更加开阔。写景与抒情紧密结合，寓情于景。“山接水茫茫渺渺，水连天隐隐迢迢”两句写景，但又蕴含着耐人寻味的哲理，宇宙浩瀚无垠，而处于茫茫宇宙间的人，不过是沧海一粟罢了。但作者并没有消极避世，接下来说“供吟啸。功名事了，不待老僧招”。人生并没有绝对的自由，所以作者不做不切实际的幻想，吟诗长啸，忘却功名之事。作者认为人应该追求功名，实现自我价值，但不是做功名利禄的奴隶，待到自我价值实现之后，“不待老僧招”，就主动辞官投入壮阔的大自然的怀抱中来。

〔中吕〕普天乐

浙江秋，吴山[1]夜，愁随潮去[2]，恨与山叠[3]。塞雁[4]来，芙蓉谢，冷雨青灯读书舍，待离别怎忍离别？今宵醉也，明朝去也，宁奈些些[5]！

注释　①吴山：位于杭州市西湖东南。②愁随潮去：指愁情如潮水般汹涌而去。③恨与山叠：恨像重山叠积一样，极言恨之沉重。④塞雁：指从塞外飞到江南过冬的大雁。⑤宁奈些些：宁奈，忍耐，忍受。些些，些许，一点点儿。

鉴赏　此曲是一个秋雨之夜，作者在杭州一带送别友人之作。离别之情使一切景物都带有一种凄凉忧郁的情调。“浙江秋，吴山夜”，交代了送别的季节、时间和地点。“愁随潮去，恨与山叠”，抒发了作者的感受。作者巧妙地运用了比喻，将他的离愁比喻成钱塘江落潮时汹涌澎湃的潮水，不可阻挡；把他的别恨，比喻成吴山的峰峦叠嶂，无止无休，无比沉重，表现了对友人的无限深情。“塞雁来，芙蓉谢，冷雨青灯读书舍，待离别怎忍离别”，移情于景，以写景来抒发离别的苦痛。北雁南飞，叫声凄凉，听了使人哀愁；荷花枯零，满目凄怆，再加上秋雨潇潇，更加令人肝肠寸断。微弱的灯

光，静寂的书房，越发叫人不知如何面对离别之苦。此情此景将离愁别恨渲染得极富感染力。“待离别怎忍离别”，采用了反问句式，更加突出了离愁别恨之苦，有加强语气的作用。

“今宵醉也，明朝去也，宁奈些些”，是对友人也是对自己的宽慰，因为不知如何面对与朋友离别的痛苦，所以只能用醉酒来逃避。这三句更加表现出友情的炽烈深厚。

〔中吕〕醉高歌

感怀（四首）

十年燕月歌声[①]，几点吴霜鬓影[②]。西风吹起鲈鱼兴，已在桑榆暮景。

荣枯枕上三更[③]，傀儡场头四并[④]。人生幻化如泡影，那个临危自省？

岸边烟柳苍苍，江上寒波漾漾。阳关旧曲低低唱，只恐行人断肠。

十年书剑长吁，一曲琵琶暗许[⑤]。月明江上别湓浦[⑥]，愁听兰舟夜雨。

注释

①十年燕月歌声：十年，指多年。燕月，这里“燕”指元大都。歌声，指朝朝暮暮的宴歌生活。②几点吴霜鬓影：吴霜，吴地的风霜。鬓影，鬓发的影子。③荣枯枕上三更：人的富贵衰败犹如一场梦。荣枯，指宦海浮沉。枕上三更，指深夜做梦，或指半夜思想。④傀儡（kuǐ lěi）场头四并：傀儡，指以线操纵演戏的木偶人。场头，卖艺演出的地方。⑤一曲琵琶暗许：一曲琵琶，指白居易《琵琶行》中琵琶女所弹之曲，曲中反映了那位琵琶女一生不幸的遭遇。暗许，私下应许，指作者自己认为，自己一生的经历也像琵琶女一样，充满着不幸和痛苦。⑥湓（pén）浦：水名，现在称龙开河，在

江西省九江市西。

鉴赏　〔醉高歌〕一共四首，第一首曲子抒发了作者身在官场的感慨，表达了厌官思归之情。“十年燕月歌声，几点吴霜鬓影”，写作者在京为官时常以歌舞取乐，渲染出了苍凉的气氛：自己在六十多岁时出任江东廉访使，几经宦海沉浮，两鬓多了许多白发，像染上了吴地的风霜一样。“西风吹起鲈鱼兴，已在桑榆暮景”，写自己如今已老，已厌倦了这种生活，见到秋风起，想起张翰的故事，于是思乡之情油然而生。张翰尚能辞官返乡，而自己虽已暮年，但还是身不由己。这首曲子语言凝练，感情真挚。第二首曲子也抒发了作者对宦海浮沉的感慨。“荣枯枕上三更，傀儡场头四并”，写人生变幻无常，无论是富贵荣华还是贫贱失意，都是幻梦一场。人生就像演戏一样，自己就像一个被线操纵演戏的木偶人，从来无法掌握自己的命运，人生很难十全十美。这里包含着作者无限的感慨。“人生幻化如泡影，那个临危自省”，写人生如梦，世事荣华到头来不过是一场空，但如今，人们还是执迷不悟，苦苦争名逐利，充当统治者的傀儡。这首曲子，是作者对人生的体验，希望自己可以远离是非官场，过自由平静的生活。第三首曲子是送别之作。“岸边烟柳

苍苍，江上寒波漾漾”，点明送别的地点、环境。写景由近及远，岸边杨柳依依，仿佛也不舍友人离去；江上微波荡漾，很快就要带我的朋友远去，虽然春天已经来临，但还是有乍暖还寒之意。“寒”字与人物凄凉的心境相契合，烘托了离别的气氛，也为全曲奠定了感伤的基调。“阳关旧曲低低唱，只恐行人断肠”，点明了送别时的情绪。与朋友依依惜别之时，作者为朋友轻轻吟唱起了《阳关曲》，之所以唱得轻一点儿，是怕自己的哀愁感染了朋友。这一细节表现了作者对朋友的深情与关切。第四首曲子化用典故，结合自己的经历，抒写自己平生的失意和苦闷。“十年书剑长吁”，言自己一生经历过很多的痛苦和失意，叹息自己的不得志。“一曲琵琶暗许”，借白居易《琵琶行》中琵琶女一生不幸的遭遇，暗示自己平生的失意和苦闷。“月明……夜雨”，交代引发自己感慨的缘由：月明之夜，在湓浦江头，作者要与友人离别，内心充满无限的怅惘。心中充满离愁别绪，再回顾自己不得志的一生，更是雪上加霜！

姚燧的《感怀》四首，从不同的角度，抒发了自己对人生的感受，表达了作者无限的感慨。

庾天锡

〔双调〕雁儿落过得胜令

韩侯[①]一将坛，诸葛[②]三分汉。功名纸半张，富贵十年限。

行路古来难[③]，古道近长安[④]。紧把心猿系，牢将意马拴。[⑤]尘寰，倒大无忧患。狼山，白云相伴闲。

注释　①韩侯：指汉代的开国功臣韩信。②诸葛：指诸葛亮。③行路古来难：指自古以来就是仕途险恶。④古道近长安：越靠近长安（指朝廷），这种险恶的斗争就越明显、越激烈。⑤紧把心猿系，牢将意马拴："心猿意马"为一成语，形容心思不专一，变化无常，此处拆开来用。系、拴，即控制之意。

鉴赏　曲子开头两句"韩侯一将坛，诸葛三分汉"，对仗工整，写韩信和诸葛亮的丰功伟绩。然而后面两句"功名纸半张，富贵十年限"，是说功名是一张空纸，一文不值，富贵也不过是十年期限，过眼云烟。这两句将韩信和诸葛亮的丰功伟绩一笔抹掉，流露出历史虚无主义的感慨。这是〔雁儿落〕一曲的内容。"行路古来难"以下为〔得胜令〕，"行路古来难，古道近长安"两句，紧承前一曲，形象地道出人世的艰险和功名的诱惑。七、八两句"紧把心猿系，牢将意马拴"，是作者对世人也是对自己的劝告，表明自己隐居山林的坚定态度和对自由现实生活的追求与向往。

全曲通过对社会现实的否定，表达了对历史虚无的反思，在及时行乐的闲情当中蕴含着对意志消磨的忧愤。虽然曲子的风格表面上显得闲适淡泊，但作者内心却充满了抑郁悲凉的情感。

马致远

〔仙吕〕青哥儿

二月

前村梅花开尽，看东风①桃李争春。宝马香车②陌③上尘，两两三三见游人，清明近。

注释 ①东风：春风。②宝马香车：指马车。③陌：原指田间的小路，此处引申为路。

鉴赏 马致远，字千里，晚年号东篱。元代著名的戏曲作家、散曲家。大都（今北京）人。与关汉卿、白朴、郑光祖并称“元曲四大家”。青年时期仕途坎坷，中年中进士，曾任江浙行省官吏。晚年因不满时政而隐居田园，过着自娱自乐的生活，死后葬于祖茔。

这首曲子描写的是（农历）二月的景色和游人，表现了一派生机盎然的景象。“前村梅花开尽，看东风桃李争春”两句写景：前村的蜡梅已经全部凋谢，和煦的春风吹开了桃花和李花，它们相继开放，好似在争着迎接春天的到来。一个“争”字，不但写出桃李欣欣向荣的景象，而且写出了人们对美好生活的追求。“宝马香车陌上尘，两两三三见游人，清明近。”这三句，前两句写游人，最后一句再次点明时令：寒冷的冬天已经过去，桃李盛开之时，正是踏春的最好时机。青年男女乘着马车在大道上奔驰，三三两两，结伴而行，在观赏迷人的春景。最后的“清明近”，点明了时令，二月一过，清明节就到了，紧扣曲题《二月》。这首曲子，表面上写“二月”，实则通过二月美好的景象写人，表现了对美好事物的追求，寓意深刻。

〔南吕〕四块玉

紫芝路[1]

雁北飞，人北望，抛闪[2]煞[3]明妃也汉君王[4]。小单于[5]把盏[6]呀剌剌[7]唱。青草畔有收酪牛，黑河[8]边有扇尾羊，他只是思故乡。

注释

①紫芝路：昭君出塞时所经之路。②抛闪：扔下，丢下。③煞：表示极度。④汉君王：指汉元帝刘奭。⑤小单于：指匈奴呼韩邪单于。⑥把盏：举着酒杯。盏，此处指酒杯。⑦剌剌：指话多。⑧黑河：指大黑河，在今内蒙古自治区呼和浩特市南郊。

鉴赏

这首曲子作者借昭君出塞的故事表达了自己的思乡之情和对当时的昏庸统治者的不满。“雁北……君王”，写昭君出塞，像孤雁北飞，频频回望，这一切并不是她的愿望，而是被汉元帝抛弃的结果。统治者的昏庸无能造成了昭君的悲剧。第四句“小单于把盏呀剌剌唱”，描写了匈奴呼韩邪单于得意忘形、兴高采烈的情状。汉元帝同意与匈奴呼韩邪单于和亲，令昭君远嫁匈奴，使得呼韩邪心满意足，饮酒大乐。此处正是用单于的兴高采烈来反衬昭君的离愁别绪。“青草……故乡”，点明了王昭君的处境和心绪：身处异域，虽有大批牛羊，丰衣足食，但她一直思念着故乡。这几句一方面是写昭君对家乡的眷恋之情，另一方面也寄托着作者对故朝的深情。

这首曲子借昭君出塞表现了作者的怀旧之情和对造成悲剧的罪魁祸首——元朝统治者的愤恨之情。

〔南吕〕四块玉

凤凰坡

百尺[1]台[2]，堆黄壤[3]。弄玉[4]吹箫送萧郎[5]，送萧郎共上青霄[6]上。到如今国已亡[7]，想当初事可伤[8]，再几时有凤凰[9]？

注释

①百尺：此处形容凤凰坡很高。②台：土筑的高台，在军事防备中供观察瞭望用。③壤：土。④弄玉：传说为春秋时代秦穆公之女，喜好音乐，擅长吹箫。⑤萧郎：指萧史，传说为春秋时人，善吹箫，作凤鸣。⑥青霄：霄，此处指天空。青霄，青天。⑦国已亡：指秦国已灭亡，含有故国美好岁月已经逝去的意思。⑧伤：悲伤，哀痛。⑨凤凰：古代传说中的鸟王。

鉴赏

《凤凰坡》这首曲子是一首怀古之作，作者借弄玉、萧史吹箫引凤，乘凤一去不返的爱情故事，抒发了沧桑之感。“百尺台，堆黄壤。”写高高的凤凰坡是用黄土堆筑成的。这两句通过对凤凰坡的描写，奠定了故事发生的背景，从而表现了这一爱情故事的恢宏气势。“弄玉……霄上。”这两句直接讲述了萧史和弄玉感人的爱情故事。不但表现了夫妻两人的幸福生活，更表达了作者的羡慕之情。“到如……凤凰。”这三句则流露的是沧桑之感。现在国家已经灭亡了，回想当初的情景，实在令人悲伤，什么时候再有凤凰来听优美欢乐的箫声呢？表现了作者的故国之思。

这首散曲可分为两部分。前四句中先用两句点题，接着用两句陈述弄玉、萧史的爱情故事，文字简洁、朴素，形象鲜明，超凡脱俗。后三句笔锋一转，由欢爱跌入伤怀。今昔对比，天上人间，层层深入，以反问结尾，写尽了这对夫妻睹今伤昔的无穷愁绪。曲子表达了作者挥之不去的故国之思、沧桑之感。

〔越调〕天净沙

秋思

枯藤老树昏鸦，小桥流水人家，古道西风瘦马。夕阳西下，断肠人在天涯。

鉴赏

本首曲子很短，全曲只有五句二十八个字，而且没有一个“秋”字，却描绘出一幅凄凉动人的秋郊夕照图，表现出游子凄凉孤寂的心情。

枯萎的藤条，苍老的古树，黄昏时落在枝丫上的乌鸦，别致的小桥，潺潺的流水，低矮的茅屋，荒凉的古道上，西风吹来，消瘦的马与疲惫的游子并肩而立；太阳落山，在外的游子愁肠寸断，不知该去往何方。

全曲十个意象，前九个可以分为三组。第一组按照由大及小排列：枯藤，老树，昏鸦；第二组按照由下及上排列：小桥，流水，人家；第三组按照由近及远排列：古道，西风，瘦马。其中八个意象都是视感，中间穿插触感“西风”，跳跃的描写角度，让画面更加丰富，却并不突兀。最后一个意象“夕阳西下”，是全曲的大背景，视野一下子被拉得很辽阔，使整幅画面有了沧桑感。一切景语皆情语，这些景物都是为了引发游子心中的悲凉和漂泊在外的凄苦，借以表达作者的郁郁不得志。

〔双调〕蟾宫曲

叹世（二首之二）

咸阳[①]百二山河[②]，两字功名，几阵干戈[③]。项废东吴[④]，刘兴西蜀，梦说南柯[⑤]。韩信[⑥]功兀的般[⑦]证果[⑧]，蒯通[⑨]言那里是风魔[⑩]？成也萧何，败也萧何，[⑪]醉了由他。

注释

①咸阳：代指秦国。②百二山河：可以以二敌百，以少胜多，形容地势险固。③干戈：即战争。④项废东吴：指的是项羽与刘邦之战。⑤南柯：“南柯一梦”，喻人生虚幻，此处有不值一谈的含义。⑥韩信：“汉兴三杰”之一，与萧何、张良齐名。⑦兀的：这。⑧证果：元杂剧中多用作果报、结果的意思。⑨蒯（kuǎi）通：汉初

范阳固城镇人，曾建议韩信与刘邦、项羽三分天下。⑩风魔：即着魔，疯癫。⑪成也萧何，败也萧何：萧何把韩信推荐给刘邦，使韩信建功立业；后又向吕后献计，将韩信骗至长乐宫，将其杀害。这两句以此来喻人心险恶，世道凶险。

鉴赏

这首曲作通过罗列一个又一个历史故事来借古喻今，借助读者对历史的联想来体味作者的意图；通过“咏史”达到“叹世”的目的。“咸阳百二山河，两字功名，几阵干戈”，这三句描写了秦国凭借有利的地理位置，经过几场战争，便逐一击败六国，取得统一，这些不过是为了争取功名而已。对于秦统一六国这样一场充满血雨腥风的历史大搏斗，作者却以“两字功名，几阵干戈”轻轻带过，仿佛是无足轻重的功名之争，透露出一种历史的虚无主义态度。“项废东吴，刘兴西蜀”，指的是刘邦、项羽共同推翻秦朝之后，刘邦占据巴蜀和汉中，并以此为基地，与项羽展开了为期五年的楚汉之争，并最终战胜了项羽。“废东吴”和“兴西蜀”，一正一反，无论是项羽的失败，还是刘邦成就的事业，这些都不过是“梦说南柯”。这进一步表明了诗人无意于争夺功名的虚无主义史观。“韩信功兀的般证果，蒯通言那里是风魔”，介绍了韩信的故事。韩信当初建立功业最终也只能得到一个被杀的结果，蒯通说的那些话岂是疯话？这两句进一步强调了功业无用、不足立身的观点。

“成也萧何，败也萧何”的典故，呼应前面的楚汉故事，其作用除了增强美感，还在于一语双关、承上启下。“成也萧何，败也萧何”的引申义已成为对翻手为云覆手为雨这种人情反复的讽喻。用这句成

语导引出“醉了由他”这样一种超然外物、不问是非的情态，贴切自然。

［双调］清江引

野兴（八首选四）

绿蓑衣[①]紫罗袍[②]谁是主？两件儿都无济[③]。便作钓鱼人，也在风波[④]里，则不如寻个稳便处闲坐地。

山禽晓来窗外啼，唤起山翁睡。恰道不如归，又叫行不得，则不如寻个稳便处闲坐地。

天之美禄[⑤]谁不喜？偏则说刘伶[⑥]醉，毕卓[⑦]缚瓮边，李白沉江底，则不如寻个稳便处闲坐地。

楚霸王火烧了秦宫室，盖世英雄气。阴陵迷路时，船渡乌江际，则不如寻个稳便处闲坐地。

注释

①绿蓑衣：指渔民。②紫罗袍：代指官吏。③无济：无补益，无济于事。④风波：即危险的处境。⑤美禄：指好的待遇。⑥刘伶：魏晋时竹林七贤之一。据《晋书·刘伶传》说，刘伶“常乘鹿车，携一壶酒，使人荷锸而随之，谓曰：‘死便埋我。’其遗形骸如此”。⑦毕卓：晋朝毕卓盗饮邻酒，以酒废职。

鉴赏

这四首曲子都是在描述归隐山林的乐趣。

第一首曲子以问句开篇，提出疑问：做“绿蓑衣”好呢，还是做“紫罗袍”好呢？“绿蓑衣”代指渔民，“紫罗袍”代指官吏。第二句自己给出答案，原来这两者没有什么区别。第三句作者提出不如做垂钓人吧，可是就算做钓鱼人，也会经历风波。最后一句点明主旨：原来最好的办法就是做一个与世隔绝的隐士。由此揭露了现实的黑暗，表明作者对元朝统治者的厌恶，对归隐生活的向往。

第二首曲子以描绘山野美景开篇。清晨，鸟儿唤醒老山翁，说：“不如回家去吧。”可是又好像在说：“不能走。”既然不知如何是好，不如找个清静的地方隐居吧。曲子借鸟儿的口吻，进一步表达自己归隐的愿望。

第三首曲子以反问句开篇。谁不喜欢高官厚禄呢？可是你看刘伶、毕卓、李白，即使留在官场，也只能委曲求全，最终招惹祸事，还不如早些远离官场，远离朝廷，隐居山林。

最后一首曲子引用楚霸王项羽的故事，再次点题。想当年，项羽攻进咸阳、火烧阿房宫、灭掉秦国，是何等的盖世英雄，可是后来还是落得在阴陵迷路、乌江自刎的下场，还不如早日退隐。

四首曲子都以“则不如寻个稳便处闲坐地”结尾，从不同角度反复点明主题，表达了作者远离尘世的隐居情怀。

〔双调〕寿阳曲

山市晴岚

花村外，草店①西，晚霞明雨收天霁②。四围山一竿残照里，锦屏风又添铺翠。

注释

①草店：这里指酒家。②霁（jì）：这里指天气放晴。

鉴赏

这组〔寿阳曲〕共八首，写“潇湘八景”，每首均以景名为题，这支是第一首。这支曲子写傍晚小山村雨过天晴的秀美景色。雨过天晴，山村映照在落日余晖中；晚霞中，四周的群山像锦绣屏风般迷人；眼前的草店、村落与其他景象连成一体，构成一幅和谐清新、恬静秀丽的“山市晴岚”图。“花村外，草店西”两句，暗点题面的“山”“市”两字，“外”和“西”则将景物描写的境界扩大，说明此曲着眼点不是山村内景，而是山村外景。第三句中的“明”字，恰到好处地表现了雨后晚晴给人的视觉印象和心理感受。“四围山一竿残照里”一句，写山色青青，群山在淡淡雾气中连成一片，在晚霞的辉映下，就像屏风立在“花村外”“草店西”。此曲虽重在写“晴岚”，但并非只写晴岚，还有草店、晚霞、酒旗、山色等，一笔一景，曲中有画，表达了作者向往平静恬淡生活的愿望。这首曲子风格清新，似曲似画，虽寥寥数笔，但意境无穷。

《汉宫秋》第三折

〔梅花酒〕呀！俺向着这迥野[①]悲凉。草已添黄，兔早迎霜[②]。犬褪得毛苍，人搠[③]起缨枪，马负着行装，车运着糇粮[④]，打猎起围场。他他他，伤心辞汉主；我我我，携手上河梁[⑤]。他部从入穷荒[⑥]，我銮舆返咸阳[⑦]。返咸阳，过宫墙；过宫墙，绕回廊；绕回廊，近椒房；近椒房，月昏黄；月昏黄，夜生凉；夜生凉，泣寒螀；泣寒螀，绿纱窗；绿纱窗，不思量！

〔收江南〕呀！不思量除是铁心肠！铁心肠也愁泪滴千行。美人图今夜挂昭阳，我那里供养，便是我高烧银烛照红妆[⑧]。

注释

①迥野：辽阔的原野。②兔早迎霜：兔毛早已变成了白色。迎霜，指白色。迎霜兔是元人习用的一个词。③搠（shuò）：戳，这里是两手朝前端起的意思。④糇（hóu）粮：干粮，熟食。⑤携手上河梁：表示惜别之意。语出《文选·李少卿与苏武诗》："携手上河梁，游子暮何之？"河梁，河上的桥梁。⑥穷荒：遥远的荒野。⑦銮舆返咸阳：銮舆，皇帝的车驾。銮，指车上的銮铃。咸阳，秦故都，在今陕西省咸阳市东北二十里，渭水以北。汉元年曾改为新城、渭城。这里为押韵，用以代指长安。⑧高烧银烛照红妆：宋代苏轼《海棠》诗："只恐夜深花睡去，高烧银烛照红妆。"

鉴赏

这首曲子写的是汉元帝在灞桥送别王昭君出塞和亲时的场景。

第一首曲子前半部分写荒野广阔，草木枯黄，白霜已结，可是昭君还是要远行，旷远悲凉的深秋塞外风景衬托出汉元帝悲凉凄楚的心境，以及对昭君的怜惜不舍；后半部分用顶真的修辞描写

汉元帝独自返回咸阳，秋夜王宫的凄清阴冷，层层递进，让人荡气回肠。

第二首曲子用反衬夸张的手法，直接抒发对王昭君的怀念，将汉元帝肝肠寸断的不舍与心痛表现得淋漓尽致。

《汉宫秋》第四折

〔上小楼〕早是我神思不宁，又添个冤家缠定。他叫得慢一会儿，紧一声儿，和尽寒更。不争你打盘旋，这搭里同声相应，可不差讹了四时节令？①

〔幺篇〕你却待寻子卿、觅李陵②。对着银台，叫醒咱家，对影生情。则俺那远乡的汉明妃，虽然薄命，不见你个泼毛团，也耳根清净。

〔满庭芳〕又不是心中爱听，大古似林风瑟瑟，岩溜泠泠。③我只见山长水远天如镜，又生怕误了你途程。见被你

冷落了潇湘暮景④，更打动我边塞离情。还说甚雁过留声⑤，那堪更瑶阶夜永，嫌杀月儿明！

注释

①“不争你”三句：意思是如果你在这里盘旋不前，雁群同声相应，简直让人把四时节令都弄糊涂了。大雁每年春分后飞往北方，秋分后飞往南方。不争，假如。②寻子卿、觅李陵：子卿即苏武。苏武和李陵都是汉代官员，苏武出使匈奴，被拘留在贝加尔湖牧羊，不能返国；李陵领兵和匈奴作战，兵败投降。这两个人都在匈奴境内生活了一段时间。③“大古似”两句：意思是雁声凄苦，不那么动听。大古，大概。岩溜，岩石上的泉流。泠泠，山泉流动的声音。④“见被你”句：意思是现在雁儿盘旋不赶路，让潇湘晚景也受到了冷落。过去传说雁落平沙是潇湘八景之一。见，同“现”。⑤雁过留声：“雁过留声，人过留名”，当时谚语。

鉴赏

第四折是整个《汉宫秋》悲剧故事的高潮。作者为了渲染汉元帝对王昭君的思念，加重悲剧气氛，以强烈的抒情笔调，描绘了一幅“破幽梦孤雁汉宫秋”的画面。

这一折集中表现了杂剧的特定环境。这场戏一开始，就写深秋之夜，汉元帝独居汉宫，面对着冷衾孤灯，形影相吊，涌起了对昭君的无限思念之情。在恍惚入梦之际，忽见昭君飘忽而至。在汉元帝的梦境里，昭君从北地私自逃回，又被从后面赶来闯入汉宫的匈奴人抓走。孤雁的哀鸣打破了这一寂寥的画面，把汉元帝从梦中惊醒。元帝本为这意外的幽会惊喜，希望做一个“团圆梦境”，忽被天上嘎嘎的雁声惊醒，于是他愤懑的情绪不可抑制地迸发出来。“孤雁”的意象具有很深的含意，在第二折中就已出现，伴随着矛盾冲突的加剧，预示了汉元帝的悲剧命运。剧中以孤雁之哀鸣惊醒汉元帝之梦，饱含隐喻之意。汉元帝痛失昭君，此时正像那失偶的孤雁，听到空中大雁的哀鸣，心中顿时产生同病相怜之感。

接着，作者以拟人的手法刻画了大雁失群的孤零心情，抒发了汉元帝满腹幽怨的缠绵之情。在〔满庭芳〕及以下〔十二月〕（本书未选）两支曲中，表现了汉元帝对这只孤雁的矛盾心情：既嫌它聒噪麻烦，又不忍赶它离去，因为它毕竟给汉元帝寂寥的心情带来了一丝慰藉，为他与昭君之间搭起了一座幽思恋念的桥梁。这种强烈的哀怨声，突出了汉元帝对王昭君的深切思恋，刻画出一个痴情国君的形象。

《汉宫秋》不仅文辞卓秀，而且能把感情和环境描写融为一体，以独具一格的意境给人带来压抑和伤感，包含无尽的艺术魅力。

赵孟頫

〔黄钟〕人月圆

一枝仙桂香生玉，消得唤卿卿[①]。缓歌金缕[②]，轻敲象板[③]，倾国倾城[④]。

几时不见，红裙翠袖[⑤]，多少闲情。想应如旧，春山澹澹[⑥]，秋水盈盈[⑦]。

注释

①消得唤卿卿：消得，值得。卿卿，原为夫妻间的昵称，这里指对女子的倾慕。②金缕：指《金缕曲》。③象板：即象牙制成的拍板，一种乐器。④倾国倾城：代指美人。⑤红裙翠袖：指歌伎。⑥春山淡淡：形容女子的眉毛弯弯如静静的春山。⑦秋水盈盈：这里形容女子眼波清亮。

鉴赏

这首曲子分两个层次，抒发了作者对意中人的相思之情。第一层写作者记忆中昔日的情景，着重从美人的风度情态上落笔。“一枝仙桂香生玉”一句，以玉之莹润比喻桂花的洁白晶莹，“香生玉”说明桂花的芬芳怡人。作者以这样一枝仙桂来比喻意中人，鲜活地刻画出其美丽可爱的姿态、超凡脱俗的气质，表现了作者对女子的倾慕。“缓歌金缕，轻敲象板”，描写美人唱歌时的风韵，也表明了她的歌伎身份。“缓”与“轻”表明美人的性情温和、柔顺。动人的风姿，悦耳的歌声，再加上美丽的容颜，足以令人为之倾倒。作者的重点在对于佳人难得的感慨上，虽然女子身为歌伎，作者仍视她为自己的心上人，足见对她的爱慕与深情。第二层写别后的相思。“几时……闲情”三句，表现作者与这位女子分别已久，故生出许多“闲情”，也就是相思之情。作者对女子思念不已，以致脑海中总是浮现出她娇美的容颜。“想应……盈盈”，是对美人容貌的回忆，以春山宁静比喻女子眉毛的秀美，以秋水澄清比喻女子眼波的清亮，一静一动，更显女子的姣好面貌，表现了作者对她的一往情深。

这首曲子，通过对女子容貌的描写，表现了作者对女子的思念和倾慕之情。

〔仙吕〕后庭花

清溪一叶舟，芙蓉[1]两岸秋。采菱谁家女，歌声起[2]暮鸥。乱云愁，满头风雨，戴荷叶归去休[③]。

注释 ①芙蓉：荷花。②起：惊起，惊动。③休：句末语气词，相当于"了""吧"。

鉴赏 这首曲子写女子采菱的场景，洋溢出浓郁的诗情画意与生活情趣，表达了作者的羡慕和向往之情。"清溪……岸秋"两句，写了清澈的溪水、一叶扁舟、亭亭玉立的荷花，展现了一幅动人、恬美的金秋图画。"清溪一叶舟"流露出作者逍遥自在的淡泊心境。"采菱……暮鸥"两句，写出了一群采菱美艳动人的姑娘，为眼前的美景增添无尽的韵致。她们悠扬的歌声，惊起了暮色中早已归巢的鸥鸟。接下来，"乱云愁"笔锋急转，刹那间乌云密布，带来"满头风雨"。突降骤雨，采菱女们没有带雨具，但是她们从容不迫，折下一片荷叶，戴在头上，荡着小舟，踏上归途，别有一番神韵。

这幅明朗的采菱画，暗含着深刻的寓意。面对官场的险恶和变幻莫测，作者由采菱女面对风雨处变不惊的坦荡受到启发，引发了他政治上的归隐之意。

李寿卿

〔双调〕寿阳曲

切鲙[①]

金刀[②]利，锦鲤[③]肥，更那堪玉葱[④]纤细！添得醋来风韵[⑤]美，试尝道甚生[⑥]滋味。

注释

①鲙（kuài）：指切得很细的鱼肉。②金刀：指名贵的刀。③锦鲤：鲤鱼的一种，色彩华美。④玉葱：比喻女子的手。⑤风韵：即风度。⑥甚生：什么样。

鉴赏

这首曲子表面上写“切鲙”，实际上是表现男女之间的爱慕之情。开头三句“金刀……纤细”，是说切鱼的刀既名贵又锋利，鲤鱼肥美，烹调之后，加上纤嫩的葱，味道鲜美无比。这三句既写切鱼，又暗含对切鱼女子的调笑，语意双关。“玉葱纤细”既指葱，又指人；“风韵美”，既指鱼味，又形容女子。后面两句，“添得……滋味”，是说在烹调鲤鱼时，再加上一些香醋，味道就会更加鲜美。“甚生滋味”既指这样鲜美的鲤鱼以前从未尝过，又指两人只是初见，并不熟悉。作者在宴席上第一次见到这位美丽的女子，便被女子的美貌吸引，即兴唱道“更那堪玉葱纤细”，表达了对她的爱慕之情。

这首曲子前三句语言典雅华丽，后两句极近口语，活泼生动，自然明快。

冯子振

〔正宫〕鹦鹉曲

山亭逸兴

嵯峨①峰顶移家住，是个不唧嚁②樵父③。烂柯④时树老无花，叶叶枝枝风雨。

〔幺〕故人曾唤我归来，却道不如休去。指门前万叠云山，是不费青蚨⑤买处。

注释

①嵯峨（cuó é）：形容山势高峻。②不唧嚁：即麻木，迟钝。唧嚁，宋元俗语，指伶俐。③樵父：即打柴人。父，古时对男人的称呼。④烂柯：烂掉的斧柄，比喻时间过得快。⑤青蚨（fú）：代称钱。

鉴赏

这首曲子的主人公虽是一位樵夫，但他不是一位土生土长、精于采樵之业的樵夫。他中途迁居到此，“是个不唧嚁樵父”，对于采樵事业并不精通，显得有点儿笨拙糊涂，他不从事辛苦的采樵工作，而是像神仙一样，在深山老林的亭子里整日下围棋来消磨时光。当然，樵夫的生活也并非无忧无虑，他没有与猿鹤为伍、麋鹿相伴，伴随着他的只有无花老树、落叶枯枝。“故人……休去”是说在朝为官的老朋友得知他生活得凄苦寂寞，便招他回去。老樵夫在去留的问题上仔细权衡，结果是：“不如休去。”留在

山林，固然清苦，但回到朝廷，官场险恶，也许更痛苦。“指门……买处”，写他指着门前能望见的万叠云山，对来山中招隐士的故人说：“你看，这里的山林充满无穷乐趣，不必用金钱去买，而且用金钱也不可能买到。”在他看来，山林隐逸之乐远远胜过荣华富贵的生活。作者通过老樵夫的形象，表达了他摒世弃俗、淡泊名利的思想。

这支散曲简洁精练，以极少的笔墨抓住士大夫隐于樵的形象特征，刻画了一个生动而丰满的艺术形象，表现了作者遗世弃俗的高洁品行。

〔正宫〕鹦鹉曲

农夫渴雨

年年牛背扶犁住，近日最懊恼[①]杀农父。稻苗肥恰待抽花，渴煞[②]青天雷雨。

〔幺〕恨残霞不近人情，截断玉虹[③]南去。望[④]人间三尺甘霖，看一片闲云起处。

注释　①懊恼：烦恼。②渴煞：渴望。③虹：古人以为虹霓主风雨。④望：渴望。

鉴赏　这首曲子写稻花开时农夫盼雨的急切心情，表现了农家生活和农民的思想情绪。前篇写农夫盼雨。农民对风霜雨雪最为敏感，他们一年四季辛苦耕作，总希望风调雨顺，而眼下稻苗肥壮，恰逢

扬花吐穗，偏偏久旱不雨，眼睁睁地看着一年的辛苦将要付之东流，农夫焦虑欲绝。〔幺〕篇写天公无情。农民盼望的是及时雨，而天公偏不作美，只能看见不能作雨的残霞闲云，使人恨悠悠、望也休。作者观察细致入微，对农人情感体会真切，因此，状物抒情极为自然，绝无忸怩作态之迹。

在手法上，作者以对立的两方结构全篇：农夫急切盼雨与天公不遂人愿，展示了农夫的愿望与现实的矛盾，读来牵动人心。

〔正宫〕鹦鹉曲

荣华短梦

朱门[①]空宅无人住，村院[②]快活煞耕父[③]。霎时间富贵虚花，落叶西风残雨。

〔幺〕总不如水北相逢，一棹木兰舟去。待霜前雪后梅开，傍几曲寒潭浅处。

注释 ①朱门：指代贵族宅院。②村院：指普通的住宅。③耕父：农夫。

鉴赏 这首曲子通过对富贵生活短暂易逝的书写，表达了作者淡泊名利、遗世弃俗、隐居山林的生活态度。曲子开头“朱门……耕父”，“朱门空宅”和“村院快活”的鲜明对比，表现了荣华富贵如过眼云烟，转瞬即逝；而粗茶淡饭、自耕自给的农夫却能够得到长久的快活。接着，“霎时……残雨”两句，是说荣华富贵如虚幻的鲜花，瞬间就会凋零。作者用“西风残雨”中的“落叶”比喻富贵之花的虚空和短暂，至此，标题“荣华短梦”四个字已被形象具体地描述出来，并且作者那视荣华如短梦虚花的淡泊情怀，也得到了充分体现。〔幺〕篇“总不……舟去”，体现了作者的志趣：他追求的是邀几个志同道合的友人，乘着木兰舟，去追寻大自然的美。“总不如”三个字，将上下文进行比较，承上启下。“待霜……浅处”两句，具体写出了“一棹木兰舟去”的时间，即作者要在寒冷的时节，在“霜前雪后”，在去清浅的水潭边观赏“凌寒独自开”的梅花，表现了作者怡然自得的情怀。

本曲感情真挚，情景交融，具有强烈的艺术感染力。

〔正宫〕鹦鹉曲

野渡新晴

孤村三两人家住，终日对野叟田父①。说②今朝绿水平桥，昨日溪南新雨。

〔幺〕碧③天边云归岩穴，白鹭一行飞去。便芒鞋竹杖④行春⑤，问底是⑥青帘⑦舞处？

注释

①野叟田父：这里都是指种田的农夫。②说：奔走相告的意思。③碧：青绿色，有时用来形容草，有时用来描绘天。④芒鞋竹杖：草鞋和竹手杖，为古人野外出行的装备。⑤行春：此处为春日行游之意。⑥底是：哪里是，哪有。⑦青帘：酒店门口的青布招子。

鉴赏

这首曲子描绘了作者归隐乡村后雨后春游的喜悦心情。曲子开头“孤村……田父”，描写了作者隐居的地点：一处小小的“孤村”，只有两三户人家，荒凉无比，居住的全是农夫，充分对应了标题中的“野”字。接下来“说今……新雨”，说明了原因：这里空气清新，风景宜人。〔幺〕篇开头两句“碧天……飞去”主人公出门后所见的春天的景色。抬头仰望，碧空万里，一行白鹭悠然飞上青天。如此美景，使作者不禁穿上草鞋，拿着手杖，踏着雨后松软的泥土，信步闲游。最后“青帘舞处”交代了地点，即作者要去乡村小店，喝点儿小酒，慢慢欣赏这迷人的景色。

这首曲子通过“我”的所见所闻，表现了主人公的心情。作者将环境描写和主人公的心情相结合，情景交融。

〔正宫〕鹦鹉曲

渔父

沙鸥滩鹭褵依住①，镇日坐钓叟纶父②。趁斜阳晒网收竿，又是南风催雨③。

〔幺〕绿杨堤忘系④孤桩，白浪打将⑤船去。想明朝月落潮平，在掩映芦花浅处。

注释

①沙鸥滩鹭褵(lí)依住：沙、滩，都是指水边的陆地。鸥、鹭，都是食鱼的水鸟。褵依，即褵褷，羽毛初生时濡湿黏合貌。②钓叟纶父：这里都指渔夫。③又是南风催雨：又是，说明水边经常有暮雨。“催”字，说明风雨来得快速、突然。④系：捆住，扎住。⑤打将：打，侧面表现暮潮之大。将，是“打”的动词尾，无实义。

鉴赏

这首曲子主要描写渔夫的生活，寄托了作者安之若素的情怀。小令选取了远离世俗的海边作为背景，描绘了一幅优美和谐的垂钓图：渔夫们每天与鸥鹭相伴，在海边垂钓，生活惬意无比。曲子开篇暗用典故，说明渔夫除了操持生计，别无他求，以至于鸥鹭都愿意与他相处，这就把我们带到了远离尘嚣的世外淳朴之地。“趁斜……催雨”，将渔夫的“晒网收竿”贯穿于“斜阳”“催雨”之中，但这一切渔夫早已司空见惯，所以不慌不忙，泰然自若，又暗示了他在人生的风雨中安之若素。〔幺〕篇描绘了一幅富有情趣的场景。“绿杨……船去”，表现了渔夫在狂风暴雨面前，虽然从容自若，但还是有些漫不经心，竟然忘了把渔船捆牢，使得渔船消失在滚滚白浪中。这里表现出了作者对于世俗功名富贵的厌倦与不屑。渔夫丢了船，暗含作者舍弃了功名富贵。“想明……浅处”，表明渔夫在失船后的淡然心态，表现了渔夫顺其自然、随遇而安的心态。

全曲以富于隐喻性的景象巧妙地构思安排，既形象鲜明，又耐人寻味。

〔正宫〕鹦鹉曲

市朝归兴[①]

山林朝市[②]都曾住，忠孝两字极[③]君父。利名场反覆如云[④]，又要商量阴雨。

〔幺〕便天公有眼难开，袖手不如家去。更峨眉[⑤]强学时妆，是老子⑥平生懒处。

注释

①市朝归兴：市，交易买卖的场所；朝，官府治事的处所，这里泛指官场。归兴，指根据当前的感受而发的吟咏。②山林朝市：山林，指宅第。朝市，即市朝。③极：即最高限度。④利名场反覆如云：利名场，指官场中名利争逐如同做买卖，危恶可见。反覆如云，这里比喻巧弄权术，反复无常。⑤峨眉：美人的代称。⑥老子：对自己的称呼。

鉴赏

这首曲子描写了作者对官场追名逐利、变幻无常的失望和愤慨，以及对官员卑躬屈膝、阿谀奉承态度的厌恶，表现了作者傲然高洁的品格。曲子开头“山林……君父”，简要概述了主人公的人生经历，在家侍奉父母尽了孝道，做官奉公职守尽了臣道，“忠孝”二字已经做到尽头了。由这两句可以看出，主人公并不是作者自己，而作者对这位当事者是同情的。“利名……阴雨”两句，用生动形象的比喻，揭露了“争名于朝”“争利于市”的险恶，表达了作者对官场黑暗的厌恶之情。〔幺〕曲表明了作者的退隐之志。“便天……家去”是在劝说主人公，即使天公有眼，对着这险恶的名利场，也只是视而不见，有口难言。“更峨……懒处”，表明作者不愿随波逐流，并且愤慨地表示：“老子”一生就懒得这样做。其蔑视鄙夷的态度溢于言表。

本曲大量运用比喻，生动贴切，将许多抽象的内容描绘得既精练又形象，同时含有尖锐的讽刺。

〔正宫〕鹦鹉曲

赤壁[1]怀古

茅庐诸葛亲曾住，早赚[2]出抱膝[3]梁父[4]。笑谈间汉鼎三分[5]，不记得南阳耕雨[6]。

〔幺〕叹西风[7]卷尽豪华[8]，往事大江东去。彻如今话说渔樵[9]，算也是英雄了处[10]。

注释

①赤壁：孙权与刘备联军打败曹操的地方，即今湖北省武汉市赤矶山。②赚：这里是请出来的意思。③抱膝：用手抱住膝，指诸葛亮吟诗的样子。④梁父：本指《梁父吟》，相传为诸葛亮所作，在此代指诸葛亮。⑤汉鼎三分：汉室天下分为三国。鼎，借指政权。⑥南阳耕雨：指诸葛亮在南阳时耕种的生活。⑦西风：即秋风。⑧豪华：豪气才华。⑨彻如今话说渔樵：彻，直到。指渔人、樵夫以三国时事作为谈说的内容。⑩了处：指归宿。

鉴赏

这是一首怀古之作。以诸葛亮出茅庐辅佐刘备的历史故事为题材，抒写诸葛亮未能坚守初衷，最后愿望未果之事，表达了作者的惋惜与慨叹。

"茅庐……梁父"，是说那一处茅庐曾是诸葛亮住的地方。诸葛亮早年隐居隆中，吟诗品酒。只因刘备三顾茅庐，礼贤下士，他才出山帮助刘备打天下，形成曹操、刘备和孙权三国鼎立的局面。"笑谈……耕雨"，是写诸葛亮的豪气与才华，为他的出山入世表示深切的惋惜。纵然诸葛亮出山后纵横捭阖，羽扇纶巾，成为风云人物，但他彻底错过了美好的田园生活。表达了作者强烈的遗憾。〔幺〕回顾历史沧桑，表达了作者无尽的慨叹。"叹西……东去"，写诸葛亮的豪气与才华被凄凉的秋风席卷殆尽，他的宏图伟志都付诸东流，将那种壮志难酬的遗憾再次宣泄而出。"彻如……了处"，到如今，他的英雄事迹还常常被村野的渔父和樵夫传颂，这也算是对他们最好的安慰吧！这里也表达了作者对诸葛亮式的英雄人物的些许同情。

全曲以善意的嘲讽统领，对诸葛亮的智慧采取了平视甚至俯视的态度，构思新颖，立意独到，表现了元代知识分子因怀才不遇而流露出来的虚无感。

〔正宫〕鹦鹉曲

处士[①]虚名

高人[②]谁恋朝中住，自古便有个巢父[③]。子陵[④]滩钓得虚名，几度桐江春雨。

〔幺〕睡神仙别有陈抟[⑤]，拂袖华山归去。漫纷纷少室终南[⑥]，怎不是神仙隐处！

注释

①处士：即隐士。②高人：指摆脱一切名利不做官的高尚之士，即真隐士。③巢父：尧时的隐士，因巢居山中树上而得名。④子陵：指严光，字子陵，会稽余姚人。年少时曾与刘秀（汉光武帝）一同游学，有高名。刘秀称帝后，严光改姓换名隐居富春山。

⑤陈抟：字图南，自号扶摇子，北宋时隐士。⑥少室终南：山名。少室山在河南，终南山在西安市南。这两座山都是隐士、僧人和道士居住的地方。

鉴赏

这首曲子借咏史来讥讽那些沽名钓誉、徒有虚名的假隐士。曲子起笔以“高人谁恋朝中住”发问：真正的高人，有谁还留恋朝中生活呢？此后，“自古便有个巢父”一句，肯定了巢父是真隐士。其后列举严光和陈抟的例子，继续说明什么样的是真隐士。严光年少时曾与汉光武帝刘秀一同游学，有高名。刘秀称帝后，严光改姓换名隐居山林。刘秀派人寻访严光，征召到京，授谏议大夫，严光不受，退隐富春山。历史上其他诗文，大多对归隐持肯定的态度，但在作者看来，如果严光是真隐士，就应该像巢父那样远离朝廷，而不该应召到朝中去逗留，他缺少巢父那种与名利决绝的态度，所以说他只不过是一个徒有虚名的假隐士。然后作者又列举北宋隐士陈抟的例子。陈抟先后隐居武当山、华山修道，每寝处多百余日不起，故有睡神仙之称。他曾于后唐长兴年间中举，但进士不第，后来又多次受到宋太宗礼遇，被赐号“希夷先生”，又赐紫衣，令有司增葺所止云台观，在朝廷逗留数月，太宗屡与之切磋诗赋。作者批评这位归隐华山的“睡神仙”依恋朝廷，与名利不能决绝，也不认为他是“高人”。综合上面所举的例子，作者最后感慨道：“漫纷……隐处！”只要真心归隐，哪里都是隐居之处，何必一定要找诸如少室山、终南山那样的名山呢？这就对严光和陈抟归隐的实质产生了质疑。作者将巢父与严光和陈抟做对比，赞扬了巢父的真隐，讽刺批评了严、陈等徒有虚名的隐士。

这首曲子用典较多，借古讽今，以议论开头，又以议论结尾，褒贬明确，对比鲜明，真率大胆。

〔正宫〕鹦鹉曲

泣江妇

曹娥江主婆娑住，五月五水面迎父。①蔡中郎“幼妇”碑阴，古刻荒云深雨。②

〔幺〕夏侯瞒智肖杨修，强说不多来去。③怕文章泄漏风光，谜语到难开口处。④

注释

①“曹娥”两句：歌咏东汉曹娥入江寻父尸的史事。②“蔡中郎”两句：歌咏蔡邕为曹娥碑题词的故事。③“夏侯”两句：说的是曹操与杨修猜测蔡邕题碑的隐语逸事。曹操本为夏侯家人。④“怕文章”两句：评说蔡邕的题词。

鉴赏

这是一首咏史曲作，其中牵涉一系列的历史人物和事件。开篇破题。“曹娥……迎父”两句，歌咏了曹娥泣父的史事。曹娥是东汉的孝女，会稽上虞人。其父盱，能弦歌，为巫祝。汉顺帝汉安二年（143）五月五日，盱在江中驾船迎神，不幸溺水而死，不得尸骸。其女曹娥年十四，沿江哭号十七昼夜，投江而死，此江故名曹娥江。汉桓帝元嘉元年（151），上虞县度尚改葬曹娥于江南道旁，并为立碑。度尚弟子邯郸淳作碑文，其辞妙绝。其后大文豪蔡邕见邯郸淳的碑文，就在碑的背面又题八字：“黄绢幼妇，外孙齑臼”。三国时，曹操（夏侯瞒）和杨修曾过曹娥碑下，看到碑阴“黄绢幼妇，外孙齑臼”八个字感到很奇怪，不解其意，但杨修破译了蔡邕题词的隐语：黄绢，是有颜色的丝绸，那便是“绝”字；“幼妇”是少女，即“妙”字；外孙是女之子，那是“好”字；“齑”是捣碎的姜蒜，而“齑臼”就是捣烂姜蒜的容器，用当时的话说就是“受辛之器”，“受”旁加“辛”就是“辤”的异体字。所以“黄绢幼妇，外孙齑臼”，谜底便是“绝妙好辞”，而曹操行三十里后始解其意，因而叹曰："我才不及卿，乃觉三十里。"曹娥泣父的故事在元代颇为流传，元顺帝曾加封曹娥为"慧感灵存昭顺钝懿夫人"。这首曲子标题作《泣江妇》，但重点不在于歌颂曹娥泣父的孝行，而是引出一桩文坛的趣事，重点着笔于邯郸淳、蔡邕、杨修等人的文思，对蔡邕题词"谜语到难开口处"略有微词，而对曹操嫉杨修之才但口头上说自己无才思也略有批判。曲子思想表达含蓄，但能把有关曹娥泣父的历史人物和事迹连缀成曲，典雅富丽，又不失酣畅流利，体现了作者深厚的文学功底。

〔正宫〕鹦鹉曲

感事（二首之一）

黄金难买朱颜①住，驷马客羡跨牛父②。石将军百斛明珠，几日欢云娱雨。③

〔幺〕趁春归一瞬流莺，万事夕阳西去。旧婵娟④落在谁家？个里⑤是高人⑥省处。

注释 ①朱颜：指青春焕发的脸色。②驷马客羡跨牛父：这句用司马相如"高车驷马"的典故代指达官贵人，用老子乘青牛车出函谷关的典故代指隐者。③石将军百斛明珠，几日欢云娱雨：以晋石崇用百斛明珠买得美姬绿珠，最终被抄家杀身，绿珠跳楼身亡的典故，说明富贵如浮云，不能长久，财富会使人丧生的道理。④婵娟：此处指绿珠。⑤个里：个中。⑥高人：指摆脱名利，不求仕进的人。

鉴赏 这首曲子开头"黄金……牛父"两句点明主旨，感叹朱颜易逝，青春

不常驻；接着，用司马相如“高车驷马”的典故代指达官贵人，用老子骑牛隐居的典故代指隐者，说明达官显贵反而羡慕隐居之士。起首这两句可谓全曲之纲，点明了全曲所感喟的仕不如隐的主旨，起到了提纲挈领的作用。三、四两句“石将……娱雨”，承接上两句，言石崇虽然富甲天下，曾经以百斛明珠买得美姬绿珠，却未得几日欢愉，抒发了作者的感叹，说明富贵如浮云，不能长久。五、六两句“趁春……西去”，由豪门之富贵说到世间万事和美景，不过如春归时莺鸟美妙的鸣叫声和西沉的夕阳，转瞬即逝，表达了对富贵无常的感慨和万事皆空的人生悲叹。最后两句“旧婵……省处”，是对石崇这一典故的感慨，再一次说明富贵如云，暗示了作者“仕不如隐”的人生态度。首尾呼应，点明主旨。

王实甫

《西厢记》第四本第三折

〔正宫·端正好〕碧云天，黄花[①]地，西风紧，北雁南飞。晓来谁染霜林醉？总是离人泪。

〔滚绣球〕恨相见得迟，怨归去得疾。柳丝长玉骢[②]难系，恨不倩疏林挂住斜晖。马儿迍迍[③]的行，车儿快快的随。却告了相思回避，破题儿[④]又早别离。听得道一声“去也”，松了金钏；遥望见十里长亭，减了玉肌。此恨谁知！

〔叨叨令〕见安排着车儿、马儿，不由人熬熬煎煎的气；有甚么心情花儿、靥儿[⑤]，打扮的娇娇滴滴的媚。准备着被儿、枕儿，则索昏昏沉沉的睡；从今后衫儿、袖儿，都揾[⑥]做重重叠叠的泪。兀的[⑦]不闷杀人也么哥[⑧]！兀的不闷杀人也么哥！久已后书儿、信儿，索与我凄凄惶惶[⑨]的寄。

注释

①黄花：即菊花。②玉骢（cōng）：毛色青白相杂的马。③迍迍（zhūn）：行动迟缓的样子。④破题儿：唐宋人诗赋的起首称破题，引申为事情的开头。⑤靥儿：古代妇女面部的一种妆饰。⑥揾（wèn）：拭，擦。⑦兀的：怎么，表感叹。⑧也么哥：元明戏曲中句末常用的语气词。⑨凄凄惶惶：悲伤不安的样子。

鉴赏

《西厢记》的第四本第三折，通常被称作“长亭送别”，讲的是张生在崔老夫人的逼迫下，即将离别莺莺赴京赶考；莺莺、红娘、老夫人等在十里长亭为张生饯行，张生与莺莺挥泪相别。这一折戏情节比较简单，沿袭《西厢记诸宫调》关于这段情节的描写，主要是写莺莺和张生的离别之情。作者将场景安排在深秋的长亭古道边，以整套优美感伤的曲词表现这对恋人离别时的痛苦和悲伤，抒情气氛浓厚，充满诗情画意。此折主唱者为莺莺，通过莺莺所唱的曲词，刻画莺莺和张生别离时的痛苦心情和怨恨情绪。

开头〔端正好〕〔滚绣球〕〔叨叨令〕三支曲子，为莺莺赴长亭途中所唱。首曲〔正宫·端正好〕，渲染出了暮秋的凄凉气氛，通过莺莺对暮秋郊野景色的感受，衬托出莺莺为离愁别恨所烦恼的痛苦压抑的心情。作者选取了几种典型的意象，“碧云天，黄花地”，借景抒情，情景交融，营

造了寥廓萧瑟、黯然销魂的环境。“晓来谁染霜林醉”这种反问语气的运用，使得大自然的景色带上了离人的主观色彩。一个动词“染”字，把这种主观色彩渲染得形象突出，更赋予了人在离愁的重压下不能自持的情态。紧接着的两支曲子是莺莺的内心独白，从不同的侧面展示主人公复杂的内心世界，真实可感，细腻动人。

《西厢记》“长亭送别”一折以优美精湛的语言，对人物心灵的深层刻画和真实描摹，多侧面、多色彩地再现了人物的情感节奏，是我国古典戏曲中的杰作，具有无穷的艺术魅力。

李好古

《张生煮海》第三折

〔正宫·端正好〕一地里受煎熬，满海内空劳攘，兀的不慌杀了海上龙王。我则见水晶宫血气从空撞，闻不得鼻口内干烟炝。

〔滚绣球〕那秀才谁承望，急煎煎做这场，不知他挟着的甚般伎俩，只待要卖弄杀手段高强。莫不是放火光，逼太阳，烧的来焰腾腾滚波翻浪。纵有那雷和雨，也救不得惊惶。则见锦鳞鱼活泼刺波心跳，银脚蟹乱扒沙[①]在岸上藏。但着一点儿，就是一个燎浆[②]。

〔倘秀才〕这秀才不能勾花烛洞房，却生扭做香水混堂[3]，大海将来升斗量。秀才家能软款，会安详，怎做这般热忽喇[4]的勾当？

〔滚绣球〕俺也不是化道粮，也不是要供养，我则是特来相访。（张生云）我是个穷秀才，相访我有甚么化与你。（正末唱）俺本是出家人，便乞化何妨。（张生云）若得见那小娘子，肯招我做女婿，便有布施。（正末唱）则为那窈窕娘，不招你个俊俏郎，弄出这一番祸从天降。你穷则穷，道与他门户辉光。你那里得熬煎铅汞[5]山头火？你那里觅医治相思海上方？此物非常。

〔脱布衫〕俺实丕丕[6]要问行藏，你慢腾腾好去商量，将这水指一指翻为土壤，分一分步行坦荡。

〔小梁州〕直着你如履平原草径荒。（张生云）到那海底去，莫不昏暗么？（正末唱）却正是日出扶桑[7]。（张生云）小生终是个凡人，怎敢就到海中去？（正末唱）虽然大海号东洋，休谦让。（带云）去来波！（唱）他则待招选你做东床。

〔幺篇〕便休提弥漫弱水三千丈，端的是锦模糊水国鱼邦。（张生做望科，云）我看这海有偌般宽阔，无边无岸，想是连着天的，好怕人也！（正末唱）你道是白茫茫如天样，越显得他宽洪海量。我劝你早准备帽儿光[8]。

〔笑和尚〕去去去，向兰阁，到画堂。俺俺俺，这言语，无虚诳。（张生云）是真个么？（正末唱）你你你，终有个酸寒相[9]。他他他，女艳妆。早早早，得成双。来来来，似鸳鸯并宿在销金帐。

〔尾声〕则为你佳人才子多情况，唬得他椿室萱堂[10]着意忙。你貌又轩昂才又良，他玉有温柔花有香；意相投，姻缘可配当；心厮爱，夫妻谁比方。似他这百媚韦娘[11]，共你个风流张敞。（带云）去来波！（唱）须将俺撮合山的媒人重重赏。（同张生下）

注释

①扒沙：爬行。②燎浆：被水烫过或火烧，皮肤上所起的亮泡。③混堂：浴池，澡堂。④热忽喇：即热。忽喇，语助词，无义。⑤铅汞：道家炼丹用的两种原料。⑥实丕丕：实实在在。⑦扶桑：神木名。据神话传说，日出其下。⑧帽儿光：古代民间赞贺新郎衣帽整洁的谐谑语，也指新郎。⑨酸寒相：旧时对贫穷读书人的形容词。⑩椿（chūn）室萱（xuān）堂：代指父母。⑪韦娘：即杜韦娘，唐代有名的歌伎。

鉴赏

《张生煮海》，全名《沙门岛张生煮海》，李好古著。全剧四折无楔子。主要剧情写的是：瑶池会上的金童玉女有思凡之心，被罚往下界，金童脱生为潮州张家之男，名张羽，玉女脱生为东海龙王第三个女子，名琼莲。张羽虽精通儒术，但功名不遂。一日，张羽寓居石佛寺，清夜抚琴，招来东海龙王三女琼莲，两人互生爱慕之情，约定中秋之夜相会。结果到了约定的时候，因龙王阻挠，琼莲无法赴约。东华仙姑送他银锅一只、金钱一文、铁勺一把，用勺舀海水于锅中，放金钱在水内，用火煎煮。龙王存坐不住，不得已将张羽召至龙宫，与琼莲婚配。最后经东华仙姑点化，“返本朝元”，“还归正路”。这部剧作虽然神仙道化气息较浓，但主要还是反映青年男女勇于反抗封建势力和对幸福爱情的大胆追求。

李好古的《张生煮海》和尚仲贤的《柳毅传书》，都是描写龙女和人相爱的故事，称得上是元代神话剧中的双璧。《张生煮海》

第一折是“听琴约会”，第二折是“遇仙得宝”，第三折是“煮海允婚”，第四折是“入海团圆”，每一折都给下一折留下悬念，引人入胜。张生与琼莲结合道路上的两重障碍——人神相阻、龙王凶狠，经过煮海这一举动便迎刃而解；张生每遇困难，不是东华仙姑指迷帮助，就是石佛寿和尚做媒导引，戏剧冲突显得一般化，不如《柳毅传书》那样大起大落，显得比较松散和平淡。

这里选的“煮海”一折，集中表现张生这个温文尔雅的秀才为了实现与琼莲的自由姻缘，煮海不止，不达目的决不罢休的坚毅精神。这折戏还带有喜剧色彩，石佛寺行者开场时一段饱含讽刺的有趣独白；海水滚沸，龙王派人劝化；石佛寺长老对张生始而恐吓，继而乞求，最后领路做媒的“三部曲”；还有张生家童的插科打诨，都起到渲染喜剧气氛的作用，更衬托出张生的敢作敢为，最终实现了幸福姻缘的美好结局。

珠帘秀

〔双调〕寿阳曲

答卢疏斋[①]

山无数，烟万缕。憔悴煞玉堂人物[②]。倚篷窗[③]一身儿活受苦，恨不得随大江东去。

注释　①卢疏斋：卢挚，号疏斋。②玉堂人物：指卢挚，他做过翰林学士，宋代称翰林院为玉堂。③篷窗：船窗。

鉴赏　这首曲子是作者存留至今的唯一一首散曲，是为赠答著名散曲作家卢挚而作的。卢挚的原作为：“才欢悦，早间别，痛煞煞好难割舍。画船儿载将春去也，空留下半江明月。”根据曲意推测，他俩分明有一段情缘，因为双方的社会地位相差悬殊，感情得不到社会的承认，于是含恨而别。“痛煞煞好难割舍”一句便透出了其中的消息。朱帘秀的这支曲子充满深情与怨恨，表现了对卢挚的一往情深。这支曲子以景写起，境界十分开阔，“山无数，烟万缕”两句，渲染了一种凄凉的气氛：无数青山将成为隔离情人的障碍，缕缕云烟犹如纷乱的情丝，虚无缥缈，缠绵不绝。第三句由景到人，描写送别之人的悲凉情绪，反衬出自己的感伤。“憔悴煞”与卢挚的“痛煞煞”相呼应，表现出卢挚对自己的一片深情，同时也形象地表现了别离的痛苦。四、五句又从卢挚写到了自己，据卢挚原作中“画船儿载将春去也”一句可知，朱帘秀将乘船离去，也许是一去不返，成为永诀，因而双方的心情都很沉重。行舟将发，作者想到自己将要面临的会是不尽的孤独与寂寞，只有那滔滔的江水与悠悠的离恨与自己做伴，这样的处境实在令人难以忍受，因而说是“活受苦”。由此而想到死，一死了之，岂不万事都得到了解脱，“恨不得随大江东去”一句就是这种心愿的表白。至此，作者的感情达到了高潮，全曲也在悲慨沉痛的调子中结束，暗含了作者对等级森严的封建社会的控诉。

全曲语言质直，感情强烈，节奏明快。

张养浩

〔双调〕沽美酒兼太平令

叹世

在官时只说闲，得闲也又思官。直到教人做样看，从前的试观，那一个不遇灾难？

楚大夫行吟泽畔，伍将军血污衣冠，乌江岸消磨[1]了好汉，咸阳市干休[2]了丞相——这几个百般[3]，要安，不安。怎如俺五柳庄逍遥散诞[4]。

注释

①消磨：消除，消灭。②干休：白白地葬送。③百般：意思是各式各样。④怎如俺五柳庄逍遥散诞：此处化用东晋诗人陶渊明的故事。

鉴赏

这首曲子写于作者辞官回家之时，表达了作者的处世态度及方法，以隐居来躲避祸患。

开头“在官时只说闲，得闲也又思官”两句，写出了作者此刻的矛盾心理。官场生活烦琐劳累，再加上仕途险恶，不但无法实现自己的理想与抱负，更是朝不保夕，整日提心吊胆，于是便想过悠

闲自在的隐居生活。而现在隐居回家，过上了闲散自在的生活时，又不能完全忘却世情，还想着能成就一番大事业，名留青史。

针对这种世人在所难免的心态，作者接下来展开了激烈的思想活动："直到教人做样看，从前的试观，那一个不遇灾难？"他回顾历史，寻找解决这种矛盾心理的办法。从前当官的，哪一个有好下场？此刻作者的语气已转向感慨愤激了。

紧接着，作者连续摆出了四个历史事实：楚国三闾大夫屈原忠君爱国，却遭小人谗言，被楚王放逐，最后自沉汨罗江；吴国大将伍子胥，曾协助夫差使吴国国富兵强，终被太宰所谗，被夫差赐剑自刎而死；项羽推翻秦朝的暴政，成为西楚霸王，最后兵败垓下，自刎于乌江岸；秦朝丞相李斯，为秦加强封建中央集权的统治出谋划策，最后被赵高诬蔑，腰斩于咸阳。

这四个当年声名显赫的风云人物，到头来都下场凄惨，想到这里，作者的入世之心大大削减。"这几个百般，要安，不安"，写作者幡然醒悟，伴君如伴虎，只能走"得闲"这条路了。于是结尾一句"怎如俺五柳庄逍遥散诞"表达作者已经完全顿悟，不再有投身官场的念头了。最后用的陶渊明的故事也与前面所引的四个历史典型形成鲜明对比，一个是血淋淋的悲剧，一个是自由自在的"散诞"，作者也是在告诫人们，还是过轻松自在的隐居生活好。

曲子白描铺叙，明白流畅，语言不事雕琢，风格和谐奔放。

〔双调〕雁儿落兼得胜令

退隐

云来山更佳①，云去山如画；山因云晦明，云共山高下。

倚杖立云沙②，回首见山家③。野鹿眠山草，山猿戏野花。云霞，我爱山无价④，看时行踏⑤，云山也爱咱。

注释 ①云来山更佳：此句化用宋沈辽《初创二山》诗中“雨余山更佳”的句意。②立云沙：高远之处。③山家：山野人家。④山无价：化用“清风明月本无价”这句诗。⑤看时行踏：看时，是衬字。行踏，行走。

鉴赏 这是由同属双调的〔雁儿落〕和〔得胜令〕两首曲子连缀而成的一首带过曲。两首曲子相互衔接，对作者隐居后恬淡自适的心情做了细致刻画。

作者在元武宗时曾任监察御史，因“疏时政万余言”而为“当国者不能容”，“乃变姓名遁去”，隐居于家乡山东济南。后来又被起用，先后任礼部尚书、陕西行台治书侍御史，英宗即位后又被任命为参议中书省事。次年“帝欲于内庭张灯为鳌山”，养浩上书直谏。英宗大怒，后再览奏章，又转而为喜，认为此“非张希孟（养浩）不敢言”，乃采纳其言，并多赐赏品“以旌其直”。不过，张养浩深刻认识到伴君终究如同伴虎，此次虽然侥幸被采纳，但不如归去，乃“以父老，弃官归养”。此后直至文宗天历二年（1329）“皆不赴”征召。张养浩归居济南云庄别墅，优游林下长达八年之久。

这首〔双调·雁儿落兼得胜令〕就是张养浩归隐云庄时所作，共六首，这首是第二首。作者居于云庄别墅，纵情诗酒，寄情山水，过着闲适的生活。本曲主要写作者远望云山变幻之景的跃动之情和闲适心境。结尾“我爱山无价，看时行踏，云山也爱咱”，表明了作者已经完全超脱于世俗，一心想过隐居的生活。此时，只有“山”和“云”

与作者为伴。

这首曲子语言清新，写景动静结合，寓情于景，情景交融。

〔双调〕水仙子

中年才过便休官，合共①神仙一样看，出门来山水相留恋。倒大来②耳根清眼界宽，细寻思这的是③真欢。黄金带④缠着忧患，紫罗襕⑤裹着祸端。怎如俺藜杖藤冠⑥。

注释

①合共：应当和。②倒大来：程度副词，十分，非常。③的是：确实是。④黄金带：官服束带，有金玉做装饰，故称黄金带。⑤紫罗襕：显官的官服。⑥藜（lí）杖藤冠：藜木做的拐杖、藤条编制的帽子。此指隐者的装扮。

鉴赏

张养浩在仕途上曾有过追求，也曾有过卓著政绩。但在经过宦海沉浮之后，他开始怀疑和厌倦官场生活了。这首曲子大概是作者中年辞官归隐后的作品。曲子通过对比官场与隐居的生活，批判揭露了官场的险恶，抒发了对隐居生活的热爱。

元代，统治者实行的等级制度非常残暴，曾长时间废除科举，断绝了汉族知识分子的为官之路，导致知识分子地位的低贱，以至社会上有“九儒十丐”之说。同时官场的争斗异常凶险，广大官员终日提心吊胆。于是，一些知识分子为了摆脱这种不公待遇，归隐山林。这首曲子中，作者将自己隐居后的生活与官场做了对比：归隐后，寄情于“神仙”“山水”，悠闲自在，“耳根清眼界宽”，怡然自得；归隐前，虽然紫袍官带加身，但是终日提心吊胆，朝不保夕。“黄金带缠着忧患，紫罗襕裹着祸端”两句可谓是全曲的“曲眼”，这才是作者“中年才过便休官”的真正原因。与其在异常凶险的官场中整日战战兢兢，还不如全身而退，摆脱“黄金带”和“紫罗襕”

的羁绊，远离“忧患”和“祸端”，寄情山水，逍遥自在地生活。

全曲语言通俗易懂，质朴自然。作者结合自身的经历，对比了仕隐两种生活，表达了对隐居生活的肯定。

〔中吕〕喜春来

路逢饿殍[1]须亲问，道遇流民[2]必细询，满城都道好官人。还自哂[3]，只落的白发满头新。

注释 ①饿殍（piǎo）：饿死的人。②流民：因天灾人祸而流离失所的人。③哂（shěn）：微笑，讥笑。

鉴赏 这首曲子是作者在陕西赈灾济民期间作的，描述了作者赈灾时的情形，“路逢饿殍须亲问，道遇流民必细询”乃是真实直言，丝毫没有夸张的描述。“满城都道好官人”也是事实。他的确是一个爱民如子、为百姓鞠躬尽瘁死而后已的好官。面对百姓的称赞，他理应感到欣慰，又为什么“还自哂”呢？首先，这是一种严于律已的态度，他并未居功而是对百姓的颂扬自觉受之有愧；其次，朝廷所拨赈灾之物，虽能解一时之急，然而也只是微不足道，并不能解决根本问题。面对着饥民的困厄，他并未因博得了“好官人”的称呼而满足，而是为不能真正救民

于水火之中而心急如焚。套曲〔一枝花〕《咏喜雨》云：“眼觑着灾伤教我没是处，只落的雪满头颅。”这正是他“还自哂”的原因，下文“白发满头新”的含义即在此。同时，其“还自哂”还包含着更深的自责，不能救百姓于水火之中，枉费了“好官人”的称号，这让他感到不安。

此曲短小精悍，结构紧凑，对仗工整，语言通俗，情真意切。

〔中吕〕朱履曲

警世

那的是为官荣贵？止不过多吃些筵席，更不呵安插些旧相知，家庭中添些盖作[1]，囊箧[2]里攒[3]些东西。教好人每[4]看做甚的！

注释

①盖作：指铺盖，用具。②囊箧（qiè）：包裹，箱子。箧，小箱子。③攒：积攒。④每：义同“们”。

鉴赏

这支曲子用尖刻辛辣的笔触，揭示了“为官荣贵”的实质，无情地鞭挞了官场中一些人的丑恶嘴脸。

曲子以“那的是为官荣贵？”一个问句开头，引发读者思考，引起下文。“为官荣贵”只不过是封建统治者为迷惑知识分子为其服务的诱饵和美好的说辞，同时这也是当时社会的共识。

接着，作者又用“止不过”三个字加以否定，生动地传达了对做官的轻视和不屑，在“止不过”之后，做了解释，结果竟然是无实际意义的“多吃些筵席”，语气中透露着鄙夷。“更不呵”更进一步表

现了这种鄙夷与不屑。“安插些旧相知，家庭中添些盖作，囊箧里攒些东西”，连续列举了那些为官者的腐败和可耻、可笑的肮脏行为。他们结党营私，沽名钓誉，贪污受贿，敲诈剥削，无恶不作。这四句将为官者昏庸腐败、中饱私囊的丑恶嘴脸刻画了出来。值得一提的是，作者身为明堂高官，在解释“为官荣贵”时，用上了“止不过”“更不呵”“安插些”“添些”“攒些”等泼辣通俗的口语，把“为官”的看得比乡下的土财主还不屑，表明了作者对官场生活的不屑。

〔中吕〕普天乐

莫刚直，休豪迈。于身无益，惹祸招灾。放的这眼界高、胸襟大，问甚几度江南[1]浮云坏，且对青山适意[2]忘怀。子真谷口[3]，元龙楼上[4]，其乐无涯。

注释

①江南：繁华之地。所以“问甚”句，可理解为朝代兴废。②适意：顺心。作者在此暗用张翰、陶渊明的典故，表明自己要归隐的心迹。③子真谷口：这里作者表示要像西汉郑朴（字子真）一样不屈其志，隐居躬耕。④元龙楼上：元龙为东汉末陈登的字。这里作者运用典故，表示自己要像陈登一样高卧楼上，不问世事。

鉴赏

作者通过对自己仕宦生活的回顾，揭露了官场的黑暗与险恶，从中可以看出，作者的归隐完全是出于被迫。这首曲子从不同角度将仕宦和隐逸进行对比，多方面描写了归隐山林的快乐和悠闲。

开头“莫刚直，休豪迈”两句，直言做人不可刚直、不要豪爽。紧接的三、四句道出原因：“于身无益，惹祸招灾。”原来性格刚直、性情豪迈会招来祸患和灾难，这四句表现了作者的激愤。“放的这眼界高、胸襟大，问甚几度江南浮云坏，且对青山适意忘怀。”既然官场容不下刚直、豪迈之气，而自己又不愿意和他们同流合污，于是不得不从消极的一面来总结人生经验，不得不走上归隐的道路。也就是抛弃那高远的志向、博大的胸襟，对于如“浮云”聚散一样的王朝兴替，只好放大眼界和心胸而懒得去过问了。

最后“子真谷口，元龙楼上”两句，紧承上面几句，表明自己的心迹：隐居于青山绿水之间，不问世事。整支曲子情感激愤，泼辣直率，表面上闲适旷达，实则苍凉悲壮。

〔双调〕折桂令

咏胡琴①

八音②中最妙惟弦。塞上新声，字字清圆。③锦树啼莺④，朝阳鸣凤⑤，空谷流泉⑥。引玉杖轻拢慢捻，赛歌喉倾倒宾筵。常记当年，香案之前，一曲春生，四海名传。

注释 ①胡琴：这里指琵琶。②八音：古代对乐器的统称。③“塞上”两句：由于琵琶来自塞北，如今配上新制的歌词和曲调，所以说是塞上新声，琵琶女又弹得相当出色，唱得腔圆字正，音色甜润，正可以说是“累累如贯珠”了。④锦树啼莺：形容乐声犹如绿树中黄莺的啼声。⑤朝阳鸣凤：此处比喻琵琶声。⑥空谷流泉：写曲调又变，如谷中清泉，流走自然。

鉴赏 这首曲子是对一位弹奏琵琶的女子高超技艺的描写，将琵琶的曲调用形象的语言加以描绘，给人留下深刻的印象。

作者在开头就指出最喜爱的是弦乐器，然后从音响效果着笔，通过多方面的想象和联想，极力表现了琵琶声的悦耳动听，让读者从多方面进行审美的联想。作者运用了比喻的修辞手法，以黄莺婉转的啼声和凤凰难得而又美妙的鸣叫比喻琵琶声，说明声音的

绝妙，又将曲调的变化比喻为谷中清泉，顺畅自然，令听者神清气爽。“引玉杖”两句，从侧面烘托琴声的美妙，一是写琵琶女弹奏姿态的柔美，二是写琴声赛过歌喉，令人倾倒。以上描写将琵琶女技艺之高超表现得淋漓尽致。最后，作者构思巧妙，进一步从侧面烘托了琵琶声之美。

这首曲子采用倒叙的手法，构思奇特，结构严谨，比喻贴切，行文流畅，风格清新质朴。

〔中吕〕朝天曲

柳堤，竹溪，日影筛金翠。杖藜徐步近钓矶①，看鸥鹭闲游戏②。农父渔翁，贪营活计，不知他在图画里。对着这般景致，坐的，便无酒也令人醉。

注释

①杖藜徐步近钓矶：这里暗用两个典故。杖藜，宋代王安石晚年作《杖藜》，讲的是虽白日游历，但归来梦中始终萦绕着谁是谁非的问题，后世多用此意借比辞官归隐。钓矶，是宋代赵蕃所作的《钓矶》一诗，亦借喻辞官归隐。②鸥鹭闲游戏：比喻隐者自乐，不以世俗为怀。

鉴赏

这首元曲歌咏作者辞官归隐后喜悦的心情，表露了作者悠游田园山水的闲情逸趣。

开头三句“柳堤，竹溪，日影筛金翠”，描绘出一个绿柳萦堤、竹影婆娑、溪水潺潺的清幽世界，以此作为人物出场和活动的背景。作者一开始就用轻灵的画笔定下了绿色的基调，给人以安详、宁静之感，而一个“筛”字，顿时使作者描绘的宁静画面鲜活起来：一阵微风吹过，阳光透过茂密绿叶的缝隙射在地面上，留下斑驳的日影微微晃动。“杖藜徐步近钓矶”一句描写暗用典故，作者的日常活动，表现其悠闲。接下来“看鸥鹭闲游戏”一句，作者将自己的这种心情加在正在嬉戏的鸥鹭身上，表现了他闲适的心情。

环境的宁静与闲适的心境相互衬托，使画面妙趣横生；农父渔翁在“贪营活计”，又使画面充满了生机。曲子描绘的是一幅秀美的画卷，碧溪、翠竹、垂柳、日影、钓矶、鸥鹭，而农父、渔翁仿佛点缀在画卷中的景色。然而，由于农父、渔翁在“贪营活计”，忙于耕捕劳作，没有闲暇的心境，所以身在画中也并不自知。这里用别人的忙，突出作者的闲。最后数句，作者面对此情此景也陶醉了，发出了由衷的赞叹。

此曲采用白描手法，动静结合，语言通俗自然，用典贴切而不露痕迹，用字简练明确，笔力深厚，描绘了一幅闲适悠游的归隐图。

〔越调〕寨儿令

绰然亭①独坐

白日迟，锦鸠啼，看儿童汲泉浇菜畦。杨柳风微，苗稼云齐，桑柘翠烟迷。映青山茅舍疏篱，绕孤村流水花堤。看蜂蝶高下舞，任鸥鹭往来飞。笑嘻嘻，不觉日平西。

注释

①绰然亭：作者家乡园林中的一座亭子。

鉴赏

这首曲子对乡村春日的景象进行了细致描写，展现了一幅和平宁静的田园生活图，表现了作者闲适的归隐生活。

开头三句“白日迟，锦鸠啼，看儿童汲泉浇菜畦”，描绘的是田园近景。春日白天长，正值午后时分，闲暇之时看打水浇菜的儿童，倾听悦耳的斑鸠声，内心涌起一阵喜悦。“杨柳风微，苗稼云齐，桑柘翠烟迷”三句，将目光移向远处，柳枝在微风的拂动下，显得袅娜多姿，桑园在淡翠的烟霭中，显得朦胧缥缈。

“映青山茅舍疏篱，绕孤村流水花堤。看蜂蝶高下舞，任鸥鹭往来飞”四句所描绘的景物有远有近、有动有静：远者如青山、花堤，近者如茅舍、疏篱；动者如流水绕孤村、蜂蝶高下舞、鸥鹭往来飞，静者如青山、茅舍、疏篱、孤村。远近相称，动静相宜，使人沉醉。

结尾“笑嘻嘻，不觉日平西”，“笑嘻嘻”三个字正是作者心情的写照，营造了一种恬淡闲适的气氛，通过对动作和情态的描写，使主人公的形象跃然纸上。

此曲清丽淡雅，清新自然，行文如行云流水，字里行间流露出来的感觉令人陶醉。

〔中吕〕山坡羊

骊山怀古

骊山①四顾，阿房一炬②，当时奢侈今何处。只见草萧疏，水萦纡，至今遗恨迷烟树，列国周齐秦汉楚。赢，都变做了土；输，都变做了土。

注释 ①骊山：在今陕西省临潼市东南。②阿房一炬：指阿房宫被项羽烧毁。

鉴赏 这首曲子从描写骊山阿房宫的荒凉现状入手，进而感叹王朝的兴衰。

阿房宫宏伟辉煌，可当秦国灭亡，它也被付之一炬，如今只剩下荆棘杂草，平水溪流，今昔对比，不禁让人备感凄凉。想当年秦王朝骄奢淫逸，残暴无度，现在一切已经烟消云散。从春秋、战国到汉楚之争，哪个时代没有衰败的遗憾呢？可是谁又记得前朝的教训呢？现在的元朝不也是挥霍无度、民不聊生吗？输了，赢了，最后都变成了一抔黄土。

全曲背景辽阔，格调悲凉沉郁，以小见大，总结了封建王朝兴败的规律。

〔中吕〕山坡羊

潼关怀古[①]

峰峦如聚[②]，波涛如怒，山河表里潼关路。望西都，意踟蹰。[③]伤心秦汉经行处，宫阙万间都做了土[④]。兴，百姓苦；亡，百姓苦。

注释

①潼关怀古：潼关，古代著名关塞，历来是东西交通要道，军事攻守重地。怀古，意思是凭吊古代遗迹，追怀古人古事，抒发作者的情怀。②峰峦如聚：这儿聚集了众多山峰。峰峦，指潼关西南华山诸峰。③望西都，意踟蹰（chí chú）：西都，指长安（今陕西西安）。意踟蹰，这里指思潮不断，感慨万千。④宫阙万间都做了土：指华丽的宫殿苑囿，在战乱中被破坏殆尽。

鉴赏

作者从潼关的地形联想到潼关的历史，寓情于景，发出“兴，百姓苦；亡，百姓苦”的千古惊叹。

开头描写潼关的地势，峰峦叠嶂，山川绵延不绝，黄河奔腾澎湃，潼关就位于群山之中。黄河之岸，地势险要，向来是兵家必争之地，“聚”和“怒”字用拟人手法从视觉和听觉两方面写出潼关的险要。接下来，作者望着潼关，思绪万千，激愤难平。回想长安，曾经是何等

繁华，可如今只剩下满目疮痍，一片荒凉，万千宫殿也都化作了尘土。作者虽然只是回忆历史，丝毫没有提及战争，但是朝代更迭的惨烈一下便跃然纸上。最后一句点明主题："兴，百姓苦；亡，百姓苦。"历史上无论朝代或兴或亡，受苦的总是百姓。国家兴盛，大兴土木，百姓受害；国家败亡，战争频繁，百姓遭殃。

全曲三部分层层递进，情感越来越强烈，思考越来越深入，揭露了封建统治者剥削人民、压迫人民的本质，表达了作者对于百姓的深切同情。

石子章

〔南吕〕一枝花

禄山谋反

苍烟拥剑门，老树屯云栈。西风吹渭水，落叶满长安。①近帝都景物凋残，伤感起人愁叹。只合在边塞间，则见那白茫茫莎草连天，甚的是娇滴滴莺花过眼。

〔梁州〕不幸遣东归蓟北，更胜如西出阳关。看几时捱彻②相思限？怕的是孤灯荧暗，残月弓弯，戍楼人静，梅帐更阑。思量玉砌雕阑③，消磨尽绿鬓朱颜④。再几时、染浓香翡翠衾温，迷醉魂芙蓉帐暖，解余酲⑤荔枝浆⑥寒。这近间，敢病番，旧时的衣褃频频攒⑦。瘦证候何经惯？那的是从来最稀罕，单出落着废寝忘餐。

〔三煞〕动无喘息行无汗，坐也昏沉睡不安。两行泪道渍成斑。每日家做伴的胡友胡儿，胡舞胡歌，胡吹胡弹。知他是甚风范？偏恁一曲霓裳宠玉环，羯鼓⑧声干。

〔二煞〕拚了教匆匆行色催征雁，止不过拍拍离愁满战鞍。驱兵早晚到骊山。若夺了娘娘，教唐天子登时两分散，休想再能够看一看。四件事[9]分明紧调犯，势到也怎摭拦？

〔尾〕把六宫心事分明的慢，将半纸音书党闭的悭，教千里途程阻隔的难。我因此上一点春心酝酿的反。

注释

①西风吹渭水，落叶满长安：作者将唐代吕岩《促拍满路花》诗句之义做了改动，吕岩写的是秋天之景与情，而曲中安禄山面对的是冬日之景与情。②捱彻：受够了。③玉砌雕阑：指代皇宫内苑。④绿鬓朱颜：乌黑的头发，红润的脸庞。表示青春的活力。⑤酲（chéng）：喝醉了神志不清。解余酲，消除隔夜的酒醉。⑥荔枝浆：杨贵妃喜欢吃荔枝，唐明皇曾动用驿马运送新鲜荔枝。杜牧《过华清宫》诗有“一骑红尘妃子笑，无人知是荔枝来”之句，此处暗切此典故。⑦衣裉（kèn）频频攒：衣裉，衣服腋下的缝。攒，聚拢，即把衣缝收小，将衣服改瘦。⑧羯（jié）鼓：两面都能打的鼓。⑨四件事：指良辰、美景、赏心、乐事。

鉴赏

这套元曲以“一点春心酝酿的反”作为主题，借历史题材用安禄山的口吻委婉曲折地表达了对异族入侵的嘲讽。

〔一枝花〕首曲从安禄山造反、兵逼长安之时写起。从“苍烟”至“西风”以下一路写来，寥寥数句就描绘出长安一带荒凉破败的景象，再现了“安史之乱”给繁华的京城带来的巨大灾难。“西风吹渭水，落叶满长安”两句，化用贾岛《忆江上吴处士》的诗句，点明安禄山谋反的时节。

〔梁州〕一曲采用层层铺排的手法，表现了安禄山对杨贵妃深切的思念。

〔三煞〕继续描写安禄山得相思病的症状。而在相思病的折磨下，安禄山竟对自己民族的朋友和艺术都产生了厌倦心理，表现了他对杨贵妃的痴迷程度。

〔二煞〕一曲写安禄山起兵造反，着重展现了他欲夺杨贵妃的内心打算，刻画出一副不可一世、踌躇满志的骄傲神态。

〔尾〕主要剖析安禄山造反的主导思想，也就是安禄山无法将思念杨贵妃的心理传递过去，思念之情在胸中越积越浓，揭示了“冲冠一怒为红颜”式的战争根源。

这套元曲，多用通俗之语为安禄山开脱立言，塑造了一个缠绵多情又蛮横霸道的人物形象。作者构思新颖，采用虚构的手法，将战争的根源归结为胡儿对汉女的思念与追索，委婉曲折地表达了对异族统治的不满。

郑光祖

〔正宫〕塞鸿秋

门前五柳[1]侵江路，庄儿紧靠着白蘋渡[2]。除[3]彭泽县令[4]无心做，渊明老子达时务。频将浊酒沽，识破兴亡数[5]。醉时节笑撚着黄花去[6]。

注释

①五柳：喻隐逸之士的住所。②渡：渡头，渡口。③除：任命。④彭泽县令：指陶渊明。⑤识破兴亡数：看透了兴亡的命数。数，命运，内在规律。⑥醉时节笑撚着黄花去：表现陶渊明嗜酒，又爱菊。黄花，菊花。

鉴赏

这首曲子作者根据自己的人生态度和对社会的认识，极力塑造了一个自己心目中的陶渊明，表达了对陶渊明清高旷达品格的赞美和对隐居生活的向往。开头两句“门前五柳侵江路，庄儿紧靠着白蘋渡”，描述陶渊明隐居环境的清幽宁静，表现出一种恬淡闲适、与世无争的心态，同时也奠定了全曲舒适旷达的基调。“渊明老子达时务”“识破兴亡数”，这两句写陶渊明辞官归隐，是适时而为。接下来写陶渊明识时务的具体内容：“除彭泽县令无心做。频将浊酒沽，醉时节笑撚着黄花去。”在作者眼中，陶渊明饮酒赏菊是一种逃避现实的做法。其实陶渊明辞官是因为对现实社会不满，归隐也是出于“性本爱丘山”。作者这样安排，曲折地反映了元代社会的黑暗和知识分子地位的卑贱及处境的艰难。若要改变这种处境，即使整日劳苦奔波，曲意奉承，尔虞我诈，也有可能万劫不复，更何况作者“为人方直”，所以，要摆脱现实社会带来的痛苦，只有逃避现实、隐居田园这一条路。作者借陶渊明的典故抒发了对隐居生活的向往之情，表达了对当时黑暗现实的不满。

〔双调〕蟾宫曲

梦中作

半窗幽梦微茫。歌罢钱塘①，赋罢高唐②。风入罗帏，爽入疏棂③，月照纱窗。缥缈见梨花淡妆，依稀闻兰麝馀香，唤起思量。待④不思量，怎不思量。

注释

①钱塘：指南齐钱塘名妓苏小小。世人以“钱塘”或“苏小”代指妓女。②高唐：因宋玉《高唐赋》以“阳台”为男女欢会之处，世人以“高唐”或“阳台”喻男女欢会之事。作者用“高唐”这一典故，又含有自比宋玉的才貌双全之意。③疏棂（líng）：疏朗的窗格。④待：打算，准备。

鉴赏

这首曲子描写梦中与情人幽会，醒来后茫然若失的情景，表现了对情人的刻骨相思。

窗户半开半关，刚刚的梦还在脑海徘徊，苏小小的歌声还在回响，好像在和神女于高唐欢会。夜晚的风轻轻吹起罗帐，月光透过窗户洒进屋里，我好像又看见了她，仿佛闻到了她的余香。这一切都唤起我的思念，我也不想这样，但是怎么能不想念呢！

这首散曲题目为《梦中作》，虽然可能是在梦中所作，但更可能是梦醒回忆时所作。作者首先用“幽梦”“微茫”烘托一种朦胧、悱恻的氛围，接下来用钱塘歌、《高唐赋》两个典故说明男女双方真挚的爱情，但是这种相会在现实中太难了，只能在梦中实现。曲子虚实结合，感情真挚，辞藻华美，借“梦”的外衣，委婉表达了对恋人的思念，轻轻遮掩内心的伤痛与思念，尤其是结尾几句，反复咏叹，一往情深。

李直夫

《虎头牌[1]》第三折

〔搅筝琶〕咱须是关亲意，也索[2]要顾兵机。官里着你户列簪缨，着你门排画戟，可怎生不交战，不迎敌，吃的个醉如泥。情知你便是快行兵的姜太公、齐管仲、越范蠡、汉张良，可也管着些甚的。[3]枉了你哭哭啼啼。

注释

①虎头牌：皇帝赐给文武官员行使最高权力的虎头金牌，这里作剧名。②索：须。③“情知……甚的”两句：即使你是善用兵的谋臣良将，却也毫无用处。情知，明知。姜太公、管仲、范蠡、张良，都是历史上著名的谋臣。

鉴赏

《虎头牌》全名《便宜行事虎头牌》，描写女真族边将山寿马掌有虎符金牌，秉持军法，责罚贪酒失地的亲叔父的故事，颂扬了山寿马执法如山、公而忘私的优良品德。

第三折写银住马贪酒失地，山寿马拒绝了婶母、妻子和众官员的求情，责打违犯军纪的叔父。主要表现和颂扬了女真族兵马大元帅山寿马执法严明、不以私废公的优良品德。作者把山寿马置于职责与亲情的矛盾冲突之中，表现他作为元帅对待下属和作为侄儿对待叔父的不同态度。他既以国家利益为重，又不废亲情，具有中华民族传统的正直、深情的性格，是一个内心世界十分丰富的文学形象。

《虎头牌》情节生动，戏剧性很强，人物个性鲜明，语言幽默风趣，富有生活气息。剧中还描写了一些女真族的风俗习惯，采用了不少女真乐曲，具有浓厚的民族色彩。

尚仲贤

《柳毅传书》第三折

〔商调·集贤宾〕则俺那寄书来的秀才错立了身，怎能勾平步上青云。则为他长安市不登虎榜①，救的我泾河岸脱离羊群。他本望至公楼独占鳌头，今日向洞庭湖跳过了龙门。则我这重叠叠的眷姻，可也堪自哂②，若不成就燕尔新婚，我则待收拾些珍宝物，报答您大恩人。

注释 ①虎榜：龙虎榜的简称，即进士榜。②自哂（shěn）：自嘲。哂，嘲笑。

鉴赏 尚仲贤的《柳毅传书》和李好古的《张生煮海》，是元杂剧中两部充满奇异瑰丽的浪漫主义色彩的神话爱情剧，在元代杂剧艺苑里宛如并蒂莲花，被誉为元代神话戏中的“双璧”。这两出戏写的都是龙女与书生的爱情，表现了对爱情幸福的追求和对封建压迫的反抗，具有进步思想意义和积极浪漫主义的创作特色。相比之下，《柳毅传书》的思想和艺术成就更高一些。《柳毅传书》全名《洞庭湖柳毅传书》，是根据唐代李朝威的传奇小说《柳毅传》改编而成的。洞庭龙王之女三娘，嫁与泾河小龙为妻之后饱受虐待，被罚至泾河岸上牧羊。她形容憔悴，衣衫褴褛，十分凄凉。龙女修书一封，希望有人替她捎回洞庭。落第书生柳毅路经此地，恰遇龙女，他对龙女的遭遇深表同情，替她将书信及时送往洞庭。她的叔叔钱塘火龙闻讯大怒，率领水卒打败了泾河小龙，龙女因而得救。为答谢柳毅传书之恩，洞庭龙王欲将三娘许配柳毅为妻，却遭柳毅婉言谢绝。几经波折，龙女和柳毅最后终于结为夫妻。剧中人物不多，但性格、形象都还鲜明。柳毅的富于正义感和乐于助人、见义勇为，以及细微的心理活动变化等都描绘得细腻、真实，龙女三娘的善良多情，钱塘火龙的粗鲁暴躁、疾恶如仇，泾河小龙的蛮横骄纵、暴躁无理等，虽着墨不多，但都鲜明突出。

这里选取的第三折写的是龙王父女答谢柳毅传书之恩的一场戏。它围绕龙女三娘和柳毅的爱情纠葛展开了戏剧冲突，引人入胜。作者惟妙惟肖地刻画出了剧中人物，尤其是女主角龙女的情态和心理活动，楚楚动人。她所唱的八段曲词，语言十分口语化和个性化，委婉含蓄，有清丽典雅之美，颇具风韵。曲词活灵活现地再现了龙宫的环境和神话人物的形象，充满了浓厚的浪漫主义色彩。虽然此剧被蒙上了一层浓厚的神话色彩，但折射出的仍然是现实人间社会图景。在封建社会，夫权是捆缚妇女的一条粗大的绳索，造成了无数妇女的悲惨命运。这一剧本反映的就是这一现实问题。全剧通过龙女坎坷的生活经历，展示出丰富的生活画面，戏剧情节曲折动人，场面瑰丽奇幻，人物形象和内心世界的刻画鲜明细致，富有极强的艺术感染力。

曾　瑞

〔南吕〕四块玉

闺情（三首）

髻乱窝，钗横堕，膳减愁添怎存活？抽签摆卦为工课。花貌衰，鬼病[1]磨，何日可？

孤雁悲，寒蛩[2]泣，恰待团圆梦惊回。凄凉物感愁心碎。翠黛颦[3]，珠泪滴，衫袖湿。

簪玉折，菱花缺，旧恨新愁乱山叠[4]。思君凝望临台榭。鱼雁[5]无，音信绝，何处也？

注释

①鬼病：即相思病。②蛩（qióng）：即蟋蟀。③翠黛颦：翠黛，即眉毛。颦，皱眉。④乱山叠：形容眉毛皱起来像乱山一样。⑤鱼雁：代指书信。

鉴赏

这三首曲主题大致相同，都是抒发女主人公的离愁别恨。第一首描写女主人公相思成疾。作者首先着笔于女主人公的头部：发髻蓬松，金钗快要掉下来，是因为心爱的人不在身边，无心去梳妆打扮；食欲日减是由于愁情日增，无处排遣；花容衰老是因为遭受病痛的折磨。作者由表及里，一一描述女主人公的日常生活，展现了女子痛苦的内心世界。“抽签摆卦为工课”一句，写她整天地抽签、摆卦，以占卜爱人的归期，并把这种事作为一种功课，表现了她对心上人的担心与惦念，这也是她

茶饭不思、坐立不安的根本原因。“膳减愁添怎存活”与“何日可”两句，一前一后，相互呼应，渲染出空闺生活的无趣。

第二首描写女主人公团圆梦惊醒后凄凉痛楚的心情。“孤雁悲，寒蛩泣”两句，采用移情于景的手法，描绘了一幅凄冷悲凉的深秋图景，“孤雁”的意象含有强烈的寓意，暗示了闺中人的孤独。接下来“恰待团圆梦惊回”一句转向写人，是说女主人公正在做好梦，梦中快要和心上人团圆时，却被雁、蛩之声惊醒了，好梦成空，巨大的遗憾溢于言表。“凄凉物感愁心碎”以下四句直接抒写女主人公梦醒后的悲凉。“翠黛颦，珠泪滴，衫袖湿”三句，具体描绘了“愁”的意境。听着孤雁的悲鸣、蟋蟀的哀泣，女主人公感物伤怀，不禁肝肠寸断，泪水浸湿了衣衫。这首曲子借景抒情，情景交融，感染力强。

第三首表达的内容和使用的手法与第一首大致相似。“簪玉折，菱花缺”，描写女子无心梳妆。其中“菱花缺”以圆镜的不完整暗喻夫妻的离散，以物寄情，表达了女子的相思之苦。第三句“旧恨新愁乱山叠”，形象地表现了女主人公内心深处连绵不断的愁与恨。第四句“思君凝望临台榭”，刻画出一个倚楼远眺的思妇形象，揭示了女子恨与愁的原因。最后三句“鱼雁无，音信绝，何处也”，写思妇的心理活动：书信没有，口信也断绝，思妇的心飞向了远方游子之处。“何处也”三个字，表现了女子既担心又不安的焦虑心境。曲子从思妇内心的痛苦着笔，以对游子的牵挂结束，中间贯穿着真挚又强烈的爱。

这三首曲子用语典丽，语句工整。

〔中吕〕喜春来

阅世

佳章软语[①]醒时和，白雪阳春[②]醉后歌，簪花[③]饮酒且婆娑[④]。开闷锁[⑤]，闲看恶风波。

注释

①佳章软语：指吟诗唱和。②白雪阳春：古时楚地名曲，这里泛指讴歌。③簪花：戴花，古代佳节、宴会上男女的通习。④婆娑：指舞蹈。⑤闷锁：这里以锁来比喻愁闷。

鉴赏

开头两句"佳章软语醒时和，白雪阳春醉后歌"，以对仗的形式肯定了醒时吟诗、醉后唱和的生活，豪放自得的心情溢于言表。放浪歌酒，是古时文人学士对抗现实的一种特殊方式。元代前期，政治上的高压统治与军事上的强盛令人瞠目结舌，汉族知识分子与老百姓一样备受歧视与残害。所以作者以这种方式做消极抵抗，表达心中的不满。接下来的"簪花饮酒且婆娑。开闷锁"，具体描写诗酒生活的闲散狂放，突出了纵情诗酒可以解闷。最后一句"闲看恶风波"切题，以警策之语说明以诗酒自娱的目的在于避开尘世的险恶。作者的愤慨、哀叹与无可奈何喷薄而出，给人意犹未尽之感。

纪君祥

《赵氏孤儿》第三折

〔得胜令〕打的我无缝可能逃，有口屈成招。莫不是那孤儿他知道，故意的把咱家指定了？我委实的难熬，尚兀自强着牙根儿闹；暗地里偷瞧，只见他早唬的腿挺儿[1]摇。

〔水仙子〕俺二人商议要救这小儿曹。哎！一句话来到我舌尖上却咽了。我怎生把你程婴道，似这般有上梢无下梢[2]。只被你打的来不知一个颠倒。遮莫[3]便打的我皮都绽，肉尽销，休想我有半字儿攀着。

注释

①腿挺（tǐng）儿：腿肚子。②有上梢无下梢：比喻做事有始无终。③遮莫：即使，无论。

鉴赏

第三折是全剧的高潮，围绕着搜孤与救孤，展开了一场场富有戏剧性的冲突，描绘了一个个惊心动魄的场面。整折戏矛盾尖锐，情节紧张，气氛悲壮。

这一折开头，屠岸贾叫嚷道：若三天之内搜不到赵氏孤儿，就把全晋国的婴儿都杀死！这一开头就营造的紧张气氛，推动了戏剧的新动势。在搜孤与救孤的整个冲突过程中，屠岸贾施了种种毒计，程婴闯过了道道险关。程婴首先根据他同公孙杵臼商定的计划，向屠岸贾告发公孙老人隐藏赵氏孤儿。奸诈的屠贼开始时认为程婴与公孙杵臼“往日无仇，近日无冤”，故不相信，并且威胁程婴：“说的是，万事全休，说的不是，令人，磨的剑快，先杀了这个匹夫者。”屠岸贾意外的盘查恫吓，使戏剧之弦陡然一紧，形成本折的第一回冲突。然而程婴沉着应对，在凶恶的敌人面前，镇定地说明了告发的原因，说得合情合理。屠贼从他的话中找不出破绽，只好相信了，但还是有些不放心。

屠岸贾抓来公孙杵臼，在拷打之时，又生出诡计，突然命程婴对公孙施刑，程婴不忍下手，以“草泽医生，撮药尚然腕弱”为理由拒绝。屠贼即指责他是怕受“指攀”而不敢打公孙。程婴无奈，只得顺从，起初，他怕打痛老人，只拣用细的棍子行刑。屠贼又说他用细棍子打，是怕打痛了公孙杵臼，“指攀”到自己。程婴只好拿起粗棍子，不料屠贼又说他用粗棍子打，是想三两下把公孙杵臼打死，死无对证。程婴被捉弄得“两下做人难也”，“只拿着那中等棍子打”。这一幕别出心裁、啼笑皆非的闹剧形成了第二回冲突，既隐现出屠岸贾怪诞、诡谲的心性，又深化了程婴淳朴敦厚而机警灵活的品貌，缓冲了前后的紧张气氛，调节了全剧的悲概情调。

在程婴被迫打公孙老人的时候，狡猾的屠贼不仅细心观察，想从中找出破绽，而且对杵臼一再嚷道：“是程婴打你来！”企图挑拨他供出程婴来。果然公孙老人在昏迷中，发觉打他的竟是自己的合作者程婴，于是十分气愤，一时露出了“俺二人商议要救这小儿曹”的话来，这便引起屠贼的火急穷追：“你说二人，一个是你了，那一个是谁？”这时程婴以为他们的计划要落空了，心里非

常紧张，“唬的腿挺儿摇”。幸亏公孙老人一下子又醒悟过来，立刻把已经到“舌尖上”的话咽了回去。这剧情横生波澜，急转直下，激起戏剧的新波澜、新悬念，形成第三回冲突。

就在这情况异常紧张的时候，卫兵抱来了从公孙老人的地洞里搜到的、由程婴的儿子冒充的“赵氏孤儿”，刚才还满脸杀气、几近疯狂的屠贼，马上咧嘴“笑”了。屠岸贾以为搜出的婴孩真的是赵氏孤儿，立即恢复他“恼”“怒”“咆哮”的“狰狞貌”，“一剑，两剑，三剑”，把无辜的婴儿刺死，这就形成了惊心动魄的第四回冲突。程婴就这样目睹自己的亲生儿子在屠刀下悲惨地丧生。此时，他“心似热油浇，泪珠儿不敢对人抛”，虽然悲痛不已，但终于闯过了最后一关，保全了赵氏孤儿。全剧由嘱孤、托孤、搜孤、藏孤和殉孤组成，剧情步步深化，矛盾阵阵加剧，终于发展到这里的杀孤，形成全剧高潮。

杵臼在痛斥屠贼杀婴、高唱绝命之词以后，撞阶而死，以身殉孤，结束了第五回冲突。本来剧已至此，替死、存孤的总体矛盾得到了完美解决，然而作者又奇思突起，开创了一个曲水横流的新天

地。屠贼认为程婴的告发，解除了自己的心头之患，于是视程婴为心腹，欣喜之下，心血来潮，竟要留程婴做门客，并收养程婴的假儿为“义子”。程婴在这个本就狐疑诡谲而又心狠手辣的屠岸贾面前，不得不委曲求全。这就把戏剧矛盾在无风起浪中又推向了新的高潮，这个未脱襁褓的赵氏孤儿，未出虎口又陷狼窝，落入可能随时暴露、随时被杀的险境。这第六回冲突，又给人们带来了无限惊讶。

整出戏，随着剧情的发展，矛盾越来越尖锐，斗争越来越激烈，人物的性格也越来越鲜明突出。

康进之

《李逵负荆》第一折

〔混江龙〕可正是清明时候，却言风雨替花愁。和风渐起，暮雨初收，俺则见杨柳半藏沽酒市，桃花深映钓鱼舟。更和这碧粼粼春水波纹绉，有往来社燕[①]，远近沙鸥。

〔醉中天〕俺这里雾锁着青山秀，烟罩定绿杨洲（云）那桃树上一个黄莺儿，将那桃花瓣儿啖阿啖阿，啖的下来，落在水中，是好看也。我曾听的谁说来，我试想咱：“哦！想起来了也，俺学究哥哥道来”。（唱）他道是“轻薄桃花逐水流”[②]。（云）俺绰起这桃花瓣儿来，我试看咱，好红红的桃花瓣儿。（做笑科，云）你看我好黑指头也！（唱）恰便是粉衬的这胭脂透。（云）可惜了你这瓣儿，俺放你趁那一般的瓣儿去。我与你赶，与你赶，贪赶桃花瓣儿。（唱）早来到这草桥店垂杨的渡口。（云）不中，则怕误了俺哥哥的将令，我索回去也。（唱）待不吃呵，又被这酒旗儿将我来相迤逗[③]。

他他他，舞东风在曲律竿头。

注释 ①社燕：社，指社日。是古代祭土神的日子，每年两次，在春季举行的叫春社，在秋季举行的叫秋社。因燕子在春社时飞来，秋社时飞去，故称社燕。②轻薄桃花逐水流：是杜甫《漫兴九首》中的诗句，这里是借用。③迤逗：勾引、诱惑的意思。

鉴赏 《李逵负荆》全名《梁山泊李逵负荆》，是一部歌颂梁山农民起义英雄的著名喜剧。主要剧情是，歹徒宋刚、鲁智恩冒充梁山英雄宋江和鲁智深，抢走小酒店主人王林的女儿满堂娇。适逢李逵下山踏青到王家酒店喝酒，听了王林诉说此事，以为是真的宋江和鲁智深干的坏事，一时怒火中烧，立刻赶回山寨，大闹聚义厅，痛骂宋江和鲁智深，并且要砍倒“杏黄旗”。为了弄清事实、教育李逵，宋江同李逵赌下头颅，一起下山对质。真相大白之后，李逵勇敢地承认了错误，向宋江负荆请罪。宋江让李逵下山捉拿两个歹徒，将功赎罪。最后，戏剧在一片欢乐和谐的气氛中结束。作者成功地塑造了一个热爱百姓、疾恶如仇、襟怀坦荡的农民起义英雄，既写出了李逵性格的鲜明性，又从多个侧面表现出李逵性格的丰富性。

第一折写歹徒冒充宋江和鲁智深抢走了王林的女儿，因而造成李逵对宋江的误会，引起他们的一场冲突，主要表现了李逵的鲁莽。在误会发生之前，作者首先通过宋江的定场诗："杏黄旗上七个字，替天行道救生民"，明确地指出梁山农民武装的行动纲领，正面点明剧本的主题。这两句诗为全剧定下了基调，后面的情节都是围绕这一主题展开的。作者塑造李逵，首先把他的出场安排在了一个美好的时刻，并且用大量笔墨描写他观赏风景的情致，使这个人物显得亲切可爱。踏青游玩的李逵，一路上沉醉在周围的秀丽景色中，童心勃发，追逐着那随波漂流的花瓣儿来到了王林的酒店，这一大段描写生动地刻画了李逵天真烂漫的性格，同下折李逵大闹聚义厅，大骂"梁山泊有天无日"的粗暴举动，形成鲜明的对照，表现出李逵疾恶如仇的刚烈性格。后来，王林在李逵的追问下道出，抢走他女儿的正是宋江和鲁智深，并且说出了事情的详细经过，还拿出了红绢褡裢作为"见证"。这下子，李逵气愤极了。这位关心百姓、疾恶如仇的梁山英雄，首先毅然地答应王林："只等三日之后，我轻轻地把着手儿，送将你那满堂娇孩儿来家。"当王林对李逵要搭救满堂娇的义举感恩戴德的时候，李逵却气愤至极，原来的游兴、酒兴消失得无影无踪，决定马上回梁山见宋江。李逵前后感情的变化，鲜明地表现出了他性格的主导方面。

《李逵负荆》成功塑造的黑旋风李逵这个艺术典型，具有很高的美学意义。

周文质

〔正宫〕叨叨令

自叹（二首）

筑墙的曾入高宗梦，钓鱼的也应飞熊梦。①受贫的是个凄凉梦，做官的是个荣华梦。笑煞人也末哥，笑煞人也末哥②，梦中又说人间梦。

去年今日题诗处，佳人才子相逢处。世间多少伤心处，人面③不知归何处。望不见也末哥，望不见也末哥，绿窗空对花深处。

注释

①筑墙的曾入高宗梦，钓鱼的也应飞熊梦：这两句为傅说和吕尚的典故。傅说为殷高宗时人，后高宗梦见圣人名说，访求得之，举以为相，使国家大治。吕尚晚年曾垂钓于渭水之滨，周文王出猎遇之。②也末哥：也作“也么哥”，语尾助词，没有实际意义。③人面：多用来形容女性，在此意指佳人。

鉴赏

第一首开头两句巧妙地运用了傅说和吕尚的典故，说明他们的得志都是因为有贤君的赏识和提拔。三、四两句从历史回到现实，“受贫的是个凄凉梦”，首先说明贫士一生凄凉的事实。贫士之所以凄凉，不是因为国家缺乏人才，而是因为没遇到像殷高宗、周文王那样求贤若渴的圣明君主。元代不仅有种族贵贱之别，而且有职业尊卑之分。作为汉人，本来就低人一等，而作为汉人中的知识分子，就更受歧视了。所以汉族的知识分子要想凭文章进入仕途，困难很大。面对如此残酷的现实，回想历史上的明君贤相，作者心中的不平油然而生。“做官的是个荣华梦”，为什么作者要把为官也看作梦呢？那是因为他们没有傅说和吕尚那样的才能，更不必说取得他们那样的丰功伟绩，也就只是为官一场，享受一阵富贵荣华罢了。然而官场随时起波澜，这个“荣华梦”能维持多久，也难以保证。表现了作者内心深处对社会的失望。第二首开头“去年……逢处”两句，从回忆写起，交代了时间、地点、人物和事件。“去年今日”，显示出作者的念念不忘，同时表现出这一回忆令人伤情的悲剧意味。三、四两句“世间……何处”，将作者从回忆拉回现实，在感情上更进一步。“伤心”，印证了上面隐而未露的悲伤情感；“多少伤心处”，表明令人伤心的地方不止一处两处。“佳人才子”的分离，已经令人伤心了，何况恰恰是在去年的“今日”！倘若知道对方的音讯，心中还能稍做安慰，然而现实却是“人面不知归何处”，这就又添了一层悲凉。五、六两句“望不见也末哥”的重复，表现了作者一往情深和愁肠百结的心境。最后一句“绿窗空对花深处”是“望”的目标，明丽的景致更增添了作者的忧愁，令人惆怅不已。

〔越调〕小桃红（二首）

当时罗帕写宫商[①]，曾寄风流况。今日樽前且休唱，断人肠。有花有酒应难忘，香消夜凉，月明枕上，不信不思量。

彩笺[②]滴满泪珠儿，心坎如刀刺。明月清风两独自，暗嗟咨[③]。愁怀写出龙蛇字[④]，吴姬[⑤]见时，知咱心事，不信不相思。

注释

①宫商：这里指代曲词。②彩笺（jiān）：彩色的信笺。③嗟咨：表示感叹。④龙蛇字：形容草书蜿蜒曲折之笔势，这里比喻"愁怀"。⑤吴姬：指心爱的人，当是吴地女子。

鉴赏

这两首元曲描写的是男子的相思之情。第一首从对往事的回忆着手："当时罗帕写宫商，曾寄风流况。"当初将曲词写在罗帕之上还是相恋时，随着时间的流逝，一切都改变了。如今已物是人非，独留下主人公感怀凄凉！作者面对此情此景，无奈至极，只能发出"且休唱，断人肠"的沉重慨叹。"有花有酒应难忘"，一个"应"字，将视角转变为设想对方的心境，将愁闷的心情与往日的风流快活形成强烈的对比，突出了对当时两情欢悦的难忘。结尾"不信不思量"五个字，用双重否定加强了语气，表现了主人公对往日之情记忆犹新。

第二首开门见山，直抒胸臆，继续写难忘的相思。开始就烘托出凄凉的气氛，作者流着泪写信，信纸上沾满了泪水。三、四两句"明月清风两独自，暗嗟咨"，点明时间已经进入深夜，同时暗喻人物内心情感的深化。愁绪的慢慢堆积，使主人公不禁暗自哀叹。这两句寄情于景，情景交融。"愁怀写出龙蛇字"，由于心中愁苦深重，字体杂乱潦草，而字体的杂乱又反映了作者繁杂的思绪和痛苦

的情感。作者借助想象，既写出了自己的孤单寂寞，也设想对方的孤独悲哀，生动刻画了男女双方的相思之情，承上启下，转换巧妙。最后“不信不相思”五个字，又一次运用双重否定，用强烈的语气肯定了自己一片的真情。

两首曲子开门见山，直抒胸臆，委婉却饱含深情，借助想象，虚实结合，使相思的主题巧妙地展现在读者面前，充满艺术性。

〔越调〕寨儿令（十首选一）

挑短檠①，倚云屏②，伤心伴人清瘦影。薄酒初醒，好梦难成，斜月为谁明？闷恹恹③听彻残更，意迟迟盼杀多情。西风穿户冷，檐马④隔帘鸣。叮，疑是佩环⑤声。

注释

①檠（qíng）：灯柄，代指灯。②云屏：饰有云母的屏风。③恹恹（yān）：精神萎靡的样子。④檐马：屋檐下悬挂的风铃。⑤佩环：身上佩戴的玉环等饰物，走路时碰击出声。

鉴赏

这首元曲描写一个女子被相思困扰不能入睡的情景，表现了女子浓浓的深情和孤寂。

开头三句直接写女主人公在等待心上人，却久不见人影的情景。“挑短檠，倚云屏，伤心伴人清瘦影”，灯光渐渐昏暗，女子把灯重新挑亮，然后又倚在屏风上。陪伴她的只有灯火中映出的清瘦的身影，屋中一切凄凉萧瑟，让她伤心。灯暗了又亮，尽管倚屏久盼，十分困乏了，腿也已经有些麻木，但她仍抱着一丝希望不肯睡去，一如既往地等下去。可见，今夜她等待了很久，也许已经不是第一次了。这三句可以看作全曲的第一层。短短三句，一个痴情的女子形象跃然纸上。

接下来“薄酒初醒，好梦难成，斜月为谁明”，是全曲的第二层，描写女子相思成苦，难以排遣。百转愁肠，女子想借酒消愁，然而酒入愁肠愁更愁。无计可施时，女子觉得入睡或许能与情人在梦中相见。无奈心中满是浓浓相思，辗转反侧，无法入梦，女子抬头仰望窗外的月光，对月发问：你究竟为谁家而明？女子心中强烈的失望让人内心不禁微微一颤，感同身受。

“闷恹恹听彻残更，意迟迟盼杀多情”两句为第三层，继续描写女子的愁苦。意兴阑珊，睡眼蒙眬，女子仍在期盼着，耳中听到的只有远处的报更声，一声声，一遍遍，为清冷寂静的夜晚增添一点儿声响，然而却声声敲在女子孤寂落寞的心上。

最后“西风穿户冷，檐马隔帘鸣。叮，疑是佩环声”为全曲的第四层。女子误把窗外的风铃在风中叮当作响当作心上人佩戴的玉环声，以为心上人回来了。这一细节的刻画，将女子的痴情推向了高潮，揭示了女子对心上人的期盼已经到了如痴如醉、无法自拔的程度。

本曲以简练、细腻的笔触塑造了一位痴情女子的形象，细节刻画极其鲜明生动，渲染了环境氛围，给人一种凄清的感觉，衬托人物孤寂冷清的心境。再加上细腻入微的心理描写，充分利用视觉和听觉感受，使本曲拥有了非常强烈的艺术效果。

〔双调〕折桂令

咏蟠梅[①]

梨云[②]旋绕东风，谁屈冰梢[③]，怪压苍松。绿萼含香，枯根层结，春信[④]重封。清味远嫌蝶妒蜂[⑤]，老枝寒舞凤蟠龙[⑥]。夜月朦胧，疏蕊纵横，瘦影交加，碎玉玲珑。

注释

①蟠梅：梅树的一种。②梨云：白似梨花的云。③冰梢：冰凌。④春信：春天的信号。⑤嫌蝶妒蜂：突出蟠梅甘于寂寞、清高孤傲的品格。⑥舞凤蟠龙：比喻老树枯枝那纵横交错、曲折的形状。

鉴赏

这首元曲通过表现蟠梅耐寒的个性，赞扬了它孤傲清雅的品格。

开头刻画蟠梅生长的恶劣险峻的环境：白似梨花的云在东风的强力吹拂下在空中飞舞盘旋，各种形状的冰凌沉重地压在苍松上。"东风"一词揭示了前三句所描绘的是初春时节大雪之后的凄清寒冷的样子；一个"谁"字，明知故问，意为强调；而一个"怪"字，表现出苍松所遭受的沉重压力，为下文正面描写蟠梅埋下了伏笔。

接下来，"绿萼含香，枯根层结，春信重封"三句，描绘了在盘结的根干上生长的绿色花萼上绽放的清香梅花。花朵绽放在被冰雪封锁的春意盎然的大地上，传神地表现了蟠梅不惧严寒、独占鳌头的个性，巧妙营造了"一枝透露春消息"的意境。"清味远嫌蝶妒蜂，老枝寒舞凤蟠龙"两句，"舞凤蟠龙"描绘其形态，比喻老树枯枝那纵横交错的形状，使无限蓬勃的生机跃然纸上极为传神；"嫌蝶妒蜂"突出蟠梅的甘于寂寞，进一步了展现蟠梅的高雅品格。

最后四句写月夜蟠梅的清雅姿态。"夜月朦胧"，明月斜挂在夜晚凄清的空中，朵朵淡雅的花在树上开放，与地上映着的瘦削的树影相叠加，将作者引入奇妙的内心世界，唤起了“碎玉玲珑”的意象。“碎玉”点明本曲赞的是白梅，再次体现了蟠梅的特质，使蟠梅的形象增添了几分高雅。

这首元曲以冰雪封盖的大地为背景，用苍松作衬，刻画中饱含对蟠梅强烈的赞美之情，突出了蟠梅顽强不屈、孤傲高洁的品格，这里蟠梅的特性也可以认为是作者理想人格的投影。

乔　吉

〔越调〕小桃红

孙氏壁间画竹

月分云影过邻东[①]，半壁秋声动。露粟[②]枝柔怯栖凤。玉玲珑，不堪岁暮关情重。空谷乍寒，美人无梦，翠袖倚西风。

注释

①月分云影过邻东：月分云影，即“云破月来花弄影”。影，指竹影。邻东，即“东邻”。②粟：指因寒冷而起的鸡皮疙瘩。

鉴赏

这首元曲是题画之作。题为“画竹”，但全篇却不见“竹”字。

此曲落笔秋声，入手咏物，再加上作者的主观想象，寓情于景，极具特色。作者观察到了“云破月来”的一刹那竹影入微的变化。“过邻东”三个字，由静及动，用了“东邻”的典故，不仅为下文写“美人”做了铺垫，还迎合了题面“壁”字。“半壁”使用夸张的手法说明画的逼真，交代画之大，竹之多。“秋声动”展现了作者敏锐的感觉和高超的艺术表现力，说出了画中时节，又使用通感将风势化为风声，描绘了秋风阵阵、竹涛滚滚的壮观景象。

接下来，“露粟枝柔怯栖凤。玉玲珑，不堪岁暮关情重”三句，作者寄情于景，抒发岁暮的感伤情绪，继续咏竹。“露粟”一句紧承“秋声”。在秋声凄凉的夜晚，栖凤不安于柔枝，分别从侧面和正面写了画中竹之美。凤栖竹枝是作者对画中竹的赞美，与下面的

"玉玲珑"三字相呼应，同样为下文写"美人"做了铺垫。

最后三句"空谷乍寒，美人无梦，翠袖倚西风"，时间来到岁末，描写对象变为竹下美人。夜里无梦，美人久立西风中，"无梦"与首句之"月"对照，是因为"不堪岁暮关情重"。全曲结构紧凑，构思布局十分巧妙，字里行间充斥着哀怨、悲切之情。作者用咏画之美人结束全文，道出美人与竹密不可分的联系：竹是人的自然背景，竹的内在品性通过人来展现。美人的高雅不俗与竹的卓尔不群相得益彰，形成了深幽意境，空谷带寒传香，给人留下无限遐想，余韵悠长。

〔中吕〕满庭芳

渔父词（二十首选一）

轻鸥数点，寒蒲猎猎[①]，秋水厌厌[②]。五湖[③]烟景由人占，有甚妨嫌[④]。是非海[⑤]天惊地险。水云乡[⑥]浪静风恬。村醪酽[⑦]，歌声冉冉，明月在山尖。

注释　①猎猎：形容寒风刮过的声响。②厌厌：安静的样子。③五湖：指太湖。④有甚妨嫌：甚，一点儿，程度小。妨嫌，阻碍。⑤是非海：指充满险恶的宦海。⑥水云乡：指隐者居处之地。⑦醪酽（yàn）：醪，浊酒。酽，指液汁浓。

鉴赏　乔吉的《渔父词》有二十首，这是第十九首，描写的是作者于太湖西山垂钓归来时所见的秋夜景色。通过赞扬渔夫悠闲自在的生活，表现出作者希望归隐的想法。

曲子开头"轻鸥数点，寒蒲猎猎，秋水厌厌"三句，描绘了一幅太湖秋景图。鸥鸟轻飞，蒲草丛丛，寒风习习，秋水静谧，有声有色，动静相对，字里行间充斥着一种闲适恬静之情。优美的情景又为下句的抒情做了铺垫:“五湖烟景由人占,有甚妨嫌”。本应尽情欣赏、遨游在这无边的太湖上,作者却发出这样的感慨,反衬出了作者内心的难处。“是非海天惊地险。水云乡浪静风恬”两句,对比强烈,对照鲜明。世事无常,是非难辨,官场险恶,浮沉不定,令人感到“天惊地险”,命运难测;而大自然却恬静舒适、轻松自在,令人觉得“浪静风恬”。这两句写出作者对人世和自然两种不同环境的感受,其中包含的厌恶与赞美,也不需另做说明,充分表达出作者高洁的理想和自傲的心情。

最后三句继续描写这种恬适自然:“村醪酽,歌声冉冉,明月在山尖。”明月悄悄地爬上了山头,渔夫饮着乡村独有的陈年老酒,悠悠地哼起渔家小调。这里巧妙地将渔夫生活的逍遥自在和自然风光的清丽高雅融合于一体,充分展现了作者的理想生活,同时也将他的厌世情绪进一步升华。

〔中吕〕山坡羊

寓兴

鹏抟九万①，腰缠十万，扬州鹤背骑来惯。事间关②，景阑珊③，黄金不富英雄汉，一片世情天地间。白，也是眼；青，也是眼。④

注释

①鹏抟（tuán）九万：语出《庄子·逍遥游》，比喻抱负不凡，志向远大。②间关：世道崎岖。③阑珊：零落的意思。④白，也是眼；青，也是眼：魏晋诗人阮籍两眼正视他所尊敬的人，为“青眼”；两眼斜视、露出眼白看他讨厌的人，则为“白眼”。意思是说或许你受到宠爱，或许你遭受鄙视。

鉴赏

这首曲子标题为《寓兴》，全篇却是作者对世间的嘲讽与感慨。全曲笔调深沉，深刻地揭露了当时世俗的黑暗与险恶。

开头三句“鹏抟九万，腰缠十万，扬州鹤背骑来惯”，用了两个典故。“鹏抟九万”借用《庄子·逍遥游》中大鹏的形象，作者这里并非说明人应当抛弃一切俗物，来得到最大的自由，而是反其道而行之，揭露庄子的“自由”脱离了实际，是违反常理的幻想。“腰缠十万，扬州鹤背骑来惯”，以“骑鹤上扬州”的典故，对那种争夺名利，还妄想当神仙的贪得无厌的人进行了辛辣的讽刺，并为后面抒发个人感慨做了铺垫。

接下来，作者转换话题，将读者引回到现实。“事间关，景阑珊”两句，寓情于景，直接表达内心想法。作者面对凄零的景象，回想自己的一生，穷困潦倒，饱经风霜困苦，空有大志而一事无成，大发感叹。紧接着“黄金不富英雄汉，一片世情天地间”，笔锋由凄凉转向豪放。肯定了真正的英雄好汉是桀骜不屈的，不会为金钱、名利折腰的。

结尾“白，也是眼；青，也是眼”，是作者悟出的人生真谛，是混迹江湖饱尝了人间风霜后自己总结出来的。对天地世情不屑一顾，管你青眼白眼，依然我行我素，反映的正是对世俗的高度蔑视。

这首元曲用典独树一帜，并取得了完美的艺术效果，耐人寻味，发人深省。

〔越调〕小桃红

效联珠格[1]

落花飞絮隔朱帘，帘静重门掩。掩镜羞看脸儿嬱[2]，嬱眉尖，眉尖指屈将归期念。念他抛闪，闪咱少欠，欠你病恹恹。

注释

①联珠格：即顶真的艺术手法，就是上句的句末和下句的句首用相同的字。②嬱（qiàn）：形容娇美的容貌。

鉴赏

乔吉的这首元曲，使用顶真手法来抒发闺中情，利用字的重叠将所要表现的内容层层展开，步步推进，写出了内心世界的纷繁复杂、相思的苦涩和爱情的甜蜜相互交织，诠释了她思夫之情的真切。

开头“落花飞絮隔朱帘”一句，描绘出暮春时节漫天飞絮的景象，渲染出伤春的环境气氛。接下来“帘静重门掩”一句，没有正面描写女主人公，却暗含着她的动作。暮春时节，正是感伤的季节，很容易联系到自己的近况。在这花残柳败的季节里，女主人公不忍见这伤春的景致，掩上重重院门，垂下道道朱帘，排除一切触动她心绪的纷扰。然而越是这样，对丈夫的想念越深。

接下来两句转向对女主人公形象的正面刻画。作者细致地刻画了女主人公细微的心理变化，揭示了她痛苦纷乱的内心世界。由于极度思念很久未归的丈夫，想到自己的容貌可能已经变得憔悴了，于是打开镜子仔细观察。看到自己仍是月貌花容，特别是那微蹙的眉角更显得风姿绰约，心中窃喜。然而纵使自己千般娇媚、万般美好，丈夫不在身边，也无人欣赏，于是暗自感伤。

下面一句："眉尖指屈将归期念"，继续描写思夫妇人的动作来展示其心理变化。她数着手指算着丈夫的归期。由于思念过重，在经历了由高兴到沮丧这种落差很大的心理起伏后，女子的失落和孤独感大大加重了，她心烦意乱，产生了些许疑虑：丈夫会不会将自己抛弃了？想到这里，不由得凭空生出一腔怨气来。

结尾三句"念他抛闪，闪咱少欠，欠你病恹恹"，一想到他会抛弃我，就令我控制不住自己，就给你大病一场，气气你。这无疑是女子的气话，足见思念到极致的焦躁和恼怒，同时也可看出女子用情和思念的深切。

这首元曲语言通俗，音节和谐响亮，极具重叠之美，读起来朗朗上口。

〔越调〕凭阑人

小姬

手捻红牙[①]花满头，爱唱春词[②]不解愁。一声出画楼，晓莺无奈羞。

注释

①红牙：伴唱的红牙板，一种乐器。②春词：反映男女之间爱情的情歌。

鉴赏

这首元曲描写的是一位小歌女天真可爱的形象。

开头“手捻红牙花满头”，揭露了小姬的身份，勾勒出这位小歌女的装扮，语言简练，刻画传神。这位小歌女神态楚楚动人，满头插满怒放的鲜花，手里捻动的红牙板响声清脆悦耳。“花满头”三个字揭示了小歌女爱美却不知怎样为美、喜欢打扮但又不会打扮的样子，表现了小歌女的童心和稚趣。

接下来一句“爱唱春词不解愁”，对小歌女的性格进行了描写。“不解愁”三个字有着丰富内涵，一方面是指怀春少女心中的躁动不安，进而生出惆怅，可是小歌女的年纪还小，不懂情爱，不解风情，爱唱春词却不明白其中的意思，从而没有悲凉之感；另一方面则指在封建旧社会里，卖唱的生活充满着无奈和辛酸，歌姬属于供人玩乐、被人侮辱的对象，可是这位涉世未深的小歌女，并不真正了解自己生活的处境，还在无忧无虑地唱着春词。

结尾两句“一声出画楼，晓莺无奈羞”，集中对小歌女的歌声进行描写，反衬出小歌女歌声的婉转与洪亮，补充上文的“爱唱”，进一步突出了小歌女的可爱。

这首元曲在艺术上的一个显著特色就是藏而不露，言此意彼。紧扣小歌女的身份和性格进行刻画，感染力强，引人联想。

〔双调〕沉醉东风

泛湖写景

干办[①]出苍松翠竹，界画[②]成宝殿珠楼。明玉船，描金柳。碧玲珑凤凰山[③]后。一片晴云雪色秋，白罗衬丹青扇头。

注释 ①干办：精确地办到。办，办到。②界画：画家作画时用界尺作直线。③凤凰山：在杭州市东南，北近西湖，南接钱塘江，形如飞凤。

鉴赏 这首元曲是作者泛舟时所作，以西湖周围景色入画。作者在此基础上进行艺术加工，在曲文中艺术地再现画中之景，将诗情画意巧妙地融为一体。

全曲一共七句，前六句写景。开头两句“干办出苍松翠竹，界画成宝殿珠楼”，在船上描绘出远处西湖的山色楼台。“明玉船，描金柳”，描写秋天泛舟湖心的近景，进一步写出秋景。“碧玲珑凤凰山后。一片晴云雪色秋，白罗衬丹青扇头”三句，抒发了作者笑傲江湖的胸襟。作者写景的视角由近及远，将画中的松、竹、殿、楼、船、柳、山、云等景物条理清晰地展现了出来，一个“后”字，使整个画面的立体感增强。松竹的苍翠与楼殿的富丽相对，对仗工整，一个清新淡雅，一个艳丽明快，形成强烈的对比；“明玉船”与“描金柳”，以黄白相对，金玉二色交相辉映，相映成趣；整个画面的色彩十分协调自然，晴空的澄明、秋云的洁白如雪，所有景致都以其特有的清丽衬托出画面的唯美。

这首曲子语言典雅清丽，声韵和谐，而且音节铿锵有力。表现了作者闲适寻乐的思想和笑傲江湖的胸襟。

〔双调〕折桂令

风雨登虎丘[1]

半天风雨如秋，怪石於菟[2]。老树钩娄[3]。苔绣禅阶[4]，尘粘诗壁，云湿经楼。琴调冷声闲虎丘，剑光寒影动龙湫。醉眼悠悠，千古恩仇。浪卷胥魂[5]，山锁吴愁[6]。

注释

①虎丘：山名，在今江苏省苏州市西北。②於菟(tú)：读如"乌徒"，古代楚人称老虎。③老树钩娄：形容古树的树干弯曲得像驼背的老人。钩娄，弯曲。④苔绣禅阶：指虎丘山寺中的台阶，长满了青苔。⑤胥魂：胥，伍子胥。相传春秋时伍子胥为吴王夫差所杀，精魂不散，成了涛神。⑥山锁吴愁：指吴国灭亡的历史悲剧。

鉴赏

这首元曲抒发了作者登临虎丘时的感慨。开头一句"半天风雨如秋"，点明中心，写出秋天登临虎丘，当时风雨交加。"怪石於菟。老树钩娄"，描画山中怪石嶙峋，状如猛虎，古树苍劲，枝虬弯曲的自然景观，简单八个字就点明了虎丘山景崎岖、深幽的特点。"苔绣禅阶，尘粘诗壁，云湿经楼"三句，视角由对自然景观的关注转为对人文景观的关注。"苔绣禅阶"，说的是由于游人稀少，虎丘山寺中的台阶上布满青苔；"尘粘诗壁，云湿经楼"，对虎丘山寺的外貌进行了描写。作者由远及近，渲染了山中古寺的破败荒凉之景。

接下来，“琴调冷声闲虎丘，剑光寒影动龙湫”，引起了作者对往事的追忆。这两句对仗工整，写出伫立在幽静的虎丘，耳边偶尔能听到远处的琴声，更加觉得音调的清冷；又写出了看着脚下的池水，不由得联想到这里曾是一片刀光剑影。作者思绪沟通古今，承载历史的厚重，拓展了作品的发展空间。

最后“醉眼悠悠，千古恩仇。浪卷胥魂，山锁吴愁”，紧承上文联想，笔锋转向千年的反思，抒发登临虎丘的慨叹。纵观历史，随着时间的推移，所有人和事都被卷入历史的洪流之中。曲子字里行间充满了作者深深的感伤和无处安放的惆怅。

这首曲子条理清晰，结构紧凑，语言考究，对仗工整，风格淡雅清丽，意境幽深。

〔双调〕清江引

有感

相思瘦因人间阻①，只隔墙儿住。笔尖和②露珠，花瓣题诗句，倩衔泥燕儿将过去③。

注释 ①人间阻：实指封建礼教的阻挠。②和：这里指蘸着。③倩衔泥燕儿将过去：请衔春泥的燕子作为爱情的使者去传递情诗。倩，即请。

鉴赏 这首元曲描写男女间相思之情。主人公因为各种阻力不能与心上人相会，天涯咫尺，无奈只能望墙生叹。于是他异想天开，在花瓣上写自己的情诗，让作为爱情使者的衔泥的燕子，帮他把情诗传到恋人手中，来表达自己对恋人的爱恋。作者利用奇特的想象，使全曲富有诗情画意。

曲子开头第一句“相思瘦因人间阻”，先以一“瘦”字写出相思的程度之深，再以“人间阻”解释“瘦”的原因，传神地勾勒出来一个因相思而日渐消瘦的“痴情种”形象。第二句“只隔墙儿住”，言简意赅，道出一个震撼人心的事实——原来主人公所相思的人儿与他只有一墙之隔，只是因为封建礼教的阻挠才造成咫尺天涯的状态。作者在客观的叙述中暗藏着批判封建礼教的意思，带有讽刺意味。这种只有一墙之隔，却不能与心上人相会的相思固然令人痛苦，但也正是因为主人公这样的遭遇才格外令人同情。

从第三句起，作者充满了对主人公争取爱情的同情，笔调清丽，描写了主人公传情达意的奇特方式。“笔尖和露珠，花瓣题诗句，倩衔泥燕儿将过去”，主人公看到恋人家中梁上燕子飞过墙头来衔泥垒巢，于是想出了好办法：在花瓣上题写自己的情诗，而且让成双成对的春燕去传递自己的相思之情，真是绝妙！在这里，爱情得到升华，相思得到纾解，作者借艺术的想象超越了现实的桎梏，结尾的圆满充满了喜悦，令人回味无穷。

刘时中

〔中吕〕朝天子

邸万户席上（二首之二）

虎韬，豹韬①，一览胸中了。时时拂拭旧弓刀，却恨封侯早。夜月铙歌②，春风牙纛③，看团花锦战袍。鬓毛，木雕④，谁便道冯唐⑤老。

注释 ①虎韬、豹韬：这里泛指古代兵书。②铙（náo）歌：短箫铙歌，是古代军乐的名称。铙，一种古乐器。③牙纛（dào）：即牙旗，用

象牙饰于竿子上的军中大旗。④木雕：应理解为“未凋”。雕，指凋零衰敝。⑤冯唐：汉代人，曾大胆直言汉文帝误罚名将，活到九十多岁。

鉴赏

这首元曲主要是对邸万户的人物肖像特写，生动形象地刻画了一个老将军的形象：久经沙场，虽然已经老迈，但壮心不已。

开头三句“虎韬，豹韬，一览胸中了”，描写了邸万户拥有的深厚军事学识，传神地描摹出邸万户足智多谋的形象。一个“览”字，用得生动形象，极为精巧，引领全曲的基调。接着，作者用“时时拂拭旧弓刀，却恨封侯早”两句，歌颂邸万户壮心不已，并从多方位多角度描摹他丰富的作战经验和高度警惕的特点，层次感分明。“拂拭”“恨”等，用得形象巧妙，准确地写出邸万户对叱咤战场的风云岁月的留恋和怀念，并且深刻地揭示了邸万户的内心世界。

接下来三句“夜月铙歌，春风牙纛，看团花锦战袍”，是俯瞰军营严肃豪壮的全貌。身着战袍的邸万户，在月光映照下，显示出一派英武雄健的风姿。最后作者感慨道：“鬓毛，木雕，谁便道冯唐老。”在这样的情景之下，依然能看出他当年驰骋战场的雄风，谁能说他已经衰老无用了呢？这种奔放之情，展现了老将军的豪放之姿，动人心魄，催人奋起。

这首元曲遣词生动传神，把邸万户的精神风姿、心理活动逼真准确地展现了出来。语言苍劲豪迈、粗犷激昂，充满豪情壮志。

〔中吕〕山坡羊

侍牧庵先生①西湖夜饮

微风不定，幽香成径，红云十里波千顷。绮罗②馨，管弦清，兰舟③直入空明镜。碧天夜凉秋月冷。天，湖外影；

湖，天上景。

注释 ①牧庵先生：指姚燧。②绮罗：即细绫，一种名贵华美的丝织品。③兰舟：构造精细、雕饰讲究的画舫。

鉴赏 姚燧被人们尊为元代文坛领袖，作者为其弟子。元武宗至大四年(1311)，作者跟随七十四岁的姚燧“为中子圻娶焦氏妇”，于闰七月间来到杭州，遂作此曲。此曲虽题为“西湖夜饮”，但作者意不在酒，而在于西湖的美景。

开头三句“微风不定，幽香成径，红云十里波千顷”，简洁地概括出夜饮西湖的环境和景色。吹拂着湖面的微风习习，令人感到无比舒心和惬意；丹桂的清香从远处飘来，仿佛铺引出一条飘香幽远的小径。湖面上闪着点点波光，湖中绽放的荷花，就如同一片朝霞，倾泻在千顷湖面上。这是展现在我们面前的色彩明丽、令人陶醉的西湖美景。

接下来“绮罗馨，管弦清，兰舟直入空明镜”三句，描写陪同夜饮的歌伎们衣妆艳美华贵，散发出阵阵香气，她们手中的乐器也奏出清雅的旋律。这是姚牧庵先生一行人在湖上宴饮的情景。在

这种令人心驰神往的意境中，他们乘坐着画舫兰舟向着空明的湖心驶去。“空明镜”一喻，形成了一个优美的意境，生动形象地表现出湖水的清澈透明和湖面的平静。

结尾四句“碧天夜凉秋月冷。天，湖外影；湖，天上景”，巧妙的写景，使用奇特的想象，将天空和湖面融为一体，营造出水天一色的壮阔而悠远的意境。在这里，作者虽然将天和湖结合起来描写，但表现的重点依然是西湖的美景。一个“外”字，突出了西湖的广阔，把广阔的宇宙也纳入西湖的影中；一个“上”字，充分展现了西湖的魅力，将西湖推进了圣境仙界，使西湖拥有了天上美景无意间落入凡间的韵味。作者独树一帜，别出心裁，用天来做西湖的陪衬，淋漓尽致地展现了对西湖由衷的热爱之情。

〔双调〕新水令

代马诉冤

世无伯乐怨他谁？干送了挽盐车骐骥。[①]空怀伏枥心，徒负化龙威。索甚伤悲，用之行舍之弃。[②]

〔驻马听〕玉鬣[③]银蹄，再谁想三月襄阳绿草齐。雕鞍金辔，再谁收一鞭行色夕阳低。花间不听紫骝嘶，帐前空叹乌骓[④]逝，命乖我自知，眼见的千金骏骨无人贵[⑤]。

〔雁儿落〕谁知我汗血功，谁想我垂缰义[⑥]，谁怜我千里才，谁识我千钧力？

〔得胜令〕谁念我当日跳檀溪[⑦]，救先主出重围？谁念我单刀会[⑧]随着关羽？谁念我美良川扶持敬德[⑨]？若论着今日，索输与这驴群队！果必有征敌，这驴每怎用的？

〔甜水令〕为这等乍富儿曹[⑩]，无知小辈，一概地把人欺。一地里快蹿轻踮[⑪]，乱走胡奔，紧先行不识尊卑。

〔折桂令〕致令得官府闻知，验数目存留，分官品高低。准备着竹杖芒鞋，免不得奔走驱驰。再不敢鞭骏骑向街头

闹起，则索扭蛮腰将足下殃及，为此辈无知，将我连累，把我埋没在蓬蒿，失陷污泥。

〔尾〕有一等逞雄心屠户贪微利，咽馋涎豪客思佳味，一地把性命亏图，百般地将刑法凌迟。唱道[12]任意欺公，全无道理。从今去谁买谁骑，眼见得无客贩无人喂！便休说站驿[13]难为，则怕你东讨西征那时节悔！

注释

①世无伯乐怨他谁？干送了挽盐车骐骥：发现和使用那些有谋略、有才干的人，都需要有“伯乐”的慧眼识别和帮助提携。出自“骐骥负盐车，垂头于太行之坂，见伯乐则喷而长鸣”。骐骥，千里马。千里马拉盐车喻指大材小用。②“空怀”四句：引用了“老骥伏枥，志在千里”和《马记》中王昌落魄遇仙，骑马回去，到家后马化为龙的典故。③鬣（liè）：马脖子上的毛。④乌骓（zhuī）：项羽的坐骑。⑤千金骏骨无人贵：指当时无人看重千里马。⑥垂缰义：指苻坚之马垂缰救主的故事。⑦跳檀溪：指刘备乘的卢马脱险的故事。⑧单刀会：即关云长单刀赴会的故事。⑨敬德：唐将尉迟恭的字。⑩乍富儿曹：刚富的暴发户。⑪一地里快蹿轻跐：一地里，

一味。蹿，跳。踮，用脚尖着地走路。⑫唱道：就是畅道，常道。⑬站驿：驿站。

鉴赏

刘时中并非首开借动物之口叙述冤情来抒写人间的不平的先河，但这首《代马诉冤》影响深远。作者以一匹千里马的口吻诉说得不到重用的冤屈，实则是为不能得到重视的知识分子们抱不平。

整套曲子用了七支曲牌，首曲〔新水令〕，作者抒发了因为没有伯乐的赏识，所以千里马的前途只能被断送在艰困的劳作中。作者借曹操之志和马化为龙的典故，表明这匹老千里马虽有一身卓越的能力，却无法得到主人的重用，最终被舍弃的结局，怎能不使人感到悲伤？

〔驻马听〕〔雁儿落〕〔得胜令〕三支曲子，作者以马的口吻回忆了自己曾经的功绩，并且诉说了自己遭遇的不公待遇，发出自己遭到抛弃的沉重叹息。想当年，自己在三月三日载刘备赶赴襄阳之会，而现在将军帐前再见不到千里马了。在〔雁儿落〕〔得胜令〕两支曲中，作者连用多个典故，并使用了七个反问句，表达了千里马被遗弃的愤懑不平。

〔甜水令〕〔折桂令〕〔尾〕三支曲子，描写了一匹得不到重用的千里马的遭遇。千里马与普通的马不同，它具备特殊的才能，可是待遇却不如普通的马。在马中，那些“乍富儿曹”“无知小辈”只善于做表面文章，而立过汗血功劳的千里马却难逃被卖到农村的命运，甚至被“埋没在蓬蒿，失陷污泥”，“准备着竹杖芒鞋，免不得奔走驱驰”，供人服役、为人拉车，最后却落个“眼见得无客贩无人喂”的悲惨结局。这些都是由于那些屠户贪图利益、“咽馋涎豪客”们“思佳味”。面对如此悲惨的结局，千里马发出了警告：“便休说站驿难为，则怕你东讨西征那时节悔！”这是对这个黑暗社会的现状发出的不平吼声。

这首元曲以千里马比喻人才，借动物来抨击社会的黑暗现实，形象生动，具体贴切，活灵活现地展示出元代社会中知识分子得不到重用，最终沉沦的悲惨遭遇。曲子语言流畅，描述详细，用字通俗质朴，用坚定的语气表现出作者不向世俗低头的精神。

吴弘道

〔南吕〕金字经

伤春

落花风飞去，故枝[①]依旧鲜。月缺终须有再圆。圆[②]，月圆人未圆。朱颜变[③]，几时得重少年[④]。

注释 ①故枝：去年的旧枝。②圆：这个不仅指团圆，还有循环复归的意义。③朱颜变：指容貌衰老。④少年：年轻。

鉴赏 这首曲子虽然叫《伤春》，却不是写作者因为春天的消逝感到哀伤，而是通过自然界的季节循环往复、月缺月圆的变化，抒发对人生无常、青春不再的感慨。

开头“落花风飞去，故枝依旧鲜”，写落花飘散在风中，春天马

上就要过去了，只剩下空枝，依然显得鲜嫩，生机勃勃；第二句写新鲜的花朵在去年的旧枝上重新绽放，表明了花谢还可以重开，而青春却一去不回。这两句用了兴的手法，并起了一种对比的作用，又起到以客观景物引起情思的作用。结合题目，用风吹花落来正面比喻青春的消逝，而旧枝依然鲜明则反衬出人无再少年。

接下来“月缺终须有再圆。圆，月圆人未圆”三句，以月亮的圆缺来对比人生的变化无常，而本曲并非正用此法，而是从反面着笔，说明月缺了还会再圆，来对比人年老就不可再年轻了，在这一正一反的对比中，“伤春”的真正意义就不言自明了。结尾两句“朱颜变，几时得重少年”，直接揭示题旨，为人的青春易逝难再得而伤怀不已。

这首曲子通过大自然的变化等意象，衬托出“人无重少年”这个人生哲理，将形象性与理论性巧妙地融合在一起，让人们在受到大自然景物形象感染的同时，对自然规律和人生哲理进行反思。

赵善庆

〔双调〕沉醉东风

秋日湘阴[①]道中

山对面[②]蓝堆翠岫，草齐腰绿染沙洲[③]。傲霜橘柚青，濯雨蒹葭秀[④]，隔沧波隐隐江楼。点破潇湘万顷秋，是几叶儿传黄败柳。

注释

①湘阴：在今湖南省境内，是湘江下游、洞庭湖南岸的一座山清水秀的小城。②山对面：指作者“面对山”。③沙洲：水边的沙地。④蒹葭秀：蒹葭，芦苇。秀，美。

鉴赏

秋天，作者走在湘阴道上，见秋色烂漫，自然生发出喜悦欢愉之情，于是写下此曲。

开头两句“山对面蓝堆翠岫，草齐腰绿染沙洲”，从选取的意象看，面对着山，只见层峦叠嶂，江中沙洲绿草齐腰。堆满山峦的“兰草”、茂盛生长的绿草、历经寒霜的橘柚、雨水洗濯的蒹葭，这些事物都呈现出勃勃生机，充满了生命的活力，只用一个“堆”字，就将那郁郁葱葱的生机渲染出来；一个“染”字，形象地描绘出大片沙洲全被茂密的绿草笼盖。“齐腰”，不仅具体描绘出草的丰茂，而且与前面的“对面”呼应，融入了作者的主观感受，悄悄地流露出作者对秋日胜景的赞美。

三、四句“傲霜橘柚青，濯雨蒹葭秀”进一步点明，山上绿得那么深的，原来是“经霜色愈浓”的橘柚；给沙洲染上绿色的，是齐腰的青草。从写景的色调看，作者写秋景，色彩丰富而明丽，“翠”“绿”“青”等词的运用，一洗秋日的萧瑟，使笔下的江南秋景高远开阔，明丽鲜妍，令人赏心悦目。

“隔沧波隐隐江楼”一句，由近及远。俯仰之间，这远楼近水，参差错落，色彩纷呈。这句既点出了江，又进一步拓宽了曲子的意味，作者凝神遐思的神态仿佛浮现在读者的眼前。

最后两句“点破潇湘万顷秋，是几叶儿传黄败柳”，表面上仍是写景，真是“见一叶落而知天下秋”！从表现手法上看，运用对比（或衬托），虽然“几叶儿”给人“数叶而感秋”的喟叹，但万顷潇湘美景仍令人赞赏，在秋天还是那么明亮而美丽。正是这一叶传黄败柳，使作者的情感顿生波澜，意识到草木摇落的秋天已经到来。“点破”二字化静为动，为画面平添了无限生机，同时也为这首元曲增添了悠远的抒情意味。本曲写景有强烈的层次感，远处的山峦，近处的沙洲，橘柚之青，芦苇之秀，更有苍茫碧波，隐隐江楼，画面呈现出一片盎然生机。

〔双调〕沉醉东风

昭君出塞图

毡帐冷柔情挽挽，黑河秋塞草斑斑。丹青误写情[1]，环佩难归汉[2]，抱琵琶怨杀和番[3]。比似丹青旧玉颜，又越添愁眉泪眼。

注释　①丹青误写情：指王昭君被画工毛延寿丑化，因此没有得到汉元帝的召幸。②环佩难归汉：化用杜甫“环佩空归月夜魂”的诗句。③和番：指王昭君和亲。番，番邦。

鉴赏　赵善庆这首曲子是题咏《昭君出塞图》的，既忠实于画面，描写了《昭君出塞图》中出现的荒漠、秋草、毡帐、人物，又根据史书、杂记中关于昭君的传说发挥艺术创造，从画境中拓出曲境，着重表现了昭君的故国之思及由此引发的悲凉心境。

开头两句“毡帐冷柔情挽挽，黑河秋塞草斑斑”，描写荒野上孤零零的帐篷，使人联想到独宿其中的王昭君，她辞别故国，远出塞外，一定柔肠百转。她看到黑河两岸的斑斑塞草，是那样绵延无尽，于是触景生情，情思驰骋于远在天涯的故国，发出了“丹青误写情，环佩难归汉”的怨诉，写出了对画工毛延寿的怨恨。历代诗歌都为昭君鸣不平，作者却没有明确地表明态度，而是将着眼点放在“误写情”的后果“环佩难归汉”上，直接抒发昭君永别汉地的决绝之心。

最后三句“抱琵琶怨杀和番。比似丹青旧玉颜，又越添愁眉泪眼”，是依据《昭君出塞图》中昭君怀抱琵琶的形象，猜拟她心怀故里、怨恨和番的心思，作者也是借昭君抒发自己的怀才不遇，发人深省。

〔双调〕落梅风

江楼晚眺

枫枯叶，柳瘦丝[①]，夕阳闲画阑[②]十二。望晴空莹然如片纸，一行雁一行愁字。

注释

①柳瘦丝：形容柳枝比腰肢瘦削。②阑：阑干，即栏杆。

鉴赏

这首元曲借景抒情。题目《江楼晚眺》交代了作者是在薄暮时分，在江边楼上，举目远眺。通过描绘所见之萧条秋景，抒发了旅人思乡的愁情。

开头两句“枫枯叶，柳瘦丝”，描绘了一幅江枫秀叶枯萎的景象。点明时令正逢秋天，而且渲染了一片萧条的气氛。“夕阳闲画阑十二”一句，斜阳无意，作者多情，“闲画”二字，把斜阳的无情转化为有意。“闲画”二字，看似无情，看似漫不经心，实际上却是作者假装不在意，想要转移心中的凄凉，然而未能达成。

最后“望晴空莹然如片纸，一行雁一行愁字”两句，突出中心。作者仰望天空，看到晴空万里，此时心情就如同一张白纸，然而一行行南飞的大雁就像是信纸上的每个字迹，惊起了作者心中的涟漪。作者想象奇特，将归雁看作家书上的字，可见作者心中郁积的深切的思乡之愁，同时表达了作者满心的愁绪。

作者通过描绘所见之萧条秋景，情由景生，情景交融。枯黄的枫叶、细瘦的柳条，正是作者自我心境的写照。高空的过雁，引发

了作者沦落天涯的愁恨；将大雁比作家书中的字，从而引起他的思乡怀人之愁，于是雁行在作者的眼里就变形为“愁”的意象。雁过长空，进一步拓宽了曲子的意境，进一步深化愁思，意境深远，让人回味无穷。

〔双调〕水仙子

仲春[①]湖上

雨痕着物润如酥，草色和烟近似无，[②]岚[③]光罩日浓如雾。正春风啼鹧鸪，斗娇羞粉女琼奴。六桥[④]锦绣，十里[⑤]画图，二月西湖。

注释

①仲春：（农历）二月，春季的第二个月，万物开始生长的时候。②“雨痕”两句：化用韩愈“天街小雨润如酥，草色遥看近却无”的句意。③岚：山中的雾气。④六桥：指西湖外湖苏堤上的天桥，分别是映波、锁澜、望山、压堤、东浦、跨虹，为苏轼所建。⑤十里：指代西湖。

鉴赏

这是一首写景之曲，赞美了西湖仲春雨后的风光。

开头两句“雨痕着物润如酥，草色和烟近似无”，化用了韩愈的诗句“天街小雨润如酥，草色遥看近却无”，作者将“小雨”改为“雨痕”，不但将春雨的纤细形象地描绘出来，还带给人若有似无的感觉，呼应了下句的“近似无”。一个“润”字，极言春雨滋润万物，细而无声。春雨过后，小草破土而出，从远处看，纤细而稀疏，地面上浮起一层新绿。这里作者省去了韩诗里的“遥看”二字，用“和烟”替之，又把“却”换成“似”，使句子的含义更加丰富，更加准确、传神地刻画出春草初萌时那朦胧柔细、若有似无的形态。

“正春风啼鹧鸪，斗娇羞粉女琼奴”，描绘了朦胧、静谧的氛围中的勃勃生机。春风里鹧鸪的叫声，仿佛是在召唤人们趁着美好的春光去追寻幸福。粉女琼奴尽态极妍，怀着对爱情的模糊的憧憬，出来游湖踏青。一个“斗”字，匠心独运，很有新意，既写出了姑娘们之间的争妍斗丽，又使她们和春景相映生辉，将春情渲染得分外浓烈。最后三句“六桥锦绣，十里画图，二月西湖”，点明时间、地点，句式整齐，一气呵成。

〔双调〕水仙子

客乡秋夜

梧桐[①]一叶弄秋晴，砧杵千家捣月明[②]，关山万里增归兴。隔嵯峨白帝城[③]，捱长宵何处销凝。寒灯一檠，孤雁数声，断梦三更。

注释

①梧桐：夏末秋初就开始落叶的树木。②“砧杵（zhēn chǔ）”句：化用李白“长安一片月，万户捣衣声”的诗意。砧杵，捣衣的工具。③白帝城：位于今重庆市奉节县城东白帝山上、瞿塘峡口。

鉴赏

这首曲子的题目《客乡秋夜》即点明中心，“客乡”指作者所处的地点，“秋夜”指作者所处时节。作者进入蜀地，已是秋天却还未回乡，在月夜听到洗衣声后，心里顿生浓浓的思乡情绪。

开头描写秋境，“梧桐一叶弄秋晴”，象征秋天降临的意象通过梧桐表现出来，作者用一个“弄”字修饰梧桐叶飘然离枝，未落又飞，精细地刻画出那种依依惜别的情态，其中饱含着作者无限的情思。

紧接着一句“砧杵千家捣月明”，化用李白《子夜吴歌》：“长安一片月，万户捣衣声。秋风吹不尽，总是玉关情。”乍起的秋风，引发各家为远在外乡的游子赶制寒衣，勾起了作者对故乡的深切

思念。作者构思巧妙，将秋、月、故乡、游子等意象用砧杵声串起，引起它们之间的连锁反应，唤起了人们内心深深的思乡之情。

紧接着“关山万里增归兴”一句直接表达情感，点明关山难越，天涯游子也只是徒增归兴。中间两句“隔嵯峨白帝城，捱长宵何处销凝”，点明蜀道难非指此白帝城，于是卧后清宵，绵长无限，此愁无法消除。

最后三句“寒灯一檠，孤雁数声，断梦三更”，作者连用了三个名词词组将自己彻夜难眠的情景形象地刻画了出来。这一“寒”字和“孤”字，正是作者此时的心境，作者长年在外漂泊，而今又值此客乡秋夜，梦醒后只见一盏孤灯，闻得几声雁鸣，难怪会“断梦三更”了。全篇结构紧密，至此，将一个游子深切的思乡之情深刻地表现出来了。

马谦斋

〔越调〕柳营曲

楚汉遗事

楚霸王，汉高皇，龙争虎斗几战场①。争弱争强，天丧天亡②，成败岂寻常。一个福相催先到咸阳③，一个命将衰自刎乌江④。江山空寂寞，宫殿久荒凉⑤。君试详⑥，都一枕梦黄粱。

注释

①龙争虎斗几战场：指楚汉长达四年的交战。②天丧天亡：公元前202年，刘邦将项羽围困在垓下。项羽突围至乌江，乌江亭长将船靠岸等他渡江，项羽笑曰：“天之亡我，我何渡为？”③一个福相催先到咸阳：指灭秦战争中刘邦先于项羽进咸阳。④一个命将

衰自刎乌江：指项羽命该衰亡，最后在乌江之畔自刎而死。⑤宫殿久荒凉：指当时建造的长乐宫、未央宫等，后来也随着朝代的更替而荒凉。⑥详：这里是细细评论的意思。

鉴赏

这是一首咏史曲子，全曲以叙事为主，并对楚汉之争发表了作者自己的看法。

开头三句“楚霸王，汉高皇，龙争虎斗几战场”，作者直接介绍了楚汉之争双方的领袖，并将视角的重点放在硝烟弥漫的战场上。将“楚霸王”和“汉高祖”分别比作龙和虎，表明作者对二人的评价都是极高的，是把两人都当作英雄。“争”“斗”二字，突出了两人关系的极端对立。

紧接着，“争弱争强，天丧天亡，成败岂寻常”三句，对当时楚汉战争的形势“龙争虎斗几战场”进行了高度概括。成皋之战前，项羽处于优势，刘邦处于劣势，项羽曾战胜刘邦，占领成皋。成皋之战后一阶段，刘邦大破楚军，又重新占领成皋。在这次战役中，双方形势的强弱对比发生了转变，最后垓下之围项羽战败。作者并未表明自己对此的看法，只是单纯地叙述了战争的经过，并将这场战争概括为“争弱争强”。

接下来“一个福相催先到咸阳，一个命将衰自刎乌江”两句，将刘邦和项羽进行比较，“成败岂寻常”，写他们一个胜利一个灭亡。通过刘邦“福

相催”和项羽“命将衰”的强烈对比，作者对楚汉战争的结局做出了宿命论的解释，认为刘邦胜是天命所归，是胜在了运气。

“江山空寂寞，宫殿久荒凉”两句，刻画了刘邦虽然夺取了江山，但死后依然什么都没有留下，终究逃不过寂寞和孤独的下场，当年盛极一时的宫殿也随着一个朝代的灭亡而走向荒凉。“君试详，都一枕梦黄粱”，作者将项羽和刘邦的成败归结为一场黄粱梦。这种宿命论虽代表了元代文人的普遍看法，但是思想略显平庸。

〔双调〕水仙子

燕山①话别

满斟芳醑别长亭②，相送王孙出上京③。玉骢且莫敲金镫④，听阳关⑤第四声。临歧⑥执手论情，千古思前训⑦，一心怀志诚⑧，休担阁半纸功名⑨。

注释

①燕山：位于今河北省东北部。②满斟芳醑（xǔ）别长亭：芳醑，美酒。长亭，古时设在路旁的亭舍，常用作饯别处。③相送王孙出上京：王孙，贵族子弟的通称。上京，原指上都（今内蒙古锡林郭勒盟境内），这里指大都，即北京。④玉骢（cōng）且莫敲金镫（dèng）：暂且不要骑马走开。玉骢，骏马。⑤阳关：《阳关三叠》，送别的歌曲。⑥歧：歧路，岔路，此指离别之地。⑦千古思前训：记住千古以来前人的教训。⑧志诚：同“至诚”。⑨担阁半纸功名：担阁，同“耽搁”。半纸功名，指微不足道的功名。

鉴赏

这首曲子描写的是作者送别友人的情景。全曲可以分为两个层次：第一层为前四句，对送别的情景进行描写；第二层是后四句，写的是作者临别时对友人的鼓励。

开头两句“满斟芳醑别长亭，相送王孙出上京”，写出了话别

的地点和对象。作者在路旁的亭舍斟满了美酒，写出了与友人话别时的依依不舍。“王孙”二字点明了友人非富即贵的身份。

接下来“玉骢且莫敲金镫，听阳关第四声”两句，对饯别时唱的送别之曲进行了描绘。不要骑马走开，表现了作者的不舍和留恋。“玉骢”和“金镫”，照应了友人的身份。前四句中的“芳”“玉”“金”等字，提升了整首曲子的风情格调，显得华贵精致。

已经到了不得不分别的时候，“临歧执手论情”，作者在岔路口诉说着惜别之情。最后三句“千古思前训，一心怀志诚，休担阁半纸功名”，就是作者与友人“执手”所提到的内容。作者要友人记住千古以来前贤的教训，诚恳地对待仕进；“休担阁”一词，劝友人要以功名前途为重。然而“半纸”一词，表现了作者自己对功名并不重视，反映了作者对待功名的矛盾心理。不过在友情和功名之间，作者的态度明显倾向于对友情的关注。

钱　霖

〔般涉调〕哨遍

看钱奴

试把贤愚穷究，看钱奴自古呼铜臭。徇己苦贪求，待不教泉货周流[①]。忍包羞，油铛[②]插手，血海舒拳，肯落他人后？晓夜寻思机彀[③]，缘情钩距[④]，巧取旁搜。蝇头场上苦驱驰，马足尘中厮追逐，积攒下无厌就。舍死忘生，出乖弄丑。

〔耍孩儿〕安贫知足神明佑，好聚敛多招悔尤[⑤]。王戎遗下旧牙筹[⑥]，夜连明计算无休。不思日月搬乌兔[⑦]，只与儿

孙作马牛。添消瘦，不调祵鼎[8]，恣逞戈矛。

〔十煞〕渐消磨双脸春，已凋飕两鬓秋，终朝不乐眉长皱。恨不得柜头钱五分息招人借，架上祖[9]一周年不放赎。狠毒性如狼狗，把平人骨肉，做自己膏油。

〔九煞〕有心待拜五侯[10]，教人唤甚半州，忍饥寒攒得家私厚。待垒做钱山儿倩军士喝号提铃守[11]，怕化做钱龙儿请法官行罡布气留。半炊儿八遍把牙关叩，只愿得无支有管，少出多收。

〔八煞〕亏心事尽意为，不义财尽力掊[12]，那里问亲弟兄亲姊妹亲姑舅！只待要春风金谷骄王恺[13]，一任教夜雨新丰困马周。无亲旧，只知敬明眸皓齿[14]，不想共肥马轻裘[15]。

〔七煞〕资生利转多，贪婪意不休，为锱铢[16]舍命寻争斗。田连阡陌心犹窄，架插诗书眼不瞅。也学采东篱菊，子是个装呵元亮，[17]豹子浮丘[18]。

〔六煞〕恨不得扬子江变做酒，枣穰金积到斗[19]。为几文赙背钱[20]受了些旁人咒，一斗粟与亲眷分了颜面，二斤麻把相知结下寇仇。真纰缪，一味的骄而且吝，甚的是乐以忘忧。

〔五煞〕这财曾燃了董卓脐[21]，曾枭了元载头[22]，聚而不散遭殃咎。怕不是堆金积玉连城富，眨眼早野草闲花满地愁。干生受，生财有道，受用无由。

〔四煞〕有一日大小运并在命宫，死囚限缠在卯酉，[23]甚的散得疾子为你聚来得骤。恰待调和新曲歌金帐，逼临得佳人坠玉楼。难收救，一壁相投河奔井，一壁相烂额焦头。

〔三煞〕窗隔每都飐飐的飞，椅桌每都出出的走，金银钱米都消为尘垢。山魈木客相呼唤，寡宿孤辰厮趁逐。喧白昼，花月妖将家人狐媚，虚耗鬼把仓库潜偷。[24]

〔二煞〕恼天公降下灾，犯官刑系在囚。他用钱时难参透。待买他上木驴钉子轻轻钉[25]，吊脊筋钩儿浅浅钩。便用杀难宽宥[26]，魂飞荡荡，魄散悠悠。

〔尾〕出落[27]他平生聚敛的情，都写做临刑犯罪由。将他死骨头告示向通衢里甃，任他日炙风吹慢慢朽！

注释

①泉货周流：金钱的流通。泉货，钱。②油铛（chēng）：油锅。③机彀（gòu）：机关，圈套，窍门。这里指求钱财的各种。④缘情钩距：任着性子没法捞取钱财。缘情，根据不同的情况而变换手段。钩距，古代兵器名，此处指捞取钱财，只进不出。⑤悔尤：怨恨。⑥王戎遗下牙筹：王戎，晋临沂人，著名的守财奴。⑦不思日月搬乌兔：意说不考虑时光的快过。乌，指太阳。兔，指月。⑧不调裀（yīn）鼎：意为不顾自己衣食。裀，夹衣。鼎，古代烹饪的器物。⑨衵（rì）：贴身衣物。当指当铺中货架上顾客的当物。⑩五侯：这里泛指高官。⑪“待垒做”句：等积累了很多钱请军士帮他

保护替他守护。倩，义同“请”。⑫掊：聚敛。⑬只待要春风金谷骄王恺：只想像西晋富豪石崇那样，斗富能胜过晋武帝舅舅王恺。春风，指得意。金谷，金谷园，石崇所建名园，在今河南洛阳市西北。⑭只知敬明眸皓齿：意为只知拿钱追欢买笑。明眸皓齿，指美人。⑮不想共肥马轻裘：意为有好马好衣，不愿借给朋友用。⑯锱铢：锱和铢都是古代的计量单位，比喻极微小的数量。⑰“也学采东篱菊”两句：他们也学陶潜的采菊东篱，其实是骗人的。装呵，意指装模作样。⑱豹子浮丘：意说表面装得很清高，骨子里比豹子还凶狠。⑲枣穰（ráng）金积到斗：积累了成斗的金子。枣穰金，赤金；枣穰即枣肉，形容赤金的颜色。⑳赚背钱：即垫背钱，蝇头小利。㉑燃了董卓脐：董卓残暴贪婪，据说死后被守尸者在其肚脐中点灯，光明达旦。㉒枭了元载头：枭，古代刑法，斩首。元载，唐凤翔岐山人。㉓“有一日大小运”两句：总有一天倒霉受罪。命宫，古时星相家的术语。㉔“花月妖”两句：意说花月妖媚惑他的子弟，虚耗鬼暗偷了他的仓库。㉕上木驴钉子轻轻钉：一种酷刑，把罪人钉在四脚凳上凌迟处死。木驴，指这种四脚凳。㉖使用杀难宽宥（yòu）：用尽了金钱想买通别人，以便减轻刑法，也难得别人的原谅。㉗出落：显现，表现。

鉴赏

此曲由十二支曲组成，“看钱奴自古呼铜臭”一句，乃全曲的主旨，一个具有多元内涵的“臭”字贯穿全曲。全曲用夸张甚至变形的手法，将满身铜臭气的看钱奴拼命敛财而且奸吝刻薄的卑浊品格，刻画得入木三分，斥骂得痛快淋漓。

首曲主要写“看钱奴”的“贪”。为聚敛钱财，他们巧取豪夺，挖空心思，不顾一切，不知羞耻，不怕出丑，甚至不顾性命，可以向油锅血海中伸手。〔耍孩儿〕一曲嘲笑其“吝”。守财奴贪鄙吝啬，平生只认得一个“钱”字，为了敛财，甘愿当牛做马，日夜不停地算计，容颜消瘦。

〔十煞〕到〔六煞〕五首曲子，从不同侧面揭露了“看钱奴”的丑恶灵魂及卑污行径。他终日不乐，恨不得放高利贷招人来借，恨不得把他人典当的货化为己有，恨不得敲骨吸髓，把老百姓的骨肉化作自家的膏油；他为升高官、做首富，厚积家资，又提心吊胆，请人看守；他发不义之财，全然不顾亲戚朋友；他尽情去做亏心事，尽力聚敛那不义财，就连亲兄弟、亲姐妹、亲姑舅也不放过；他资生利、利滚利，钱财越来越多，土地越来越广；他却还嫌钱少地窄，为了锱铢小利，玩命争斗。作者用铺陈的手法，从为儿孙、为自己，对平人、对亲友，表面上、骨子里等多方面入手，刻画出一个唯利是图、六亲不认、悭吝狠毒、虚伪无耻的看钱奴形象。

〔五煞〕以下，作者深恶痛绝地诅咒了“看钱奴”聚财不散的可耻下场。作者从甘受贫困、清高自许的读书人的立场出发，讽刺了“看钱奴”不诵诗书、假装斯文、跛扈吝啬，却不懂得钱能招致祸端的道理。作者一连举出董卓、元载等因财丧命的例子，诅咒为富不仁者必遭天谴的最终结局。

此曲淋漓尽致地刻画了“看钱奴”损人利己、六亲不认、巧取豪夺的形象，极其深刻地揭露了剥削者贪得无厌、唯利是图的吃人本质。作者文笔辛辣犀利，情感强烈，一针见血，引人深思。

徐再思

〔仙吕〕一半儿

病酒

昨宵中酒[1]懒扶头，今日看花惟袖手。害酒愁花人问羞[2]。病根由，一半儿因花一半儿酒。

注释 ①中酒：因喝酒成疾。②害酒愁花人问羞：自己饮酒过度，对花起愁，别人问起时，却又不好意思回答。

鉴赏 此曲反映了元代知识分子酒醉赏花的情趣和闲适的生活，颇具代表性。

开头“昨宵中酒懒扶头，今日看花惟袖手”，开门见山，直抒胸臆，描绘出作者这样的生活状态：昨晚贪杯醉酒，今天很晚才起床；信步踱来，今日鲜花耀眼，人却连手都不愿伸出。作者活灵活现地描绘出了一副慵懒倦怠的模样，相当传神。“害酒愁花人问羞”一句，承上启下，作者醉酒醒来，看见花开正好，却生出无限的忧愁情思，别人问起时，却又不好意思开口。那么究竟是什么原因呢？最后一句“病根由，一半儿因花一半儿酒”，进一步切脉问诊，弄清楚愁的由来：作者是因花而愁，因愁而酒，因酒而病。曲子以“酒”和“花”为中心，究竟这“花”指何物，给读者留下了广阔的想象空间。

〔中吕〕红绣鞋

雪

白鹭交飞溪脚，玉龙横卧山腰，满乾坤无处不琼瑶。因风吹柳絮[①]，和月点梅梢，想孤山鹤睡了[②]。

注释

①因风吹柳絮：由谢道韫“柳絮因风起”而来。

②想孤山鹤睡了：林逋隐居在西湖孤山。

鉴赏

开头“白鹭交飞溪脚，玉龙横卧山腰”两句，选择高处的角度，从大处着墨，描摹大雪覆盖下壮观的景象。白鹭轻轻地落在溪边，玉龙静静地伏在山间，远远望去，一片银装素裹的世界。“满乾坤无处不琼瑶”一句，以双重否定加重肯定语气，描写漫天飞雪的奇观，突出了雪的晶莹剔透。

接下来，作者匠心独运，对近景进行详细的刻画，清新活泼。“因风吹柳絮”，微风袭来，柳絮如雪花一样轻轻飘舞。“和月点梅梢”，描写雪后放晴，新月初上，皎洁的月光照映着飘落在寒冬怒放的蜡梅枝头的雪，使这幅壮美的雪景画显得分外妩媚。

“想孤山鹤睡了”，作者的思绪飘逸，超越了时间的限制，他徜徉在西湖孤山，与隐士林逋相交游。作者在这里又营造了雪后温馨、静谧的环境。

此曲作者主要围绕雪的两个特征——“洁”和“静”来写，采用细腻描写的方法，巧设比喻，以动衬静，虚实结合，突出了雪“洁”和“静”的特点。

〔中吕〕普天乐

吴江八景

西山夕照

晚云收，夕阳挂。一川枫叶，两岸芦花。鸥鹭栖，牛羊下[1]。万顷波光天图画，水晶宫冷浸红霞。凝烟暮景[2]，转晖老树，背影昏鸦。[3]

注释

①牛羊下：化用《诗经》"鸡栖于埘。日之夕矣，羊牛下来"的意思。②凝烟暮景：化用王勃《滕王阁序》"烟光凝而暮山紫"之意。③转晖（huī）老树，背影昏鸦：化用马致远的《天净沙·秋思》意。

鉴赏

此曲开头"晚云收，夕阳挂"两句，统率全篇，总括傍晚日落云收的景象，后面所写之景都是在夕阳映照下展开的。"一川枫叶，两岸芦花"两句，视线由广阔的天宇转向山水相接的大地，选取了广角镜头。这两句中，"川"与"岸"暗示出是西山和吴江，为下面的描写做了铺垫；"枫叶"与"芦花"红白映衬，色彩十分鲜明。"鸥鹭栖，牛羊下"两句，抓拍了现实景物的两个特写镜头，分别摹写水中与岸上的动物活动，这在枫叶与芦花构成的静态画面中平添了几许动态的生活气息，展现出勃勃的生机。

接下来"万顷波光天图画，水晶宫冷浸红霞"两句，笔锋一转，开始描写一派浩荡缥缈的烟波云水，在晚照之下红光闪耀、金碧交辉，真是一幅绝妙的天然图画！这美丽的景象不由得勾起了作者更加美丽的幻想，于是由实入虚、由视觉直感化入意觉联想，想起了那些名传千古的神话传说：在这万顷波光的深处，原本冷清的水晶龙宫，此刻也一定被晚霞映照，更加金碧辉煌吧。"凝""转""背"这三个动词十分传神，将黄昏表现得灵动而静谧。

此曲生动传神，在浓郁的笔调中寄予了淡泊的心境，别有一番旷远的韵致。

〔中吕〕阳春曲

皇亭①晚泊

水深水浅东西涧，云去云来远近山，秋风征棹②钓鱼滩。烟树晚，茅舍两三间。

注释

①皇亭：《元散曲选注》中记载，“皇”应为“皋”，疑其因形近而误。皋亭在杭州西北。②棹：船桨，借指船。

鉴赏

此曲看似纯为写景，实际上是移情入景，通过写一个游子在黄昏泊舟近岸时的所见所感，抒发了漂泊天涯的愁思。

开头“水深水浅东西涧，云去云来远近山”两句，以工整洗练的对句展示旅途远望之景，一句写深涧，一句写高山，立体感很强。写水，突出了其流踪不定，深浅各异；写山，主要摹写其高下参差，远近交错，云起云飞。这依势曲折的山涧水，飘忽不定的浮云，正与游子漂泊无定的行踪和无所依归的心理相契合。游子这种微妙的感受也借助于淡淡的景物勾勒，含蓄地表达出来。

第三句“秋风征棹钓鱼滩”，既点明了节令和游子自身，也为

开头两句的鉴山赏水找到了依托：前面的山水涧云和后面的烟树茅舍都是从这只“征棹”上观察到的。萧索凄凉的深秋黄昏，出现了一位寄身于一叶扁舟的天涯倦客，他有家难归，孤零零地立在钓鱼滩上，望着涧水奔流，浮云飘荡，此情此景，让人情何以堪？这一句看似平平道来的话语，其实是全曲的重心所在，可以说是结合主观之情和客观之景的枢纽。

最后两句“烟树晚，茅舍两三间”，不是单纯的写景，而是包含着深厚的意蕴，有着不尽的情味。

〔越调〕天净沙

探梅

昨朝深雪前村①，今宵淡月黄昏②，春到南枝几分？水香冰晕③，唤回逋老④诗魂。

注释

①昨朝深雪前村：清代宋长白《柳亭诗话》中记载：“齐己《早梅》诗：‘前村深雪里，昨夜数枝开。’郑谷曰：‘数枝，非早也，未若一枝佳。’”此句依此而出。②今宵淡月黄昏：化用了林逋《山园小梅》“疏影横斜水清浅，暗香浮动月黄昏”的意境。③水香冰晕：融林逋的诗意写成，加强了梅花傲雪求春的生命力度。④逋老：指林逋。

鉴赏

此曲紧扣题目“探梅”二字，展现出一位热爱梅花的高人逸士执着地寻梅、探梅、访梅、赞梅、咏梅等一系列的行为方式和心理活动。

开头“昨朝深雪前村，今宵淡月黄昏”两句，化用前人的诗句，鲜活地刻画出作者踏雪寻梅的虔诚神态和对梅花的渴望追求。“昨朝深雪”与“今宵淡月”一明一暗，幽雅朦胧，为梅花的出现创造

了淡雅高洁的背景。作者为什么如此苦恋梅花呢？因为梅花是报春的使者，作者对梅讯的渴望，就是对春天的向往。“春到南枝几分？”一句询问满怀深情，把盼春的作者与报春的梅花紧紧联系在一起。功夫不负有心人，梅花终于在雪前月下露出它清雅的笑脸。

紧接着，“水香冰晕”的刻画，又一次融入了林逋诗句的意境，既写出了梅花的芳姿，透露其幽香，又显示了其傲雪求春的生命力度。

结尾以“唤回逋老诗魂”一句作结，作者将冰清玉洁的梅花与爱梅成癖的隐逸高士融为一体，同时，将梅看作尘世外的知己，刚直不阿，展现了作者的高洁情操。

〔越调〕凭阑人

九殿春风鳷鹊楼[①]，千里离宫龙凤舟[②]。始为天下忧，后为天下羞。

注释

①九殿春风鳷（zhī）鹊楼：九殿，皇宫的殿堂深九层。鳷鹊楼，当年汉武帝所建的三座庞大的观楼之一，显示了封建帝王的极尽奢华。②千里离宫龙凤舟：相传隋炀帝与萧后为去扬州赏花，乘舟沿运河南下，舟上装潢富丽，劳民伤财，百姓怨恨。

鉴赏

此曲为咏史寄慨之作，讽刺了封建帝王的奢侈生活和挥霍无度的举动，寓意深远。全曲仅有四句，前两句叙事，后两句议论。

开头“九殿春风鳷鹊楼，千里离宫龙凤舟”两句，陈述历史事实，拈出汉武帝大兴土木修建鳷鹊楼和隋炀帝乘龙凤舟游玩扬州两件事，描写了封建帝王的奢侈无度与特权享受，揭露了历代帝王口称爱民，实际上扰民的真相。汉武帝虽有雄才大略，晚年却穷兵黩武，扩建宫殿，笃信方术，妄求长生不老；隋炀帝大建东都洛阳，还开凿运河，南下扬州，劳民伤财，最终导致江山易主。

“始为天下忧，后为天下羞”，转向议论。在封建社会中，率民起义的某些领袖人物，开始是以天下苍生的命运为己忧的；而当他们掌握了政权后便只顾自己享受，不再关心人民群众的死活，成为天下至为可耻之人。历史的教训不可谓不深刻！全曲以这两句寓意深邃、冷峻峭刻的警句作结，可谓一针见血，发人深省。

〔双调〕蟾宫曲

春情

平生不会相思，才会相思，便害相思。身似浮云①，心如飞絮②，气若游丝③。空一缕余香在此④，盼千金⑤游子何之？证候⑥来时，正是何时？灯半昏时，月半明时。

注释

①身似浮云：形容女子十分不安的样子。②心如飞絮：形容女子心烦意乱的状态。③气若游丝：形容女子相思成疾，极度虚弱。④空一缕余香在此：形容少女孤凄的处境。⑤千金：指身份高贵。⑥证候：指女子的多愁善感，入骨相思。

鉴赏

此曲描写了一年轻女子的相思之情，读起来缠绵悱恻。全曲可以分为四个层次。

第一层为开头三句，写少女陷入了不能自拔的相思之中。“平生不会相思”一句，说明少女是初恋，情窦初开，才解相思，正切合“春情”一题。“才会相思，便害相思”，道出了相思的个中滋味。

第二层为接下来三句，极言少女处在相思中的病态心理与神情举止。“身似浮云，心如飞絮，气若游丝”，作者用三个比喻，从身、心、气三方面，描写相思之深、相思之苦。少女的痴情与相思的诚笃通过这三句形象的刻画淋漓尽致地展现出来。

第三层为下面两句，点明少女害相思病的原因。“空一缕余香在此，盼千金游子何之”，一个“空”字，一语双关，既指少女独守空房的情形，又与她此刻寂寞空虚的心境相契合。“一缕余香”四个字，若即若离，形象地表明少女飘忽不定又绵绵不绝的情思。少女之所以独守空房，如此凄凉冷落，原来是因为令她魂牵梦萦的一位出游在外的高贵男子迟迟未归。

第四层为最后四句，“证候来时，正是何时？灯半昏时，月半明时”，作者宕开一笔，又用一组叠韵，既形象又含蓄地透露出少女心中所思。

全曲笔调轻快，细腻传神，平易简朴而不失风韵，自然天成而曲折尽致，极尽少女的相思之情状。本曲首尾连环叠韵，更加充分地展示了相思的情态。

〔双调〕水仙子

夜雨

一声梧叶一声秋，一点芭蕉一点愁，①三更归梦三更后。落灯花，棋未收，叹新丰②孤馆人留。枕上十年③事，江南二老④忧，都到心头。

注释

①“一声梧叶”两句：描写人生的愁苦。②新丰：在今陕西临潼区东北。③十年：泛指时间。④江南二老：指作者远在家乡的双亲。

鉴赏

这首曲子前两句写深秋夜雨，后七句写雨中愁思。全曲以“愁”为感情基调，读起来别具风韵。

开头“一声梧叶一声秋，一点芭蕉一点愁”，以梧桐雨滴、雨打芭蕉渲染了一种孤寂惆怅的气氛。更为巧妙的是，作者给秋以声，给芭蕉以愁，并使这“一声”对“一声”，“一点”对“一点”，进一步深化了曲子的主题。

接下来，“三更归梦三更后。落灯花，棋未收”三句，点明作者愁肠百结、夜不能寐的心理状态。作者连用两个“三更”，点出“归梦”难成，由于万千愁绪，以至于辗转反侧，进一步表现了深秋雨夜的凄凉和愁苦。作者想到自己客居异乡，实为天涯飘零之客，于是紧接着一句“叹新丰孤馆人留”，由梦中回到现实。

最后“枕上十年事，江南二老忧，都到心头”三句，写深秋夜雨时，心头愁苦的具体内容。雨夜梦醒，勾起作者无限的愁思，回想平生的成败荣辱，作者心绪难平，再也不能入睡。“枕上十年事”，其中包括太多往事的回忆，写尽了作者一生的萍飘蓬转与离愁别绪。“江南二老忧”，说的是自己久客不归，思念父母，而父母也担忧儿子。所有这些使文意更加婉曲，读起来让人荡气回肠。“都到心头”四个字戛然而止，孤寂、怨恨、愁苦、忏悔、思亲，各种感情涌上心头，含有无限的悲慨。

此曲语言自然朴实，感情真挚，警策动人，发人深省。

蒲道源

〔黄钟〕人月圆

赵君锡再得雄[1]

君家[2]阴德多多种，重得[3]读书郎。掌中惊看，隆颅犀角[4]，黛抹朱妆[5]。

最堪欢处，灵椿[6]未老，丹桂[7]先芳。他年[8]须记，于门高大[9]，车马煌煌[10]。

注释　①再得雄：又添了一个儿子。②君家：指赵家。③重得：再得。④隆颅犀角：新生儿饱满的额头。隆，隆起。犀角，指额上发际隆起之处。⑤黛抹朱妆：眉眼清秀，面色好看。⑥灵椿：古代传说中的神树，长寿，后用以指代父亲。⑦丹桂：比喻科举及第者，“桂”与“贵”同音，故丹桂又指贵人、显要的人。⑧他年：指孩子长大后做大官的时候。⑨于门高大：门庭又高又大。于，发语词，无实义。⑩车马煌煌（huáng）：地位显赫。

鉴赏　这首曲子是祝贺赵君锡又添贵子的，既赞美再得之子的相貌不凡，又祝赵家美满幸福。

开头两句“君家阴德多多种，重得读书郎”点题。“重得读书郎”一句，表明赵家已有一个儿子了，这次所生的是第二个。在封建社会，读书、做官是男人的事，生个儿子就意味着生了一个未来可能飞黄腾达的做官之人，是值得庆祝的，更何况赵家生了两个儿子。所以，在祝贺“重得读书郎”时，作者首先恭维“君家阴德多多种”。

接下来三句写男孩的相貌。“掌中惊看”，一个“惊”字，引人注目，预示着孩子相貌的不凡。“隆颅犀角”，说明男孩天庭饱满，气势不俗。“黛抹朱妆”言其眉目俊秀，面颊红润。寥寥几笔，描绘得生动传神。这种英俊富贵的相貌，也为后面对孩子的展望埋下了伏笔。后半部分更进一步，用“最堪欢处”提起“灵椿未老，丹桂先芳”，字里行间洋溢着喜庆的气氛，渲染出更加美满、欢乐的氛围。

最后三句“他年须记，于门高大，车马煌煌”，祝愿孩子早日登科及第，飞黄腾达，地位显赫。

全曲语言简练，活用典故，洋溢着欢快的情绪。

孙周卿

〔双调〕沉醉东风

宫词（二首）

双拂黛停分翠羽[1]，一窝云半吐犀梳[2]。宝靥香[3]，罗襦[4]素。海棠娇睡起谁扶[5]？肠断春风倦绣图[6]，生怕见纱窗唾缕[7]。

花月下温柔醉人，锦堂中笑语生春[8]。眼底情，心间恨，到多如楚雨巫云。门掩黄昏月半痕，手抵着牙儿自哂。

注释

①双拂黛停分翠羽：双拂黛，即两叶黛眉。黛，青黑色的颜料，古人用以画眉。停分，平分。翠羽，原指翠鸟的绿色羽毛，这里借以比喻黛眉。②一窝云半吐犀梳：一窝云，指鬓发，浓云一般的黑发。半吐犀梳，意思是珍贵的犀角做成的梳子，在云雾般的

青丝中隐约闪光。③宝靥(yè)香：脸上贴的花钿散发香味。宝靥，花钿，古代妇女的首饰。④罗襦(rú)：锦罗做的衣服。⑤海棠娇睡起谁扶：海棠，指代美人。娇睡，写其意态。谁扶，无人扶，说明孤独的处境。⑥倦绣图：写其失望灰心的心态。⑦唾缕：杨柳发出的新芽。⑧“锦堂”句：华丽的厅堂里，传来热闹的欢笑声，使人感到春光融融，顿生倾慕之情。

鉴赏

第一首曲子着力刻画一位年轻美丽的女子处在幽深寂寞的后宫感伤春光流逝的惆怅心情。前四句“双拂黛停分翠羽，一窝云半吐犀梳。宝靥香，罗襦素”，由两组合璧对组成，刻画女主人公的外貌。后面三句“海棠娇睡起谁扶？肠断春风倦绣图，生怕见纱窗唾缕”，描绘女主人公的情态。作者以一个反问，提起以下两句，进一步揭示主人公的内心世界。“肠断春风倦绣图”一句，道出女主人公内心的痛苦，最后一句在此基础上生发出来，补足其内心活动，翠条唾缕本是明媚欢快之景，而女子却“怕见”，足见女主人公感伤春光的深情。作者通过描绘主人公反常的心态，将女子怀春、伤春而怕见春色的心理活动刻画得细致入微。

第二首曲子表现了寂寞的女子在孤独的环境里无可奈何、自怜自嘲的状态。开头两句“花月下温柔醉人，锦堂中笑语生春”，

描写了花前月下的良辰美景和女主人公的所见所闻，由室外到室内，由景到人，勾勒出一幅春宫花月夜锦堂欢乐、春意盎然的热烈图景，与下面所表现的女主人公孤独的处境和心情形成鲜明的对比。接下来“眼底情，心间恨，到多如楚雨巫云”三句，是说主人公的青春被锁在深宫中，年华白白流逝，于是心头暗恨滋生。一个“到”字加强了良辰美景对愁和恨的反衬。最后两句“门掩黄昏月半痕，手抵着牙儿自哂”，“自哂”两个字，恰当传神地表达出女主人公这种无可奈何的自怜自嘲情状。全曲采用反衬、对比的手法，将女主人公对美好生活的向往和孤寂的愁绪刻画得细腻传神。

顾德润

〔中吕〕醉高歌过喜春来

宿西湖

梅花飘雪漫山，杨柳和烟放眼。画船①稳系东风岸。金缕朱弦象板②。

春融南浦③冰澌散，酒醒西楼月影悭④，一天星斗水云寒。名利难，诗酒债且填还。

注释

①画船：装饰华美的游船。②金缕朱弦象板：金缕，曲名。朱弦，代表奏乐。象板，象牙拍板，一种打击乐器。③南浦：南边水面。④悭（qiān）：悭涩，缺少。

鉴赏

这是一首由〔醉高歌〕和〔喜春来〕两个曲牌组合而成的曲子，刻画作者夜宿西湖时所见的景象，抒发了作者仕途失意的忧愤之情。

开头两句“梅花飘雪漫山，杨柳和烟放眼”，描写作者所见之景：梅花像雪花般漫山飘舞，轻烟笼罩着杨柳丝绦，放眼望去，一派诗意盎然的早春景象。第三句“画船稳系东风岸”紧承上两句，交代自己的立足点。画船平稳地停泊在东风吹拂的湖岸。紧接着“金缕朱弦象板”一句，描写西湖的声色之欢，用金缕、朱弦、象板三种乐器表现了长夜歌舞的盛况，主人公沉醉在声色之中，将西湖的繁华美景同个人的安逸与欢乐紧密联系在一起。

后五句是〔喜春来〕，继续描写夜宿的情景。开头三句“春融南浦冰澌散，酒醒西楼月影悭，一天星斗水云寒”，描写早春湖光：春光融融，坚冰融化。最后两句“名利难，诗酒债且填还”，交代因由，点明题旨。“名利难”，意指在名利场上失意，仕进途中坎坷，这正是饮酒作乐的思想缘由；“诗酒债且填还”，为了补偿奔波仕途所耽搁的欢乐生涯，才会沉醉歌舞，以诗酒自娱。

全曲以写景为主，融叙事、抒情于写景之中，构思奇妙，以乐景衬出哀情，结尾更是寄托遥深，耐人寻味。作者表面上似乎已经看开释然，实际上幽怨颇深。

〔中吕〕醉高歌过摊破喜春来

旅中

长江远映青山，回首难穷望眼①。扁舟来往蒹葭②岸，人憔悴云林又晚。

篱边黄菊经霜暗，囊底青蚨逐日悭③。破清思，晚砧鸣，断愁肠，檐马④韵，惊客梦。梦晓钟寒，归去难。修⑤一缄，回⑥两字报平安。

注释

①回首难穷望眼：回首，舟中回望。难穷望眼，目光无法穷尽。②蒹葭：芦苇。③青蚨（fú）逐日悭：青蚨，铜钱。悭，缺少。

④檐马：屋檐下挂的风铃。⑤修：指修书，写信。⑥回：寄。

鉴赏

此曲主要抒发了落魄士子在漂泊途中的穷愁和乡思。

前四句是〔醉高歌〕，描写作者在旅途中所见之景。开头两句“长江远映青山，回首难穷望眼”，描绘了长江远景，水天开阔，青山倒映，一望无际，含有无限眷恋之情。第三句“扁舟来往蒹葭岸”，一叶扁舟在江中漂泊，正是游子所在。紧接着“人憔悴云林又晚”一句，云林又晚，加上暮色苍茫，游子憔悴，更加渲染出迟暮悲凉的气氛，为下面的抒情埋下伏笔，突出了作者迟暮潦倒、漂泊无依的状态，充满凄清苍凉的气氛。

“篱边”以下十一句是〔摊破喜春来〕。前两句“篱边黄菊经霜暗，囊底青蚨逐日悭”，进一步描绘旅途的秋色，刻画旅人的穷愁，表明沉郁的乡思。接下来用六个句式颠倒的短句，通过听觉，着重抒写游子的思乡之情。“破清思，晚砧鸣”，天气日趋寒冷，人们日夜赶制寒衣，捣衣的砧杵之声，极易勾起游子的乡愁。“断愁肠，檐马韵”，屋檐下铁马声声，更让游子愁肠寸断，难以入睡。“惊客梦，梦晓钟寒”，游子刚要入梦，又被寒风中送来的报晓的钟声惊醒。游子在这样一个不眠之夜，不禁长叹“归去难”，把游子思乡又不能归乡的复杂心情尽情道出：“修一缄，回两字报平安。”全曲笼罩在漂泊无依、凄凉伤心的心境之下。

此曲最大的艺术特色是情景相融，相互衬托，景中见情，情中有景，情感刻画细腻真挚。

曹　德

〔双调〕沉醉东风

村居（三首之一）

新分下①庭前竹栽，旋篘得缸面茅柴②。嬔弹③鸡，和根菜，小杯盘曾惯留客。活泼剌鲜鱼米换来，则除了茶都是买。

注释

①新分下：刚到手。②旋篘（chōu）得缸面茅柴：旋，现成。篘，指滤酒。缸面，新酿成的酒。茅柴，劣酒，自己酿的薄酒。③嬔（fù）弹：嬔，方言，鸟类下蛋。弹，通“蛋”。

鉴赏

这首曲子对农村生活情趣进行了细致的描写，表达了作者对村居生活的满足感。

开头两句“新分下庭前竹栽，旋篘得缸面茅柴”，分别交代了笋和酒是自种自酿的：刚到手的笋是庭前竹园里的，刚刚滤出的是新酿的村居薄酒。点明“村居”的中心。

接下来三句写用生蛋的母鸡和刚从地里摘下的新鲜蔬菜招待客人，显示出主人的热情好客。“活泼剌鲜鱼米换来”一句，写招待客人用的活蹦乱跳的鱼，是用米换来的。以上所写都是酒食方面的情况，至于与酒食有关的开门七件事——柴、米、油、盐、酱、醋、茶，在最后一句“则除了茶都是买”中做了交代——只有茶是用钱去买的。

全曲行文活泼而富于变化，夸耀了村居生活资料的丰富，表现出作者在这方面的满足感。

〔双调〕沉醉东风

村居（三首之二）

茅舍宽如钓舟，老夫闲似沙鸥[①]。江清白发明，霜早黄花瘦[②]，但开樽沉醉方休。江糯[③]吹香满穗秋，又打够重阳酿酒。

注释

①沙鸥：化用杜甫“飘飘何所似，天地一沙鸥”的意境。②黄花瘦：出自李清照词“莫道不消魂，帘卷西风，人比黄花瘦”。③江糯：糯米、江米。

鉴赏

此曲描述作者闲居乡里，无所事事，只能饮酒聊以自慰，消遣排忧，是对作者闲居乡里的生活的描写。

首句“茅舍宽如钓舟”，以“钓舟”形容“茅舍”，说明茅舍很小，却言“宽”。第二句“老夫闲似沙鸥”中的“沙鸥”，意思是说像沙鸥一样在天地间漂泊无依，表达了杜甫当年孤苦凄凉的心情。本曲在“沙鸥”之前着一“闲”字，看似闲适，却流露出悲苦愤激之情。

接下来“江清白发明，霜早黄花瘦”两句，写江水如此清澈，江水中映出的白发很清晰，而作者报国无门，壮志未酬，就已老去。他含着寄托乡居的凄凉和痛苦，道出“但开樽沉醉方休”。作者借酒消愁，只能以醉来寻求解脱，排解心中的痛苦。

最后引出“江糯吹香满穗秋，又打够重阳酿酒”两句，等到籽粒饱满的糯稻发出特有的清香，在秋日的田

野上弥漫的时候，作者不禁想到大好收成的糯米足够重阳时酿酒用了。因而，心情稍得舒畅。作者以糯米丰收可以用来酿酒为慰藉，意蕴丰富，余味无穷。

〔双调〕沉醉东风

村居（三首之三）

枫林晚家家步锦①，菊篱秋处处分金②。羞将宝剑③看，醉把瑶琴④枕，没三杯著甚消任⑤？若论到机⑥深祸亦深，却不是渊明好饮。

注释

①步锦：步，步入。锦，美好的图景。②分金：分别堆着的耀眼的金子。③宝剑：代指为国效劳的工作。④瑶琴：个人消遣的一种工具。⑤消任：消受、受用。这里抒发了作者的无限痛苦，强调多饮才能消受。⑥机：这里指能力与智慧。

鉴赏

此曲抒发作者怀才不遇，为避祸而寓情于酒的苦闷心情。

开头两句“枫林晚家家步锦，菊篱秋处处分金”，刻画出一派醉人的农村景色。在晚霞的辉映下，红艳艳的枫林旁，一户户农家好像是在锦绣的图画中，令人心醉；在明净的秋色中，篱边菊花一片金黄，好像是到处分堆着的黄灿灿的金子，生气勃勃。

中间“羞将宝剑看，醉把瑶琴枕，没三杯著甚消任”三句，抒发了作者的心情。宝剑是驰骋疆场、保家卫国的武器，而瑶琴则是文人雅士消遣述怀的工具。此处作者运用借代和对比的手法，委婉地抒发了自己空有报效国家的雄心壮志和才华，却英雄无用武之地的郁

闷与忧愁，表达出作者因无法为国出力的痛苦。羞于再看宝剑，只能饮酒弹琴，消磨时光。

结尾两句“若论到机深祸亦深，却不是渊明好饮”，作者以陶渊明自比，点明自己饮酒是为了避祸；也是说明自己认识了“机”与“祸”的关系后，为了避祸，才饮这么多酒。曹德敢于触犯当朝宰相，可见其正义感和治国安邦的远大理想。

此曲作者以鲜明的自然色彩来反衬自己的忧愤和苦闷，很有特色；运用借代和对比的修辞方法，渲染了曲子的凄凉氛围，意蕴深长。

〔双调〕庆东原

江头即事（三首之一）

低茅舍，卖酒家，客来旋①把朱帘挂。长天落霞，方池睡鸭，老树昏鸦。几句杜陵②诗，一幅王维③画。

注释

①旋：顷刻。②杜陵：地名，唐朝诗人杜甫曾住在那里。杜陵诗，指杜甫的诗。③王维：唐代诗人、画家，擅长山水画。

鉴赏

曹德曾经写过两首〔清江引〕张贴在午门，讽刺丞相伯颜的专权滥杀，为躲避缉捕，他曾在吴中某寺院避祸。此曲写的就是他在途中江头的所见所感。

开头“低茅舍，卖酒家，客来旋把朱帘挂”三句，写作者放眼望去，首先映入眼帘的便是卖酒人家低低的茅舍，有酒客到来，茅舍立刻挂上了朱红色的帘子。那朱红色格外引人注目，不仅为酒家增加了热闹气氛，为画面增添了艳丽色彩，还能引发读者的联想，从而感受到画面景物的动态美。

中间“长天落霞，方池睡鸭，老树昏鸦”三句，作者由内而外、由远及近，集中写江头所见之景，充满诗情画意。写从窗户向外所见四周之景："长天落霞"从大处落笔，意境开阔；"方池睡鸭"则突出细部，显得恬静安谧；"老树昏鸦"一景，在静景中增加了昏鸦归巢时飞的动态及阵阵鸦噪之声。

最后两句"几句杜陵诗，一幅王维画"，作者对眼前景色高度赞美，有所顿悟，把自然之景推到了诗与画的高度，陶醉于诗情画意当中。

此曲色调明丽，层次分明，写景远近结合，引人入胜，清新自然。

〔双调〕庆东原

江头即事（三首之二）

猿休怪，鹤莫猜，①探春偶到南城外。池鱼就买，园蔬旋摘，村务②新开。省下买花钱，拚却还诗债。

注释

①"猿休怪"两句：猿、鹤，指君子和友人。②村务：乡村小店。

鉴赏

此曲以诙谐欢快的口吻，描绘了一个久居城中偶然来到郊外探春的人的喜悦。

开头"猿休怪，鹤莫猜，探春偶到南城外"，作者由"怪"和"猜"领起，交代自己为探春偶然来到南城外，同时使"怪"和"猜"贯穿全曲。"猿""鹤"，在这里指君子和友人，作者没有直称"君子"，而以猿、鹤代之，用诙谐的口吻，奠定了此曲欢快的感情基调。

"池鱼就买，园蔬旋摘，村务新开"，这三句通过一连串的动作，生动地表现出一个久居城中的人偶然来到乡村的见闻，郊外的

一切对他来说，都是那么新鲜且具有吸引力。作者在这三句中除了具体写出“休怪”“莫猜”的内容，还突出强调了一个“偶”字，正因为是平日不常来，今天偶然来到郊外，所以对郊外的一切都充满了新鲜感，才会迫不及待地行动，表现出来到郊外之人的愉悦、豪放的心情。

最后两句“省下买花钱，拚却还诗债”紧承“村务新开”，是说宁可不买花，而以买花的钱来饮酒，因为饮酒可助诗兴、还却诗债，可见作者畅饮的兴致。

此曲语言诙谐，轻快自然，抒发了作者春游时的欢快心情。曲子结构严谨，层次分明，前后照应，浑然天成。

〔双调〕庆东原

江头即事（三首之三）

闲乘兴，过小亭，没三杯著甚资谈柄？诗题小景，香销古鼎，曲换新声。标致似刘伶①，受用如陶令②。

注释 ①标致似刘伶：标致，风采，风韵。刘伶，魏晋时人，以不拘礼法，豪放饮酒著名。②陶令：陶渊明。

鉴赏

此曲描写了作者游乐、饮酒和作诗的豪举，字里行间隐含着作者无可奈何的郁闷心情。

开头“闲乘兴，过小亭，没三杯著甚资谈柄”三句，描摹出作者游乐、豪饮的举动。作者乘着闲兴，穿过小亭子，一边观赏风景，一边饮酒。

中间“诗题小景，香销古鼎，曲换新声”三句，描写酒后题诗作曲的场景。作者豪饮之余，面对美景，思绪万千，诗兴大发，于是提笔而作。

最后两句“标致似刘伶，受用如陶令”，作者以刘伶和陶潜自况，感慨自己迫不得已才过着纵酒的无聊生活。作者所举的这两人，一个是不合当时统治者的要求的被罢免者，一个是不满当时现实的归隐者。刘伶在被罢免之前，曾在对朝廷策问中提出自己无为而治的政治主张；陶渊明在归隐后描绘田园景色的作品中，常常包含着他对统治集团的不满和憎恶，不愿与之同流合污。可见，他们在被罢免或归隐后的游乐、饮酒，都不是他们的本意，只是一种表现。这里作者以刘伶、陶渊明不得已而为之的纵酒放诞或田园归隐为榜样。“标致”和“受用”都是反语，增加了曲子的内涵，强调了曲子的主题，展现了作者的愁苦。

王仲元

〔中吕〕普天乐

赠美人

柳眉新，桃腮嫩。酥凝琼腻①，花艳芳②温。歌声消天下愁，舞袖散人间闷。举止温柔娇风韵，司空见也索销魂③。兰姿蕙魄④，瑶花玉蕊⑤，误染风尘。

注释

①酥凝琼腻：皮肤像凝成的酥油一样细腻，像琼玉一样润滑。琼，玉，用来比喻人的美好。②芳：指香气。③司空见也索销魂：连李绅看到这位美人也会销魂。司空，官职名，唐代李绅任司空，经常出入歌舞场中。索销魂，应该销魂。索，应、得。④兰姿蕙魄：兰、蕙，散发香气的香草。⑤瑶花玉蕊：瑶，洁白、漂亮、美好的意思。玉蕊，像玉一样的花蕊。

鉴赏

此曲是对歌伎容貌俊美、举止温柔的赞美，同时也对这样一位美好的女子沦落为卖笑的歌伎的悲惨遭遇表示同情和惋惜。

开头四句“柳眉新，桃腮嫩。酥凝琼腻，花艳芳温”，写歌伎的眉毛如初生的柳叶，细长清新；红腮似新开的桃花，粉嫩美丽；皮肤像凝成的酥油一样细腻，又像琼玉一样润滑。从外表勾勒人物的形象，点明人物散发着温馨诱人的香气。

接下来四句“歌声消天下愁，舞袖散人间闷。举止温柔娇风韵，司空见也索销魂”，从作者的感受描写歌伎的歌声和舞技，称赞其水平之高。歌伎婉转动人的歌声可以消除天下人的忧愁；她举止温柔、惹人怜爱，体态婀娜，风韵娇媚，如此色艺俱佳的美人，就连见惯歌舞的李司空见了也会为之迷恋倾倒。

接下来“兰姿蕙魄，瑶花玉蕊”两句，意思是说歌伎的身姿像春天的兰花一样摇曳生姿，纯洁的心灵像蕙草一样摄人心魄，由外表深入歌伎的心灵，对歌伎进一步赞美。最后一句抒发了作者对其“误染风尘”的感慨。

此曲以花喻人，运用夸

张的手法，极力夸赞歌伎的容貌姣好，技艺精湛，都是为“误染风尘”埋下伏笔，容易唤起读者的同情与惋惜之情。

孙叔顺

〔南吕〕一枝花

休官

不恋蜗角名，岂问蝇头利。[1]世情看冷暖，人面逐高低。闲是闲非，僻掉的都伶俐[2]。百年身图画里[3]，本待要快活逍遥，情愿待休官罢职。

〔梁州〕谁待想锦衣玉食[4]？甘心守淡饭黄齑[5]。向林泉选一答儿清幽地，闲时一曲，闷后三杯。柴门草户，茅舍疏篱。守着咱稚子山妻，伴着几个故友相识，每日价笑吟吟谈古论今，闲遥遥游山玩水，乐陶陶下象围棋。早起，晚夕，吃醉了重还醉。叹白发紧相逼，百岁光阴能有几？快活了是便宜。

〔煞尾〕都则是两轮日月搬兴废，一合乾坤洗是非。直宿到红日三竿偃然[6]睡，那些儿况味谁知？一任莺啼唤不起。

注释

①不恋蜗角名，岂问蝇头利：蜗角名、蝇头利，表现出作者极端鄙视名利的态度。②伶俐：聪明。③百年身图画里：百年，人生。图画，指曲中描绘的那些隐居生活的图景。④锦衣玉食：指华贵精美的服饰和菜肴。⑤淡饭黄齑（jī）：粗米饭和黄齑菜。齑，用来下饭的咸菜，用来形容生活的清贫和简朴。⑥偃（yǎn）然：安然。

鉴赏

此曲讴歌了隐居生活的乐趣，表现了作者隐居山林、超脱尘俗的闲情逸致。

首曲〔一枝花〕抒发了作者对官场名利的厌恶和对人生无常的感慨。开头以“不恋蜗角名，岂问蝇头利”引出，起到了领率的作用。作者把封建社会中知识分子视为生命的功名看作“蜗角”和“蝇头”，足见作者对名利的鄙视。接下来“世情看冷暖，人面逐高低”两句，感慨世态炎凉、官场险恶，也将官场的险恶和世态炎凉表现得淋漓尽致。作者就处于这样险恶的环境中，因此他认为：“闲是闲非，僻掉的都伶俐。”只有避开这些与自己无关的是是非非，才是真正的聪明人。最后两句“本待要快活逍遥，情愿待休官罢职”，表达了作者归隐的决心。

第二曲〔梁州〕紧接上曲的归隐志向，写自然的归隐生活，表现了作者归隐生活的无限乐趣。这种逍遥自在、清淡幽静的隐居生活，是上曲厌恶官场、否定名利思想的进一步升华。开头两句“谁待想锦衣玉食？甘心守淡饭黄齑”，进一步表达了作者隐居山

林的坚定志向。以下数句铺写归隐生活的乐趣，人生得意须尽欢，在这样闲适逍遥、清淡幽静的环境中，摆脱了现实政治的种种压力，悠然自得又舒心惬意，与官场劳碌又受束缚的生活形成了鲜明的对照，情感鲜明。

第三曲〔煞尾〕继续抒写对社会的厌恶与淡薄。开头以“都则是两轮日月搬兴废，一合乾坤洗是非”两句领出，表明作者对于人世间的一切都看得十分淡薄。朝代的兴废更替可以不去理会。“那些儿况味谁知”一句设问巧妙，这种悠闲的滋味，整日奔波在官场上的人确实是无法体会的。最后以“一任莺啼唤不起”作结，更加衬托出那种滋味的甜美，意犹未尽。

此曲描写隐逸生活，表现脱尘离俗的闲情逸致时，仍然有消极避世的色彩。语言坦直真切，语调轻快，格调清幽，有较强的艺术表达力。

王仲诚

〔中吕〕粉蝶儿

昨宴东楼，玳筵[①]开舞裙歌袖，一团儿玉软花柔。遏行云，回飞雪。玲珑剔透，交错觥筹，捻冰丸暗藏锦绣[②]。

〔醉春风〕娇滴滴香脸嫩如花，细松松纤腰轻似柳。有丹青[③]巧笔写奇真，怎的朽、朽[④]？檀口能歌，莲舌轻调，柳眉频皱。[⑤]

〔迎仙客〕露玉纤[⑥]，捧金瓯，云鬓巧簪金凤头。荡缃裙，掩玉钩，百倍风流。无福也难消受。

〔满庭芳〕人间罕有，沉鱼落雁，月闭花羞。蕙兰性一点灵犀透[⑦]，举止温柔，成合了鸾[⑧]交凤友，匹配了燕侣莺俦。轻撋就[9]，如弹玉纤粉汗流，佯呵欠袖儿里低声儿咒，一会家把人迤逗。撇不下漾秋波一对动情眸。

注释

①玳(dài)筵：盛宴。②捻冰丸暗藏锦绣：捻，捏。冰丸，此处应是“冰纨”，即美人鲜艳的衣衫，暗喻美人的纯洁形象。锦绣，指美好的一切。③丹青：作画用的颜料。④朽：腐朽、衰老。⑤“檀口能歌”三句：意思是美人那粉红色的嘴能唱歌，莲花般的舌头发出那轻调，可两叶弯弯的柳眉却频频皱着。⑥玉纤：指美人的手指。⑦蕙兰性一点灵犀透：比喻自己的心和蕙兰一样纯洁。⑧鸾：鸾鸟是一种雌雄相守、分开则哀的鸟。⑨撋(ruán)就：温存。

鉴赏

此曲作者以动人的笔触、细腻而生动的描写，表达了他真挚的感情。

首曲〔粉蝶儿〕描写了豪宴的盛况，以及主人公对意中人的爱慕之情。开头三句“昨宴东楼，玳筵开舞裙歌袖，一团儿玉软花柔”，以回忆的形式描绘了一幅流光溢彩的盛宴图。下面“玲珑剔透，交错觥筹”两句，将视角转移到宴席桌上，餐具细致奇巧，发出诱人的光彩，觥筹交错，酒酣人醉。结尾“捻冰丸暗藏锦绣”一句寓意丰富，在描绘美人的美好形象时，心中也包含着向意中人表达自己的喜爱之情的愿望。

第二曲〔醉春风〕，作者刻画了意中人姣好的容貌和体态。着笔于细节，进一步刻画了美人的美态。第三曲〔迎仙客〕，描写美人的动态美。“露玉纤，捧金瓯，云鬓巧簪金凤头”写美人露出白玉

般的纤纤手指，捧着黄金做的瓯，乌黑的云鬓上簪着金凤钗，神采飞扬。接下来两句"荡缃裙，掩玉钩"，描写美人的裙子像碧空中的云霞在飘荡，遮住了那一弯新月。紧接着"百倍风流。无福也难消受"两句，说美人这种姿态正是百般的风韵，"我"却无福消受，暗中透露出作者的遗憾。

最后一曲〔满庭芳〕，写美人的举止及自己与之相爱的情景。曲子一开始"人间罕有，沉鱼落雁，月闭花羞"，极写美人美丽异常，举世无双。下面"蕙兰性一点灵犀透"句，说美人蕙质兰心，与自己心有灵犀。"举止温柔，成合了鸾交凤友，匹配了燕侣莺俦"三句，写作者与意中人心心相印，且她举止温柔和顺，与作者是一对璧人。

此曲大胆地描写了世俗生活中的爱情，不加掩饰，感情真挚而热烈。

陈子厚

〔黄钟〕醉花阴

孤另

宝钏松金髻云鬏[①]，甚试曾浓梳艳裹，宽绣带掩香罗[②]，鬼病厌厌[③]，除见他家可。

〔出队子〕伤心无奈，遣离人愁闷多。见银台绛[④]蜡尽消磨，玉鼎无烟香烬火，烛灭香消怎奈何？

〔幺〕情郎去后添寂寞，盼佳期无始末。这一双业眼敛秋波，两叶愁眉蹙翠蛾，泪滴胭脂添玉颗[⑤]。

〔尾〕着我倒枕捶床怎生卧，到二三更暖不温和，连这没人情的被窝儿也奚落我！

注释

①宝钏松金髻（jì）云亸（duǒ）：宝钏，指手镯。髻云亸，古代妇女把头发扎成卷曲的发髻，在头上高耸着，像云朵一样，所以以此来命名。亸，下垂的样子。②香罗：指香罗裙。③厌厌：同“恹恹”，生病，没有精神的样子。④绛（jiàng）：红色。⑤玉颗：丸状的玉，此处指泪水。

鉴赏

此曲抒写了一个女子的思恋和孤独的内心感受。

首曲描写女子瘦削的病体，表现思妇苦苦思恋的煎熬，写出女子消瘦得连手镯都松了许多，昔日高耸的发髻现在也像云一般垂了下来，烘托出了思妇的愁苦之貌。接下来作者写道“甚试曾浓梳艳裹，宽绣带掩香罗”，进一步言其形体消瘦、容颜憔悴；至“鬼病厌厌，除见他家可”两句，将思妇那不可名状的愁苦，表现得淋漓尽致。

第二曲〔出队子〕开头两句“伤心无奈，遣离人愁闷多”，直抒胸臆，抒发了思妇内心深处无可奈何的哀叹。女子见到银烛台上燃尽的红烛，联想到自己可悲的处境。香尽烛灭象征着思妇迫切想见到情人的希望的破灭，进而使她的心情跌到了低谷。

第三曲〔幺〕直接描绘思妇盼佳期无望的痛苦之状。道出了思妇自己明知道佳期无望，只是空添悲切，却还是放不下的心境。最后“这一双

业眼敛秋波，两叶愁眉蹙翠蛾，泪滴胭脂添玉颗”三句，从神态上着笔表现思妇的心灰意冷。眼睛疲倦，愁眉紧锁，脸挂泪珠，这一系列凝固的形象，淋漓尽致地表现出思妇满怀的幽怨和悲伤。

最后一首〔尾〕，着意刻画了思妇内心无法排解的孤独之苦，怨恨之极。开头一句“着我倒枕捶床怎生卧”，一下子就让人听到了少妇发自肺腑的撕心裂肺的呼喊。她感到周围的一切都在和自己作对，令人无法忍受，最后表达了她极其强烈的愤懑。

此曲紧扣“孤零”这一题旨，形象悲切地表现了思妇体态的病瘦，用白描手法表现了她的孤苦，淋漓尽致地抒发了她内心的绝望和愤懑。

吴西逸

〔越调〕天净沙

闲题（四首之二）

楚①云飞满长空，湘江②不断流东。何事离多恨冗③？夕阳低送，小楼数点残鸿④。

注释

①楚：泛指长江以南的广大地区。②湘江：长江的支流。③冗：繁，多。④鸿：雁，古人常用以代指书信。

鉴赏

此曲描绘了潇湘夕照时的萧瑟景象，通过写景，抒发了羁旅行客的离愁别绪。

开头两句“楚云飞满长空，湘江不断流东”，写眼前所见的景象，抬头望天，然后俯身看水。楚云湘水，历来和许多哀怨、忧愤的神话传说联系在一起。楚天云飞、湘江奔流的图景，更能渲染出悲凉的气氛，更好地抒写愁绪。作者以“飞满”写云，以“不断”状水，实际上都是在写离愁相思的绵绵不绝。这两句表面上看似写景，实为抒情。

第三句紧接上文，设问：“何事离多恨冗？”为什么人生总是离多聚少、恨多乐少？这句的“离”字与第一句的“飞”字、第二句的“流”字紧密相联。在作者看来，云飞、水流、人离都是人世间的恨事，故三者加在一起，自然就逼出一个“冗”字来。最后两句“夕阳低送，小楼数点残鸿”，作者进一步延伸了前面的离愁别恨，从而把主人公的愁绪表现得更为深沉悠远，加强了曲子的感染力。

此曲抒发的是离愁别绪，寓情于景，将离愁别绪融进景物的描写之中，展示了作者深沉委婉的写作风格，达到了完美的艺术效果。

〔双调〕雁儿落过得胜令

叹世（二首之二）

春花闻杜鹃[①]，秋月看归燕。人情薄似云[②]，风景疾[③]如箭。

留下买花钱[④]，趱[⑤]入种桑园。茅苫三间厦[⑥]，秧肥数顷[⑦]田。床边，放一册冷淡[⑧]渊明传。窗前，抄几联清新[⑨]杜甫篇。

注释

①杜鹃：也叫子规，叫声似“不如归去”。②人情薄似云：化用“人情阅尽秋云厚，世事经过蜀道平”。③风景疾：风景，即光景，泛指社会、朝代的交替更迭。疾，速度快。④买花钱：指为了看花支出的费用。花，也有“花花世界”的意思。⑤趱(zǎn)：赶，快走。⑥茅苫三间厦：苫，把东西遮盖住。厦，大屋。⑦顷：一百亩为一顷。⑧冷淡：形容陶渊明的作品风格和性格。⑨清新：此指描绘田园风光的诗。

鉴赏

此曲描写隐居生活，抒写归隐情怀。

第一曲〔雁儿落〕，写作者的归隐原因。开头两句“春花闻杜鹃，秋月看归燕”，主要说明大好时光的短促，引出作者的触景伤情。三、四两句“人情薄似云，风景疾如箭”，感叹世态冷暖。这一曲概括写了人生无常，世态冷暖，集中表达了作者内心的不满，为下文埋下了伏笔。

第二曲〔得胜令〕，主要歌颂隐居的田园生活。“留下买花钱，趱入种桑园”，说的是离开闹市到宁静的田园中去，表现出作者归隐田园的急切心情。农桑之余，效仿古贤，读书写诗，悠然自乐。“床边，放一册冷淡渊明传”，是因为陶渊明超凡脱俗，淡泊无为，和作者的志趣相投；“窗前，抄几联清新杜甫篇”，这两句表达了作者对陶渊明、杜甫的仰慕之情，流露出作者处于异族统治下未能积极用世，不得已退居田园的痛苦心理。

此曲语言平易流畅，具有一种天然纯真的美感，与作者隐居生活的闲适心境达到了和谐统一的境界。

赵显宏

〔中吕〕满庭芳

渔

江天晚霞，舟横野渡，网晒汀沙①。一家老幼无牵挂，恣意②喧哗。新糯酒香橙藕芽，锦鳞鱼紫蟹红虾。杯盘罢，争些醉煞，和月宿芦花。

注释

①汀沙：水边的沙滩。②恣意：纵情，尽情。

鉴赏

此曲是对悠然自乐的渔村生活的具体描绘。

曲子开篇，“江天晚霞，舟横野渡，网晒汀沙”，作者就描绘出江畔渔村最美丽、最动人的景色：在那夕阳西沉的江水与蓝天相接的地方，天空堆起了朵朵晚霞，像极了盛开的红似火的江花；野渡口处只有渔舟闲系在那里随风摇晃，渔网在沙滩上铺开，等待着夜风的吹拂。随着夜的到来，江边野外一片寂静，美不胜收。

接下来“一家老幼无牵挂，恣意喧哗”两句，通过动态描写，描绘了渔民在一天紧张的劳动之后，全家老幼其乐融融的场景。新酿的米酒、刚摘的甜橙、新挖的嫩藕芽、闪着锦缎般光泽的鲜鱼、肥美的螃蟹、鲜红的大虾，散发出诱人的香味，等待着劳累一天的主人们大快朵颐。这是一组叠句对，“新糯酒”对着“锦鳞鱼”，“香橙”“藕芽”分别对着“紫蟹”与“红虾”，字里行间显示出食物的色香味俱佳，不用再多着墨，渔家丰收之后自给自足、陶然自乐的情景就淋漓尽致地跃然纸上了。

〔中吕〕满庭芳

樵

腰间斧柯，观棋曾朽[①]，修月曾磨[②]。不将连理枝[③]梢挫，无缺钢多。不饶过猿枝鹤窠[④]，惯立尽石涧泥坡。还参破，名缰利锁，云外放怀歌。

注释

①观棋曾朽：晋朝时有一个叫王质的人误入仙境，当时并不知情的他把砍柴用的斧子放在地上，观看两人下棋。看完后，斧柄已经腐朽了，王质这才知道自己遇到了神仙。②修月曾磨：古代传说月亮由七宝合成，人间常有八万户给它修治。③连理枝：指枝枝相连的两棵树，比喻夫妻之情或手足情深。④猿枝鹤窠（kē）：猿猱、飞鹤出没的地方，意指樵夫砍柴不避艰险。

鉴赏

此曲通过对避世而居的飘逸不凡、高洁正直的樵夫形象的描写和赞美，抒发了作者蔑视名利的清高情怀。

首句“腰间斧柯”开门见山，一个腰间插着斧子，樵夫打扮的主人公直接出场。下面两句“观棋曾朽，修月曾磨”，是说这位樵夫非同一般，他那把斧子曾因为看别人下棋而朽烂。表面上看似写斧，实际上是喻人，突出了樵夫的非同一般，非凡夫俗子。

以下四句，写这位樵夫善良质朴的品质和不惧艰险、迎难而上的精神。他不仅勇敢、善良，而且具有脱俗、高洁的精神境界。作者在平实的叙述中巧妙地进行了深刻的刻画，“不将连理枝梢挫，无缺钢多”，是说这位观棋修月的樵夫对连理枝十分爱惜，不愿砍削，这绝不是因为斧刃无钢、卷缺锈钝，而是从樵夫的内心活动描写他的纯洁善良；从动作入手，着意于樵夫的性格刻画，显示他刚强正直、不避艰险、知难而进的英雄本色。

最后“还参破，名缰利锁，云外放怀歌”三句，意在突出人物的精神世界。意思是说这位樵夫看破了世间冷暖，从世俗的名利中挣脱出来，甘愿到远离尘嚣的“云外”放声歌唱，过自由自在的隐居生活。这是全曲的升华，是作者的社会理想与审美理想的最高境界。

〔中吕〕满庭芳

耕

耕田看书，一川禾黍，四壁桑榆。庄家也有欢娱处，莫说其余。赛社处王留①宰猪，劝农②回牛表牵驴。还家去，篷窗睡足，一品待何如？

注释 ①赛社处王留：赛社，指一年收成后，村民们杀猪宰羊，祭祀田神。王留，与下句中的牛表均为元曲中常用人名。②劝农：指一年春耕之始，在田间地头举行农耕的仪式。

鉴赏 此曲是对农村世俗生活乐趣的刻画描绘，表达了作者悠然自乐的旷达心境。

首句“耕田看书”，揭示出主人公是位文人农夫。接下来“一川禾黍，四壁桑榆”，真实地描绘出主人公眼中的农村场景。后面两句重在写情，道出了“田家乐”的主题。寥寥数句就囊括了篇中全部景物，粗线条地勾勒出一幅速写图，但摄入他眼中的只是脱尽了书生气的农村场景与乡间习俗，显然作者在这里有意追求的只是“俗”“实”二字，从俗中见乐，从实中求美。最后“还家去，篷窗睡足，一品待何如”三句，劳累了一天的农夫回到家里，吃饱喝足后，在柴草编织的门窗下一觉睡足，倦意顿消，这真是神仙般的生活，把农家的欢愉上升到了一个新的高度，体现了作者对王侯将相的蔑视。

此曲夹叙夹议，于平凡中见真情，表现了作者诙谐幽默、个性达观的特征。

〔中吕〕满庭芳

牧

闲中放牛，天连野草，水接平芜。终朝饱玩①江山秀，乐以忘忧。青蒻笠西风渡口②，绿蓑衣暮雨沧洲③。黄昏后，长笛在手，吹破楚天④秋。

注释 ①玩：欣赏。②渡口：指河岸水边设有摆渡的地方。③沧洲：代指隐者居住的地方。④楚天：南方的天空，因楚国在南方而得名。

鉴赏 此曲是对放牧闲适生活的描写。按常规说法为“渔樵耕读”，这里不写“读”而写“牧”，更表现了作者对隐居生活的逍遥与乐趣的热爱。

首句“闲中放牛”引领全曲，点出主人公是位农夫，放牧乃是其农闲之事。以下都是放牧时的所见、所感、所为。“天连野草，水接平芜”，是主人公所见之景。青青的牧草和远处的天边连成一片，清凉的绿水衔接着辽阔的原野平滩，境界阔大而清新。“终朝饱玩江山秀，乐以忘忧”，写出了主人公的内心感受。主人公从早到晚沉浸在对辽阔秀丽山河的欣赏中，为大自然的美景所陶醉，早就忘掉了人世间的一切烦恼。“青蒻笠西风渡口，绿蓑衣暮雨沧洲”为一组对仗精巧的叠句对，以蒻笠、蓑衣的特定装束，西风、暮雨的特定时节，渡口、沧洲的特定环境，将曲中牧人形象塑造得生动逼真、丰满具体，突出了放牧生活的悠然自得。一幅黄昏牧归图至此跃然纸上，淋漓尽致地将隐居放牧生活的闲适表达出来。

此曲画面清秀，形象生动，风格飘逸，情景交融，浑然一体。

王爱山

〔双调〕水仙子

怨别离（十首之二）

凤凰台上月儿偏，和泪和愁闻杜鹃。恨平生不遂于飞[①]愿，盼佳期天样远，月华凉风露涓涓[②]。攲[③]单枕难成梦，拥孤衾怎地眠。两泪涟涟。

注释 ①于飞：比翼双飞，比喻夫妻美满和谐的状态。②涓涓：细水慢流的样子。③攲（yǐ）：斜倚，斜靠。

鉴赏 这首是十首《怨别离》组曲中的第二首，描写了一位盼望心上人回来的女子因佳期无望而终夜孤独难眠的痛苦。作者写女主人公的痛苦层层递进，逐一写愁多、愁深和愁重。接下来“恨平生不遂于飞愿，盼佳期天样远”，笔锋一转，对主人公遗憾与盼望交织的复杂心理进行了描写。紧接着“月华凉风露涓涓”一句景物描写，衬托出主人公这种极度哀苦的心理。月色闪着惨白的光，冷风拂拂生凉，雾气成露。“攲单枕难成梦，拥孤衾怎地眠”，面对此情此景，女主人倚着单枕，拥着孤被，怎么能睡得着呢？最后一句“两泪涟涟”，所有的愁苦都化作了泪水，簌簌滴落下来，不能停止。作者表现女主人公相思难眠的情景，将大自然的月、风、露等景物，床上铺的枕和被等物品和主人公孤寂恨别的悲愁心理融为一体，使全曲抒情层层深入，浑然天成。

李德载

〔中吕〕阳春曲

赠茶肆（十首之十）

金芽嫩采枝头露①，雪乳香浮塞上酥②，我家③奇品世间无。君听取，声价彻皇都。

注释

①金芽嫩采枝头露：指清晨采摘茶树的嫩芽，连露珠一起采下。②雪乳香浮塞上酥：形容茶香。塞上酥，这里是指茶的口感如同塞外少数民族的乳制品一样香浓。③我家：指这个“茶肆”。

鉴赏

此曲侧重描述茶的稀有名贵和诱人的味道，主要是向人们介绍和盛赞茶的功能与价值。

首句“金芽嫩采枝头露”生动形象地描绘了采茶时的情景：破晓时分，晨曦方降，枝头的露珠尚存，茶叶的芽很嫩，色泽金黄诱人。茶叶以和露采下的嫩尖最为名贵，作者在渲染物美之时，表现出茶叶的品级档次极高。

紧接着第二句“雪乳香浮塞上酥”，抒写了茶香。烹茶时，茶面上堆起的泡沫，像晶莹洁白的雪乳，香味浮动，诱人馋涎。作者以塞外少数民族饮用的奶茶作比，唤起读者的联想，既突出了它的香气，又调动起人强烈的品茶欲望，符合元代的时代特色。如此珍贵的名茶世上也只有我一家，旨在吸引茶客们快来饮茶。“君听取，声价彻皇都”是对前句的补充，意思是说，你如能听取我的邀请，踏进茶肆尝一尝这稀世珍品的茶，便知道它响彻京都的盛名不掺半点儿虚假。作者用语夸张，字里行间充满了对茶的溢美之词。

这首曲子语言流畅，形象生动，言简意赅，风格清新活泼。

张鸣善

〔中吕〕普天乐

愁怀

雨儿飘，风儿飏。风吹回好梦，雨滴损柔肠。风萧萧梧叶中，雨点点芭蕉上。风雨相留添悲怆，风和雨卷起凄凉。风雨儿怎当①？风雨儿定当②，风雨儿难当③。

注释

①怎当：怎么能受得了。②定当：一定能让人承受。③难当：难以让人承受。

鉴赏

此曲作者抓住了秋风秋雨的凄凉特征进行细致的描写，抒发了自己的哀愁。

开头"雨儿飘，风儿飏。风吹回好梦，雨滴损柔肠"四句，从风雨着笔，写风雨带给人的烦恼与哀愁。人生际遇不顺，再添以风雨的搅扰，不禁更令人愁思绵绵，柔肠寸断。

"风萧萧梧叶中，雨点点芭蕉上"以风吹梧桐、雨打芭蕉象征自己内心的忧愁苦闷，渲染了一种凄凉、萧索、清冷、孤寂的意境。这两句景中寓情，生动地表现出作者内心的忧愁。"风雨相留添悲怆，风和雨卷起凄凉"两句，从正面直接抒发作者的感受。人生漫长，有甜也有苦，有喜也有悲，而作者此时只感到"风雨相留""风和雨卷"，人世间的风雨，更增添了他内心的凄凉与悲怆。

结尾三句，"风雨儿怎当？风雨儿定当，风雨儿难当"，作者由"怎当"到"定当"，又由"定当"到"难当"，先设问，继而肯定，最后否定，一波三折，描写出内心的愁绪，突出表现了自己的无可奈何。愁怀本无形，化作风雨，可感可触。

此曲语言通俗，反反复复只写了一个愁字，不仅有力地表现了浓厚的忧愁，而且内蕴丰厚，给读者留下广阔的想象空间。

周德清

〔正宫〕塞鸿秋

浔阳[①]即景（二首）

长江万里白如练，淮山数点青如淀[②]。江帆几片疾如箭，山泉千尺飞如电。晚云都变露，新月初学扇[③]，塞鸿一字来如线。

灞桥雪拥驴难跨[④]，剡溪冰冻船难驾[⑤]。秦楼[⑥]美酝添高价，陶家风味[⑦]都闲话。羊羔饮兴佳，金帐[⑧]歌声罢，醉魂不到蓝关[⑨]下。

注释

①浔阳：在今九江市。长江流经浔阳北的一段称浔阳江。②淀：同“靛”，一种青蓝色的染料，这里形容山色的深。③新月初学扇：初升的新月，也有欲圆之势，所以用团扇来形容待圆之月，故曰“初学扇”。④灞桥雪拥驴难跨：典出黄彻《䂬溪诗话》，唐郑綮尝言，“诗思在灞桥风雪中驴背上”。此处化用其意，说明寻诗无门。⑤剡（shàn）溪冰冻船难驾：反用晋王徽之雪夜乘舟造访戴逵的故事，说明自己想访友却不成功。⑥秦楼：指妓女的住处。⑦陶家风味：指宋学士陶穀，同小妾取雪烹茶之事。⑧金帐：华美的帷帐。⑨蓝关：又叫峣关，为兵家必争之地。

鉴赏

此曲一写山水天空的景象，一写冬景，工丽清雅，韵律和谐，极富情致。

第一首写作者伫立浔阳江头所见的壮丽景色。全曲一共七句，句句比喻。开篇四句连用四个工整的排比句，描写江天的景色，设喻精当形象，可感性强。万里长江静静地向东流去，在月光的映照下，反射出银色的光泽，宛如一条白色的绸带；远处的青山肃穆地矗立在江边，苍茫的夜色把它映衬得更加翠绿。几叶征帆像箭一样向东疾驰，一泓山泉像闪电一样直泻千里，极其壮观。作者徜徉水际，目送征帆，回首北顾，只见一行塞雁隐现天际，它们飞得那样高、那样远，看上去宛如悬在云端的一缕细线。此曲句式规则整齐，用词考究，风格清丽俊雅，可感性强。

第二首风格与前一首迥然不同，抒写作者所感。它一改前一首直笔白描的写法，大量引用典故。开头四个对偶句，句句用典，表明自己诗人当不成，访友不成功，妓馆玩不起，隐士当不了。这四样都做不成，从而走向了放浪形骸的歌酒生活。这首曲子格调清高，音律和谐，工丽清雅，情感真挚。

〔中吕〕朝天子

秋夜客怀

月光，桂香，趁着风飘荡。砧声[①]催动一天霜。过雁声嘹亮，叫起离情，敲残愁况。梦家山，身异乡。夜凉，枕凉，不许愁人强。

注释

①砧（zhēn）声：捣衣声。

鉴赏

作者通过秋夜的月光、桂香、砧声、雁声，渲染了一种悲凉的气氛和清幽的意境，表达了游子思念家乡的悲愁心情。

开篇三句，描写了秋夜的月色。作者先写月，表明是在夜晚；然后写桂香，点出秋天的季节。这里，作者首先营造了一个清幽静寂而又情意绵绵的环境。

接下来一句，描写月夜砧声的凄凉。夜深人静时，砧声动人心。作者独树一帜，将满天的寒霜说成是由声声砧声催动而凝成的。在如此明月当空、寒霜满天之时，砧声随风送入耳中，倍添游子思乡的愁苦。这一句融情于景，动人心弦。

下面四句，描写游子的离情愁况。秋意凝重，大雁南飞。南飞的大雁嘹亮的鸣声唤起游子的离情，犹如一把重锤，敲在游子的心上，把游子的心儿都敲碎了，点出秋夜客怀的主题。一个“梦”字，点明游子思家的情切。

最后三句，描写游子内心的凄凉是入夜不能眠造成的。游子思乡心切，辗转难眠，致使床空枕凉，同时也映衬了游子内心的凄凉。末句，虽然是从外界环境对游子内心感情的强制来说的，但是更表现出游子秋夜客怀的不由自主，很有分量。

此曲借景抒情，写游子在外的离情愁况和急切思家的心情。

〔中吕〕满庭芳

看岳王传[1]

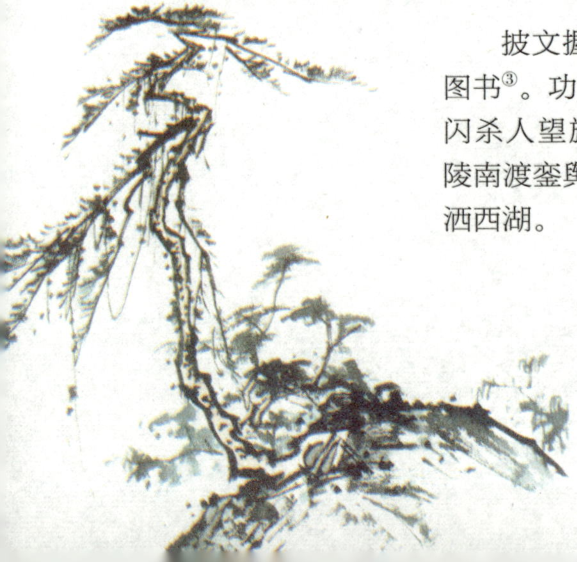

披文握武。建中兴庙宇[2]，载青史图书[3]。功成却被权臣[4]妒。正落奸谋。闪杀人望旌节中原士夫，误杀人弃丘陵南渡銮舆。钱塘路，愁风怨雨，长是洒西湖。

注释 ①岳王传：岳飞的传记。②建中兴庙宇：建立了中兴的事业。中兴，指岳飞率领将士，奋勇杀敌，屡破金兵，收复失地，使敌人闻风丧胆，才使南宋的小朝廷能幸存下来。南宋人称南宋建立为“中兴”。③载青史图书：指岳飞的功绩名垂青史，流芳百世。④权臣：指奸臣秦桧。

鉴赏 这是一首歌咏岳飞的曲子。开头三句，对岳飞做了总括性的评价和介绍，气势非常雄壮。“披文握武”四字，称赞岳飞文武双全，塑造了一个气宇轩昂的英雄形象。“建中兴庙宇，载青史图书”两个对句，高度赞扬了岳飞的不朽功勋：岳飞率领爱国将士，浴血奋战，收复了中原的大片失地，足以名垂青史，永垂不朽。

接下来两句，以“功成”承接前三句内容，以“却”字为反跌，描写岳飞悲剧性的结局。秦桧与畏敌如虎的宋高宗赵构互相勾结，狼狈为奸，一日降十二道金牌，把岳飞从抗敌的最前线召了回来，最后以莫须有的罪名在风波亭害死了他，刻画出奸贼秦桧的丑恶嘴脸。

“闪杀人望旌节中原士夫，误杀人弃丘陵南渡銮舆”两句，指责南宋王朝误杀忠良，招致严重后果。作者饱含感情，表达了自己胸中如波浪翻滚、难以抑制的悲愤。结尾“钱塘路，愁风怨雨，长是洒西湖”三句，把对岳飞的深切缅怀和对投降派的愤怒谴责，寓于形象的画面之中，使愁怨显得意味深长。

这首曲子前半部分以叙事为主，赞美之词流露字间；后半部分将写景与抒情融为一体，爱憎分明。两个部分，层次分明，又一气呵成，浑然天成。

邵元长

〔双调〕湘妃曲

赠钟继先

高山流水少人知，几拟黄金铸子期。①继先贤既解其中意，恨相逢何太迟！示佳编②古怪新奇。想达士③无他事，录名公半是鬼。叹人生不死何归。

注释

①高山流水少人知，几拟黄金铸子期：化用钟子期能从俞伯牙的琴音中辨识其情思的典故。②佳编：即《录鬼簿》；“古怪新奇”的评语说明它不同凡俗、独树一帜，是文苑的一株奇葩。③达士：“达士”和下面的“名公”，指《录鬼簿》收采的戏曲作家。达士为“显宦”，即公卿大夫之类的人；“名公”是政治地位较低但名声颇大的文学才人。

鉴赏

这首元曲是邵元长为钟嗣成（字继先）的《录鬼簿》所作的赠言。《录鬼簿》是一本戏曲史著作，书中记录了元代戏剧作家的生平和剧作目录，并写了悼词以悼念部分已故的作家。在这首曲子中，邵元长把钟嗣成视为知己，高度评价了他的《录鬼簿》，并且对人生进行了深沉的感慨。

曲子开头两句“高山流水少人知，几拟黄金铸子期”，作者用“高山流水”的典故，将钟嗣成视为自己的知音；又以使用黄金为钟子期打造肖像为喻，抒发知音难觅的深挚情感。接下来“继先贤既解其中意，恨相逢何太迟”两句，紧承曲子开头的典故，进一步抒发了作者与钟嗣成心意相通、相见恨晚的深切情意。“示佳编古怪新奇”一句，“佳编”指的是《录鬼簿》；“古怪新奇”则是对《录鬼簿》的评价，意思是说它超凡脱俗、匠心独运。邵元长对钟嗣成及其《录鬼簿》的赞扬，也体现了二人的深情厚谊。接下来两句中的“达士”“名公”，指的是收录在《录鬼簿》中的戏曲作家，不仅有公卿大夫，还有布衣才子。钟嗣成编写《录鬼簿》，就是为了追思这些戏曲作家，希望他们的作品流传后世。最后一句“叹人生不死何归”，抒发了邵元长对钟嗣成编书一事的感慨。从古至今，人最终都是要步入鬼途的啊！这句话表面浅显，实则内涵丰富，所有人都难免一死，只有通过立德、立功、立言才能不朽。这句话又与钟氏“录鬼”一词相照应，回归了主题。

汪元亨

〔正宫〕醉太平

警世（二十首之二）

憎苍蝇竞血，恶黑蚁争穴。急流中勇退①是豪杰，不因循苟且。叹乌衣②一旦非王谢，怕青山两岸分吴越③，厌红尘万丈混龙蛇④。老先生去也。

注释　①急流中勇退：比喻做官的人在事业高峰时，为了避祸而隐退。②乌衣：指乌衣巷，位于今天的南京市。③吴越：战国时两个相邻的诸侯国。这里借指社会上尔虞我诈、争名夺利的矛盾双方。

④混龙蛇：比喻好坏不分、贤愚莫辨。

鉴赏

汪元亨的〔正宫·醉太平〕《警世》原作由二十首组成，这是第二首，通过对偶、排比和比喻等修辞手法，揭露当时社会尔虞我诈、黑白混淆、善恶不分的黑暗现实，表现了作者避世绝俗的情绪和坚决不与世俗同流合污的处世态度，但其中的“急流中勇退是豪杰”一句，也显现出作者明哲保身的消极思想。

开头两句“憎苍蝇竞血，恶黑蚁争穴”，作者将世人对功名利禄、权势荣耀的追逐喻为苍蝇竞逐脓血和黑蚁争夺巢穴。这个生动形象的比喻，不但将争权夺势之徒的丑恶嘴脸揭露了出来，而且将作者对黑暗官场的失望与蔑视生动地表现了出来，与“急流中勇退是豪杰，不因循苟且”一句相呼应。由于作者看透了黑暗官场的残酷本质，因此彻底顿悟，劝人们不要再留恋官场，否则只会耽误终身。下面作者又进一步规劝仍然徘徊在官场的人做出明智的选择，辞官归隐。

接下来，“叹乌衣一旦非王谢，怕青山两岸分吴越，厌红尘万丈混龙蛇”三句，借用典故，说明富贵和权势都只是过眼云烟，最终都会被历史的尘埃淹没。作者通过叙述富贵、功业的短暂，为执迷不悟的人们敲响了警钟：不退隐，后果必是悲惨的。小令以“老先生去也”作结，说明作者为自保而隐居避世。作者落笔干脆利落，表明了他同黑暗官场诀别的坚定态度。

这首元曲化用了前人的诗句典故，简练稳妥，浑然天成，感情丰富，一气呵成，主题鲜明。

孟 昉

〔越调〕天净沙

十二月乐词（九月）

鸡鸣晓①色珑璁，鸦啼金井②梧桐，月坠茎寒露涌。广寒③霜重，方池冷悴芙蓉④。

注释

①晓：指黎明、拂晓。②金井：古时诗家用以描述井栏雕饰华美之井。③广寒：传说中月亮上的宫殿名，即月宫。④芙蓉：在这里指荷花。

鉴赏

孟昉，本为西域人，寓居大都（今北京），是元末散曲作家。本曲是他《十二月乐词》中描写九月的一首。这首曲子选取了金秋九月的几种典型事物进行描写，寓情于景，情景交融，表达了作者对即将逝去的秋天的慨叹和对美好事物的惋惜，表现了他闲适淡泊的情怀。

首句“鸡鸣晓色珑璁”，点明作者描绘的季节是深秋，时间是黎明。第二句“鸦啼金井梧桐”，描写了井边的梧桐，是全曲的点睛之笔，点明作者阴郁的心情。乌鸦往往是不祥之物，秋天的梧桐也给人凄凉之感。而此时，乌鸦在梧桐树上悲鸣，将一种悲凄的氛围衬托出来，表达了作者沉郁的心境。接下来“月坠茎寒露涌”一句，写到了月亮和草茎露珠。作者对字和句精心雕琢，匠心独运。一个“涌”字为曲子平添了一种灵动之美，使读者从露水的晶莹剔透中感受到秋晨的明洁清冷。

“广寒霜重”与上一句的“月”和“露”相对应，“霜重”二字进一步深化了深秋的寒冷。最后一句“方池冷悴芙蓉”，作者将视线聚集于池中的芙蓉。“悴”字的使用，委婉含蓄，寓意深邃。它常常与“憔”联用，用以形容人的容貌，而作者在此用于形容芙蓉，将它赋予了人的形象，使人联想到夏日里婀娜多姿的芙蓉仙子在寒秋的胁迫下逐渐枯萎的情形。作者描写凄清的月光、枯槁的芙蓉这些凄凉的物象，映衬出他对金秋易逝、美好事物难长存的慨叹和惋惜。

这首元曲虽然篇幅短小，但是作者对深秋典型物象的描写十分精准，并将它们融为一体，描绘了一幅美好的深秋图景。

倪 瓒

〔黄钟〕人月圆

伤心莫问前朝事，重上越王台①。鹧鸪啼处，东风草绿，残照花开。怅然孤啸，青山故国，乔木苍苔。当时月明，依依素影②，何处飞来？

注释

①越王台：位于今天的浙江绍兴府山南麓。越王勾践在此“十年生聚，十年教训”，终于打败吴国。②素影：指皎洁的月光。

鉴赏

这是作者两首〔人月圆〕的第二首，为怀古抒情之作，抒发了作者重登越王台时对故国的怀念、对历史的追忆。

这首元曲开篇一、二句写重登越王台和因此而产生的悲伤之情。“伤心莫问前朝事”，开门见山，引出怀念故国的正题。“重上越王台”，写作者看到破败的历史遗迹，心情难以平静，其忧愤之情显而易见。接下来“鹧鸪啼处，东风草绿，残照花开”三句，寓情于景，表达了作者的惆怅之情。“东风”“草绿”“花开”，表明时值春日；“残照”暗示时间在黄昏。由于心情沉郁，作者眼前生机勃勃的景物全都染上了一层凄清悲凉的色彩。鹧鸪的悲啼声更衬出了情景之悲凉。“怅然孤啸，青山故国，乔木苍苔”三句，说明作者由于思念故国，陷入这种难解难分的愁苦情绪中不能自拔。“孤啸”表现了作者情绪的激烈。作者怀念故国昔日的辉煌，看到现在的苍凉，不平之情更加强烈了。然而，时过境迁，尽管日夜怀念，但毕竟大势已去，除了“怅然孤啸”，还能做什么呢？就在作者为物是人非、故国已亡而忧思难解时，忽然看到了空中的月明，不禁问道：“当时月明，依依素影，何处飞来？”作者追忆故国山川人物的感情也随之迸发出来。

全曲自始至终充溢着作者浓郁而诚挚的感情，令人回味无穷。

〔越调〕小桃红

三首之二

一江秋水澹①寒烟，水影明如练②，眼底③离愁数行雁。雪晴天④，绿蘋红蓼参差见。吴歌⑤荡桨，一声哀怨，惊起白鸥眠。

注释 ①澹：水波澜起伏的样子。②练：白色的丝绢，是对江水颜色的比喻。③眼底：指视线范围内。④雪晴天：指明朗的晴天。⑤吴歌：苏州一带的民歌。

鉴赏 此为倪瓒的〔小桃红〕第二首。此曲通过感叹世易时移，怀念故国，批判现实，抒发了作者深沉的情感。在这首写景小令中，作者用细腻的笔触描绘了一幅美丽的秋江雪霁图。

首句“一江秋水澹寒烟”，说明了描写对象和时令。一江秋水清澈透明，水面上泛起的淡淡水雾让读者感受到一丝寒意，使整首曲子显得清远明净又略带神秘色彩。第二句“水影明如练”，具体描画江水水量充沛、水流透明徐缓的特征。“练”字形象地展现出江水优美的神韵。“眼底离愁数行雁”一句，作者描写了天空中的秋雁。北雁南飞的景象勾起了作者深沉的忧思，使他产生无限感慨。“雪晴天，绿蘋红蓼参差见”两句，描写了水边的绿蘋、红蓼参差可见，把这幅秋江雪霁图描绘得更加典雅，情趣盎然。然而“吴歌荡桨”一句，又使读者感受到了一丝淡淡的怅惘。而“吴歌荡桨，一声哀怨，惊起白鸥眠”三句，则描写了小舟荡桨而出，惊起滩头白鸥的景象，生动传神。

这首小令描写细腻，营造了优美的意境，做到了诗中有画，画中有诗。

〔双调〕殿前欢

揾啼红①，杏花消息雨声中②。十年一觉扬州梦，春水如空。③雁波寒写去踪，离愁重，南浦行云送。冰弦玉柱④，弹怨东风。

注释

①揾（wèn）啼红：就是擦拭红泪的意思。②杏花消息雨声中：借用了南宋诗人陈与义《怀天经智老因访之》中“客子光阴诗卷里，杏花消息雨声中”的一句。③十年一觉扬州梦，春水如空：这里借用了唐代诗人杜牧《遣怀》“十年一觉扬州梦，赢得青楼薄幸名”中的一句。④冰弦玉柱：琴的代指。

鉴赏

〔殿前欢〕是一首描写琴声的作品。曲中通过对前人诗句的引用，借助各种形象，委婉、生动地表现出琴声中传达的细腻情感，将作者卓越的艺术才能显现了出来。

全曲可分为三个层次。开头两句为第一层。“揾啼红”一句，作者抓住了拭泪这一典型动作，描绘出一位悲戚哀怨的女子形象，勾起了读者的怜惜之情和好奇心，使读者不禁想象她哭泣的原因。紧接着“杏花消息雨声中”一句，便点明了拭泪的原因。盛开在绵绵细雨中的杏花预示着春天的到来，然而这美丽的杏花能够盛开多久呢？很快便会落红纷飞了。将这句与“揾啼红”联系起来，作者伤春、惜春的伤感之情便显而易见了。作者移用前人的诗意，抒发了时光易逝、岁月蹉跎的哀叹之情。接下来“十年一觉扬州梦，春水如空”两句，是这首曲子的第二层。作者通过“十年”与“一觉”强烈的对比，表现了对十年漫长生活的顿悟。“春水如空”是作者对过去生活的猛然觉醒，也是对逝去岁月的深切感悟。时光慢慢流逝，回首逝去的岁月，不过是一场空，内疚、喟叹顷刻间袭来。“空”与“梦”相互呼应，既回顾了十年生活中的惋惜与失落，也进一步延伸了上一层中的伤春情绪。以下为全曲的第三层。“雁波寒写去踪，离愁重，南浦行云送”三句，通过化用前人的诗意，表达了缠绵悱恻的离愁别绪。这组意象渲染了暮秋时节寒风萧瑟、树叶飘落的凄凉氛围，映衬出作者凄冷痛楚的心境。最后两句“冰弦玉柱，弹怨东风”点明：原来这种种难以言传的情感，全是由琴弦弹奏出来的，实在令人惊叹。

本曲通过刻画典型形象，将寓于声音中的抽象感情表现得形象可感，十分生动，极具艺术感染力。

杨舜臣

〔仙吕〕点绛唇

慢马

四只粗蹄，一条乌尾，棕①垂地。搭上鞍骑，二三百棍行三四里。

〔混江龙〕怎做的追风骏骥，再生不敢到檀溪？②几曾见卷毛赤兔③，凹面乌骓④？美良涧⑤怎敌胡敬德？虎牢关难战莽张飞⑥！能食水草，不会奔驰。倦嘶喊，懒马店骤⑦，曾几见西湖沽酒楼前系？怎消得绣毡蒙雨，锦帐遮泥！

〔后庭花煞〕叹梁园⑧芳草萋，怕蓝关⑨瑞雪飞。为爱背山咏，任教杜宇啼。空吃得似水牛肥。你可甚日行千里，报主人恩，何日把缰垂⑩？

注释

①棕：同"鬃"。②怎做的追风骏骥，再生不敢到檀溪：借用刘备策马跃檀溪的典故。骏，良马的意思。骥，指千里马。③赤兔：吕布的坐骑。④乌骓：项羽的战马。⑤美良涧：即美良川，位于今山西闻喜县南。⑥虎牢关难战莽张飞：指民间流传的三英于虎牢关战吕布的故事。⑦骤：奔驰。⑧梁园：即"兔园"，汉代梁孝王刘武所造，也被叫作"梁苑"。⑨蓝关：在今陕西省蓝田县，唐代著名文学家韩愈因谏宪宗迎佛骨被贬潮州，途经蓝关时写了《左迁至蓝关示侄孙湘》一诗。⑩缰垂：就是垂缰。这里借用苻坚的战马垂鞍救主脱险的典故，说明要知恩图报。

鉴赏

杨舜臣，生平事迹不详。《全元散曲》收录了他的一套套数。这首曲子托物言志，作者通过吟咏慢马，表达出深厚的言外之意。

首曲运用白描的手法，细致简练地勾勒出慢马"粗蹄""乌尾""棕"长长地拖曳在地的特征。"搭上鞍骑"两句表现出慢马动作的迟缓。

作者在第二曲〔混江龙〕中大量引用历史典故，描写了历史上的名驹快马，通过鲜明的对比慨叹其难以建立功勋。"能食水草"以下数句通过对慢马的习性特征进行描写，来抒发自己的恨铁不成钢之意。尾曲托物言志，作者通过一连串的历史典故，形容"慢马"终日无所事事，碌碌无为。最后三句寄托了诗人对慢马的希

冀，期望它能冲破羁绊，日行千里，建功立业，进而向主人报恩。

这篇套数通过题咏慢马来寄托作者的感情。作者生动形象地对慢马、良马的神态进行了描写，用典不着痕迹，给读者留下广阔的想象空间，寓意深厚。

施耐庵

〔双调〕新水令

秋江送别——赠鲁渊、刘亮[①]

西窗一夜雨蒙蒙，把征人归心打动。五年随断梗，千里逐飘蓬。海上孤鸿，飞倦了这黄云陇。

〔驻马听〕落尽丹枫，莽莽长江烟水空。别情一种，江郎作赋赋难工。柳丝不为系萍踪，茶铛要煮生花梦。人懵懂，心窝醋味如潮涌。

〔沉醉东风〕经水驿三篙波绿，向山程一骑红尘[②]。恨磨穿玉洗鱼[③]，怕唱彻琼箫凤。尽抱残茗碗诗筒。你向西来我向东，好倩个青山互送。

〔折桂令〕记当年邂逅相逢，玉树蒹葭[④]，金菊芙蓉[⑤]，应也声同。花间啸月，竹里吟风。夜听经趋来鹿洞[⑥]，朝学书换去鹅笼。笑煞雕龙[⑦]，愧煞雕虫[⑧]。要论交白石三生[⑨]，要惜别碧海千重。

〔沽美酒〕到今日，短檠[⑩]前，倒碧筒[⑪]，长铗[⑫]里，掣青锋。更如意敲残王处仲[⑬]。唾壶痕，击成缝，[⑭]蜡烛泪，滴来浓。

〔太平令〕便此后隔钱塘南北高峰，隔不断别意离悰[⑮]。长房缩地恐无功，精卫填波何有用？你到那山穷，水穷，应翘着首儿望侬。莽关河，有月明相共。

〔离亭宴带歇拍煞〕说什么草亭南面书城拥，桂堂[16]东角琴弦弄。收拾起剑佩相从。撩乱他落日情，撩乱他浮云意，撩乱他顺风颂。这三千芥子[17]多做了藏愁孔。便倾尽别筵酒百壶犹嫌未痛。那堤上柳赠一枝，井边梧题一叶，酒中梨倾一瓮。低徊薜荔[18]墙，惆怅蔷薇拢。待他日鹤书[19]传奉，把两字儿平安，抵黄金万倍重。

注释

①赠鲁渊、刘亮：鲁渊，字道原，淳安人，元代进士。曾任华亭县丞，后任浙西副提举。刘亮，字明甫，吴郡人，亦曾仕于张士诚。施耐庵亦曾参加张士诚农民起义，所以三人之间有很深的战友情谊。②向山程一骑红尘：山程，山间的路程。红尘，灰尘的意思。③玉洗鱼：鱼形的玉洗。元代有玉制的小盆，被称为玉洗，大的可以用来洗脸，小的可以用来洗笔。④玉树蒹葭：树与苇，比喻不同的人。此处借用了蒹葭倚玉树的典故。⑤金菊芙蓉：菊花与荷花，比喻不同的人。⑥鹿洞：这是宋代著名的白鹿洞书院。⑦雕龙：指善于撰写文章。⑧雕虫：对作赋的一种贬称。⑨白石三生：谓前世有缘。此处

借用了三生石的典故。⑩檠（qíng）：灯柄。⑪碧筒：即碧筒杯。一种由荷叶制成的用来饮酒的器具。⑫铗（jiá）：剑柄。⑬王处仲：晋代人，以豪爽闻于世。⑭唾壶痕，击成缝：此处借用击唾壶的典故，指慷慨悲歌。⑮悰（cóng）：心情。⑯桂堂：桂木造的厅堂。是对华美堂屋的泛指。⑰芥子：芥的种子，在这里引申为极微小。⑱薜荔：亦称“木莲”“鬼馒头”，桑科，常绿藤本，在夏秋季节开花。⑲鹤书：即鹤头书，指古时用于招贤纳士的诏书。

鉴赏

施耐庵，元末明初小说家，原名耳，名子安，是《水浒传》作者。传世散曲有套数一套。

这篇套数本由民间传抄而来，此曲录入《全元散曲》，曲尾署“耐庵施肇瑞谱于秋灯阁”十字。套数由七支曲子组成，通过对往事的回忆，以及对离愁别绪的描写，将战友间的深厚情谊表现了出来，是一篇不可多得的送别套数。首曲〔新水令〕，对施耐庵与鲁渊、刘亮三人一起参加农民起义时的峥嵘岁月进行了描写，慷慨激昂，将三人的深情厚谊表露无遗。第二曲〔驻马听〕，描写离别的痛苦。面对水烟缭绕的暮秋景色，人心底的五味瓶仿佛被打翻了，暗潮汹涌。第三曲〔沉醉东风〕，通过对人物离别时的动作及情感变化进行细腻的描写，进一步写离别时的情景。第四曲〔折桂令〕，通过典故追忆了当年战友之间的深情厚谊。第五曲〔沽美酒〕，描写如今的生活与离别的痛楚。第六曲〔太平令〕，描写战友离别后深切的思念之情。第七曲用了一支带过曲〔离亭宴带歇拍煞〕，描写了宴席上的依依惜别与相互嘱托，令人肝肠寸断。

全篇套曲，语言通俗流畅，格调清丽脱俗，感情深挚淳朴，将散曲“本色当行”的特征体现了出来。

宋方壶

〔中吕〕红绣鞋

客况

雨潇潇一帘风劲，昏惨惨半点灯明。地炉①无火拨残星。薄设设②衾剩③铁，孤另另枕如冰。我却是怎支吾④今夜冷？

注释

①地炉：挖地为坑的火炉，坑中熏火以取暖。②薄设设：形容单薄。③剩：剩余。④支吾：也作“枝梧”，有应付、承受的意思。

鉴赏

这首曲子以《客况》为题，是对作者客居时境况和感受的描绘与刻画。

前三句描绘了旅店的境况：窗外暮雨潇潇，凄风强劲，一阵阵寒气透过门帘袭人肌骨。旅店内，一盏半明半暗的油灯忽明忽灭地闪着昏惨惨的光。地炉也熄灭了，诗人只能拨着余烬中一星半点的残火，取得一丝温暖的慰藉。这几句属于客观描绘，也渗透着作者的主观感受。潇潇的夜雨使人愁闷；透帘的劲风愈加使人寒冷；暗淡的灯光使人感到昏沉寂寞和凄凉；无火的地炉、余烬的残星，使人无法取暖，更让人觉得寒气逼人。

后三句直接描述主人公的感受与心境。环顾室内，床头只有一张薄薄的被子，

而且又脏又硬、僵黑似铁。那孤零零的一个枕头，在这凄风苦雨的寒夜，也愈发显得清冷如冰。这种凄凉的境况汇聚到一点，让作者发出疑问："我怎么能挨过今夜的寒冷寂寞呢？"旅店的凄寒苦楚、孤单寂寞，简直让人不可忍受。

这首曲子描述客旅途中的寂寞孤独，浸透着游子思乡、思亲的情怀，景中含情，情景交融，容易引起共鸣。

〔中吕〕山坡羊

道情（二首之二）

青山相待，白云相爱，梦不到紫罗袍共黄金带[1]。一茅斋[2]，野花开，管甚谁家兴废谁成败，陋巷箪瓢亦乐哉[3]！贫，气不改；达，志不改。

注释

①紫罗袍、黄金带：古代高级官员的服饰，代指高官。②茅斋：指作者居住的茅屋。③陋巷箪（dān）瓢亦乐哉：语出《论语·雍也》"一箪食，一瓢饮，在陋巷，人不堪其忧，回也不改其乐"。

鉴赏

这首曲子写作者与青山白云相亲相爱、贫贱不移、富贵不淫的高尚情操。前三句“青山相待，白云相爱，梦不到紫罗袍共黄金带”节奏平稳轻快。“青山”“白云”两个意象色彩柔和，形象鲜明，激起人们的联想，更展现了山林风光的魅力和作者对大自然陶醉之态。青山与作者相互期待着，白云与作者相互爱恋着。在作者眼里，大自然的一切也都和自己一样，是富有生命、具有感情的，通过对大自然美趣的发现与再现，这美趣背后的寄托与意蕴，都能得以完满地显现。

接下来“一茅斋，野花开，管甚谁家兴废谁成败，陋巷箪瓢亦乐哉”四句与前三句结构一样，同样是先写景后抒情，但在意境上又有新的开拓，在节奏上有着新的变换。前三句抒发的是厌恶官场之情，而这四句则表达作者对朝代更替和历史人物成败所产生的安贫乐道思想。虽然所居之处是一陋室，却处在白云缭绕的青山之间，野花在四周烂漫地开放着，充满了生机和野趣，表现了作者与世无争的态度。“陋巷箪瓢亦乐哉”，作者以古代贤人颜回自况，进一步表现了安贫乐道的志趣，说明他并非真正忘世，只是守道而已。

结尾两句“贫，气不改；达，志不改”收煞全篇，掷地有声，将全曲的思想高度和情感强度有力地向前推进了一层，表现出作者崇高的气节。

〔南吕〕一枝花

蚊虫

妖娆[①]体态轻，薄劣[②]腰肢细，窝巢居柳陌，活计傍花溪。相趁相随。聚朋党成群队，逞轻狂撒蒂嵽[③]。爱黄昏月下星前，怕青宵[④]风吹日炙。

〔梁州〕每日穿楼台兰堂画图，透帘栊绣幕罗帏，帐嗡嗡乔[⑤]声气，不禁拍抚[⑥]，怎受禁持[⑦]？厮呜厮咂，相抱相偎，损伤人玉体冰肌，殢[⑧]人娇并枕同席。瘦伶仃腿似蛛丝。薄支辣翅如苇煤，快稜憎[⑨]嘴似钢锥。透人，骨髓，满口儿认下胭脂记[⑩]，想着痒散散那些滋味，有你后甚是何曾到眼底，到强如蝶使蜂媒。

〔尾〕闲时节不离了花香柳影清阴里睡，闷时节则就日暖风和叶底下依，不想瘦躯老人根[⑪]前逞精细，且休说香罗袖里，桃花扇底，则怕露冷天寒恁时节悔。

注释

①妖娆：形容妖娆的卖弄，有贬义色彩。②薄劣：指性情轻薄顽劣。③蒂嵽：放肆、刁蛮。④青宵：苍天、碧空。⑤帐、乔：帐，这里做动词用，意思是对蚊子的嗡嗡声不痛快。乔，狡猾、刁钻。⑥不禁拍抚：不禁，忍不住。拍抚，指蚊子对人体的接触。⑦禁持：纠缠、打扰的意思。⑧殢：纠缠。⑨快稜憎：锐利的样子。⑩认下胭脂记：认下，记下。胭脂记，指人的血迹。⑪根：即“跟”。

鉴赏

此曲托物言志，以通俗的语言、诙谐的笔调，讽刺了寻花问柳的无行文人。

首曲〔一枝花〕前两句，主要写了蚊子的形体特征和生活习性，说明蚊虫体态轻盈，妖娆多姿。第三、四句，写蚊虫居于柳陌花野之中，活动于花丛水溪之上，说明蚊虫互相追逐、互相跟随，

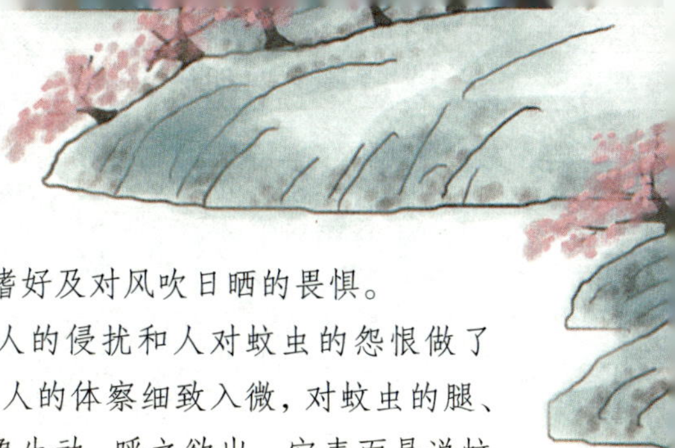

成群结队的生活习性。以下数句，写蚊虫在昏暗中轻狂放肆的嗜好及对风吹日晒的畏惧。

〔梁州〕一曲，将“蚊虫”对人的侵扰和人对蚊虫的怨恨做了更加细腻的描写。作者对蚊虫叮人的体察细致入微，对蚊虫的腿、翅、嘴极尽夸张之能事，使之形象生动，呼之欲出。它表面是说蚊虫难拍，怎能将它管住，实际是嘲骂好色之徒的无法无天，他们的邪恶行径不受法律的禁止，又不准人们去反抗，因此他们才会这般肆无忌惮地拥抱着、依偎着人而叮之，损伤人的身体，扰人清梦。接下来几句写人被叮之后奇痒难当，不能入睡的情态。

〔尾〕一曲，主要表现蚊子吸饱人血后在白天的状况及作者对它的嘲笑。“闲时节不离了花香柳影清阴里睡，闷时节则就日暖风和叶底下依”两句中，“闲”和“闷”展现了蚊子吃饱喝足后的心态；“花香柳影清阴里睡”“日暖风和叶底下依”，描绘了蚊子志得意满的情态，与首曲中“窝巢居柳陌”“活计傍花溪”的意蕴相呼应。最后三句“且休说香罗袖里，桃花扇底，则怕露冷天寒恁时节悔”，如同一声丧钟，敲响了害人“蚊虫”覆灭的命运：及至露冷天寒的季节，这些作恶多端的害虫也便悔之晚矣！此曲刚中带柔，寓意深刻。